BASTEI LÜBBE

Lucinda Carrington

Der Reitlehrer

Exotik

Erotische Romane

Ins Deutsche übertragen von
Claudia Dorf und Sandra Green

BASTEI
LÜBBE

BASTEI LÜBBE TASCHENBUCH
Band 26 203

1. Auflage: April 2004

Vollständige Taschenbuchausgabe

Bastei Lübbe Taschenbücher ist ein Imprint
der Verlagsgruppe Lübbe

Titel der englischen Originalausgaben:
The Master of Shilden / Exotic

Titelillustration: M. Dodd / Mauritius
Umschlaggestaltung: Tanja Østlyngen
Satz: Fanslau, Communication / EDV, Düsseldorf
Druck und Verarbeitung: Maury Imprimeur
Printed in France
ISBN 3-404-26203-4

Lucinda Carrington

Der Reitlehrer

Erotischer Roman

Ins Deutsche übertragen von
Claudia Dorf

Erstes Kapitel

Als Ralph endlich die Tür öffnete, trug er einen Bademantel aus Seide, sein dichtes blondes Haar war feucht und zerzaust. Offenbar war er gerade aus der Dusche gekommen. Elise stellte sich seinen muskulösen Körper unter dem prasselnden Wasser vor, sah die glänzende Haut vor sich. Sie hatten noch nie zusammen geduscht, vielleicht würden sie es an diesem Wochenende tun. Sie freute sich so sehr darüber, ihn zu sehen, dass sie eine Weile brauchte, ehe sie begriff, dass er eher verlegen wirkte. Sein Blick glitt rasch von ihrem Gesicht zu den beiden prallen Taschen, die sie in den Händen hielt.

»Elise!« Er lächelte nicht. »Was machst du in London? Ich dachte, du wolltest deine Eltern besuchen!«

»Ich habe meine Pläne geändert«, sagte Elise. Sie ließ ihre Blicke schweifen. Es war erregend, ihn halb nackt zu sehen. Knallharte Muskeln von seinen sorgsam ausgetüftelten Übungen im Fitnessstudio, dazu die attraktive Bräune von der Sonnenbank. Sein Körper faszinierte sie immer wieder.

Der Bademantel war bis zur Hüfte aufgesprungen, und wie er sich um die Oberschenkel schmiegte, verriet er Elise, dass Ralph eine beginnende Erektion hatte. Das klatschende Wasser musste ihn erregt haben. Vielleicht könnten sie das Verfahren später wiederholen, dachte sie.

Zuerst die Dusche, dann mein Mund. Sie lächelte. »Öffnest du immer die Tür im halbnackten Zustand?«

Er trat einen Schritt zurück, und sie folgte ihm. »Ich bin doch bekleidet«, sagte er zögernd.

Sie musterte ihn erneut. »Nun ja. Aber wenn du hier eine Briefträgerin hast, solltest du ihr nicht so öffnen. Hier, nimm.« Sie reichte ihm eine der beiden Taschen. Es klirrte, als er sie an sich nahm. »Wein«, erklärte sie. »Und ein paar delikate Konserven. Wir brauchen heute Abend nicht auszugehen.«

Sie ging an ihm vorbei in die kleine Küche, die glänzte und blitzte. Manchmal war Elise von seinem Sauberkeitsfimmel und seinem übertriebenen Ordnungssinn irritiert. Seine Kleider hingen immer auf Bügeln, nie hatte sie in seiner Wohnung etwas achtlos weggeworfen gesehen. Alle Zimmer waren wie aus einem Magazin für modernes Design eingerichtet; Glas und Chrom herrschten vor. Was für ein Kontrast zu ihrem bunten, unaufgeräumten Wohnschlafzimmer.

»Du bleibst?« Er hörte sich besorgt an. »Ich meine, du bleibst über Nacht?«

Elise stellte ihre Tasche auf dem fleckenlosen Küchentisch aus Stahl ab und dachte: Ich habe ihn durch meinen unerwarteten Besuch aus der Bahn geworfen. Sie wusste, dass Ralph sein Leben ebenso präzise einrichtete wie seine allzu perfekte Wohnung.

Verabredungen waren Termine, die man im Voraus traf. Er notierte sie alle in sein elektronisches Notizbuch. Sie hatte sich schon oft gefragt, wie er ihre Zusammenkünfte auflistete. *Liebe mit Elise – 19 Uhr 30 bis 20 Uhr 15. Essen.* Wieder Liebe. Es hätte sie nicht verwundert, wenn er noch hinzugefügt hätte: *Orgasmus dauerte eine Minute und zwei Sekunden.*

Sie wusste, dass sie ein Paar waren, das eigentlich nicht zusammenpasste. Während sie versuchte, einen Job als Bühnenbildnerin zu ergattern, hielt sie sich als

Empfangsdame bei Sellick's über Wasser. Und dort hatte sie Ralph Burns kennen gelernt. Sie hatte sich vom ersten Augenblick zu ihm hingezogen gefühlt.

Es war nicht nur sein vollkommen geformter Körper mit den breiten Schultern und der schmalen Taille gewesen, nicht nur das lockere hellblonde Haar. Es war seine Haltung. Er wirkte wie ein Mann, der sein Leben unter Kontrolle hatte, und sich selbst natürlich auch. Ganz im Gegensatz zu den chaotischen Kunststudenten, die sie bisher kennen gelernt hatte.

In seinem Maßanzug sah er so aus, als wäre er einem dieser Modemagazine entstiegen. So ungefähr hatte sie ihn auch das erste Mal angesprochen, um auf sich aufmerksam zu machen. Er schien sich geschmeichelt zu fühlen, deshalb fügte sie noch ein paar Komplimente hinzu.

Tatsächlich, so erinnerte sie sich schuldbewusst, hatte sie mit ihren Verbindungen zur Theaterwelt und zu Modelagenturen geprahlt, um sich bei ihm interessanter zu machen. Geprahlt war noch geschönt – sie hatte ihn belogen! Er schien mehr als nur oberflächlich interessiert zu sein und hatte sie seither schon ein paar Mal nach Einzelheiten über ihre Verbindungen gefragt.

Jetzt schaute sie in sein besorgtes Gesicht, und auf einmal war ihr bewusst, dass etwas faul war.

»Es tut mir Leid, dass ich deine Pläne durcheinander bringe«, sagte sie. »Ich dachte, du würdest dich freuen, mich zu sehen. Du selbst hast immer gesagt, dass wir mehr Zeit miteinander verbringen sollten. Und dass ich auch einmal ein ganzes Wochenende zu dir kommen sollte. Nun, hier bin ich!« Sie schaute ihm forschend ins Gesicht. »Es sei denn, du willst mich nicht haben. Du brauchst es nur zu sagen.«

»Natürlich will ich nicht, dass du wieder gehst.« Er

fummelte an seinem Bademantel herum. »Aber es ist nur .... also, es trifft sich nicht so gut .... Eh ... Ich muss nämlich weg.«

»Dann gehe ich mit dir.«

»Nein«, sagte er rasch. »Das geht nicht.«

»Warum nicht?«

»Quetsch mich nicht aus, Elise.« Er wandte sein verkniffenes Gesicht ab. »Es ist eine Junggesellenparty.«

»Oh, wer heiratet denn? Jemand, den ich kenne? Jemand bei Sellick's?«

»Nein. Ein alter Schulfreund von mir.«

Es hörte sich zu glatt an. Und Ralph war zweifellos nervös. Sie wusste nicht, ob sie ihm glauben sollte oder nicht. Sie entschied, dass sie sich im Zweifel für den Angeklagten entscheiden sollte. »Ich wünschte, das hättest du mir vorher gesagt«, murrte sie. »Schau mal, ich habe doch extra die Delikatessen gekauft.«

»Die halten sich doch«, sagte er. »Wir stellen sie in den Kühlschrank.«

Sie folgte ihm in den offenen Wohnbereich und betrachtete die Bewegungen seiner Pobacken unter der anschmiegsamen Seide. »Habt ihr einen Striptease für euren Freund organisiert?«

»Ich weiß es nicht. Ich selbst habe gar nichts organisiert. Die anderen werden es vielleicht gemacht haben.«

»Ich meine, so etwas gehört doch dazu, nicht wahr?« Sie trat auf ihn zu. »Und wenn sich der Bräutigam genug in Verlegenheit gebracht hat, schnappt er sich die Stripperin und zieht sich mit ihr zurück. So läuft das doch ab, oder?« Noch einen Schritt näher. Jetzt berührte sie ihn fast. »Wirst du nicht neidisch sein?«

»Nein.«

»Du kannst dein eigenes Mädchen haben«, murmelte sie. »Deine eigene Stripperin. Ganz für dich allein.« Sie fuhr mit einem ausgestreckten Finger über seine Brust, teilte den Bademantel noch ein wenig mehr. Sie ließ beide Hände über seinen Brustkorb gleiten, dann fuhr sie leicht über die Brustwarzen, die sich unter dem weinroten Stoff aufgestellt hatten. »Würde dir das nicht besser gefallen als die Junggesellen-party?«

Er blieb reglos stehen. Die forschenden Hände hatten seine Hüften erreicht und setzten ihren Weg nach unten fort. Sie wusste genau, wie sie ihn reizen konnte. Sie kannte die Stellen, an denen sie streicheln, drücken oder zwicken musste. Sie konnte es kaum erwarten, ihre Hände unter seine Hoden zu schieben und sie zu massieren, zunächst behutsam, dann kräftiger, bis er zu stöhnen begann. Mit beiden Daumen würde sie dann den harten Schaft entlangreiben, kleine Kreise beschreiben und ab und zu die samtene Spitze zwischen Daumen und Zeigefinger drücken. Manchmal tat sie es so heftig, dass es ihm eigentlich wehtun musste, aber sie spürte, dass es ihn dann noch stärker erregte.

Ja, er genoss die raue Tour. Sie erregte ihn damit viel schneller als mit den zärtlichen Streicheleien bei ihren ersten Begegnungen. Was er brauchte und was er wollte, war leicht zu durchschauen. Zuerst war sie überrascht gewesen und auch ein bisschen enttäuscht.

Sie liebte die Abwechslung, das Unerwartete. Ralph dagegen reagierte nur auf ganz bestimmte Liebkosungen und schien darüber hinaus nichts zu vermissen. Variationen waren nicht seine Sache. Wie auf allen anderen Gebieten seines Lebens musste auch der Sex in einem bestimmten Schema ablaufen. Alles musste seine Ordnung haben.

Sie richtete sich nach ihm, denn sie wollte ihm Lust bereiten. Und es machte alles viel leichter für sie. Der

Erfolg war garantiert, denn sie wusste genau, was sie zu tun hatte.

Unangenehm war, dass er glaubte, ihre Bedürfnisse wären ebenso beschränkt wie seine. Er hatte sich an ein bestimmtes Schema gewöhnt, und weil es zu funktionieren schien, veränderte er es nie. Er streichelte ihren Rücken (aber nie lange genug), wandte sich dann den Pobacken zu und massierte sie. Dann hoch zu den Brüsten, die er abwechselnd küsste (aber nie lange genug), bevor forschende Finger in sie eindrangen, um festzustellen, ob sie für ihn bereit war. Weil sie seinen Anblick, den Geruch seiner Haut und die Nähe seines wunderbaren Körpers sexuell erregend fand, war sie fast immer bereit für ihn, aber trotzdem wünschte sie sich sehnsüchtig, dass er sie mal mit Variationen, mit einer spontanen Bewegung oder einer neuen Position überraschte. Bisher hatte sie vergeblich gewartet.

Vielleicht würde sie es später mal vorschlagen. Aber jetzt nicht. Sie wollte keine Missstimmung aufkommen lassen, er war schon verkrampft genug. Jetzt reichte es ihr, dass sie ihn verwöhnte, erforschte und entspannte. Sie wollte, dass er länger blieb. Sie wollte erreichen, dass er seine Pläne fürs Wochenende in ihrer Nähe vergaß.

»Ich besorge dir den besten Höhepunkt deines Lebens«, versprach sie mit heiserer Stimme. »Geh ins Schlafzimmer. Du brauchst dich nur aufs Bett zu legen und zu genießen.«

»Nein«, sagte er unglücklich. »Ich muss gehen. Ich muss mich anziehen.«

Aber er ließ zu, dass sie ihn ins blasse und spartanisch eingerichtete Schlafzimmer schubste. Ein niedriger Doppeldiwan nahm fast das ganze Zimmer ein, dessen Fußboden aus hell poliertem Holz bestand.

Ihr fiel auf, dass er sich noch keine Kleider zurechtgelegt hatte, was er sonst immer tat, bevor er unter die Dusche ging. Von der Unterhose bis zur Krawatte, alles säuberlich aus den Schränken geholt und ordentlich hingelegt.

Sie drückte eine Hand gegen seinen nackten Oberkörper und schob ihn rückwärts. »Aufs Bett«, sagte sie. »Das ist ein Befehl!«

Er setzte sich langsam hin. Sie bemerkte, dass sein Widerstand nachließ. Mit einer Hand streichelte sie über seinen Brustkorb, sie beugte sich vor und umschloss mit den Lippen eine Warze, während sie die andere zwischen Daumen und Zeigefinger zwirbelte. Sie hörte ihn stöhnen und protestieren.

»Bitte, nein .... Ich habe keine Zeit.«

Es hörte sich nicht sehr überzeugend an. Sie nagte mit den Zähnen an seiner Haut, und er stöhnte wieder, und diesmal hörte man, dass es ein lustvolles Stöhnen war. Sie drückte stärker gegen seinen Brustkorb, und er fiel rücklings aufs Bett.

Sein Seidenmantel klaffte auseinander. Elise kniete über ihm und bewunderte die harten Stränge seiner Bauchmuskeln, Ergebnis der vielen Stunden, die er im Fitnessstudio verbrachte. Sie streichelte seinen Oberkörper, verharrte eine Weile dort, ehe sie hinunter zu den Innenseiten der Unterschenkel ging und dort von den Kniekehlen hoch strich, bis ihre Finger gegen den gespannten Hodensack stießen.

Während sie ihn immer stärker erregte, konnte sie sich nicht gegen ihren Wunsch wehren, dass die Rollen vertauscht wären. Dass er ihren Körper erforschte, zunächst zärtlich und behutsam, dann entschiedener, fordernder, mit Besitz ergreifender Autorität. Er musste ihr das Gefühl geben, unwiderstehlich zu sein. Sie saugte wieder an seiner Brustwarze und wünschte, auch sein Mund würde sich um ihre Nippel schließen.

Sie umfasste sein gespanntes Glied und rieb es langsam, die Finger hart um das geschwollene Fleisch gepresst.

»Nein«, protestierte er schwach.

Sie spürte, wie er zu zittern begann. »Du meinst nicht wirklich nein«, flüsterte sie, beugte sich tief über ihn, öffnete den Mund und spielte mit der Zunge. Sein Körper wurde geschüttelt. Sie wusste, dass er empfindsame Brustwarzen hatte, und das machte sie sich zunutze. »Was du wirklich sagen willst, ist: Ja, bitte .... gib mir mehr ...«

»Ich muss ausgehen«, ächzte er.

Sie ließ die Zunge über seine Brust wandern, rutschte tiefer, tauchte kurz in seinen Nabel ein, wanderte tiefer. Ihre Hand glitt vom Schaft zu den Hoden und massierte sie mit immer schnelleren Bewegungen. »Willst du mir sagen, dass du eine Junggesellenparty mir vorziehst?«

»Nein, aber ich habe es versprochen ...«

»Ruf an und sage, dass du es nicht schaffst.«

Sie nahm das Glied zwischen ihre Zähne, nagte neckend daran, dann ein bisschen intensiver, denn sie wusste, dass ihn das erregte. Er wälzte sich auf dem Bett herum, beinahe so, als hätte er die Kontrolle über sich verloren.

Sie liebte dieses Gefühl der Kontrolle über ihn. Sie war stolz darauf, dass sie es war, die ihn in diesen Zustand versetzen konnte. Seine Hüften zuckten hoch, ruckten ihr entgegen, um tiefer in ihren Mund einzudringen. Sie richtete sich plötzlich auf.

»Ich meine«, sagte sie grinsend, »wenn du wirklich willst, höre ich natürlich auf.«

»Nein!« bettelte er. »Du weißt doch, was ich mag! Komm, mach mich fertig. Bitte.«

Sie ließ die Zunge über die Länge seines Schafts gleiten und leckte einmal kurz über die empfindliche Eichel. »Bist du sicher, dass du noch soviel Zeit hast?« neckte sie ihn.

Als Antwort packte er ihren Kopf mit einer Hand und drückte ihn nach unten. Sie umschloss den Schaft mit den Lippen.

»Ja«, murmelte er. »Mach weiter .... Schneller ...!«

Die Türglocke schlug an.

»Oh, Gott, nein«, stöhnte er frustriert.

»Mach nicht auf«, sagte sie. »Wer auch immer an der Tür steht, wird gehen, wenn du nicht aufmachst.«

Wieder die Türglocke.

»Ich gehe hin.« Er versuchte, sich aufzurichten, aber sie wollte ihn zurück aufs Bett drücken, weil sie glaubte, das gehörte noch zum Spiel. Er würde doch nicht wirklich in einem solchen Moment zur Tür gehen? Es war Abend, wer sollte um diese Uhrzeit noch klingeln? Vielleicht einer der Zeugen Jehovas.

Sie rangelten kurz miteinander, doch Ralph gewann. Die Türglocke schlug wieder an. Ralph sprang hastig auf und zog den Bademantel zusammen. Seine Erektion hatte noch nicht nachgelassen, sie drückte gegen die rote Seide.

»Du kannst doch so nicht zur Tür gehen«, sagte Elise kichernd.

»Kann ich doch.« Er war nervös. »Du bleibst hier. Ich sehe nach, wer es ist, dann werde ich ihn schnell abfertigen.« Er ging zur Tür, wiederholte dort noch einmal seine Instruktionen. »Bleib im Bett, Elise.«

Sie legte sich zurück und schloss die Augen. Sie hörte, wie die Tür geöffnet wurde, hörte Ralphs Stimme.

Hörte eine wütende Frauenstimme. Elise setzte sich auf. Mit wem redete Ralph? Wieso musste er sich mit einer Besucherin um diese Zeit herumstreiten? Ihre Neugier war nicht mehr zu bezwingen. Sie trippelte zur Schlafzimmertür und blinzelte.

Eine junge Frau versuchte, sich Einlass in die Wohnung zu verschaffen. Ihr dunkles, maßgeschneidertes Kostüm wirkte in seinem strengen Schnitt fast maskulin, ein zweireihiges Jackett und ein glatter Rock, der bis zu den Knien reichte. Und doch sah es unwahrscheinlich sexy aus, zusammen mit dem glänzenden schulterlangen Haar, den langen, schlanken Beinen und den schwarzen Lackschuhen mit hohen Absätzen.

Ralph wehrte sich immer noch gegen ihre Versuche, an ihm vorbei in die Wohnung zu gelangen.

»Hör auf mit deinen albernen Spielchen, Ralph.« Ihre Stimme klang scharf und autoritär. »Ich habe mich extra für dich in Schale geworfen, und jetzt lässt du mich endlich rein.« Im nächsten Augenblick hatte sie es geschafft, sie stand im Wohnzimmer und sah Elise in der Tür zum Schlafzimmer stehen.

Sie starrten sich einen langen Moment an. »Also, wirklich?« Man hörte die Zähne der fremden Frau knirschen. »Kein Wunder, dass du mich nicht in deiner Wohnung haben wolltest!«

»Ich kann es dir erklären ...«, murmelte Ralph kleinlaut.

»Ich bin sicher, dass du das kannst.« Sie griff an seinen Bademantel und besah sich seinen Zustand. Seine Erektion hatte immer noch nicht nachgelassen. Sie streckte eine Hand aus und packte zu. »Und dafür hast du auch eine Erklärung, was?« Sie verdrehte die Hand, und Ralph stieß einen Schmerzenslaut aus.

»Jemma, du tust mir weh!«

»Klar«, sagte sie und ließ ihn los. Sie lächelte. »Und das gefällt dir besonders, was? Nun, du wirst später noch mehr Grund haben, vor Schmerzen zu schreien. Wenn wir unter uns sind.«

»Ralph?« Elise trat ins Wohnzimmer. »Wer ist diese Frau?«

»Ich bin Jemma Harrisford.« Kalte, braune Augen musterten Elise. »Und ich weiß, wer du bist. Elise Soundso, das kleine Mädchen vom Theater.« Jemma drehte sich zu Ralph um. »Kannst du mir mal sagen, was das soll?«

»Ich kann es dir erklären«, sagte er wieder.

»Kleines Mädchen vom Theater?« Elise funkelte Jemma an. »Das ist ja stark, dass sich ein Flittchen so was herausnimmt!«

Jemmas Gesichtsausdruck veränderte sich. Aggressiv, als wollte sie Elise im nächsten Augenblick anspringen, fauchte sie: »Ich ein Flittchen? Also, das finde ich ja lustig! Was hast du denn getrieben, kurz bevor ich klingelte? Oder hat Ralphie sich seine Erregung nur durch schmutzige Gedanken geholt?«

»Ich kann es dir erklären«, sagte Ralph noch einmal.

»Das will ich dir auch raten«, sagte Jemma. »Das sollte unser langes Wochenende sein, erinnerst du dich? Ich meine, ich weiß, dass du mit dieser Person aus einem bestimmten Grund ins Bett gehst, aber nach einem Dreier mit ihr steht mir wirklich nicht der Sinn. Also, was soll das alles?«

»Was ich mit meinem Freund anstelle, geht dich überhaupt nichts an«, sagte Elise, die vor Wut fast kochte.

»Freund?« Jemma lachte rasselnd. »Nun komm aber mal zu dir, Kleine. Nur weil Ralph es gelegentlich mit dir treibt, heißt das noch nicht, dass er dein Freund ist.«

»Ralph«, sagte Elise, und sie war erstaunt, dass sie sich so gut unter Kontrolle hatte, »sage dieser Person, dass sie verschwinden soll.«

»Ja, Ralph«, sagte Jemma höhnisch und imitierte Elises Stimme. »Sage mir, dass ich verschwinden soll. Und wenn du es sagst, kannst du sicher sein, dass du mich nie wieder sehen wirst.«

»Großartig«, sagte Elise gepresst. Sie bemerkte, wie Jemma sie voller Häme musterte. Am liebsten hätte Elise sie an den Haaren gezerrt, zu Boden gerissen und mit Fäusten traktiert. Sie wartete, dass Ralph etwas unternahm. »Ralph, warum wirfst du sie nicht raus?«

»Ich kann nicht«, sagte Ralph weinerlich.

»Natürlich kannst du das nicht«, schnurrte Jemma. »Du nimmst Befehle entgegen, Ralphie, aber du gibst nicht selbst welche.« Sie wandte sich wieder Elise zu und grinste breit. »Du hast es noch nicht begriffen, was, mein Schatz? Schwer von Begriff, würde ich sagen. Ich frage mich, wie Ralphie es geschafft hat, bei dir eine Erektion zu kriegen. Aber wahrscheinlich hat ihn die Hoffnung angetörnt, dass du ihm einen Vertrag als Model besorgen kannst. Er hat sich schon immer viel auf sein hübsches Gesicht eingebildet, und für ihn wäre es so gut wie ein Orgasmus, wenn er seinen nackten muskulösen Körper auf zwei Seiten Hochglanzpapier bewundern könnte.«

Elise wandte sich an Ralph. »Du hast geglaubt, ich könnte dich als Model vermitteln?«

»Klar hat er das geglaubt«, antwortete Jemma für ihn. »Deshalb habe ich ja auch gestattet, dass er sich mit dir abgibt. Ich dachte, wenn er sie denn vögeln muss, um einen Vertrag zu bekommen – was soll's, das konnte ich ertragen. Schließlich weiß ich, dass du ihm nichts bedeutest. Aber jetzt sieht es so aus, als wenn es mit dem Vertrag nichts wird, was?« Ihre roten Lippen verzogen sich verächtlich. »Du kennst wahrscheinlich gar keine Fotografen. Du bist nur eine kleine Versagerin mit einer großen Klappe. Es ist Zeit, dass Ralphie dir einen Tritt versetzt.« Sie stemmte die Fäuste in die Hüften und starrte Elise herausfordernd an. »Verschwinde endlich. Und lass Ralphie in Ruhe. Von jetzt an ist er wieder nur für mich da.«

Elise schaute Ralph an, als könnte sie ihn mit ihren Blicken zwingen, sich auf ihre Seite zu stellen, dieser frechen Schlampe zu widersprechen. Aber er stand nur da, wich ihrem Blick aus, indem er den Kopf senkte und zu Boden schaute. Und da fiel es ihr wie Schuppen von den Augen – alles ergab Sinn. Kein Wunder, dass er so entsetzt war, als sie vor der Tür gestanden hatte. Er hatte gar nicht vor, zu einer Junggesellenparty zu gehen. Er hatte auf diese Schlampe gewartet.

»Da ist die Tür!« blaffte Jemma sie an. »Verschwinde!«

Elise überlegte, ob sie Jemma mitten ins Gesicht schlagen sollte. Für ihren Gemütszustand wäre es Balsam gewesen, aber ihr Stolz hinderte sie daran.

Sie schritt in die Küche, denn sie wollte dem Pärchen nicht die Dose mit dem teuren Kaviar und die anderen Konserven mit exotischen Früchten überlassen, die sie in ihrer Vorfreude gekauft hatte. Sie packte die Taschen und überlegte noch kurz, ob sie eine Weinflasche auf die Küchenfliesen fallen lassen sollte, aber dann setzte sich ihr Verstand wieder durch. Geh mit Würde, sagte sie sich. Das wird Jemma, diese Schlampe, viel mehr ärgern. Warum soll ich ihr zeigen, wie wütend und verletzt ich bin?

»Endlich!« rief Jemma ihr nach, als sie die Wohnungstür öffnete. Noch bevor sie zugefallen war, hörte sie ihre barsche Stimme, wie sie Ralph befahl: »Zieh dich endlich aus, du Miststück! Du bist mir noch etwas schuldig für diese Szene. Auf die Knie! Und krieche zu mir, aber schnell!«

»Also, ich glaube, es ist das Beste, was dir überhaupt passieren konnte«, sagte Janine. Sie saß Elise gegenüber und kaute auf einem Bissen eines Burgers. »Er war nicht der Richtige für dich. Ich habe mich die ganze Zeit gefragt, wieso du das nicht einsiehst. Ich weiß nicht, was du in ihm gesehen hast. Also, einen langweiligeren Mann kann ich mir nicht vorstellen. Er ist nur an sich selbst interessiert. Ich kann nur hoffen, dass er eine heiße Nummer im Bett war.« Sie schaute ihre Freundin forschend an. »War er?«

»Nein, war er nicht«, gab Elise zu. »Ich war einfach nur entsetzlich in ihn verknallt, und deshalb war es auch im Bett gut mit uns.«

»Fatale Leidenschaft«, sagte Janine. »Daraus beziehen diese Bastarde ihre Macht über uns. Mit mir und Brett war es genauso, das hat mein ganzes Leben versaut. Er wusste, dass ich alles tat, was er verlangte. Und frage mich nicht, was er alles verlangte!« Sie biss wieder ein Stück des Burgers ab und leckte sich Ketchup von den Fingern. »Aber du bist jetzt drüber hinweg, oder? Ich meine, du träumst doch nicht von ihm oder so?«

»Natürlich bin ich drüber hinweg«, sagte Elise, eine Spur zu laut. »Er hat mich nur benutzt. Ich bin froh, dass ich ihn los bin.«

»Du wirst einen anderen finden«, sagte Janine. »Aber dann musst du cool bleiben. Du sollst deinen Spaß haben, aber du darfst dich nicht sofort wieder verlieben.«

»Ich weiß nicht, ob ich einen anderen finden will. Lieber wäre mir ein anderer Job. Irgendwo weit weg von London.«

»Jobs sind nicht so leicht zu finden, vor allem dann nicht, wenn man nicht viel mehr zu bieten hat als einen Schrieb, der besagt, dass man eine Bühnenbildnerin oder eine Schauspielerin ist – das wissen wir doch beide, oder? Und die Arbeit bei Sellick's ist immer noch besser als kellnern. Nein, gib deinen Job nicht auf.«

»Und dann soll ich Ralph jeden Morgen sehen, wie er in seinen eleganten Maßanzügen in der Firma herumläuft? Bei jeder Begegnung müsste ich an diese Schlampe denken, mit der er lieber ins Bett geht als mit mir.« Nein, sie wollte nicht jeden Tag an dieses Fiasko erinnert werden.

»Ich habe die Schnauze voll von Sellick's«, sagte sie. »Es ist nicht gerade eine Herausforderung an dein Gehirn, dazusitzen und zu lächeln und von morgens bis abends ›Guten Tag‹ und ›Auf Wiedersehen‹ zu sagen.« Sie schlug die Zeitschrift Plays and Players auf, ein Fachblatt für alle, die mit Theater, Film und Fernsehen zu tun hatten. Sie hielt Janine eine Seite mit Kleinanzeigen hin. »Schau dir mal die Anzeige an, die ich eingekreist habe. Was hältst du davon?«

»›Designer gesucht zur Neuausstattung eines Schlosses in Northumberland‹«, las Janine. »›Wenn Sie kreativ sind und viel Phantasie haben, rufen Sie uns jetzt an …‹« Sie schaute Elise an. »Ein Schloss? In Northumberland? Du machst doch Witze!«

»Nein, ganz und gar nicht. Es hört sich großartig an. Es ist weit weg von London. Und von Ralph.«

»Und es ist weit weg von jeglicher Zivilisation«, ergänzte Janine. »Und du bist eine Bühnenbildnerin, hast du das vergessen? Wieso sollten sie eine Bühnenbildnerin anheuern, wenn sie ein Schloss neu ausstatten wollen? Du wirst nicht einmal zu einem Vorstellungsgespräch eingeladen.«

»Warum sonst haben sie die Anzeige in ein Theaterfachblatt setzen lassen?«

»Weil sie verrückt sind«, mutmaßte Janine. »Oder weil sie sich einen Scherz erlauben. Vielleicht ist es eine jener geheimnisvollen Botschaften, mit denen Spione sich Informationen mitteilen.«

»Weil sie jemanden brauchen, der kreativ ist und Phantasie hat«, berichtigte Elise. »Weil sie keinen gewöhnlichen Innenarchitekten haben wollen. Sie wollen jemanden, der ihr Schloss ästhetisch und originell ausstattet. Und das kann ich ihnen bieten.«

»Nehmen wir einmal an, dass du – durch irgendeinen verrückten Zufall – den Job tatsächlich bekommst«, begann Janine. »Willst du wirklich in den Norden emigrieren? Wenn dort oben mal jemand mit ein bisschen Sex-Appeal gelebt hat, ist er schon vor zwanzig Jahren nach London gezogen. Willst du dich wirklich mit einer Meute von Typen umgeben, die einen komischen Akzent sprechen und Kappen und Ohrenschützer tragen? Das wirst du nicht aushalten. Und du wirst keinen umwerfend gut aussehenden blonden Schauspieler treffen, der dein Liebesleben auf Trab bringt. Du wirst dich zu Tode langweilen.«

»Ich langweile mich auch hier zu Tode«, antwortete Elise. »Ein Schloss neu auszustatten hört sich nach einer großartigen Sache an. Ich werde mich melden. Mehr als nein sagen können sie nicht. Und was Männer angeht – mir ist es egal, wenn ich mein ganzes Leben lang keinen gut aussehenden blonden Mann mehr sehe.«

Aber das stimmte nicht ganz. Ralph war ihrem derzeitigen Ideal eines Mannes gefährlich nahe gekommen. Wenn sie von einem Mann geträumt hatte, war er immer schön gebräunt und blond gewesen. Ja, sie hatten alle wie Ralph ausgesehen.

In dieser Nacht träumte sie auch. Er stand vor ihr, tadellos wie immer in seinem dunklen Geschäftsanzug. Dann begann er sich auszuziehen. Das hatte sie sich immer von ihm gewünscht. Der Gedanke, dass sich ein Mann langsam und aufreizend auszog, weil er wusste, dass er beobachtet wurde, erregte sie. Aber sie hatte sich nie getraut, ihn darum zu bitten.

Jetzt benahm er sich genauso, wie sie es sich immer gewünscht hatte. Er schlüpfte aus seinem Jackett und ließ es achtlos auf den Boden fallen – undenkbar, dass er das im wahren Leben tun würde. Er knöpfte sein Hemd auf, es glitt von den breiten muskulösen Schultern und glitt ebenso zu Boden. Die Haut glänzte golden von den Stunden unter der Sonnenbank. Er hatte keine auffällige Körperbehaarung; die Nippel waren klein und fest.

Sie sah aufgeregt zu, wie er den Reißverschluss der Hose aufzog und aus ihr heraustrat. Er trug einen engen schwarzen Slip, der sich straff über seine Genitalien spannte.

Sehr langsam glitten die Hände unter das Elastikband und schoben den Slip hinunter. Aber als er dabei war, seine beträchtliche sexuelle Ausrüstung zu entblößen, beschrieb er eine halbe Drehung, und sie sah, wie er den Stoff über die Wölbung der Hüfte schob. Sie bewunderte die festen Muskeln seines Hinterns. Er bückte sich, immer noch mit dem Rücken zu ihr, und stieg aus dem Slip. Er posierte für sie, spannte die Schultern, wandte sich ihr halb zu, und in der Drehung erhaschte sie einen kurzen Blick auf den leicht schwingenden Penis. Am liebsten hätte sie geschrien, dass er sich ihr ganz zuwenden und präsentieren sollte, damit sie alles von ihm sehen konnte.

In der nächsten Szene ihres Traums war sie nackt. Seine Hände streichelten über ihren Körper. Sie spürte eine pochende Erektion, die gegen ihre Schenkel presste. Ihre Brüste bebten vor Lust, als er sie mit dem Mund verwöhnte, und dann spürte sie, wie er zwischen ihren Schenkeln forschte, zuerst mit den Fingern, dann …

Sie wurde mit einem Schlag wach. Das Gefühl des Eindringens war so stark, dass sie für einen Augenblick geglaubt hatte, Ralph wäre tatsächlich bei ihr. Ihre Hände glitten hinunter, und mit fiebriger Hast berührte sie sich. Der Traum hatte sie so stark erregt, dass sie im nächsten Moment im Orgasmus geschüttelt wurde. Danach fiel sie zurück in einen befriedigenden, erholsamen Schlaf.

Als sie sich am anderen Morgen an den Traum erinnerte, war sie alles andere als glücklich. Sie wollte nicht, dass Ralph sie in ihren Träumen verfolgte. Sie wollte ihn vergessen. Sie würde ihn nie sehen, wie er aufreizend langsam seine Kleider abstreifte, obwohl ihr jetzt bewusst wurde, dass sie ihn dazu hätte bringen können. Sie hätte alles Mögliche von ihm verlangen können. Der tüchtige Ralph Burns, der nach außen hin so machomäßig wirkte, fuhr auf Frauen ab, die ihn herumkommandierten.

Elise wäre nie auf die Idee gekommen, auch deshalb nicht, weil sie immer einen starken Mann haben wollte. Wenn sie mehr wie Jemma Harrisford gehandelt hätte, wäre Ralph dann bei ihr geblieben? Hätte sie die ganze Zeit so handeln können wie Jemma? Es machte ihr nichts aus, ab und zu diese Rolle zu übernehmen, aber sie glaubte nicht, dass sie immer die Domina sein wollte oder könnte. Beim Sex kam es auf Geben und Nehmen an, aber Ralph hatte ja nie versucht, herauszufinden, was ihr besonderen Spaß machte.

Es war einfach, jetzt zurückzuschauen und zu erkennen, wie leicht sie es ihm gemacht hatte. Kein Wunder, dass er so umständlich gewesen war, wenn es darum ging, sich zu verabreden. Er hatte seine Zeit zwischen ihr und Jemma einteilen müssen. Vielleicht hatte Jemma sogar seine Verabredungen mit ihr genehmigen müssen! Er soll glücklich mit seiner Domina werden, dachte Elise. Ich hoffe, sie verprügelt ihn jeden Abend. Er ist ein eigensüchtiges Schwein. Ein Waschlappen. Als er erkannt hatte, dass Elise ihm keinen Modelvertrag verschaffen konnte, hatte er es zugelassen, dass seine Freundin sie einfach aus der Wohnung jagte.

Ärgerlich war nur, dass sie immer noch einen sexuellen Schauder spürte, wenn sie an ihn dachte. Auch wenn sie wusste, dass sie ihn nicht mehr sehen wollte. Wenn sie bei Sellick's blieb, würde sie ihn jeden Morgen sehen, wie er mit seinem forschen Gang die Halle durchschritt – nein, dieses Trauma wollte sie sich ersparen.

Sie wusste, dass Janine Recht hatte – Jobs waren nicht leicht zu finden. Aber sie wusste auch, dass die Bequemlichkeit eines solchen Jobs dazu verführen konnte, sich nicht mehr mit letzter Kraft um einen Auftrag in ihrem eigentlichen Beruf zu bewerben.

Nein, sie brauchte eine berufliche Herausforderung, und die Neuausstattung eines Schlosses schien genau das zu sein, was sie sich wünschte. Sie war auf dem

Land geboren und groß geworden, und der Gedanke, London zu verlassen, schreckte sie überhaupt nicht.

Am Telefon meldete sich eine frische Frauenstimme, als Elise wegen der Anzeige anrief. Sie sollte ihre Bewerbung einschließlich des Lebenslaufs und ihrer Berufserfahrung schicken, und dann nannte die Frau die Adresse.

Außer einigen unbezahlten Praktika an verschiedenen Theatern und ihrer Arbeiten während des Studiums hatte Elise nicht viel Berufserfahrung aufzuweisen. Sie überlegte, ob sie ein bisschen lügen sollte, entschied sich dann aber dagegen. Im Bewerbungsbrief schrieb sie, dass sie wahnsinnig gern ihre Erfahrungen als Bühnenbildnerin in die artverwandte Aufgabe der Inneneinrichtung einbringen würde.

Nachdem sie den Brief abgeschickt hatte, wünschte sie, sie wäre nicht so ehrlich geblieben. Wahrscheinlich meldeten sich Hunderte erfahrene Innenarchitekten auf diese Anzeige, denn auch für sie musste es eine Herausforderung sein, ein Schloss zu gestalten. Sie rechnete nicht einmal mit einer Antwort, deshalb kam die knappe Mitteilung, dass sie zum Vorstellungsgespräch kommen sollte, als völlige Überraschung. Der Brief war von einem Max Lannsen unterschrieben.

Sie brauchte viel Zeit für die Entscheidung, was sie zum Vorstellungsgespräch anziehen sollte. Sollte sie sich als Künstlerin aufstylen, mit einem langen Rock, auffälligem Make-up, ihrem tibetanischen Schmuck und mit der ungezähmten rotbraunen Mähne? Oder sollte sie lieber konservativ auftreten und sich für eines der Kostüme entscheiden, das sie für ihr Auftreten bei Sellick's gekauft hatte, dazu eine schlichte weiße Seidenbluse und das Haar streng zurückgekämmt und mit einer Spange im Nacken gebändigt? Schließlich entschied sie sich für die konventionelle Variante, allerdings ergänzt durch eine ungewöhnliche Silberbrosche, die eine Freundin entworfen hatte – wenigstens eine Andeutung ihrer Kreativität.

Die Einladung zum Gespräch hatte sie schon überrascht, aber genauso sehr überraschte sie die Adresse: eine große Villa im viktorianischen Stil am nördlichen Stadtrand von London. Man konnte sie von der Straße nicht einsehen, sie lag zurückgesetzt und war hinter Büschen und Bäumen verborgen. Die Hecke, die das Grundstück umgab, hätte dringend geschnitten werden müssen. Die Auffahrt zum Eingang und die Blumenbeete schrien auch nach einer pflegenden Hand.

Elise zögerte, ehe sie den Finger auf den Klingelknopf drückte. Worauf ließ sie sich ein? Sie hatte erwartet, von einer Agentur für Design zum Gespräch eingeladen zu werden, aber es handelte sich offenbar um eine Privatperson. Nach dem Zustand des Gartens zu urteilen, konnte es keine vermögende Privatperson sein. Wie konnte sie sich die ›Neuausstattung eines Schlosses‹ leisten? Ob es sich wirklich um ein ernsthaftes Angebot handelte?

Es gibt nur einen Weg, das herauszufinden, dachte sie. Sie drückte auf die Klingel und hörte sie dröhnend laut hinter der Tür anschlagen. Die Farbe blätterte von der Tür ab, bemerkte Elise, und als sie geöffnet wurde, quietschte sie laut.

Eine junge Frau mit kurzen blonden Haaren stand da. Sie trug einen engen pinkfarbenen Pullover und einen Minirock.

»Hi«, sagte die Frau und lächelte freundlich. »Sie sind zum Vorstellungsgespräch gekommen, nicht wahr?«

»Ja.« Das Innere der Villa war eine weitere Enttäuschung. Der Flur wurde von einer hellen Glühbirne ohne Schirm beleuchtet, und auf den Holzbohlen lag kein Teppich. Die junge Frau ging voraus und trat dann in ein großes Zimmer, das spärlich eingerichtet war. Auf zwei Tischen stapelten sich mehrere Papierberge, und an einer Wand stand ein uralter Aktenschrank. An den anderen Wänden hingen Poster von Popstars. Auf einer Kiste standen ein Kessel und eine Kaffeedose.

Ein junges Mädchen schaute von ihrer altmodischen Schreibmaschine hoch und grinste unverschämt.

»Noch eine, die Graf Dracula sehen will?«

»Graf wer?« Elise schaute von der einen zur anderen.

Die junge Frau, die Elise hereingelassen hatte, trat hinter einen der Tische und ordnete Papiere. »Das ist Kellys alberner Humor«, sagte sie. »In Wirklichkeit fährt sie voll ab auf Max Lannsen.«

»Das stimmt überhaupt nicht!« wehrte sich Kelly und nahm das Blatt aus ihrer Schreibmaschine, zerknüllte es und warf es in den Papierkorb. »Verdammt, ich hasse diese antiquierten Dinger. Warum schafft er sich keinen Computer an?«

»Die gibt es noch nicht in Transsylvanien«, sagte die blonde Frau. Sie wandte sich wieder Elise zu. »Sind Sie Veronica Barclay?«

»Elise St. John«, sagte Elise.

»Ann ist wirklich tüchtig«, bemerkte Kelly mit freundlichem Spott, während ihre Kollegin in einer Schublade kramte. »Geben Sie ihr zehn Minuten, dann hat sie Ihre Bewerbungsunterlagen gefunden – wenn Sie Glück haben.«

»Warum Graf Dracula?«, fragte Elise.

»Das war eher ein Kompliment«, sagte Kelly. »Ich meine, viele Leute finden Vampire wirklich sexy. Oder würden Sie Tom Cruise von der Bettkante stoßen?«

»Wenn er diese Fangzähne im Mund hätte, würde ich das tun«, sagte Elise. »Und irgendwie kann ich mir keinen blonden Vampir vorstellen.«

»Dann wird Ihnen unser charmanter Max Lannsen gefallen«, behauptete Kelly. »Er hat nichts Blondes an sich. Und in einem langen schwarzen Umhang kann ich ihn mir richtig sexy vorstellen.«

»Mr Lannsen mag sexy sein, wenn man auf diese Art steht«, sagte Ann, »aber charmant ist er nun wirklich nicht.« Sie sah Elise an. »Ich glaube nicht, dass er Frauen mag. Eines der Mädchen, das sich bei ihm vorgestellt hat, kam Tränen überströmt heraus. Auch zu uns ist er nicht gerade freundlich, aber das ist uns egal, denn wir bleiben nur ein paar Wochen hier. Bis er die Leute gefunden hat, die in seinem Schloss arbeiten sollen. Falls er sie jemals findet.« Sie reichte Elise einen Umschlag. »Das sind Ihre Bewerbungsunterlagen. Nehmen Sie sie mit rein.«

»Hat Mr Lannsen sie noch nicht gelesen?«

»Vielleicht hat er sie zu Gesicht bekommen, als sie mit der Post eintrafen«, sagte Ann. »Danach haben wir sie irgendwie verlegt.«

»Ist Mr Lannsen der Besitzer des Schlosses in Northumberland?«

»Ich glaube«, antwortete Ann. »Ich meine, er hätte es geerbt oder so.«

»Und warum will er es neu ausgestattet haben? Wird er dort wohnen?«

»Keine Ahnung.« Kelly hob die Schultern. »Wir sind nur halbtags hier, und auch nur für kurze Zeit. Niemand sagt uns irgendetwas. Der Graf ist nicht gerade redselig. Ann sagt, dass man schon zufrieden sein muss, wenn er einen guten Morgen wünscht. Und ein ›Good bye‹ habe ich von ihm noch nie gehört.«

Die Sprechanlage auf Kellys Schreibtisch summte laut. »Ist Miss St. John schon eingetroffen?«

Er war eine kühle Stimme, und einladend klang sie nicht. Elise versuchte, sich ein Gesicht zu dieser Stimme vorzustellen, aber das gelang ihr nicht.

»Sie wartet hier, Mr Lannsen«, sagte Kelly.

»Soll hereinkommen.«

Kelly schaltete die Anlage ab. »Viel Glück«, sagte sie zu Elise. »Es ist die zweite Tür rechts.«

Ihre Schritte hallten laut im Flur wider. Sie blieb kurz vor der zweiten Tür stehen und überlegte, ob sie anklopfen oder einfach hineingehen sollte. Sie schüttelte sich und stellte fest, dass sie verwirrt war. Dieser Max Lannsen hatte sie jetzt schon beunruhigt, und sie hatte ihn doch noch gar nicht gesehen. Einen Augenblick lang fragte sie sich, ob sie wirklich für jemanden arbeiten wollte, der Frauen offenbar hasste und Bewerberinnen zum Weinen brachte.

Ob er schwul war? Während ihrer Studienzeit hatte sie einige schwule Männer gekannt. Einige waren boshaft gewesen, aber mit den meisten war sie wunderbar ausgekommen. Sie fühlten sich wohl in der Gesellschaft von Frauen. Sie erinnerte sich an Paul, der ihr viele Tipps zum Make-up gegeben hatte. Es war auch Paul gewesen, der ihr gesagt hatte: »Warum sollten wir nicht gut mit Frauen zurechtkommen? Wir haben vieles gemeinsam – wir alle lieben Männer.«

Sie klopfte kurz und drückte die Tür auf. Das Zimmer wirkte dunkel, denn wegen der hohen, ausladenden Bäume draußen konnte kaum Licht durch die beiden hohen Fenster einfallen. Mitten im Zimmer stand ein alter Schreibtisch. Dahinter ein gepolsterter Stuhl, davor ein Holzstuhl mit hohem Rücken. Elise nahm verlegen das Klacken ihrer Absätze auf dem nackten

Fußboden wahr. Zum Schreibtisch schien es ein langer Weg zu sein.

Ein Mann stand am Fenster und blickte hinaus. Als er sich umdrehte, durchfuhr sie fast so etwas wie ein elektrischer Schlag. Er war das Gegenteil von allem, was sie bisher für attraktiv gehalten hatte. Sie mochte ihre Männer lieber strotzend, nicht so dürr wir diese hoch aufgeschossene Gestalt mit schwarzen Haaren und in einem dunklen Anzug vor ihr. Sie begriff sofort, was Kelly gemeint hatte, als sie von Graf Dracula gesprochen hatte.

Max Lannsen hatte hoch angesetzte Wangenknochen und steile Augenbrauen, die ihm einen beinahe diabolischen Ausdruck gaben. Es war schwer, sein Alter zu schätzen. Vielleicht dreißig, dachte sie. Ja, ein langer schwarzer Umhang würde ihm gut stehen. Mit roter Umrandung. Blutrot. Er strahlte etwas Fremdartiges, Geheimnisvolles aus, und er wirkte auf Elise trotz allem sexuell attraktiv.

»Setzen Sie sich«, sagte er.

Seine Stimme hatte keinen Anflug von Akzent, aber auch keinen Ausdruck. Sie setzte sich. Er nahm hinter dem Schreibtisch Platz und starrte sie an. Er saß mit dem Rücken zum Fenster, deshalb lag sein Gesicht im Schatten. Er streckte seinen Arm aus, und sie bemerkte, wie lang und feingliedrig seine Finger waren. Die Hand eines Künstlers, dachte sie, obwohl er sonst nicht so aussah. Sie konnte sich überhaupt keinen Beruf für ihn vorstellen.

»Hat dieser Schwachkopf draußen endlich ihre Unterlagen gefunden?«

Elise zwang sich, mit ihren Tagträumereien aufzuhören. Sie errötete leicht und reichte ihm den Umschlag, den Ann ihr mitgegeben hatte. Er bedachte sie mit einem langen Blick, ehe er den Umschlag öffnete und zu lesen begann. Er macht mich nervös, dachte Elise und ärgerte sich über sich selbst.

»Warum bewerben Sie sich um diesen Auftrag?« fragte er plötzlich. »Sie haben doch überhaupt keine Erfahrung mit Inneneinrichtungen.«

Sie hätte am liebsten gesagt: Das wussten Sie vorher, und trotzdem haben Sie mir einen Termin gegeben. Stattdessen sagte sie: »Zu unseren College-Kursen gehörte auch Inneneinrichtung.«

»Aber hier schreiben Sie, dass Sie Bühnenbildnerin sind«, sagte er barsch. Er schaute wieder in ihre Unterlagen. »Und auch in Ihrem Beruf haben sie so gut wie keine Erfahrung.«

»Ich habe das College erst vor sechs Monaten abgeschlossen. Es ist sehr schwierig, einen Job beim Theater zu bekommen.«

»Warum haben Sie dann diesen Beruf gewählt?« Er starrte sie immer noch mit diesem intensiven Blick an. »Sie haben wohl gedacht, es wäre leicht, unter den gut aussehenden Schauspielern einen Ehemann zu finden, was?«

Seine Feindseligkeit führte dazu, dass Elise sich besser fühlte. Jetzt konnte sie auf etwas reagieren. Er hat gar nicht die Absicht, mir einen Job anzubieten, dachte sie, also bin ich auch nicht gezwungen, besonders freundlich zu ihm sein zu müssen. Er ist ein arroganter, sexistischer Bastard, der sich darin gefällt, Frauen zu erniedrigen. Zur Hölle mit ihm!

»Es wird Sie überraschen, aber einen Mann zu finden steht auf meiner Prioritätenliste ganz weit unten«, sagte sie kühl. »Es ist mir viel wichtiger, einen Job zu finden.« Sie erhob sich. »Offenbar bin ich dafür am falschen Ort.«

Er starrte ihr ins Gesicht. Sie wusste, dass sie sich hätte umdrehen und hinausgehen sollen. Das wäre die richtige Reaktion auf sein Verhalten gewesen. Aber sie fand sich beinahe hypnotisiert von diesem starren, staunenden Blick. Erst jetzt fiel sein Blick auf die Arbeitsmappe, die sie bei sich trug.

»Nun ja, ich könnte vielleicht einen Blick auf Ihre Arbeit werfen«, sagte er gönnerhaft.

Am liebsten hätte Elise sich geweigert. Sie legte die Mappe vor ihn hin, innerlich kochend. Wenn er erwartete, dass sie die Mappe für ihn öffnete, damit er sich ihre Arbeiten im College ansehen konnte, dann hatte er sich gehörig geirrt. Doch er öffnete die Mappe schließlich selbst und betrachtete die Arbeiten.

»Phantasievoll«, sagte er schließlich.

»Ich könnte in Ihrem Schloss ebenso phantasievoll sein«, behauptete sie.

Einen flüchtigen Moment lang glaubte sie, ein schwaches Lächeln um seinen Mund erkannt zu haben. »Vielleicht.« Die Lippen klebten wieder fest aufeinander. »Wissen Sie, wo das Schloss liegt? Wenn ich Sie anstelle, welche Garantie habe ich, dass Sie nicht nach einer Woche gelangweilt sind und zurück nach London reisen?«

Weil sie sich schon damit abgefunden hatte, dass er gar nicht die Absicht hatte, ihr einen Auftrag zu geben, wurde sie von seiner Frage völlig überrascht. »Warum sollte ich mich langweilen?« Kühl erwiderte sie seinen Blick.

»Vielleicht würden Sie bald die Parties und das Tanzen vermissen«, sagte er. »Ohne diese Dinge fühlt ihr Frauen euch doch nicht wohl.« Der Sarkasmus war dick aufgetragen. »Ein volles gesellschaftliches Leben nennt man das doch, nicht wahr?«

Elise fing seinen Blick auf und hielt ihm stand. »Ich bin gern in Gesellschaft«, räumte sie ein, »aber das hat nichts mit meiner Arbeit zu tun. Ich kann beides gut voneinander trennen. Wenn Sie wirklich vorhaben, mir diesen Auftrag zu geben, kann ich gern einen Vertrag unterschreiben, der ...«

»Verträge können leicht gebrochen werden«, unterbrach er sie. »Das trifft besonders auf Frauen zu, habe ich erfahren müssen.« Bevor sie darauf antworten konnte, hatte er die Mappe wieder über den Schreibtisch geschoben. Er drehte sich in seinem Stuhl, stand auf und schritt wieder hinüber zum Fenster. Er wandte ihr den Rücken zu, als er sagte: »Stellen Sie sicher, dass diese lahmen Frauen draußen, die sich Sekretärinnen schimpfen, Ihre Adresse nicht verlieren. Es kann sein, dass ich mich wieder bei Ihnen melden will.«

Elise begriff, dass sie entlassen war. Sie wollte noch sagen: He, warten Sie mal, ich habe noch einige Fragen. Es hat keinen Sinn, sich bei mir zu melden, wenn ich über den Job nichts weiß. Und über die Bezahlung. Und über die Frage des Wohnens. Und wann es anfangen soll. Aber ein Blick auf die hohe Gestalt mit den nach unten gezogenen Schultern überzeugte sie, dass sie von Max Lannsen jetzt keine Antworten erhalten würde.

Kelly schien überrascht zu sein, dass er Elise aufgetragen hatte, dafür zu sorgen, dass ihre Adresse nicht verlegt wurde. »Das hat er bisher noch keiner anderen gesagt«, meinte sie. »Vielleicht bietet der Graf Ihnen wirklich einen Job.«

»Wenn er das tut, wird er vielleicht erfahren, dass ich gar nicht für ihn arbeiten will«, antwortete Elise patzig.

Aber das stimmte nicht – und Janine gegenüber gab sie das am nächsten Tag auch zu. Doch ihre Freundin war nicht beeindruckt von dem, was Elise ihr über Auftrag und Auftraggeber zu berichten hatte.

»Er ist ein sexistischer Bastard, und du willst dich mit ihm einlassen? Zuerst dieser betrügerische Ralph Burns und jetzt dieser Bruder von Graf Dracula? Bist du insgeheim eine Masochistin, oder was?«

»Ich will mich nicht mit ihm einlassen«, protestierte Elise. »Ich will sein Schloss neu ausstatten oder dekorieren oder was immer es ist, was er will. Und wenn es nur dazu dient, ihm zu beweisen, dass ich es kann.«

»Warum solltest du ihm irgendetwas beweisen müssen?« hakte Janine nach. »Warum ist dir das so wichtig? Liegt dir was an ihm? Hast du dich das schon gefragt?«

»Das hat was mit Berufsehre zu tun«, behauptete Elise.

»Unsinn!« gab Janine zurück. »Hör zu, es ist ganz offensichtlich, dass du dich in ihn verknallt hast. Du bist verrückt nach ihm. Du betrachtest ihn als Herausforderung. Du willst ihn beeindrucken. Und das ist die Straße ins Unglück, das kannst du mir glauben.«

»Er ist der letzte Mann, in den ich verknallt sein will«, verteidigte sich Elise. »Er ist einfach nicht mein Typ.«

Aber am Abend, als sie sich zum Schlafengehen vorbereitete, erinnerte sich Elise an Janines Worte und fragte sich, ob sie der Wahrheit entsprächen. Lag ihr etwas an Max Lannsen? Nein, entschied sie. Es war nur, dass er so ungewöhnlich war. Auffällig in der Erscheinung. Sein Benehmen war widerlich. So arrogant und herablassend. Aber genau das war der Grund, warum sie nach Northumberland gehen wollte. Sie wollte ihm beweisen, dass sie trotz ihres Mangels an Erfahrungen die Aufgabe erfüllen konnte, die er ihr stellen würde. Ganz egal, was er aus seinem Schloss machen wollte.

Sie schlüpfte ins Bett und deckte sich mit einem leichten Federbett zu. Ihre Gedanken wanderten. Was für ein Schloss mochte es wohl sein? Hatte er es wirklich geerbt? Hatte er vor, dort zu wohnen? Sie stellte sich eine gezackte Silhouette vor einem grauschwarzen Himmel vor. Türmchen und Zinnen, Sekunden angestrahlt von zuckenden Blitzen, gefolgt von grollendem Donner. Und dann in einem Fenster eine hagere Gestalt, von einem schwarzen Umhang umhüllt. Die Seiten blähten sich im Wind auf und flatterten wie Flügel. Max Lannsen.

Verdammt, dachte sie, das brauche ich nun wirklich nicht. Ich will nicht von ihm träumen! Sie verbannte die theatralischen Bilder und wartete, dass der Schlaf sie übermannte.

Sie befand sich in einem Raum, dessen Wände aus Mauerwerk bestanden, und da war auch das Fenster wieder, das sie im Halbschlaf gesehen hatte. Draußen herrschte eine stürmische Nacht. Sie war nackt und lag ausgestreckt auf einem Gestell, das sie an eine mittelalterliche Folterbank erinnerte. Aber sie fühlte sich wohl in ihrer Lage, und irgendwie war sie auch erregt. Sie wusste, dass jemand im Zimmer war, aber sie fühlte sich nicht bedroht. Hand- und Fußgelenke steckten in Fesseln, aber sie empfand sie eher als willkommene Umarmungen.

Ein Mann trat an sie heran. Er trug eine schwarze Maske, die Kopf und Augen verbarg, sowie eine enge, knielange schwarze Reithose. Er bewegte sich lautlos auf seinen nackten Füßen. Elise bestaunte seine gestählten Muskeln, den breiten Brustkorb und die schmalen

Hüften, besonders aber die Art, wie sein Geschlecht den Stoff der Hose spannte. Man musste glauben, dass der Stoff zerreißen würde, wenn man ihn nur mit einem Fingernagel ritzte. Dann würde sie sehen können, was sich dahinter versteckte.

Er drehte sich um. Die Breeches klebten so eng um die Hinterbacken, dass sie wie angeklebt wirkten. Sie sah das Spiel der Muskeln, und sie hätte gern ihre Finger in das pralle Fleisch gegraben und ihn zu sich herangezogen.

Der Mann baute sich über ihr auf, und sie sah seine Augen hinter der Maske funkeln. Sie waren blau wie Ralphs Augen. Sein Blick schweifte über ihren ausgestreckten Körper, bewunderte ihre Brüste, den flachen Bauch, die wohlgeformten Schenkel. Sie zerrte ungeduldig an ihren Fesseln, aber sie wollte nicht fliehen, und das wusste auch er. Sie sah, wie er lächelte. Es war Ralphs lächelnder Mund. Er streckte die Arme aus, und dann folgten die Hände dem Weg seiner Blicke.

Nun hörte die Ähnlichkeit mit Ralph auf. Ralphs Liebkosungen waren hastig gewesen, ein Mittel, um zu seinem Ziel zu gelangen, und oft auch langweilig, weil so voraussehbar. Dies dagegen war ein geschicktes Verweilen, es waren Berührungen, die die Sehnsucht weckten. Das Traumgeschöpf tat alles, was sich Elise von Ralph immer gewünscht hatte. Sie wölbte ihren gefesselten Körper und labte sich in der köstlichen Hilflosigkeit.

Er berührte sanft ihre Brustwarzen. Er beugte sich hinunter und drückte seinen Mund auf ihre Lippen. Seine Zunge bewegt sich im Rhythmus seiner Finger. Elise spürte, wie kleine wohlige Schauer sie durchliefen. Finger und Zunge forschten weiter, suchten die bestimmten Zonen ihres Körpers, wo sie am erregbarsten war. Er kannte sie alle. Er variierte den Druck seiner

Berührungen, manchmal schnell, manchmal langsam, und erregte sie in einem Ausmaß, das sie bei Ralph nie erreicht hatte.

Sie stöhnte und keuchte, als seine Zungenspitze ihren Nabel umkreiste, die empfindsame Haut der Innenseiten ihrer Arme koste und ganz leicht mit den Lippen einsog, die Konturen ihrer Ohren umspielte und dann ein elektrisierendes Muster auf ihren Nacken malte.

Jede Berührung war eine bezaubernde Schmeichelei, sie verrieten den Geliebten, der sie auf die intimste Art und Weise kannte, der genau wusste, was sie brauchte, und der sich Zeit ließ, ihr alles zu geben, damit sie Erfüllung fand.

Sie wand sich unter seinen erfahrenen Händen und zerrte an den Fesseln. Dieser Mann genoss seine Herrschaft über sie, aber sie wusste, dass ihr alle seine Gefühle zugute kamen. Er zeigte ihr, wie sehr er sie begehrte. Er schob eine Hand in ihren Nacken und hob sie, so weit die Fesseln es zuließen, in eine sitzende Position. Seine Lippen knabberten in ihrer Halsbeuge, und mit der freien Hand massierte er ihre Schultern bis hinunter zu den Brüsten.

Dann legte er alle Behutsamkeit ab. Er umkreiste die Nippel mit den Lippen, saugte hart und drückte den anderen Nippel zwischen Daumen und Zeigefinger. Sie zerrte wieder an den Fesseln, aber sie wusste, dass es nur eine vergebliche Geste war.

Dass ihre Hände und Füße festgezurrt waren, verlieh ihr die Freiheit, alles zu genießen, was ihr widerfuhr, ohne sich um ihren Geliebten kümmern zu müssen. Sie brauchte sich nicht zu überlegen, wie sie ihm das zurückgeben konnte, was er ihr bot, sie brauchte ihn nicht zu erregen. Sie lag da und genoss.

»Ja, so ist es richtig.« Die Hände des maskierten Mannes glitten zwischen ihre gespreizten Schenkel. »Tanz für mich. Komm, zeige mir, wie du tanzen kannst.«

Es war nicht Ralphs Stimme. Es war auch nicht der Mann, der nun rittlings auf ihr saß, plötzlich nackt, und sein Körper glänzte, als sei er mit Öl eingerieben. Der Mann lächelte. Die Stimme aber kam aus den Schatten. Jemand beobachtete sie.

Plötzlich war es kein erotisches Gefühl mehr, an Händen und Füßen gefesselt zu sein. Sie zerrte, wehrte sich, wollte sich jetzt befreien. Sie sah, wie das Fenster sie anstarrte wie ein schwarzes Auge, und davor eine dunkle, schlanke Silhouette.

»Tanze«, sagte die Stimme wieder. »Das ist es doch, was Frauen gefällt.«

Ihre Frustration steigerte sich in Wut. Sie riss die Hände hoch, die Fesseln gaben reißend nach, und dieses Geräusch riss sie aus ihrem Traum.

Das Zimmer schwand. Sie lag in ihrem Bett, keuchend, verschwitzt und unbefriedigt. Seit langem hatte sie nicht mehr einen so deutlichen erotischen Traum gehabt, aber dann hatte Max Lannsen, die dunkle Silhouette am Fenster, ihn gestört. Der Gedanke, ihm einen voyeuristischen Spaß zu bescheren, brachte sie in Wut. Und wütend war sie auch, weil der Traum an der Stelle abgebrochen war, wo es erst richtig losgehen sollte …

Verdammt, Max Lannsen, scher dich aus meinen Träumen, dachte sie.

»Du hast von Max Lannsen geträumt?« Janine hielt die Colaflasche schief, um mit dem Strohhalm den Rest herauszusaugen. »Sehr interessant. Ich würde ja noch verstehen, wenn du von Ralph träumen würdest. Du bist immer noch ein bisschen in ihn verliebt, nicht wahr? Und er hat ja auch einen Körper, für den einer der Chippendale Jungs sich duellieren würde. Aber von Draculas Bruder träumen? Bist du ein bisschen pervers, oder was?«

»Ich bin nicht mehr in Ralph verliebt«, stellte Elise klar.

»Ich bin mir nicht einmal mehr sicher, ob ich je in ihn verliebt war.« Und störrisch fügte sie hinzu: »Außerdem ist Max Lannsen ein recht attraktiver Mann. Er ist nur nicht mein Typ, das ist alles.«

»Du hättest wohl gern was mit ihm, was? Dann lässt sich dein Traum doch leicht erklären. Du warst sauer, weil dein geheimnisvoller Mann aus Transsylvanien dich nicht verführt hat. Dein Unterbewusstsein sagt: Wenn du mich nicht haben willst, dann gibt es eben viele andere, die mich begehren. Dieser kräftige blonde Maskenmann zum Beispiel. Schau nur zu.«

Elise lachte. »Unsinn. Max Lannsen bedeutet mir nichts. Und niemals würde ich mich vor seinen Augen von einem anderen Mann lieben lassen.«

»Ja, natürlich, nicht in Wirklichkeit«, räumte Janine ein. »Aber wir reden über das Land der Träume. Du solltest auf deine Träume hören, Elise, sie können faszinierend sein. Du hast gesagt, dein blonder Maskenmann hätte wie Ralph ausgesehen. Offenbar hast du immer gewollt, dass er dich festbindet, damit du ihm wehrlos ausgeliefert bist. Warum hast du ihm das nie gesagt?«

»Ich habe nie einen Gedanken daran verschwendet«, sagte Elise. »Und er hätte es bestimmt nicht getan.«

»Wahrscheinlich hast du Recht«, meinte Janine. »Eher wäre es ihm umgekehrt lieber gewesen.« Sie sah ihre Freundin lauernd an. »Hast du das mal mit ihm gemacht?«

»Was?«

»Ihn festgebunden?«

»Natürlich nicht.«

»Schade«, sagte Janine. »Du hättest es mal tun sollen.«

»Er hat mich nie darum gebeten.«

»Du hättest es spüren müssen. So etwas soll doch eine Stärke von uns Frauen sein. Weibliche Intuition. Du hättest ihn aufs Bett fesseln und seinen herrlichen Körper lieben sollen.« Sie dachte eine Weile nach. »Er hätte es bestimmt genossen, und dann wärt ihr heute vielleicht noch zusammen.«

»Dieser Gedanke ist mir nie gekommen«, sagte Elise nachdenklich. »Und wenn er mich gefragt hätte, glaube ich nicht, dass ich es hätte tun können.«

»Doch, du kannst es. Es hätte dir Spaß gemacht.«

»Solche Spiele sind nicht mein Ding«, murmelte sie. »Ich wäre mir albern vorgekommen.«

»Darling, mit dem richtigen Typen kannst du jede Art von Spiel treiben«, behauptete Janine. »Und du würdest dich auch nicht albern dabei fühlen. Geben und nehmen – beides kann Riesenspaß sein. Aber natürlich müssen beide es wollen.« Sie grinste. »Einer meiner Verflossenen hat es mal mit mir gemacht. Sogar mit einem Rohrstock. Ich hätte mir nie vorstellen können, dass mir das gefallen würde – aber es hat mir gefallen.«

Elise starrte sie überrascht an. Janine hielt ihrem Blick stand.

»Erzähl weiter«, ermunterte Elise sie. »Du weißt doch, dass du es mir unbedingt erzählen willst.«

Janines Grinsen wurde breiter. »Du willst sagen, dass

du es unbedingt hören willst. Also gut, wenn es sein muss .... Es geschah ganz spontan und hat sich dann so ergeben. Ich ging mit einem Freund, den ich noch nicht lange kannte. Wir balgten uns ein bisschen, und er sagte, ich sollte mich benehmen, sonst .... Nun ja, damit darf mir keiner kommen, deshalb sagte ich: ›Traust dich nicht!‹ oder irgendwas in diese Richtung. Er sagte okay, stand auf und ging zu einer Schublade und holte einen kurzen Rohrstock heraus und ließ ihn ein paar Mal durch die Luft zischen.«

»Also hatte er es doch geplant«, warf Elise ein. »Ich jedenfalls habe keinen Rohrstock in der Schublade.«

»Nun ja, kann sein«, räumte Janine ein. »Ich sage also noch einmal: ›Du traust dich ja doch nicht‹, aber eigentlich hoffte ich, dass er sich traute. Und er hat's getan.«

»Und dir hat's gefallen?«

»Es hat mich scharf gemacht«, gestand Janine. »Weißt du, allein schon das Gefühl .... Er hat mir nicht weh getan. Es hat gebrannt und in die Haut gebissen, aber dieses Gefühl wurde durch die sexuelle Erregung überlagert. Er muss das auch so empfunden haben, denn als wir danach Liebe machten, war er härter denn je, und es ist ihm fast sofort gekommen. Ich weiß noch, dass ich gedacht habe, wir müssen das noch einmal wiederholen. Ich hatte mir sogar vorgenommen, es das nächste Mal ein bisschen auszuschmücken, ich wollte mich entsprechend anziehen und dann so ein Rollenspiel mit ihm machen, bei dem du deine Phantasie ausleben kannst.«

»Und habt ihr es getan?«

Janine schüttelte den Kopf. »Nein, nie wieder. Als wir uns das nächste Mal sahen, tat er schrecklich verlegen und entschuldigte sich ein paar Mal und sagte, er könnte gar nicht begreifen, was in ihn gefahren wäre.

Ich sagte immer wieder, dass es okay gewesen wäre, und er erzählte, dass der Rohrstock einem Freund gehörte, und eigentlich hätte er für solche Sachen nichts übrig. Ich hätte ihn am liebsten gefragt, woher er denn diese riesige Erektion hatte, wenn er die Szene so widerwärtig fand. Aber er war so verlegen, dass ich es nicht übers Herz brachte. Und natürlich habe ich nie wieder etwas in dieser Richtung vorgeschlagen. Als wir das nächste Mal miteinander ins Bett gingen, war es eine einzige Katastrophe, und das war auch das Ende der Beziehung.«

»Und du hast seither auch nie wieder so ein Spielchen versucht?«

»Nein. Ich habe nie wieder die Gelegenheit gehabt. Ich meine, kein anderer Mann hat eine Andeutung gemacht, dass ihm eine solche Variante gefallen könnte. Ich ziehe offenbar die langweiligen Liebhaber an. Aber wenn ich die richtigen Signale auffinge, und wenn es ein Mann wäre, dem ich vertraue, dann wäre ich sofort wieder dabei. Ich würde mich auch danach kleiden – als Schulmädchen oder Gouvernante oder so etwas. Warum nicht? Würdest du es nicht tun?«

»Nein«, sagte Elise.

»Doch, würdest du«, widersprach Janine. »Vergiss Northumberland, vergiss Draculas Bruder, vergiss den verdammten Ralph. Alle Männer sind Bastarde, aber wir brauchen sie halt. Bleib in London. Sei selbst ein Bastard. Wach auf, lebe. Genieße.«

»Ich habe Ralph vergessen«, sagte Elise. Sie wusste, dass es nicht der Wahrheit entsprach, aber das Bild, das sie von ihm hatte, wandelte sich. Der muskelgestählte Körper war noch in ihrer Erinnerung, aber das Gesicht schwand. »Ich will keinen neuen Mann«, fügte sie hinzu.

»Lügnerin!«

»Nein«, verteidigte sich Elise. »Jedenfalls noch nicht.«

»Aber später? Vielleicht morgen?« forschte Janine. »Also, ich weiß nicht, ob ich eine keusche Freundin haben möchte. Ich würde mir dann immer wie eine Sünderin vorkommen.«

Nein, dachte Elise, auch morgen oder nächste Woche noch nicht. Ralph hat mir weh getan. Es wird eine Zeit brauchen, ehe ich darüber hinweg bin. Und das nächste Mal werde ich vorsichtiger sein. Ich lasse mich nicht noch einmal benutzen. Und für den Anfang hilft mir Max Lannsen, um mich aus London abzusetzen. Northumberland? Hört sich gut an.

Ich wette, da oben gibt es keine Möchtegern-Modelle, die mich unter einem Vorwand in ihr Bett ziehen wollen. Also, wenn Max Lannsen mir den Auftrag gibt, werde ich ihn annehmen – selbst wenn die Bezahlung miserabel sein sollte!

Aber als der Brief eintraf, wurde das Thema Bezahlung nicht erwähnt. Elise saß am Frühstückstisch, während sie ihre Post ordnete. Sie erkannte den Brief sofort an der Art, wie die Adresse getippt war – mit einer uralten Schreibmaschine. Sie riss ihn auf.

Der Brief war kurz. Wenn sie noch daran interessiert wäre, dabei zu helfen, Shilden Castle in Northumberland neu zu gestalten, sollte sie das kommende Wochenende nutzen, um sich mit ihrer Aufgabe vertraut zu machen. Wenn sie wünschte, könnte sie im Schloss übernachten. Ihre Reisekosten würden ersetzt werden. Sie sollte ihre Zustimmung telefonisch mitteilen.

Wieder bemerkte sie, dass Max Lannsen sich nicht

die Mühe gemacht hatte, den Brief zu unterschreiben. Das zeigt mir, wie viel er von mir hält, dachte Elise.

Aber es war ihr egal. Dem Brief war die Kopie einer Karte der Region beigelegt, und ihr Ziel war mit einem gelben Marker herausgehoben. Sie betrachtete die Karte und dachte, wenn sie schon aus der Stadt fliehen wollte, wäre die Landschaft da oben im Norden ein idealer Fluchtpunkt.

Am Abend packte sie eine kleine Reisetasche. Als sie zu Bett ging, warnte sie Ralph und Max Lannsen, sich nicht noch einmal in ihre Träume zu schleichen.

Beide respektierten ihre Warnung.

Zweites Kapitel

Elise war nicht bereit, ihrem betagten Mini zu trauen, und da es im Brief geheißen hatte, dass die Reisekosten beglichen würden, mietete sie für das Wochenende ein Auto und fuhr nordwärts, begleitet von der Musik ihrer Lieblingskassetten. Oben in ihrer Tasche lag ein Mobiltelefon, das Janine ihr geliehen hatte. Sie hatte versucht, das Angebot der Freundin auszuschlagen. »Weißt du, im Norden gibt es auch schön Telefone!«

»Aber vielleicht nicht da, wo du arbeiten musst«, hatte Janine widersprochen und verächtlich hinzugefügt: »Irgendeine Schlossruine in der Wildnis.«

»Ich weiß, wo das Schloss liegt. Ich habe eine Straßenkarte.«

»Hör zu«, hatte Janine gesagt. »Ich meine es ausnahmsweise ernst. Was weißt du denn schon über Max Lannsen? Nichts, absolut nichts! Nimm das Telefon mit und ruf mich gelegentlich an. Ich will dieses Wochenende unbeschwert verbringen und nicht darüber grübeln müssen, ob sie dich als Schnäppchen des Monats auf dem weißen Sklavenmarkt verschachert haben.« Als Elise gelacht hatte, war Janine noch ernster geworden. »Okay, solche Geschichten sind vielleicht überholt, aber auch heute verschwinden noch junge Mädchen und Frauen, auch wenn sie nicht mehr in irgendeinem Harem eines Scheichs im Nahen Osten enden. Also, nimm das Handy.«

Des lieben Friedens willen hatte sie es genommen. Aber nun, während der Mietwagen über die Autobahn schnurrte und die Ortsnamen auf den Ausfahrtschildern immer unbekannter wurden, empfand sie Dankbarkeit für die fürsorgliche Art der Freundin. Sie musste sich auch eingestehen, dass Janine durchaus Recht hatte – sie ging ein Risiko ein.

Sie ging davon aus, dass Shilden Castle keine Ruine war, sonst hätte Max Lannsen es nicht neu ausstatten wollen, aber darüber hinaus war Shilden Castle für sie nur ein Punkt auf der Landkarte, umgeben von unbewohnter Landschaft.

Und was wusste sie von Lannsen? Ann hatte behauptet, er hätte das Schloss geerbt, aber selbst dafür hatte sie keine Bestätigung. Wenn es zutraf, müsste er, zumindest seine Familie, aus dieser Gegend stammen. Aber sein Name hörte sich nicht englisch an, obwohl er akzentfrei sprach.

Was war er von Beruf? Sie hatte keinen Schimmer. Er hatte die arrogante Art eines Menschen, der keine Zeit mit Höflichkeiten verschwenden musste, wenn ihm nicht danach zumute war, und er hatte das Aussehen eines Mannes, der gewohnt war, seinen Kopf durchzusetzen. Janine hatte Recht, sie wusste nichts über ihn.

War er Geschäftsmann? Nun, die Art und Weise ihrer Anstellung war nicht sehr professionell gewesen. Es schien ihm auch gleichgültig zu sein, wen er anstellte. Er machte einen verbissenen Eindruck, und ganz offensichtlich mochte er Frauen nicht. Oder er vertraute ihnen nicht.

Sie lächelte, als sie sich Max Lannsen als Mädchenhändler vorstellte. Nun ja, als Traumphantasie hatte das durchaus seine Reize, wenn auch die echten Mädchenhändler zu den Verbrechern der übelsten Sorte gehörten. Frauen als Ware, die man mit Gewinn verkaufte. Empörend.

Sie erinnerte sich an das Bild aus ihrem Traum, wie Max Lannsen am Fenster seines Hauses gestanden hatte, eine schwarze, hagere Gestalt. Würde ein Mädchenhändler seine Opfer erst in Augenschein nehmen, bevor er sie zu ihren geheimen Bestimmungsorten schickte? Ob der Traum doch noch eine andere Bedeutung hatte?

Es war nicht viel Verkehr, und so konnte sie gefahrlos ihren Bildern folgen, die sich vor ihrem geistigen Auge abspielten. Sie rief sich wieder den Raum in Erinnerung, in dem der blonde Maskenmann sich mit ihr beschäftigt hatte. Jetzt konnte sie den Rauch einer teuren Zigarre riechen. Der Mann am Fenster rührte sich nicht. Der Maskenmann stand da, aber sie selbst war auf ihrem Bild nicht zu sehen.

Jemand hupte, und sie zuckte zusammen. He, Mädchen, wach auf!, rief sie sich still zu. Sie bemerkte erst jetzt, dass ihre Kassette abgelaufen war, und spulte das Band zurück. Die Musik von Queen verdrängte ihre Phantasien.

Zwanzig Minuten später bog sie von der Landstraße ab, und von dort an schlängelte sich ein schmaler Weg über offenes, flaches Land. Weit und breit war kein anderes Auto zu sehen.

Die Einfahrt zum Schloss war so schlecht ausgeschildert, dass sie zunächst daran vorbeifuhr. Sie musste zurücksetzen und bog in die enge, von hohen Bäumen gesäumte Einfahrt. Der grüne Tunnel führte sie zum Schloss.

Ihr erster Eindruck war trotz der Bezeichnung *Schloss* und trotz der beiden runden Türme und der blockgroßen, grauen Steine, dass es sich bei Shilden Castle lediglich um ein großes Haus handelte. Das Alter war schwer zu schätzen. Die hohen, schlanken

Fenster hatten gotische Spitzbögen und waren bleiverglast. Die hohen Kamine erinnerten eher an das elisabethanische Zeitalter. Ihr zweiter Eindruck war, dass es sich in einem ausgezeichneten Zustand befand, und ihr dritter Eindruck war, dass niemand im Schloss wohnte.

Der gepflasterte Vorhof war sauber, die Blumenbeete wiesen kein Unkraut auf. Eine breite Treppe führte zur massiven, zweiflügeligen Eingangstür, die weder Klingel noch Türklopfer hatte. Es gab auch keine Notiz, die ihr hätte sagen können, wohin sie sich wenden sollte.

Sie stand ratlos auf dem Treppenaufgang und spürte, wie der Wind an ihren roten Haaren zauste. Sie schüttelte sich vor Kälte, obwohl die Sonne schien.

Sie hatte für die Autoreise eine weite schwarze Hose angezogen und ein kaftanähnliches Top aus Seide. Im warmen Auto war das angenehm gewesen, aber jetzt fegte der Wind durch den dünnen Stoff. Sie bemerkte, dass ihre Brustwarzen sich durch die Kälte zusammengezogen hatten und jetzt steif gegen die Seide drückten. Sie kam sich nackt und verletzlich vor, und mit einem Mal fiel ihr wieder das Bild des Mädchenhandels ein. Instinktiv schaute sie sich um, als erwartete sie, dass jemand sie beobachtete. Im nächsten Augenblick schalt sie sich eine Närrin. Es war niemand da, und genau das war im Moment ihr Problem.

Das ist lächerlich, dachte sie. Welches Spiel hatte sich dieser Max Lannsen ausgedacht? Sie hatte für den Leihwagen mehr ausgegeben, als sie sich leisten konnte, sie hatte eine lange Reise auf sich genommen, statt das Wochenende mit ihren Freunden zu verbringen, und jetzt schien es so, als wäre alles umsonst gewesen.

Sie wurde wütend. Ich werde mich mal ein bisschen umsehen, und wenn ich keinen Weg in dieses Schloss finde, dann fahre ich eben zurück nach London. Und ich werde Max Lannsen eine gesalzene Rechnung schicken.

Sie ging zurück zum Auto, um sich ihren Mantel zu holen, und band ihre zerzausten Haare in einem lockeren Knoten zusammen. Eine Freundin hatte ihr einmal gesagt, wenn sie ihr Haar so trüge, sähe sie aus wie eine rothaarige Brigitte Bardot. Sie hatte das als Kompliment aufgefasst, wenn sie es auch nicht so richtig geglaubt hatte.

Sie begann ihren Rundweg um das Schloss, und bald schon erkannte sie, dass bereits umfangreiche Renovierungen vorgenommen worden waren. An einer Seite war ein größeres Areal geräumt worden, das jetzt als eine Art Materiallager diente. Daneben standen mehrere Abfallcontainer, bis obenhin mit Bauschutt, Kabeln, alten Leitungen und Rohren gefüllt.

Rundherum sah sie nur Grün. Bäume und Wiesen. Idyllische Landschaft, unberührt und friedvoll. Elise schlang den Mantel enger und konnte nun die klare, kalte Luft genießen. Ich kann mir gut vorstellen, in dieser Gegend zu leben, dachte sie.

»Ich nehme an, dass Sie eine der Ladies aus London sind, was?« Die strenge Stimme mit dem schwungvollen Akzent der Nordengländer ließ sie zusammenzucken. Elise drehte sich um und sah eine Frau im mittleren Alter in einer Seitentür stehen. Sie trug einen weißen Overall, und ihr Gesicht zeigte alles andere als einen Willkommensgruß. »Dann kommen Sie doch mal rein.«

»Tut mir Leid«, sagte Elise, als sie drinnen war, »Sie

müssen glauben, dass ich herumschnüffeln wollte. Aber ich wusste nicht, welche Tür ins Schloss führte.«

Ein tadelndes Schnaufen war die einzige Antwort. Die Frau schritt rasch in einen dunklen Gang hinein und erwartete wohl, dass Elise ihr unaufgefordert folgte. Wenig später fand sie sich in einer altmodischen, aber sehr sauber wirkenden Küche wieder. Die Frau drehte sich um und starrte Elise an, musterte sie von oben bis unten.

»Sind wohl gekommen, um sich von Mr Lannsen überprüfen zu lassen, was?« Dic Art, wie sie den ›Mister‹ betonte, verriet Missbilligung. Elise sog den Geruch duftenden Kaffees ein, und sie hätte gern eine Tasse getrunken, aber die Frau sah nicht so aus, als wollte sie Kaffee anbieten. »Sie werden Miss Lorna – oder wie sie sonst heißt – noch sehen wollen, was?«

»Ist das Mr Lannsens Assistentin?«

Sie sah, wie sich die Lippen der Frau spannten und dünner wurden. »Kann sein, dass sie sich so nennt.«

Elise spürte, dass ihr die Geduld zu schwinden begann. »Mir ist es ziemlich egal, mit wem ich sprechen kann«, sagte sie scharf, »wenn mir nur jemand ein paar Erklärungen gibt.«

»Was gibt es denn da zu erklären?« Jetzt klang unverhohlene Verachtung in der Stimme der älteren Frau durch. »Sie wissen doch, warum Sie hier sind.«

»Ja, um das Schloss neu auszustatten«, sagte Elise. »Ich meine, wenn ich den Auftrag erhalte.«

Die Frau brauchte ein paar Minuten, um das zu verdauen. Sie begann mit einer erneuten Musterung. Dann fragte sie beträchtlich freundlicher: »Sie sind eine Art Künstlerin, was?«

»Ich bin Innenarchitektin«, sagte Elise. »Elise St. John.«

»Eine Innenarchitektin«, murmelte die Frau. »Also, ich bin Mrs Stokes. Ich bin die Köchin hier, seit achtundzwanzig Jahren schon. Nicht, dass Mr Lannsen davon beeindruckt ist. Warum sollte ihn mein Leben interessieren?« Sie schaute Elise herausfordernd an. »Sie haben wohl bemerkt, dass ich von ihm nicht als unserem ›Herrn‹ spreche. Werde ich auch nie.«

»Warum sollten Sie auch?«, fragte Elise verwundert.

Wieder traf sie dieser starrende Blick. »Sie wissen wohl gar nichts über Shilden, was? Nun ja, Sie kommen ja aus dem Süden.« Einen Moment lang glaubte Elise, Mrs Stokes würde lächeln. »Sie werden es schon noch lernen. Falls Sie bleiben. Kommen Sie, ich bringe Sie zu dieser Lorna.«

Einige dunkle Gänge führten zu einem breiten, hellen Korridor, dessen Außenwand hohe Fenster hatte. Elise bemerkte, dass die Wände erst kürzlich gestrichen worden waren, wenn auch in einem einfallslosen blassen Ton. Es roch noch nach Farbe. Der Boden war mit Teppichen belegt.

»Zweite Tür«, sagte Mrs Stokes und verschwand wieder im Dunkel.

Elise blieb noch eine Weile vor der Tür stehen und versuchte sich vorzustellen, mit welchen Farben eine wärmere Atmosphäre zu erreichen gewesen wäre. Dann klopfte sie. Eine freundliche Frauenstimme hieß sie eintreten. Das Zimmer war groß und hell und als Büro eingerichtet. Wie der Korridor war es blass gestrichen, als scheute man Farbe im Schloss.

Die junge Frau, die Elise entgegenkam, hatte einen rosa Teint und einen Wuschelkopf mit krausen, hellbraunen Haaren. Sie trug eine altmodische, spitzenbesetzte Bluse mit hohem Kragen, dazu einen langen Rock, der bis zu den hoch geschnürten Stiefeletten reichte, die aus der viktorianischen Zeit zu stammen schienen.

»Sie haben es also geschafft? Das ist super.« Ihr Akzent verriet die Londoner Herkunft, ihr Lächeln war breit und freundlich. Sie streckte eine Hand aus. »Können Sie mir Ihren Namen in Erinnerung rufen?«

»Elise St. John.« Sie tauschten einen Händedruck. Der feste Griff überraschte Elise nicht, er passte zu der Frau. Die viktorianische Kleidung schien eher Tarnung oder Täuschung zu sein. Ich könnte mir eher vorstellen, dass sie in ihrer Freizeit durchs Gelände pirscht und auf Fuchsjagd geht, dachte sie. »Sie sind Mr. Lannsens Assistentin?«

Sie lachte. »Ich bin diejenige, die seine Drecksarbeit machen muss. Lorna Chorley-Smythe. Sagen Sie mir, wie haben Sie denn hereingefunden? Hat vielleicht jemand doch ein Hinweisschild aufgestellt?«

»Ich habe die Köchin getroffen.«

»Oh, Gott«, sagte Lorna und zeigte Sympathie. »Sie Arme! Setzen Sie sich doch. Ich werde Ihnen die notwendigen Informationen geben.« Sie klimperte auf der Tastatur des Computers herum, aus dem ein paar irritierte Töne kamen. Lorna seufzte. »Das verdammte Ding streikt wieder einmal. Ich bin sicher, dass es mich nicht mag. Aber ich brauche es Ihnen nicht auszudrucken, Sie wissen auch so, was Sie zu tun haben.«

»Ich soll die Neuausstattung des Schlosses übernehmen, wenn ich den Auftrag bekomme.«

»Ja, einen Teil des Schlosses. Sie sollen aus dem langweiligen Ostflügel ein Haus der Freuden machen, nicht wahr?«, sagte Lorna. »Die Wände mit Blattgold, zusätzliche Lüster an die Decken, sodass die Leute von einem zum anderen schwingen können. Ich bin sicher, dass Sie das super machen werden.«

»Haus der Freuden?«, wiederholte Elise.

Lorna blickte plötzlich verlegen. »Hat er mit Ihnen darüber nicht gesprochen?«

»Er hat mir so gut wie nichts gesagt«, gab Elise zu.

»Nun, Max soll Ihnen die Einzelheiten liefern.«

Dass sie so vertraut von ihm sprach, brachte Elise auf den Gedanken, dass das viktorianische Mädchen aus London vielleicht Lannsens Freundin sein könnte. Das erklärte auch, warum sie sich nicht mit dem Computer anfreunden konnte. Einen Moment lang sah Elise das rosige Gesicht Lornas mit dem geheimnisvollen dunklen Typ des Max Lannsen zusammen. Eine exotische Kombination.

Lornas nächste Bemerkung beantwortete Elises nicht gestellte Frage.

»Was halten Sie denn von Mister Unberührbar? Wahnsinnig erregend, nicht wahr?«

Elise verbarg ihre Überraschung und sagte kühl: »Nein, mein Typ ist er nicht.«

»Wirklich nicht?« Jetzt schien Lorna überrascht. »Also, ich finde es absolut unmöglich, dass es eine Frau gibt, die bei seinem Anblick nicht nur an das eine denkt.« Sie lehnte sich im Sessel zurück und seufzte. »Wie oft ich mir schon vorgestellt habe, diesen Eisblock von all seinen Kleidern zu befreien und dann auf ihm herumzutoben.«

»Nun«, sagte Elise, die über Lornas unverblümte Art verwundert war, »ich wünsche Ihnen viel Glück.«

»Ich werde mehr als nur Glück brauchen«, meinte Lorna. »Ich glaube, alles an ihm ist tiefgekühlt. Aber ich arbeite daran, ihn aufzutauen.«

»Vielleicht sollten Sie damit anfangen, ihn ›Herrn‹ zu nennen«, schlug Elise vor.

Lorna lachte. »Jetzt höre ich, dass Sie mit Mrs Mürrisch gesprochen haben.« Sie verfiel in eine Imitation von Mrs Stokes' Stimme mit dem unverkennbaren Akzent: »Er kann mich rauswerfen, wenn es ihm beliebt, aber ich werde ihn nicht ›Herr‹ nennen. Niemals!«

Elise lachte lauthals. »Was bedeutet dieses Gerede vom ›Herrn‹?«

»Herr von Shilden«, sagte Lorna und hob die Schultern. »Das ist so eine Art Ehrentitel, die dem Eigentümer des Schlosses von den Einheimischen gegeben wird. Weiß der Himmel warum. Hört sich ein bisschen nach dominantem Sex an, nicht wahr? Oh, das kann auch erregend sein.«

»Sie denken viel an Sex«, sagte Elise und lächelte.

»Wer kann mir das verübeln, wo ich doch Max, den dunklen, geheimnisvollen Max um mich habe?« Sie seufzte theatralisch. »Können Sie ihn sich nicht vorstellen, wie er in Reithosen und mit Peitsche vor Ihnen steht? Der Herr von Shilden persönlich, wie der Blick über seinen Besitz schweift?«

»Nein«, sagte Elise, wenn auch nicht ganz wahrheitsgemäß. »Seit wann kennen Sie ihn schon?«

»Er hat mich in einem ungepflegten Haus in London interviewt«, sagte Lorna. »Es war ein etwas seltsames Vorstellungsgespräch. Ich habe ihn gewarnt, dass ich nicht viel von Computern verstehe und eigentlich auch keine große Erfahrung habe – nun ja, keine große Erfahrung mit Sekretariatsaufgaben. Aber ich habe meine Wimpern klimpern lassen.« Wieder ein Seufzen. »Leider erfolglos. Ich möchte mal gern wissen, was ihn antörnt. Er wird doch wohl nicht schwul sein?«

»Aber er hat Ihnen den Job gegeben.«

»Ich glaube, Max war an meinen Kontakten interessiert«, sagte Lorna. »Und meine Sprachen haben ihm wohl imponiert. Daddy hat mich ein paar Jahre mit durch die Welt geschleppt, nachdem meine Mutter ihn in den Wind geschossen hat. Und dabei habe ich eine Sprache nach der anderen gelernt. Ich schätze, das kann hier sehr nützlich sein, oder? Bei einer internationalen Kundschaft ...«

Elise verstand nicht, wollte aber auch nicht nachfragen. Warum sollte man in einem abgelegenen Schlosshotel in Northumberland eine internationale Kundschaft erwarten? Oder hatte das etwas mit dem Haus der Freuden zu tun – was auch immer das bedeuten sollte. Und warum hatte Lorna einen Job so weit weg von London angenommen? Sie hörte sich nicht so an, als liefe sie einer geplatzten Liebesaffäre davon. Sie wird doch nicht den weiten Weg gekommen sein, um Max Lannsen auf den Fersen zu bleiben?

»Langweilen Sie sich nicht manchmal hier in der Einsamkeit?«

»Manchmal«, gab Lorna zu. »Aber das Leben hier hat auch seine Vorteile. Zum Beispiel, wenn ich mir überlege, wie ich Max Lannsen verführen kann. Und dann ist da noch die Bezahlung. Ich meine, deshalb sind wir doch beide hier, nicht wahr?«

»Niemand hat mit mir bisher über Geld gesprochen«, sagte Elise kleinlaut.

»Nun, das wird eine hübsche Überraschung für Sie werden«, sagte Lorna voraus. »Sie haben eine Menge Geld für dieses Projekt zur Verfügung. Die Investoren wollen alles nur vom Feinsten – und sie sind bereit, dafür auch gut zu bezahlen.«

Und warum haben sie dann mich ausgewählt? fragte sich Elise. Eine unerfahrene Unbekannte. Was waren das für Kontakte, über die Lorna verfügte und die ihre mangelnde Erfahrung im Büro wettmachten?

Okay, Herr von Shilden – oder wie immer du genannt werden willst – ich möchte ein paar Antworten haben, und ich hoffe, dass sie überzeugend klingen. Ich möchte hier bleiben, ich möchte hier arbeiten, aber dann möchte ich auch genau wissen, was eigentlich läuft.

»Wann werde ich Mr Lannsen sehen?« fragte sie.

»Er ist nach Alnwick gefahren«, wusste Lorna. »Sobald er zurückkommt, rufe ich Sie an. Sie können in Ihrem Zimmer auf ihn warten. Die Zimmer für die Angestellten sind recht hübsch. Es gibt einen Fernseher, und Sie können sich einen Kaffee machen. – Wenn Sie mit dem Auto gekommen sind, werden Sie sich eine Dusche und eine Ruhepause gönnen wollen.«

Das Zimmer war hell und sauber, zweckmäßig eingerichtet und hatte ein eigenes Badezimmer. Vom Fenster aus konnte man in den kleinen Innenhof sehen.

»In diesem Flügel wohnen die Angestellten«, erklärte Lorna. »Jedenfalls später, wenn alle hier sind und es endlich losgeht.«

Nachdem sie sich einen Kaffee gefiltert und geduscht hatte, ruhte sich Elise auf dem Bett aus. Die lange Fahrt hatte sie erschöpft. Nur ein bisschen ausruhen, nahm sie sich vor. Dann wäre sie fit für das Gespräch mit Max Lannsen. Sie schloss die Augen, aber sie konnte keinen Schlaf finden. Es gab zu viele Stimmen, die in ihr Bewusstsein eindrangen.

Sie hörte Janine sagen: »Dieser Mädchenhändler.«

Und Lorna: »Das Haus der Freuden.«

Mrs Stokes' Warnung: »Ich nenne ihn nicht ›Herr‹ und werde es auch nie tun.«

Dann wieder Lorna: »Stellen Sie sich vor, wenn er in Reitstiefeln und mit einer Peitsche vor Ihnen steht.«

Ich könnte ihn mir so vorstellen, dachte Elise, aber ich werde es nicht tun. Sie erinnerte sich an ihre kurzen Traumbilder über den Mädchenhandel. Aber was hatte das alles mit ihr zu tun? Sie gehörte nicht zu denen, die darauf reinfielen.

Du musst dir andere Bilder vorstellen, mahnte sie sich. Aber ihr müdes Hirn folgte ihr nicht. Sie sah eine dunkle Gestalt in einem Ledersessel, die Beine weit von sich gestreckt, das Gesicht in den Schatten. Mit diesen Bildern döste sie ein.

Lass dich treiben, dachte sie schläfrig. Entspanne dich. Phantasien haben noch niemandem geschadet, sie tun auch keinem weh.

Sie stellte sich vor, dass zwei muskulöse junge Männer sie in einen dunklen Korridor zerrten. Einer hatte kurzes schwarzes Haar, der andere war blond. Sie trugen beide T-Shirts und enge, sonnengebleichte Jeans. Sie selbst trug weite, lockere Kleidung, einen weichen Kaftan und weite Hosen, wie sie die Frauen im Harem trugen, dazu Sandalen mit goldenen Spangen.

Sie wusste bereits, dass die beiden Männer ihren Körper unter der Kleidung entdeckt hatten. Sie grinsten, während sie Elise begrabschten. Forschende Finger berührten sie an delikaten Stellen.

Sie wehrt sich, aber es war vergebens. Die Männer sahen so aus, als würden sie ihre Freizeit in einem Fitnessstudio verbringen.

»Sie wehrten sich wie eine Katze, das ist gut.« Der dunkelhaarige Mann hielt ihre Arme auf dem Rücken fest. »Der Herr mag sie, wenn sie ein bisschen Temperament zeigen.«

»Sie hat mehr als nur Temperament«, sagte der Blonde. Sein Gesicht erinnerte sie an Ralph. Sie versuchte, sein Bild aus ihrem Bewusstsein zu tilgen. Er sollte blond und gebräunt sei, aber nicht Ralphs Gesicht haben. »Für einen solchen Körper würde sogar ich zahlen. Halt sie fest. Ich will mal eine Kostprobe von dem nehmen, was der Herr bekommen wird.«

»Das ist verboten«, sagte der Dunkelhaarige, und seine Stimme klang nervös.

»Wer wird denn davon erfahren?«

»Ich werde es ihm sagen«, sagte Elise schnell.

Der Mann grinste. »Woher glaubst du, dass irgendjemand dir zuhören wird?«

Er packte ihre Brüste, knetete sie und drückte sie nach oben. Mit den Daumen strich er hart über die Brustwarzen unter dem seidenen Stoff. Elise versuchte, ihm auszuweichen, aber dadurch warf sie sich dem anderen Mann entgegen. Sie spürte seinen geschwollenen Penis und hörte seinen rasselnden Atem.

Die Finger des Blonden arbeiteten schneller. Elise hörte auf, sich zu wehren. Sie reagierte auf seine Liebkosungen und spürte, wie ihre Nippel hart wurden. Wahrscheinlich stand wieder irgendwo da draußen am Fenster die schwarze Gestalt und schaute zu. Und wieder sah sie Ralphs Gesicht.

Die Hände des Blonden glitten nach unten und hielten den Saum des Kaftans. Er schob den dünnen Stoff hoch. Sie war jetzt vom Hals bis zu den Hüften entblößt, und sie spurte, wie die warme Luft ihre Haut umschmeichelte.

»Genug!« Der Mann, der sie festhielt, zitterte vor Erregung, und seine Erektion drückte in die Kerbe ihrer Pobacken.

»Genug?« wiederholte der Blonde gereizt. »Ich habe ja nicht einmal angefangen!«

»Der Herr wartet.«

»Soll er doch warten.« Der Blonde beugte den Kopf, und im nächsten Augenblick spürte sie, wie seine Zunge über ihre Nippel strich, rasch von einem zum anderen. Sie ließ zu, dass seine Hände über ihren Körper fuhren. Kleine Schauer der Lust schüttelten sie.

»Schau dir diese Dinger an!« Der Blonde trat einen Schritt zurück und bewunderte ihre versteiften Nippel. »Wie reife Beeren, die nur darauf warten, gegessen zu werden. Und genau das will ich jetzt tun.«

Seine Hände hielten ihre Hüften umschlungen, und seine Lippen saugten eine Brustwarze ein. Sie spürte, wie seine Zungenspitze kreiste, wie sein Mund saugte. Der Mann, der sie festhielt, ächzte schwer. Er verfolgte die Aktion, indem er über ihre Schulter blickte, und der Anblick des erotischen Vorspiels erregte ihn über alle Maßen.

Sie rieb ihren Körper gegen seinen, mahlte mit den Pobacken verführerisch gegen seine Körpermitte. Sie hörte, wie er harsche Geräusche ausstieß, und gleichzeitig beantwortete er ihre Bewegungen mit rhythmischen Stößen. Sie befand sich genau zwischen beiden Männern. Der Blonde berührte ihren Körper mit Mund und Händen, der andere kämpfte gegen seinen bevorstehenden Orgasmus an.

Dann wurde sie herumgewirbelt und auf die Knie gezwungen. Der dunkelhaarige Mann zog den Reißverschluss seiner Hose auf. Der Blonde presste seine Schenkel gegen Elises Rücken, als wollte er sicherstellen, dass sie nicht davonlaufen konnte. Er drückte sie leicht nach vorn. »Mach's ihm«, raunte er mit heiserer Stimme. »Ich will sehen, wie du es ihm machst.«

»Nein«, sagte sie.

Sie wollte nicht, obwohl sie glaubte, dass es ihr auch Vergnügen bereiten würde. Ihr Körper war schon zu sehr erregt. Aber sie wusste, dass diese beiden Typen zu jenen Männern gehörten, die eine Frau lediglich als Lustobjekt betrachteten, ein Mittel zum Zweck ihrer sexuellen Erleichterung, mehr nicht.

Sie blickte hoch zu dem Mann vor ihr. Die Linien seines Gesichts waren verschwommen, und er sah wie Ralph aus. Sie drehte sich nach dem Blonden um. Auch er sah Ralph ähnlich.

»Du willst es!«, raunte der Mann hinter ihr. Er hatte sich gebückt, und seine Stimme klang dicht an Elises Ohr.

»Nein«, wiederholte sie. »Das will ich nicht. Und erst recht nicht auf diese Weise.«

»Schau dich doch an.« Der Kaftan war wieder zurückgefallen und bedeckte ihren Körper. Der dunkelhaarige Mann schob ihn nach oben, über ihre Brüste, und fuhr dabei über die versteiften Nippel. »Du willst es.«

Er kniete sich hin. Seine Finger strichen über ihre weiten Haremshosen, drückten sanft gegen ihren Schritt, wo es warm und klamm war. Die Hand rieb gegen ihre Klitoris. Sie stöhnte auf.

Hatten sie Recht, diese Gestalten aus ihrer Traumphantasie, die sich plötzlich verselbstständigt hatten? Warum drängte sich Ralphs Gesicht immer wieder auf?

»Nein!« Plötzlich stand sie auf den Füßen. »Der Herr wartet, oder habt ihr das vergessen?«

Die Szene veränderte sich. Sie wurde in einen großen Raum mit einem hohen Fenster geschoben, und nahe beim Fenster stand ein Sessel. Eine Gestalt saß im Sessel und schaute ihr entgegen, die Beine weit ausgestreckt. Die beiden Männer drückten Elise zu seinen Füßen nieder bis ihr Kopf nur noch eine Handbreit von seinen Stiefeln entfernt war.

»Die Kleine hier ist ein Luder«, sagte der Blonde. »Wir hatten Mühe, sie herzubringen.«

»Du willst damit wohl sagen, dass ihr sie ausprobieren wolltet, oder?« Eine ruhige, kultivierte Stimme. »Was ist geschehen?«

»Sie hat uns ermuntert«, sagte der Mann, und die Lüge kam flüssig über seine Lippen. »Sie hat uns angefleht, es ihr zu besorgen.«

»Und ihr habt euch natürlich geweigert?« Jetzt lag mildes Amüsement in der Stimme.

»Wir kennen unseren Auftrag, Herr«, sagte der Blonde.

Der Mann im Sessel hob einen Stiefel an und setzte die Spitze unter Elises Kinn. Sie roch den würzigen, angenehmen Geruch des Leders. Er hob ihren Kopf an, nicht grob, aber entschlossen, sodass sie gezwungen war, ihn anzuschauen. Sie blickte trotzig, denn sie wusste genau, wen sie sehen würde – das Gesicht, das sie auch in einem anderen Traum schon gesehen hatte. Es war das Gesicht von Max Lannsen.

»Was sagen Sie zu den Anschuldigungen?« fragte er weich. »Sagen sie die Wahrheit?«

»Sie sind Lügner«, antwortete Elise. »Sie haben mich überwältigt, und ich habe mich gewehrt.« Dann fügte sie mit fester Stimme hinzu: »Wie ich mich auch gegen Sie wehren werde.«

Er lachte leise, schaute aber über sie hinweg zu seinen beiden Dienern. »Die hier werde ich für mich beanspruchen«, sagte er. »Jedenfalls für eine Weile. Stellt sie hin. Und zieht sie aus. Ich will sie in Augenschein nehmen.«

Noch bevor Elise beginnen konnte, sich zu sträuben, hatte der Blonde sie schon am Kragen des Kaftans gepackt und versuchte, ihn ihr über den Kopf zu ziehen. Sie schlang den Stoff enger um ihren Körper, hielt ihn mit beiden Händen fest, aber der Blonde drehte sie einmal um ihre eigene Achse, und dabei riss er mit einem heftigen Ruck. Der Kaftan zerriss, und der Kerl zerrte an den zwei Teilen. Gleichzeitig wollte der dunkelhaarige Mann ihr die weite Hose hinunterziehen. Sie trat nach ihm. Er ließ sie hastig los und duckte sich.

Der Mann im Sessel lachte glucksend. »Braucht ihr immer so lange, um eine Frau auszuziehen?« Er stand plötzlich auf und trat auf Elise zu. Seine Bewegungen erinnerten sie an einen Panter, der sich lauernd der hilflosen Beute nähert. »Haltet sie fest«, sagte er schroff.

Der Blonde zog ihre Arme auf den Rücken und zerrte so heftig daran, dass sie ein Hohlkreuz machen musste. Ihre Brüste hüpften.

Der Sklavenmeister stand vor ihr – dunkel, befehlsgewohnt und attraktiv. Sie wollte sich vorstellen, wie seine Hände sie berührten und erforschten.

Aber er starrte sie nur an, schaute hinunter zu ihren Füßen, dann verweilte sein Blick auf dem warmfeuchten V zwischen ihren Schenkeln. Der Blonde packte die Seide der Haremshose und zog sie fest, wodurch sie beinahe nackt wirkte. Die Seide rieb gegen ihre Klitoris. Sie sah, wie der Sklavenmeister ihre Erregung wahrnahm, und sie erwartete, dass er sie jetzt berührte. Aber er sagte nur: »Dreht sie um.«

Sie stand breitbeinig da, das Gesicht etwa auf der Höhe der Brust des Blonden, der immer noch ihre Hände auf dem Rücken festhielt. Sie spürte, wie jemand unter den Bund ihrer Hose griff. Diesmal spürte sie, dass es der Sklavenmeister selbst sein musste, und sie schüttelte sich vor erotischer Erwartung. Er zog die Hose langsam hinunter, und gleichzeitig fuhr er mit den Daumen die Linien ihrer Oberschenkel hinab. In den Kniekehlen verharrte er eine Weile, und die Daumen beschrieben dort kleine weiche Kreise. Sie empfand diese Berührungen als so gewaltig erotisch, dass sie unwillkürlich stöhnen musste.

Er kniete sich hinter sie. Seine Lippen hauchten Küsse auf ihren Po, sie berührten nur ganz zart die Haut. Dann kreiste die Zungenspitze über dem Steißbein, und sie spürte, dass sie weiche Knie bekam. Sie musste sich bei dem Blonden festhalten. Sie spürte seine Erektion, die gegen ihren Bauch stieß.

Der Sklavenmeister gab seinen Dienern einen Wink. »Raus mit euch, alle beide.« Und während sie sich zur Tür begaben, fügte er noch hinzu: »Und lasst auch die anderen in Ruhe. Haltet die Finger bei euch.«

Seine kräftigen Hände drehten Elise herum. Sie schaute auf den dunklen Kranz seiner Haare. »Eine echte Rothaarige«, murmelte er. Sie spürte seinen warmen Atem an ihrer intimen Stelle. »Ungewöhnlich. Ich werde einen guten Preis für dich erzielen können.«

Sie war versucht, sich vorzustellen, dass er sie mit dem Mund verzückte und ihr Erleichterung verschaffte, aber das hätte den Traum zu schnell beendet. Deshalb stellte sie sich vor, dass er sich aufrichtete, sich wieder in den Sessel setzte, die Beine ausstreckte und auf die Erektion wies, die seine Breeches ausbeulte. Er sah sie mit einem lasziven Lächeln an.

»Verführ mich«, sagte er. »Zeige mir, wie gut du diesen phantastischen Körper einsetzen kannst. Und lass dir Zeit dabei.«

Ein schrilles Surren riss sie in die Realität zurück. Sie öffnete die Augen, und einen Moment lang konnte sie sich nicht erinnern, wo sie war. Sie fühlte sich sexy und entspannt zugleich. In ihrem Kopf schwirrten immer noch zahlreiche Bilder. Der dunkle Raum, der schlanke, große Mann in den Reitstiefeln. Einen Stimme, die sie immer wieder hörte: Verführ mich .... lass dir Zeit.

Sie wollte ihr sexuelles Abenteuer fortsetzen, aber das Surren hörte nicht auf. Sie griff nach dem Telefon.

»Max will Sie in einer halben Stunde sehen.« Lornas Stimme klang unanständig fröhlich. »Er wird im Ostflügel sein. Kommen Sie zuerst in mein Büro, dann zeige ich Ihnen den Weg.«

»Danke«, sagte Elise und hasste Miss Chorley-Smythe dafür, sie aus ihrem Traum gerissen zu haben.

»Keine Sorge«, sagte Lorna noch, die Elises Kurzangebundenheit wohl auf eine mögliche Nervosität zurückgeführt hatte. »Sie haben den Auftrag. Das Treffen mit Max ist nur eine Formalität.«

Auch wenn Lorna glaubte, dass sie den Auftrag schon in der Tasche hatte – und Elise glaubte das ja auch, denn warum hätte er sie sonst die lange Reise machen lassen und ins Schloss bestellt? –, kleidete sie sich für das Treffen mit Max Lannsen konservativ mit dem Kostüm, das sie sich für Sellick's gekauft hatte.

Sie fand auf Anhieb den Weg in den Ostflügel. Max Lannsen wartete an einer schweren Tür auf sie. Offenbar war er gerade von einem Geschäftstermin gekommen, denn er trug noch einen eleganten schwarzen Anzug.

Die Erinnerung an ihren erotischen Traum spukte noch in ihrem Kopf herum, und sie errötete leicht, als sich ihre Blicke trafen. Aber nüchtern stellte sie fest, dass in seinen schwarzen Augen kein sexuelles Interesse lag, als er sie anschaute. Wenn es überhaupt einen Ausdruck in diesen Augen gab, dann am ehesten noch eine leise Ablehnung.

Als er die Tür aufdrückte, bemerkte Elise, dass sie mit einem sehr modernen Schloss ausgestattet war. Er ließ sie vorbeitreten. Vor ihr lag ein weiterer breiter Korridor, dieser war allerdings seit Jahren nicht mehr renoviert worden. Die Wände waren verstaubt und befleckt. Die Fensterscheiben waren blind, eine dicke Dreckschicht machte einen Blick nach draußen unmöglich. Das Holz der hässlichen Rahmen verfaulte. Der Steinboden schien in Ordnung zu sein, aber überall lagen Putzstücke, die von der Decke gefallen waren. Es roch nach Verfall.

Sie hörte, wie die Tür mit einem Klicken ins Schloss fiel, und drehte sich verwundert um. Max stand dicht hinter ihr. »Stimmt etwas nicht, Miss St. John?«

»Sie haben die Tür abgeschlossen«, sagte sie.

»Sie schließt sich selbst.« Er hielt den Schlüssel hoch. Einen Moment lang sah sie etwas in seinen Augen, das ein Anflug von Humor hätte sein können. »Aber ich kann Sie zu jeder von Ihnen gewünschten Zeit wieder herauslassen.« Der Ausdruck schwand, und Elise war sich nicht sicher, ob es nicht nur eine Einbildung gewesen war. Er fügte hinzu: »Dem Hauspersonal von Shilden ist das Betreten des Ostflügels nicht gestattet.«

»Warum?«

»Weil er nicht sicher ist. Einige Böden müssen erneuert werden. Ich kann keine Klage eines Einheimischen gebrauchen, weil er sich bei mir verletzt hat. Aber keine Sorge, wenn Sie Ihre Arbeit aufnehmen, werden alle Böden in Ordnung sein.«

Sie ging voran und schritt über die größten Putzbrocken hinweg. Ihre Schuhe wirbelten Staub auf. »Es bedarf noch einer Menge Arbeit, ehe aus diesem Flügel ein Haus der Freuden geworden ist«, sagte sie.

Er blieb abrupt stehen. »Was genau hat Miss Smythe Ihnen erzählt?« fragte er scharf.

»Sie hat mir gar nichts erzählt«, antwortete Elise. »Sie hat mir nur gesagt, dass Sie diesen Flügel in einer besonderen Art ausgestattet haben wollen.« Sie schaute ihn an. »Soll es künstlerisch sein? Dramatisch?«

Er bedachte sie mit einem langen, kühlen Blick. »Wieviel wissen Sie über Shilden Castle?« fragte er. »Und über das, was ich damit zu tun habe?«

»Sehr wenig«, gab sie zu. »Man hat mir gesagt, dass Sie das Schloss geerbt haben, und ich nehme an, dass Sie es als geschäftliches Unternehmen aufbauen wollen.« Dann fügte sie noch hinzu: »Ihre Köchin hat mir gesagt, dass Sie den Titel eines ›Herrn von Shilden‹ führen.«

»Diesen Unsinn können Sie vergessen«, sagte er irritiert. »Das ist eine lächerliche Sitte der Einheimischen, den jeweiligen Besitzer so zu nennen, aber ich habe nicht vor, von diesem Titel Gebrauch zu machen.«

Mrs Stokes denkt genauso darüber, dachte Elise, sagte aber nichts.

»Es stimmt, dass ich das Schloss geerbt habe«, sagte Max. »Unglücklicherweise habe ich nicht das Geld geerbt, das ich benötige, um das Schloss zu sanieren. Die juristische Situation ist sehr kompliziert, deshalb kann ich es nicht verkaufen. So muss ich einen Weg finden, das Geld für die Renovierung wieder hereinzuholen. Und dieser Weg besteht darin, das Schloss als Hotel oder Konferenzort oder so etwas Ähnliches zu verwenden.«

Er schritt jetzt schneller den Korridor entlang, während er weiterredete. Er schaute sich nicht um, ob sie ihm auch folgte. »Wenn einige Gäste das Geschäft mit dem Vergnügen kombinieren wollen, werden sie hier diese Möglichkeiten haben.« Er drückte eine Tür auf, und Elise sah einen großen Raum mit einer hohen Decke und einem gewaltigen offenen Kamin. »Sie werden es diskret tun können. An der Sache ist nichts Illegales. Ich glaube, ich brauche das nicht weiter auszuführen, Sie wissen, wovon ich spreche?«

Natürlich weiß ich das, dachte Elise. Wenn die Gäste ihre Freundinnen oder ihre Sekretärinnen für ein sündiges Wochenende mitbringen wollen, stellt er ihnen die Räumlichkeiten dafür zur Verfügung. Und ich werde dafür gebraucht, diese Räumlichkeiten in kleine exotische Liebesnester zu verwandeln, in denen sie ihre Phantasien ausleben können.

»Ich verstehe«, sagte sie.

»Ihre Bezahlung wird großzügig sein«, versprach der Schlossherr. »Und während Sie hier arbeiten, werden Sie hier wohnen. Einige Investoren sind an diesem Projekt beteiligt, andere zeigen auch noch Interesse. Es steht also genug Geld zur Verfügung, und die Investoren wollen das Beste. Sie wollen Kreatives, Phantasievolles. Deshalb hat Ihr Beruf als Bühnenbildnerin den Ausschlag gegeben, so gering diese Erfahrungen auch sind.«

»Habe ich freie Hand?«

Seine dunklen Augen musterten sie. »Nicht ganz. Sie werden Vorschläge bekommen. Damit können Sie doch leben, oder?«

»Solange diese Vorschläge zu verwirklichen sind, ja.«

»Davon können Sie ausgehen.« Er trat ans Fenster. Seine Stimme klang verhaltener und leiser, als er sagte: »Es wird einige .... Experten geben, die Sie beraten werden.«

Sie spürte, dass er verärgert war, doch die Verstimmung unter Kontrolle hielt. Das Schloss zu erben schien ihm nicht viel Freude bereitet zu haben. Sie hatte das unbestimmte Gefühl, dass er glücklicher wäre, wenn er das Schloss nie gesehen hätte.

»Miss Smythe wird Ihnen alle Einzelheiten nennen, die Sie wegen der Konditionen Ihrer Beschäftigung wissen wollen.« Er wandte sich ihr wieder zu, und weil er nun mit dem Rücken zum Fenster stand, glomm sein Gesicht wieder in Dunkelheit. »Ich nehme an, Sie müssen bei Ihrem jetzigen Arbeitgeber erst noch kündigen. Wann können Sie anfangen?«

»Bei Sellick's habe ich nur einen Zeitvertrag«, sagte sie. »Die Miete meiner Wohnung zahle ich wöchentlich, und das ist auch die Kündigungsfrist. In zwei Wochen könnte ich anfangen.«

»Das ist gut. Wenn Sie sich den Rest des Flügels allein anschauen wollen, können Sie das gern tun. Wenn eine Tür abgeschlossen ist, bedeutet das, dass der Raum dahinter nicht sicher ist. Das obere Stockwerk braucht Sie im Moment noch nicht zu interessieren, es ist ebenfalls abgeschlossen.« Nach einer Pause fügte er hinzu: »Es gibt noch etwas, was ich Ihnen zeigen will.« Er wandte sich abrupt um und erwartete offenbar, dass sie ihm folgte. In ihrem Kopf bildeten sich schon die ersten Pläne. Jeder der großen Räume konnte wie eine Bühne ausgestattet werden. Beim richtigen Budget würde das eine Menge Spaß machen – und sie wurde auch noch dafür bezahlt.

Max Lannsen blieb vor einer Tür stehen. »Hier hinunter«, sagte er.

Eine steile Treppe führte in die Finsternis. Er drückte auf einen Schalter. Eine nackte Glühbirne an der Mauer warf ein schwaches Licht auf die Treppe. Max ging hinunter und verschwand dort im Dunkeln. Elise wartete an der Tür.

»Kommen Sie, Sie haben nichts zu befürchten.« Seine Stimme hörte sich ungeduldig an.

Sie nahm vorsichtig eine Stufe nach der anderen. Plötzlich schlängelte sich ein Licht herauf. Er hatte eine Taschenlampe eingeschaltet.

»Das war ein Weinkeller, und Sie sollen ein Verlies daraus machen.«

»Ein Verlies?«, fragte sie überrascht. »Wozu brauchen Sie ein Verlies?«

»Zum Vergnügen der Gäste.«

»Ich kann mir nicht vorstellen, wie man sich hier unten vergnügen will«, sagte sie.

Der Strahl der Taschenlampe richtete sich auf die dicken Mauern. »Das kommt darauf an, wie Sie Vergnügen definieren«, kommentierte er trocken.

Sie schaute sich um, und plötzlich fiel ihr der Traum ein, wie sie an ein Gestell gefesselt war. Würde es in Wirklichkeit auch so erregend sein? An einem solchen Ort? Sie stand da, schluckte, roch die feuchte, leicht modrige Luft und war sich nicht sicher. Aber wenn der Keller neu gestaltet würde, wenn Fackeln ihre zuckenden Schatten auf die Mauern werfen würde, und wenn der Mann, der sie liebte, Max Lannsen wäre ...?

Sie versuchte, ihn sich in dem Outfit vorzustellen, das sie in ihrem Traum Ralph zugedacht hatte – enge Breeches, die kaum etwas der Phantasie überließen, den Oberkörper nackt. Doch sie konnte ihn sich so nicht vorstellen. Er würde lieber im Schatten stehen, umhüllt von Dunkelheit, und würde beobachten, wie ein halbnackter Man sie festband. Erst wenn sie bewegungsunfähig war, würde er vortreten und ihren Körper betrachten, bereit für all seine Wünsche.

»Ich fragte, ob Sie genug gesehen haben.« Lannsens Stimme riss sie aus ihrem Tagtraum.

»Ja, ja«, sagte sie rasch.

Wie er so mit der Taschenlampe vor ihr stand, wirkte er so erregend unheimlich wie der Mann aus ihrem Traum. Einen kurzen Moment lang hielt er den Strahl der Taschenlampe direkt auf ihren Körper. Sie hatte das Gefühl, dass sich die Atmosphäre zwischen ihnen verändert hatte. Dass er sie das erste Mal als Frau wahrnahm, nicht nur wie eine Kandidatin für einen Job. Dann aber wanderte der Lichtstrahl weiter, die Treppe hoch.

»Ich habe noch eine Menge zu tun«, sagte er abrupt. »Miss Smythe wird Ihnen alle weiteren Informationen geben.«.

Er bewegte sich schneller, als sie erwartet hatte, und sie musste rasche Schritte machen, um nicht allein in der Dunkelheit zurückzubleiben. Dabei geriet sie ins Stolpern. Sie wusste später nicht, ob sie gegen ihn stolperte oder ob er sie auffing, jedenfalls berührten sie sich. Sie spürte die Kraft seines Körpers an ihrem, sie spürte den festen Griff seiner Hände. Ihre Brüste drückten sich gegen ihn, und ihre Schenkel gerieten zwischen seine. Sein Mund war ihrem ganz nahe.

Der unerwartete Körperkontakt verwirrte und erregte sie. Sie wollte sich nicht von ihm lösen, und für einen kurzen Augenblick glaubte sie, dass er das auch nicht wollte. Dann schob er sie von sich – auf nicht sehr liebenswürdige Art.

»Sie brauchen mich nicht zu bestechen, Miss St. John«, sagte er kalt. »Ich habe Ihnen doch gesagt, dass Sie den Auftrag schon haben.«

Er war schon auf halber Treppe, als ihr bewusst wurde, was er ihr mit seiner Bemerkung unterstellt hatte. Wenn er noch in Reichweite gewesen wäre, hätte sie ihm mit Sicherheit eine Ohrfeige gegeben. Und damit ihre Chancen auf diesen Auftrag zunichte gemacht. Deshalb folgte sie ihm langsam, vor Wut kochend. Er wartete auf sie im Korridor.

»Es steht Ihnen frei, sich den Rest des Flügels anzusehen«, sagte er noch einmal. »Es sei denn, Sie fühlen sich sicherer, wenn ich Sie begleite?«

Sie hatte das Gefühl, dass er sie mit dieser Frage herausfordern und testen wollte. Sie könnte zustimmen und sehen, was dann geschah. Würde er sie in einen der vielen Räume führen und dort Liebe mit ihr machen? Wenn er das tat – wie würde es mit ihm sein? Eine unpersönliche Erforschung ihres Körpers, seine Hände unter ihrer Kleidung, kurze Suche, ein paar hastige Stöße, die ihn befriedigten und sie mit dem Gefühl zurückließen, benutzt worden zu sein? Sie wollte nicht, dass es so sein würde, ein freudloses Paaren, das er am nächsten Tag schon vergessen haben würde. Und er sollte bloß nicht glauben, dass sie es so haben wollte!

Sie schaute ihn an, die Blicke ihrer grünen Augen verschleiert. »Ich bin sicher, dass ich selbst alles finden werde, was ich sehen will«, sagte sie, die Stimme beinahe genauso kühl wie seine. »Machen Sie sich um mich keine Sorgen. Ich habe lediglich einen Stein übersehen, als ich unten im Keller gegen Sie gestolpert bin.«

Sie sah, wie er kurz die Lippen zu einem Lächeln verzog. Es war kein sehr freundliches Lächeln, aber es genügte ihr. Sie hatte etwas richtig gestellt, das war ihr wichtig.

»Lassen Sie sich Zeit«, sagte er und wandte sich ab. Im Gehen sagte er noch: »Und denken Sie daran, dass Miss Smythe Ihnen Ihre Reisespesen ersetzt.«

»Das wird ein Puff!«, erklärte Janine und lachte glucksend. »Ein Edelbordell für wohlhabende Geschäftsleute! Und das in Northumberland! Ich kann's einfach nicht glauben! Du kannst dich darauf verlassen, dass ich mir das aus der Nähe anschauen werde. Ich kann es gar nicht erwarten.«

»Es wird eine Oase der Phantasie sein«, berichtigte Elise sie. »Und die Einrichtung jedes Zimmers wird auf ein bestimmtes Thema abgestellt und eine kleine Welt für sich sein.«

»Ach, tu doch nicht so!« Janine beugte sich vor und grinste sie breit an. »Ich bin deine Freundin und keine Spionin der Sitte. Erzähl mir mehr davon!«

»Es gibt nicht mehr zu erzählen«, sagte Elise. »Ich hätte dir überhaupt nichts erzählen sollen. Er hat mir nämlich gesagt, dass Diskretion erforderlich ist.«

»Das kann ich mir denken«, platzte Janine heraus. »Diskretion ist allein schon deshalb gefragt, weil es illegal ist.«

»Was ist denn daran illegal, mit der Sekretärin ein stürmische Wochenende zu verbringen?«

»Glaubst du etwa diesen Unsinn?« Janine grinste. »Jetzt ergibt alles einen Sinn. Kein Wunder, dass dein Graf Dracula keinen etablierten Innenarchitekten engagiert hat. Er will eine vor der Pleite stehende Unbekannte haben, die das tut, was man ihr sagt. Er hat dich gekauft, mein Schatz – du hast irres Glück! Das Geld, das er dir zahlt, wird ein halbes Vermögen sein!«

»Er hat mich angestellt«, betonte Elise fest. »Ich renoviere die Zimmer und gestalte sie. Bevor sie genutzt werden, bin ich wieder weg.«

»Sollen wir wetten?« Janines Grinsen wurde immer

breiter. »Es hört sich so an, als wollten sie ihren Laden so schnell wie möglich eröffnen. Ich wette, dass du dein Verlies im Keller noch nicht gestrichen hast, bis ein geiler Manager an die Tür klopft und dir fünfhundert Pfund anbietet, dass du ihn auspeitschst.« Sie schaute Elise fordernd an. »Würdest du das tun?«

»Sicher nicht.«

»Ich meine, du brauchst ihn ja nicht bis aufs Blut ...«

»Nein«, unterbrach Elise ihre Freundin.

»Nehmen wir einmal an, der Typ, der dich darum bittet, würde wie Ralph aussehen?«

»Nein. Außerdem habe ich noch keinen Manager gesehen, der wie Ralph aussieht.«

»Angenommen, er sieht wie Max Lannsen aus?«

»Nein.«

»Du hast kurz gezögert!«, behauptete Janine.

»Habe ich nicht«, sagte Elise. »Ich peitsche niemanden aus, und ich lasse mich auch von niemandem auspeitschen.«

Janine schaute Elise lächelnd an. »Tu nicht so schockiert. Ich bin Schauspielerin. Ich könnte die verängstigte Jungfrau spielen. Das könnte ich sogar sehr überzeugend. Und es hört sich lustiger an als ein Kellnerinnen-Job. Wenn sie anfangen, professionelle Jungfrauen einzustellen, gibst du mir einen Tipp, ja?«

»Das werde ich ganz sicher nicht tun«, sagte Elise. »Wäre das nicht eine Art Zuhälterei? Und du wirst zu keinem Menschen ein Sterbenswort darüber sagen, hörst du? Ich hätte dir wirklich nichts erzählen sollen.«

»Du wärst geplatzt, wenn du das alles für dich behalten müsstest«, sagte Janine lachend. »Bist du sicher, dass du mich nicht als deine Assistentin einschmuggeln kannst?«

»Man hat mir schon mit ein paar Experten gedroht«, sage Elise. »Weiß der Himmel, was ich da zu erwarten habe.«

»Wie sich die Dinge im hintersten Northumberland entwickeln, kann ich nicht einmal ahnen, auf welchem Gebiet sich deine Experten tummeln werden. Vergiss nicht, mich auf dem Laufenden zu halten. Ich will alles wissen. Je intimer, desto besser!«

Der Abschied von Sellick's war eine Erleichterung, aber Elise war gerührt und überrascht, als Frank, der Türsteher, ihr eine Karte zur Erinnerung überreichte, die von mehr Menschen unterschrieben war, als sie für möglich gehalten hatte. Sie hatte gar nicht gewusst, dass so viele Leute sie überhaupt zur Kenntnis genommen hatten! In einer Ecke erkannte sie Ralphs akkurate Handschrift.

Frank überreichte ihr auch noch zwei Bücher, die ihre Kollegen zum Abschied für sie gekauft hatten, zwei Bücher über Design, die sie sich immer schon hatte kaufen wollen. Das hatte nur Ralph wissen können.

Noch vor einer Woche, dachte Elise, hätte mir das etwas bedeutet, ich hätte es für ein Zeichen gehalten, dass er mich immer noch liebt. Vielleicht hätte ich sogar über den Wechsel nach Northumberland noch einmal nachgedacht. Aber jetzt nicht mehr. Ich habe Ralph aus meinem Leben verbannt.

Aber womit hatte sie ihn ersetzt? Mit Tagträumen über Max Lannsen? Während sie ihren Besitz in einen Koffer und mehrere Kartons packte, versuchte Elise erfolglos, ihren neuen Arbeitgeber zu verstehen. Hielt er sie wirklich für eine Frau, die sich buchstäblich an ihn werfen würde – als spontanes Dankeschön für den Job, den er ihr gegeben hatte? Wenn er so dachte, war es verdammt beleidigend. Sah er die Frauen so? Wenn ja, warum hatte er sich dann noch nicht an Lorna Chorley-Smythe gehalten, die gewiss nicht nein gesagt hätte?

Wenigstens wusste sie jetzt ein bisschen mehr über ihn. Seine Pläne für die kommerzielle Nutzung des Schlosses liefen wohl eher in die Richtung, die Janine vermutete. Sie wusste jetzt, dass es ihre Aufgabe war, die Stimmung zu erzeugen, die Shilden Castle für seine Besucher zum unvergesslichen Erlebnis werden ließ. Nun ja, auch nicht gerade etwas, mit dem man in seinen Arbeitsnachweisen protzen konnte. Und auch nicht etwas, das sie in allen Einzelheiten ihren Eltern schreiben würde.

Also nichts, was man als idealen Job bezeichnen konnte! Himmel, nein, dachte sie. Ihr Traum war es, fürs Theater zu arbeiten. Bühnenbilder zu entwerfen, zu gestalten. Aber der Auftrag, das Schloss einzurichten, wenn auch nur den Ostflügel, war viel, viel besser, als hinterm Empfangspult bei Sellick's zu sitzen und die Besucher anzulächeln.

Und war sie bereit, London und ihre Freunde in London zu verlassen? Oh, komm schon, schalt sie sich, was ist das für eine Frage? Gib zu, dass dir die Landschaft rund ums Schloss gefallen hat, die Stille, der fehlende Verkehrslärm. Und du schwimmst im Geld, das du für eine Arbeit erhältst, die dich kreativ fordert. Ja, es gibt dort in der Einöde auch ein akzeptables Leben!

Und Männer? Die Verletzung, die Ralph ihr zugefügt hatte, wurde in ihrem Bewusstsein schwächer, aber nicht die Erinnerung daran, wie er sie gedemütigt hatte. Das würde ihr ein zweites Mal nicht passieren. Erst recht nicht bei einem Max Lannsen, trotz der unerwarteten Art, in der er sich in ihre Gedanken geschlichen hatte.

Sie würde mit offenen Augen ins Shilden Castle gehen.

Drittes Kapitel

»Ein schönes Zimmer«, stellte Janine fest, als sie Elises Koffer auf dem Boden absetzte. »Ein bisschen spartanisch eingerichtet, aber mit ein paar Postern bringst du Farbe rein. Oder vielleicht machst du ein paar Fotos von Graf Dracula und hängst sie an die Wand. Ob ich ihn wohl zu Gesicht kriege?«

»Eher nicht«, sagte Elise.

»Oh, hör auf. Du musst ihn mir vorstellen. Ich bin schließlich die ganze Strecke allein gefahren. Jetzt will ich meine Belohnung für all die Mühe haben.«

»Was für eine Belohnung?« Elise verzog das Gesicht. »Hast du vergessen, dass Max Lannsen keine Frauen mag? Wenn er dich kommen sieht, geht er wahrscheinlich in die andere Richtung.«

»Das könnte eine echte Herausforderung sein«, murmelte Janine. »Ich wette, dass das einer der Gründe ist, warum er dich so fasziniert.«

»Nichts an Max Lannsen fasziniert mich«, log Elise kühl. »Ich habe doch gesagt, er ist nicht mein Typ.«

»Und ich glaube dir«, sagte Janine nickend. »Wie ich auch glaube, dass der Mond aus grünem Käse besteht. Deshalb hast du auch auf der ganzen Reise hierhin von nichts anderem gesprochen.«

»Ich habe nicht von ihm gesprochen, sondern von meinem Job«, stellte Elise entrüstet klar.

»Ja, klar«, stimmte Janine zu. »Und was Max will oder nicht will, und was Max gesagt hat oder nicht gesagt hat.«

»Ich habe ihn nie Max genannt.«

»Also gut. Es war *Mister* Lannsen hier und *Mister* Lannsen da. Darling, dich hat es schwer erwischt. Warum entschuldigst du dich? Du bist nicht verheiratet oder sonst wie langweilig gebunden. Du kannst dir den Spaß erlauben, deinen scharfen Vampir zu jagen, wenn du das willst. Du und die anderen schönen Frauen, die bald hier herumlaufen werden.«

»Ich bin nicht hergekommen, um irgendjemanden zu jagen«, stellte Elise klar. »Ich will hier arbeiten. Weißt du, was dieses Wort bedeutet?«

»Wenn du zweitausend schmutzigen Tellern ins Gesicht gesehen hast, dann weißt du erst, was Arbeit ist«, sagte Janine. »Komm schon, du hast noch genug Zeit, um deine Sachen auszupacken. Ich möchte diese Lorna kennen lernen«

»Nicht wirklich, oder?« fragte Elise zweifelnd. »Doch, wirklich.«

Janine trat bereits auf den Korridor. Elise folgte ihr. »Ich finde, du benimmst dich kindisch.«

»Darling«, sagte Janine, »du hast die Moralvorstellungen der Leute in den Fünfzigern. Aber wir sind die Frauen der Neunziger, wir sind in der Lage, unsere Ziele selbst zu bestimmen, habe ich Recht? Und hör auf, mich so prüde anzuschauen. Schließlich bist du auch keine errötende Jungfrau mehr.«

Sie erreichten Lornas Büro, gingen hinein und fanden Lorna über einem Kaffee und einem Taschenbuch vor.

»Entschuldigen Sie, wenn wir Sie bei Ihrer Arbeit stören«, begann Janine höflich, »aber ich möchte gern mit Ihnen reden, bevor ich wieder abreise.«

Lorna lächelte und legte das Buch auf den Tisch. »Ich schätze, dass ich fünf Minuten erübrigen kann. Haben

Sie Ihre Meinung geändert? Wollen Sie doch über Nacht bleiben?«

»Ich möchte gern«, sagte Janine, »aber wenn ich auf dem Rückweg nicht meine Schwester besuche, werde ich mich den Rest der Woche schuldbewusst fühlen. Und morgen früh werde ich wieder an meinem Arbeitsplatz erwartet.« Sie lächelte Lorna freundlich an. »Das ist der Grund, warum ich gern noch einmal mit Ihnen sprechen möchte.«

»Ich habe nichts damit zu tun«, warf Elise hastig ein.

»Geh und poliere deinen Heiligenschein«, sagte Janine. »Warum lässt du uns Sünderinnen die Sache nicht allein besprechen? Ich meine, hier geht's ums Geschäft.«

»Welches Geschäft?« fragte Lorna neugierig.

»Das Geschäft der Freuden«, sagte Janine und fügte hinzu: »In diesem Haus der Freuden. Verstehen wir uns?«

»Oh, Sie möchten sich zur Verfügung stellen?« fragte Lorna.

»Eh .... ja«, sagte Janine. »Ich bin Schauspielerin.«

Lorna sah sich suchend nach einem Bleistift und einem Stück Papier um. »Das würde hilfreich sein. Und zu was sind Sie bereit?«

»Nun .... eh .... Auf was kommt es Ihnen an?«

»Das hängt davon ab«, meinte Lorna hinhaltend. »Wir planen einige Themenpartys, die unter einem bestimmten Motto stehen. Sicher auch einige Gelage mit allem, was dazu gehört. Und die eine oder andere Show. Es kommt wirklich darauf an, was die Gäste haben wollen. Dementsprechend brauchen wir Mitspielerinnen.« Sie schaute zu Janine auf. »Mädchen, die das Essen auftragen, um nur ein Beispiel zu geben.«

»Zur Hölle damit«, sagte Janine. »Das mache ich jetzt schon. Ich habe eher an etwas Aufregenderes gedacht.«

»Und auch daran, dass es besser bezahlt wird?« fragte Lorna lauernd. »Geben Sie mir Ihre Telefonnummer. Ich melde mich bei Ihnen.«

»Großartig.« Janine lächelte und blickte dann zu Elise. »Du brauchst gar nicht so missbilligend zu schauen, Miss weißer-als-weiß St. John. Ich weiß, dass du einige Affären gehabt hast, bevor du deinem blonden Muskelmann verfallen bist.«

»Aber ich wurde nicht bezahlt«, betonte Elise.

»Hat keiner deiner Typen dich zum Essen eingeladen? Dir Geschenke mitgebracht? Dich zu einem Kurzurlaub eingeladen?«

»Das ist etwas anderes«, verteidigte sich Elise.

»Nur für dich«, sagte Janine.

Lorna schaute neugierig zu Elise. »Was ist das für eine Geschichte mit dem Muskelmann? Sie hatten eine Affäre mit einem Bodybuilder? Stimmt es, was man sich über diese Typen erzählt?«

»Was erzählt man sich über sie?« wollte Janine wissen.

»Dass sie überall pralle Muskeln haben, nur nicht an der entscheidenden Stelle.«

»Ralph ist kein Bodybuilder«, sagte Elise. »Er hat nur auf seine Figur geachtet.«

»Und es gefällt ihm, sich herumkommandieren zu lasen«, fügte Janine hinzu. »Von einer großen, starken Frau.«

»Wirklich?« Lorna hörte sich interessiert an. »Ich habe bisher noch keinen echten Masochisten kennen gelernt.« Sie wandte sich an Elise. »Was ist das für ein Gefühl, einen Mann zu schlagen? Kommen Sie, erzählen Sie schon.«

»Ich habe keine Ahnung«, gestand Elise. »Janine liebt es, Dinge aufzubauschen. Ich habe mit Ralph nie solche Dinge getrieben.«

»Sie haben ihn nie geschlagen, den Hintern versohlt oder so?« Lorna klang sichtlich enttäuscht. »Nicht wenigstens einmal?«

»Nicht ein einziges Mal«, unterstrich Elise. »Ich stehe nicht auf solchen Dingen, und ich wusste auch nicht, dass er darauf steht.«

»Ich habe immer gedacht, dass man von vornherein darüber spricht«, sagte Lorna.

»Wir haben überhaupt nicht viel gesprochen«, murmelte Elise.

»Immer nur ganz normal und sonst nichts«, stellte Lorna fest, dann nickte sie. »Ich gebe zu, dass ich nichts dagegen hätte, wenn es so mit mir und Max wäre.«

»He, was ist mit diesem Typ los?« rief Janine dazwischen. »Er beleidigt euch, und doch lechzt ihr alle nach ihm?«

»Alle?« fragte Lorna verwundert. »Ich dachte, ich wäre die einzige. Wer lechzt denn sonst noch?«

»Elise«, behauptete Janine und ignorierte den wütenden Blick ihrer Freundin. »Sie hat mir den Kopf voll gelabert auf dem Weg hierhin, und vorher auch schon in London war sie kaum zu bremsen. Sie träumt sogar von ihm.«

Lorna wandte sich an Elise. »Sie haben mir gesagt, dass er nicht Ihr Typ sei.«

»Ist er auch nicht!« rief Elise noch etwas wütender, als sie ohnehin war, weil sie spürte, dass sie errötete.

»Wer's glaubt ...«, begann Janine.

Lorna unterbrach sie. »Eigentlich spielt es auch keine Rolle. Ich bin bereit, zu teilen.« Sie schaute Elise abschätzend an. »Vielleicht könnten wir ihn mit einem

Dreier locken? Glauben Sie, dass Max auf so etwas steht? Oder wir könnten eine Show für ihn machen, nur Sie und ich.«

»Ganz sicher nicht«, sagte Elise entrüstet und spürte, wie ihre Röte kräftiger wurde.

»Nun regen Sie sich doch nicht so auf«, tadelte Lorna. »Viele Leute stehen auf solche Dinge.«

»Ich bin zum Arbeiten hier«, betonte Elise. »Und zum Geldverdienen.«

»Geht es uns nicht allen so?« fragte Lorna. »Aber das bedeutet doch nicht, dass wir nicht auch ein bisschen Spaß haben können, oder?«

Elise betrachtete die Skizzen, die sie zu einem der Räume entworfen hatte, der Weltall-Atmosphäre zaubern sollte, wie man ihr auf einer Liste mitgeteilt hatte. Sie fand, dass dazu die flache Landschaft von Northumberland kaum passte und hatte deshalb die Fenster verhangen. Das Zentrum des Zimmers würde natürlich das Bett sein. Ein riesiges Bett, stellte sie sich vor, vielleicht ein Wasserbett, und vom Schlafplatz aus musste man alles unter Kontrolle haben – Fernseher und Video, CD-Spieler und Beleuchtung. Das Zimmer musste über eine vielfältige Beleuchtung verfügen, verborgene Lichtquellen, farbige Lampen, bewegliche Lichter.

Mit einem Druck auf den Knopf konnten sich die Akteure auf dem Bett selbst auf der Wand oder an der Decke sehen, sie konnten die Szene aufhellen oder dimmen oder mit einem Spotlight versehen. Sie wollte das ganze Zimmer mit reflektierenden Materialien ausstatten, um die Effekte noch zu verstärken.

Schade, dass man Licht nicht spüren kann, dachte

Elise. Sonst hätten die Liebespaare in diesem Zimmer sich gegenseitig mit farbigen Lichtern erregen können. Ob das in der Zukunft die Liebe per Fernbedienung sein würde? Ihr wäre das jedenfalls lieber als alles, was sie bisher über die *virtual reality* beim Sex gehört und gelesen hatte.

Sie ließ ihren Gedanken freien Lauf. In ihrem Zimmer der sexuellen Freuden würde sich einer der Partner schwerelos in einer Glastrommel befinden, während der andere draußen die Regie mit der Fernbedienung übernahm. Er schickte seine Geliebte auf eine Reise der erotischen Genüsse. Elise stellte sich vor, wie es wohl sein müsste, in einer Glastrommel gefangen, in der Luft schwebend, sich hin und her wälzend. Lichtstrahlen würden ihren Körper berühren und bewegen, würden sie überall dort treffen und erregen, wo ihr Liebhaber es gerade wollte. Es gab nichts, was sie tun konnte, um der Erregung zu entkommen. Sie konnte sich winden und um sich treten, aber es würde nichts nutzen, denn in der Glastrommel liefen alle Bewegungen wie in Zeitlupe ab. Sie konnte den Lichtstrahlen nicht ausweichen.

Konnte man den Farben des Lichts auch eine psychische Bedeutung geben? Sie stellte sich Blau vor, wenn sie an eine kühle Brise dachte, die ihr Haar zerzauste. Ein pinkfarbener Lichtstrahl würde ihr Ohr wie eine warme Zunge liebkosen und über die empfindliche Haut der Innenseiten ihrer Arme huschen. Oder ihre Kniekehlen streicheln, vielleicht auch die Stellen zwischen den Zehen und die Fußsohlen – Berührungen dort hatte sie immer genossen, aber keiner ihrer intimen Freunde hatte diese Stellen je erforscht.

Natürlich wären diese Berührungen nur das Vorspiel, geschickt angewandt, um sie vollkommen zu entspannen. Sie würde die Augen schließen und langsam zu schweben beginnen und sich an den erotischen Liebkosungen laben.

Und wenn ihr Partner vom Sanften genug hatte? Welche Farbe sollte das Licht dann haben? Vielleicht rot? Sie stellte sich einen roten Strahl vor, der sie abtastete. Nicht mehr leicht und spielerisch, sondern gezielt auf die entscheidenden Stellen gerichtet. Der rote Lichtstrahl wollte nicht verführen, sondern erregen. Er strich über die Nippel und reizte wie beharrliche Finger. Das gebündelte Licht beschrieb eine kurvenreiche Linie den Rücken hinunter, drang zwischen die Pobacken ein, zuckte vor und zurück.

Dann war da plötzlich ein weißer Lichtstrahl, der sich ihre Position zunutze machte und auf ihrem nackten Hintern rotierte. Ihr Körper geriet in elektrisierende Schwingungen, sie ließ ihr Becken kreisen und begann leise zu stöhnen.

Der rote Strahl verschwand, und der weiße streichelte ihre Oberschenkel, zwang sie weiter auseinander. Sie war ein Spielball in der Glastrommel, dem kosenden Licht hilflos ausgeliefert, das zwischen ihren Schenkeln hin und her huschte. Jetzt berührte der Strahl ihre Klitoris, rieb leicht dagegen, dann energischer und härter und geschickter als alle ihre früheren Liebhaber zusammen.

Sie krümmte den Rücken, während der weiße Strahl mit ihr spielte, sie warf sich herum und bot sich ihm dar, dem Strahl und ihrem eifrig zuschauenden Partner. Sie wusste, dass er dieses Schauspiel genoss, weil er auch sah, wie sie allmählich die Kontrolle über ihren Körper verlor. Er schien genau zu wissen, wie sie am liebsten berührt werden wollte. Der Strahl war gleichzeitig Finger und Zunge.

Als er endlich in sie eindrang, stöhnte sie vor Entzücken und Verlangen auf. Ihr Tagtraum war so intensiv, dass ihr Körper reagierte und sie auf ihrem Stuhl hin und her ruckte. Ihre Gedanken kreisten um den Mann vor ihrem gläsernen Gefängnis. Er genoss ihren erotischen Tanz, zu dem er sie zwang. Er hatte Max Lannsens Gesicht.

Das Haustelefon auf ihrem Schreibtisch schlug an und riss sie aus ihren Träumen. Verwirrt kehrte sie zurück in die Gegenwart und griff nach dem Hörer.

»Willkommen zurück«, hörte sie Lornas fröhliche Stimme am Ohr. »Wo bist du gewesen? Auf der Toilette?«

»Ich war immer hier.«

»Ich lasse es schon seit einer Ewigkeit klingeln«, sagte Lorna. »Ich habe wunderbare Nachrichten. Der einzigartige Max hat sein verfallenes Haus in London verkauft und zieht jetzt ganz ins Schloss. Wir könnten ihm also zu jeder Tages- und Nachtzeit auf dem Flur begegnen. Also, von nun an nicht mehr in Lumpen herumlaufen. Hohe Absätze, enge kurze Röcke und Strümpfe mit Nähten sind angesagt.«

In den drei Monaten, die sie auf Shilden war, hatten sich Elise und Lorna immer mehr angefreundet, sie bildeten ein Team gegen die unfreundlichen Menschen um sie herum, die meisten von ihnen Einheimische, die den beiden Frauen aus London mit Misstrauen begegneten. Obwohl Lorna über einen großen Fundus an Geschichten von den Plätzen, die sie schon besucht hatte, und den Menschen, die sie dort getroffen hatte, verfügte, endete jede Unterhaltung unvermeidlich wieder beim Sex – und bei Max Lannsen im Besonderen. Elise hatte ihre Behauptung aufgegeben, dass sie ihren Arbeitgeber nicht attraktiv fand.

»Ich habe aber keine Zeit, um einen Verführungsplan

auszuarbeiten«, sagte sie. »Ich habe eine Menge Arbeit.«

»Ich nicht«, sagte Lorna. »Aber selbst wenn ich viel zu tun hätte, würde ich mir dafür Zeit nehmen. Und du kannst das auch. Der größte Druck ist doch jetzt weg. Die wunderschönen Entwürfe sind von den Geldmännern genehmigt worden. Du wirst Hilfe erhalten. Max will mit dir darüber reden. Und sein Experte auch.«

Sie sprach das Wort ›Experte‹ wie ein Schimpfwort aus. Elise erinnerte sich daran, dass Max schon ein paar Mal angedeutet hatte, dass jemand für das Design zusätzlich ins Schloss kommen sollte. Sie hatte so hart gearbeitet, dass sie bisher noch gar nicht darüber nachgedacht hatte.

»Wer ist dieser Experte?«, fragte sie misstrauisch.

»Das weiß nur der Himmel«, sagte Lorna, mied aber Elises Blick. »Jemand aus London, glaube ich. Max wird dir mehr sagen können.«

»Ich bin nicht sicher, ob ich Hilfe haben will«, murmelte Elise.

»Ich glaube nicht, dass du eine Wahl hast. Der Herr von Shilden hat entschieden. Auf der anderen Seite musst du zugeben, dass du mal eine kurze Erholung brauchen könntest. Du hast drei Monate fast rund um die Uhr gearbeitet. Du willst doch nicht abgeschlafft und bleich aussehen, wenn Max die ganze Zeit bei uns ist, oder?«

Elise musste sich eingestehen, dass Lorna Recht hatte. Sie war völlig in ihrer Arbeit aufgegangen. Obwohl ihr gutes Gehalt sie in die Lage versetzt hatte, ein fast neues Auto zu kaufen, hatte sie das Schloss seit ihrer Ankunft nicht mehr verlassen. Wenn sie etwas von draußen brauchte, bestellte sie es telefonisch, und es wurde ins Schloss geliefert.

Nicht, dass sie das Gefühl hatte, draußen etwas zu

verpassen. Das Dorf bestand aus ein paar einfachen Häusern, hatte Lorna ihr erzählt, und es gab eine Kneipe, in der Lorna sehr kühl empfangen worden war. »Sie halten nicht viel von einer Frau, die allein in den Pub geht, und als sie hörten, dass ich auf Shilden lebe und arbeite, war die Atmosphäre frostig.«

Deshalb wusste Elise nicht, wohin sie gehen sollte, wenn sie mal etwas anderes sehen wollte als Entwürfe und Muster und Maßstabberechnungen.

»Warum kommst du nicht mit mir zu White Gates?«, fragte Lorna, als hätte sie Elises Gedanken gelesen. »Du hast mir gesagt, dass du immer schon reiten lernen wolltest.«

Lorna hatte ihr erzählt, dass White Gates über die besten Pferde der ganzen Gegend verfügte. Erst vergangene Woche hatte sie gesehen, wie Lorna sich in ihren knallroten Mini gesetzt hatte und zum Reiten gefahren war. Sie hatte ganz enge Breeches und kniehohe Lackstiefel getragen. Elise konnte sich in einem solchen Outfit nicht vorstellen.

»Ich will mich nicht der Lächerlichkeit preisgeben«, sagte sie zögerlich.

»Glaubst du, dass ich mich hinstelle und dich auslache?« fragte Lorna empört. »Keiner lacht. Niemand ist auf dem Rücken eines Pferdes geboren, jeder von uns beginnt als blutiger Anfänger.«

Ja, aber die meisten anderen fangen mit dem Reiten an, wenn sie gerade der Wiege entwachsen sind, dachte Elise. Kinder haben keine Angst, sich lächerlich zu machen. Trotzdem hatte der Gedanke, ihr Leben auf dem Land damit anzureichern, das Reiten zu lernen, seine Reize. Sie hatte immer schon reiten wollen.

»Ob Max wohl auch reitet?« murmelte Lorna.

Elise sah sich plötzlich steif und verängstigt auf

einem gelangweilt ausschauenden Pferd, während Max Lannsen auf einem eleganten Rappen vorbeipreschte, und Elise sah die hohen Stiefel und die engen Breeches, die er in ihrem Traum getragen hatte, in dem er als Mädchenhändler aufgetreten war. Unmöglich, schalt sie sich, ich kann nicht an den Mann denken, ohne dass Sex eine Rolle spielt.

»Komm mit mir«, drängte Lorna. »Du brauchst dich doch zu nichts zu verpflichten. Du schaust einfach zu, was dort abläuft, einverstanden?«

»Vielleicht«, sagte Elise.

Die Stimme klang so kühl und reserviert, wie Elise sie in Erinnerung hatte. »Bitte, kommen Sie in mein Büro, Miss St. John. Wir haben einige Probleme zu besprechen.«

Elise legte den Hörer auf. Seit zwei Tagen hielt sich Max Lannsen schon auf Shilden Castle auf. Sein alter, dunkelgrüner Mercedes stand im Hof. Aber sie hatte den Schlossherrn bisher nicht zu Gesicht bekommen, und Lorna auch nicht. Er wohnte in einem Flügel des Schlosses, den man nur durch eine Tür erreichen konnte, die ständig verschlossen war. An diesem Morgen hatte Elise einen anderen Mercedes – schwarz und nagelneu – neben Max' Wagen gesehen. Mein ›Experte‹ ist eingetroffen, hatte sie sofort gedacht. Und ihr zweiter Gedanke war gewesen: So ein protziges schwarzes Automobil mit getönten Scheiben würde eher zu einem Mafioso passen.

Auf dem Weg zu Lannsens Büro überlegte sie, welche Probleme er mit ihr besprechen wollte. Wenn ihre Entwürfe bereits genehmigt worden waren, welchen Sinn machte es dann noch, einen ›Experten‹ hinzuzuziehen? Sie formte sich ein Bild von dem Mann, mit dem sie zusammenarbeiten sollte: Wahrscheinlich schwul, aber, nach seinem Auto zu schließen, eher ein Designer, der konservative Anzüge und Seidenkrawatten trug und nicht in Jeans und karierten oder schwarzen und ungebügelten Hemden herumlief.

Als sie die Bürotür geöffnet hatte, erkannte sie sofort, dass sie sich nicht deutlicher geirrt haben könnte. Max Lannsen saß in seiner dunklen Eleganz hinter einem großen, altmodischen Schreibtisch. Er sah attraktiv und unnahbar wie immer aus. Seine Augen zeigten keine Spur von Begrüßung oder gar Freude, sie zu sehen. Dabei erinnerte sie sich gerade schon wieder an die kurze, zufällige Begegnung ihrer Körper im Keller des Ostflügels.

»Ah, Sie sind wohl unsere kreative Bühnenbildnerin?«

Elise wandte den Blick von Lannsen ab. Die Frau, die neben ihm saß, wirkte ebenso elegant wie er, wenn auch auf eine hellere, freundlichere Art. Sie trug ein schlichtes Designerkleid, dazu ebenso schlichten, aber offensichtlich teuren Schmuck. Hochmut sprach aus ihren Augen.

Sie sieht aus, als ob sie in allen Männern nur Schwächlinge sieht, fuhr es Elise durch den Kopf. Gleichzeitig vermittelte sie auch den Eindruck, dass sie auf jeden Handel mit ihnen einging, und wenn sie sich genug Profit davon versprach, setzte sie auch jedes weibliche Mittel gegen den Mann ein – von der flüchtigen Schmeichelei bis zum flüchtigen Sex.

»Gefallen Ihnen meine Vorschläge?« fragte Elise und zwang sich zu einem freundlichen Lächeln.

»Darling, ich liebe sie.« Die Frau erwiderte das Lächeln mühelos. »Sie sind süß.«

Elise spürte, wie sich ihre Nackenhaare sträubten. Sie fragte sich, warum die Frau so nahe bei Lannsen saß. Sie hatte die langen Beine übereinander geschlagen, und mit dem Oberkörper lehnte sie sich zu ihm. Ihre Körpersprache verriet, dass sie Besitzansprüche geltend machte.

»Miss Altham hat einige Vorschläge, wie man Ihre verschiedenen Entwürfe ergänzen kann«, sagte Lannsen. Sein Blick blieb auf Elise gerichtet, ausdruckslos wie immer. »Ich hatte Sie ja schon darauf vorbereitet, erinnern Sie sich?«

»Oh, Max, muss man auf mich vorbereitet werden? Das hört sich ja so an, als wäre ich ein Ungeheuer.« Das unerschütterliche Lächeln war nun Max zugewandt, der keine Miene verzog und ernst blieb. Das Lächeln strahlte wieder Elise an. »Warum müssen wir so förmlich sein? Ich bin Petra, und Sie sind Elise, nicht wahr?« Elise nickte. »Ein seltener Name. Ausländisch?«

»Eine Kurzform von Elizabeth«, sagte Elise. »Als Kind habe ich meinen Namen so ausgesprochen, und bald haben mich alle so genannt.«

»Wie herrlich«, gurrte Petra. »So individuell.«

Elise sah jetzt, dass ihre Mappe mit den Skizzen und Entwürfen auf dem Schreibtisch lag. Petras lange Finger, die Nägel makellos manikürt und lackiert, tippten auf die Mappe.

»Ich möchte gern ein paar Punkte mit Ihnen durchgehen«, sagte sie. »Ist Ihnen das recht?«

In der nächsten halben Stunde ließ Elise es über sich ergehen, dass jedes Zimmer, das sie entworfen und ausgestattet hatte, von Petra Altham in der einen oder anderen Weise verändert wurde. Petra wollte andere Farben, damit die Atmosphäre ›verführerischer‹ wurde, sie wollte überall Spiegel angebracht haben, denn die Gäste würden sich ›gern selber zusehen‹, sie wollte Möbelstücke eintauschen gegen verschiedene Gegenstände, von denen Petra behauptete, dass die Gäste sie ›erregend und stimulierend‹ finden würden.

Das einzige Zimmer, an dem Petra nichts auszusetzen hatte, war das Weltall-Zimmer. Ihr gefielen die reflektierenden Wände und die beweglichen Lichtstrahlen, und ihr schien nichts einzufallen, welches Möbelstück sie noch hätte hinzufügen können, um aus dem Raum etwas ›Besonderes‹ zu machen.

Elise musste an ihren Tagtraum mit der Glastrommel denken, in der man schwerelos schweben konnte. Da sie aber wusste, dass sich das in der Wirklichkeit kaum umsetzen konnte, beschloss sie, ihre Phantasie nicht mit Miss Altham zu teilen.

Während der gesamten Unterhaltung hatte Max Lannsen geschwiegen, und Petra fragte auch nicht bei ihm nach, ob er mit den jeweiligen Änderungen einverstanden war. Elise hatte das Gefühl, als wäre ihm die Diskussion eher peinlich, jedenfalls schien er froh zu sein, als sie schließlich vorbei war.

Elise war genauso froh. Sie wusste, dass hinter Petras strahlendem Lächeln keine Freundlichkeit steckte. Und ihr missfiel die vertraute Art, in der Petra mit Max sprach, ganz zu schweigen davon, dass sie sich ihm fast aufdrängte, als wolle sie jeden Augenblick über ihn herfallen. Und Lannsen hatte keine Anstalten gemacht, von ihr weg zu rücken.

»Nun, er wird dazu nicht in der Lage gewesen sein«, meinte Lorna, als Elise ihr das Geschehen geschildert hatte. »Ich meine, es sieht doch so aus, als seien sie Geschäftspartner. Sie nervt schrecklich. Unglücklicherweise werde ich mit ihr zusammenarbeiten müssen. Ich kann nicht sagen, dass ich mich darauf freue.«

»Wieso ist sie die Expertin?«, fragte Elise. »In was ist sie Expertin? Ich halte jede Wette, dass sie keine geschulte Innenarchitektin ist.«

Lorna bedachte sie mit einem raschen, kritischen Blick. »Davon bin ich auch nicht ausgegangen.«

»Also, was ist sie dann?«

»Ein Miststück«, sagte Lorna, »aber eines, das wir tolerieren müssen. Hör zu, Elise, du bist angesäuert bis zu den Backenzähnen. Komm heute Abend mit mir zu White Gates. Du brauchst noch keine Reitstunden zu buchen. Entspanne dich einfach. Es wird dir gut tun.«

White Gates war ein weitläufiges, verschachteltes Farmhaus inmitten wogender grüner Wiesen. Lorna bremste ihren roten Mini dicht vor einer Mauer ab, und Elise sah auf der rechten Seite den Eingang zu den Ställen. Als sie die Autotür öffnete, sog sie den Duft frischen Heus ein, vermischt mit dem Geruch von Leder und Pferden. Hufgeklapper schien aus allen Richtungen an ihre Ohren zu dringen.

Es war ein warmer Abend, und Elise, die ein cremefarbenes Männerhemd aus Seide trug und es wie eine Tunika über die Jeans hängen ließ, verzichtete auf die Jacke, die sie zur Vorsicht auf den Hintersitz gelegt hatte. Lorna war wie immer sehr sittsam gekleidet, fast ein bisschen prüde, dachte Elise. Sie trug einen langen Rock und eine hochgeschlossene Faltenbluse.

»Da drinnen ist die Reitschule«, erklärte sie Elise. »Man kann mit den Pferden aber auch ausreiten, denn es gibt einige wunderschöne Reitwege in der Gegend.«

Sie spazierten in den Hof. Alles befand sich in einem tadellosen Zustand, die Farbe an den Ställen schien frisch zu sein. Neugierig lugten einige Pferdeköpfe aus den Ställen. Einige wieherten aufgeregt, andere schnauften sanft, und wieder andere musterten die Besucher still, ehe sie sich wieder umwandten, weil sie Interessanteres zu tun hatten.

»Sie haben wirklich einige hervorragende Tiere«, sagte Lorna.

»Hast du auch mal ein eigenes Pferd gehabt?«, fragte Elise.

»Aber wo denkst du hin? Dabei hätte ich so gern eins gehabt. Aber meine Familie hat sich nirgendwo lange genug aufgehalten, so dass wir uns nicht einmal eine Katze anschaffen konnten.«

Plötzlich hörten sie ein schrilles Wiehern und eine wütende Frauenstimme: »Du dickschädeliger Esel! Endlich rein mit dir! Rein mit dir!«

»Das hört sich nach Penny an«, meinte Lorna.

Sie führte Elise in einen Gang zwischen den Ställen. Ein junges, zierlich gebautes Mädchen kämpfte mit einem wuchtigen Pferd, um es in eine Pferdebox zu bugsieren. Das Tier ließ keinen Zweifel aufkommen, dass es nicht in die Box wollte, und stemmte sich mit aller Kraft dagegen. Das Mädchen, das schmale Gesicht feuerrot vor Frustration und Anstrengung, sah hoch und entdeckte die beiden Zuschauerinnen.

»Schwierigkeiten, Penny?«, rief Lorna fröhlich.

»Das kannst du laut sagen«, rief Penny zurück. »Dieser fette Sack will nicht in die verdammte Box.«

»Versuch es mit Bestechung«, riet Lorna.

»Habe ich schon probiert. Er hat den Zucker gefressen, aber er bewegt sich trotzdem nicht vom Fleck. Er mag die Box nicht, basta. Er hasst es, wenn er reisen muss.« Sie wandte sich wieder dem Pferd zu. »Nun komm schon, mieses Schwein.«

Das Pferd ignorierte die Beleidigungen, schüttelte den großen Kopf und schnaufte behäbig durch die gewaltigen Nüstern. Es machte keine Anstalten, seinen Platz zu verlassen. Der Unterschied zwischen dem zierlichen Mädchen und dem massigen Pferd war so groß, dass Elise es für unmöglich hielt, dass Penny dem Tier seinen Willen aufzwingen konnte.

Sie wollten sich schon abwenden, als ein Mann hinter der Box hervortrat. Er war groß und hager, trug Reithose und Reitstiefel und eine taillierte Weste über einem Hemd, dessen oberste Knöpfe offen standen. Er hatte sich die Ärmel bis zu den Ellenbogen hochgekrempelt.

»Wie oft habe ich dir schon gesagt, Penny, dass du es mit deiner sanften Tour nicht schaffst!« Seiner Stimme war nicht der hiesige Dialekt anzuhören.

»Dann versuche du doch mal, diesen verdammten Gaul zu bewegen!« rief Penny verzweifelt.

Der Mann ging zur Fahrerkabine der Pferdebox, langte hinein und holte eine kurze Reitpeitsche heraus. Ohne jede Vorwarnung knallte er sie über den Rücken des Pferdes. Das Tier ruckte überrascht herum und schnaufte empört. Wieder klatschte die Peitsche auf den Pferderücken, und diesmal sprang das Tier vor. Die Hufe rutschten auf der kleinen Rampe, die zur Box führte. Penny sprach beruhigend auf das Tier ein und war froh, dass es endlich im dunklen Inneren der Box verschwand.

»Was für ein Mistkerl!« sagte Elise aufgebracht. »Ich würde ihn auch mal gern so behandeln!«

Sie hatte so laut gesprochen, dass ihre Stimme über den ganzen Hof zu hören war. Der Mann drehte sich um und kam ihr entgegen. Trotz ihrer Empörung bemerkte sie den lockeren, eleganten Gang des Mannes. Er baute sich vor ihr auf, die Beine leicht gespreizt, und schlug mit der Peitsche leicht und rhythmisch gegen seine Stiefel. Vergnüglich blickende, graue Augen musterten Elise.

»Ist das ein Angebot?« fragte er höflich.

»Am liebsten würde ich Sie dem Tierschutzbund melden«, sagte Elise, die sich immer noch nicht beruhigt hatte.

»Der Tierschutzbund würde Sie auslachen«, entgegnete er. »Habe ich Recht, Lorna?«

»Ich fürchte ja«, antwortete Lorna. »Keine Sorge, Elise. Hurricane hat wahrscheinlich geglaubt, dass ihn eine etwas größere Schmeißfliege gebissen hat.«

»Eine besonders boshafte Schmeißfliege«, sagte Elise voller Verachtung.

»Reiten Sie nicht?« Die grauen Augen musterten sie wieder. Die Peitsche klopfte immer noch rhythmisch gegen seine Stiefel.

»Sie möchte es gern lernen«, sagte Lorna, bevor Elise antworten konnte. »Elise, das ist Blair Devlin, der Mitinhaber von White Gates.«

»Ich dachte, ich hätte es lernen wollen«, korrigierte Elise.

»Und ich bin der Sündenbock, dass Sie jetzt Ihre Meinung geändert haben?« Devlin lächelte. »Wenn Sie eine Reiterin wären, wüssten Sie, dass manche Pferde eine starke Hand brauchen.« Die Peitsche ruhte still. Er nahm sie in beide Hände und bog sie behutsam. »So wie es auch mit Frauen ist.«

Penny hatte die Pferdebox geschlossen und gesellte sich nun zu ihnen. »Der Wasserkessel kocht. Möchte jemand Kaffee?« Sie lächelte Elise an. »Möchten Sie eine Reitstunde buchen?«

»Sie ist sich noch nicht sicher«, sagte Blair Devlin.

»Zuerst müssen wir sie davon überzeugen, dass wir keine Reitschule von Sadisten sind.«

Penny schaute zuerst Lorna an, dann Devlin, ehe sie in lautes Gelächter ausbrach. »Und davon willst ausgerechnet du sie überzeugen, Devlin?«

»Aber gewiss«, sagte Devlin. »Wir peinigen unsere Pferde nicht.« Er ließ die Peitsche in die Fläche einer Hand klatschen. »Oder tun wir das, Penny?«

»Nein, Pferde peinigen wir nicht«, stimmte Penny grinsend zu. Sie tauschte einen Blick mit Lorna und zwinkerte. »Warum überlassen wir es nicht Devlin, deiner Freundin alles zu zeigen, während wir unserer Koffeinsucht frönen.«

Es war Elise nicht entgangen, dass Blair Devlin einige sexuelle Anspielungen gemacht hatte, und zu ihrer Überraschung musste sie sich eingestehen, dass sie eine spannungsgeladene Erwartung in ihr ausgelöst hatten. Sie räumte auch ein, dass er ein sehr attraktiver Mann war. Sein Gesicht war von der Sonne und der frischen Luft gebräunt, nicht von irgendeiner künstlichen Lichtquelle. Die Gesichtszüge waren nicht sehr gleichmäßig, deshalb würde man ihn nicht als schön bezeichnen können, aber sie zeigten Charakter. Das dichte braune Haar war windzerzaust. Am besten gefiel ihr sein eleganter Gang, diese angeborene Lässigkeit, mit der er seine Glieder bewegte. Er war offenbar ein Mann, der auf sein Äußeres achtete, ohne dass es narzisstische Ausmaße annahm. Und er besaß ein Selbstbewusstsein, das sie bei ihren Mitmenschen immer schon bewundert hatte. Er schritt jetzt an ihrer Seite. Die Schlinge des Peitschengriffs lag um sein Handgelenk.

»Wie lange gehören Sie schon zu Whites Gates?« fragte sie.

»Seit ich die Landwirtschaftsschule verlassen habe«,

antwortete er. »Ich habe einen Fortgeschrittenenkurs im Stallmanagement belegt, aber sie haben mir auf dem College nicht viel Neues beibringen können. Danach bin ich eine Partnerschaft mit einer Sandkastenspielgefährtin eingegangen – Julia Beauchamp. Dieses Land gehört ihrem Vater.«

»Dann sind Sie also ein Einheimischer?«, fragte Elise überrascht. »Sie sprechen keinen Dialekt, man hört nicht einmal einen Akzent durch.«

»Ich habe Schulen im Süden besucht«, sagte er. »Aber ich fühle und denke wie die Einheimischen. Und wo kommen Sie her?«

»Also, ich bin keine Einheimische.«

»Das habe ich mir schon gedacht«, sagte er. Sie waren aus dem Blickfeld des Hofes geraten und standen vor einer offen stehenden Tür. Elise konnte den Duft polierten Leders riechen. Sein Blick galt ihren Haaren. Es hing lose, vom Wind zerzaust. »Ich würde mich immer an Ihre roten Haare erinnern, wenn ich sie schon einmal gesehen hätte«, fügte er hinzu.

»Ha! In dieser Gegend gibt es viele Leute, die meine Haarfarbe haben.«

Sein Blick wanderte vom Gesicht zum Körper und wieder zurück. Er musterte sie auf eine auffällig-unauffällige Art, und an seinem verhaltenen Lächeln sah man, dass er nicht nur Hemd und Jeans betrachtet hatte, sondern eher spekulierte, was die Kleidungsstücke verbargen.

»Hier aber nicht«, sagte er.

So einfach lasse ich mir nicht schmeicheln, dachte Elise. Wahrscheinlich hat er diese Masche schon hundertfach angewendet. Und sehr originell ist sie auch nicht.

»In London gibt es Tausende mit dieser Haarfarbe«,

behauptete sie. Am liebsten hätte sie noch hinzugefügt: »Und schöner sind sie auch«, aber dann dachte sie, dass sie mit einem solchen Nachsatz geradezu ein neues Kompliment herausgefordert hätte. Statt dessen bewegte sie sich auf die Tür zu. »Was ist da drin?«, fragte sie. »Sättel und Zaumzeug?«

»Sattelzeug«, bestätigte er. Er griff in ihrer Kopfhöhe zur Wand und schaltete Licht an. »Für Julia und mich.«

Sie betrat den Raum und betrachtete die verschiedenen Sättel und das Zaumzeug, das an Doppelhaken hing. An den Wänden hingen Siegerschleifen und Fotos. Eine Bilderfolge zeigte Dutzende Fotos von Springturnieren, auf denen Blair Devlin zu sehen war, wie er entweder auf einem Pferd die Hürden nahm oder bei der Siegerehrung. Eine ähnliche Bilderfolge gab es auch mit einem sympathisch aussehenden Mädchen. Elise nahm an, dass es sich um Julia handelte.

Devlin stand hinter ihr, was ihr Unbehagen bereitete. Er war viel zu attraktiv. Und im Gegensatz zu Max Lannsen würde er sich nicht sträuben, dessen war Elise sich sicher. Ich brauche das nicht, dachte sie. Aber eine andere leise Stimme in ihrem Kopf lockte sie: Warum nicht?

Sie drehte sich um und bemerkte, dass er näher stand, als sie erwartet hatte. Er lächelte. Es war das Lächeln eines Mannes, der sich seiner sexuellen Ausstrahlung sicher ist. Elise fragte sich, wie viele Frauen ihm schon widerstanden hatten. Sie schätzte, dass es sehr wenige waren.

»Offenbar reiten Sie schon lange«, sagte sie.

»Seit meinem fünften Lebensjahr.«

Er betrachtete sie wieder ausgiebig, ließ sich noch mehr Zeit als beim ersten Mal, und sie bemerkte, dass sein Blick lange auf ihren Hemdtaschen haften blieb, wo ihre Brüste gegen die Seide drückten. Plötzlich spürte sie eine Erregung in sich, als sie sich vorstellte, dass seine Hände sie berührten.

Sie sah so etwas wie Triumph in seinen Augen und wusste, dass er ihre Gefühle richtig las. Ich brauche dies wirklich nicht, redete sie sich ein. Ich bin hergekommen, um meinem Beziehungschaos zu entfliehen. Und was passiert? Ich fange ein intensiv eingebildetes Liebesleben mit meinem Arbeitgeber an, und nun bin ich auch noch heiß auf den einheimischen Reitlehrer.

Zu ihrer Überraschung trat Devlin einen Schritt zurück. »Reden Sie mit Penny«, sagte er. »Tragen Sie sich für eine Probestunde ein.« Er schaute sie lange an. »Es wird Ihnen gefallen«, sagte er sanft. »Ich verspreche es Ihnen.«

»Du weißt natürlich, dass Mr Devlin der lokale Frauenheld ist?« fragte Lorna, als sie zurück nach Shilden fuhren. »Vielleicht hätte ich dich vorher warnen sollen.«

»Und warum hast du es nicht getan?«

»Ich dachte, du wärst so sehr in Max verknallt, dass kein anderer eine Chance hätte.«

»Max Lannsen scheint mir so weit entfernt zu sein wie Pierce Brosnan«, murmelte Elise. »Und ich muss zugeben, dass Blair Devlin sehr, sehr attraktiv ist.«

Lorna stieß ein schnaufendes Lachen aus. »Dieser Mann hat den knackigsten Hintern, den ich je gesehen habe – mit der Einschränkung, dass ich noch nicht die Gelegenheit hatte, Max' Hinterteil genauer zu inspizieren. Wenn Blair in diesen engen Reithosen herumläuft, dann möchte ich ihn mir am liebsten packen und den Reißverschluss aufziehen.«

»Und hast du das schon getan?«

»Leider nicht.«

»Wirklich nicht?«, fragte Elise nachdrücklich.

»Es ist so«, erklärte Lorna. »Ich habe mich mit Julia Beauchamp angefreundet. Sie ist im Süden in die Schule gegangen und kennt einige meiner Bekannten da unten. Sie ist verrückt nach Dev. Als sie jünger waren, hatten sie ein Bruder-Schwester-Verhältnis, und sie weiß nicht so recht, wie sie die Kurve kriegen soll, um ihm zu zeigen, dass sie jetzt mehr sein will als seine Schwester. Und deshalb .... ich meine, ich weiß, wie blöde sich das anhört..., aber ich würde mich schämen, ihn ihr wegzuschnappen.«

»Das ist sehr anständig von dir«, murmelte Elise. Sie fuhren ein Stück schweigend, dann fragte Elise: »Und was ist der wahre Grund?«

Lorna grinste. »Das ist ein Teil des wahren Grundes. Aber um ehrlich zu sein – Dev hat nie einen Versuch unternommen, mit mir was anzufangen.«

»Für einen Frauenhelden scheint er eine Menge Gelegenheiten zu verpassen«, fand Elise.

»Dich hat er doch schnell beim Wickel gehabt«, entgegnete Lorna. »Und wenn man Penny glauben kann, hat er mit den meisten Mädchen, die bei ihm als Pflegerinnen arbeiten, geschlafen. Sie sagt, dass er absolut super im Bett sei. Wenn auch ein bisschen abartig.«

»Auf welche Weise?«

»Nun ja«, begann Lorna vorsichtig, »kannst du dir das nicht denken? Penny sagt, dass er ein breites Messingbett hätte, an dessen Pfosten er ihre Hände und Füße gebunden hätte. Sie musste sich auf den Bauch legen, und als sie wehrlos war, hat er die Peitsche auf ihrem Hintern benutzt. Nicht richtig, und es hätte auch nicht weh getan. Im Gegenteil – sie sagt, es hätte sie beide zusätzlich erregt.«

»Glaubst du ihr?«

Lorna hob die Schultern. »Du hast ihn doch selbst gehört. Das waren doch deutliche Andeutungen, oder? Penny versucht schon mal, sich wichtig zu machen, aber diesmal, glaube ich, hat sie die Wahrheit gesagt.«

Elise glaubte das auch. Sie rief sich die Szene in Erinnerung, wie er ständig mit der kurzen Reitpeitsche gegen seine Stiefel geklatscht hatte, danach auch in seine Hand.

»Und anschließend hat er sie dazu gebracht, es bei ihm genauso zu machen«, fuhr Lorna fort.

»Sie hat ihn mit der Peitsche bearbeitet?«

»Auf diesen herrlichen Po geschlagen«, bestätigte Lorna. »Und offenbar hat es ihm Spaß gemacht.«

»Aber er sieht wie ein Macho aus.«

»Ist er auch«, sagte Lorna. »Er geht zur Jagd und lässt kein Abenteuer aus, und selbst wenn ich zwei Meter groß und wie Arnie Schwarzenegger gebaut wäre, würde ich einem Kampf gegen ihn aus dem Weg gehen. Während seiner Zeit auf dem College hat er in einigen Kampfsportarten Pokale gewonnen, habe ich gehört. Aber was sich im Bett abspielt, hat damit doch nichts zu tun. Da geht es ausschließlich um Lust. Und wenn er ab und zu die Rollen vertauschen und eine schöne Frau haben will, die ihn dominiert, ist er doch deshalb nicht weniger Mann. Ich würde es gern mal ausprobieren, wenn ich wüsste, dass es ihn anmacht. Und ich würde mich auch von ihm auf diese Weise behandeln lassen. Oh, das wäre großartig!«

Würde ich das auch großartig finden?, fragte sich Elise später am Abend, als sie sich einen Kaffee gekocht hatte. Was würde das für ein Gefühl sein, gespreizt auf Blair Devlins Messingbett zu liegen, Hände und Füße an Bettpfosten gebunden? Wenn seine Hände sie berührten und ihren Körper streichelten? Wenn er langsam ihren Slip abstreifte? Sie stellte sich vor, wie seine grauen Augen ihren halbnackten Leib betrachteten. Sie sah sein erwartungsvolles Lächeln.

Verdammt, was ist bloß mit mir los? schalt sie sich. Bis vor kurzem war es nie ihre Art gewesen, solche Dinge zu erträumen. Sicher, ich hätte mir gewünscht, dass Ralph ein bisschen aktiver gewesen wäre, aber ich hätte doch nicht zugelassen, dass er mir den Hintern versohlt – weder mit der flachen Hand noch mit der Peitsche! Und doch musste sie zugeben, dass sie den Gedanken reizvoll fand.

Sie glaubte aber nicht, dass sie die dominante Rolle spielen konnte. Aber wenn ihr Partner es wirklich wollte, konnte sie dann so agieren, wie Jemma Harrisford ganz offensichtlich mit Ralph umsprang?

Devlin fühlte sich augenscheinlich zu ihr hingezogen.

Sein Rat, dass sie eine Probestunde buchte, hatte zumindest unterschwellig mit eingeschlossen, dass die Reitstunde, die er im Sinn hatte, nicht unbedingt ein Pferd erforderte. Ob sie ihn dazu ermutigen würde?

Warum nicht? fragte sie sich. Ihn kann ich haben, Max Lannsen nicht. Und sei ehrlich, Elise – du willst ihn! Sie musste an Janines Aussage denken, dass jeder begehrenswerte Mann aus dem Norden längst nach London gezogen wäre. Ha, mehr kann man sich gar nicht irren!

Nachdem sie sich über ihre Gedanken klar geworden war, stand für sie fest, dass sie mit Blair Devlin eine Affäre beginnen würde – sie würde mit offenen Augen diese Beziehung eingehen. Es würde zunächst eine rein körperliche Beziehung sein, aber vielleicht wurde daraus ja eine intensive Liebe …

Ja, dachte sie entschlossen. Ich werde eine Probestunde bei Ihnen nehmen, Mr. Devlin. Mal sehen, wohin uns das führt ...

»Wir brauchen ein Pferd«, sagte Petra Altham. »Ein großes, gepolstertes Pferd, das Halt hat für Füße und Hände.« Sie hatte verschiedene Abbildungen in der Hand und blätterte sie durch. Als sie die richtige gefunden hatte, schob sie Elise das Bild über den Schreibtisch. »So etwa stelle ich es mir vor.«

Die Zeichnung zeigte eine Art vergrößertes Schaukelpferd mit Fußrasten zu beiden Seiten und einem weit geschwungenen Rücken. »Ich weiß auch schon den idealen Lieferanten«, fügte Petra hinzu. »Vielleicht sollten wir gleich zwei bestellen.« Sie notierte etwas auf einen Zettel.

»Eins für Männer und eins für Frauen«, erklärte sie dann.

»Gibt es da einen Unterschied?«, fragte Elise. »Natürlich. Das Männerpferd hat eine Öffnung für seine Hoden. Das Modell für Frauen hat die Öffnungen an anderen Stellen, und auch noch zwei für die Brüste, wenn sie sich bäuchlings über den Pferderücken legt. Ich schockiere Sie doch nicht, oder?«

»Nein«, sagte Elise.

Aber ich bin schon ein wenig verblüfft, gestand sie sich ein. Sie hatte sich immer für erfahren und phantasiereich gehalten, was die Variationen des Sex anging, aber ungewöhnliche Ausrüstungen und Spielgeräte hatten sie bisher nie beschäftigt.

»Ich sagte, wir werden das Zimmer neu gestalten und einrichten.« Petra Althams irritierte Stimme riss Elise aus ihren Gedanken. »Die Wände müssen holzvertäfelt sein. Wir brauchen Haken für Zaumzeug und Reitpeitschen. Und einige verschieden dicke Pinsel und Bürsten. Es ist erstaunlich, was man mit Pinseln alles anstellen kann. Und werfen Sie das Bett raus. Wir legen lieber ein paar Strohballen rein.«

»Ich dachte, das Zimmer hätte Ihnen gefallen«, sagte Elise.

»Nun, als Reiterzimmer war es ganz in Ordnung«, kommentierte Petra, »aber die Gäste, die zu uns kommen, werden an ihren Spielchen mehr Interesse haben als am stilvollen Ambiente. Und bringen Sie auch ein paar Spiegel mit ein. Ich habe noch keinen Mann kennen gelernt, der nicht voll darauf abfährt, sich selbst in Aktion zu sehen.«

»Sie haben offenbar mehr Erfahrungen mit den Dingen, die Männer mögen, als ich«, sagte Elise einen Ton schärfer, als sie beabsichtigt hatte.

»Offensichtlich«, sagte Petra. »Dafür werde ich ja auch bezahlt.«

»Vielleicht sollten wir noch ein paar Bilder an die Wand hängen«, sagte Elise. »Und Siegerschleifen.«

Sie hatte es sarkastisch gemeint, um ihre Wut auf diese arrogante Kuh abzulenken, aber zu ihrer Überraschung schien Petra die Idee zu mögen. »Ja, darauf stehen diese Pferdenarren, was? Bilder, wie sie über die Hürden springen und wie ihr Pferd eine Schleife ans Zaumzeug gesteckt bekommt, wenn es gewonnen hat. Ich wette, dass Lorna Chorley Bindestrich Smythe auf solchen Sachen steht. Ich kann ein paar Fotos besorgen, aber sie werden was Interessanteres darstellen als diese üblichen Posen.«

»Und ein echtes Pferdegeschirr?«, fragte Elise.

»Nein, nein«, winkte Petra ab. »Vergeudetes Geld. Wenn Gäste sich anschirren lassen wollen, bringen sie ihre eigenen Utensilien mit, gewöhnlich sind sie maßgeschneidert, jeder Lederriemen muss genau sitzen. Außerdem wollen sie nicht das Leder eines anderen benutzen. Die Hälfte der Kicks beziehen sie aus den vorbereitenden Maßnahmen, entweder an sich selbst oder bei ihrer Partnerin.« Sie sah Elise skeptisch an. »Sie scheinen nicht sehr glücklich mit all dem zu sein. Wenn Sie ein Problem mit den Änderungen haben, sagen Sie es mir jetzt.«

»Nun ja, ich hätte dieses Zimmer anders entwerfen und gestalten können, wenn ich gleich zu Beginn genauere Informationen gehabt hätte«, sagte Elise verärgert. »So habe ich nur meine Zeit verschwendet.«

»Man hat Sie gut dafür bezahlt«, entgegnete Petra scharf. »Und Max hat Ihnen von Anfang an gesagt, dass es Änderungen geben könnte.«

»Das sind keine Änderungen mehr, das ist eine komplette Neugestaltung.«

»Einige der anderen Zimmer werden ebenfalls komplett neu gestaltet, meine Liebe«, kündigte Petra an. »Max hat seine Aufgabe wahrgenommen, indem er Sie engagiert hat. Sie haben den Grundplan geliefert. Dann haben unsere gemeinsamen Bosse mich engagiert, um die Feinheiten anzubringen.« Sie zeigte ihr breites, unechtes Lächeln. »Einige Ihrer Zimmer benötigen kaum Ergänzungen. Ich liebe das viktorianische Badezimmer, und auch das Weltall-Zimmer ist hübsch, obwohl ich meine, man müsste sich etwas Exotischeres einfallen lassen als die paar beweglichen Lichter.«

»Ohne Zweifel wird Ihnen etwas einfallen«, sagte Elise spitz. »Sie scheinen ja eine sehr exotische Vorstellungsgabe zu haben.«

Petra schaute sie strafend an. »Eine von uns muss sie haben. Der Erfolg dieses Projekts bedeutet viel für Max.

Und für mich. Wir müssen unsere Bosse zufrieden stellen. Und Sie, liebe Elise, müssen uns zufrieden stellen. Vergessen Sie das nicht.«

»Es wird noch so weit kommen, dass ich Miss Petra Altham das verdammte Lächeln aus dem Gesicht schlage«, sagte Elise voraus. »Glaubst du, dass ich dann rausgeworfen werde?«

»Denk an deine Gehaltsabrechnung«, mahnte Lorna. »Und nimm nicht alles so persönlich. Ich muss mit ihr zusammenarbeiten, und mich kann sie absolut nicht ausstehen.« Das schnurrende Motorengeräusch eines Autos drang an ihre Ohren. »Das ist Max«, sagte Lorna, und ihr Gesicht hellte sich auf. »Er kommt aus Alnwick zurück«

Elise folgte Lorna ans Fenster. Max Lannsens dunkelgrüner Mercedes bog um die Ecke und hielt mitten auf dem Hof. Lannsen stieg aus, ging um den Wagen herum und öffnete die Beifahrertür. Petra Altham, makellos gekleidet in einem figurschmeichelnden Kostüm mit einem tiefen Ausschnitt und einer Spitzenbluse darunter, glitt vom Sitz, strich ihren Rock hinunter und überprüfte die Nähte ihrer Strümpfe.

Elise spürte einen Stich von Eifersucht. »Er ist mit dieser Altham weg gewesen!«

»Sie waren auf einer Dienstfahrt«, sagte Lorna.

»Und warum ist sie dann so aufgedonnert?«

»Sie ist immer so aufgedonnert.«

»Sie scheint ziemlich oft mit ihm unterwegs zu sein.« Elise wusste nicht, ob es Eifersucht war oder ob sie der Kuh einfach nicht die Nähe des geheimnisvollen Max Lannsen gönnte. »Glaubst du, dass sie .... eh .... ein Paar sind?«

»Du willst wissen, ob sie Sex miteinander haben«, sagte Lorna. »Nun, ich habe keine Ahnung. Wenn er es mir ihr treibt, dann halte ich nicht viel von seinem Geschmack. Aber wenn wir es nüchtern betrachten, hat er keine große Auswahl. Ich nehme an, dass die Einheimischen ihm genauso die kalte Schulter zeigen wie uns. Und uns beide scheint er nicht zu wollen. Da bleiben nur noch Mrs Stokes und Petra übrig. Für wen, glaubst du, wird er sich entscheiden?«

Trotz ihres Ärgers kicherte Elise. »Ich finde, Mrs. Stokes wäre Petra vorzuziehen.«

»Aber sie weigert sich, ihn ›Herr‹ zu nennen«, wandte Lorna ein, und dann fügte sie hinzu: »Vielleicht tut Petra das.«

»Das glaube ich nicht«, sagte Elise. »Sie scheint mir nicht zu den Frauen zu gehören, die sich unterordnen.«

»Vielleicht ordnet sie sich dem wunderbaren Max unter«, gab Lorna zu bedenken. »Herumkomandierende Luder wie Petra mögen es manchmal, wenn sie im Schlafzimmer dominiert werden. Vielleicht steht Max auf der strengen Art. Ist das nicht ein Bild – Petra liegt bäuchlings über seinen Knien, das teure Designerkleid hochgeschoben, und er traktiert ihren Hintern mit Schlägen der nackten Hand. Ob sie überhaupt ein Höschen trägt? Und hast du ihre Strümpfe mit den Nähten gesehen? Sie sind bestimmt an Strapsen befestigt, die sie bei diesem sündigen Versandgeschäft bestellt hat, das in der verrufenen Sonntagszeitung inseriert. Ja, bestimmt steht er auf sexy Unterwäsche. Auf diese Weise hat sie ihn sich geangelt!«

»Ich kann mir nicht vorstellen, dass Max darauf steht«, sagte Elise. »Vielleicht wäre das die richtige Anmache für Blair Devlin, aber nicht für Max.«

Lorna lachte. »Sie stehen alle drauf, das kannst du

mir glauben. Zeige du mir den Mann, der sagt, dass sexy Dessous ihn nicht anmachen, und ich werde dir beweisen, dass er ein verdammter Lügner ist!«

Aber Ralph war von sexy Unterwäsche nie angetörnt, erinnerte sich Elise, als sie sich an diesem Abend fürs Schlafengehen vorbereitete. Nicht, dass sie jemals etwas wirklich Eindeutiges getragen hätte – keinen *slip ouvert* und auch keinen BH mit kleinen Öffnungen für die Brustwarzen. Sie liebte vor allem Unterwäsche aus Seide, die ihre Haut umschmiegte und nicht zu eng anlag. Eine Freundin, die eine Karriere in *lingerie design* angestrebt hatte, hatte ihr mehrere Garnituren davon geschneidert. Doch Ralph schien keinen Blick dafür zu haben, wenn sie in dieser Unterwäsche durch die Wohnung gelaufen war – oder wenn sie langsam den Slip ausgezogen hatte.

Worauf fuhr Max ab? Sie fand es schwierig, sich vorzustellen, welche persönlichen Vorlieben er hatte. Sie wusste, wie er sich in ihren Träumen verhielt, aber wie war er im wahren Leben? Mochte er enge Mieder und Strapse? Hohe Absätze? Einen BH aus schwarzer Spitze? Aber sahen nicht so die professionellen Stripperinnen von Soho aus? Würde es ihm Spaß machen, sie strippen zu sehen?

Blair Devlin würde das mögen, davon war sie überzeugt. Er hatte sie bereits mit den Augen ausgezogen. Sie war sicher, dass er es schätzen würde, wenn sie ihm bei sanfter Musik eine private Vorstellung geben würde. Könnte sie es auch? Hatte sie den Mut dazu? Natürlich, redete sie sich ein.

Sie hatte schon ihren Bademantel an, und plötzlich folgte sie einem Impuls, öffnete den Kleiderschrank und nahm eine verführerische Pose ein, in deren Verlauf sie den Bademantel langsam von den Schultern gleiten ließ, bis er sich auf dem Boden bauschte. Sie betrachtete sich kritisch.

Keine schlechte Figur, dachte sie, auch wenn bloß ich es bin, die das feststellt. Meine Brüste sind okay, die Taille ist schlank, die Beine sind gut geformt. Nun ja, vielleicht könnten die Oberschenkel ein bisschen schlanker sein, und vielleicht hätte ich die Brüste auch gern ein bisschen fülliger. Ach, vielleicht auch nicht. So kann ich wenigstens ohne BH herumlaufen, ohne mich unbehaglich zu fühlen. Einer ihre verflossenen Freunde hatte einmal gesagt, dass ihn Frauen erregen, die keinen BH unter der Bluse tragen. »Das setzt die Phantasie in Gang«, hatte er gesagt, »man sieht die Brüste bei jedem Schritt hüpfen und hofft zu sehen, wie sich die Brustwarzen versteifen.«

Sie hatte ihm gesagt, dass solche Bemerkungen sexistisch seien, und er hatte das zugegeben. Es war mitten in einem Fernsehfilm gewesen – aber das Ende des Films hatten sie nie gesehen.

In ihrem Zimmer war es angenehm warm, und sie fühlte sich wohl, wenn sie sich hüllenlos bewegen konnte. Sie löschte das Deckenlicht und ließ nur die kleine Nachttischlampe brennen. Sie trat ans CD-Regal und wählte eine Scheibe aus, schob sie in das Abspielgerät und wartete auf den aufheizenden Beat.

Sie begann zu tanzen. Zuerst folgte sie nur dem Rhythmus der Musik, aber dann stellte sie sich als Stripperin auf irgendeiner Bühne vor, ebenso ihr Outfit, das aus einem Mieder, Seidenstrümpfen und hochhackigen Schuhen bestand. Und sie stellte sich vor, dass Blair Devlin ihr zusah.

Er stand da, wie sie ihn von ihrer ersten Begegnung

in Erinnerung hatte – breitbeinig, die oberen Hemdknöpfe geöffnet, die Ärmel hochgerollt, kniehohe und enge Breeches, die sich wie eine zweite Haut um seine Schenkel schmiegten und sich vorne stark wölbten.

Sie behielt dieses Bild in ihrem Kopf, während sie tanzte. Sie mimte das aufreizende Entfernen der wenigen Kleidungsstücke und ließ sich viel Zeit dabei. Die Träger des imaginären Büstenhalters glitten von den Schultern, und sie lehnte sich weit vor, damit Devlin einen Blick in die Körbchen werfen konnte.

Würde er nur auf der Stelle stehen bleiben und zuschauen? fragte sie sich. Oder würde er sie berühren, mit ihr tanzen, um ihr näher sein zu können? Es würde viel mehr Spaß machen, wenn sie seine Hände spürte, wie sie sich mit den Haken und Ösen des BHs abgaben, bevor er beide Körbchen sanft in seine Handflächen nahm und wegzog, bis ihre Brüste ganz entblößt waren.

Sie würde ihn provozieren, das Becken vorstoßen und ihn berühren. Sie würde seinen erigierten Penis spüren, wenn sie sich mit den Pobacken gegen ihn kuschelte, und dann würde er leicht wie eine Feder über ihre Brüste streichen, die Nippel betasten, dann drücken, bis er zwischen seinen Fingern spürte, dass sie steif und hart geworden waren.

Ihre Bewegungen würden hektischer werden, ausgelassener, aufreizender. Sie steigerte sich immer mehr in diese Szene hinein, genoss sie von Schritt zu Schritt mehr, ließ die Hüften kreisen und bereitete ihn auf das vor, was noch kommen würde.

Ohne ihr bewusstes Dazutun veränderte sich das Bild. Ein anderer Mann stand vor ihr und zupfte an der Spitze des Mieders. Sie stand still, verharrte auch in ihrem Tanz, verwirrt vom ungerufenen Bild, das sich ihr bot. Der Mann vor ihr trug einen Anzug, so dunkel wie sein Haar, so dunkel wie die Schatten, die sein Gesicht verdeckten. Seine Augen blickten sie intensiv an, dann starrten sie auf die Finger des anderen Mannes, der immer noch ihre Brüste massierte. Sie wusste, dass es erregend für ihn war, dabei zuzuschauen, wie ein anderer sie nahm.

Sie spürte, wie das Mieder geöffnet wurde, wie ihr Leib freier atmen konnte. Im nächsten Moment glitten seine Hände zum Saum ihrer Strümpfe und umfassten ihre Oberschenkel. Er drückte die Strapse auf und rollte einen Strumpf das Bein hinunter, folgte mit der Hand und berührte jeden Millimeter ihrer Haut ganz sanft mit den Händen.

Sie hob den Fuß an, dann das Bein, und legte es über seine Schulter, als er vor ihr in die Hocke ging. Sie zog ihn mit sanftem Druck aus der Kniekehle näher zu sich heran.

Sie spürte den Mund des vor ihr hockenden Mannes an den Innenseiten ihres Schenkels. Er zupfte an ihrem G-String und öffnete die kleinen Schleifen, die das Dreieck aus Satin zusammenhielten. Mit der Schulter drückte er ihre Knie weiter auseinander, und sie fühlte sich hilflos und entblößt. Er hob den Kopf, schaute sie an, und während er das tat, tupfte ein Finger zart gegen ihre anschwellende Klitoris. Wellen der Lust durchliefen sie.

Die Gefühle waren so intensiv, dass sie nicht mehr in der Lage war, sich im Takt der Musik zu bewegen. Sie schwankte hin und her und ließ sich schließlich aufs Bett fallen. Ihr Herz klopfte wie rasend. Sie hatte noch nie einen solchen Traum gehabt.

Nun ja, sagte sie sich, ich habe auch noch nie zwei Männer kennen gelernt, die mir so gut gefallen wie dieser unnahbare Max Lannsen und der so verführerische Blair Devlin.

Wie Max sich in einer solchen Szene wirklich verhalten würde, fand sie vielleicht nie heraus. Aber was Blair betraf, so war sie davon überzeugt, dass die erste Reitstunde darüber schon Aufschluss geben konnte.

»Es wird dir gefallen«, sagte Lorna.

»Ich komme mir mehr als albern vor«, sagte Elise und verzog das Gesicht. Sie hatte sich von Lorna überreden lassen, Breeches, Stiefel und Reiterkappe zu kaufen, aber irgendwie fühlte sie sich in dieser Kluft nicht so selbstbewusst wie Lorna. »Eine Anfängerin sollte sich nicht so anmaßend kleiden«, murrte Elise. »Ich sehe aus wie eine Angeberin, komm, gib das zu.«

»Du siehst gut aus«, sagte Lorna. »Was kann denn falsch daran sein, die richtige Kleidung zum richtigen Anlass zu tragen? Alles, was du trägst, ist vernünftig.«

»Ich mache mich lächerlich.«

»Das Pferd wird nicht lachen. Es wird nicht wissen, was du trägst. Und die Leute in Reitschulen haben Tausende Anfänger erlebt. Das trifft bestimmt für Penny zu.«

»Ich habe weniger an Penny gedacht.«

»Aber sie wird dir das Reiten beibringen.«

»Aber ich dachte ...«

Lorna grinste. »Oh, deshalb bist du so nervös und zittrig! Komm, entspann dich. Dev unterrichtet gewöhnlich keine Neulinge, nicht einmal diejenigen, auf die er scharf ist. Er will einen Ausritt mit mir machen.«

Penny kam herein. »Elise«, sagte sie, »du wirst Brandysnap reiten.«

»Er ist ein ganz lieber und zahmer«, sagte Lorna. »Und wen bekomme ich?«

»Solomon.«

»Oh, verdammt«, sagte Lorna. »Er ist alles andere als lieb und zahm. Warum tust du mir das an, Penny?«

»Du bist eine von den wenigen Leuten, die mit ihm fertig werden, Lorna«, schmeichelte Penny. »Ich meine, abgesehen von Dev«

»Und wen reitet Dev?«, fragte Lorna.

»Den wunderbaren Hobbit«, sagte Penny schwärmerisch. »Ich bin ganz vernarrt in dieses Pferd. Es tut alles, was man von ihm will. Und so ein schönes Tier. Wann immer ich ihn reite, habe ich das Gefühl, ich könnte es ins Olympiateam schaffen.«

»Und ich bekomme Solomon?«, klagte Lorna. »Wer hasst mich denn so?«

»Du sollst bei uns etwas lernen«, rief Penny ihr in Erinnerung. »Mit Hobbit brauchst du nicht zu arbeiten, mit ihm ist Reiten das pure Vergnügen.«

Sie traten hinaus auf den Hof. Zwei Schulmädchen hielten drei Pferde an den Zügeln. Elise erfuhr später, dass sie nach der Schule im Reitstall arbeiteten – ihr Lohn waren kostenlose Reitstunden. Zwei der Pferde waren groß und aufmerksam, die aufgestellten Ohren immer in Bewegung. Das dritte Pferd war kleiner, und Elise fand, dass es gelangweilt wirkte. Lorna schwang sich mühelos in den Sattel. Penny erklärte Elise, wie man aufstieg, aber als sie einen Fuß im Steigbügel hatte, gelang es ihr zunächst nicht, sich mit dem anderen Fuß vom Boden abzustoßen. Brandysnap schien gewaltig hoch zu sein. Als sie schließlich im Sattel landete, fiel ihr auf, wie beängstigend weit der Boden von ihr entfernt war.

»Sitzt du bequem?« fragte Penny.

»Ja«, log Elise.

»Du musst dich entspannen«, riet Penny. »Wenn Brandysnap sich bewegt, lässt du deinen Körper einfach mitgehen. Wir gehen jetzt hinunter zur Schule, dann erkläre ich dir alles über den korrekten Sitz auf einem Pferd.«

»Das wirst du nicht«, rief eine Stimme. »Ich werde es tun.«

Blair Devlin schritt um eine Ecke und trat auf den Hof. Er trug seine Breeches und Reitstiefel, aber weder Kappe noch Rock.

Das weiße Hemd stand am Kragen offen, und die Ärmel waren hoch gerollt, was offenbar typisch für ihn war. In einer Hand hielt er eine Reitpeitsche. Die drei Pferde stellten ihre Ohren steil und wieherten zur Begrüßung. Die beiden jungen Mädchen lächelten.

»Du?« fragte Penny überrascht. »Ich dachte, du wolltest mit Lorna ausreiten.«

»Wollte ich auch«, sagte Blair. »Aber ich habe mir den Knöchel verstaucht.« Er hinkte übertrieben, als er ein paar Schritte auf sie zuging.

»Oh, das tut mir Leid«, murmelte Penny, aber man merkte ihr an, dass sich ihre Sympathie in Grenzen hielt. Die beiden Schulmädchen dagegen waren äußerst besorgt.

»Tut es sehr weh?« fragte das eine Mädchen.

Blair belohnte sie mit einem offenen Lächeln. »Ich kann's vor Schmerzen kaum aushalten, aber ich werde es überleben.« Er schaute auf seine Uhr. »Ist es nicht Zeit, dass ihr nach Hause geht?«

»Wir können bleiben und dir bei der Reitstunde helfen, wenn du möchtest«, sagte das Mädchen und schaute ihn hoffnungsvoll an.

»Ich habe schon ein paar Mal Beschwerden eurer Eltern gehört, dass ihr zu lange hier seid und zu wenig

Zeit habt für eure Hausaufgaben«, sagte Blair. »Und jetzt rasch auf eure Räder.« Er trat einen Schritt vor und nahm Brandysnaps Zügel. »Ich glaube, auch mit dem verstauchten Knöchel werde ich mit einer Schülerin fertig.« Er wandte sich an Penny. »Was stehst du noch herum? Willst du Hobbit nicht reiten?«

Penny grinste. »Was für eine Frage.« Im nächsten Augenblick saß sie im Sattel.

»Nimm den alten Reitweg«, schlug er vor. »Dort kannst du ihn eine lange Strecke galoppieren lassen.« Er blieb neben Brandysnap stehen, bis Penny und Lorna außer Sichtweite waren und die beiden Schulmädchen sich zögernd die Mountainbikes geholt und weggefahren waren.

Jetzt schaute er Elise an. Sie sah eine spitzbübische Herausforderung in seinem Blick. »Ich glaube, wir sollten die erste Reitstunde in der Halle nehmen«, sagte er und grinste. »Da ist es gemütlicher.«

»Ich dachte, Sie unterrichten keine Anfänger«, sagte Elise.

»Wer hat Ihnen das denn gesagt?« Brandysnap setzte sich in Bewegung, weil Blair Devlin vorausging, die Zügel noch in der Hand. Elises Oberkörper schwankte, weil sie auf den Ruck beim Antritt des Pferdes nicht vorbereitet gewesen war. Sie hielt sich krampfhaft am Sattel fest.

»Entspannen Sie sich«, sagte Blair.

Die kleinere Reitschule hatte hohe Wände und ganz oben schmale Öffnungen, durch die Licht und Luft hereinfielen. Als die Tür hinter Brandysnap ins Schloss fiel, konnte von draußen niemand hereinsehen.

Plötzlich ließ Blair die Zügel los. Das Pferd schlenderte ein paar Schritte, und Elise ruckte unbehaglich im Sattel. Dann blieb das Pferd stehen und stieß einen Laut aus, der sich wie ein Seufzer anhörte. Blair schaute amüsiert zu.

»Mir wäre es lieber, wenn Sie wieder die Zügel nehmen«, sagte Elise.

»Brandy geht schon nicht durch,«, besänftigte Blair sie. »Das ist mein erstes Mal auf einem Pferd«, erinnerte Elise ihn.

»Ich weiß.« Blair schritt um sie herum. »Man sieht es«, fügte er hinzu.

»Sie haben Ihren theatralischen Hinkeschritt vergessen«, bemerkte Elise giftig.

Blair lachte. »Ich habe gutes Heilfleisch.« Seine grauen Augen fingen ihren Blick auf, dann musterten sie ihre Haltung. »Nun denn, versuchen wir mal, eine Reitersfrau aus Ihnen zu machen.«

In der nächsten halben Stunde erfuhr sie eine Menge Neuigkeiten, und sie versuchte, sie sich alle zu merken und einzuprägen. Als er sie anwies, das Pferd trotten zu lassen, hatte sie Mühe, Brandysnap aufzuwecken. Er reichte ihr die Peitsche.

»Brandy weiß, dass Sie ein Neuling sind«, sagte er. »Wecken Sie ihn damit.«

Elise berührte ihn sanft mit der Lederpeitsche. Sie fürchtete, ihm weh zu tun. Brandysnap ignorierte sie.

»He, was soll das?« rief Blair irritiert. »Sie sollen ihn nicht streicheln. Er muss die Peitsche spüren.«

Ein kräftiger Schlag brachte ein ärgerliches Wiehern von Brandysnap, aber er veranlasste ihn, sich schneller zu bewegen. Als er in einen Trab überging, war es Elise, als durchzuckte sie ein Schock von Kopf bis Fuß.

»Reiten Sie im Kreis«, wies Blair sie an. »Sitzen Sie aufrecht im Sattel, aber lassen Sie Ihren Körper die Bewegungen mitmachen, die Brandy vorgibt. Und keine Abkürzungen.«

Elise bemerkte bald, dass dies leichter gesagt als getan war. Brandysnap hatte schnell heraus, dass sie keine Ahnung hatte, wie sie ihn führen sollte. Er ging immer kleinere Kreise, bis er schließlich in der Mitte verharrte, schnaufte und sich nicht mehr von der Stelle rührte. Elise ruckte im Sattel, als hoffte sie, ihn dadurch zum Weitertraben zu veranlassen.

Blair kam heran. »Haben Sie mich nicht verstanden?« fragte er freundlich.

»Ich habe verstanden«, sagte Elise verärgert. »Aber das Pferd scheint Schwierigkeiten damit zu haben.«

»Sie müssen ihn spüren lassen, dass Sie die Kontrolle über ihn haben«, sagte der Reitlehrer. »Also, traben Sie im Kreis.«

Elise ruckte wieder im Sattel. Brandysnap weigerte sich, auch nur einen Schritt zu gehen; er schien zu glauben, dass er für diesen Tag genug gearbeitet hatte.

»Er versteht, wenn er die richtigen Anweisungen bekommt«, sagte Blair. »Setzen Sie Ihre Schenkel ein.«

»Er versteht überhaupt nichts!« entgegnete Elise wütend. Sie spürte, dass ihre Geduld sich dem Ende zuneigte. Sie stieß mit den Absätzen gegen die Flanken des Pferdes und gab ihm zusätzlich einen Schlag mit der Peitsche, der kräftiger ausgefallen war, als sie beabsichtigt hatte. Brandysnap wandte den Kopf, schaute sie an und wieherte leicht.

»Sehen Sie?« rief Elise frustriert. »Warum geben Sie Anfängern ein Pferd, das die Reitstunde verschlafen will?«

»Steigen Sie ab«, befahl Blair. »Was?«

»Absteigen«, wiederholte er.

Umständlich kam Elise aus dem Sattel.

Devlin nahm die Zügel und schwang sich in den Sattel. »Dieses Pferd ist ideal für Sie«, sagte er. »Brandy ist ein bisschen schwerfällig, und das ist für einen Neuling nur von Vorteil. Wenn ich Ihnen ein Pferd wie Solomon gegeben hätte, wären Sie schon bald über seine Ohren geflogen.«

Brandysnap hatte den Kopf gereckt und die Ohren gespitzt. Blair hob die Steigbügel an und legte sie vor sich über den Sattel. »Sie müssen die Führung übernehmen«, sagte er. »Passen Sie auf.«

Brandysnap wusste sofort, dass er einen anderen Reiter hatte, sein Kopf ging ein paar Mal rauf und runter, ehe er in einen leichten Trab verfiel, wobei er den äußeren Kreis ausnutzte. Nach der ersten Runde zwang Blair Devlin ihn in einen leichten Galopp. Brandysnap reckte den Kopf, und der Schweif kreiste aufgeregt – es war, als wäre er plötzlich ein anderes Pferd geworden. Dabei saß Blair völlig entspannt im Sattel, scheinbar mühelos zwang er dem Pferd seinen Willen auf, und Elise fragte sich, ob sie es je zu einem Hauch einer solchen Fähigkeit bringen würde.

Plötzlich änderte Blair die Richtung, ritt quer durch das Rund und hielt Brandysnap dicht vor ihr an. Er stieg mit einer eleganten Bewegung aus dem Sattel und grinste sie an.

»Haben sie gesehen? Brandy kann es – er muss nur wissen, was Sie von ihm wollen.«

»Wenn ich seit meinem fünften Lebensjahr geritten wäre, könnte ich das auch«, antwortete Elise schnippisch.

Blair lachte. »Ich lasse keine Ausreden zu. Mir ist auch nichts in den Schoß gefallen, ich musste mir alles hart erarbeiten, und das werden Sie auch müssen. Steigen Sie wieder auf.« Er trat einen Schritt zurück und sah zu, wie sie sich mühte. »Nun machen Sie doch schon.«

»Und warum helfen Sie mir nicht?«, fragte sie wütend. »Es ist nicht so einfach, wie es aussieht.«

»Das ist nur, weil es so ungewohnt für Sie ist.« Er stellte sich hinter sie, und sie spürte seine Hand unter ihrem Hintern. Sie verharrte etwas länger, als notwendig gewesen wäre, dann fühlte sie sich hochgehoben. Sie war so überrascht, dass sie quer über dem Sattel lag. Blairs Hand verweilte auf ihrem Schenkel.

»Nun ja, ganz richtig ist das noch nicht«, hörte sie ihn sagen. Seine Hand bewegte sich und streichelte den Schenkel auf und ab, verharrte schließlich auf ihrem Po. »Aber die Stellung ist auch interessant.« Er hielt sie mit einer Hand fest, während die andere zwischen die Schenkel glitt, rieb, streichelte und leicht drückte. Er massierte die Hinterbacken mit den Fingerspitzen, und unwillkürlich stieß sie kleine wohlige Laute aus.

»Gehört das noch mit zur Reitstunde?« brachte sie keuchend heraus.

»Nein«, sagte er, »aber es macht Spaß, oder?« Seine Finger drückten tastend gegen ihren Schoß. Der Stoff der Breeches schützte sie, aber sie spürte, dass sie jetzt schon feucht vor Lust war, und einen Moment lang wünschte sie sich, dass er ihr die Breeches hinunterstreifte. Aber dann fiel ihr ein, welches Bild sie abgeben musste. Sie versuchte, sich aufzurichten.

»Was ist denn los?« murmelte Blair.

»Jemand könnte es sehen ...«

»Es ist niemand hier«, sagte er. »Penny und Lorna werden noch eine Weile unterwegs sein. Ich habe Penny auf die längste Route geschickt, und sie weiß warum. Die beiden Mädchen sitzen inzwischen schon an ihren Hausaufgaben oder sie sitzen vor der Glotze und schauen sich eine Aufzeichnung des letzten Turniers an – oder etwas anderes, was für ihre Bildung genauso wichtig ist.«

Er hörte auf sie zu streicheln, zog sie vom Pferd und richtete sie auf. Sie war außer Atem und wusste, dass sie einen roten Kopf hatte.

»Wir sind ganz allein, Miss St. John«, raunte er. Er tippte mit der Peitsche leicht gegen seine Stiefel. »Wollen Sie, dass wir mit der Lektion fortfahren?«

Sie schaute ihn an. »Ja.«

»Gut«, sagte er und lächelte. »Nimm die Kappe ab.« Sie zögerte, war überrascht. »Nimm sie ab«, wiederholte er, und sie gehorchte. Er nahm die Kappe und warf sie zur Seite. »Mach deine Haare auf«, sagte er. Wieder zögerte sie. »Du hast wunderschöne Haare«, sagte er, »ich möchte sie sehen.« Sie griff sich in den Nacken und zog das Netz ab, das Lorna ihr gegeben hatte. Die Haare fielen locker auf ihre Schultern. »Du solltest sie immer nur offen tragen«, empfahl er ihr.

»Es behindert mich zu oft«, sagte sie.

»Wenn du mit mir ausgehst«, sagte er, »möchte ich, dass du es offen trägst.«

»Und was bringt dich auf den Gedanken, dass ich mit dir ausgehe?« fragte sie ihn neckend.

»Du wirst«, sagte er.

»Und wenn ich sage, dass ich nicht mir dir ausgehen will?«

»Dann würde ich dir nicht glauben.« Er verzog keine Miene. »Zieh deine Bluse aus.«

Sie starrte ihn an, und diesmal war sie sicher, dass sie sich verhört hatte.

Er stand dicht bei ihr, und sie schaute hoch und blickte in seine grauen Augen. Er nahm Brandysnaps Zügel. »Zieh sie aus«, wiederholte er.

Wie in einem Traum streifte sie die Bluse von den

Schultern. Darunter trug sie einen weißen Stretch-BH, den sie eigens für die Reitstunde gekauft hatte, ein Modell für Sportlerinnen. Er hielt ihre Bluse in der Hand. »Und jetzt diesen ganz und gar nicht schmeichelhaften BH.«

»Das werde ich ganz sicher nicht tun«, sagte sie entschieden.

»Du wirst es tun«, sagte er lächelnd. Er legte eine Hand auf ihren Schenkel und glitt hoch, bis sie den Bund der Breeches erreicht hatte. Seine Finger berührten die bloße Haut darüber, und ein leichtes Zittern durchfuhr sie. »Komm schon«, sagte er leise. »Ich möchte sehen, ob deine Brüste so knackig sind, wie ich sie mir vorstelle.«

Langsam schälte sie sich aus dem Büstenhalter, zog ihn über den Kopf und schüttelte den Kopf, um ihre Haare zu ordnen. Blair Devlin schaute genau hin. Als Elise sich von den Zwängen des BHs befreit hatte, fühlte sie sich unerwartet sexy.

»Gefällt dir, was du siehst?«

»Es gefällt mir sehr.«

Sie wartete darauf, dass er ihr die Bluse zurückgab, aber er sagte nur: »Jetzt solltest du wieder reiten. Eine Runde im Kreis.«

Elise schaute sich unsicher und nervös um.

»Wir sind allein«, sagte er noch einmal. »Dies ist eine private Vorstellung. Nur für mich allein.« Er nahm Brandysnaps Zügel und half Elise in den Sattel. Dann rannte er und zwang Brandysnap zu einem leichten Trab. Er ließ die Zügel los und blieb stehen. »So ist es richtig«, rief er, »lass ihn traben.«

Zu Elises Überraschung hielt das Tier die Gangart bei. Sie spürte, wie ihre Brüste hüpften, und sie wusste, dass Blair zuschaute und sich keine Bewegung entgehen ließ. Dieser Gedanke ließ ihre Brustwarzen anschwellen.

»Sehr schön«, lobte Blair, als sie eine Runde absolviert hatte. »Eines Tages kannst du vielleicht doch noch eine passable Reiterin sein.« Er ging zu ihr und Brandysnap, der den Schritt verlangsamte, als er Blair in seinem Blickfeld hatte. »Du würdest noch eine bessere Figur machen, wenn du die Breeches ausziehen würdest.« Er fing ihren verunsicherten Blick auf und sagte grinsend: »Keine Bange, nicht in der Öffentlichkeit. Wofür hältst du mich?«

»Ich bin mir nicht sicher«, sagte sie kleinlaut. »Kann ich meine Bluse haben, bitte?«

»Ja«, sagte er und reichte sie ihr. »Aber zieh nicht wieder diesen schrecklichen BH an. Er sieht aus, als hätten die Ärzte ihn dir verschrieben. Es ist reizvoll, Frauenbrüste in Bewegung zu sehen.« Grinsend fügte er hinzu: »Das ist schöner als Fernsehen.«

»Ich nehme an, dass du auf diesem Gebiet ein Kenner bist.« Sie zog sich die Bluse über.

»Ja, bin ich. Das betrifft alle runden Teile der weiblichen Anatomie.«

»Ich bin froh, dass ich bei deinem Standard mithalten kann«, sagte sie spitz.

»Nun, zieh keine voreiligen Schlüsse«, mahnte er. »Schließlich habe ich noch nicht alles an dir genau inspiziert.«

»Was macht dich so sicher, dass das je der Fall sein wird?« fragte sie herausfordernd.

Er lachte. »Hör auf, dich zu zieren, es klingt nicht sehr überzeugend.« Er nahm wieder Brandysnaps Zügel. »Komm, ich zeige dir, wie man das Zaumzeug abnimmt.«

Auf dem Hof war Blair wieder der erfahrene Lehrer.

Später führte er Elise in den Sattelraum und zeigte ihr die Stelle, wo Brandysnaps Sattel und Zaumzeug aufbewahrt wurden.

»Bei deiner nächsten Reitstunde wirst du wahrscheinlich wieder Brandysnap bekommen«, sagte er. »Wir belassen einer Anfängerin nach Möglichkeit für die ersten Reitstunden dasselbe Pferd, es sei denn, sie hat Einwände.« Er stand sehr dicht neben ihr, und sie spürte die Wand in ihrem Rücken. »Hast du irgendwelche Einwände?«

»Gegen das Pferd?«

»Oder gegen die Reitstunde?« Er legte beide Hände auf ihre Schultern und ließ sie hinuntergleiten bis zu den angewinkelten Ellenbogen. Er streichelte sanft über ihre Innenarme. »Wir könnten über eine Rückvergütung reden, wenn du nicht völlig zufrieden warst.«

»Ich bin noch nicht völlig zufrieden«, murmelte sie.

»Dagegen lässt sich was tun.«

Seine Lippen berührten ihre, zuerst nur flüchtig, aber im nächsten Augenblick spürte sie, wie seine Zungenspitze die Lippen teilte und in ihren Mund eindrang. Seine Hände bewegten sich zu ihrer Taille und glitten unter die Bluse, dann auf der nackten Haut hoch. Während er sie hungrig küsste, umfasste er behutsam ihre Brüste, hielt sie in den Handflächen und vermied es, ihre Nippel zu berühren, die sich steil aufgerichtet hatten.

Sie spürte, wie ihr Körper zu zittern begann. Ihr Kopf drückte gegen die Wand. Der lange Kuss wurde immer intensiver, seine Zunge drang tiefer in ihre Mundhöhle ein. Er öffnete ihre Bluse, dann setzte er seine Liebkosungen fort, aber immer noch sehr sanft und zurückhaltend. Sie packte seine Handgelenke und wollte seine Finger auf ihren Brustwarzen spüren.

»Nein«, sagte er. »Ich habe eine bessere Idee.«

Er bückte sich und nahm eine Brustwarze in den Mund. Die Zunge umspielte die Spitze, und gleichzeitig saugten seine Lippen zart. Sie stieß kleine lustvolle Geräusche aus. Seine Hände glitten zu ihren Hüften, von dort zum Hintern, um sie näher an sich heranzuziehen. Sie spürte, wie seine Erektion gegen ihren Bauch pochte.

Seine Finger griffen jetzt fest in ihr Fleisch, und ein leichter Schmerz durchzuckte sie, aber sie hieß ihn willkommen. Sie wollte, dass er den Reißverschluss der Breeches nach unten riss, dass er ihre Hose abstreifte, die Hände zwischen ihre Schenkel drückte. Ja, sie wollte verrückt vor Lust sein, ehe er sie hier nehmen würde, auf der Stelle, im Stehen.

Draußen hörten sie ein Geräusch. Das Klappern der Hufe auf dem Hof. Blair schaute hoch. »Verdammt, sie sind schon zurück. Ich werde Penny rausschmeißen.« Er löste sich von ihr und schaute an sich hinab. »Wie kann ich in diesem Zustand hinausgehen? Die Pferde werden neidisch.«

Trotz ihres Gefühls der Frustration musste Elise lächeln. »Ich bin sicher, dass Penny nicht geschockt sein wird. Hat sie das nicht alles schon gesehen?«

»In ihren Träumen vielleicht«, sagte er grinsend. »Und deine Freundin Lorna möchte es auch gern mal sehen.«

Elise knöpfte rasch die Bluse zu. »Sie haben eine hohe Meinung von Ihrem Charme, Mr Devlin.«

»Ich weiß, wenn jemand scharf auf mich ist.«

»Und dann nutzt du das auch schamlos aus«, entgegnete sie. »Jedenfalls habe ich das gehört.«

Er strich über seine Breeches. »Ich gebe zu, dass ich keine Jungfrau mehr bin.« Er schloss den letzten Knopf ihrer Bluse, und dabei fuhren die Finger über ihre Brustwarze. »Und du auch nicht«, sagte er dann.

»Woher weißt du das?«

»Erfahrung«, antwortete er. »Wie viele Männer hast du schon gehabt?«

»Das geht dich nichts an.«

»Es werden nicht zu viele sein«, meinte er. »Und es war keiner wie ich darunter.«

»Was ist denn so Besonderes an dir?«

»Ich sehe gut aus«, sagte er. »Ich habe viel Phantasie, bin potent und ...«

»Und bescheiden?« unterbrach sie ihn.

»Das auch. Und ich habe hellseherische Fähigkeiten.«

»Hellseherische Fähigkeiten?« wiederholte sie und schaute ihn überrascht an.

»Ich kann in die Zukunft sehen«, sagte er. »In ein paar Tagen wirst du einen Telefonanruf bekommen, und der Anrufer lädt dich zum Essen ein. Und du wirst zusagen.« Seine Stimme senkte sich. »Und nach einem köstlichen Essen bringe ich dich nach Hause und zeige dir genau, was du heute verpasst hast.«

»Vielleicht«, sagte sie. »Wenn ich Zeit habe.«

Die Tür öffnete sich, und Lorna kam mit dem Sattel über einem Arm und dem Zaumzeug in der Hand herein.

»Und wende dich wegen der nächsten Stunde an Penny«, sagte Blair, während er schon zur Tür unterwegs war. »War's ein schöner Ausritt, Lorna?«

»Phantastisch«, antwortete Lorna. Sie legte den Sattel ab und sah Blair nach, wie er über den Hof schritt. Sie wandte sich an Elise. »Gute Stunde?«

»Interessant«, sagte Elise.

»Und wie waren die anderen Aktivitäten?«

»Die *was*?«

»Ihr habt doch gevögelt«, sagte Lorna drastisch.

»Nein, haben wir nicht«, sagte Else spröde. »Mr. Devlin war ein perfekter Gentleman.«

»Mr Devlin?« wiederholte Lorna ironisch. »Ich bitte dich! Ich bin deine Freundin. Und ich kenne *Mr Devlins* Ruf. Willst du mir weismachen, dass er dich nicht einmal angefasst hat?« Elise öffnete den Mund zu einer Antwort, aber Lorna fügte schnell hinzu: »Bevor du einen Meineid leistest, schau dir lieber mal deine Bluse an, meine Liebe.«

Elise blickte an sich hinab und sah, dass die Knöpfe in den falschen Löchern steckten. Sie errötete.

Lorna lachte. »Sei doch nicht so verlegen. Penny und ich wussten, was geschehen würde, als Dev mit diesem dämlichen Vorwand herausrückte, warum er nicht mit uns ausreiten könnte. Hat seinen Knöchel verstaucht, ha!« Sie blinzelte durch die Tür. »Ist ziemlich schnell verheilt, was? Ich sehe ihn nicht mehr hinken. Komm schon, schau mich nicht so böse an. Wir haben euch über zwei Stunden Zeit gelassen. Willst du mir sagen, dass ihr euch nur über Pferde unterhalten habt? Was ist also passiert?«

»Nichts«, behauptete Elise. »Nun ja, nicht viel. Ihr seid zu früh zurückgekommen. Und abartige Vorschläge hat er mir auch nicht gemacht.«

»Von ›abartig‹ habe ich auch nie gesprochen«, sagte Lorna. Sie ging hinaus auf den Hof, und Elise folgte ihr. »Aber er wird dir schon seine Art von Spaß näher bringen, verlass dich darauf. Ein gemütliches Essen bei Kerzenschein, ein bisschen Kuscheln auf dem Sofa, und dann der Vorschlag, es mal mit was anderem als dem Üblichen zu versuchen.«

»Hat Penny dir das erzählt?«, fragte Elise.

»So ungefähr.«

»Nun, Dev hat mir gesagt, alles, was Penny über ihn wüsste, könnte sie nur geträumt haben.«

»Du hast doch nicht erwartet, dass er es zugibt, oder?« fragte Lorna und glitt auf den Fahrersitz ihres roten Mini. »Er gibt nie etwas zu. Er würde auch nicht zugeben, dass er dich derart abgegrabscht hat, dass die Knöpfe deiner Bluse durcheinander geraten sind, aber ich weiß genau, dass er es getan hat. Und nach dem seligen Ausdruck auf deinem Gesicht zu urteilen, hat er ein paar andere Stellen auch noch erforscht.«

Während der Rückfahrt nach Shilden gab sich Lorna größte Mühe, Einzelheiten über die Reitstunde aus Elise herauszuquetschen, aber Elise weigerte sich, Lornas Neugier nachzugeben. Schließlich fuhren sie in den Schlosshof hinein.

»Schau ihn dir an«, raunte Lorna, die endlich ein anderes Ziel für ihre Aufmerksamkeit gefunden hatte. Vor ihnen stieg Max Lannsen aus seinem Mercedes. »Was hat er nur an sich, dass er mich so anmacht?«

»Er steht nicht zur Verfügung«, sagte Elise.

»Es ist mehr als nur das«, meinte Lorna. »Die Gärtner hier stehen auch nicht zur Verfügung, aber bei ihnen meldet sich mein Sextrieb nicht.«

Lannsen blieb neben seinem Wagen stehen und schaute die Front des Schlosses hoch. Dann fuhr er mit einer Hand über sein Haar und massierte sich den Nacken, bevor er den Kopf wieder senkte und hineinging. Er ließ sich nicht anmerken, ob er Lornas Auto und die beiden Insassen gesehen hatte.

»Der Herr von Shilden«, sagte Lorna feierlich und sarkastisch zugleich, »betrachtet seinen Besitz.«

»Er hat mir immer den Eindruck vermittelt, dass ihm nichts an diesem Besitz liegt«, murmelte Elise.

»Also, wirklich!« sagte Lorna lachend. »Wie könnte

jemandem nichts an diesem Schloss liegen? Du hast doch das verfallene Haus gesehen, in dem er in London gewohnt hat. Nun ja, aber an mir liegt ihm ja auch nichts.«

»Mich ignoriert er ja auch«, warf Elise ein.

»Bei dir spielt es keine Rolle, du hast dir doch Mr Devlin geschnappt.«

Mag sein, dass ich das habe, dachte Elise. Ganz gewiss wollte ich ihn da draußen in White Gates unbedingt haben. Und wenn er mich anruft, werde ich seine Einladung zum Essen und zum Danach annehmen. Er ist attraktiv, sexy und intelligent.

Und warum erregt mich der Anblick von Max Lannsen dann doch noch so sehr? fragte sie sich im nächsten Moment und war völlig verwirrt.

Viertes Kapitel

Der Anruf kam, als sie am wenigsten darauf vorbereitet war. Sie befand sich gerade in ihrer morgendlichen Besprechung mit Petra Altham.

»Tut mir Leid, wenn ich dich geweckt habe«, hörte sie die muntere Stimme Blair Devlins an ihrem Ohr.

»Mich geweckt?« wiederholte sie. »Was für eine Frechheit. Ich bin schon seit Stunden bei der Arbeit.«

Er war amüsiert. »Ich dachte, ihr Künstlertypen feiert die Nächte durch und steht erst gegen Mittag auf.«

»Und wann sollen wir dann unsere Arbeit erledigen?« fragte Elise.

Petra beäugte sie misstrauisch und fragte leise: »Wer ist das? Doch hoffentlich nicht Max, oder?«

»Ein Freund«, sagte Elise nur. Sie hatte schon auf der Zunge, mehr über den Anrufer zu sagen, hielt sich dann aber zurück. Ihr Privatleben ging Petra nichts an. »Erinnerst du dich an mein Versprechen?« fragte Blair. »Natürlich.«

»Willst du, dass ich es einlöse?«

»Ja.«

»Das habe ich mir gedacht.«

Sie nahm an, dass er jetzt unverschämt grinste. »Nun, du bist doch ein Hellseher«, erinnerte sie ihn.

»Neben vielen anderen Dingen bin ich auch das.« Eine kurze Pause, dann: »Wie wäre es mit morgen Abend? Ich habe nur das Problem, dass ich dich nicht abholen kann, ich habe eine späte Reitstunde. Kannst du zu White Gates kommen? Sagen wir – um halb acht?«

»Kein Problem.« Elise fragte sich, ob er selbst kochen wollte. Das war mal was Neues, dachte sie. Sie hatte noch keinen Freund gehabt, der kochen konnte. Um ihre Vermutung abzuklopfen, fragte sie: »Wohin gehen wir essen? Ich meine, muss ich mich in Schale werfen?«

»Ich will dir noch nicht sagen, wohin wir gehen, aber du kannst anziehen, was du willst. Leger soll es sein.« Dann veränderte sich seine Stimmlage, als er hinzufügte: »Wenn du mich wirklich beeindrucken willst, möchte ich gern unten drunter etwas Schwarzes sehen. Schwarz und sexy.«

»Und wenn ich so etwas nicht habe?«

Petra wurde ungeduldig und ließ Elise das merken, indem sie mit den Fingerspitzen auf den Schreibtisch zu trommeln begann.

»Alle Frauen haben so etwas«, sagte Blair. »Jedenfalls alle attraktiven Frauen.« Er senkte die Stimme. »Einen schwarzen Büstenhalter, vielleicht mit etwas Spitze. Eines von diesen Dingern, die die Brüste nach oben drücken, und bei denen der Stoff so dünn ist, dass sich die Nippel abzeichnen.«

»Ich glaube, das lässt sich machen«, sagte Elise. Sie wusste, dass Petra immer ungehaltener wurde. »Sonst noch Wünsche?«

»Schwarze Strümpfe«, sagte er. »Mit Nähten. Hübsche dünne Nähte, und oben einen breiten schwarzen Saum. Ist das zuviel verlangt?«

»Nein«, sagte sie. »Vielleicht werde ich dich überraschen.«

»Das hoffe ich.« Wahrscheinlich lächelte er jetzt, dachte Elise. »Es ist der Kontrast, der mich antörnt«, sagte Blair.

»Das Schwarz des Stoffes und das Weiß der Haut. Wie steht es mit Stöckelabsätzen?«

»Ja, lässt sich einrichten.«

»Du bist eine sexy Lady«, sagte er.

»Natürlich.«

Tatsächlich gehörten Strümpfe und Schuhe zu einem hastig zusammengewürfelten Kostüm, das sie zu einer Party zur Collegezeit getragen hatte. Es war eine Motto-Party gewesen – alle Mädchen mussten als Schlampen kommen, jeder Junge als Priester der einen oder anderen Sorte. Aber das würde sie Blair Devlin nicht erzählen.

Nach einer Pause vernahm sie wieder Blairs Stimme. »Du hast nicht zufällig ein Korsett oder Mieder?«

»Nein«, antwortete Elise. »Die sind mir zu unbequem. Tut mir Leid.«

»Nun ja, du müsstest es ja nicht die ganze Zeit tragen«, erwiderte er. »Ich stelle mir nur vor, wie ich die Häkchen nacheinander öffne, bis ich herausgefunden habe, was sich darunter verbirgt.«

Petra trommelte jetzt nicht mehr mit den Fingerspitzen, sondern mit einem Bleistift. Und für den Fall, das diese Botschaft nicht ausreichte, sagte sie: »Wir haben Arbeit vor uns.«

»Ich muss aufhören«, sagte Elise ins Telefon. »Die Pflicht ruft.«

»Lannsen?« fragte Blair. »Ist er da? Treibt er dich an?«

»Nein, er ist nicht hier.«

»Lass dich von ihm nicht ausnutzen. Ich habe gehört, dass er als Arbeitgeber ungenießbar ist.«

»Ich sehe ihn kaum.«

»Das ist auch gut so«, sagte er hart, dann klang seine Stimme wieder weich, als er sagte: »Wir sehen uns morgen. Es tut mir Leid, dass ich dich nicht abholen kann, aber auch ich habe Pflichten.«

Als Elise aufgelegt hatte, sagte Petra irritiert: »Sind Sie sicher, dass Sie sich lange genug mit Ihrem .... eh .... Freund ausgesprochen haben? Dann können wir mit den Plänen für das Verlies fortfahren, ja? Es soll eine der größten Attraktionen für das ganze Schloss sein, also müssen wir uns eine Menge einfallen lassen.« Sie tippte auf ihr Notizbuch. »Kennen Sie die Dinge, auf die diese S&M-Leute abfahren?«

»Nein.«

»Lauter Humbug«, erklärte Petra. »Martialisch aussehende Dinge, die für ihre Phantasie eine große Rolle spielen. Aber es muss Klasse haben. Keine roten Glühlampen und derlei Zeug. Es muss authentisch aussehen und guten Geschmack verraten.«

»Eine geschmackvolle Folterkammer«, fasste Elise zusammen und verzog dabei keine Miene.

Petra sah sie von der Seite an. »Ich hoffe doch sehr, dass Sie diese Aufgabe ernst nehmen?«

»Ja«, sagte Elise. »Ich habe nur meine Schwierigkeiten damit, ein Verlies mit Sex in Verbindung zu bringen.«

»Ist wohl nicht Ihre Spielart, was?« Petra sah sie forschend an.

»Nein.«

»Und worauf stehen Sie?« fragte Petra.

Es hörte sich unverfänglich an, aber Elise hatte den Eindruck, dass mehr als nur weibliche Neugier hinter der Frage steckte.

»Nun«, sagte sie zögernd, »ich fürchte, ich bin mehr für das Übliche. Ich meine, ich mag Sex mit jemandem, den ich wirkliche mag. Und am schönsten ist es mit jemandem, in den man verliebt ist.«

»Aber wenn jemand, in den Sie verliebt sind, etwas Ungewöhnliches ausprobieren wollte«, sagte Petra, »würden Sie dann experimentieren wollen?«

»Vielleicht«, sagte Elise und wünschte, Petra würde das Thema wechseln.

Aber Petra schien sich aufgewärmt zu haben. »Haben Sie denn noch nie darüber nachgedacht, wie es wohl sein könnte, wenn Sie mal etwas anderes ausprobieren? Ich meine, Sie müssen doch bestimmte Phantasien haben.«

»Ja, natürlich.«

»Und wollten Sie diese Phantasien nie ausleben?«

»Eigentlich nicht«, log Elise.

»Ach, kommen Sie!« Petra lächelte. »Ich glaube Ihnen nicht. Kann ja sein, dass es Ihnen nichts bringt, sich fesseln und auspeitschen zu lassen oder in einem Verlies angekettet zu sein, aber es muss doch irgendetwas geben, das Sie wirklich antörnt.«

»Ja, mit jemandem zusammen zu sein, den ich liebe«, wiederholte Elise. Nichts lag ihr ferner, als mit Petra ihre sexuellen Vorlieben und Tagträumereien zu erörtern.

»Die Missionarstellung und sonst nichts?« Petra lachte überheblich. »Darling, Sie werden nie einen Mann halten können, wenn Sie darauf bestehen bleiben.«

Weil sie mutmaßte, dass Petra sie absichtlich aus der Reserve locken wollte, schaffte Elise es, ihr Temperament zu bändigen. Kühl sagte sie: »Ich habe zur Zeit kein Interesse daran, einen Mann zu halten. Ich will Geld verdienen und dann die Welt kennen lernen.« Das stimmte zwar nicht ganz, aber sie hoffte, dass Petra das Interesse an weiteren Fragen verlor. »Deshalb sind wir doch alle hier, nicht wahr? Ich meine, wegen des Geldes.«

Petra sah sie spekulierend an und kam offensichtlich zu dem Schluss, dass Elise nicht dazu zu bewegen war, irgendetwas über ihr privates Sexualleben zu enthüllen.

»Natürlich«, stimmte sie Elise zu und widmete sich wieder ihrer Liste, plötzlich ganz die sachliche Geschäftsfrau. »Wir brauchen einen Schandpfahl, das ist der Pfosten, an den man denjenigen festbindet, der ausgepeitscht werden soll. Ein paar Klötze, auf denen man steht, um Höhenunterschiede auszugleichen. Und ein Gestell natürlich.« Sie schaute zu Elise. »Wieso machen Sie sich keine Notizen?«

»Ich habe es im Kopf«, sagte Elise. Die Erwähnung des Gestells rief die Erinnerung an ihren Traum zurück. Sie hatte die Situation genossen, bis sie entdeckte, dass Max Lannsen ihr zugeschaut hatte. Würde sie es auch noch genossen haben, wenn er aus dem Schatten getreten wäre und mitgemacht hätte?

»Und viele Haken und Ketten«, zählte Petra weiter auf. »An der Decke und an den Wänden. Wir brauchen einen Handwerker, der uns zusätzliche Eisen zur Verstärkung einzieht.« Elise lächelte, und Petra sagte scharf: »Was ist daran so lustig? Darf ich an Ihren Witzen teilhaben?«

»Ich habe gerade gedacht, was die einheimischen Handwerker wohl erzählen«, sagte Elise.

»Sie werden gar nichts erzählen«, sagte Petra schroff. »Wir holen uns Leute aus London. Die Gerüchte im Dorf sind schon wild genug. Die Einheimischen scheinen zu glauben, dass Shilden ihnen gehört. Aber Max ist der Besitzer. Und er kann mit dem Schloss anstellen, was er will.«

Aber ist es auch das, was er will? fragte sich Elise. Ein Hotel, offenbar darauf ausgerichtet, Menschen mit bizarren sexuellen Vorlieben zu dienen. Er hatte ihr schon erzählt, dass es erforderlich war, dass Shilden sich finanziell trug. War dies die einzige Idee, aus Shilden Geld zu machen? Sie musste einräumen, dass der Plan wahrscheinlich erfolgreich sein würde. Viel Geld wurde in das Projekt gesteckt – Max' Geldgeber mussten davon überzeugt sein, dass sie ihr Geld und mehr zurückbekommen würden.

»Wir brauchen ein paar Skizzen für die Schreiner«, sagte Petra. »Und ich möchte Ihre Entwürfe sehen. Sehen Sie zu, dass sie nicht zu düster ausfallen. Denken Sie daran, dass die Leute ins Verlies gehen, um ihren Spaß zu haben.«

»Sie wollte mich aushorchen«, sagte Elise zu Lorna. »Es war fast so, als glaubte sie, ich wäre daran interessiert, in ihrer hochklassigen Folterkammer aufzutreten.«

»Und? Würdest du ...?«

»Natürlich nicht.«

»Es wird gut bezahlt.«

Elise starrte sie an. »Was geht hier eigentlich vor? Bisher habe ich gedacht, dass dies ein Refugium für Geschäftsleute ist, die ihre Freundinnen mitbringen, um ein sündiges Wochenende zu verbringen. Aber du sprichst jetzt davon, dass Frauen für Sex bezahlt werden.«

»Kann doch sein, oder? Und warum nicht? Du arbeitest im Theater. Dort werden die Leute auch unterhalten, und diejenigen, die unterhalten, werden dafür bezahlt. Und so ist es mit den Frauen, die ihre Gäste auf Shilden unterhalten.«

»Jetzt hör aber auf!« rief Elise aufgebracht. »Das ist ein himmelweiter Unterschied. Du betrachtest dieses Projekt durch eine rosa Brille, Lorna!«

»Sex zu verkaufen ist nicht illegal«, verteidigte sich Lorna.

»Es ist illegal, von den Einkünften aus der Prostitution zu leben«, konterte Elise.

»Niemand lebt von solchen Einkünften«, erklärte Lorna. »Shilden wird vielfältige Geschäfte anbieten. Wenn die Gäste private Abreden mit Frauen treffen und dafür ein Geschenk hinterlassen, geht das nur die Beteiligten etwas an.« Sie betrachtete Elise amüsiert. »Was stört dich an dem Konzept? Ist es die Moral oder hast du Angst, dass der wunderbare Max im Gefängnis landet?«

»Ich möchte nur wissen, womit ich es hier zu tun habe.«

»Du bist eine Angestellte«, sagte Lorna. »Genau wie ich. Wir tun, was man uns sagt, und am Ende des Monats kassieren wir ein dickes Gehalt. Wenn wir drüber hinaus noch andere Verdienstmöglichkeiten wahrnehmen, ist das allein unsere Sache.« Sie grinste. »Und spiele bei mir nicht die Unschuldige. Du hast doch nicht geglaubt, dass du nur deshalb angestellt worden bist, um ein paar Zimmer zu gestalten, oder?«

Nein, dachte Elise, während sie duschte. Ich wusste, dass Janines Mutmaßung richtig sein könnte. Ich wusste es seit meinem ersten Gespräch mit Max Lannsen, und während meines ersten Besuchs auf Shilden wurde es bestätigt.

Lorna hatte Recht. Warum sollte ich ein Urteil fällen über das, was andere Menschen tun, solange niemand gezwungen wird und alle ihren Spaß dabei haben? Warum stört mich die Vorstellung, dass Shilden ein Freudenhaus wird?

Weil Max darin verwickelt ist, gab sie sich selbst die Antwort. Ich wünschte, er wäre es nicht. Mir behagt die Vorstellung nicht, dass er von Einkünften aus unmoralischen Geschäften lebt, selbst wenn die beteiligten

Frauen mit der Situation einverstanden sind. Und ich hasse jeden, der Frauen wie eine Ware oder wie ein Sexobjekt behandelt.

Und warum hat es mir dann gefallen, dass ich aus Max Lannsen in meiner Phantasie einen Mädchenhändler gemacht habe? Das ist etwas ganz anderes, beruhigte sie sich. Das war ja nur im Traum so, das war nicht die Wirklichkeit. Außerdem hatte ich Kontrolle über ihn. Schauspielstudenten hatten ihr oft erzählt, wie sehr sie es genossen, eine Rolle zu spielen, die das Gegenteil ihres wahren Charakters ist. Eine solche Rolle wirkt wie ein Ventil. Und sie macht enormen Spaß.

Das hier macht mir auch Spaß, dachte sie, als sie in ihrer Unterwäsche einen schwarzen BH und schwarze Strümpfe mit Naht suchte. Ich werde für Mr. Devlin in die Rolle eines Flittchens schlüpfen, wenn es das ist, was er will.

BH und Strümpfe sowie ein weißes T-Shirt mit dem Bild eines damals populären Schauspielers lagen zusammen. Ein Student hatte das Bild für sie als Kunstobjekt hergestellt. Sie betrachtete das Bild ohne jede Leidenschaft. Es war das Gesicht eines netten jungen Mannes, der sie anlächelte. Aber damals wäre sie dem Mann in alle Betten gefolgt, wenn er gewollt hätte. Bin ich so wankelmütig? fragte sie sich. Nein, ich bin einfach erwachsen geworden!

Sie legte den BH auseinander und erinnerte sich wieder an die Motto-Party. Damals hatte sie verwundert erlebt, dass die besonders scheuen Kommilitoninnen die aufreizendsten Verkleidungen gewählt hatten. Durchsichtige Blusen, Mieder, die den nackten Busen hoch drückten, bemalte Brustwarzen. Sie erinnerte sich noch an das eine Mädchen, das nur einen kurzen Unterrock und kein Höschen getragen und sich oft gebückt hatte, um das allen zu beweisen. Eine andere Studentin, die Elise bisher nur in langweiliger, schlampiger Kleidung gesehen hatte, war in einem Gummikorsett erschienen und von vielen ›Pastoren‹ umlagert gewesen. Und sie war auch von sich selbst überrascht gewesen, dass sie ein enges, unbequemes Kostüm getragen hatte, dessen Wirkung ihr einen nie zuvor erlebten erotischen Kick gegeben hatte. Der BH hatte die Brüste nach oben zusammengepresst und ließ sie eine Nummer größer erscheinen, als sie tatsächlich waren. Ja, es war eine augenöffnende Party gewesen!

Sie zog den BH an. Er war immer noch sehr eng und nicht sehr bequem, aber sie fühlte sich sexy, wenn sie ihn trug. Sie fand die Stöckelschuhe, schwarze Strapse und ein schwarzes Höschen. Als sie die Teile angezogen hatte, stellte sie sich vor den hohen Spiegel an der Kleiderschranktür.

Sie hatte die Beine leicht gespreizt, drehte sich und richtete die Strumpfnähte. Sie hatte einmal gelesen, dass Männer auf Strümpfen mit Nähten stünden, weil sie sich vorstellen, zu welch interessanten Stellen die Nähte führten.

Die Erinnerung von Blair Devlins Händen auf ihrem Hintern kehrten zurück. Sie stellte sich vor, dass er jetzt hinter ihr stünde und seine Finger den Nähten folgten. Der Gedanke erregte sie. Er war attraktiv, und sie fühlte sich zu ihm hingezogen. Auch wenn er der hiesige Frauenheld war, wie Lorna behauptete, schmälerte das seine Anziehungskraft nicht.

Sie fasste ihr Haar zusammen und band es auf dem Kopf zu einem Knoten zusammen. Sie zupfte ein paar lange Locken heraus, die ihr Gesicht einrahmten. Sie lächelte. Sah sie wirklich wie eine junge rothaarige Version der Brigitte Bardot aus? Nun ja, wenn man die Augen lange genug zusammenkniff, bis man alles verschwommen sah, und dann noch ein bisschen Phantasie hatte …

Was würde Max Lannsen von ihrem Outfit halten? Die sexy Rothaarige in schwarzen Dessous. Bestimmt nicht nach seinem Geschmack, dachte sie. Welchen Geschmack hatte er? Subtiler, entschied sie. Oder bizarrer. Vielleicht mochte er seine Frauen in Latex. Oder in Ketten und Leder.

Verdammt, was geht dich das an? schalt sie sich.

Am folgenden Abend kleidete sich Elise mit einem der Kostüme, die sie für Sellick's gekauft hatte, aber statt der vorgeschriebenen weißen Bluse wählte sie ein blassfarbenes Seidentop. Es war das erste Mal, dass sie es trug. Es war tief ausgeschnitten und ärmellos. Dazu trug sie einen neuen BH, und als sie das Top darüber zog und sie sich im Spiegel betrachtete, war sie überrascht von der provokativen Linie, die ihr der BH verlieh. Selbst unter der weit geschneiderten Kostümjacke sah man tief in den Ausschnitt hinein. Zusammen mit den hohen Stöckelschuhen wirkte sie ausgesprochen sexy.

Unterwegs nach White Gates überlegte Elise, warum Blair sie nicht abholen konnte. Selbst wenn er noch eine Reitstunde zu geben hatte, wäre es kein Problem gewesen, zu einem späteren Zeitpunkt zum Schloss zu kommen. Ob er sich im Schloss nicht sehen lassen wollte? Aber wer sollte ihn nicht sehen? Mit Lorna konnte es nichts zu tun haben. Mrs. Stokes? Unsinn. Petra Altham? Nein, denn sie war erst ein paar Wochen auf dem Schloss.

Es musste mit Max Lannsen zusammenhängen.

Elise konnte sich keinen Grund vorstellen, warum Blair dem Schlossbesitzer aus dem Weg gehen wollte, auch wenn er – wie die meisten Einheimischen – Lannsen nicht mochte.

Vielleicht hatte es aber auch ganz andere Gründe. White Gates lag näher bei Alnwick als Shilden, also machte es Sinn, wenn sie von White Gates aus in die Stadt fuhren.

Sie fuhr durch die breiten, weißen Tore, die der Reitschule den Namen gegeben hatten, und parkte neben einem schwarzen Subaru. Sie stieg aus ihrem Auto und sah, wie eine Tür aufging und Blair Devlin heraustrat.

Er sah nicht aus wie ein Mann, der gerade noch eine Reitstunde gegeben hatte. Er trug eine helle Hose und eine tailliert geschneiderte Reiterjacke über einem cremefarbenen Polohemd. Sie zögerte einen Moment, weil sie erwartete, dass er zu ihr kommen würde, aber er hob nur grüßend eine Hand und lächelte.

Sie ging auf ihn zu und hoffte, dass die hohen Absätze auf den kleinen Steinen nicht umknickten. Sie sah, wie seine grauen Augen sie musterten. Vor ihm blieb sie stehen. Sein Blick blieb ein paar Sekunden an ihrem Ausschnitt haften, dann schaute er ihr ins Gesicht. Er grinste.

»Sehr schön«, sagte er. »Ich sehe gern Frauen in hohen Absätzen.«

»Und du kommst gerade von einer Reitstunde, nicht wahr?« fragte sie.

»Nun, um ehrlich zu sein«, sagte er, »die Reitstunde wurde in letzter Minute abgesagt. Ich muss gestehen, dass es mir sehr recht war, denn jetzt können wir gleich zum Essen fahren. Und danach kehren wir hierhin zurück.«

»Immer sehr direkt, unser Blair Devlin.«

»Ich will nur mein Versprechen einhalten.«

Zu ihrer Überraschung fuhr er nicht in Richtung Alnwick, sondern zurück in das Dorf Shilden, wählte aber einen Weg, der nicht am Schloss vorbeiführte. Aus dem Autoradio klang leise Musik, und Blair gelang es geschickt, dass sie von sich erzählte. Tatsächlich wurde ihr erst beim Parken vor dem Pub des Dorfes bewusst, dass sie praktisch nichts über ihn wusste, während sie ihm fast alles von ihren ehrgeizigen Plänen erzählt hatte.

Der Pub war jenes Lokal, in dem Lorna so wenig freundlich empfangen worden war, erkannte Elise. Drinnen sah es gemütlich aus, die Wände aus Fachwerk, der große Raum durch stämmige Balken unterteilt, die Theke mit Messing verkleidet. Zwei Gäste standen dort. Der Wirt grüßte freundlich.

»Hallo, Mr Devlin. Schön, Sie zu sehen.« Er sprach den hiesigen Dialekt und wandte sich jetzt an Elise. »Und auch Ihre Freundin.«

»Das ist Elise, George«, stellte Blair vor. »Sie arbeitet auf Shilden Castle.« Georges Lachen schwand. Er schaute Blair an. »Elise kommt aus London«, fuhr Blair fort. »Sie gestaltet die Zimmer für Lannsen, das ist alles.«

Diese Erklärung schien George zu gefallen. Er hob ein Glas an und begann, es zu polieren. »Wie gewöhnlich, Mr Devlin?« Als Blair nickte, schenkte George einen Whisky ein. »Und für Ihre Lady?«

»Ein Glas Weißwein, bitte«, sagte Elise.

George schenkte ihr ein. »Wie gefällt es Ihnen in Northumberland?«, fragte er.

»Es ist wunderschön«, sagte Elise mit echter Begeisterung.

»So sehe ich das auch«, sagte George, »aber ich bin ja auch ein Einheimischer.«

»Wann können wir essen?«, fragte Blair.

»In etwa einer halben Stunde«, antwortete George. »Margaret steckt noch in den Vorbereitungen.«

Blair führte Elise zu einem Ecktisch. »Ich hoffe, du machst nicht gerade eine Diät«, sagte er. »Margaret hält nichts von kleinen Portionen.«

Während sie dort saßen und erzählten, kehrten immer mehr Gäste in den Pub ein. Elise erkannte einen Mann, der als Gärtner auf Shilden arbeitete und bisher alle ihre Versuche einer freundlichen Unterhaltung abgewehrt hatte. Er konnte seine Überraschung nicht verhehlen, Elise im Pub zu sehen.

Blair hob grüßend eine Hand. »Hallo, Bill. Wie geht's deiner Hüfte?«

Der Gärtner schien einen Augenblick zu zögern, dann ging er auf sie zu. »Sie ist in Ordnung, Mr Devlin«, antwortete er in seinem breiten Dialekt. Sein Blick huschte für einen Wimpernschlag zu Elise, bevor er zu Blair zurückkehrte.

»Bill hat sich eine Hüftprothese einsetzen lassen«, erklärte er seiner Begleiterin. »Seine Frau hat Jahre gebraucht, ehe sie ihn dazu überreden konnte. Er hatte Angst, ins Krankenhaus zu gehen.«

»Ich traue ihnen nicht über den Weg«, sagte Bill. »Man geht hinein und kommt mit den Füßen zuerst heraus.«

Blair lachte. »Du bist hineingehumpelt – und jetzt kannst du laufen wie ein Junger.«

»Es gibt immer wieder mal eine Ausnahme«, sagte Bill düster. »Ich hatte Glück, das ist alles.« Er winkte den beiden freundlich zu und stellte sich dann zu den anderen an die Theke.

»Ich habe seit Wochen versucht, mit dem Mann ein

paar freundliche Worte zu wechseln«, sagte Elise. »Er hat mich völlig ignoriert.«

»Da hat er geglaubt, dass du zu Lannsen gehörst. Jetzt bist du bei mir.«

»Und das ist ein Unterschied?«

»Natürlich.«

»Warum?«

Blair lächelte. »Weil ich einer von hier bin.«

Aber sie wusste, dass mehr dahinter stecken musste. Blair Devlin war in der Gegend sicherlich beliebt, man behandelte ihn mit Respekt. George und Bill waren beide deutlich älter, aber sie redeten ihn mit ›Mister‹ an. Alle anderen Gäste hatte George mit dem Vornamen angesprochen.

Als Margaret das Essen brachte – ein traditioneller Steakbraten, am offenen Feuer geröstet –, wiederholte sich das Muster. Sie begrüßte ›Mr Devlin‹ überaus freundlich und bedachte auch Elise mit einem Lächeln, aber sie wusste, dass sie nur akzeptiert wurde, weil sie Blairs Begleiterin war. Es war ein eigenartiges Gefühl, fast so, als säße sie bei einem Mitglied der königlichen Familie.

Sie fragte sich, was Blair Devlin bewirkt hatte, um sich diese Behandlung zu verdienen. Offenbar war er recht wohlhabend. Das sah man schon an White Gates. Selbst wenn er das Geschäft mit einer Partnerin teilte, brauchte man viel Geld, um eine Reitschule zu etablieren, und es dauerte viele Jahre, ehe sich die Investition bezahlt machte. Vielleicht besaß er noch andere Geschäfte und stellte Arbeitsplätze für die Einheimischen? Das würde ihm natürlich Popularität bringen. Ob wohl jeder noch so respektvoll wäre, wenn er wüsste, was Mr Devlin mit dem Rest des Abends anstellen wollte?

Sie schaute ihr Gegenüber an. Blair Devlin muss etwa so alt sein wie Max Lannsen, dachte sie, aber sein hageres, gebräuntes Gesicht zeigt Kraft und Entschlossenheit, ohne dieses Gefühl von Gefahr auszustrahlen, das sie bei Max empfand. Sie konnte sich Blair nicht als ruchlosen Geschäftsmann vorstellen. Dann gestand sie sich ein, dass sie ursprünglich auch Max Lannsen nicht in einer solchen Rolle gesehen hatte. Aber da sie nun genau wusste, was er mit Shilden Castle plante, hatte sich ihre Ansicht über ihn geändert.

Nach dem Essen schien Blair es nicht besonders eilig zu haben, nach Hause zu fahren. Als er endlich vorschlug, eine Spritztour durch die Gegend zu machen, glaubte Elise, dass alle Bewohner des Dorfes sie gesehen haben mussten. Vielleicht war das auch seine Absicht, ging es ihr durch den Kopf, als sie über den Parkplatz zu seinem Auto schritten. Er wollte, dass sie mit ihm gesehen wurde, damit man sie im Dorf eher akzeptierte.

»Bist du schon mal auf dem ›Hügel der Gerechten‹ gewesen?« fragte er, während sie sich anschnallte.

»Nein. Ich bin sehr beschäftigt, deshalb habe ich bisher so gut wie gar nichts von der Landschaft gesehen.«

»Er ist ein Sklaventreiber, was?« Blair startete den Motor.

»Max Lannsen?« Sie wusste genau, wen sie meinte. »Ich sehe ihn nicht oft. Ich arbeite zur Zeit mit einer Frau namens Petra Altham zusammen.«

»Und ihr holt euch beide die Anweisungen bei Lannsen ab?«

»Wir holen uns auch unser Gehalt bei ihm ab«, hielt sie dagegen.

Wobei sie inzwischen zweifelte, ob das zutraf. Ob es Lannsens Geld war, das sie am Monatsende auf ihrem

Konto hatte. Lorna hatte von anderen Investoren gesprochen, die an der Umgestaltung des Schlosses beteiligt waren.

Blair war eine Weile schweigend gefahren, aber jetzt fragte er, als ob er ihre Gedanken lesen könnte: »Ist es wirklich Lannsens Geld, mit dem er Shilden renoviert?« Er bog von der Straße ab und nahm eine schmale Abzweigung.

»Ich weiß es nicht«, sagte Elise. »Ihm gehört Shilden. Ich glaube, dass andere Leute noch mit dem Projekt zu tun haben. Warum bist du so interessiert?«

»Das Schloss gehört zur Gegend«, sagte Blair. »Shilden ist immer Teil unseres Lebens gewesen. Wir sind besorgt über das, was dort geschieht.«

»Was soll schon dort geschehen?« fragte Elise. »Man kann nur sagen, dass Max Lannsen das Gebäude auf Vordermann bringt. Die Renovierung hat bisher schon eine Menge Geld verschluckt.«

Blair parkte das Auto und schaltete den Motor aus. »So kann man es auch sehen«, sagte er nachdenklich. Dann wechselte seine Stimmlage, und fröhlich rief er ihr zu: »Komm, ich zeige dir eine unserer landschaftlichen Schönheiten.«

Elise schaute aus dem Fenster und sah einen steilen Weg, der sich unter den Bäumen schlängelte. »Du erwartest doch nicht, dass ich dort hinaufgehe, oder?«

»Warum denn nicht?« fragte er grinsend. »Du bist eine gesunde junge Frau.«

»Du scheinst vergessen zu haben, dass meine Schuhe nicht zum Bergsteigen geeignet sind.«

»Das habe ich nicht vergessen. Zieh sie aus. Im Kofferraum habe ich ein Paar Turnschuhe für dich.«

Als er mit den Turnschuhen an die Beifahrertür trat,

hatte sie ihre Beine schon aus dem Wageninneren geschwungen. »Du bist immer auf alles vorbereitet, was?« sagte sie, und die Überraschung war ihrer Stimme anzuhören.

»Fünf Jahre bei den Pfadfindern haben ihre Spuren hinterlassen«, erklärte er mit ernstem Gesicht. Sein Blick wanderte von ihrem Gesicht zu den Knien. »Und zieh die Strümpfe aus. Zu schade, wenn sie Laufmaschen bekämen.«

Sie zog den Rock bis zu den schwarzen Strapsen hoch. »Schau nicht hin«, schalt sie ihn.

»Ich habe mehr vor, als nur zu schauen«, sagte er. »Aber später erst.«

Unter seinen neugierigen Blicken rollte sie einen Strumpf langsam hinunter. Als sie das Knie anwinkelte, wechselte er seine Position, um weiter zwischen ihre Beine schauen zu können, aber sie zog den Strumpf mit einer raschen Bewegung vom Fuß und warf ihn über ihre Schulter. Er verharrte auf seinem Platz und wartete darauf, dass sich die Prozedur wiederholte.

Sie ließ sich Zeit. Diese zahme Version eines Striptease machte ihr Spaß. Wieder streckte sie das Bein. Sie wusste, dass sie wohlgeformte Beine hatte, und sie hatte sich noch nie gescheut, sie herzuzeigen, aber diesmal hielt sie die Schenkel fest zusammengepresst und verweigerte ihm den Einblick, den er sich offenbar erhofft hatte. Sie zog die Turnschuhe an, stand auf und glättete den Rock.

»Spielverderber«, sagte er.

»Vorwitznase«, gab sie zurück.

Sie folgte ihm auf dem schmalen, sich windenden Pfad hinauf zum höchsten Punkt des Hügels. Oben wuchsen keine Bäume mehr, sodass man einen atemberaubenden Blick über die Felder hatte. Die Sonne neigte sich dem Horizont entgegen und tauchte die gesamte Landschaft in ein sanftes rötliches Gold.

»Es ist wunderschön«, sagte Elise.

»Ein typisches Bild der Landschaft von Northumberland«, sagte Blair mit Stolz in der Stimme.

»Kennt man den Grund, warum man ihn den ›Hügel der Gerechten‹ nennt?« fragte sie.

»Früher, so erzählt man sich, sind die Dorfbewohner hier heraufgekommen, um ihre Streitigkeiten beizulegen«, sagte Blair. »Die ›Gerechten‹ werden die Schiedsmänner oder Richter gewesen sein, nehme ich an.«

»Und wer waren die ›Gerechten‹? Wahrscheinlich die jeweiligen Herren von Shilden, was?«

Blair hob eine Augenbraue. »Du hast die Geschichte schon mal gehört?«

»Ich habe einiges gehört«, sagte sie. »Der Besitzer von Shilden Castle ist auch der Herr des Dorfes, ja?«

»Nicht genau«, sagte Blair. »Bisher hat immer ein direkter Nachkomme des Herrn von Shilden das Schloss geerbt, und wenn kein direkter Nachkomme da war, hat er ein Mitglied der Familie benannt, der das Schloss erben würde. Dieses Mal war alles ganz anders. Der alte Herr von Shilden ist überraschend gestorben, und niemand hat ein Testament gefunden. Lannsen hat das Schloss dann übernommen, aber die Dorfbewohner werden ihn nie als Herrn von Shilden akzeptieren, auch wenn er ihnen durch sein Projekt ein paar Arbeitsplätze bietet.«

»Ich glaube gar nicht, dass er Wert auf diesen Titel legt«, sagte Elise.

»Das spielt keine Rolle.«

Plötzlich kam ein kalter Wind auf, und die Sonne verschwand hinter den ersten Nachtwolken. Elise schüttelte sich.

»Zurück zum Auto«, sagte Blair. »Wenn du deine Strümpfe wieder anziehst, wird dir gleich wärmer.«

Sie hatten bald wieder die Baumgrenze erreicht. Im Gehen brach Blair einen dünnen Zweig ab, bog ihn zwischen den Händen und klopfte leicht gegen sein Bein.

»Vermisst du deine Peitsche?« fragte Elise.

Er sah sie grinsend an. »Ich kann gut improvisieren.« Er blieb stehen und legte den ausgestreckten Zeigefinger unter ihr Kinn, zwang sie, ihn anzuschauen. »Das habe ich auch bei den Pfadfindern gelernt.«

Mit der Spitze der dünnen Gerte fuhr er ihren Hals entlang, dann über die Wölbung ihrer Brüste. Er schob die Spitze in den Ausschnitt hinein, suchte ihre Brustwarzen. Es war eine ganz leichte Berührung, die sie wegen der verstärkten Körbchen kaum spürte. Es war eine quälende Berührung, weil sie versprach, aber nichts bewirkte.

Blair trat näher an sie heran. Er hielt die Gerte unter ihre Brüste und hob sie leicht an. Seine Daumen strichen über die Nippel und rieben sie, bis er spürte, dass sie sich aufrichteten, als hätte er sie geweckt. Noch während er sie weiterstreichelte, beugte er sich zu ihr und küsste sie.

Sie öffnete den Mund und empfing seine forschende Zunge. Der Kuss wurde immer länger, immer hitziger, und er mühte sich, mit einer Hand in ihren Ausschnitt zu fassen und ihre Brüste zu berühren. Das Top gab leicht nach, aber der BH war so starr, dass er ihn nicht öffnen oder hinaufschieben konnte.

»Mach das verdammte Ding auf«, murmelte er.

»Du wolltest, dass ich einen schwarzen BH anziehe«, murmelte sie dagegen und knabberte an seinem Ohrläppchen.

»Das ist kein BH, das ist eine Rüstung.«

Sie lachte glucksend und langte hinter sich, um die Haken zu öffnen. Als er spürte, dass die Träger sich lockerten, schob Blair mit einer Hand ihre Jacke wieder über die Schultern, während er mit der anderen ihre Brüste aus den Körbchen hob.

»Das ist viel besser.« Er trat einen halben Schritt zurück, um sie ansehen zu können. Die Spitze der Gerte berührte abwechselnd ihre Brustwarzen. Sie schüttelte sich, aber diesmal vor Erregung. Ihr ganzer Körper verlangte nach ihm. »Ich hoffe, dass der Rest deiner Kleidung einfacher zu entfernen ist.«

Im nächsten Augenblick bückte er sich und erforschte ihre entblößte Haut mit Mund und Zunge, bis er die gehärteten Knospen ihrer Brüste erreichte und sie sanft zwischen seine Zähne nahm. Er zupfte daran, und ihre Erregung steigert sich noch.

Trotzdem sagte sie: »Autsch! Das haben sie dir bei den Pfadfindern aber nicht beigebracht!«

Er schaute zu ihr hoch und grinste. »Auf einigen Gebieten haben sie die Erziehung sträflich vernachlässigt«, stimmte er zu. Seine Augen bewunderten sie. »Aber man hat uns beigebracht, dass man sein Wort halten muss, und ich habe dir versprochen, dich zurück zum Auto zu bringen. Komm.«

Im Wagen griff Blair nach ihren Strümpfen. »Streck deine Beine aus«, wies er sie an. Er streifte einen Strumpf über den Fuß und brachte ihn mit einer flüssigen Bewegung bis zum Knie. »Heb den Rock.« Sie gehorchte. Er schob den Strumpf höher, bis er aufgerollt war. Er überraschte sie, als er ohne Mühe den gestärkten Saum an den Strapsen befestigte.

»Das hast du aber bestimmt nicht das erste Mal getan«, bemerkte sie.

»Ich nehme jede Möglichkeit wahr, die sich mir bietet«, gestand er. »Aber so oft ergibt es sich nicht, leider.«

Beim zweiten Strumpf zeigte er gleiche Geschicklichkeit, aber diesmal verweilte seine Hand auf ihrem Oberschenkel. Seine Finger tasteten vor, bis sie das Höschen erreicht hatten. Sie spürte, wie er suchte und forschte, und sie wusste, dass die feuchte Wärme zwischen ihren Schenkeln ihm sagen würden, was er wissen wollte. Sie hatte recht. Er glitt mit einer Hand unter ihren Po und zog sie näher zu sich. Seine Lippen berührten ihr Ohr.

»Gefällt es dir?«

»Ja, danke, Sir.«

»Am liebsten möchte ich dein Höschen abstreifen und dich nach allen Regeln der Kunst verwöhnen«, sagte er. »Aber in einem Auto ist es verdammt ungemütlich. Also, fahren wir nach Hause.«

Sie langte zu seinem Schoß und schloss ihre Finger um die Wölbung, die sie dort vorfand. »Glaubst du, dass du das bis zu Hause retten kannst?« Sie fuhr fort, ihn zu massieren, und verstärkte den Druck ihrer Finger.

»Nicht, wenn du so weitermachst.«

Sie zog ihre Hand zurück. »Also gut. Konzentriere dich auf die Straße.

Es war dunkel, als sie White Gates erreichten. Ein Pferd wieherte leise. Elise meinte, eine Eule rufen zu hören.

Sie betraten das lang gestreckte Haus, und Blair schaltete das Licht im Flur ein.

»Wohnst du hier allein?« fragte Elise. »So will ich es.«

»Du willst damit sagen, dass ein Dutzend Frauen nur darauf wartet, dir Gesellschaft zu leisten?«

»Ich will damit sagen, dass ich nicht der Mann zum Heiraten bin«, sagte er. Er trat näher an sie heran, legte einen Arm um ihre Taille.

»Aber das hast du schon vorher gewusst, nicht wahr?«

»Ich habe er vermutet.«

Sie folgte ihm ins Wohnzimmer. Alte, zum Kuscheln einladende Sessel und ein langes Sofa standen da. Es gab mehrere Tische mit Stühlen, und auf einem Tisch in der Ecke lag ein Stapel mit Reiterzeitschriften. Über dem großen offenen Kamin hing ein Gemälde, auf dem eine Frau ein schweres Pferd über ein Hindernis ritt. Auf Regalen standen eingerahmte Fotos von Pferden, und ein Tisch war gefüllt mit Fotos von Blair Devlin, wie er Pokale und Siegerschleifen empfing. Unwillkürlich verglich Elise die Gemütlichkeit dieses Zimmers mit der sterilen Perfektion von Ralphs Wohnung.

Blair schenkte ihr einen Drink ein. Er ist sexy, und er ist ehrlich, dachte sie. Er kann keinen Hintergedanken haben, wenn er mit mir eine Affäre beginnt – was sollte er schon sonst von mir wollen? Jedenfalls erhofft er sich keinen Vertrag als Model von mir. Dabei würde er sich großartig dafür eignen – mehr als Ralph. Er ist männlicher. Ralph glaubte immer, dass er großartig aussah mit seinen sorgsam antrainierten Muskeln, aber Blair Devlin strahlte die lässige Härte aus, die man wahrscheinlich erwirbt, wenn man körperliche Arbeit im Freien verrichtet. Obwohl sie nichts von der Jagd hielt, stellte sie ihn sich in Jagdkleidung vor – helle Breeches, glänzende polierte Stiefel und ein dunkles Jackett, dazu eine geflochtene Peitsche. Er würde die Kleider mit natürlicher Leichtigkeit tragen, weil sie ihm vertraut waren. Ralph konnte am Stalltor in elegantem Outfit neben einem Pferd posieren, aber er würde immer wie ein Model aussehen, das einen Reiter darstellen sollte.

Warum denke ich eigentlich immer an Ralph? Er denkt bestimmt nicht an mich. Er ist viel zu sehr damit beschäftigt, sich von seiner dominanten Schlampe den Hintern versohlen zu lassen. Bei diesem Gedanken musste sie lachen.

»Was ist denn so lustig?« fragte Devlin und reichte ihr ein Glas Wein.

»Ich musste gerade an meinen früheren Freund denken.«

»Und er war lustig?«

»Er war ein Schuft. Nein, ich musste an ihn und seine Freundin denken.«

»Die nach dir?«

»Nein, er hatte uns gleichzeitig.«

»Gleichzeitig?« Devlin sah sie überrascht an. Und interessiert. »Wirklich gleichzeitig oder eine nach der anderen?«

»Nicht zusammen«, sagte sie. »Und dass er neben mir noch eine hatte, wusste ich nicht.« Sie berichtete kurz von ihrem Erlebnis und gab vor, dass sie es eher amüsant als niederschmetternd fand. »Es war ein ungewöhnliches Ende einer kurzen Affäre«, sagte sie gewollt locker.

»Bis du deshalb nach Shilden gekommen?« fragte Devlin. »Gibt es zu viele Erinnerungen in London, die du abschütteln willst?«

»Ich brauchte Tapetenwechsel.«

»London hat etwas verloren, ich habe etwas gewonnen.« Er lächelte und sah sie über den Weinglasrand spekulierend an.

»Würdest du je bei einem Dreier mitmachen?«

»Ich – und zwei Männer?« fragte sie. »Nun ja, könnte schon sein.«

»Ich habe eher an mich und zwei Frauen gedacht«, sagte er grinsend.

»Und du glaubst, du könntest uns beide schaffen?«

»Ich weiß, dass ich es kann.«

»Hast du es schon mal getan?« Er lachte. »Nein, noch nicht.«

Sie stellte ihr Weinglas ab. »Zuerst möchte ich mich davon überzeugen, wie du mit einer Frau zurechtkommst.«

Er trank seinen Whisky aus, ging auf sie zu und streckte eine Hand aus. »Dann steh auf«, sagte er. Sie ließ sich hochziehen. »Schreite im Zimmer herum«, wies er sie an. Er trat hinter sie und setzte sich in ihren Sessel. »Geh im Zimmer herum und zieh dabei deine Jacke aus.«

Sie schritt langsam, knöpfte die Jacke auf und ließ sie auf den Boden fallen.

»Ein bisschen unordentlich«, kommentierte er. »Aber darauf kommt es jetzt nicht an. Jetzt der Rock.«

Sie zog den Reißverschluss auf und schob den Rock langsam über die Hüften. Er fiel auf ihre Schuhe.

»Ich bin beeindruckt«, sagte er bewundernd. »Du hast einen großartigen Hintern, weißt du das? Und großartige Beine. Und du bewegst dich elegant. Zieh jetzt das Top aus.«

Sie blieb stehen und begann, das Seiden-Top über den Kopf zu ziehen.

»Aber du musst dabei weitergehen«, tadelte er.

Als sie das Top über den Kopf streifte, lösten sich ihre Haare. Sie schüttelte den Kopf ein paar Mal, bis sie lokker hinabfielen. Sie langte zu den Trägern des Büstenhalters, schob sie über die Schultern, öffnete den Haken auf dem Rücken, löste die Körbchen und warf das unbequeme Kleidungsstück über die Schulter. Sie drehte eine Pirouette vor ihm und lächelte. Ihre Brüste bedeckte sie mit beiden Händen.

»Komm her«, sagte er.

»Wie viel bietest du für einen kurzen Blick?« neckte sie ihn.

»Ich habe deine Brüste schon gesehen, erinnerst du dich?« fragte er. »Ich habe deine Nippel schon geschmeckt. Jetzt will ich sehen, ob du eine echte Rothaarige bist.«

Sie stellte sich gespreizt über seine Schenkel. Er zog das schwarze Spitzenhöschen zur Seite und enthüllte krauses, rotgoldenes Haar.

»Zufrieden?« fragte sie.

»Noch nicht«, sagte er.

Er legte einen Finger längs über ihre Spalte, nahm den Daumen zu Hilfe und öffnete sie ein wenig, ehe er mit dem Daumenballen über die erigierte Klitoris rieb. Ihr Atem beschleunigte sich, und sie ruckte die Hüfte vor und zurück. Jetzt drang ein Finger tastend ein, auch wenn der Stoff des Höschens ihn behinderte, so gelang es ihm doch, die reibenden Bewegungen des Daumens beizubehalten. Sie stöhnte leise auf und schmiegte sich an ihn. Er stieß härter in sie hinein, und ihr Stöhnen wurde lauter.

Ihre Beine gaben nach, sie konnte sich nicht mehr halten, und plötzlich saß sie breitbeinig auf seinen Schenkeln. Ihre Nippel waren seinem Mund nahe. Er fuhr mit der Zunge darüber, erst der eine, dann der andere. Er kitzelte die härter werdenden Knospen mit der Zungenspitze, dann lehnte er sich zurück, um besser beobachten zu können, wie sie sich steil aufrichteten.

»Wunderschön«, murmelte er. »Es ist herrlich zu

sehen, wie eine Frau erregt wird.« Wieder fuhr er mit der Zunge über die Brustwarzen. »Wie fühlt sich das an?«

»Guuut...«

»Nur gut?« fragte er. Seine Zunge hinterließ eine feuchte Spur um jede Brustwarze, dann umschloss er sie sanft mit den Lippen und saugte sie tief in seinen Mund. Das kam so unerwartet, dass sie einen kleinen Überraschungsschrei ausstieß.

»Nur gut?« wiederholte er. Er schob die Finger langsam und tief hinein.

Sie spürte, dass ihr Körper vor Verlangen zu zittern begann.

»Und wie ist das?« Seine Zunge leckte über die Brustwarzen, ehe er sie tief in den Mund einzog.

Sie konnte sich nicht richtig auf seine Frage konzentrieren – und später wurde ihr bewusst, dass sie gar nicht wusste, was sie geantwortet hatte. Was er mit ihr anstellte, war gut – alles war gut, solange er nicht aufhörte!

Sein Daumen verstärkte den Druck auf den Kitzler. Plötzlich zog er seine Hand zurück und griff ihren Slip. »Rutsch zurück«, sagte er.

Sie stellte sich hin, und im nächsten Moment hatte er ihr das Spitzenhöschen bis zu den Knien gezogen, dann lag es auf dem Boden. Bevor sie wusste, was geschah, kniete er vor ihr. Ihr Geschlecht war geschwollen und feucht. Die Wärme seines Mundes und die eindringende Zunge brachten sie fast sofort zu einem wilden, ungestümen Höhepunkt. Ihre Hüften zuckten, und als ihr ganzer Körper von der Welle der Lust erfasst wurde, stieß sie einen lang gezogenen Schrei aus.

Ihr Herz schlug wie verrückt, ihre Beine gaben nach, und langsam ließ sie sich auf den Boden nieder. Durch halbgeschlossene Lider sah sie, dass Devlin sie beobachtete.

Er ließ ihr ein paar Minuten Zeit, um wieder zu Atem zu kommen, dann half er ihr auf die Beine und arrangierte ihre Körper in die umgekehrte Stellung.

Sie zog den Reißverschluss seiner Hose auf und befreite seine beeindruckende Erektion. Sie fühlte sich so hart an, dass sie glaubte, er würde im nächsten Moment zum Orgasmus kommen. Aber obwohl er im Sessel herumrutschte und stöhnte und keuchte, besonders, als sie mit einer Hand die Hoden umfasste und leicht drückte und mit der anderen Hand den Schaft auf und ab rieb, behielt er seine Beherrschung und der Stab seine Härte.

Blair langte nach ihr, half ihr hoch und setzte sie breitbeinig auf seine Knie. Aufgeregt schaute sie hinab und sah, wie sein Penis in ihrer Vulva verschwand.

»Mach jetzt, dass es mir kommt«, raunte er heiser.

Sie lächelte und spannte ihre vaginalen Muskeln an, die sich wie Schlingen um seinen Stab legten. Es war, als saugten ihre Muskeln den einen männlichen Muskel noch tiefer in sich hinein.

»Ja, das ist es«, murmelte er.

Er stieß in sie hinein und ruckte vor und zurück Er behielt den Rhythmus eine Weile bei und hatte die Augen geschlossen. Zuerst waren die Bewegungen kontrolliert, aber bald schon spürte Elise, dass sie hastiger ausgeführt wurden, dass ein Beben seinen Körper durchlief, das bald in einem gewaltigen orgastischen Zucken enden würde.

Sie hoffte, dass sie den Höhepunkt gemeinsam erlebten, deshalb warf sie sich seinen Stößen entgegen. Sie spürte, wie sich seine Finger tief in ihre Haut gruben. Den kleinen Schmerz nahm sie kaum wahr, weil sie sich auf den Ausdruck in seinem Gesicht konzentrierte, auf die Gewalt seiner Bewegungen, für sie Beweise der Intensität seiner Lust.

Sein Orgasmus überfiel ihn von einer Sekunde zur nächsten. Er wand sich unter ihr so heftig, dass sie befürchtete, auf den Boden geschleudert zu werden, deshalb klammerte sie sich an ihm fest. Nach ein paar Augenblicken hatte sich sein Körper wieder beruhigt. Er stieß einen langen Seufzer aus.

Ihr eigener Orgasmus war diesmal schwächer gewesen, aber sie war dennoch glücklich.

»Mädchen«, sagte er, »das war gut.«

Sie lagen eine Weile dicht beieinander, dann sagte Blair: »Während du dich frisch machst, braue ich uns einen Kaffee. Oder möchtest du lieber was Kräftigeres?«

»Kaffee ist genau richtig.«

Er zeigte ihr das Badezimmer. Sie stellte sich rasch unter die Dusche, und nachdem sie sich trocken gerubbelt hatte, entschied sie, den BH in ihre Tasche zu stecken – da war das unbequeme Ding besser aufgehoben als an ihrem Busen. Sie puderte sich mit Blairs Talkum, das einen angenehmen männlichen Duft hatte. Im Badezimmer sah sie keine Anzeichen dafür, dass es auch von einer Frau benutzt wurde.

Im Wohnzimmer roch sie schon den Kaffee, und kaum hatte sie sich gesetzt, brachte Blair ein Tablett herein. Der Kaffee schmeckte ausgezeichnet, und das sagte sie ihm.

»Ein weiteres meiner Talente«, sagte er in aller Bescheidenheit. »Und ein schlechter Koch bin ich auch nicht. Das werde ich dir eines Tages noch beweisen.«

»Gibt es überhaupt etwas, was du nicht gut kannst?« fragte sie neckend.

»Im Augenblick fällt mir nichts ein«, sagte er grinsend. »Lehren, kochen, Kaffee kochen, Liebe machen. Ich bin in all diesen Dingen gut.«

»Nun, was das Lehren angeht, habe ich ausgiebig Gelegenheit, diese Fähigkeit zu testen«, antwortete sie lachend.«

Blair reagierte kühl. »Hat dein Ex-Freund dich jemals festgebunden? Oder auch mit der Peitsche behandelt?«

»Nein. Er stand nur darauf, das Opfer zu sein.«

»Aber du hättest nichts gegen einen Rollentausch gehabt?« Er griff wieder in ihren Ausschnitt und massierte ihre Brüste. »Es würde dir gefallen, nicht wahr?«, murmelte er. »Du würdest es genießen, wenn ich dich entblöße, übers Knie lege und dir den Hintern versohle. Bis die Haut ein bisschen brennt. Und du beginnst, dich zu wehren.«

»Hast du es so auch mit Penny gemacht?« fragte sie ihn und sah ihn herausfordernd an.

Er lachte. »Penny ist ein liebes Mädchen. Ein sehr liebes Mädchen. Aber ich habe nie eine Affäre mit ihr gehabt. Sie ist nicht mein Typ. Ich mag Frauen mit weiblichen Kurven. Penny ist wie ein Junge gebaut.«

»Ich habe gehört, dass sie behauptet hat, du hättest sie mit der Peitsche erregt«, sagte Elise. »Nicht, dass sie sich darüber beschwert hätte – im Gegenteil. Und sie hat auch gesagt, dass sie anschließend die Peitsche genommen hat, um dich damit anzutörnen.«

Er grinste. »Was für eine Phantasie sie hat. Also, ich muss sagen, dass ein solches Konzept durchaus reizvoll sein kann – mit der richtigen Frau.« Plötzlich stand er auf und stellte auch Elise auf die Füße. Seine Hände umschlossen ihre Taille und rutschten abwärts. »Mit einer Frau wie dir.«

Er zog sie an sich und küsste sie. Seine Finger hoben

ihren Rock, bis er um ihre Hüften lag und der Po entblößt war. Die Hände glitten unter das Spitzenhöschen und packten und massierten die vollen Backen.

Sie konnte die Wärme seines Körpers spüren, und dann auch die Bewegung seines Penis, der anschwoll und hart wurde. Sie langte nach unten. Ihre Finger fuhren die Linie seines Gliedes nach, das von den Hosen hart gegen seinen Bauch gedrückt wurde.

»Warum versuchen wir es nicht?« murmelte er heiser. »Du bist schon halb nackt. Du hast den BH nicht wieder angezogen, und der Slip liegt in einer Sekunde auf dem Boden. Du willst doch, dass ich es dir besorge, oder? Gib es zu!«

»Wovon reden wir eigentlich?« raunte sie und zog den Reißverschluss seiner Hose auf. Ihre Hand glitt in die Öffnung hinein, und sie spürte, wie er sich gegen den dünnen Stoff der Unterhose wölbte. »Du wolltest mich ausziehen und übers Knie legen«, sagte sie, während sie eine Hand unter sein Geschlecht legte und es aus dem Gefängnis des engen Stoffs befreite.

Plötzlich glitt sie an ihm hinunter und nahm ihn rasch in ihrem Mund auf.

»Nein«, protestierte er röchelnd. »Warte …«

Aber sie hörte nicht und fuhr fort, Lippen und Zunge einzusetzen, um ihn zu einem unerwarteten Orgasmus zu bringen. Er schrie, bis die Zuckungen seines Körpers abgeebbt waren. Er hielt ihren Kopf und fuhr mit den Fingern durch ihre Haare, hob ihr Gesicht und schaute sie liebevoll an.

»Was ist mit deiner berühmten Selbstbeherrschung?« fragte sie lächelnd.

»Du bist ein Luder«, sagte er. »Du hast das absichtlich gemacht. Du hast gar nicht gewollt, dass du meine

Hand oder gar die Peitsche spürst. Du hast mich nur anmachen wollen.«

»Und es ist mir gelungen«, sagte sie voller Stolz, und ihre Augen blitzten. »Jetzt sind wir quitt. Aber ich freue mich schon auf eine neue Liebesnacht mit dir.«

»Abgemacht«, sagte er. »Ich werde es nicht vergessen.«

Sie küsste ihn weich auf die Lippen. »Ich werde dich sonst daran erinnern.«

Später, als sie zurück nach Shilden fuhr, dachte Elise: Ich könnte mich an ihn gewöhnen. Ich könnte mich sogar in ihn verlieben. Sie bog in die Schlosszufahrt ein und sah, wie sich das dunkle Viereck vor ihr in der Nacht auftürmte. Er jedenfalls sieht in mir die Vollblutfrau, dachte sie, als sie ihr Auto abstellte.

Im Westturm glomm gelbes Licht hinter einem Fenster. Sie wusste, dass Max Lannsens Büro dahinter lag. Er arbeitete bis in die Nacht hinein. Sie versuchte, ihn sich an seinem Schreibtisch vorzustellen. Nur die Arbeit und kein Vergnügen. Hatte er überhaupt ein Laster? Eine Freizeitbeschäftigung? Wie würde er mit einer Frau umgehen? Wie oft würde er an einem Abend zum Höhepunkt kommen – mit der richtigen Frau natürlich?

Oh, verdammt, schalt sie sich selbst, als sie das Auto abschloss und zum hinteren Eingang schritt, du bist noch schlimmer als Lorna! Du hast gerade eine Beziehung begonnen, die eine Menge Spaß verspricht. Sei dankbar dafür. Max Lannsen interessiert dich überhaupt nicht!

Aber die nächsten Tage schien alles darauf hinzudeuten, dass sie sich geirrt hatte.

Am anderen Morgen klingelte das Telefon, und noch bevor sie den Hörer abnahm, erwartete sie, Petra Althams Stimme zu hören. Es war Max Lannsen.

»Bitte, kommen Sie zu mir in den Ostflügel, Miss St. John. Bringen Sie Ihre Unterlagen mit. Sie werden sich einige Maße notieren müssen.«

Trotz der kühlen Sachlichkeit in seiner Stimme spürte Elise, wie ihr Herz schneller schlug. Sie wünschte, sie würde jetzt den Rock des schlanken Sellick's-Kostüms und Nahtstrümpfe tragen statt des weiten Kaftans. Im nächsten Augenblick schalt sie sich eine Närrin. Was für einen Unterschied sollte das schon machen? Du könntest Fransen auf deinen Brüsten tragen und ein G-String, und Max Lannsen würde es gar nicht bemerken.

Auf dem Weg in den Ostflügel kam sie an einer der einheimischen Putzfrauen vorbei, die sie bisher alle ignoriert hatten. Aber diesmal nickte die Frau freundlich. Überrascht grüßte Elise zurück. Was war geschehen? fragte sie sich. Ob sich ihr Treffen mit Blair Devlin schon herumgesprochen hatte? Aber woher sollte diese Frau davon erfahren haben? Ihr Mann wird im Pub gewesen sein, antwortete sie sich selbst. Wenn das wirklich der Grund für die plötzliche Freundlichkeit war, wusste Elise nicht, ob sie erfreut oder wütend darüber sein sollte. Es wäre ihr lieber gewesen, wenn man sie um ihrer selbst willen akzeptierte, und nicht, weil sie Blairs Freundin war.

Sie schloss die Tür zum Ostflügel auf und ging die Treppe hoch. Max Lannsen stand am Ende des breiten Korridors, aber im ersten Moment erkannte Elise ihn nicht. Er trug verblichene Jeans, ein weißes Hemd, dessen Ärmel hoch gerollt waren, und helle Turnschuhe. Sein volles schwarzes Haar glänzte im Sonnenlicht. Er sah kräftig und entspannt aus. Er sah ihr entgegen, zeigte aber kein Lächeln.

»Ich möchte, dass Sie mit mir ins oberste Stockwerk gehen«, sagte er. »Es kann sein, dass wir die Räume renovieren müssen.«

»Das geheimnisvolle oberste Stockwerk?« fragte Elise. »Ich bin seit langem gespannt, was ich dort sehen werde.«

»Da gibt es nichts Geheimnisvolles«, sagte er mürrisch, wandte sich ab und schritt hastig davon. Offenbar erwartete er, dass sie ihm folgte.

»Was ist mit Petra Altham?« fragte sie.

Er blieb stehen und drehte sich um. »Was soll mit ihr sein?« fragte er irritiert.

»Wäre es nicht besser, wenn wir sie bei Änderungsplänen gleich von Anfang an mit einbeziehen?« fragte Elise. »Damit würden wir uns ersparen, dass sie später alle meine Ideen auseinanderrupft und wir von vorne beginnen müssen.«

Sie sah, dass es um seine Mundwinkel ganz kurz zuckte, aber wenn es der Beginn eines Lächelns hätte werden sollen, dann unterdrückte er es. »Sie hat Ihre Ideen nicht auseinandergerupft«, widersprach er. »Und dies hier hat nichts mit Miss Altham zu tun. Aus den Räumen soll eine Reihe von Suiten für unsere Investoren entstehen, wenn sie Shilden Castle besuchen und ein paar Tage bleiben wollen.«

Am letzten Treppenaufsatz befand sich eine Tür, die mit einem Vorhängeschloss zusätzlich gesichert war. Lannsen schloss auf und ging hinein. Elise folgte ihm.

Das erste, was sie überraschte, war die Tatsache, dass der Korridor mit Teppichen ausgelegt war. Und dann sah sie gerahmte Fotografien an den Wänden hängen. Im Vorbeigehen schaute sie sich ein Foto an. Eine Gruppe von Männern in Kappen und weißen Kricketpullovern starrte sie ernst an. Unter dem Bild stand in geschwungenen Buchstaben: *Shilden Cricket Team 1932.* Lannsen hatte den Korridor schon halb durchschritten, und Elise lief, um ihn einzuholen.

»Wohnt hier oben noch jemand?« fragte sie.

»Nicht mehr«, sagte er knapp und drückte eine Tür auf. Sie folgte ihm in ein Zimmer voller altmodischer, verstaubter Möbel. Ein Sofa mit abgewetztem, speckig aussehendem Leder und einigen dicken Kissen. Ein Bücherschrank mit Glastüren. Ein uralter Plattenspieler. Ein offener Kamin mit dem dazugehörigen Besteck aus schwerem Messing. Auf einem kleinen Tisch befanden sich ein tiefer Aschenbecher und ein Pfeifenständer.

Trotz des alten Mobiliars und der vergilbten Tapete verströmte das Zimmer eine angenehme Wohngemütlichkeit. Elise wäre nicht überrascht gewesen, wenn ein älterer, freundlicher Mann hereingeschlurft wäre und sie zum Tee eingeladen hätte.

»Hier wohnte Bennett früher«, sagte Lannsen.

»Bennett?«

»Der frühere Besitzer«, erklärte Lannsen. »Der, den sie ›Herrn von Shilden‹ genannt haben.« Er trat ans Fenster. »Ich wollte dieses Stockwerk eigentlich nicht verändern«, sagte er leise, »aber dann hat man mir gesagt, dass ich die Suiten einrichten soll.« Er schaute hinaus. »Für Einheimische wird das ein weiterer Grund sein, mich zu hassen.«

»Oh, ich kann mir nicht vorstellen, dass man Sie hasst«, log sie.

»Spielen Sie sich nicht als Gönnerin auf, Miss St.

John«, sagte er kühl. »Sie hassen mich. Shilden Castle war eine zerfallende Bruchbude, als ich es übernommen habe. Seit Jahrzehnten hatte Bennett keinen Penny mehr reingesteckt. Eigentlich sollten die Einheimischen dankbar sein, dass ich die Reparaturen habe durchführen lassen, sonst hätten sie bald kein Schloss mehr gehabt. Und außerdem habe ich einigen von ihnen über mehrere Monate Arbeit gegeben.«

»Vielleicht ist das die Antwort«, sagte Elise. »Sie haben nur vorübergehend Arbeit gefunden. Vielleicht könnten Sie später mehr Leute aus der Umgebung einstellen.«

Er bedachte sie mit einem dumpfen Lächeln, das seine Augen nicht einbezog. »Und als was, bitte?«, fragte er.

»Nun, als Hotelangestellte ...«

Das Lächeln blieb in seinem Gesicht. Das ist doch schon ein kleiner Fortschritt, dachte sie.

»Miss St. John, können Sie sich vorstellen, dass Einheimische und die Art Gäste, die wir erwarten, auf irgendeine Weise zusammenpassen?« Er starrte sie an. »So naiv können Sie unmöglich sein.«

»Nein«, gab sie zu. »Werden denn alle Ihre Angestellten von auswärts kommen?«

»Das nehme ich an«, sagte er und hob die Schultern. »Das ist nicht mein Problem.« Er drehte sich um und steckte die Hände tief in die Hosentaschen. Die Geste ließ ihn fast jungenhaft erscheinen, und außerdem, dachte Elise schuldbewusst, spannt der dünne verblichene Stoff der Jeans jetzt über seinen knackigen Hintern.

»Was sagen Sie zu dieser Aussicht?« fragte er unvermittelt.

Die Frage überraschte sie. Seine Stimme klang fast

freundlich. Sie ging zu ihm ans Fenster, blieb neben ihm stehen und schaute hinaus auf die sanften Hügel von Northumberland. »Sie ist wunderschön«, sagte sie leise.

»Vermissen Sie London nicht?«

»Überhaupt nicht«, sagte sie spontan. Einen Augenblick lang glaubte sie, dass er die Unterhaltung fortsetzen wollte, aber dann drehte er sich um. Sie wollte am Gespräch festhalten und sagte rasch: »Mögen Sie London, oder sind Sie lieber hier?«

»Ich habe London einmal geliebt«, sagte er. Nach einer kurzen Pause: »Lange her.«

Sie fasste das als Ermunterung auf. »Aber dann ist dort etwas Unglückliches geschehen?«

Wieder eine kurze Pause. »Ja.«

Das klang endgültig, wie ein Abschluss. Aber da es das Persönlichste war, was sie bisher von ihm gehört hatte, wollte sie mehr von ihm hören.

»Ich hatte auch eine unglückliche Beziehung in London«, sagte sie. »Deshalb wollte ich weg von allem. Ich bin froh, dass ich hergekommen bin. Ich liebe Shilden.«

Er wandte sich ihr zu, und sie sah einen Ausdruck von Schmerz und Zorn in seinem Blick. »Ich könnte es auch lieben«, sagte er. »Wenn man mich ließe.«

Sie wusste, dass sie das Gespräch aufrechterhalten musste. Irgendeine Verbindung schien zwischen ihnen geknüpft zu werden, und die wollte sie nicht verlieren. »Die Einheimischen mögen keine Veränderungen«, sagte sie. »Das ist die Mentalität der Leute auf dem Lande. Aber ich bin sicher, dass sie sich mit der Zeit daran gewöhnen werden.« Er kommentierte das nicht und schaute wieder aus dem Fenster. Sie fuhr fort: »Wenn Sie die Einheimischen nicht beschäftigen können, wäre es aber möglich, Ihre Gäste zu ermutigen, die örtlichen Betriebe zu besuchen. Das wird für zusätzliche Einnahmen in der Region sorgen.«

Er wartete so lange mit einer Antwort, dass sie schon glaubte, er hätte ihr gar nicht zugehört. »Daran habe ich auch schon gedacht«, sagte er schließlich. »Aber viele Möglichkeiten gibt es im Umland nicht.«

Die Antwort ermutigte sie. Plötzlich dachte sie, wenn Blair Devlin in der Lage wäre, Max Lannsen wenigstens als Wohltäter für die Umgebung zu akzeptieren, würden auch die Dorfbewohner den Schlossherrn akzeptieren. Und ein gemeinschaftliches Geschäftsinteresse wäre die ideale Möglichkeit, die beiden Männer zusammen zu bringen.

»Reiten zum Beispiel«, sagte Elise.

Er sah sie an. »Reiten Sie, Miss St. John?«

»Ich habe gerade mit meinen ersten Reitstunden begonnen«, sagte sie und strahlte. »Auf White Gates. Das ist ein gepflegter Stall, und wenn ...«

Sie sah die Veränderung in seinem Gesichtsausdruck. Das ganze Gesicht verdunkelte sich vor Wut, sein Körper verkrampfte sich. »Ich will nichts mit White Gates zu tun haben«, sagte er barsch. »Oder mit Mr Blair Devlin.« Er lächelte, aber es lag keine Wärme in diesem Lächeln, und auch nicht in seiner Stimme, als er fragte: »Sie haben den charmanten Mr Devlin schon kennen gelernt?«

»Ja«, gab sie zu.

»Und ohne Zweifel hat er Ihnen erzählt, was er von den Auswärtigen hält, die Shilden Castle übernommen haben?«

»Hören Sie«, sagte sie mit aufsteigendem Ärger. »Ich weiß, dass Sie beide sich nicht besonders mögen. Ich kenne nicht den Grund, aber ich bin sicher ...«

»Sie brauchen nicht zu verstehen«, unterbrach Lannsen sie kalt. »Mr Devlin weiß, dass Shilden Castle mir gehört. Und er weiß auch, dass er keine rechtlichen Ansprüche an das Schloss hat. Ich habe kein Interesse daran, irgendwelche Geschäfte mit ihm zu betreiben, und ich bin sicher, dass diese Haltung auf beiden Seiten vorherrscht.«

»Aber ich dachte ...«, begann sie.

»Denken Sie nicht«, sagte Lannsen, drehte sich um und schritt zur Tür. »Kümmern Sie sich um Ihren Job. Und wenn Sie beabsichtigen, sich Mr Devlin als Gegenleistung für die Reitstunden anzubieten, tun Sie es bitte auf seinem Grund und nicht auf meinem Besitz. Wenn Sie ihn mit auf Shilden Castle bringen, feuere ich Sie auf der Stelle.«

Fünftes Kapitel

»Max hat offenbar Gerüchte über dich und Blair aufgeschnappt«, sagte Lorna. »Solche Geschichten verbreiten sich schnell. Aber es ist schon eine Unverschämtheit, dass er dir unterstellt, deinen Körper als Gegenleistung für die Reitstunden anzubieten.« Dann fügte sie hinzu: »Nun ja, man kann es natürlich so sehen ...«

»Aber das stimmt nicht!« rief Elise aufgebracht. »Ich habe für meine Reitstunde bezahlt, und für die nächsten werde ich auch bezahlen.«

»Dann bist du noch dümmer, als ich dachte«, sagte Lorna. »Aber ich glaube auch nicht, dass Blair dein Geld annehmen wird. Ich habe gehört, dass er seinen Frauen gegenüber sehr großzügig ist.«

»Das hört sich an, als gehörte ich zu einem großen Harem, den er um sich geschart hat.«

»Und? Hast du Grund zur Klage?«, frage Lorna grinsend. »Ich würde jeden Tag einen Mann mit Erfahrungen nehmen. Ich hasse fummelnde grüne Jungs, die nicht wissen, wo deine Klitoris ist und noch viel weniger, wofür sie da ist.« Sie stellte einen Kaffeebecher vor Elise hin. »Da wir gerade von schrecklichen Typen sprechen – hast du Petra heute morgen schon gesehen?«

»Nein, aber ich sehe sie später. Hat sie was über mich gesagt?« frage Elise, die an Lornas Gesichtsausdruck merkte, dass irgendetwas nicht stimmte. »Du kannst es mir ruhig erzählen. Ich möchte wissen, was sie über mich sagt.«

»Es ging nicht um dich«, sagte Lorna. »Eher um mich.«

»Hast du verbreitet, dass sie und Max . . . ?«

»Himmel, nein. Wer würde mir auch zuhören, wenn ich es erzählte? Du bist die einzige, mit der ich reden kann, und du hast meinen ganzen Klatsch schon gehört. Ich freue mich schon darauf, wenn ein paar meiner Freundinnen aus London kommen.«

»Deine Freundinnen kommen? Um hier zu arbeiten? Sie gehören zum Personal?«

Lorna sah unbehaglich drein. »Ja, so ungefähr.«

»Sie sollen die Gäste unterhalten?« hakte Elise nach.

»Als Begleiterinnen«, stellte Lorna klar. »Damit verdienen sie sich auch in London ihr Geld. Ein Geschäftsmann will eine nette, intelligente Begleiterin für einen Abend oder vielleicht für ein ganzes Wochenende. Jemand, mit der er sich in einem guten Restaurant sehen lassen kann. Und mit der er sich nicht zu Tode langweilt, wenn sie ihm über die täglichen Seifenopern erzählt. Ich habe viele Freundinnen, die das Geld brauchen. Mit einem erstklassigen Abitur allein kann man noch keine Miete zahlen.«

Elise fiel plötzlich ein, dass Lorna ihr gesagt hatte, sie wäre wegen ihrer Kontakte engagiert worden. »Du bist so etwas wie die Chefin eines Bordells«, sagte sie neckend.

»Ich bin nur eine gute Freundin«, berichtigte Lorna. »Eine helfende Hand. Ich helfe, dass meine Freundinnen ihre Miete bezahlen können. Aber Miss Altham ist nicht sehr glücklich über die Situation.«

»Sieht sie dich als Konkurrenz?«

»Genau so ist es«, bestätigte Lorna. »Und sie hat Recht. Wenn ich es schaffe, bringe ich sie um ihren Job.«

Als ihr Telefon klingelte, hätte Elise wetten können, dass es entweder Max Lannsen oder Blair Devlin war. Sie entschied sich für Blair – und hatte Recht.

»Wann sehen wir uns wieder?« fragte er und fügte rasch hinzu: »Am liebsten ohne deine Kleider.«

»Puh«, machte sie, »du fällst gleich mit der Tür ins Haus.«

»Warum nicht? Du weißt, was ich will, und ich weiß, was du willst. Also, wie wäre es mit heute Abend? Um halb acht? Ich lade dich zu einem Essen in die Stadt ein.«

»Wirst du mich abholen?«, fragte sie.

Er zögerte. »Würdest du mir glauben, wenn ich sage, dass ich noch spät eine Reitstunde geben muss?«

»Nein.«

Wieder ein Zögern. »Kannst du nach White Gates kommen? Ich weiß, dass es nicht sehr höflich ist, aber ich habe meine Gründe.«

»Es ist unhöflich«, bestätigte sie. »Und ich bin sicher, dass es einen Grund dafür gibt. Ich möchte ihn gern kennen.«

Blairs Stimme klang plötzlich einige Grad kühler. »Ich war einmal auf Shilden, als Lannsen dort war. Wir .... nun, wir hatten eine Auseinandersetzung.«

»Streit?«

»Wir waren uns nicht einig«, sagte er vage.

»Nicht einig über was?«

»Ach, es war eine Kleinigkeit«, behauptete Blair. »Lannsen hat mich jedenfalls von seinem Besitz gejagt. Auf eine nicht sehr freundliche Art. Ich war wirklich versucht, ihn anzugreifen, denn er hat mich geradezu herausgefordert, es zu tun. Aber ich habe der Versuchung widerstanden.«

Elise stellte sich die Szene vor, wie die beiden sich

gegenüberstanden und sich abschätzten. Sie waren beide groß und schlank, und sie wirkten beide kräftig und muskulös. Sie erinnerte sich, dass Lorna ihr erzählt hatte, Blair hätte einige Pokale in Kampfsportarten gewonnen. Und Max? Ganz sicher schien er in der Lage zu sein, sich gegen jeden wehren zu können.

»Ihr habt euch nur um eine Kleinigkeit gestritten, und doch hättet ihr die Meinungsverschiedenheit beinahe mit Fäusten ausgetragen?« fragte sie zweifelnd. »Das muss aber eine sehr wichtige Kleinigkeit gewesen sein.«

»Nun, damals schien es wichtig zu sein«, antwortete er ausweichend.

»Du willst es mir nicht sagen?«

»Nicht am Telefon. Es ist eine lange Geschichte. Ich werde es dir heute Abend erzählen. Das ist ein Versprechen.«

Petra Altham trat ins Zimmer, als Elise gerade aufgelegt hatte. »Hat Max Ihnen die Neuigkeit schon erzählt?«

Elise schüttelte den Kopf. »Ich habe noch nicht mit Mr Lannsen gesprochen.«

Petra setzte sich auf einen Stuhl und schlug schwungvoll die Beine übereinander. »Nun ja, Max erzählt mir Dinge und vergisst wohl, dass er Ihnen noch nichts davon gesagt hat.« Sie lächelte überlegen und legte eine Pause ein, um die Spannung zu erhöhen. »Wir eröffnen in allernächster Zeit.«

»Aber der Ostflügel ist noch nicht fertig!« rief Elise.

»Darling, die Reservierungen kommen herein. Die Räume, die noch nicht fertig sind, werden abgeschlossen. Wir können doch nicht aufs Geschäft verzichten.«

Petra öffnete eine schwarze Mappe, die sie mitgebracht hatte. »Die viktorianischen Zimmer sind fertig, ebenfalls das Verlies. Im Fotostudio müssen nur noch einige Kameras installiert werden. Das Lederzimmer ist eingerichtet, ebenfalls der Schusterladen. Für den Gymnastikraum brauchen wir noch ein paar spezielle Geräte, sie sind bestellt und werden bis zum Wochenende eingetroffen sein, sonst trete ich jemandem in den Hintern. In den meisten Motto-Zimmern sind nur noch Kleinigkeiten zu verrichten. Wenn Ihnen noch etwas Unterhaltsames für das Weltall-Zimmer einfiele, könnten wir das zur Eröffnung auch noch anbieten.«

»Ich bin nur die Designerin«, sagte Elise honigsüß. »Fürs Unterhaltsame sind Sie zuständig.«

Petra bedachte sie mit einem kritischen Blick. »Unterhaltung ist wichtig, Darling. Die Gäste kommen nicht her, um sich die Tapeten anzuschauen. Aber ich muss schon sagen« – sie lehnte sich zurück, schlug jetzt die Beine umgekehrt übereinander und lächelte Elise an –, »Sie haben gute Arbeit geleistet. Max ist angetan von Ihrer Arbeit auf Shilden.«

»Und warum hat er mir das nicht selbst gesagt?«

»Oh, das ist nicht sein Stil.« Petras Stimme war zu einem Raunen gedämpft. »Der arme Max. Er kann sich nicht entspannen. Aber wenn es ihm doch mal gelingt, hat man seinen Spaß. Sogar eine Menge Spaß, muss ich sagen.«

Nein, Miss Petra Altham hat keine Affäre mit Max Lannsen, dachte Elise, als sie sich an diesem Abend unter die Dusche stellte. Sie ist nur eine von jenen Frauen, die andere gern glauben lassen wollen, dass

Männer sie für unwiderstehlich halten. Was sollte Max auch in ihr sehen? Sie ist zu hart, zu makellos.

Aber vielleicht mag er solche Frauen. Sie stellte sich vor, wie Max' feingliedrige Finger Petras BH öffneten, wie sie ihn anschmachtete, während er den BH langsam von ihren Brüsten nahm.

Warum sehe ich diese Bilder vor mir? fragte sie sich. Warum erinnere ich mich an Lannsens Hände, die mich nur einmal berührt haben, und das war unschuldig genug? Weil es sehr schöne Hände sind, gab sie sich selbst die Antwort. Sie schloss die Augen. Ich möchte gern erleben, wie es sich anfühlt, von ihm entkleidet zu werden. Ich möchte seine Daumen spüren, die meine Brustwarzen streicheln. Ich möchte ihn lächeln sehen, wenn sie sich unter seinen Berührungen steil aufrichten.

Ihr Körper begann auf die Bilder zu reagieren. Sie öffnete rasch die Augen.

Der schwarze BH mit den Draht verstärkten Körbchen lag auf dem Bett. Sie nahm ihn in die Hand. Würde es Max gefallen, wenn er mich in diesem BH sieht?

Zum Teufel mit Max, schalt sie. Hör auf, an ihn zu denken. Heute Abend triffst du dich mit Blair Devlin, und du solltest eher darüber nachdenken, was ihm gefällt. Sie warf den schwarzen BH achtlos beiseite. Es muss etwas Weicheres sein. Das letzte Mal habe ich mich für Blair gekleidet. Dieses Mal denke ich nur an mich.

Sie entschied sich für einen dunkelgrünen seidigen BH, der ihr eine natürliche Form gab, dazu die passenden Shorts und dünne schwarze Strümpfe, die keine Strapse brauchten. Sie musste zugeben, dass schwarze Strümpfe erotisch wirkten – und ihre Beine schlanker aussehen ließen.

Sie wählte ein schlichtes schwarzes Kleid aus Seide mit einem langen, verborgenen Reißverschluss im Rücken. Es hatte schmale Schulterträger, die eigentlich nur dekorativen Zweck erfüllten. Es passte wie angegossen, ohne zu eng zu sein, und es schmiegte sich schmeichelnd um ihren Leib. Kein Wunder, dass es zu ihren Lieblingskleidern gehörte.

Statt der Schuhe mit den Stilettoabsätzen, die sie bei der letzten Verabredung mit Blair getragen hatte, zog sie diesmal Schuhe mit moderaten Absätzen und mit einem schmalen Bändchen über dem Spann an.

Sie posierte vor dem Spiegel. Sexy, entschied sie, aber doch schicklich. Sie hob ihre Haare an, entschied sich dann aber, sie lose hängen zu lassen, eine Kaskade von Rot als Kontrast zum schlichten Schwarz des Kleids.

Blair Devlin wartete auf sie in seinem Auto. Als er sie sah, stieg er aus und öffnete die Beifahrertür. Er trug einen dunklen Anzug, und für einen Moment verblüffte sie die Ähnlichkeit mit Max Lannsen. Sie schritt auf ihn zu. Aus der Reitschule drangen laute Geräusche. Ein Pferd wieherte, und ein junges Mädchen rief eine rasche Folge von Anweisungen. Sie glaubte, Pennys Stimme erkannt zu haben.

»Sehr schön«, sagte Blair, nachdem er sie kurz betrachtet hatte. »Du siehst so aus, als hättest du vergessen, dein Kleid anzuziehen.«

»Sag so was nicht«, meinte sie lachend. »Es hat mich eine Menge Geld gekostet.«

»So sieht es auch aus«, bestätigte er. »Aber trotzdem könnte es auch ein wunderschöner Unterrock sein. Ich bin mit deiner Wahl sehr zufrieden.«

Hufgeklapper näherte sich, und im nächsten Augenblick kamen Pferd und Reiter um die Ecke und hielten auf Blairs Auto zu. Das Pferd war beeindruckend kräftig gebaut und bewegte sich trotzdem sehr elegant. Die Reiterin war etwa in Elises Alter, trug Breeches, Stiefel und ein Sweatshirt mit der Aufschrift: Ich unterstütze die PDSA. Selbst unter der strengen Reitkappe konnte Elise sehen, dass die junge Frau einen frischen, gesunden Teint hatte, der ohne Make-up auskam.

»Gehst du in die Reitstunde?«, frage Blair.

»Mit gefällt Pennys Unterricht«, sagte die Frau. Sie lächelte Elise zu. »Passen Sie gut auf sich auf, wenn Sie bei diesem Mann sind. Er hat einen schrecklichen Ruf.«

»Elise kennt meinen Ruf«, sagte Blair grinsend. »Deshalb ist sie bereit, mit mir auszugehen.«

»Elise? Sie arbeiten auf Shilden mit Lorna zusammen, nicht wahr?« Elise nickte, und die Frau fuhr fort: »Ich bin Julia Beauchamp. Blair und ich sind Geschäftspartner. Vielleicht hat Lorna von mir erzählt.«

»Ja, das hat sie«, bestätigte Elise. Und sie hat mir auch gesagt, dass du scharf auf Blair Devlin bist. Plötzlich fühlte sie sich unbehaglich, fast schuldbewusst. Was musste das für ein Gefühl für Julia sein, wenn sie sah, dass Blair eine andere Frau ausführte? Sie musste ahnen, wie der Abend ausklingen würde!

Aber in Julias Gesicht konnte sie keinen Hinweis auf Eifersucht erkennen. Ihr Lächeln war warm und freundlich. »Einen schönen Abend wünsche ich euch«, sagte sie, und dann, zu Blair: »Wir sehen uns morgen.«

»Sie ist ein liebes Kind«, sagte Blair, als er den Motor startete.

»Kind?« wiederholte Elise. »Sie ist wahrscheinlich so alt wie ich.«

»Für mich ist sie so etwas wie eine kleine Schwester«, sagte Blair. »Wir sind mehr oder weniger zusammen aufgewachsen, bis sie irgendwo in der Fremde, in einer Grafschaft im Süden, auf eine Schule ging.«

»Sei vorsichtig, was du sagst«, warnte Elise. »Ich komme auch aus dem Süden.«

Blair grinste. »Du brauchst dich nicht zu entschuldigen. Wenn du länger bleibst, werden wir dich noch zivilisieren.«

Das Restaurant, das er ausgewählt hatte, war klein und intim. Die Lichter waren alle gedämpft. Er stellte ein Menü zusammen, das einfach köstlich schmeckte. Er war ein amüsanter Gesellschafter und unterhielt Elise mit lustigen Geschichten. Geschickt entlockte er ihr die Vorstellungen von der Zukunft, ihre Vorlieben und Interessen. Erst als sie auf White Gates zurückkehrten, wurde ihr bewusst, dass sie wieder eine Menge über sich selbst erzählt hatte, während sie im Gegenzug so gut wie nichts über Blair Devlin erfahren hatte.

»Hat es dir geschmeckt?« fragte er noch einmal, als er die Autotür abschloss und neben ihr zum Haus ging.

»Es war köstlich.«

»Gutes Essen«, sagte er, »aber es macht dick.« Er stand im Wohnzimmer hinter ihr und legte seine Hände auf ihre Schultern. »Ich schätze, dass du mehr Pfunde zugelegt hast, als du zugeben willst.« Seine Hände glitten ihre Arme entlang, umfassten dann ihre Taille. »Hier.« Die Hände fuhren über ihren Hintern. »Und ganz besonders hier.«

»Unsinn.«

Er legte die Hände um ihre Hüften und drehte Elise herum, dass er sie ansehen konnte. »Ich spüre Fettrollen«, sagte er.

»Du spürst Knochen.«

Er presste die Lippen auf ihren Mund. »Ich muss was dagegen tun«, sagte er, dann küsste er sie, und diesmal drang die Zunge tief in ihren Mund ein. Als sich die Lippen voneinander lösten, sagte er: »Ich weiß ein Rezept dagegen.«

»Schlank in Minuten?« fragte sie. »Wenn das gelingt, wirst du ein Vermögen damit machen.«

»Bei der Art von Behandlung, die mir vorschwebt«, sagte er, »trifft das wahrscheinlich zu. Willst du es mal versuchen?« Sie ließ sich von ihm durch eine Tür in einen kleinen Flur führen, und als er die nächste Tür öffnete, sah sie einen dunklen Raum vor sich. Es roch nach Öl, Stahl und Leder. Einen kurzen Moment zögerte sie. Blair schubste sie behutsam weiter. »Willkommen in meiner Höhle«, sagte er. Licht flammte auf. In der Mitte des Raums stand ein kompliziert aussehendes Gerät auf dem Boden, und weil Elise nicht sicher war, was sie in diesem Zimmer erwartete, dauerte es eine Weile, ehe sie begriff, dass es der Raum war, in dem Blair sich fit hielt. Sie erkannte die Rudermaschine, das Laufband, einen Punchingball, der an einer Elastikstange befestigt war, die von der Decke bis zum Boden reichte, und eine gepolsterte Bank. In Regalen lagen mehrere Hanteln verschiedenen Gewichts. Sie trat tiefer in den Raum und sah sich in einem Spiegel auf der gegenüberliegenden Wand. Blair stand hinter ihr.

»Bist du ein Fitnessfan?« fragte sie amüsiert.

»Ich tue was für meine Gesundheit.«

»Ich dachte, du hast durchs Reiten schon genug Bewegung.«

»Das ist auch so.« Sie spürte plötzlich, wie ihr Kleid von den Schultern rutschte, und begriff, dass er den Reißverschluss gefunden und geöffnet hatte. »Aber Reiten ist kein Ersatz für Übungen an diesen Geräten, die den ganzen Körper stählen.«

Sie unternahm einen halbherzigen Versuch, ihr Kleid

daran zu hindern, bis zu den Hüften zu rutschen, aber er hielt ihre Handgelenke fest. »Und es gibt Teile der männlichen Anatomie, die in ständigem Training sein müssen«, raunte er. Seine Hände glitten über ihren Bauch. Er drückte sie an sich, und sie spürte seine Erektion. Er streichelte ihre Hüften eine Weile, dann drehte er sie herum.

Ihr Kleid rutschte zu Boden. Seine Hände kehrten zu den Hüften zurück, fuhren über die weiche Seide der dunkelgrünen Shorts und schlüpften unter den losen Stoff. »Wirklich viel zuviel Fett«, murmelte er. Er packte ihre Hinterbacken. »Aber es ist nicht weiter schlimm. Ich habe die richtige Medizin.«

»Und die wäre?« Sie lehnte sich gegen ihn und genoss das Gefühl seines Körpers, der sich an ihrem rieb. Sie spürte die Kraft und die Wärme. Ob er sie auf dem Boden lieben würde?

»Wir trainieren das Fett weg«, sagte er fröhlich. »Ich habe die notwendigen Apparate und werde sie bei dir einsetzen.« Er drehte sie herum, so dass sie das große Gerät sah, das mitten im Raum stand.

»Du machst Witze«, sagte sie.

»Natürlich nicht.« Er schaute sie lange an. »Du bist sogar ideal dafür gekleidet. Die Seidenshorts sind phantastisch.« Seine Blicke tasteten ihre Beine ab. »Auch die Strümpfe sind okay, aber die Schuhe musst du ausziehen.« Er musterte sie noch einmal. »Und den BH auch«, fügte er hinzu.

»Aber du erwartest doch nicht, dass ich Gewichte hebe, oder?«, sagte sie, während sie die Schuhe abstreifte. »Diesmal nicht«, antwortete er. »Obwohl ich sicher bin, dass du dabei sensationell aussehen würdest. Nein, du wirst laufen.« Er deutete auf das Laufband.

»Also, wenn ich laufe, dann behalte ich meinen BH an«, sagte sie.

»Weg damit«, beharrte er. Er griff an ihre Schultern und streifte die dünnen Träger ab. Sie gab vor, ihn daran hindern zu wollen, wich ihm aus, entwand sich ihm, aber er folgte ihr, bis er sie an einer Wand gestellt hatte.

»Nein«, sagte sie. »Es ist unangenehm, ohne Büstenhalter zu laufen.«

»Aber es sieht phantastisch aus!« widersprach er. »Ich will dich halb nackt sehen. Du warst großartig auf Brandysnap, erinnerst du dich? Auf dem Laufband wirst du sogar noch besser aussehen.«

»Mr Devlin«, sagte sie, »du bist leicht abartig.«

»Ich bin ganz normal«, berichtigte er sie. »Leblose Statuen machen mich nicht an. Ich sehe gern die Bewegungen einer Frau, und das habe ich mit den meisten Männern gemeinsam.« Er hob ihre Brüste an und strich mit dem Daumen über die Warzen. »Ich will sehen, wie sie hüpfen.« Seine Hände glitten auf ihren Rücken, wo sie den Verschluss suchten. Also, sei ein braves Mädchen und tu, was ich dir sage.«

Er zupfte am Verschluss, und sie krümmte lachend den Rücken, um ihm die Arbeit zu erschweren. Aber im nächsten Moment hatte er die Haken aus den Ösen geholt, und dann stand sie da, nackt bis zu den Hüften.

»Das ist viel, viel besser.« Mit einer Hand beschrieb er Kreise auf ihrem Bauch, ehe sie höher wanderte. Der Zeigefinger fuhr langsam die Konturen ihrer Brüste nach, dann spielte er mit den harten Knospen ihrer Nippel, nahm sie zwischen Daumen und Zeigefinger und drückte sie – zuerst sanft, dann härter, bis sie lustvoll aufstöhnte.

»Gefällt's dir?« Sein Mund war dicht an ihrem Ohr.

»Gefällt mir«, murmelte sie.

»Und jetzt zeigst du mir ein bisschen, was ich gern sehen möchte, ja? Ich will dich laufen sehen.«

Sie befand sich auf dem Laufband, bevor sie sagen konnte, wie sie dorthin gekommen war. Zu beiden Seiten gab es einen Handlauf, an dem sie sich festhalten konnte. Plötzlich spürte sie, wie das breite Band unter ihren Füßen sich zu bewegen begann. Sie wurde zu einem leichten Joggen gezwungen. Als sie sich an die Bewegung des Bands gewöhnt hatte, stellte sie fest, dass es eine angenehme Beschäftigung war.

Sie schaute auf und sah sich in der Spiegelwand. Eine halbnackte Frau mit fliegenden roten Haaren und schwarzen Strümpfen, und das einzige andere Kleidungsstück, das sie trug, ging tatsächlich für eine dunkelgrüne Turnhose durch. Kein Wunder, dass Blair gesagt hatte, sie sei ideal gekleidet.

Er stand auf der Seite und beobachtete sie. Nach ein paar Minuten fiel ihr auf, dass sie schneller laufen musste. Blair hatte die Geschwindigkeit des Bands erhöht.

»He«, keuchte sie. »Halt das Band an. Ich habe keine Puste mehr.«

»Denk an all die Kalorien, die du verbrennst«, sagte er fröhlich.

»Steck dir deine Kalorien sonst wo hin«, stieß sie hechelnd hervor. »Ich kann nicht mehr.«

Sie wollte vom Band gehen, aber er hinderte sie daran. »Mach weiter«, sagte er. »Du hast dich bisher nicht einmal in Schweiß gearbeitet.«

Jetzt rannte sie, und ihr Herz begann heftig zu schlagen. Sie hielt sich an den Handläufen fest und sprang hoch, hielt das Gleichgewicht, die Beine gespreizt und hoch gehoben.

»Genug«, rief sie.

Er grinste und kletterte hinter sie. Sie spürte die Knöpfe seines Jacketts in ihrem Rücken. Seine Hand glitt zwischen ihre ausgestreckten Beine, unter ihre Seidenshorts.

»Wir haben ja nicht einmal begonnen«, murmelte er dicht an ihrem Ohr.

Sie spürte, wie seine Finger forschten. Als sie leicht über die Klitoris strichen, keuchte sie auf – Überraschung und Verlangen zugleich. Es war ihr gar nicht bewusst gewesen, wie erregt sie geworden war. Er reizte sie geschickt, und sie reagierte mit instinktiven Bewegungen ihrer Hüften, drängte sich an ihn. Sie wollte hinter sich greifen und seinen Reißverschluss öffnen, damit die Erektion ans Licht kam, die sie an ihrem Hintern spürte, aber sie war zu weit nach vorn gebeugt. Sie wusste, dass sie das Gleichgewicht verlieren würde, wenn sie die Handläufe losließ. Und wenn sie die Füße wieder auf das Band setzte, müsste sie wieder rennen.

Er zog seine Hand zurück. Sie hörte, wie er den Reißverschluss seiner Hose aufzog. Dann griffen beide Hände zwischen ihre Schenkel und zwangen ihre Beine weiter auseinander. Er schaltete das Laufband ab.

»Ich hatte es zwar nicht so geplant«, murmelte er heiser, »aber ich muss dich jetzt haben – auf der Stelle.«

Er drang so unvermittelt in sie ein, dass sie nach Luft schnappte. Seine Hände hielten ihre Hüften gepackt, während er mit zunehmendem Tempo zustieß. Sie spürte seine Kraft wie eine eiserne Umklammerung.

»Langsamer«, mahnte sie. »Es soll doch etwas dauern.«

Aber diesmal hatte er nur seine eigene Lusterfüllung zum Ziel. Er ignorierte ihre Mahnung. Sein Körper begann zu zittern. Er stöhnte bei jedem Stoß. Seine Gier erregte sie, und es störte sie nicht mehr, ob sie mit ihm den Höhepunkt erleben würde oder nicht. Sie wollte teilhaben an seiner Befriedigung. Es genügte ihr zu wissen, dass sie ihn derart erregen konnte, dass er seine Selbstbeherrschung verlor. Die Gewalt seiner Ejakulation warf seinen Körper gegen ihren. Seine Finger gruben sich tief in ihre Haut. Er verweilte in ihr, bis das Beben seines Körpers verebbte.

»Gut?« fragte sie leise.

Er zog sich aus ihr zurück. »Gut«, sagte er. »Und für dich?«

»Es war gut für mich, weil es gut für dich war.«

»Sehr diplomatisch.« Er lächelte. »Ich hatte es wirklich nicht so geplant. Ich wollte dich an allen Geräten arbeiten lassen. Mit den Gewichten und sogar am Punchingball. Ich wollte dich in deinen Bewegungen genießen – und natürlich hätte ich dir die Ratschläge des erfahrenen Fachmanns gegeben.« Seine Hände streichelten versonnen über ihre Haut und verharrten dann auf ihrem Hintern. »Das Laufband sollte nur der Auftakt sein. Um dich aufzuwärmen, meine ich.«

»Das Laufband hat mich aufgewärmt«, sagte sie lächelnd. »Und dabei scheinst du heiß geworden zu sein.«

»Du hast keine Vorstellung, wie sexy du ausgesehen hast«, sagte er weich. »Wie du da gestanden hast mit deinen gespreizten Beinen, und wie du gehechelt hast, als wärst du mittendrin bei der Liebe. Frauenkörper strahlen etwas ungeheuer Sinnliches aus, wenn sie sich rhythmisch bewegen.«

»Ich habe gehechelt, weil ich außer Atem war«, warf sie ein.

»Sieh dich vor«, warnte er. »Wenn du so kurzatmig

bist, dann sollte ich dich doch das ganze Programm durchziehen lassen. Du treibst keinen Sport, nicht wahr?«

»So ist es«, bestätigte sie fröhlich. »Ich mag all die falschen Dinge. Aber im Augenblick will ich nichts anderes als unter die Dusche und dann einen Drink.«

Zehn Minuten später saß Elise, erfrischt nach der Dusche, Blair im Wohnzimmer gegenüber, ein Glas Weißwein in der Hand. Blair hatte sein Jackett ausgezogen, das weiße Hemd aufgeknöpft und die Ärmel bis zu den Ellenbogen hochgekrempelt. Er sah entspannt aus und unerhört attraktiv. Sie stellte ihn sich als Schuljungen vor. Wahrscheinlich hatte er seine Freizeit damit verbracht, wild durch die Landschaft zu galoppieren, ein Teufelskerl zu Pferde. Und als Teenager, groß und hager und mit diesem charmanten Lächeln, hatte er wahrscheinlich früh erfahren, welche Anziehung er auf das andere Geschlecht ausübte.

Kein Wunder, dass Julia Beauchamp sich in ihn verliebt hatte. Warum hatte Blair ihr Interesse nicht erwidert? Selbst wenn sie quasi als Geschwister aufgewachsen waren, hatten sie inzwischen genug Zeit gehabt, um sich als Erwachsene aneinander zu gewöhnen. Viele Paare waren miteinander aufgewachsen und hatten ihre Jugendliebe geheiratet, ohne Schuldgefühle zu pflegen. Julia war eine Schönheit. Und auch eine Sportlerin. Elise konnte sich nicht vorstellen, dass Blair sie nicht attraktiv fand. Was hielt ihn also zurück?

»Worüber denkst du nach?« fragte er. »Du warst meilenweit weg.«

»Ich dachte über deinen Streit mit Max Lannsen und über die Ursache der Auseinandersetzung nach«, improvisierte Elise rasch. Blair betrachtete sie über den

Rand seines Whiskyglases hinweg. »Und warum du nicht mehr zum Schloss gehst. Du hast versprochen, es mir zu erklären.«

»Ja, habe ich«, sagte er und legte eine längere Pause ein, bevor er mit seiner Erklärung begann. »Lannsen und ich hatten eine Auseinandersetzung über seine Pläne fürs Schloss. Im Verlauf des Streits hat er mich von seinem Besitz geschickt und geraten, ihn nicht noch einmal zu betreten. Ich gebe zu, dass mich seine störrische Haltung in Rage gebracht hat. Ich habe ihm gesagt, das nächste Mal würde ich durchs Hauptportal von Shilden Castle treten, und zwar wenn ich meinen rechtmäßigen Status als Besitzer von Shilden wiedererlangt hätte. Ein bisschen theatralisch, aber ich konnte der Versuchung nicht widerstehen.«

»Dein rechtmäßiger Status als Besitzer von Shilden Castle?« wiederholte Elise. »Wie kommst du darauf? Ich habe keine Ahnung, wovon du redest.«

»Eigentlich bin ich der ›Herr von Shilden‹«, sagte Blair.

»Du?« Sie starrte ihn ungläubig an. »Aber ich dachte ...«

»Die Tradition verlangt, dass der Eigentümer von Shilden Castle der ›Herr von Shilden‹ ist«, sagte Blair. »Rechtlich ist Max Lannsen einwandfrei der Eigentümer, aber die Einheimischen werden ihn nie als ›Herrn von Shilden‹ akzeptieren.« Er lehnte sich im Sessel zurück, streckte die Beine aus und betrachtete sie mit halbgeschlossenen Augen. Ein Anflug von Arroganz lag auf seinem Gesicht. »Mich akzeptieren sie, ganz egal, wie die Aktenlage ist«, fügte er noch an.

Elise glaubte ihm unbesehen. Sie erinnerte sich an den Respekt, den sie ihm im Pub bezeugt hatten. Jetzt begriff sie, woher diese Ehrerbietung stammte. »Aber wenn das so ist«, sagte sie, »warum hast du dann nicht Shilden Castle geerbt?«

Er lächelte kurz. »Mein Großvater hat sich danebenbenommen, so dass die Linie meiner Familie von der direkten Erbfolge ausgeschlossen wurde. Trotzdem habe ich mehr Bennett-Blut in meinen Adern als Max Lannsen. Und der alte Herr hat mich akzeptiert, wir haben uns wirklich gut verstanden. Er war wie ein zweiter Vater für mich. Er wollte, dass ich Shilden Castle erbe. Das ganze Dorf weiß das. Aber es gab kein Testament.« Er atmete tief ein und fügte mit hart klingender Stimme hinzu: »So wurde Max Lannsen der Schlosserbe. Und er hat das Erbe angenommen.«

»Habt ihr nicht versucht, zu irgendeiner Vereinbarung zu kommen?« fragte Elise. »Ich hatte immer den Eindruck, dass Max Lannsen nicht allzu glücklich mit seiner Erbschaft ist.«

»Diesen Eindruck habe ich ganz und gar nicht«, sagte Blair kühl. »Er war sofort hier, als er begriff, dass er Shilden zu einem profitablen Unternehmen machen kann. Ihm geht es nur ums Geld, und er denkt nicht daran, das Dorf und die Leute mit einzubeziehen.«

Elise nickte. »Ich habe ihm vorgeschlagen, dass er sich irgendeine Art der Zusammenarbeit mit dir überlegen soll. Dass seine Gäste zum Beispiel auf White Gates reiten können.«

Blair lachte trocken auf. »Ich wette, dass er das für eine großartige Idee hielt! Aber ich würde keinen seiner Gäste in die Nähe meiner Pferde lassen.«

»Dann bist du genau so ein Querkopf wie er«, stellte Elise fest.

Blair schaute sie ernst an. Es geht nicht nur um eine Meinungsverschiedenheit zwischen zwei Männern«, sagte er. »Es ist mehr als das. Shilden bedeutet mir sehr viel. Ich glaube, ich habe ein Recht darauf. Aber statt es zu besitzen, muss ich zusehen, wie Max Lannsen es ruiniert, und ich kann nichts dagegen tun.«

»Nun, ich kann nur hoffen, dass sie wissen, was sie tun!«

Das war Petra Althams Stimme, die aus Lornas Büro klang, als Elise schon eintreten wollte. Jetzt blieb sie gespannt auf dem Flur stehen und lauschte.

»Natürlich wissen sie das«, sagte Lorna verärgert. »Sie haben solche Sachen schon vorher gemacht.«

Die Tür öffnete sich, und Petra rauschte hinaus. »Ich hasse es, mit Amateuren zu arbeiten.« Sie sah Elise und lächelte. »Oh, gut, ich habe Sie schon gesucht. Wir haben alle Hände voll zu tun.«

Elise hatte eigentlich ihre Freundin Lorna fragen wollen, ob sie sich einen Kaffee genehmigen sollten, aber jetzt konnte sie nur kurz ins Büro hineinschauen und die Schultern heben.

»Sie müssen einige Veränderungen im viktorianischen Bad vornehmen«, sagte Petra und schritt den Korridor entlang. »Und schnell.«

»Ich arbeite an den Plänen für die Suiten im Ostflügel«, wandte Elise ein.

»Oh, das können Sie vorläufig zurückstellen«, sagte Petra irritiert. »Es wird eine Ewigkeit dauern, bis diese verkommenen Räume renoviert sind, und außerdem sind sie nur ein Spielzeug für die Investoren. Es ist viel wichtiger, dass der Laden endlich Geld verdient.«

»Mr Lannsen hat mich beauftragt, mich um die Suiten zu kümmern«, sagte Elise.

»Sein Pech«, fauchte Petra. »Ich will, dass Sie an dem viktorianischen Bad arbeiten.« Sie bedachte Elise mit einem eisigen Blick, und Elise erkannte – nicht zum ersten Mal – dass Petra zur unangenehmen Feindin werden könnte.

»Und was ich sage, wird gemacht. Klar?«

Elise hatte die Arbeit an den neuen Plänen für das Bad beendet. Petra Altham wollte die Dusche in einer anderen Ecke haben, obwohl Elise den Grund nicht verstand. Sie warf einen letzten Blick in das Zimmer. Es befand sich im Erdgeschoss des Ostflügels und war ursprünglich Teil der Eingangshalle gewesen.

Als sie gerade gehen wollte, hörte sie Stimmen. Zwei Arbeiter betraten das Bad. Sie kannte sie, sie gehörten zu dem Team, das aus London nach Shilden gekommen war. Die Männer grüßten freundlich.

»Sind Sie fertig hier, meine Liebe? Wir müssen nämlich noch ein Loch in die Wand schlagen?«

»Wozu denn das?«

»Für den Spion«, sagte der zweite Mann. Er betrachtete den Plan und deutete auf einen Punkt oberhalb der Messingknöpfe für das Waschbecken. »Etwa in dieser Höhe.«

»Soll denn hinter dieser Wand noch ein Raum entstehen?«, fragte Elise verwundert.

»Den gibt es schon«, klärte sie der erste Arbeiter auf. »Es gibt einen schmalen Gang zwischen dieser Wand und der nächsten. Dies hier ist eine falsche Wand, sehen Sie? Der ganze Flügel ist so verzwickt wie ein Kaninchenbau. Aber raffiniert. Wenn wir fertig sind, kann sich einer gemütlich in den Gang setzen und den Ladies bei der Toilette zusehen. Nun ja, jedem das Seine.«

Deshalb also hatte Petra die Dusche versetzen wollen, dachte Elise. Jetzt stand sie dem Guckloch direkt gegenüber.

»Ihr erwartet wohl ein paar komische Käuze in eurem feinen Hotel, was?« fragte der Arbeiter und grinste breit.

Wie viele Doppelwände gibt es sonst noch? fragte sich Elise. Bei ihren Plänen hatte sie die Wände natürlich genau ausgemessen, aber sie hatte sich nie die Mühe gemacht, sie mit den Originalzeichnungen zu vergleichen. Jetzt aber interessierte sie sich für die alten Pläne des Schlosses. Und dort stieß sie auf viele Doppelwände, zwischen denen so viel Platz gelassen war, dass ein Mensch bequem stehen oder sitzen konnte. Offenbar befanden sich die meisten dieser Gänge im Ostflügel. Es gab sogar einen Gang hinter Max Lannsens Zimmern.

Wenn es dort auch Gucklöcher gibt – und wahrscheinlich gibt es welche –, könnte ich mich davon überzeugen, ob er seine Freizeit mit Petra Altham verbringt, fuhr es Elise durch den Kopf. Oder mit wem sonst.

Der Gedanke, Max durch ein Guckloch beobachten zu können, gefiel ihr ausgesprochen gut. Sie stellte sich vor, wie er sein Zimmer betrat, wie er aus dem Jackett schlüpfte, die Manschettenknöpfe öffnete und das Hemd auszog. Sie stellte sich seinen entblößten Brustkorb vor. Sie ließ ihn ein wenig im Zimmer auf und ab gehen, bevor er an den Barschrank trat und sich einen Drink holte.

Im Bad beugte er sich vor, um die Dusche anzustellen. Sie bewunderte seine breiten Schultern, die harten Muskeln des flachen Bauchs und den geschmeidigen panterähnlichen Gang.

Jetzt zog er sich die Hose aus, und von dort an ließ

ihre Vorstellungskraft sie im Stich. Sie wusste, dass seine Backen fest und knackig sein würden, denn sie hatte die Konturen unter den dünnen Jeans gesehen. Auch die Oberschenkel strotzten vor ausgebildeten Muskeln.

Aber der Rest von ihm? Ihre Tagträumereien befriedigten sie dieses Mal nicht. Ihr wurde nur bewusst, dass sie ihn gern nackt sehen würde.

Dieser Gedanke ließ sie in den nächsten Tagen nicht mehr los. Sie wusste, dass es leicht war, in dem Gang zwischen den beiden Wänden auf ihn zu warten. Sie brauchte nur in eines der unfertigen Zimmer im Ostflügel zu gehen und dort ein Paneel in der Wand zu verschieben. Aber sie würde es schnell tun müssen, ehe die Arbeiten dort abgeschlossen waren.

Die Gelegenheit ergab sich erst eine Woche später. Petra trieb sie die ganze Zeit zu weiteren Veränderungen an, und abends blieb ihr kaum eine Minute für sich selbst, denn sie saß über Plänen und Zeichnungen und Entwürfen. Sie hatte Lorna seit einer Woche kaum noch gesehen, sie wusste nur, dass sie ein paar Mal in London gewesen war. Auch mit Blair Devlin hatte sie sich nicht mehr verabreden können.

Sie befand sich noch im Ostflügel und hielt Gedanken für ihre Arbeit am nächsten Tag auf einem Notizblock fest, als sie hörte, dass die Arbeiter Feierabend machten. Geräuschvoll ließen sie ihre Geräte fallen. Elise wurde bewusst, dass es viel später war, als sie gedacht hatte. Sie hörte die Männer fröhlich plappernd die Treppen hinuntergehen.

Wenn ich meinen Forscherdrang befriedigen will, dachte Elise, dann ist das der richtige Zeitpunkt.

Es war einfach, sich gewaltsam Zugang zu verschaffen, indem sie eines der Holzpaneele der Wand aus dem Futter hebelte, und es war noch einfacher, sich zwischen die beiden Wänden in den Gang zu schlängeln. Sie bewegte sich vorsichtig und ließ sich vom Schein einer kleinen Taschenlampe führen.

Dann hörte sie Musik. Sie wusste, dass sie in der Nähe von Max Lannsens Zimmern sein musste. Was unternahm er gerade? Bereitete er die Verführung einer Frau vor? Aber für diesen Zweck schien die Musik nicht unbedingt geeignet zu sein, sie wechselte oft die Akkorde und Rhythmen.

Weiter unten im Gang sah sie schmale Lichtstreifen die Dunkelheit erhellen. Sie spürte, wie ihr Herz schneller schlug und trippelte schnell zum ersten Guckloch. Sie presste ein Auge gegen die Wand.

Sie schaute in Max Lannsens Wohnzimmer. Es war überraschend spartanisch eingerichtet. Ein großer Teil des Bodens war nicht mit Teppich ausgelegt. Neben einem Sessel stand ein kleiner Tisch mit einer halbleeren Whiskyflasche und einem Glas. Das einzige, was sonst in dem Zimmer noch auffiel, war ein altmodischer Plattenspieler. Unpersönlich, dachte Elise. Die Einrichtung des Zimmers verriet nichts über den Bewohner.

Dann sah sie die Bilder. Ungerahmte Zeichnungen und Aquarelle, und soweit sie erkennen konnte, zeigten sie alle dieselbe Frau. Aus ihrem Blickwinkel konnte sie nicht viel sehen, aber die Frau sah wie eine Schönheit aus, dunkelhaarig und gebieterisch.

Als Max Lannsen das Zimmer betrat, schritt er zum kleinen Tisch und schenkte sich einen Whisky ein. Er trug einen schwarzen Kimono aus Seide. Seine Füße waren nackt, die Haare zerzaust, als hätte er sich gerade ein Hemd über den Kopf gezogen. Er blieb mit dem Glas in der Hand neben dem Tischchen stehen und lauschte der Musik.

Elise war sicher, dass er nackt war unter dem Kimono. Sie spürte Begierde in sich aufsteigen. Sie wollte seinen Körper erforschen, langsam und umfassend. Sie wollte seine Brustwarzen zwischen die Lippen nehmen, bis sie ganz hart wurden. Sie wollte die Hände über seinen flachen Bauch gleiten lassen und seine Männlichkeit erkunden. Sie wollte spüren, wie er anschwoll und steif und hart wurde, während sie ihn bearbeitete und ihre Finger seine Hoden streichelten und kneteten.

Ich werde dich lehren, was es heißt, mich zu ignorieren, Mr Max Lannsen, Herr von Shilden, dachte sie erregt und rachsüchtig. Wenn ich doch nur einmal mit dir Liebe machen könnte, ich wette, dann würdest du mich nicht mehr ignorieren!

Ihre Gedanken verursachten ein heftiges Ziehen im Unterleib. Sie spürte, wie sie feucht wurde. Sie bewegte ihr Becken nervös hin und her, ehe ihr einfiel, dass er sie hören könnte, wenn sie sich zu heftig bewegte oder gar zu keuchen begann.

Sie schaute wieder durch den Spalt. Er hatte begonnen, im Zimmer auf und ab zu gehen. Er blieb schließlich vor einem der Bilder stehen, betrachtete es einen Moment, hob dann das Glas und trank es in einem Zug leer. Zurück zum Tisch, Whisky nachschenken.

Er setzte sich in den Sessel und streckte die Beine aus. Der Kimono bauschte sich in seinem Schoß auf. Er rieb mit einer Hand über sein Knie, dann bewegte sich die Hand langsam höher. Er trank das Glas aus, stellte es ab und glitt im Sessel noch tiefer. Sie glaubte, eine Beule gesehen zu haben, die Teil seiner Erektion hätte sein können. Oder war es nur ihre Einbildungskraft? Warum bewegte er sich nicht, um ihr mehr von seinem Körper zu zeigen? Warum klaffte der Kimono nicht wenigstens auseinander, damit sie sein Organ sehen und es mit ihren Phantasiemaßen vergleichen konnte?

Er schaute zur Whiskyflasche, griff danach und ließ es dann bleiben. Die andere Hand bewegte sich, glitt kaum merklich über die schwarze Seide des Kimono. Er schoss die Augen.

Ja, so ist es richtig. Zeig es mir. Lass mich sehen, wie du es am liebsten hast, dachte sie erregt. Die Wirkung auf sie war kaum noch zu unterdrücken, ihre eigene Hand glitt hinunter, die Finger drangen unter den dünnen Stoff des Slips.

Wenn nur das Zuschauen mich schon so erregt, dachte sie, wie muss es dann erst ein, wenn er mich berührt? Seine Hand bewegte sich noch, und die Augen blieben geschlossen. An wen denkt er? fragte sich Elise. Sie streichelte sich sanft.

Das Telefon klingelte. Sie sah, wie Lannsen die Augen öffnete. Einen Moment lang schien er nicht zu wissen, wo er war. Dann stand er auf. Der Kimono klaffte für einen kurzen. Augenblick auseinander – zu kurz, als dass sie etwas hätte sehen können. Er ging zum Telefon, und seine Stimme verriet nichts von den Gefühlen, die ihn noch vor Sekunden beschäftigt hatten; sie klang kalt und beherrscht wie immer.

»Ja?« Er lauschte. »Warum wollen Sie das jetzt besprechen?« Wieder eine Pause, dann, mit Verärgerung in der Stimme: »Selbst wenn Sie jetzt noch eine Anweisung ans Londoner Büro schicken, werden sie es erst morgen bearbeiten.« Danach ein Seufzen. »Also gut, ich werde in einer Viertelstunde bei Ihnen sein.«

Ich hasse dich, Petra Altham! Für Elise stand fest, dass Petra am Telefon gewesen war. Niemand sonst auf

Shilden würde Max Lannsen um diese Zeit anrufen und behelligen.

Er legte den Hörer auf und verließ das Zimmer. Elise hörte die Dusche. Sie wartete, bis er das Zimmer in einem dunklen Anzug betrat, dann machte sie sich auf den Rückweg. Sie setzte das Holzpaneel an seine Stelle und huschte zurück zu ihrem Zimmer.

Du hast mir ganz schön die Tour vermasselt, Miss Altharn, dachte sie später, als sie schon im Bett lag. Aber jetzt weiß ich wenigstens, dass Max Lannsen keine Affäre mit dir hat. Du hast keine Rolle in seiner Phantasie gespielt, sonst hätte er nicht so sauer dreingeschaut, als er dich am Telefon hörte.

Ob er wohl an die Frau auf den Bildern dachte, als er die Augen schloss und die Hand sich vom Knie aufwärts bewegte? fragte sie sich. Warum hatte er so viele Bilder von ihr? Wer war sie? Seine Ex-Frau?

Bisher hatte sie nie an die Möglichkeit gedacht, Max könnte verheiratet sein. Falls er eine Frau hatte, schien sie in seinem Leben keine große Rolle zu spielen. Vielleicht war sie gestorben. Das würde seine düstere Grundstimmung erklären. Und es würde auch erklären, warum er London verlassen hatte – um den Erinnerungen zu entkommen. Er muss sehr verliebt in sie gewesen sein, dachte sie schläfrig, sonst hätte er doch keinen Maler engagiert, der so viele Bilder von ihr geschaffen hatte.

Ihr gefiel die Vorstellung von Max Lannsen, dem unendlich trauernden Witwer.

»Du musst verrückt sein«, sagte Lorna, als sie ihr am nächsten Tag ihre Theorie erläuterte. »Ich glaube einfach nicht, dass unser wunderbarer Max ein Herz hat, das man brechen kann. Und ganz bestimmt glaube ich nicht, dass er jemals verheiratet war. Was, um alles in der Welt, hat dich auf diese verrückte Idee gebracht?«

Elise hob die Schultern. »Ich versuche nur herauszufinden, wie Max tickt.«

Sie hatte nicht vor, Lorna etwas über ihr Spionieren zu erzählen. Sie wusste, dass Lorna dann auch den Spanner spielen wollte, und sie selbst schämte sich wegen der Schwäche, der sie nachgegeben hatte. Wie hätte sie wohl reagiert, wenn die Positionen umgekehrt wären? Wenn Max in ihr Zimmer geschaut und sie dabei beobachtet hätte, wie sie nackt auf dem Bett lag.

Vielleicht würde es mir nichts ausmachen, dachte sie, aber das liegt nur daran, dass ich so verrückt nach ihm bin.

»Männer wie Max heiraten nicht aus Liebe«, sagte Lorna im Brustton der Überzeugung. »Sie heiraten, weil sie sich eine bessere gesellschaftliche Stellung versprechen oder aus geschäftlichen Motiven, jedenfalls aus irgendeinem Grund, der ihnen irgendeinen Vorteil verschafft. Aber die Vorstellung, dass Max sich in eine Frau verknallt, ist einfach zu lächerlich. Vielleicht ist er ein verkappter Schwuler?«

»Unsinn«, sagte Elise streng. »Du bist nur frustriert, weil er sich immer noch nicht um dich bemüht hat.«

»Noch nicht«, betonte Lorna und grinste. »Aber an diesem Wochenende geht er vielleicht aus sich heraus, wenn nämlich unsere ersten Gäste kommen und er erlebt, dass ich nicht die errötende Jungfrau bin, für die er mich wahrscheinlich hält.«

»Du .... du gehörst zu den Frauen, die .... die Gäste unterhalten?« Elise war sichtlich geschockt.

»Ja«, antwortete Lorna fröhlich. »Warum denn nicht? Das Geld kann ich gut gebrauchen. Und wenn mein Boss meine Talente überprüfen will, werde ich mich, der Herausforderung stellen. Es wird mir ein Vergnügen sein.«

Elise schluckte, sagte aber nichts.

»Der formelle Empfang wird eine steife und langweilige Angelegenheit sein«, fuhr Lorna fort. »Wir stehen nur alle herum und betreiben höfliche Konversation. Aber wenn wir uns danach zur informellen Party treffen, könntest du doch dazukommen. Zieh dir was Hübsches an. Es muss eng und enthüllend sein. Vielleicht bist du danach ein paar hundert Pfund reicher.«

»Lieber bleibe ich arm«, sagte Elise spröde.

»Himmel!« rief Lorna und verdrehte die Augen. »Ich glaube tatsächlich, dass ich dich geschockt habe!«

Elise errötete. »Nein, hast du nicht.«

»Habe ich doch! Jetzt glaubst du, ich sei eine Hure.«

»Nein!«

»Kann sein, dass ich einen Mann auf der Party treffe, mit dem ich anschließend ins Bett gehe«, sagt Lorna. »Was ist daran so schlimm? Du gehst doch auch mit Blair ins Bett.«

»Das ist etwas anderes.«

»Willst du mir jetzt erzählen, dass du in ihn verliebt bist?«

»Nein«, sagte Elise. »Er ist sexy, und es macht Spaß, mit ihm zusammen zu sein, aber ich bin nicht in ihn verliebt.«

»Wenigstens das nicht«, sagte Lorna und atmete aus. »Denn du kannst hundertprozentig sicher sein, dass er nicht in dich verliebt ist. Ich will nur auf den Punkt hinaus, dass meine Freundinnen nichts anderes tun als das, was du tust. Niemand zwingt sie zu irgendetwas.

Wenn sie den Mann nicht mögen, sagen sie nein. Der Unterschied ist nur, dass sie Geld dafür bekommen, wenn sie mit ihm ins Bett gehen. Das hört sich doch sehr vernünftig an, oder nicht?«

»Ich will ihnen das nicht vorwerfen«, sagte Elise. »Aber für mich wäre es nichts.«

»Dann geht es dir nicht schlecht genug.«

Die Zeit verging so rasend schnell, dass Elise kaum dem Kalender glauben mochte, der ihr sagte, dass es Mittwoch war. Sie trat gerade aus der Dusche, als das Telefon klingelte.

»Wie wäre es mit Freitag Abend?«, fragte Blair Devlin.

»Ich kann nicht«, sagte sie mit Bedauern.

»Hast du eine andere Verabredung?« Sie wusste, dass er sie nur ein bisschen reizen wollte.

»Wir eröffnen an diesem Wochenende. Am Freitag Abend gibt es zum Empfang eine Cocktailparty, und man erwartet, dass ich mich dort sehen lasse.«

Nach einer Pause sagte Blair: »Ich verstehe.«

Sie versuchte, das Thema zu wechseln. »Ich möchte dir gern einmal die Zimmer zeigen, die ich entworfen habe. Ich glaube, der Fitnessraum würde dir gefallen.«

»Das glaube ich auch.« Jetzt klang seine Stimme wieder wärmer. »Und du würdest mir wirklich eine Führung durchs Schloss zukommen lassen?«

»Wann immer du willst«, versprach sie. »Aber wie würdest du hereinkommen? Ich möchte dich nicht dazu verleiten, dein Wort zu brechen und durch den Nebeneingang zu kommen.«

»Du könntest mich zu vielen Dingen verleiten«, sagte er, »aber dazu nicht. Glaube mir, als ich Lannsen mein Versprechen gab, war es mir ernst. Aber wenn ich einen anderen Weg ins Schloss fände, steht dann dein Angebot noch?«

»Eine Führung? Möchtest du das wirklich?« Sie dachte darüber nach. Es würde bestimmt noch mehrere Wochen dauern, bis das Schloss dauernd genutzt wurde. »Ich glaube schon, dass ich das arrangieren kann«, sagte sie. »Aber was geschieht, wenn du erwischt würdest?«

»Mr Lannsen würde sehr wütend sein«, antwortete Blair. »Vielleicht würde er sogar versuchen, mich hinauszuwerfen, aber das dürfte ein spannender Vorgang werden.«

»Ich will nicht verantwortlich sein für einen Faustkampf zwischen euch beiden«, sagte sie rasch. »Aber wenn du glaubst, dass du ungesehen ins Schloss kommen kannst, bin ich bereit, dir das Haus der Freuden auf Shilden Castle zu zeigen.«

»Abgemacht«, sagte er.

Elise legte den Hörer auf und lächelte versonnen. Es war eine hübsche Idee. Sie würde ihm gern zeigen, was aus Shilden Castle geworden war. Der Fitnessraum würde ihm bestimmt gefallen, obwohl man einige Einrichtungsgegenstände in konventionellen Betrieben kaum finden würde.

Petra Altham hielt den Fitnessraum für den originellsten von allen, und Elise musste gestehen, dass sich die hochnäsige Miss Altham einiges hatte einfallen lassen. Vibrierende Laufbänder und Massagebänke. Ketten und Seilrollen, um Gewichte zu heben, aber auf Shilden Castle dienten sie eher dazu, die Opfer in ungewöhnliche Posen zu bringen. Es gab eine ungewöhnliche Liebesschaukel und Geräte, die massierten – außen und innen. Es gab flache Paddel, die dazu benutzt werden konnten, die Blutzirkulation zu fördern – oder die erotische Erregung, das hing davon ab, auf welchen Teilen der Anatomie man sie einsetzte.

Sie zwang sich, die Richtung ihrer Gedanken zu ändern. Bisher hatte sie in den einzelnen Zimmern arbeiten können, ohne sich selbst in die möglichen Handlungen einzubeziehen, deshalb war die Arbeit auch schnell von der Hand gegangen.

Der Schusterladen beispielsweise, der mit allem denkbaren Schuhwerk eingerichtet war – einschließlich eines erhöhten Laufstegs, auf dem die Modelle die neueste Schuhmode vorführen konnten. Stiletto-Absätze oder hoch geschnürte Stiefel. Und rundherum verspiegelt, damit sich die Akteure in jeder Phase ihres Spiels betrachten konnten.

Das Fotostudio war mit Hintergrundbildern ausgestattet – man konnte sich und seine Partnerin am Strand oder in den Bergen ablichten. Es gab genug Polaroidkameras, sodass die Beteiligten ihren Spaß sofort verewigen konnten.

Das Schulzimmer würde bestimmt gern aufgesucht werden, ob als Lehrer oder als Schüler. Es gab ein paar antiquierte Schulbänke, ein Lehrerpult und natürlich den unverzichtbaren Rohrstock.

Spektakulär waren auch die einzelnen Zimmer, die einem Motto oder einer Ära zugedacht waren. Elise hatte – mit Petras Hilfe – Zimmer im Stil der Reformationszeit, der Renaissance und der viktorianischen Zeit eingerichtet. Man fand dort Kleider und Unterwäsche aus dieser Zeit, und natürlich war auch das Mobiliar echt oder mindestens originalgetreu.

Elise hatte das Gefühl, dass Blair Devlin sich in jedem dieser Zimmer gern aufgehalten hätte, aber sie war sich auch ziemlich sicher, dass er sie nie sehen würde. Auch wenn er Max Lannsen nicht das theatralische Versprechen gegeben hätte, sah sie keine Möglichkeit, wie er ins Schloss gelangen konnte, ohne gesehen zu werden.

In den ersten Tagen, als die meisten Arbeiter aus der Umgebung stammten, hätten sie ihn bestimmt gedeckt, aber von denen waren nur noch die Gärtner, die Putzfrauen und Mrs Stokes übrig. Mrs Stokes war immer noch die Chefin der Küche. Sie drohte ständig damit, ihre Kündigung einzureichen, aber bisher war das nicht geschehen.

Elise hatte das Gefühl, dass sie das auch gar nicht ernst meinte, ganz egal, was auf Shilden Castle geschah. Sie hatte den weitaus größten Teil ihres Lebens auf dem Schloss verbracht.

Seit sich herumgesprochen hatte, dass Elise mit Blair Devlin befreundet war, hatte sich Mrs Stokes' Verhalten um hundertachtzig Grad gedreht. Sie war jetzt sehr freundlich, wenn sie Elise sah. In einem Gespräch mit ihr hatte sie ihr einmal anvertraut, dass sie auf den Tag wartete, dass der ›neue Herr von Shilden auf das Schloss zurückkehrte‹ und dass sie hoffte, diesen Freudentag noch zu erleben.

Elise bezweifelte das sehr. Max Lannsen würde sich nicht vertreiben lassen.

Sechstes Kapitel

Shilden Castle war kein friedlicher Ort mehr. Junge Männer und Frauen mit südenglischen Akzenten wanderten durch die Quartiere der Angestellten, standen in Grüppchen zusammen, schwatzten und rauchten. Sie beschwerten sich über alles, über ihre Unterkunft, die Uniformen, die sie tragen sollten, über das Kaff, in dem der Hund begraben lag. Elise hielt sie für oberflächlich und nervend, und der Londoner Klatsch interessierte sie nicht mehr. Selbst die sonst so gelassene Petra schien zermürbt zu sein, je näher die Eröffnungsnacht rückte. Im Gegensatz dazu schien Lorna von dem bunten Treiben entzückt zu sein, besonders, als ein paar langbeinige Schönheiten, die so aussahen, als wären sie gerade vom Laufsteg geschritten, in ihr Büro kamen, sich küssend und umarmend begrüßten und dann Geschichten über gemeinsame Freunde und Freundinnen austauschten.

»Ist es nicht phantastisch, die kleinen und großen Skandalgeschichten zu hören?«, rief Lorna, als Elise ins Büro kam, zwei Tassen Kaffee in den Händen.

Eine atemberaubend gut aussehende schwarze Frau stand auf und lächelte Elise an. »Hallo, du musst Elise sein. Ich bin Patricia. Oder Tish. Oder Tschuna N'Gato, wenn ich meinem Ausweis glauben soll.« Sie sprach den gleichen Dialekt wie Lorna. In ihren Stöckelabsätzen war sie über eins achtzig groß. »Lorna hat mir alles über dich erzählt. Offenbar bist du es, die sie bei Laune hält. Ich meine, sonst hat diese Gegend den Charme eines Leichenschauhauses, oder?«

»Das darfst du Elise nicht sagen«, warnte Lorna. »Sie hat sich in diese Einöde verliebt. Ganz zu schweigen von einem der einheimischen Frauenhelden.«

»Du magst diese endlose Weite?« Tish schüttelte sich theatralisch. »Mir ist sie unheimlich. Ich fühle mich wohler, wenn ich Mauern und Lichter sehe.« Sie musterte Elise neugierig. »Hast du wirklich einen interessanten Mann in dieser Gegend gefunden? Ich meine, mal abgesehen von dem attraktiven Max Lannsen?«

»Einen Reitlehrer«, plapperte Lorna. »Kräftige Schenkel, Stiefel bis zu den Knien und knallenge Breeches.«

»Hört sich nach einer Menge Spaß an«, sagte Tish. »Kommt er auch zur Party?«

»Himmel, nein!« rief Lorna lachend. »Er und Max können sich nicht ausstehen.«

»Schade.« Tish sah Elise mit einem breiten Lachen an. »Aber Glück für dich. Sonst hätte ich mein Voodoo wirken lassen und ihn dir weggestohlen.«

»Du verstehst von Voodoo nicht mehr als ich«, spottete Lorna. »Du kannst nicht mal eine gescheite Tasse Kaffee brühen.«

»Zu deiner Information will ich dir mitteilen, dass ich einen verdammt guten Voodootanz hinlegen kann«, verteidigte sich Tish. »Mit Augenrollen und Brustschütteln. So ein richtiger ursprünglicher Tanz. Er öffnet Tiefen deiner Seele, die du schon für tot gehalten hast, sage ich dir.« Sie blinzelte Elise zu. »Das ist eine geeignete Methode bei älteren Herren. Wenn dein Reitlehrer Probleme hat, schicke ihn mal zu mir.«

»Tish war mal Lehrerin«, erklärte Lorna, nachdem die kräftige schwarze Frau gegangen war. »Sie hat ihren Abschluss in Oxford gemacht. Aber das Anfangsgehalt einer Lehrerin ist bescheiden, und die große Zahl der Kinder in den Klassen war einfach unerträglich. Deshalb ist sie jetzt hier. Und verdient ein Vermögen. Wenn sie dreißig ist, kann sie aufhören.« Sie lachte Elise an. »Du solltest wirklich mit auf den Wagen springen. Mit deinem Geschick und deiner Figur schlägst du wie eine Bombe ein. Denk darüber nach.«

»Ich kann wirklich nicht glauben, dass du das tust«, sagte Elise ein bisschen lauter, als sie beabsichtigt hatte.

Janine grinste. »Zweihundert Pfund, Spesen extra. Und alles, was ich dazuverdiene, kann ich behalten. Und da meinst du, ich solle es mir noch einmal überlegen?«

Als ihre Freundin an ihre Tür geklopft hatte und in einem maßgeschneiderten Kostüm eingetreten war, hatte Elise sie nicht sofort erkannt, denn die einstmals dunklen Haare waren silbrigblond geworden. Dies sollte Janine Blake sein, die sonst in weiten Pullovern und verwaschenen Jeans lebte? Diese grazile, prächtig aufgemachte Schönheit?

»Es gibt nur eins, was ich nicht verstehen kann«, fuhr Janine fort. »Warum machst du nicht mit?«

»Nun, einer der Gründe ist, dass ich ... nun ja, eine Beziehung habe.«

»Mit diesem Reitlehrer, von dem du mir erzählt hast?« Janine hob die Schultern. »Na und? Soll es eine Beziehung sein, die anhält, bis der Tod euch scheidet? Hat er dir schon einen Diamantring geschenkt? Ich habe ein gutes Gedächtnis, und du selbst hast gesagt, dass es nicht von Dauer sein sollte.«

Genau das hatte sie gesagt, erinnerte sich Elise. Zu Anfang habe ich es so gesehen. Und Blair wird es auch jetzt noch so sehen. Wir freuen uns, in der Nähe des anderen zu sein. Wir genießen die Zeit miteinander. Aber keine Verpflichtungen, keine Eifersüchteleien.

Nur – ich denke oft an ihn. Ich freue mich darauf, seine Stimme am Telefon zu hören. Er macht mich auf eine Weise an, die ich bei Ralph nie gekannt habe. Vielleicht wäre es bei Max genauso, aber es sieht nicht so aus, als könnte ich es je vergleichen.

»Du hast diesen Glanz in deinen Augen«, neckte Janine sie. »Du denkst an Sex.«

»Nein«, sagte Elise.

»Du kannst Tante Janine nicht belügen. Ich kenne dich viel zu gut.«

»Wenn du glaubst, ich würde mich an einen Fremden verkaufen, dann kennst du mich überhaupt nicht.«

»Wer spricht denn von einem Fremden?«, fragte Janine grinsend. »Du hast den ganzen Abend Zeit, ihn kennen zu lernen. Und wenn du ihn nicht magst, dann – tschüs. Aber wenn er dir gefällt, dann –«

»Wenn ich daran denke, dass du früher über nichts anderes als über deine Kunst gesprochen hast . . .«

»Aber das ist doch ein Training für meine Kunst«, wandte Janine ein. »Ich schauspielere. Dies hier . . .« – sie drehte eine Pirouette, bei der ihr Rock hochflog, so dass man ihre schwarzen Strapse sehen konnte – ». . . bin nicht ich. In Wirklichkeit bin ich immer noch deine unordentliche Freundin, die auf Flohmärkten einkauft und die gebackene Bohnen direkt aus der Dose isst.« Sie betrachtete sich kritisch im Spiegel. »Du siehst eine Frau, die so tut, als ob. Sie sieht nur zufällig so aus wie ich. Und der Auftritt an diesem Wochenende – das ist wie in einer Theaterinszenierung. Und ich werde auch dafür sorgen, dass es mir Spaß macht.«

Die Eingangshalle wurde vom goldenen warmen Schimmer erhellt, den nur Kerzenlicht bewirken kann, dabei waren es elektrische Reproduktionen. Aber die Ähnlichkeit mit echten Kerzen war so täuschend, dass die meisten Gäste glauben würden, dass überall in den Wänden und an einem großen Kronleuchter in der Mitte der Halle dicke Wachskerzen flackerten. An den Steinwänden hingen schwere Gobelins mit mittelalterlichen Motiven. Schilde füllten die Stellen zwischen den Wandteppichen. Es sah gut aus, stilvoll und elegant.

Die Gäste bedienten sich an einem Buffet, das sich vor lauter Köstlichkeiten bog. Kellner und Kellnerinnen bewegten sich lautlos zwischen ihnen und versorgten sie mit Getränken. Die Frauen waren ausnahmslos so schön, dass man sie für Models oder Stars halten konnte, nur die anwesenden Männer erreichten nicht diese Perfektion fürs Auge.

Elise beobachtete Janine in einem engen Kleid, das sich um ihre schlanke Figur schmiegte. Sie war dabei, zwei Herren mittleren Alters zu betören. Dann richtete sie ihre Aufmerksamkeit auf Tish, die einen guten Kopf größer war als die meisten Männer. Tish trug ein sehr dezentes schwarzes Kleid und um den Hals eine eng anliegende Kette mit glitzernden Steinen.

Lorna wirkte trügerisch und sittsam in einem knöchellangen Rock und einer hochgeschlossenen Bluse. Petra Altham hatte sich für ein helles Kostüm mit kurzem Rock entschieden. Das strenge Jackett hatte einen fast männlichen Schnitt, der irgendwie ihre runden Hüften unterstrich.

Elise trug das schwarze Kleid, das sie auch angezogen hatte, als sie das zweite Mal mit Blair essen gegangen war. Sie hatte ihr Haar lose hochgebunden, und nur ein paar Strähnen umrahmten ihr Gesicht. Neben den eleganten ›Gesellschafterinnen‹, die Lorna und Petra nach Shilden gebracht hatten, musste sie wie eine junge, unerfahrene Frau wirken. Das ist auch gut so, dachte sie, dann wird mir auch niemand ein anzügliches Angebot machen.

Sie mischte sich unter die Gäste, beteiligte sich an der plätschernden Unterhaltung, lächelte viel und ertappte sich dabei, dass ihr Blick immer wieder mal nach Max Lannsen suchte. Er wirkte düster und ernst wie immer in seinem dunklen Anzug, der nur durch das makellos weiße Hemd und die breiten Manschetten aufgehellt wurde. Sie hatte den starken Verdacht, dass er sich nicht wohl fühlte in dieser Gesellschaft.

»Darling, ich möchte Ihnen einen Vorschlag machen.« Elise fuhr herum, als sie Petras Stimme hörte.

»Wenn es das ist, was ich glaube, lautet die Antwort nein«, sagte Elise rasch.

»Ich bin sicher, dass es nicht das ist, was Sie glauben«, meinte Petra. »Aber es bedeutet dreihundert Pfund auf die Hand.« Sie unterbrach Elises Einwand. »Darling, hören Sie mir doch wenigstens zu. Sehen Sie den alten Knaben da drüben? Den mit der Glatze?«

Elise riss den Blick von Max Lannsen los. Sie folgte Petras Blickrichtung. »Ja.«

»Das ist George Farrow«, sagte Petra.

Elise starrte sie verständnislos an. »Soll mir der Name etwas sagen?«

»Ja, sollte er. Er hat mehr Geld, als er ausgeben kann. Und einiges davon hat er auf Shilden investiert.«

»Die Antwort lautet immer noch nein.«

»Sie haben meinen Vorschlag noch gar nicht gehört«, sagte Petra vorwurfsvoll. »Ziehen Sie keine voreiligen Schlüsse. George gehört zu den Männern, die nichts lieber tun als spannen. Erinnern Sie sich an den schmalen Gang hinter dem viktorianischen Bad, den die

Handwerker dort angelegt haben? Das war Georges Idee. Er fährt darauf ab, ein kleiner ungezogener Junge zu sein, der Ladies beim Ausziehen oder unter der Dusche zuschaut. Das ist alles. Geben Sie ihm eine kleine Schau, und Sie bekommen dreihundert Pfund.«

Elise starrte sie an und brachte keinen Ton heraus. Sie konnte es nicht glauben.

»Wieso zögern Sie noch?« fragte Petra verärgert. »Jedes meiner Mädchen würde die Chance wahrnehmen!«

»Und warum fragen Sie sie nicht?«

»Weil George Sie haben will«, fauchte Petra. Sie schien darüber wütend zu sein. »Ihm gefallen Ihre roten Haare. Und er meint, Sie sähen unschuldig aus.« Sie knipste wieder ein Lächeln an. »Wenn George happy ist, sind wir alle happy. Er hält die größten Aktienanteile an diesem Unternehmen. Ich habe ihm gesagt, dass Sie keines meiner Mädchen sind, aber er will trotzdem Sie beobachten. Sie werden nichts davon merken, Sie werden ihn nicht einmal sehen.«

»Keine versteckten Kameras?« fragte Elise. »Und ich werde später nicht herausfinden, dass ich eine viel größere Zuschauerschaft hatte?«

»Nein«, sagte Petra, und dann fügte sie scharf hinzu: »Ich habe Profis, die für mich arbeiten, Darling! Ich brauche Sie nicht. Diese kleine Einlage soll George bei Laune halten, das ist alles. Und überlegen Sie nicht mehr zu lange. George will seine Show morgen Abend haben, denn am Sonntag fährt er schon wieder nach Hause zurück.«

»Du wirst es nicht glauben!«

Lorna stürzte in Elises Zimmer, wo sie mit Janine

über den Abend plauderte. »Ich glaube es nicht! Verdammt, ich will es auch nicht glauben!«

»Wir werden es glauben«, versicherte Janine ihr. »Aber du musst es uns sagen.«

»Der wunderbare Max ist menschlich«, sagte Lorna. »Er hatte Tish zu einer privaten Vorführung in seinem Zimmer!«

»Tish?« wiederholte Janine. »Nun, dann hat er wenigstens einen guten Geschmack. Oder ein bisschen bizarr. Ich habe gehört, dass unsere Voodoopriesterin vielseitig verwendbar ist.«

»Oh, ja, das ist sie«, bestätigte Lorna, »aber das bin ich auch. Und warum hat er nicht mich ausgewählt?«

»Nun, Darling«, sagte Janine zu Elise, »jetzt ist es deine große Aufgabe herauszufinden, ob das Objekt eures Interesses im Bett was taugt. Komm, wir fragen sie.«

»Das könnte ich nie«, sagte Elise.

»Ich könnte es«, sagte Lorna, »und ich werde es auch tun.« Sie ging zur Tür, drehte sich dort noch einmal um. »Wie, kommt ihr etwa nicht mit?«

Sie fanden Tish in ihrem Zimmer und umzingelten sie wie ein Meute sensationslüsterner Klatschjournalistinnen.

»Komm schon, Tish«, begann Lorna. »Wir wollen Einzelheiten. Wie war es mit Max Lannsen im Bett?«

»Deine Schulerziehung war vergebliche Liebesmüh«, sagte Tish trocken. »Seit wann ist es schicklich, einer Lady so eine Frage zu stellen?«

»Wir stellen die Frage keiner Lady«, sagte Lorna. »Wir fragen dich.«

»Sag uns wenigstens, ob es gut war«, bat Elise.

»Wie war er bestückt?« rief Janine dazwischen.

»Also wirklich, Janine«, sagte Elise entsetzt. »Wie unanständig du dich ausdrückst!«

»Willst du mir erzählen, dass dich das nicht interessiert?« fragte Janine herausfordernd. »Dir läuft doch der Speichel schon aus dem Mund, gib's doch zu! Und ich bin auch ganz heiß auf ihn. Euer Mr Lannsen sieht verdammt interessant aus.«

»Tut mir Leid«, sagte Tish von oben herab. »Ihr müsst weiter eure lüsterne Vorstellungskraft bemühen.« Sie grinste. »Mit einem Wort – ich werde nicht tratschen.« Sie legte sich in ihrem Sessel zurück und streckte ihre langen Beine aus. »Meine Lippen sind versiegelt. Das nennt man Professionalität. Außerdem habe ich es ihm versprochen.«

»Er hat dir gesagt, du sollst nichts erzählen?« fragte Janine.

»Ja, klar.«

»Dann hat er also bizarre Vorlieben«, schloss Janine daraus.

»Ich kann euch sagen, dass ich so etwas noch nie zuvor getan habe«, behauptete Tish.

»So abartig?« Lorna war verdutzt und brannte noch mehr vor Neugier. »Ich meine, sei doch ehrlich, es gibt nichts mehr, was du noch nicht gemacht hast.«

»Nein, das stimmt nicht«, widersprach Tish. »Es gibt viele Dinge, bei denen ich meine Grenze ziehe, meine Liebe. Aber ich will euch sagen, dass mir jede Minute mit Max Lannsen unheimlich gut gefallen hat, und das Finale war einfach umwerfend. Wenn er mich um eine Wiederholung bittet, werde ich sofort einwilligen.«

»Und dies ist Ihr Kostüm.« Petra zeigte aufs Bett, wo eine komplette Garnitur viktorianischer Unterwäsche lag.

»Ich werde Stunden brauchen, um das alles auszuziehen«, klagte Elise.

»Darum geht es ja«, sagte Petra. »Es soll ruhig Stunden dauern. George wird vom Zuschauen einen Höhepunkt nach dem anderen haben. Je mehr, desto besser. Ziehen Sie sich langsam aus, das mag er besonders. Und waschen Sie sich langsam. Produzieren Sie viel Schaum, den Sie über den ganzen Körper reiben, dann drehen Sie sich in der Dusche langsam herum, dass er Sie von allen Seiten bewundern kann. Vergessen Sie nicht, wo er sitzt. Zeigen Sie ihm nicht sofort alles. Sie müssen ihn reizen.« Sie schaute Elise prüfend an.

»Ich habe zugesagt, also werde ich es tun«, sagte Elise.

Sie hatte die Nacht über Zeit gehabt, zu einer Entscheidung zu gelangen. Es hatte geholfen, dass sie von Tish und Max Lannsen gehört hatte. Sie wusste nicht, ob sie entzückt oder wahnsinnig vor Eifersucht sein sollte, als sie erfuhr dass Max Lannsen so gut war, dass er sogar eine Frau wie Tish beeindruckt hatte. Und was hatte Tish mit dem ›Finale‹ gemeint? Es hörte sich an, als hätten sie irgendeine Phantasie ausgelebt.

Sie sah ein Bild vor sich, wie Tish ihm ihren erotischen Voodootanz vorführte. Spielte Max Lannsen den Herrn, der ihr befahl, was sie zu tun hatte, bevor er sie stürmisch und gewaltig nahm? Warf er sie aufs Bett oder auf den Boden, während sie seinen Griffen zu entkommen suchte – Bemühungen, die sie schon bald einstellte, als sie seine kräftigen Stöße zu genießen begann? Oder übernahm sie von Anfang an die Kontrolle des Spiels, reizte und neckte sie ihn, befahl sie ihm, auf die Knie zu gehen und ihrem Körper zu huldigen?

Sie wollte nicht darüber nachdenken. Das Erlebnis

mit Tish hatte ihn in noch größere Ferne gerückt. Wenn er Tish so faszinierend fand, warum sollte er dann eine andere Frau wollen?

Sie versuchte, sich auf George Farrow und seine relativ unschuldigen Wünschen zu konzentrieren. Je länger sie darüber nachdachte, desto alberner schien es, sich zu verweigern. Was war schon daran, sich zuschauen zu lassen? Man hatte nicht einmal von ihr verlangt, dass sie etwas Erotisches an sich selbst vornehmen sollte – es war eher das, was sie jeden Morgen erledigte; sie zog sich aus und wusch sich. Und diesmal würde ein nicht mehr ganz junger Mann zuschauen.

Was würde Blair dazu sagen? Wahrscheinlich hätte er nichts dagegen, dachte sie. Eher würde er sich gern neben George Farrow setzen und auch zuschauen. Dabei könnten sie ihre Meinungen über meine *performance* austauschen. Blair liebte den weiblichen Körper in der Bewegung. Wahrscheinlich würde er sie sogar bitten, die Vorstellung für ihn privat zu wiederholen, aber dann würde er sich nicht mit der passiven Rolle zufrieden geben. Dieser Gedanke bestätigte Elise, dass sie George Farrow diese Vorführung bieten konnte. Sie würde sich einfach nur einreden, dass Blair Devlin hinter der Wand stand.

Sie brauchte zum Anziehen der Sachen länger, als sie geglaubt hatte. Die Wäsche war offenbar mehr aus erotischen als aus historisch korrekten Gesichtspunkten entworfen worden. Trugen die Viktorianerinnen wirklich solche Rüschen besetzten Hüfthalter unter knielangen *Pantalons*? Und solche blassen Seidenstrümpfe? Waren die Korsettstangen auch damals so angebracht, dass sie den Busen so provokativ nach oben drückten? Und wurden sie nicht im Rücken geschnürt? Ihr Korsett ließ sich vorn schnüren, was ein Glück war, sonst hätte sie sich nicht allein anziehen können. Und ausziehen, fügte sie kichernd ihren Gedanken hinzu.

Man hatte sie informiert, dass ein Licht aufblitzen würde, sobald George Farrow für sie bereit war. Als sie das viktorianische Bad betrat, war sie weniger nervös, als sie erwartet hatte. Das Zimmer war ihr vertraut, und sie wusste genau, wo George Farrow sitzen würde. Irgendwie hatte sie das Gefühl, die Kontrolle zu haben. Er würde nur sehen, was sie bereit war, ihm zu zeigen.

Sie erinnerte sich an Petras Anweisungen und ließ sich Zeit. Sie wanderte im Bad umher, betrachtete sich im Spiegel und achtete darauf, sich ihm von jeder Seite zu zeigen. Dabei bemerkte sie, dass ihre Brustwarzen über den Rand des Korsetts lugten, wenn sie die Arme hoch genug hob. Sie probierte das ein paar Mal, drehte sich zum Guckloch um, wandte sich wieder ab und nahm verspielt eine Haarsträhne zwischen Daumen und Zeigefinger.

Ich hoffe, du gerätst ins Schwitzen, dachte sie. Vielleicht platzt du ja schon, bevor ich unter die Dusche gehe. Dann wäre mein Auftritt ein voller Erfolg gewesen.

Als sie glaubte, ihn genug gereizt zu haben, öffnete sie langsam Knopf um Knopf ihres Korsetts. Sie stellte sich vor, dass Blair ihr zuschaute. Dunkle Augen? Ein ernstes Gesicht? Sie erkannte, dass sie sich nicht das Gesicht Blairs vorstellte, sondern das von Max Lannsen.

Verdammt, schon wieder dieser Mann, dachte sie wütend. Warum kann ich ihn mir nicht aus dem Kopf schlagen? Es muss daran liegen, dass er so unerreichbar scheint. Wenn ich ihn einmal im Bett hätte, würden diese albernen Tagträumereien wahrscheinlich vorbei sein.

Aber sie kam nicht gegen ihr Unterbewusstsein an, das sich wünschte, er möge da draußen sitzen und ihr zuschauen. Sie schnürte das Korsett auf und stellte ihn sich hinter dem Guckloch vor. Wie er unruhig von einem Fuß auf den anderen trat. Wie er steif wurde.

Sie ließ das Korsett auf den Boden fallen und drehte eine Pirouette. Es war viel leichter, diese Vorführung für Max Lannsen abzuliefern als für George Farrow. Sie schob die Pantalons hinunter und trat aus ihnen heraus. Jetzt trug sie nur noch die Seidenstrümpfe und ihre aufknöpfbaren Stiefel mit den flachen Absätzen.

Sie ließ sich Zeit mit den Stiefeln, stellte ein Bein auf einen Hocker und drehte sich so, dass ihr versteckter Zuschauer immer nur für ein paar Sekunden einen Blick auf das krause rote Haar zwischen ihren Schenkeln werfen konnte.

Als sie die Stiefel ausgezogen hatte, rollte sie die Strümpfe hinunter und beugte sich dabei tief vornüber, damit er ihren Hintern bewundern konnte. Für einen kurzen Augenblick öffnete sie die Schenkel ein wenig.

Sie stellte sich Max Lannsen vor, der unruhig auf seinem Stuhl herumrutschte und zunehmend verlegen wurde. Dann rief sie sich in Erinnerung, dass es der ältere George Farrow war, der ihr zuschaute, und ihre Stimmung sank.

Unter der Dusche erinnerte sie sich wieder an Petra Althams Anweisungen und seifte sich so langsam wie möglich ein. Sie bedeckte den ganzen Körper mit süß duftendem Schaum, verrieb und verteilte ihn und entblößte immer wieder einen neuen Teil ihrer Anatomie, während sie sich langsam drehte.

Wie lange soll ich das tun? fragte sie sich. Plötzlich wollte sie, dass es vorbei war. Max Lannsen unterhielt sich wahrscheinlich mit Gästen, und Lorna und ihre Freundinnen hatten bestimmt schon ihre Netze ausgeworfen, um ihn einzufangen. Würde er ihnen nachgeben? Würde er ihren geschickten Verführungskünsten widerstehen können?

Das warme Wasser fiel in Kaskaden auf sie herab. Hör auf mit deinen Träumen, sagte sie sich. Bewege dich. Du hast einen Auftrag oder hast du das vergessen?

Sie bewegte sich schlängelnd unter den Wasserstrahlen, wand sich unter den warmen Attacken, die auf Brüste und Bauch, auf Schultern und Hintern prasselten. Sie ließ die Hände über ihren Körper gleiten, streichelte ganz kurz ihre Brüste, als wollte sie die letzten Schaumreste entfernen, und durchkämmte mit gespreizten Fingern die krausen Schamhaare.

So, das muss reichen, dachte sie. Als sie aus der Dusche trat und sich mit einem riesigen weißen Frotteetuch trocken rubbelte, fand sie, dass sie George Farrow eine gute Show geboten hatte. Es war nicht schwierig gewesen. Wenn der dumme Kerl eine Wiederholung wünscht und sich dabei großzügig erweist, werde ich bereit sein!

»Beruhigen Sie sich, er wird Sie nicht vergewaltigen«, sagte Petra mit Wut im Bauch. »Warum wollen sie nicht mit ihm essen? Ich weiß, dass er das Essen in seinem Zimmer einnehmen will, aber glauben Sie wirklich, dass er seinen Ruf aufs Spiel setzen will, um etwas Albernes zu versuchen? Er hat viel zuviel Angst, seine Frau könnte etwas erfahren.«

»Ich wusste nicht, dass er verheiratet ist«, sagte Elise. »Ihre erste Reaktion war gewesen, George Farrows Einladung zu einem Essen abzulehnen. Petra versuchte nun, sie umzustimmen.

»Natürlich ist er verheiratet. Männer wie George sind immer verheiratet. Er hat zwei erwachsene Töchter. Und Sie sollen sich nur zu ihm setzen und mit ihm speisen und reden. Er wird Ihnen vielleicht Bilder seiner Enkel zeigen.«

George Farrow zeigte ihr keine Bilder seiner Enkel, aber er sprach von seiner Familie. Es war schwer zu glauben, dass dieser rundliche, kahlköpfige Mann ein Millionär war und sein Geld mit internationalen Transaktionen gemacht hatte.

Er schien an ihrer Karriere interessiert zu sein, und Elise ertappte sich dabei, dass sie ihm viel mehr von sich erzählte, als sie beabsichtigt hatte.

Erst nach dem Essen und nachdem er ihr einen Drink eingeschenkt hatte, erwähnte George Farrow das heimliche Arrangement, das er mit ihr getroffen hatte.

»Sie haben mir wirklich sehr gut gefallen«, sagte er. »Sie sind so jung, so unverdorben. Sie haben einen wunderbaren Körper und ein reizend frisches Gesicht.« Er sah sie schwärmerisch an. »Sie würden .... eh .... ich meine, wären Sie eventuell bereit, mich noch glücklicher zu machen?«

»Wenn Sie fragen, ob ich mit Ihnen schlafen würde«, sagte sie, »dann muss ich Ihnen nein sagen. Ich könnte das nicht.«

»Ich würde nichts Unübliches erwarten«, versprach er schnell. »Ich würde sehr lieb zu Ihnen sein, wie es sich für einen Gentleman gehört.«

»Nein«, beharrte sie. »Ich könnte es nicht.«

»Ich wünschte, ich wäre ein jüngerer Mann«, sagte er, versunken in Selbstmitleid.

Er sah so unglücklich aus, dass er ihr Leid tat. »Das

würde nichts daran ändern«, sagte sie ihm zum Trost. »Ich .... ich bin für so etwas nicht zu haben. Ich habe mich nur zu der Vorführung im Bad überreden lassen, weil Petra Altham mir gesagt hat, dass Sie ein bedeutender Teilhaber sind.«

»Sie hat Sie doch nicht gezwungen?« Seine Stimme klang plötzlich kalt, und sie begriff, dass George Farrow ein böser Feind sein konnte.

»Nein, nein«, versicherte sie ihm rasch. »Niemand hat mich gezwungen.«

Er beugte sich zu ihr, und sie sah an seinem Gesichtsausdruck, dass er wirklich besorgt war. »Sie hätten doch nicht zuviel Angst, um es mir zu sagen, nicht wahr? Ich dulde keine Gewalt, keine Erpressung und dergleichen Tricks, derer sich Frauen wie Petra manchmal bedienen.«

»Ich habe bereitwillig zugestimmt«, sagte sie. »Aber ich lebe in einer Beziehung mit jemandem, und wenn ich mit Ihnen ins Bett ginge, wäre das Verrat an meiner Freundschaft.«

Sie war froh, dass er diese Teilwahrheit zu akzeptieren schien.

»Sie denken doch nicht allzu schlecht von mir, nicht wahr?« Wieder hörte er sich besorgt an. »Ich möchte, dass Sie mich als Freund ansehen. Ich habe viele Kontakte in London. Auch in der Theaterwelt. Wenn Ihr Auftrag hier erfüllt ist, kann es durchaus möglich sein, dass ich Ihnen hilfreich bin.« Sein rundes Gesicht strahlte. »Sie brauchen mich nur anzurufen. Vergessen Sie das nicht.«

Obwohl Elise das Hilfsangebot von George Farrow nicht überbewerten wollte, gestand sie sich ein, dass sie den Mann mochte. Es wollte ihr nicht in den Kopf, dass jemand, der sich erlauben konnte, die teuersten Profidamen des Gewerbes zu bezahlen, es vorzog, ihr beim Ausziehen und Duschen zuzuschauen. In der Retrospektive kam ihr der ganze Vorgang sehr unschuldig vor, und beinahe hätte sie Schuldgefühle entwickelt, weil sie sein Geld genommen hatte.

Janine erzählte sie nichts von ihren Aktivitäten, als ihre Freundin sie vor ihrer Abreise nach London ausfragen wollte, wie denn ihr Wochenende verlaufen sei. Janine gab sich auch wortkarg, strahlte aber, als sie sagte, dass sie ihren Besuch auf Shilden nicht bereut habe.

Und als sie Blair Devlin in der folgenden Woche traf, sagte Elise ebenfalls kein Wort über ihr beinahe harmloses Abenteuer mit George Farrow.

Sie hatte gerade eine Reitstunde mit Penny beendet, als sie ihn über den Hof gehen sah.

Er schritt neben ihr her und fragte: »Wie war es bei eurem Empfang?«

»Sehr gut, alles ist perfekt gelaufen.«

Eines der Schulmädchen lief heran und nahm Brandysnaps Zügel. »Soll ich ihn für dich versorgen, Elise?«

»Danke.« Elise stieg ab, und das Mädchen führte Brandysnap in den Stall.

»Heißt das jetzt, dass dein Auftrag im Schloss erledigt ist?«, fragte Blair.

»Ganz und gar nicht«, antwortete Elise. »Ich muss das oberste Stockwerk des Ostflügels gestalten.«

»Sie wollen die Zimmer der alten Herren umbauen?« fragte Blair überrascht.

»Ich muss sie in Suiten verändern.«

»Lannsen hat wohl vor nichts Ehrfurcht, was?«, sagte Blair verbittert. »Diese Zimmer sind, seit ich mich erinnern kann, nie verändert worden. Jetzt werden sie auseinander gerissen, nur weil Lannsen in einer exklusiven Suite wohnen will.«

»Er wird sie nicht bewohnen«, sagte Elise. »Sie sollen für Besucher hergerichtet werden.«

»Hast du mit der Arbeit schon begonnen?«

»Nein. Ich habe zuerst einmal die Maße genommen und im Kopf einige Ideen gewälzt.«

»Ich möchte gerade den Ostflügel noch einmal sehen«, sagte Blair. »Nur noch einmal, bevor die Räume für immer verschwinden.«

»Ich habe einen Schlüssel.«

»Und du hast mir eine Führung versprochen«, erinnerte er sie.

»Stimmt. Aber glaubst du wirklich, dass du ins Schloss kommen kannst?«

»Kein Problem«, sagte er grinsend. »Ich habe meine Kontakte.«

»Es ist riskant«, gab sie zu bedenken. »Wir müssen es spät in der Nacht tun, wenn keine Gäste mehr herumlaufen. Und am liebsten, wenn Max Lannsen sich nicht im Schloss aufhält. Er hat nämlich auch einen Schlüssel zu diesen Räumen.«

»Na und?« Blair hob die Schultern. »Er wird doch nicht mitten in der Nacht durch sein Schloss geistern, oder?«

»Wahrscheinlich nicht«, murmelte Elise. Sie wollte, dass Blair die Zimmer sah. Das Schloss war Teil seines Lebens gewesen, und es war nicht fair, die Zimmer der alten Herren von Shilden Castle zu zerstören, ohne dass er die Chance hatte, sie ein letztes Mal zu sehen.

Sie nahm an, wenn Max Lannsen etwas von der heimlichen Führung erfuhr, dass sie auf der Stelle entlassen würde. Nun, ich muss sicherstellen, dass er nichts davon erfährt, dachte sie.

In der folgenden Woche ergab sich durch Zufall eine günstige Gelegenheit.

Sie wurde in Petras Büro gerufen, zu einem ›Brainstorming‹ über die zusätzliche Einrichtung des Weltall-Zimmers, wie ihr Lorna am Telefon sagte.

»Da muss noch irgendetwas passieren«, sagte Petra zu Elise. »Ganz egal, was es ist. Aber ich erwarte eine Idee von Ihnen – und möglichst schnell, damit wir Max etwas zeigen können, wenn er am Donnerstag zurückkehrt.«

Am Abend überprüfte Elise bei Lorna, ob Max wirklich verreist sei. Sie erfuhr, dass er am Nachmittag nach London gefahren war, und außerdem konnte Lorna ihr sagen, dass man die ganze Woche über keine Gäste im Hotel erwartete. Eine halbe Stunde später rief sie Blair Devlin an.

»Ich treffe dich in der Küche«, sagte er spontan. »Mrs Stokes ist immer froh, mich zu sehen.«

»Bitte, versuche, ungesehen hereinzugelangen. Es sind noch ein paar Arbeiter aus London im Schloss. Und schließlich ist Petra auch noch da.«

Er lachte. »Niemand wird mich sehen, das garantiere ich dir.«

Tatsächlich saß er zum verabredeten Zeitpunkt in der Küche und hielt einen Plausch mit Mrs Stokes. Er trug schwarze Jeans, einen schwarzen Polopullover und dunkle Leinenschuhe. Elise trug einen weiten Kaftan über ihren Jeans.

»Du siehst wie ein Terrorist aus«, neckte sie ihn. »Du brauchst nur noch eine Gesichtsvermummung.«

»Ich wollte nicht auffallen«, sagte er, stand auf und streckte sich. Die eng anliegenden Sachen betonten seine breiten Schultern und die schmalen Hüften. »Aber wenn jemand auf Streit aus ist...« Er ging in Boxerstellung und schlug ein paar Finten, die so unerwartet kamen, dass sie zusammenzuckte. »Ich bin bereit«, sagte er. »Aus der Übung, aber bereit.«

»Es sieht nicht so aus, als wärst du aus der Übung«, meinte sie.

»Oh, das war lahm«, sagte er grinsend. »Du hättest mich mal sehen sollen, als ich jung war.«

»Bitte, seien Sie vorsichtig«, sagte Mrs Stokes zu Blair. »Es wird Ärger geben, wenn man Sie sieht.«

»Sie meinen, ich bereite Elise Ärger«, sagte er. Er legte eine Hand auf Elises Schulter. »Keine Sorge, ich passe schon auf sie auf.«

»Sobald wir im Ostflügel sind, kann nicht mehr viel passieren«, sagte Elise. »Um diese Nachtzeit ist niemand mehr dort, und von den Angestellten hat niemand einen Schlüssel.«

»Was ist mit dieser Altham?«, fragte Mrs Stokes besorgt.

»Sie hat keinen Anlass, in den Ostflügel zu gehen«, meinte Elise. »Außerdem habe ich sie mit dem Auto wegfahren sehen.«

Sie traten hinaus auf den Korridor. Elise wollte vorausgehen, aber dann fiel ihr ein, dass Blair den Weg wahrscheinlich besser kannte als sie. Er wusste genau, wohin er gehen wollte.

»Es ist entsetzlich, was sie aus diesem Schloss gemacht haben«, sagte er. »Ich schätze, ich muss dankbar sein, dass sie die Außenanlagen unberührt gelassen haben, aber innen haben sie alles ruiniert.«

»Aber ich habe den Eindruck, dass innen unentwegt

etwas geändert worden ist«, wandte Elise ein. »Wir haben viele Räume gefunden, die durch eingezogene Wände aufgeteilt worden sind.«

»Das muss in der viktorianischen Zeit gemacht worden sein«, mutmaßte Blair. »Das wirst du in den Räumen der alten Herren auch finden. Ich weiß, dass sich der letzte Herr von Shilden für Fotografie interessierte, deshalb hat er sich eine Dunkelkammer einrichten lassen. Er hat das Kricketteam des Dorfes aufgenommen.«

»Dieses Foto hängt noch dort«, sagte Elise. »Und einige andere auch. Ich überlege, ob ich sie bei der neuen Gestaltung einbeziehen kann.«

Sie erreichten die Tür, die in den Ostflügel führte. Als Elise sie aufgeschlossen hatte, trat Blair ein und schritt kundig die Treppen hoch. Elise hatte eine kleine Taschenlampe mitgebracht, aber sie wusste jetzt, dass sie nicht gebraucht würde. Eines der Dinge, die sie im Norden Englands so sympathisch fand, waren die langen Sommerabende, an denen es fast bis Mitternacht hell blieb.

Auf der obersten Etage schloss sie die Zimmer der alten Herren von Shilden auf. Blair schritt schweigend durch die Zimmer; jedes einzelne hing voller Erinnerungen. Er sah wie ein Mann auf der Suche aus, dachte Elise. Er öffnete Schränke und zog Schubladen auf.

»Sie haben alles ausgeräumt«, sagte er. »Ich wette, sie haben vieles verbrannt.« Seine Stimme klang verbittert.

»Dinge, die für Lannsen und seine Rechtsberater wie nutzloses Zeug aussahen. Die mir aber viel bedeutet hätten.«

»Ich glaube nicht, dass jemand etwas verbrannt hat«, sagte Elise. »Eher nehme ich an, dass man alles in Kisten und Kasten weggepackt hat. Ich bin noch nicht dazu gekommen, mir den Inhalt der Kisten anzusehen.

Wenn ich etwas Interessantes finde, lege ich es für dich zurück.« Sie lächelte. »Max Lannsen braucht nie etwas davon zu erfahren.«

»Das wäre fein. Es geht mir um Briefe, alte Fotoalben und solche Sachen. Erinnerungen an die Vergangenheit.« Er schaute zur Tür. »Ich bin dir dankbar, dass du es ermöglicht hast, das alles noch einmal zu sehen, aber es deprimiert mich. Es ist, als ob man zurück in das Haus seiner Kindheit ginge und feststellen muss, dass alles verschwunden ist, woran man sich erinnern kann. Zeig mir etwas, was mich aufmuntert.«

»Ich bin sicher, dass ich das schaffen werde«, versprach sie. Diesmal ging sie voraus, die dunklen Korridore entlang, bis sie den Fitnessraum erreicht hatten. »Es wird dir gefallen«, sagte sie. Sie wusste, dass die Fenster verhangen waren, deshalb traute sie sich, das Licht einzuschalten.

Sie beobachtete Blairs Gesicht, als er sich im Zimmer umschaute und erkannte, dass die Geräte nur auf den ersten Blick ganz gewöhnlich aussahen.

Er trat zu den beiden ›Pferden‹ und fuhr mit der Hand über das eine, das für Frauen entworfen worden war. Er betätigte die Hebel und Griffe, die eine Reiterin in die verschiedenen erotischen Positionen rücken konnten.

»Gefällt es dir?« fragte sie.

»Phantastisch«, sagte er. »Ich möchte sehen, wie du das Ding reitest. Ich könnte dir ein paar abwechslungsreiche Reitstunden geben.« Er zog an einem Hebel. »Siehst du, wie die Steigbügel sich nach außen bewegen?« Er trat dichter an sie heran, und sie spürte seine warme Hand in ihrem Nacken. Er massierte sie zärtlich. »Wenn deine Füße in den Steigbügeln wären und ich den Hebel ziehe, gehen deine Knie weit auseinander.«

Sein Mund war dicht an ihrem Ohr. »Ich könnte unter dich gleiten und dich verwöhnen. Ich würde mir eine Menge Zeit lassen. Es würde mehr Spaß machen, als Brandysnap zu reiten. Und schau dir die Spiegel an den Wänden an! Ich könnte jede Reaktion von dir sehen.«

»Ich will dir mal was sagen«, rief sie, »du würdest mich nicht schaffen!«

»Wollen wir wetten?« Seine Hand glitt zu ihrem Kinn, zeichnete die Kontur nach und rutschte tiefer zum Ausschnitt des Kaftans. »Ihr Frauen glaubt gern, dass ihr pausenlos dranbleiben könnt, während wir Männer Erholungspausen benötigen. Aber wenn ich dich auf diesem Pferd hätte …« – er raffte den Kaftan zusammen und schob ihn hoch-, »… dann würde ich dir zeigen, was multiple Orgasmen sind.« Der Kaftan lag jetzt zusammengerafft oberhalb ihrer Brüste. Sie spürte seine massierenden Finger auf ihrer nackten Haut. »Du trägst ja gar nicht deine übliche Rüstung«, sagte er leise, während die Lippen ihre Halsbeuge küssten. »Du hast gehofft, dass wir miteinander schlafen. Gib es zu!«

»Natürlich«, sagte sie. »Aber nicht hier.«

»Warum nicht?« Er strich mit dem Daumenballen über ihre Nippel. »Dieser Raum ist geschaffen dafür. Es wäre ein Fehler, die Gelegenheit nicht zu nutzen.« Er beugte den Kopf und umfasste eine Brustwarze mit den Lippen, strich immer wieder mit der Zunge darüber. »Komm schon«, sagte er nach einer Weile, »lass uns experimentieren.«

»Ich könnte mich hier nicht entspannen«, sagte sie. »Ich habe Angst, dass jemand kommt.«

»Es wird jemand kommen«, murmelte er. »Du!« Er hatte ihre Jeans aufgeknöpft und schob sie über ihre Hüften, während seine Lippen nicht nachließen, sie zu küssen. Sie spürte, wie ihr Widerstand schwächer wurde. Sie würde nie wieder eine Chance haben, das Pferd zu benutzen. Was konnte es schon schaden, wenn sie ein bisschen mit einem Mann experimentierte, den sie erregend und attraktiv fand?

Sie war drauf und dran, ihren Gefühlen freien Lauf zu lassen, als sie hörte, wie eine Tür zuschlug. Der Schock ließ sie erstarren. Blair war so intensiv damit beschäftigt, ihr die Jeans abzustreifen, dass er nichts gehört zu haben schien.

»Hör auf«, sagte sie heiser und versuchte, die Jeans wieder hochzuziehen.

»Das meinst du doch nicht im Ernst?« Er setzte sich gegen sie zur Wehr. »Du weißt, dass du es willst. Komm!«

Jetzt konnte sie Schritte hören. »Es kommt jemand!« flüsterte sie. Sie musste den Bauch einziehen, damit sie den Reißverschluss ihrer Jeans hochziehen konnte. »Es kann nur Petra sein. Sie ist die einzige außer Lannsen, die einen Schlüssel hat. Und an den Schritten höre ich, dass sie nicht allein ist.«

»Vielleicht wollen sie gar nicht hier herein.«

»Das Risiko können wir nicht eingehen. Wahrscheinlich will sie jemandem die Attraktionen des Hotels zeigen. Wir müssen schleunigst verschwinden.«

»Wo?« Er sah sich um. Jetzt hörte er draußen Stimmen. Sie kamen näher.

»Ins Pferd«, raunte sie. »Schalte das Licht aus. Schnell!«

Das ›männliche‹ Pferd war das größere. Blair bemerkte sofort das Loch, das sich auf dem Rücken befand. »Jedenfalls werden wir nicht ersticken«, murmelte er.

Sie hörten, wie sich die Tür öffnete. Das Licht wurde

einschaltet, und einige Strahlen davon fielen auch durch das Loch im Pferderücken. Dann war Petras dominante Stimme zu vernehmen: »Okay, zieh dich aus!«

Eine schwächliche Frauenstimme gab zurück: »Ja, Madame.« Ein Hauch von französischem Akzent schwang mit.

Sie hörten, wie jemand im Zimmer umherschritt, die Absätze klackten laut auf dem Holzboden.

»Beeil dich!« Das war wieder Petras Stimme. »Brauchst du immer so lange, um dich auszuziehen, du faules Luder? Kein Wunder, dass dein Herr dich zu mir geschickt hat. Es sieht so aus, als ob du es nötig hättest.«

Sie hörten ein zischendes Geräusch, dem ein Knallen folgte und gleich darauf ein schriller Protestschrei. »Davon wirst du noch mehr zu spüren bekommen, wenn du nicht spurst«, drohte Petra. Wieder klackten die Absätze auf dem Boden, als sie wahrscheinlich um die andere Frau herumging. »Mal sehen. Diese Maschine ist für den Anfang ganz in Ordnung, denke ich. Nein!« Ihre Stimme klang scharf wie ein Peitschenhieb. »Lass die Strümpfe an! Und die Schuhe! Dein Herr sieht dich lieber, wenn du nicht ganz nackt bist. Dreh dich um, aber langsam! Ich will dich genau betrachten. Von allen Seiten.«

Es entstand eine kurze Pause. Dann hörten sie Petras schnurrende Stimme. »Ich muss schon sagen, du bist ein ausgesprochen nichts sagendes Ding. Ich kann nicht verstehen, was irgendein Mann in dir sehen soll, ganz zu schweigen von deinem vornehmen Herrn. Komm her! Stell dich vor mich!

Wieder eine Pause. »Das sollen Brüste sein? Sie sind so klein, dass man dich für einen Jungen halten könnte! Dein Herr sagt, dass er mit deinen Reaktionen nicht zufrieden ist, deshalb habe ich diese Maschine hier vorgesehen. Lege dich auf den Rücken. Die Beine dort in die Schlaufen. Stell dich nicht so dumm an ...«

Elise verschloss die Ohren. Die Stimme nervte sie mehr als das, was sie sagte. Die Maschine musste der elektrische Massagestab sein, jedenfalls dem Geräusch nach zu urteilen. Blair hatte sich umgedreht und blinzelte durch einen Schlitz im Leib des Pferdes, und offenbar törnte ihn das, was er sehen und hören konnte, an, wie Elise feststellte, als sie sich zu seinem Schoß vortastete.

Er war so sehr in die Vorführung da draußen verstrickt, dass er zusammenzuckte, als er ihre Hand spürte. Sein verhaltenes Keuchen traf glücklicherweise zusammen mit dem einsetzenden Stöhnen von Petras Partnerin.

»Das ist schon besser«, sagte Petra. »Solche Reaktion will auch dein Herr erleben, wenn er mit dir schläft. Du sollst nicht wie ein Lamm daliegen, das zur Schlachtbank geführt werden soll. Du musst für ihn tanzen. Wenn er dich hier berührt, musst du tanzen und singen! Los, ich will dich singen hören!«

Die Frau keuchte und stöhnte und versprach, gehorsam zu sein, aber Elise hatte keinen Zweifel, dass ihre Schreie unecht waren. Dies war eine Vorführung, eine Art Rollenspiel, mehr nicht. Mit echter Lust hatte das nichts zu tun.

Aber Petra Altham schien zufrieden zu sein. »Ich glaube, du hast für heute deine Lektion gelernt«, sagte sie. »Und jetzt darfst du dich bei mir bedanken. Du weißt, wie du mir zu danken hast? Du weißt, was ich will?«

»Ja, Madame«, sagte die Frau unterwürfig.

»Wenn es mir gefällt, was du tust, werde ich deinem Herrn sagen, dass du eine ausgezeichnete Schülerin gewesen bist. Das möchtest du doch, oder?« Petras

Stimme klang wieder wie das Schnurren eines Katers. »Ich lege mich also jetzt auf die Polsterbank, und du kommst zu mir und zeigst mir, wie viel du vom letzten Mal behalten hast.«

Wenn Petras geräuschvolles Stöhnen ein Maßstab für die Geschicklichkeit der Frau war, musste sie ihre Lektion wirklich gut gelernt haben. Elise spürte, wie ihre Beine einschliefen, und sie wünschte sich, dass Petra bald genug haben würde. Außerdem ärgerte es sie, dass Blair so intensiv durch den Schlitz nach außen starrte, dass er ganz vergessen zu haben schien, dass sie auch noch neben ihm kauerte.

Nach einer kleinen Ewigkeit wies Petra ihre Gespielin an, sich wieder anzuziehen, und kurz darauf wurde das Licht gelöscht, und Elise und Blair blieben in der Dunkelheit zurück. Sie hörten, wie der Schlüssel im Türschloss gedreht wurde.

»Glaubst du, dass sie noch einmal zu einer weiteren Darbietung zurückkommen?« fragte Blair.

»Das will ich nicht hoffen. Meine Beine sind eingeschlafen, und ich glaube, eine weitere Episode mit Petras Leidenschaften könnte ich nicht durchstehen.«

»Aber ich«, sagte Blair.

Sie kletterten aus dem Pferd. »Mir ist aufgefallen, dass es dir Spaß gemacht hat«, sagte Elise.

»Eine solche Show würde den meisten Männern Spaß machen«, behauptete Blair. Er streckte sich ein paar Mal und machte einige Lockerungsübungen.

»Ich kann das nicht beurteilen«, sagte sie spitz. »Schließlich habe ich auch nichts sehen können, aber die Geräusche haben mir gereicht. Ich hätte nie gedacht, dass zwei Lesbierinnen, die eine SM-Szene durchspielen, dein Ding sind. Bist du leicht abartig veranlagt, oder was?«

»Man muss nicht abartig veranlagt sein, um seinen Spaß daran zu haben, zwei Frauen dabei zuzusehen«, verteidigte er sich. »Da kannst du jeden anderen Mann fragen.«

Der Anblick, wie Blair sich streckte, und die offensichtliche Schwellung, die gegen den Reißverschluss seiner Jeans drückte, erregten Elise. »Aber es hörte sich so unecht an«, sagte sie. »Sie haben das beide nur geschauspielert, nehme ich an. Warum, glaubst du, haben sie es getan? Steht Petra auf solchen Dingen?«

»Wen schert das schon?« Er hob die Schultern und trat dann an sie heran. »Ich habe ihnen gern zugeschaut. Ich schätze, es hat was mit Macht zu tun – Macht ist erotisch. Ein Mensch kontrolliert den anderen, zwingt ihn, das zu tun, was er haben will. Ja, ich glaube, das törnt die meisten Männer an. Und das junge Mädchen hat seine Sache sehr gut gemacht, sage ich dir.«

»Ist sie besser als ich?«, fragte sie neckend.

»Das kann ich nicht wissen«, sagte er. »Dazu müsste ich ihr näher begegnen.« Er legte die Hände auf ihren Kopf und drückte ihn nach unten. »Aber in diesem Augenblick stehe ich mehr auf dich.«

»Nicht hier«, sagte sie, ließ aber zu, dass er sie auf die Knie drückte. Er zog den Reißverschluss seiner Jeans auf.

»Gerade hier«, sagte er heiser und hielt sie in Position. »Auf der Stelle. Komm, tu's.«

Elise ließ es geschehen, dass er ihren Kopf näher an sich heranzog. Ihr Verlangen nach ihm überwand die Sorge, dass Petra Altham zurückkommen und sie erwischen könnte. Sie zog seine Jeans weiter hinunter und nahm seine Erektion in den Mund, schloss ihre Lippen um die Spitze und ließ die Zunge um die Eichel kreisen.

Sie spürte, wie sein Körper zu zittern begann, und sie wusste, dass es nicht lange dauern würde. Er war zu erregt; die Szene der beiden Frauen hatte seine Nerven angespitzt.

»Ich will's dir richtig machen«, ächzte er. »Ich will das hier nicht verschwenden.« Er zog sie hoch, drückte ihren Oberkörper über eine der gepolsterten Bänke und stellte sich zwischen ihre gespreizten Beine. »Ich will tief in dir drin sein und dein Gesicht dabei sehen.«

Die Jeans hingen um ihre Knie, und gleichzeitig drückte Blair sie rücklings zur Bank, deshalb hatte sie Schwierigkeiten, ihr Gleichgewicht zu halten. Schließlich gab sie ihre Gegenwehr auf, und lachend rutschte sie auf den Boden. Blair stolperte über ihre Beine und fiel über sie.

»Hör auf zu lachen, Elise!« Er schaffte es, ein Bein von ihren Jeans zu befreien. »Das ist eine verdammt ernste Angelegenheit.«

Sie war so nass, dass er mühelos in sie hineinglitt. Sie spannte die Muskeln an und zog ihn noch tiefer in sich hinein. Er kniete über ihr und stieß mit einer Wucht zu, die aus einer Mischung von Leidenschaft und Ärger resultierte und die er nicht lange durchhalten würde. Er kam plötzlich und gewaltig, sein Körper wurde wie von einer Riesenfaust geschüttelt, und sein Gesicht verzog sich im Erleben des Orgasmus.

Sie hatte ihren Höhepunkt noch nicht erreicht, aber zu ihrer eigenen Verblüffung erkannte sie, dass es ihr jetzt darauf auch nicht ankam.

»Es tut mir Leid«, sagte er, als er sich schließlich aus ihr zurückzog. »Das war selbstsüchtig von mir.«

»Es hat mir gefallen«, sagte sie lächelnd.

»Sei nicht so rücksichtsvoll«, sagte er. »Ich habe mich

benommen wie ein Teenager, der sich nicht beherrschen kann. Du hast Besseres verdient.«

»Nun gut, dann hast du eben Wiedergutmachung zu leisten«, neckte sie ihn. »Aber zuerst müssen wir hier heraus.«

»Können wir auf dein Zimmer gehen?«

»Nein«, sagte sie. »Das kann ich nicht riskieren, weil Petra da ist. Es wird schwierig genug sein, dich ungesehen aus dem Schloss zu schmuggeln.«

»Ist es nicht«, widersprach er. »Komm, wir gehen zurück in die Küche. Ich bin sicher, dass deine Petra noch nie die Küche betreten hat.«

Elise war überrascht, dass Mrs Stokes noch auf den Beinen war. Sie sah besorgt aus.

»Mr Devlin, diese Altham ist zurückgekommen, sie hat eines dieser Londoner Flittchen bei sich. Ich bin sicher, dass sie eine von *diesen* Frauen ist.«

»Machen Sie sich keine Sorgen«, sagte Blair. »Ich gehe jetzt.« Er lächelte Mrs Stokes an. »Sie hätten nicht aufbleiben müssen. Elise hätte mir geholfen.«

»Ich bin geblieben, um Sie zu warnen«, sagte Mrs Stokes voller Ingrimm. »Ich traue dieser Altham alles zu. Sie ist genauso schlimm wie das unerträgliche Pack, das sie ins Schloss bringt. Und wenn sie eine Chance wittert, Ihnen Schwierigkeiten zu machen, dann wird sie es tun.«

»Wir werden ihr keine Gelegenheit geben«, sagte Blair. Er wandte sich an Elise. »Komm, schau dir das an.«

Er ging zu einem kleinen Raum hinter der Küche. Ein hoher Schrank war von der Wand weg geschoben worden, und dahinter sah Elise eine dunkle Öffnung.

»Das ist ein Geheimausgang«, sagte Blair grinsend. »So etwas gibt es in jedem ordentlichen Schloss.«

Elise blinzelte in die Öffnung und sah, dass grobe Treppenstufen in die Tiefe führten.

»So geheim ist der Gang gar nicht«, sagte Blair, der hinter sie getreten war. »Früher wurde die Wäsche in einem Anbau gewaschen, und dann konnten die Waschfrauen die trockene Wäsche hereinbringen, ohne dass sie bei Regen wieder nass wurde. Der alte Herr von Shilden hat den Gang zugestellt, weil er ihn für baufällig und deshalb gefährlich hielt. Aber er ist aus festem Mauerwerk. Trotzdem war es mir verboten, ihn zu benutzen. Dabei wollte ich nichts lieber, als zu erkunden, was sich alles dahinter verbirgt.«

»Und du hast dich an das Verbot gehalten?« fragte Elise verwundert.

»Er war ein ungehorsames Kind«, sage Mrs Stokes mit Nachsicht in der Stimme. »Und er hatte immer schon einen starken Willen.«

»Man kann einem Jungen nicht verbieten, einen Geheimgang zu erforschen«, sagte Blair. Er wandte sich an Elise. »Und jetzt siehst du, wie nützlich meine Neugier damals war. Der Gang führt in das Waldstück auf dem Besitz von Shilden. Von dort gelange ich leicht zur Straße. Niemand wird mich sehen. Mrs Stokes und die Gärtner sind die einzigen, die von dem Gang wissen.«

»Ist er nicht auf den Plänen eingezeichnet?«

»Nur auf den Originalen«, antwortete Blair, »aber die hat Lannsen nicht. Er glaubt, dass die Originale verloren gegangen sind. Er hat nur Kopien.«

»Und Sie werden es ihm nicht sagen, nicht wahr?« fragte Mrs Stokes beunruhigt.

Blair legte eine Hand flüchtig auf Elises Kopf. »Natürlich wird sie es nicht sagen.«

Nachdem Blair gegangen war, schob Mrs Stokes den

hohen Schrank wieder an seinen Platz und bestand darauf, für Elise eine Tasse Tee aufzuschütten.

»Ich bin froh, dass Sie uns helfen«, sagte sie. »Mr Devlin hat es verdient.«

»Ich mag ihn sehr«, sagte Elise, wenn sie auch nicht genau wusste, was Mrs Stokes meinte.

»Er sollte der Herr von Shilden sein«, sagte Mrs Stokes. »Der alte Herr hat es so gewünscht. Ich habe es ihn oft sagen hören.« Sie stellte einen Becher mit dampfendem Tee vor Elise hin. »Vielleicht hat er doch ein Testament gemacht, aber der alte Narr hielt nichts von Juristen.« Sie sah Elise eindringlich an. »Er konnte verdammt dickköpfig sein, müssen Sie wissen. Genau wie der junge Mr Devlin.«

Elise nippte am Tee und versuchte zu begreifen, was Mrs Stokes ihr erzählte.

»Er wollte nicht wahrhaben, dass er alt wurde«, fuhr Mrs Stokes fort. »Als wenn das eine Schande wäre! Er mochte ein bisschen verdreht sein, aber er war nicht senil. Er musste doch wissen, dass der junge Mr Devlin ohne Testament keine Rechte haben würde!« Sie zeigte mit einem ausgestreckten Finger auf Elise. »Lannsen hatte seine Anwälte schon hier, als der alte Herr noch nicht kalt war. Die Zimmer waren abgeschlossen, deshalb konnte niemand hinein, um nach einem Testament zu suchen. Aber wenn es eine Gerechtigkeit gibt, dann existiert es doch, und es liegt noch irgendwo da oben, und der junge Mr Devlin wird es finden.« Sie lächelte Elise an. »Oder Sie werden es für ihn finden, wenn Sie die Zimmer des alten Herrn renovieren.«

Elise hatte das Gefühl, als könnte sie an dem Tee ersticken. Obwohl Mrs Stokes ihr eine zweite Tasse anbot, weil sie offensichtlich weitererzählen wollte, musste sie weg, in ihr eigenes Zimmer.

Ihre Gedanken überschlugen sich. Warum hatte Blair ihr davon nichts erzählt? Vertraute er ihr nicht? Und noch ein Gedanke bohrte sich in ihr fest. Hatte er deshalb eine Affäre mit ihr begonnen? Erinnerungen an Ralphs hässliche Motive drängten sich ihr auf. Wurde sie schon wieder ausgenutzt?

Sie musste den ganzen nächsten Tag daran denken. Später am Abend, als sie erfolglos versucht hatte, sich von den verschiedenen Fernsehprogrammen ablenken zu lassen, wich die Niedergeschlagenheit einem kalten Ärger. Wenn Blair wollte, dass sie ein Testament für ihn suchte, dann sollte er ihr das gefälligst selbst sagen.

Sie hob den Telefonhörer ab und wählte Blairs Privatnummer.

Sie wollte sich Klarheit verschaffen. Es klingelte viermal, dann sagte Blair: »Danke für den Anruf. Ich muss unerwarteter Weise in den Süden, um mir ein paar Pferde anzusehen. Wahrscheinlich werde ich ein paar Tage weg sein. Wenn Sie Informationen über Reitstunden haben wollen, rufen Sie Julia an. Wenn Sie eine Nachricht hinterlassen wollen, sprechen Sie nach dem Piepton, dann rufe ich Sie später zurück«

Der Ton piepte laut in ihrem Ohr, und sie war versucht, ein paar unhöfliche Dinge zu sagen, aber ihr Stolz hielt sie davon ab. Warum hatte er sie nicht angerufen, bevor er zur Reise aufbrach? Und er hatte bestimmt ein Mobiltelefon, da hätte er sie auch von unterwegs anrufen können.

Aus den Augen, aus dem Sinn, dachte sie. Ich scheine dir wohl nur nützlich zu sein, wenn du jemanden brauchst, um die Zimmer zu durchsuchen, Mr Devlin. Oder wenn du Sex ohne Verpflichtungen haben willst.

»Ist Ihnen was zum Weltraum-Zimmer eingefallen?«

Petra saß Elise gegenüber, die Beine übereinander

geschlagen, und der eine Fuß wippte ungeduldig in der Luft.

»Striptease«, sagte Elise.

»Nicht sehr originell.«

»Ich denke an einen Striptease, bei dem der Mann die Kontrolle ausübt«, erklärte Elise.

»Wie soll das bei einem Striptease funktionieren?«, fragte Petra skeptisch.

»Wir setzen Licht ein«, sagte Elise. »Der Mann hat die Wahl verschiedenfarbiger Lichtstrahlen, und die Frau reagiert darauf, je nachdem, wo die Strahlen sie treffen. Er kann sie mit den Strahlen liebkosen, ihr auch leichte Schmerzen zufügen – das hängt von der Farbe des Lichtstrahls ab, den er benutzt. Die Frau müsste sich nur merken, wie sie auf welche Farbe reagieren muss. Ich bin sicher, dass es ein populäres Spiel sein könnte.« Unschuldig lächelnd fügte sie hinzu: »Ich habe gehört, dass es Männern gefällt, Macht auszuüben. Diese Show würde ihnen den Eindruck vermitteln, dass sie die Kontrolle über die Frau haben.«

»Nicht schlecht«, sagte Petra zögerlich. »Die meisten Phantasien und Spiele, die wir arrangieren, basieren auf dem Machosystem. Und Frauen fahren auch darauf ab.« Sie sah Elise neugierig an. »Die kleine Szene, die Sie für George Farrow gespielt haben, hat Ihnen doch auch Spaß gemacht, nicht wahr?«

»Im ganzen ja«, sagte Elise. »Ich hatte auch nicht das Gefühl, dass ich kontrolliert wurde.«

»Aber so war es doch«, widersprach Petra. »Sie haben das getan, was George wollte.« Sie lächelte. »Aber so schlimm war es nicht, oder?«

»Nein, ganz und gar nicht«, sagte Elise zurückhaltend. Sie hatte das Gefühl, dass Petra auf etwas ganz anderes hinaus wollte, und der nächste Satz bestätigte ihre Vermutung.

»Also würden Sie es wieder tun?«

»Wieder eine Badeszene für George Farrow?« Elise dachte kurz darüber nach. »Ja, warum nicht?«

»Nun, eigentlich ist es nicht George«, sagte Petra. »George ist nicht der einzige, der gerne den Spanner spielen möchte. Hören Sie sich die Szene an: Das Dienstmädchen betritt das Schlafzimmer der Herrin und sieht die wunderschönen Abendkleider, die für einen Ball schon herausgelegt worden sind. Sie kann nicht widerstehen, zieht sich aus und probiert die schönen Kleider an. Können Sie sich etwas Leichteres vorstellen, um ihr Gehalt aufzubessern?«

»Wer würde mir zuschauen?«

»Spielt das eine Rolle?«, fragte Petra. »Sie werden ihn doch sowieso nicht sehen.« Sie stand auf und schritt zur Tür. »Lassen Sie mich bis zum Wochenende wissen, wie Sie sich entscheiden, ich arrangiere dann alles.«

Nun, warum nicht? dachte Elise. Es tut nicht weh, wenn man angeschaut wird. Und wenn jemand mir zweihundert Pfund zahlen will für etwas, was ich jeden Abend und jeden Morgen tue, warum soll ich ihm den Gefallen nicht erweisen?

»Sie werden in dem Zimmer sein, das im Stil der dreißiger Jahre eingerichtet ist«, sagte Petra. Sie wies auf einen eingebauten Kleiderschrank. »Dort finden Sie die typische Dienstmädchentracht; Häubchen und Schürze, Seidenstrümpfe und Strapse und altmodische Schlüpfer. Sie ziehen das aus, was sie tragen, und ziehen sich frische Schlüpfer an. Dieser Mann steht auf Unterwäsche, also machen Sie schön langsam.« Sie war schon wieder an der Tür, blieb aber noch einmal stehen. »Und formen Sie einen Dutt aus Ihrem Haar, es braucht nicht allzu authentisch zu sein, darauf kommt es wahrlich nicht an. Und vergessen Sie das Make-up nicht. Sie finden alle, was Sie dazu brauchen, in der Schublade.« Sie lächelte. »Sie haben eine halbe Stunde, um sich vorzubereiten. Viel Spaß.«

Die Dienstmädchentracht erinnerte Elise an Kostüme, die auf Provinzbühnen in Volksstücken getragen wurden. Die Seidenstrümpfe und der Hüfthalter waren recht attraktiv, und sie schlüpfte ohne Mühe in die offenen Lederschuhe mit den kleinen flachen Absätzen. Die Unterhose war weit und aus Seide, trotzdem nicht sehr erotisch. Ihr heimlicher Zuschauer würde wohl anders darüber denken.

Sie hatte gedacht, es würde ihr leicht fallen, sich einem unbekannten Betrachter zu zeigen, aber sie stellte fest, dass sie ziemlich nervös war. War der Voyeur jung oder alt? Was dachte er wohl, als sie jetzt das Zimmer betrat und Überraschung mimte, als sie die Kleider auf dem Bett ausgebreitet sah? Sie hielt sich das Abendkleid vor den Körper und trat vor den Spiegel. ›Sie müssen so tun, als wollten sie es anziehen‹, hatte Petra ihr aufgetragen. ›schauen Sie sich um, ob jemand sie vielleicht dabei überraschen könnte. Wenn Sie sicher sind, dass niemand kommt, fangen Sie an, sich langsam auszuziehen. Sie wissen, wo er steht, zeigen Sie sich ihm von allen Seiten, aber immer nur kurz. Es müssen kleine, zufällige Reize sein, die ihn auf die Palme bringen.‹

Sie war jetzt bis zu den Hüften nackt und trug nur noch den weiten Schlüpfer, die Seidenstrümpfe, den Hüfthalter und die Schuhe. Und im nächsten Augenblick öffnete sich die Tür, und ein Mann trat ein.

»Runter mit der Hose!«, sagte er barsch.

Elise war so entsetzt, dass sie ihn nur benommen anstarren konnte. Der Mann war Ende Vierzig, schätzte sie, und obwohl es mit der Situation nichts zu tun hatte und sie auch nicht harmloser machte, fiel ihr auf, dass er gut aussah. Er trug einen maßgeschneiderten Anzug.

»Du weißt genau, dass du dich nicht an den Kleidern der Herrin vergreifen sollst!« Er schritt auf sie zu. »Ich werde dir richtiges Benehmen beibringen.«

Elise wich vor ihm zurück, aber der Mann reagierte mit einem wölfischen Grinsen.

»Du hast wohl Angst vor mir, was? Nun, du hast allen Grund dazu! Du weißt, dass ich dich bestrafen werde, nicht wahr? Du weißt genau, was jetzt passiert.« Er trat wieder näher an sie heran, und Elise wich weiter zurück. »Aber ich will ja nicht so sein«, sagte er. »Zieh deine Hose runter, und wenn ich deinen Hintern versohlt habe, werde ich es deiner engen Pussy besorgen. Und wenn ich dann meine, dass du es gut gemacht hast, werde ich deinen Ungehorsam aus meinem Gedächtnis streichen.«

»So war das nicht gedacht ...«, begann Elise.

»Ha!«, rief er. »Ich habe dich im Schlafzimmer deiner Herrin erwischt, wie du ihre Kleider beschmutzen wolltest, und jetzt sagst du, es wäre ...«

»Nein, nein!« sagte Elise. »Ich meine, man hat mir gesagt, Sie wollten zur zuschauen.«

»Zuschauen?« Er verzog das Gesicht zu einer hässlichen Fratze. »Was soll dieser Quatsch? Du hast einen schönen, strammen Po. Ich will mehr als nur zuschauen.« Er war mit einem raschen Schritt bei ihr und griff ihren Arm. »Mach mich nicht wütend, Mädchen!«

Elise wollte sich von ihm losreißen, aber der Griff verstärkte sich nur.

»Jetzt kriegst du kalte Füße, was? Hast du Angst, dass er zu groß für dich ist? Hast du schon von mir gehört?«

Er versuchte, sie aufs Bett zu werfen. Sie rangen miteinander. Elise ballte eine Faust und wollte seinen Kopf treffen, aber er duckte sich. Sie hob ihr Knie und rammte es hoch, aber sie traf nur seinen Hintern, denn er hatte sich rasch abgewandt. Sie lief auf die Tür zu, aber er holt sie ein und packte sie, warf sie kräftig zurück ins Zimmer. Vor dem Bett blieb sie liegen.

»Streite ruhig weiter, ja, wehr dich«, sagte er hitzig. »Das erhöht den Spaß noch.«

Er beugte sich über sie und packte den Bund des Schlüpfers. Elise gelang es, sich von ihm wegzurollen, dann war sie auf den Füßen und wieder an der Tür. Sie riss sie auf und prallte gegen jemanden, der hereinkommen wollte. In panischem Entsetzen schlug sie blindlings um sich. Zwei starke Hände hielten ihre Handgelenke fest.

»Was, zum Teufel, geht hier vor?«

Einen verwirrten Augenblick lang erkannte sie Max Lannsens Stimme nicht. Sie schaute zu ihm hoch.

»Das könnte ich Sie auch fragen«, sagte der andere Mann und ging auf Max zu. »Wir waren mittendrin in unserem Spaß …«

Lannsens dunkle Augen nahmen das Bild der fast nackten, aufgewühlten Elise auf.

»Es sieht nicht so aus, als hättet ihr beide euren Spaß gehabt«, sagte er kalt.

»Hören Sie«, sagte der Mann. »Das Mädchen führt ein Rollenspiel auf, das haben wir so ausgemacht. Sie soll vorgeben, Angst zu haben. So steht es im Manuskript.«

Lannsen schaute wieder Elise an. In seinen ernsten

Augen konnte sie keinen Ausdruck erkennen. »Stimmt das?«

»Nein«, sagte sie und spürte, wie sie heiß errötete. »Ich habe von diesem Spiel nichts gewusst. Ich hätte ihm niemals zugestimmt.«

Lannsen musterte sie leidenschaftslos, wie sie in ihrer weiten Unterhose und den weißen Seidenstrümpfen dastand, das Haar zerzaust. Sie wünschte, der Boden würde sich auftun und sie könnte in dem Loch versinken. »Wollen Sie sagen, dass Sie gegen Ihren Willen in diese Sache hineingezogen worden sind?« fragte er, die Stimme voller Sarkasmus.

»Nein«, sagte sie mit dünner Stimme.

»Und wie genau war es?«

»Man hat mir gesagt, dass jemand zuschauen würde«, sagte sie. »Es ging nur um Zuschauen.«

Lannsen wandte sich an den Mann. »Trifft das zu?«

Der Mann hob die Schultern und lächelte verlegen. »Spielt es eine Rolle, was wir ausgemacht haben? Jedes Spiel entwickelt sich nun mal anders . . .«

»Wenn man eine Abmachung getroffen hat, hält man sich daran«, sagte Lannsen. Er wandte sich an Elise. »Ziehen Sie sich an.«

Der Mann trat wütend vor. »Das können Sie doch nicht machen«, ereiferte er sich.

»Kann ich doch«, sagte Lannsen ruhig. »Wir haben strenge Regeln hier, und Sie haben heute einige davon gebrochen.«

»Sie halten wohl nur zu Ihren Frauen, was?« fauchte der Mann.

»Ich mag keine Leute, die Abmachungen nicht einhalten«, sagte Lannsen. »Wenn Sie das nächste Mal hier sind, sagen Sie vorher genau, was für Wünsche Sie haben.«

»Es wird kein nächstes Mal geben«, antwortete der Mann und schritt wütend auf die Tür zu.

Elise stieg hastig in ihre Dienstmädchentracht und bemerkte, dass ihre Hände zitterten. Sie hoffte, dass Lannsen das nicht sah. Wenn die erfahrene Tish die Art von Frau war, die er mochte, würde er sie für eine Närrin halten, dass sie soviel Aufhebens wegen dieser Lappalie machte.

Lannsen sah sie an. »Vielleicht möchten Sie mir Ihre Version des Vorfalls geben, Miss St. John?«, sagte er, und seine kalten Augen passten nicht zu den höflichen Worten.

Sie kam sich klein und dumm vor. »Es gibt keine andere Version«, sagte sie leise.

»Wer hat diese Scharade arrangiert?« wollte er wissen.

»Petra Altham«, sagte sie. »Aber ich habe nicht damit gerechnet .... ich meine, ich verstehe nicht, wie das geschehen konnte«, sagte sie und fühlte sich hundeelend. »Es tut mir Leid. Wahrscheinlich haben Sie meinetwegen einen guten Gast und viel Geld verloren.«

»Seien Sie nicht so verdammt albern!« fuhr er sie an. Verblüfft schaute sie ob des Gefühlsausbruchs zu ihm hoch. »Glauben Sie, das interessiert mich? Miss Altham hatte kein Recht, Sie mit einzubeziehen.«

»Niemand hat mich gezwungen, bei dieser Sache mitzumachen«, stellte Elise klar. Sie spürte, dass sich ein dicker Kloß in ihrer Kehle bildete. Das eben Erlebte hatte sie mehr mitgenommen, als ihr zunächst bewusst war. »Sie dürfen Petra nicht die Schuld geben.«

»Ich entscheide allein über die Schuldzuweisungen«, sagte er entschieden. »Und hören Sie auf zu weinen. Sie sind viel zu alt dazu.«

»Ich weine nicht«, sagte sie und zog die Nase hoch. »Ich komme mir so .... so albern vor.«

»Ja, es war auch sehr albern von Ihnen«, stimmte er zu. »Sie hatten Glück, dass ich früher als geplant aus London zurückgekehrt bin. Ich sah die Lichter brennen. Im Buch war für den Ostflügel nichts eingetragen, und da dachte ich …« Er brach plötzlich ab und begann dann neu: »Da wollte ich mal nachschauen. Glück für Sie.« Er betrachtete sie aus der Nähe. »Sie zittern ja am ganzen Leib«, sagte er überrascht. »Ich glaube, Sie brauchen einen Drink. Kommen Sie mit, ich besorge Ihnen einen Whisky.«

Sie folgte ihm, ohne nachzudenken und ohne darauf zu achten, in welche Richtung sie gingen. Sie war völlig verwirrt, als sie feststellte, dass sie in seinem Zimmer waren. Sie saß in seinem breiten Sessel, ein Glas Whisky in der Hand. Sie hatte noch nie etwas übrig gehabt für die hochprozentigen Sachen, aber jetzt schlürfte sie dankbar die brennende Flüssigkeit.

Er betrachtete sie kritisch. »Das hat Sie ganz schön aus der Bahn geworfen, nicht wahr?« sagte er, und sie hörte, dass seine Stimme ungewohnt sanft klang. »Bleiben Sie, bis Sie sich besser fühlen. Dann bringe ich Sie auf Ihr Zimmer zurück.«

Die ihr nicht vertraute Wärme des Whisky und der Gedanke, dass sie eben einer Situation entkommen war, die hässlich hätte enden können, übermannte Elise wie aus heiterem Himmel. Sie spürte, wie die Tränen aufquollen, und im nächsten Moment begann sie unkontrolliert zu schluchzen. Sie mochte nicht sagen, ob es aus Erleichterung war oder aus Scham, weil sie sich vor Max Lannsen wie eine dumme Gans verhalten hatte.

»Aber ich bitte Sie«, sagte Lannsen, trat auf sie zu und legte ein Hand auf ihre bebenden Schultern. »Jetzt ist es doch vorbei. Niemand wir Ihnen jetzt noch etwas tun. Es ist doch auch nichts passiert.«

»Ich weiß«, brachte sie keuchend hervor. »Ich war ja so dumm. Ich gehe jetzt. Danke für den Whisky.«

Sie erhob sich aus dem Sessel und erwartete, dass er sie hinausbegleitete. Aber er blieb auf der Stelle stehen, dicht vor ihr, nahe genug, dass sie sich hätten küssen können. Aber sie konnte nur daran denken, wie entsetzlich sie aussehen musste, in der Dienstmädchentracht, das Gesicht verweint, die Wimperntusche verlaufen.

»Es wird nicht wieder geschehen, nicht wahr?« fragte er sanft. »Sie werden nicht mehr zustimmen, bei solchen Dingen mitzumachen?«

Sie atmete tief ein, und ihr Körper wurde geschüttelt, als ein letztes Schluchzen sie durchlief. Sie spürte, dass der Whisky sie ein bisschen benommen gemacht hatte. »Nein«, sagte sie leise.

Er hob eine Hand und streichelte die Locken in ihrem Nacken, und dabei zog er sie kaum merklich an sich heran, bis ihr Kopf an seiner Brust lag. Sie spürte den weichen Stoff seines Jacketts an ihrer Wange, roch die Frische des gebügelten Hemdes und den würzigen Duft seines Rasierwassers. Und während all das auf ihre Sinne einstürmte, spürte sie plötzlich die Wärme seiner Lippen auf ihrem Mund.

Es war ein langer Kuss, zunächst behutsam und zart. Seine Zunge berührte ihre Lippen nur sehr leicht, und doch riefen die Berührungen eine Welle der Lust in ihrem Körper hervor. Als der Kuss endete, stand sie mit geschlossenen Augen da, als wartete sie, dass es weiterging. Der zweite Kuss war forscher. Er hielt ihr Gesicht fest, und seine Zunge drang tief in ihren Mund. Schließlich löste er sich von ihr.

»Ah«, sagte er mit einem Lächeln, »jetzt weinen Sie wenigstens nicht mehr.«

»Ja.«

Sie spürte, dass er die Knöpfe ihres Kleids öffnete. »Wenn Sie ›stop‹ sagen, höre ich sofort auf«, sagte er. »Ich bringe Sie dann zu Ihrem Zimmer, und wir erwähnen das hier nie mehr.«

»Nicht aufhören«, sagte sie heiser. Sie mühte sich nicht einmal zu verstehen, was eigentlich geschah. »Bitte, nicht aufhören«, sagte sie noch einmal.

Seine Hände glitten unter das Kleid, griffen zu den Brüsten. Die Finger tasteten und forschten, bis sie gegen die Brustwarzen stießen. Sie standen steif und hart hervor, und bei seiner Berührung zuckten sie erregt. Sie rang nach Luft. Er beugte sich nach hinten, und sie ließ es erwartungsvoll mit sie geschehen. Er knöpfte weiter ihr Kleid auf und zog es von ihren Schultern.

Sobald eine Brust entblößt war, beugte er sich vor und umschloss sie mit dem Mund. Seine Zunge umspielte den Nippel. Mit einer Hand streichelte er über ihren Rücken, schob dabei das Kleid immer weiter abwärts, bis er auf den Pobacken kreisende Bewegungen ausführte, die sie verrückt vor Erregung machten. Ihr ganzer Körper brannte vor Leidenschaft.

Das Kleid fiel auf den Boden. Er hob ihre Füße heraus und führte sie behutsam aufs Bett zu.

Sie ließ sich nach hinten sinken, hätte am liebsten die Augen geschlossen und sich ganz den Gefühlen hingegeben, die er in ihr auslöste. Aber sie wollte ihn sehen, wollte die Nähe seines Körpers auskosten, sich die Gefühle einprägen, die seine sanften Hände auf ihrer Haut hervorriefen.

Sein Mund koste einmal ihre Lippen, um im nächsten Moment zu ihren Brüsten zurückzukehren, und jetzt glitt er tiefer, über ihren flachen Bauch, der sich bei jedem Atemzug heftig hob und senkte, und weiter hinunter zu dem Busch roter Haare zwischen ihren Schenkeln.

Unbewusst öffnete sie die Beine ein wenig, während er sich mit der Zunge vortastete. Dann hob er seinen Oberkörper an und schaute sie mit einer solchen Intensität an, dass sie diesen Blick fast so erregend fand wie seine Berührungen. Während er sie weiter anschaute, öffnete er ihre Schenkel weiter, und seine Finger glitten über die warme, nasse Vagina.

Er beugte sich wieder hinunter und drang nun mit der Zunge in sie ein, umspielte langsam die heiße Knospe ihrer Klitoris und berührte die geschwollenen Schamlippen. Sie spürte, dass sie die Kontrolle über sich verlor, aber sie wollte, dass sie ihren Höhepunkt erlebte, wenn er tief in ihr war.

»Nein«, ächzte sie. Sie griff nach ihm und zog ihn zu sich herauf. Einen Augenblick lang glaubte sie, dass er sich sträubte, als wollte er es nicht, dann aber entspannte sich sein Körper, und er ließ sie gewähren.

Sie zog den Reißverschluss seiner Hose auf, und im nächsten Moment spürte sie ihn groß und steif in ihren Händen. Wie oft hatte sie davon geträumt, ihn zu betrachten, ihn in der Hand zu wiegen, ihn zu liebkosen, zu streicheln. Sie hatte doch immer wissen wollen, ob er ihren übertriebenen Erwartungen entsprechen würde. Aber das schien nun überhaupt nicht wichtig zu sein. Jetzt war es nur wichtig, dass er sie liebte, dass sie ihn in sich spürte, dass sie eins wurden und sich gegenseitig Erlösung verschafften.

»Jetzt«, sagte sie. »Bitte .... jetzt.«

Er drang mühelos in sie ein. Sie war nass und völlig entspannt. Seine ersten Stöße kamen fast gemächlich, als ob er sie necken wollte. Stöhnend stieß sie ihm das

Becken entgegen, um ihm mitzuteilen, dass sie es kräftiger und stürmischer erwartete. Er atmete tief ein, dann stieß er härter zu.

Ihre Finger vergruben sich in das inzwischen zerknautschte weiße Hemd, und darunter spürte sie die angespannten Muskeln in Nacken und Rücken. Sie warf sich unter ihm hin und her und hielt jedem Stoß entgegen, um ihm zu signalisieren, dass sie ihn ganz tief in sich spüren wollte.

»Nicht aufhören«, keuchte sie in nie gekannter Glückseligkeit, »bloß nicht aufhören, bitte.« Jetzt wurde auch sein Körper von der Leidenschaft durchgeschüttelt. Seine Hände packten sie, und an der Hemmungslosigkeit seiner Bewegungen erkannte sie, dass sein Höhepunkt unmittelbar bevorstehen musste. Sie wollte ihn mit ihm zusammen erleben, aber er schien sich zurückzuhalten.

»Lass mich«, murmelte sie. »Ich will, dass es dir kommt.... lass mich machen.... sperr dich nicht dagegen.«

Er kam plötzlich und mit einem Aufschrei, der seine Erlösung verkündete. Und das orgastische Zittern tief in ihrer Vulva brachte auch ihren Höhepunkt. Er war nicht so gewaltig wie seiner, aber ungemein befriedigend.

Als er sich aus ihr zurückzog, rollte er von ihr hinunter und legte sich auf den Rücken. Sie sah ihn von der Seite an, betrachtete sein Profil und prägte sich jedes Detail ein. Das volle, schwarze Haar hing ihm in der feuchten Stirn. Die dichten Augenbrauen hatten ein paar Schweißtropfen aufgefangen. Sie sah die kräftige Kontur seines ausgeprägten Kinns. Nur vom Ansehen kribbelte es in ihr schon wieder.

Plötzlich sagte er: »Ich hätte nicht geglaubt, dass es

so je wieder sein würde.« Er sagte es mit zusammengebissenen Zähnen, und es hörte sich an, als ob er sich ärgere. »Ich habe mir oft gesagt, dass mir das nie wieder passieren würde. Sex sollte für mich nur eine rasche Erleichterung sein, sonst nichts. Ich wollte nicht noch einmal in die Falle gehen.«

Er drehte sich auf die Seite. Ihre Gesichter waren nun einander zugewandt. Sie sah Schmerz, Freude und einen Anflug von Humor in seinen Augen. »Verdammt, warum musstest du auch plötzlich zu weinen anfangen?«

»Ich habe geweint, weil du mich befreit hast«, sagte sie reserviert und verunsichert. »Du hast mich aus einer vertrackten, bösen Situation gerettet. Es war ganz sicher nicht meine Absicht, dich in eine Falle zu locken.«

Er überraschte sie mit einem echt klingenden fröhlichen Lachen. »Aber so ist es dir gelungen. Die Art, wie du sprichst. Die Art, wie du aussiehst. Die Art, wie sich in dir alles aufstellt, wenn ich dich ärgere. Das ist der Grund, warum ich heute Abend in den Ostflügel gegangen bin. Ich dachte, du würdest noch arbeiten. Ich wollte mit dir reden.« Er berührte mit einer Hand ihr Gesicht, eine kleine, zärtliche Geste. »Ändere dich nicht«, sagte er. »Enttäusche mich nicht. Ich glaube, das könnte ich nicht ertragen.«

»Du musst mir eine Liste jener Dinge schreiben, die ich nicht tun darf«, sagte sie.

Er lächelte. »Schau nicht so besorgt. Es ist nicht so schwierig, meinen Erwartungen zu entsprechen. Ich möchte, dass du ehrlich zu mir bist. Ich bin sicher, dass du vorher schon einige Beziehungen gehabt hast. Versprich mir, dass du aber jetzt keine anderen mehr eingehst, solange wir zusammen sind. Und keine Darbietungen mehr für zahlende Gäste.«

»Das verspreche ich«, sagte sie.

Es war leicht zu versprechen, denn wenn sie ihn anschaute, konnte sie sich nicht vorstellen, jemals etwas anderes oder einen anderen zu wollen. Die Falle, von der er gesprochen hatte, war ihre tief empfundene Liebe …

Mit Blair Devlin hatte es Spaß gemacht, und sie musste sich eingestehen, dass der Sex mit ihm großartig gewesen war, aber sie beide hatten nie vorgehabt, eine ernsthafte Beziehung einzugehen. Sie wusste, dass er ihr hätte gefährlich werden können, aber sein Verhalten hatte das vereitelt. Die Affäre war vorbei.

Für immer.

Siebtes Kapitel

»Sie geht!« rief Lorna, ihr Gesicht hell wie die Sonne. »Gefeuert. ›Ihre Dienste werden nicht länger genötigt, Miss Altham.‹ Es ist die beste Nachricht seit Wochen!«

»Davon wusste ich ja gar nichts«, sagte Elise. »Ich habe in der letzten Zeit nicht mehr viel mit ihr zu tun gehabt – Gott sei Dank.«

»Kann sein, dass du es nicht weißt«, sagte Lorna und stellte einen Becher Kaffee vor Elise hin, »aber du warst zu einem Teil die Ursache dafür. Es sieht so aus, als hätte Petra in die eigene Tasche arbeiten wollen, denn die kleine Show, die Petra arrangiert hat, war von ihr privat organisiert worden. Sie muss wirklich eine habgierige Kuh sein, denn sie bekam ein phantastisches Gehalt. Max hat ihr die Leviten gelesen, und er muss den Vorfall auch mit George Farrow besprochen haben. George hat eine Menge zu sagen, und er hat Max wohl geraten, Petra zum Teufel zu jagen. Aber weißt du, dass Petra dir die Schuld gibt? Du hast sie dir zur Feindin gemacht, Elise, und als Feindin ist nicht mit ihr zu spaßen, denn sie ist ein hinterhältiges Luder, sage ich dir.«

»Nun, wenn sie geht, ist es mir egal«, meinte Elise und hob die Schultern. »Obwohl ich finde, dass es ziemlich drastisch ist, sie gleich zu feuern. Schließlich hatte ich der kleinen Show zugestimmt – und dann muss der Gast wohl durchgedreht sein.«

»Nun, ich nehme an, dass Petra sich mit einigen Leuten hier angelegt hat«, fuhr Lorna fort. »Und dann scheint George eine kleine Schwäche für dich zu haben.« Sie grinste anzüglich. »Du musst irgendwas für ihn getan haben, was ihm den Kopf verdreht hat, glaubst du nicht auch?« Sie lehnte sich auf ihrem Stuhl zurück. »Und er ist nicht dein einziger Verehrer, was? Für jemanden, der sich angeblich nichts aus Frauen macht, hat der wunderbare Max sich aber mächtig für dich ins Zeug gelegt, als er dich verteidigt hat.« Sie beugte sich vor, schaute die Freundin verschwörerisch an. »Komm schon, erzähle. Lass nichts aus. Hast du – oder hast du nicht?«

Elise wusste, dass es keinen Sinn hatte, Lorna etwas vorzuenthalten. Es würde nicht lange dauern, bis ihre Beziehung zu Max allgemein bekannt war. »Ja«, sagte sie.

»Und war es wunderbar?«

»Ja.«

»Also, wirklich! Schäm dich!« klagte Lorna. »Ich will mehr hören als das! Hat sich die Erde bewegt? War er ein bisschen pervers? Wie schneidet er im Vergleich zu Blair Devlin ab?«

»Es tut mir Leid, Lorna, aber .... ich möchte darüber nicht reden. Aber es war .... wunderbar.«

»Oh, mein Gott, Miss St. John«, sagte Lorna grinsend, »ich glaube fast, du bist halb verknallt.«

»Ich glaube, ich bin total verliebt«, sagte Elise leise.

»Dann viel Glück. Ich bin natürlich schrecklich eifersüchtig. Und pass auf, dass er dir nicht weh tut.«

»Jetzt kann mir nichts mehr weh tun«, sagte Elise.

»Ich hoffe, du hast Recht. Aber wenn Petra eine Gelegenheit hätte, würde sie es dir heimzahlen.«

Es war nicht Petra Altham, die ihr unruhige Gedanken bescherte, sondern Blair Devlin. Ihre kurze Zeit zusammen war schön gewesen. Sie musste zwar seit ihrem Gespräch mit Mrs Stokes glauben, dass er sie nur hatte ausnutzen wollen, um für ihn das Testament zu suchen, aber sie wollte ihn trotzdem nicht verletzen. Sie wusste nicht, wie sie die richtigen Worte finden könnte, um ihm zu sagen, dass es vorbei war.

Aber diese Unruhe in ihr schwand, als sie am Abend bei Max Lannsen in einem seiner Sessel kuschelte, ein Glas Wein neben sich auf dem Tisch.

Er saß ihr in Jeans und einem blassblauen Hemd, dessen Ärmel er hochgekrempelt hatte, gegenüber. Er war so entspannt, dass sie kaum glauben mochte, dass er derselbe in sich zurückgezogene, kurz angebundene, ernste Mensch war, dem sie damals in London begegnet war. Er schien auch jetzt nicht reden zu wollen. Er schaute sie nur an, als ob er jede Einzelheit ihres Gesichts und ihres Körpers in sich speichern wollte.

»Ich weiß so wenig über dich«, murmelte sie. »Und ich möchte alles über dich wissen.«

»Es gibt nicht viel zu berichten«, sagte er. »Ich bin der Mann, der dieses Schloss geerbt hat, bin hierher gekommen – und habe dich gefunden.« Er stand auf und ging auf sie zu, nahm ihre Hände und zog sie zu sich hoch. Er drückte sie an sich und küsste sie. Es war ein langer, zärtlicher Kuss. Der Kuss eines Liebenden. Nach ein paar Minuten sagte er: »Ich habe Glück. Es wurde aber auch Zeit.« Er küsste sie wieder, aber sie schob ihn sanft von sich weg.

»Nicht hier«, sagte sie.

»Warum nicht?«

»Ich mag nicht beobachtet werden.«

Einen Moment lang sah er sie verständnislos an. Dann bemerkte er, dass sie auf ein Porträt an der Wand schaute – es war ein großes Ölgemälde mit dem Motiv einer rabenschwarzen Frau, die auch auf allen anderen

Bildern, die im Zimmer hingen, zu sehen war. »Oh«, sagte er. »Du sprichst von Jeanette.«

»Heißt sie so?« Er nickte, rückte aber freiwillig mit keinen weiteren Erklärungen heraus. »Du musst sie sehr mögen«, murmelte sie.

Er trat einen Schritt zurück, und plötzlich war sein Gesicht wieder ernst und dunkel. »Ich habe sie geliebt«, sagte er. »Sie war meine Frau. Und bevor du weitere Fragen stellst – wir sind geschieden.«

Sie spürte, wie sich seine Hände auf ihren Schultern spannten und tief in ihr Fleisch gruben.

»Es ist vorbei«, sagte er. »Es ist schon eine lange Zeit vorbei.« Er drehte sie herum. »Wenn du die Bilder nicht ansehen magst, gehen wir ins Schlafzimmer. Dort hängen keine.« Fast ein wenig grob schob er sie durch die Tür. »Die Bilder sind Vergangenheit. Wir sind die Gegenwart.«

Sein Schlafzimmer war so spartanisch eingerichtet wie das Wohnzimmer. Sie sah nur ein schlichtes Doppelbett und einen Stuhl; der Kleiderschrank war wahrscheinlich hinter einer Wand versteckt.

Sie spürte, dass er den Knoten im Nacken löste. Ihre Haare fielen jetzt locker bis auf die Schultern. Sie wollte gern wissen, warum er so viele Porträts seiner Frau an den Wänden hatte, wenn die Ehe wirklich aus und vorbei war, aber sein Mund verschloss ihren, bevor sie eine Frage stellen konnte. Dann wanderte seine Hand über ihren Rücken, sie zeichnete eine Linie bis in die Kerbe zwischen ihren Backen und beschrieb dort viele kleine Kreise.

Sie krümmte den Rücken und schmiegte sich an ihn, bewegte das Becken und spürte die Härte seiner Erregung.

»Aufs Bett«, raunte er.

Langsam ließ er sie nieder, ohne die Umarmung zu unterbrechen. Er blieb über ihr, hockte sich mit gespreizten Knien über sie und begann, die Knöpfe des Kaftans zu öffnen, bis er die beiden Hälften zur Seite legen konnte und sie halb nackt unter ihm lag. Er beugte sich über sie, und sein Mund legte eine Spur von einer Halsbeuge zur anderen, dann von der Innenseite des linken Arms zur Innenseite des rechten Arms. Sie schloss die Augen und stieß leise lustvolle Geräusche aus.

Seine Zunge glitt leicht über einen Nippel, der sich unter der Berührung steil aufrichtete. Er saugte ihn in seinen Mund und biss zärtlich zu. Seine Hand massierte die andere Brust, wobei er mit dem Daumen über die harte pinkfarbene Knospe strich, die sich dann zusammenzog, als hätte sie ein Eigenleben.

Elise warf sich unruhig und erregt unter ihm herum, sie genoss jeden Augenblick seiner Liebkosungen und wartete gleichzeitig voller Ungeduld darauf, dass er sich nicht mehr so lange mit dem Vorgeplänkel aufhielt. Sie spürte eine Not, von ihm genommen zu werden, die fast schmerzhaft war.

Er zog am Band ihrer weiten Hose, und sie fühlte, wie der seidige Stoff ihre Schenkel entlang glitt. Seine Hände tasteten nach ihrem Slip – aber sie berührten nur nackte Haut; sie hatte auf einen Slip verzichtet, als sie sich für ihn vorbereitet hatte.

Sie hörte ihn leise lachen, und dann spürte sie seine Handflächen auf den Innenseiten ihrer Schenkel, die er leicht auseinanderdrückte. Sie sträubte sich ein wenig, nur um seine Kraft zu spüren, als er sie in eine Position zwang, die ihm einen ungestörten Blick auf die geschwollene Spitze ihrer Klitoris ermöglichte, die durch die roten Locken ihrer Haare lugte. Er hielt einen Moment inne, um sie ausgiebig zu betrachten.

Seine Finger spielten mit ihr, öffneten sie noch weiter. Und dann blieb ihr fast das Herz stehen, als sie die Wärme seines Mundes spürte. Sie schloss die Augen.

Er hielt ihre Beine gespreizt. Als die Klimax einsetzte, rüttelte sie die Intensität des Erlebens auf. Ihr Körper ruckte hoch, fast in eine sitzende Position, und sie stieß einen wilden lauten Schrei aus, ehe sie wieder zurück aufs Bett fiel, ausgelaugt und erschöpft, als hätte sie einen Dauerlauf hinter sich.

Er lächelte. Sie konnte die Schwellung seiner Erregung sehen, nach der ihre Hände jetzt griffen. Er half ihr, zog den Reißverschluss seiner Jeans auf. Ihre Hände griffen, forschten, packten, hoben auch den schweren Hodensack aus dem Stoffgefängnis heraus. Sie spürte die zuckende Kraft im harten Schaft, der in ihrer Hand lag und sich reckte.

»Ja«, sagte sie heiser und zog ihn näher heran, »ja, bitte, jetzt ...«

Sie erwartete keinen weiteren Orgasmus so kurz nach dem gerade erst abgeebbten, aber die Nähe seines Körpers, als er in sie eindrang, und der Anblick seines Gesichts so nah über ihrem erregte sie intensiver als alles, was sie bisher erlebt hatte. Unvorstellbar, dachte sie, ich könnte nur vom Anblick dieses Mannes einen Orgasmus bekommen.

Er kam mit einem Aufschrei, der ihre innersten Nerven aufwühlte. Sie hielt ihn fest umschlungen, während die gewaltigen Zuckungen seinen Körper schüttelten.

Nach einer Weile zog er sich aus ihr zurück und legte sich neben sie auf den Rücken. Seine Hand tastete nach ihrer und drückte sie kräftig.

»Ich hatte fast vergessen, wie schön es sein kann«,

sagte er. Und fügte zu ihrer Freude hinzu: »Mit der Frau, die ich liebe.«

Elise arbeitete in ihrem Büro. Draußen war der Himmel mit grauen Wolken verhangen, aber ihre Erinnerung an die vergangene Nacht ließen sie so golden wie Sonnenschein wirken. Wenn sie an Max' Aufschrei dachte, der seinen Höhepunkt begleitet hatte, oder an das beglückende Gefühl des Einsseins, als er in sie eingedrungen war, liefen kleine Schauer der Erregung über ihren Rücken. Dann klingelte das Telefon.

»Ich bin wieder da.« Blair Devlins Stimme! »Wann kann ich dich sehen? Heute Abend?«

»Nein.«

Die Art und Weise, wie sie dieses eine Wort sagte, ließ ihn ahnen, dass etwas nicht stimmte. »Morgen?«, fragte er vorsichtig.

»Nein«, wiederholte sie.

Pause. Dann: »Hat es etwas damit zu tun, dass ich weggefahren bin, ohne etwas zu sagen? Ich war in Eile. Ich weiß, dass ich keine Telefonnummer hinterlassen habe, aber ich wusste, dass es höchstens eine Woche dauern würde.«

»Es hat nichts damit zu tun«, sagte sie steif. »Es ist nur .... es ist vorbei.«

Diesmal war die Pause länger. Als er wieder sprach, klang seine Stimme kalt. »Darf ich fragen, warum?«

»Schau mal, Blair«, begann sie und atmete dann tief durch, »wir wollten beide eine Beziehung ohne jede Verpflichtung. Wir wollten unseren Spaß haben. Wir haben uns keine Versprechungen gemacht.«

»Es brauchte auch keine Versprechungen«, sagte er. »Ich dachte nur, dass wir die Gesellschaft des anderen mögen. Und ich dachte, es würde noch eine Weile anhalten. Und ich dachte auch, wir würden es beenden, wenn wir beide der Meinung sind, dass .... Nun ja, du hast offenbar andere Vorstellungen gehabt.«

Er versuchte, ihr ein Schuldgefühl zuzuschieben. »Da wir gerade von Vorstellungen sprechen«, sagte sie, Ärger in der Stimme, »welche Vorstellung hast du denn damit verbunden, dass ich für dich nach dem Testament suchen sollte?«

Wieder eine längere Pause, und als er sich dann wieder meldete, klang seine Stimme so verärgert wie ihre. »Du hast also von dieser albernen Story gehört?«

»Ist sie so albern?« fragte sie. »Mrs Stokes glaubt fest daran.«

»Sie ist die einzige«, rief er wütend. »Es gibt kein Testament. Was immer der alte Herr für mich tun wollte, er hat es nicht getan. Das habe ich längst akzeptiert.«

»Entschuldige«, sagte sie. »Vielleicht stimmt das. Aber es ändert nichts.«

»Ja, denn ich glaube nicht, dass deine Entscheidung mit einem Märchen über ein Testament zusammenhängt«, sagte er kalt. »Es hat eher etwas damit zu tun, wie du deine Zukunft gestalten willst. Du siehst deine körperlichen Vorzüge in einem anderen Licht, seit du nach Shilden gekommen bist, nicht wahr?«

Die Bitterkeit in seiner Stimme erschreckte sie. »Was willst du damit sagen?«

»Ich habe von deinem kleinen Striptease gehört«, sagte er. »Deine Freundin Lorna plappert gerne, und Penny natürlich auch. Ich bin ein ziemlich weltoffener Mann, aber ich habe den Eindruck, dass es nicht lange gedauert hat, bis die Gier nach Geld dich verführt hat.« Er fügte schneidend hinzu: »Nun, ich werfe dir nichts vor, mein Schatz. Warum soll man es kostenlos tun, wenn man dafür Geld bekommen kann?«

»Das«, sagte sie keuchend, »ist eine ganz hässliche Bemerkung. Das ist widerlich!«

»Ach?« Er lachte verbittert auf. »Mag sein. Aber es ist doch die Wahrheit, oder? Danke, dass du mir den Laufpass gibst. Ich hätte dich auch nicht gern mit einer Meute zahlender Kundschaft geteilt. Deine Abende werden von jetzt an ziemlich ausgebucht sein, was? Viel Glück, wenn es das ist, was du vom Leben haben willst. Good bye.«

Er knallte den Hörer auf.

Hätte ich Blair die Wahrheit sagen sollen? fragte sich Elise. Er würde sie sowieso bald erfahren, wenn Lorna wieder mit Penny klatschte. So wollte ich es eigentlich nicht haben, dachte sie, aber nichts hatte sich so entwickelt, wie sie es erwartet hatte.

Habe ich je erwartet, dass ich einmal hier sitzen und darauf warten würde, dass Max Lannsen mir einen Drink einschenkt? Dass ich darauf warte, dass er mich mit diesem seltsamen Blick ansieht, der dem Beginn des Liebesspiels vorausgeht?

Sie schaute auf den breiten Rücken ihres Geliebten, auf die langen, leicht gespreizten Beine, auf den attraktiven, knackigen Hintern. Ich habe Ralph schon gern angeschaut, und auch Blair, dachte sie, aber niemals habe ich mich so intensiv sexy gefühlt wie beim Anblick dieses Mannes, von dem ich so gut wie nichts weiß. Nur, dass er einmal mit einer sehr schönen Frau verheiratet war, was aber vorbei ist. Sagt er wenigstens.

Ihre Blicke streiften über die Wände. Mehrere Ölgemälde, einige Bleistiftskizzen, eine zarte Zeichnung in Wasserfarben, zwei Akte als Kohlezeichnungen. Auch wenn sie zugeben musste, dass es die Arbeiten eines talentierten Künstlers waren und das Modell eine schöne Frau war, so war es doch seltsam, warum er so viele Erinnerungen an seine Ex-Frau in seinem Wohnzimmer hängen hatte.

Sie wandte den Blick ab und bemerkte, dass Lannsens dunkle Augen sie beobachteten.

»Du warst meilenweit weg«, sagte er. Er reichte ihr ein Glas Wein. »Woran hast du gedacht?«

»Ich möchte mit dir das tun, was du mit Tish gemacht hast«, improvisierte sie rasch – und unwahr war es auch nicht.

Er sah sie mit einem Lächeln an. »Bist du sicher? Ich wollte vorschlagen, wenn du deinen Wein getrunken hast, würde ich dich langsam ausziehen, und dann wollte ich herausfinden, welche Stellen deines Körpers du am liebsten berührt haben willst, und wie, und dann ...«

»... dann wirst du das mit mir tun, was du mit Tish gemacht hast?« unterbrach sie ihn.

»Es könnte dir nicht gefallen.«

»Ich will's versuchen«, sagte Elise. »Ihr hat es gefallen.«

»Wie schmeichelhaft«, murmelte er.

Er schritt zur Tür, hielt inne und drehte sich um. »Bist du sicher, dass du es tun willst? Ich möchte nicht, dass du mittendrin aufhören willst. Das würde nur Verstimmung bringen.«

»Alles, was Tish kann, kann ich auch«, behauptete Elise fest und wünschte, dass es wahr wäre.

Sein Lächeln schwand. »Dann zieh dich aus«, sagte er kalt. »Ich hole die Sachen.«

Sie stand in der Zimmermitte, zog sich aus, und plötzlich schoss ihr der Gedanke durch den Kopf, ob sie etwas falsch gemacht hatte. Welche Sachen holte er? Vielleicht hatte Tish einige sehr bizarre Vorlieben. Vielleicht hatte sie deshalb die Nacht mit ihm so genossen.

Als Max zurück ins Zimmer trat, schien er nur einen großen Schreibblock bei sich zu haben.

Sie stand immer noch in der Zimmermitte und fühlte sich nervös und verletzlich. Er betrachtete sie kritisch, und sie fand, dass nicht nur sexuelles Verlangen in seinen Blicken lag.

»Setz dich auf den Boden«, sagte er. Er ging wieder ins Schlafzimmer und kam mit einem Stuhl zurück, dessen Rückenlehne hoch und gerade war. Elise stand immer noch. »Verdammt«, sagte er ungeduldig, »du stehst ja immer noch da. Setz dich endlich.«

Sie setzte sich, und er schritt um sie herum. »Zieh ein Bein an«, sagte er, »und lege deine Arme um das Bein. Jetzt lege den Kopf aufs Knie. Ist das bequem so?«

»Nicht sehr«, gab sie zu.

»Schade für dich.« Er setzte sich auf den Stuhl und öffnete den Block, nahm einen Bleistift aus der Tasche und begann zu zeichnen. Sie bewegte den Kopf, um ihn anzuschauen. »Hör auf zu zappeln«, murmelte er. »Du darfst dich nicht bewegen.«

»Wie lange?« fragte sie. Ihre Nase juckte, und wahrscheinlich würde sie bald niesen müssen.

»Solange es dauert.« Seine Hand bewegte sich zügig über dem Zeichenpapier. »Denk dran, dass du es warst, die das unbedingt haben wollte.«

»Und dies hast du mit Tish gemacht?« Sie konnte es kaum glauben.

»Ja«, sagte er. »Und sie war sehr gut. Ein wunderschöner Körper, herrliche Konturen. Und sie hat keinen Muskel bewegt.« Er schaute Elise an, die wieder unbehaglich herumrutschte. »Im Gegensatz zu dir.«

»Aber sie hat gesagt, es hätte ihr wahnsinnigen Spaß gemacht!«

»Warum sollte es ihr keinen Spaß machen?« fragte er. »Sie war mit dem Ergebnis sehr zufrieden.«

Elise fragte plötzlich: »Und diese Porträts – hast du sie alle gemacht?«

»Ja.«

»Sie sind wunderschön. Du musst ein großartiger Künstler sein.«

»Überrascht dich das?«

»Nun ja, ich hatte keine Ahnung, dass du auch auf diesem Gebiet ein Künstler bist«, neckte sie ihn, wurde dann aber wieder ernst. »Hast du schon viele Bilder verkauft?«

»Ich hatte nie viel zu verkaufen«, sagte er. »Mein Vater hasste die Vorstellung, dass ich mein Geld als Maler verdienen könnte. Für ihn war das kein männlicher Beruf. Deshalb bin ich zur Armee gegangen, wo ich lernen musste, Menschen zu töten. Ich blieb dabei, bis ich Jeanette kennen lernte. Sie wollte keine Soldatenfrau sein, aber sie wollte auch nicht die Frau eines am Hungertuch nagenden Künstlers sein. Deshalb bin ich Geschäftsmann geworden.

Auch das habe ich gut gemacht und viel Geld verdient. Und Jeanette hat es mit Freuden ausgegeben.« Dann: »Das meiste hat sie mit ihren Liebhabern durchgebracht.« Nach einer Pause: »Alle wussten es, nur ich nicht. Ich war zu sehr in sie verliebt.«

»Und dann hast du dich scheiden lassen?«

»Nach einiger Zeit.«

»Aber du behältst ihre Porträts?« fragte Elise. »Wollte Jeanette sie nicht haben?«

»Ich dachte, ich sollte meine eigenen Arbeiten behalten.« Er seufzte. »Ich überließ Jeanette alles, was sie haben wollte. Ich dachte, wenn ich alle ihre Forderungen erfüllte, würde ich sie vielleicht zurückgewinnen. Sie hat alles genommen.«

Er stand plötzlich auf und legte den Zeichenblock hin. Er trat ans Fenster. Sie wurde an ihre erste Begegnung erinnert, eine dunkle Silhouette am Fenster. »Sie hat mir alles genommen«, wiederholte er, »einschließlich meines Vertrauens in Frauen.«

»Und es ist jetzt zurückgekommen?« fragte sie leise.

Er wandte sich ihr zu und lächelte. »Zum Teil«, sagte er. Er ging zu ihr. »Das hast du bewirkt.« Sie kniete vor ihm. Er legte seine Hände auf ihren Kopf. »Ich hätte nicht geglaubt, dass ich je wieder soviel für eine Frau empfinden könnte. Oder dass ich überhaupt noch einmal einer Frau vertrauen würde. Ich habe eine Mauer um mich herum aufgebaut. Wenn eine Frau zeigte, dass sie Interesse an mir hatte, habe ich sie gewöhnlich ignoriert. Manchmal habe ich sie auch benutzt und dann zur Seite geschoben. Und immer habe ich gehofft, dass ich sie damit verletze. Ich war verletzt worden, und also wollte ich auch verletzen.« Er zog sie näher an sich. »Bis ich dich kennen lernte.«

»Liebe auf den ersten Blick?« fragte sie und lächelte ihn an.

»Nein«, sagte er. »Aber ich fand dich anziehend. Besonders, nachdem du mich das erste Mal zurück gewiesen hast. Erinnerst du dich? Es war, als ich dir das Schloss zeigte.«

»Natürlich erinnere ich mich«, sagte sie.

»Was hast du von mir gedacht?«

»Ich hätte mir gewünscht, dass du mich auf der Stelle genommen hättest.«

Er lachte. »Ich habe immer an dich denken müssen. Ich habe von dir geträumt.«

»Was habe ich in deinen Träumen getan?«

»In einem meiner Lieblingsträume kniest du vor mir«, sagte er. »Nackt. Du bist eine Sklavin, die ich kaufen möchte. Vorher hatte ich dich schon ausgezogen und deinen Körper betrachtet. Das war der erste Teil der Prozedur. Der zweite Teil besteht darin, dich beim Sex kennen zu lernen. Ich stehe also vor dir und gebe dir genaue Anweisungen.«

Sie sah, dass seine Erektion gegen den Reißverschluss der Jeans drückte. »Welche Anweisungen?«, fragte sie heiser.

»Zum Beispiel .... zeige mir, was deine Lippen vermögen!« Seine Stimme klang rau vor Erregung.

Sie zog den Reißverschluss auf und wog die Hoden in ihrer Hand, streichelte sanft darüber, während sie die Penisspitze zwischen die Lippen nahm. Dann glitten ihre Lippen am Schaft entlang und befeuchteten ihn mit ihrem Speichel. Sie spürte, wie Schauer seinen Körper durchliefen, und sie wusste, dass es nicht lange dauern würde, bis er sein Ziel erreicht hatte. Sie wollte es hinauszögern, aber er kam fast sofort.

Er wurde so heftig vom Orgasmus geschüttelt, dass er sich an ihrem Kopf festhalten musste, um nicht die Balance zu verlieren. Sie hörte ihn einmal aufstöhnen, ein lang gezogener Laut, der tief aus seiner Kehle drang und in einem Seufzer endete.

»Habe ich den Test bestanden?« Sie schaute zu ihm hoch und lächelte. »Wirst du mich kaufen?«

Er fuhr mit den Fingern durch ihre Haare. »Noch nicht«, sagte er lächelnd. »Ich bin schwer zufrieden zu stellen. Es gibt noch eine Reihe anderer Geschicklichkeiten, die ich zuerst testen will.«

»Max ist nach London gefahren«, sagte Lorna und sah Elise überrascht an. »Ich dachte, du wüsstest das.«

Elise starrte sie an. »Er hat mir kein Wort davon gesagt. Wann ist er gefahren?«

»Etwa vor einer Stunde.« Lorna sah unbehaglich drein. »Ich hatte den Eindruck, dass er wütend war. Ich dachte schon, ihr hättet euch gestritten.«

Elise hatte am vergangenen Tag über den Entwürfen für den Striptease im Weltall-Zimmer gesessen, die sie jetzt abgeschlossen hatte. Am Nachmittag hatte sie an den Plänen für die Umgestaltung der Räume des alten Herrn gearbeitet. Sie fühlte sich wohl in der sonnigen, komfortablen, wenn auch ein wenig verstaubten Wohnung.

Es ist ein großartiges Leben, dachte sie. Ich kann den Tag hier oben verbringen, und es gibt keine Petra Altham mehr, die mich schikanieren kann, und die Nacht verbringe ich bei Max, wir reden über Kunst und Theater, hören Musik und werden nicht müde, uns zu lieben.

»Hat er denn gar nichts gesagt?« fragte sie Lorna. »Hast du keine Ahnung, warum er plötzlich nach London musste?«

Lorna druckste herum. »Ich weiß nicht mehr als du. Am Morgen, als er mit mir über deine Entwürfe für den Striptease gesprochen hat, war er noch guter Dinge. Dann traf die Post ein. Da war ein kleines Paket dabei. Damit ist er aus dem Zimmer gestürmt, und danach habe ich ihn nicht mehr gesehen. Er hat mich danach nur kurz angerufen und gesagt, dass er wegwill. Und dann hörte ich auch schon den Motor seines Wagens.«

Nach drei Tagen war Elise verzweifelt. Alle ihre Versuche, Max Lannsen telefonisch zu erreichen, waren ergebnislos geblieben. Sie hatte keine Ahnung, wo er sich aufhielt, bei wem er wohnte. Lornas Kolleginnen in London konnten auch nicht helfen. Sie sagten, dass Mr Lannsen seit einigen Monaten nur eine offizielle Telefonnummer hatte, und das war die Nummer von Shilden Castle. Wenn er sich dort nicht aufhielt und keine Angaben über seinen Verbleib hinterlassen hatte, wollte er offenbar nicht, dass man Kontakt mit ihm aufnahm.

Elise weinte sich in den Schlaf, und tagsüber ging sie mit verweinten Augen ihrer Arbeit nach. Am vierten Tag kam Lorna in ihr Büro und stellte einen Becher Kaffee vor sie hin.

»Trink«, sagte Lorna. »Ich habe einen Schuss Whisky zugegeben.«

»Ich will nicht.«

»Trink«, sagte sie, »danach sage ich dir meine Neuigkeiten.«

»Hast du herausgefunden, wo Max ist?«, fragte Elise voller Hoffnung.

»Nein«, antwortete Lorna. »Aber ich habe einen Verdacht.« Sie sah zu, wie Elise am Kaffee nippte. »Ich habe meine Kontakte spielen lassen. Das Paket, das Max an dem Morgen mit der Post erhielt, stammte von Petra Altham.«

Elise starrte sie mit großen Augen an. »Wie hast du das herausgefunden?«

»Das spielt doch keine Rolle«, sagte Lorna. »Das Paket kam jedenfalls von Petra. Und ich wette, was auch immer im Paket war, es bedeutet nichts Gutes für dich. Erinnerst du dich, dass ich dich gewarnt habe? Petra ist ein gemeines Luder. Sie hat sich auf die wirkungsvollste Weise gerächt, die ihr einfiel – sie will einen Keil zwischen dich und Max treiben.«

»Aber wie? Was könnte Petra ihm schicken, was mich in Max' Augen herabsetzen würde?«

»Ich habe absolut keine Ahnung«, sagte Lorna. Sie lächelte. »Vielleicht solltest du nach London fahren, um das selbst herauszufinden.«

Als sie am Abend in London eintraf, war Elise so angespannt vor Sorge und Verzweiflung, dass sie trotz der Erschöpfung von der langen Fahrt beschloss, gleich zu Petras Haus zu fahren. Es lag völlig im Dunkeln. Sie parkte ihren Wagen gegenüber und richtete sich auf ein längeres Warten ein.

Schließlich fuhr ein Taxi vor, aus dem Petra ausstieg. Sie trug ein figurbetontes Kleid und Schuhe mit hohen Absätzen. Ein breites Band glitzerte an ihrem Hals. Den Pelzmantel hatte sie locker um die Schultern gelegt. Auf dem Weg zur Treppe schien sie ein bisschen zu schwanken. Elise ließ ihr Zeit, drinnen das Licht einzuschalten, dann stieg sie aus, lief über die Straße und klingelte.

»Dixie, bist du das?«, rief Petra von drinnen. Die Worte kamen schleppend heraus. »Baby, ich bin zu müde für irgendwelche Späße.« Sie öffnete die Tür und sah Elise vor sich. Einen Augenblick lang war sie verwirrt. Elise trat an ihr vorbei, stieß gegen Petra, die fast das Gleichgewicht verloren hätte, und war im nächsten Moment im Haus.

Petras grell geschminkter Mund verzog sich. »Verdammt, was willst du denn?«

»Eine Erklärung.«

Petra hatte sich rasch wieder gefangen. »Du bist diejenige, die einiges zu erklären hätte. Denn du hast dich wegen einer blöden Lappalie wie eine Jungfrau angestellt, und das hat mich den Job gekostet.«

»Du hast den Job nicht meinetwegen verloren«, gab Elise ebenso aggressiv zurück. »Du bist gefeuert worden, weil du ein bisschen zu geldgierig warst.« Sie trat auf Petra zu. »Ich will nur wissen, was du Max vor ein paar Tagen geschickt hast.«

»Oh, das ist es!« rief Petra schadenfroh und lachte rau. »Maxie hat mein kleines Geschenk schon erhalten. Und wie hat es ihm gefallen?«

»Wenn ich wüsste, wo er wäre, würde ich ihn fragen«, sagte Elise.

»Ach? Er ist durchgebrannt?« Petra grinste anzüglich. »Na ja, das habe ich mir gedacht. Wenn er erst einmal entdeckt, was für ein durchtriebenes falsches Luder du bist, haut er in den Sack, habe ich mir gedacht.«

Elises Hand schnellte vor und packte Petras Kleid über den Brüsten. »Ich will wissen, was du ihm geschickt hast«, sagte sie, scheinbar ruhig, »sonst breche ich dir die Nase. Und das wäre nur der Anfang.«

»Du kommst dir wohl verdammt stark und tapfer vor, was?« sagte Petra voller Häme. »Wenn du mir auch nur ein Haar krümmst, werde ich einige meiner Freunde zu dir schicken, und die werden dir viel mehr brechen als nur die Nase, und darauf kannst du dich verlassen.« Sie grinste. »Diese Sache ist eine Nummer zu groß für dich. Warum gehst du nicht einfach nach Hause und vergisst das alles?«

Elise lockerte den Griff. Sie hatte das unbehagliche Gefühl, dass Petras Drohung nicht nur aus hohler Luft bestand. Das gedämpfte Licht glitzerte auf Petras diamantenem Halsband. Elise berührte es mit der Fingerspitze.

»Sehr hübsch«, sagte sie. »Du magst solche hübschen Sachen, nicht wahr? Ein gemütliches, kleines Haus, einen dicken Mercedes, Schmuck und elegante Kleider. Um sich solche hübschen Sachen erlauben zu können, braucht man Geld. Und um Geld zu verdienen, braucht man einen Job.«

Petra schaute sie verunsichert an. Sie wusste nicht, worauf Elise hinauswollte.

»Wir beide wissen, in welchem Gewerbe du tätig bist. Was geschieht wohl, wenn deine Kontaktpersonen plötzlich nicht mehr anrufen und zur Konkurrenz gehen?«

»Wenn diese hochnäsige Schlampe auf Shilden glaubt, dass sie mir die Kunden wegschnappen kann, hat sie sich in den Finger geschnitten«, sagte Petra, aber ihr Lächeln war gewichen. »Das kannst du ihr getrost ausrichten.«

Elise wusste, dass sie einen wunden Punkt angeschnitten hatte. Sie wollte die Kerbe vertiefen. »Was geschieht wohl, wenn sich herumspricht, dass es mit deiner Diskretion nicht sehr gut bestellt ist?« fragte sie.

»Ich bin verdammt diskret!« fauchte Petra.

»Gerüchte machen schnell die Runde«, sagte Elise. »Besonders die schlüpfrigen.«

»Wer würde dir schon glauben?« Petra lachte höhnisch. »Einer aufgedonnerten kleinen Designerin, die sich durch die Betten schläft?«

Aber Elise meinte, dass sie einen Anflug von Nervosität in Petras Stimme entdeckt hatte. »Kannst du es dir leisten, es darauf ankommen zu lassen?« fragte sie zuckersüß. »Auf Shilden hast du kaum Freunde zurückgelassen. Du hast mich ein falsches Luder genannt, und damit hast du den Nagel auf den Kopf getroffen. Ich kann das durchtriebenste Luder sein, das du dir vorstellen kannst. Man braucht mich nur zu reizen.«

»Ich habe es dir doch gerade gesagt, Darling«, sagte Petra. »Ich habe einige Freunde, denen du lieber nicht begegnen solltest. Willst du trotzdem wegen deines kaputten Freundes das Risiko eingehen?«

»Wenn mir etwas zustößt, wissen genug Freunde von mir, wo sie die Schuldige suchen müssen«, gab Elise zurück.

»Hör mir gut zu, kleine Miss Rühr-mich-nicht-an«, sagte Petra wütend. »Ich hab' mir nichts vorzuwerfen. Ich habe meinen Job auf Shilden ernst genommen, aber du hast ihn mir gründlich verdorben. Deshalb habe ich deinem kaputten Freund ein paar hübsche Bildchen geschickt. Laufende Bilder. Sie wurden im Fitnessraum aufgenommen. Erinnerst du dich daran?« Ihr Mund verzog sich zu einem bösen Grinsen. »Ich hatte eine Kamera eingestellt, weil ich selbst einen kleinen Film machen wollte. Für einen Freund von mir. Ich hatte vergessen, den Film nach der Vorstellung abzuschalten, und auf der Kassette war noch genug Platz. Als ich sie zurückspulte, sah ich dich und deinen sexy Reitlehrer. He, ihr habt eine Menge Spaß gehabt, was?«

Deshalb hatte sich Petras Lehrstunde mit dem Mädchen so theatralisch angehört, dachte Elise. Sie wollte einen Pornofilm aufnehmen. Wahrscheinlich handelte es sich um einen Privatkunden von ihr, der ihr das Machwerk gut bezahlte.

»Ich dachte, es würde Maxie gefallen, dich in Aktion zu sehen«, schniefte Petra. »Obwohl ich nicht glaube, dass er darauf abfährt, sich Sexfilme anzuschauen. Was Frauen angeht, hat er einige wundersame Vorstellungen. Ich glaube, er hätte uns am liebsten mit Flügeln und Heiligenscheinen gesehen. Mein kleiner Film hat ihm wahrscheinlich gezeigt, dass du nicht ganz so vollkommen bist, wie er es gehofft hat. Du bist auch nur eine weitere Frau, die ihn hintergangen hat, genau wie seine Ex-Frau. Es überrascht mich also nicht, dass er abgehauen ist.«

Auf eine Art war Elise froh über Petras Erklärung. Ein Missverständnis konnte zurechtgerückt werden – aber dafür musste sie Max Lannsen finden. Sie wusste, dass er nicht auf Shilden Castle sein würde, solange er annehmen musste, dass sie noch dort sei. Sie rief Lorna an und nahm sich ein paar Tage frei.

»Ich kann das schon arrangieren«, sagte Lorna. »Aber ich muss mich zuerst erkundigen.« Nach zwei Stunden rief Lorna sie an. »Alles geklärt«, sagte sie fröhlich. »Aber du musst zu George Farrow gehen.«

»George?« fragte Elise verwundert. »Was soll ich denn bei ihm?«

»Bei Max' Abwesenheit ist er mehr oder weniger der Boss«, klärte Lorna sie auf. »Zieh dich hübsch an, gehe zu ihm und sei lieb zu ihm. Vergiss nicht, dass er eine Schwäche für dich hat. Vielleicht gibt er dir noch ein paar Tage länger frei. Er hat ein Haus in der Nähe von London. Ich besorge dir seine Adresse.«

Elise borgte sich eines von Janines neuen Kostümen, eine graue, taillierte Jacke und einen engen Rock. Sie band ihre Haare im Nacken zu einem Knoten und bändigte die wirren Strähnen mit ein paar Klammern. Ein Paar von Janines grauen Schuhen mit mittelhohen Absätzen komplettierte ihren Auftritt, auch wenn sie eine Nummer zu groß waren – Elise behalf sich mit Watte, die sie in die Spitzen schob.

In ihrer Kleidung kam sie sich wie eine alte Schachtel vor, deshalb entschied sie sich im letzten Augenblick für einen sexy Slip, ein winziges Dreieck aus Seide und

Spitze, das nur von schmalen Bändchen zusammengehalten wurde.

George Farrows Stadthaus in London war überraschend unauffällig. Es lag in einer ruhigen Wohngegend, ein ganzes Stück von der Straße entfernt. Eine freundliche junge Frau in einem einfachen schwarzen Kleid öffnete die Tür, nachdem Elise geklingelt hatte.

»Miss St. John? Bitte, kommen Sie herein.« Sie führte Elise in ein Zimmer, das geschmackvoll, aber langweilig eingerichtet war. Elise hatte den Eindruck, dass es wenig genutzt wurde. Das ganze Haus vermittelte ihr diesen Eindruck. »Ich gehe jetzt«, sagte das Mädchen, »aber jemand wird bald hier sein.«

Verwundert trat Elise ans Fenster und schaute hinaus. Der Garten war so ordentlich und adrett und langweilig wie das Haus, dachte sie. Im nächsten Moment hörte sie, wie sich hinter ihr eine Tür öffnete. Sie drehte sich um.

Max Lannsen betrat das Zimmer, eine dunkle Gestalt in einem dunklen Anzug – und so attraktiv wie immer. Einen Moment lang starrten sie sich an, beide gleichermaßen verdattert. Dann sagte Lannsen: »Was tust du denn hier?«

»Das könnte ich dich auch fragen«, gab Elise zurück. »Ich bin hergekommen, weil George Farrow mich gebeten hat«, sagte er.

»So war's bei mir auch«, sagte Elise. Sie hörten beide, wie die Haustür zuschlug.

»Die Haushälterin ist jetzt weg«, sagte Lannsen verärgert. »Wir hätten sie fragen sollen, was hier eigentlich gespielt wird.« Er schaute auf seine Uhr. »Nun, ich gebe George noch fünf Minuten. Wenn er bis dahin nicht aufgetaucht ist, bin ich weg. Ich habe noch andere Sachen zu erledigen.«

»Max«, sagte Elise, »ich war bei Petra. Ich habe erfahren, dass sie dir das Video geschickt hat. Ich wusste nicht, dass es existiert, das habe ich erst von ihr erfahren.«

Er starrte sie eine volle Minute an, dann wandte er sich ab. »Ich bin sicher, dass du es nicht gewusst hast«, sagte er kalt. »Und wenn du nichts dagegen hast, würde ich lieber nicht darüber reden. Ich will mir deine Entschuldigungen nicht anhören. Ich habe in meinem Leben genug Entschuldigungen gehört. Frauen sind darin einfach großartig.«

»Ich will keine Entschuldigungen vorbringen. Ich habe keine Entschuldigungen nötig.« Seine Haltung forderte sie heraus, ihn zu verletzen. Sie wollte die eisige Hülle, die er um sich gelegt hatte, aufbrechen. Sie trat auf ihn zu. »Glaubst du nicht, dass du überreagiert hast? Du wusstest von meiner Affäre mit Blair Devlin. Und du wusstest auch, dass du mit mir keine Jungfrau bekommen würdest.«

»Das kann schon sein, dass ich das wusste«, sagte er. »Aber ich wusste nicht, dass ich eine weitere Schlampe bekommen würde.«

Sie schlug ihm ins Gesicht, noch bevor sie wusste, was sie getan hatte. Ihre Handfläche brannte. Er packte ihr Handgelenk und wirbelte sie herum. Sein Körper war vor Wut verkrampft, aber als sich die beiden Körper berührten, spürte sie sofort den erotischen Thrill.

»Schlampe!« Er schob sie auf ein hell bezogenes Sofa zu.

»Bin ich nicht!« ächzte sie. »Und du tust mir weh!«

»Niemand schlägt mich ungestraft«, stieß er hervor. »Wenn du ein Mann wärst, hätte ich dich jetzt schon auf dem Boden.«

»Ich bin aber kein Mann.«

»Trotzdem wirst du nicht ungestraft davonkommen.«

Er stieß sie rücklings über den Seitenarm des Sofas und hielt sie mit einer Hand fest. Die andere Hand öffnete den Knopf an der Seite ihres Rocks und zog ihn über die Hüften, bis er auf dem Boden lag. Sie spürte, wie er die Bändchen des Seidenslips löste, und kurz darauf lag er neben dem Rock.

In der kurzen Pause, die dann folgte, sagte sie leise, weil das Gesicht in den Sofakissen lag und ihre Stimme gedämpft wurde: »Untersteh dich!«

Aber sie wusste, dass er es tun würde. Seine flache Hand klatschte auf ihren Hintern, und sie stieß einen Schrei aus und trat nach ihm.

»Hat es dir mit ihm mehr Spaß gemacht als mit mir?« fragte er. Seine Stimme klang verunsichert. »Hast du es deshalb mit ihm getan?«

»Sei kein Narr«, schalt sie. »Ich wusste nicht, wie es mit dir sein würde, als ich mit Blair Devlin zusammen war.«

»Ich weiß, wann die Kameras im Fitnesszimmer eingebaut worden sind«, sagte er. »Deshalb weiß ich auch, wann dieser Film entstanden ist.«

»Das glaubst du nur!« rief sie und bäumte sich gegen seinen Griff auf. »Ist dir schon mal der Gedanke gekommen, dass jemand mit der eigenen Kamera gefilmt haben könnte? Und dass dieser Jemand dich über den Zeitpunkt des Films belogen hat?«

»Warum sollte Petra lügen?«

»Um sich an mir zu rächen«, sagte sie. »Es wird dir vielleicht nicht aufgefallen sein, aber Petra und ich kamen nie gut miteinander aus – und nachdem sie wegen mir gefeuert worden war, hat sie mich gehasst.«

»Ich musste sie feuern«, sagte Max. »Wenn ich einen Anlass gehabt hätte, wäre sie früher schon rausgeworfen worden. Sie hatte ihre Finger in einigen unsauberen Geschäften, und sie hat viel in die eigene Tasche gearbeitet.«

»Das hat sie auch getan, als sie uns mit ihrer eigenen Kamera gefilmt hat«, sagte Elise. »Sie hat eine Domina-Szene mit einer Freundin vorgeführt, wahrscheinlich die Auftragsarbeit für einen privaten Kunden.«

»Und dann hast du mit Devlin deine eigene Show abgezogen«, sagte er verbittert.

»Ja, aber ich war zu diesem Zeitpunkt ungebunden.«

»Und jetzt bist du das nicht?«

»Das weißt du selbst.«

Es entstand eine längere Pause. Sie wusste, dass er sie anschaute, und dieses Wissen erregte sie. Absichtlich spreizte sie die Beine ein bisschen mehr.

»Weißt du, was das Schlimmste von allem ist?« fragte er, die Stimme heiser vor Begierde. »Als ich mir das verdammte Band angesehen habe, als ich dich mit Devlin sah – da wollte ich dich haben. Es schmerzte, dich mit ihm sehen zu müssen, aber ich habe weiter zugeschaut, und ich begehrte dich trotzdem.« Seine Hand glitt zwischen ihre Schenkel. »Ich wollte dich haben«, wiederholte er. »So heftig, wie ich dich jetzt haben will.«

Er löste seinen Griff, half ihr auf die Beine, zog den Reißverschluss seiner Hose auf und drang so spontan in sie ein, dass sie einen spitzen Schrei ausstieß und dann für einen Moment die Luft anhielt. Aber sie war nass und entspannt, und sie zog die inneren Muskeln an, um ihn tiefer in sich herein zu ziehen. Sie spürte sie Hände auf ihren leicht brennenden Pobacken, und im nächsten Augenblick hob er sie mühelos an. Sie schlang die Beine um seine Mitte.

Er trug sie bis in die Zimmermitte, wo er sie, immer

noch vereint, behutsam auf den dicken Teppich legte, und dann begann er mit kräftigen Stößen.

»Du kannst dir nicht vorstellen, was der Film in mir ausgelöst hat«, raunte er, die Lippen dicht an ihrem Ohr. Seine Bewegungen wurden immer intensiver. Er füllte sie ganz aus, und sie spürte, wie sie alles um sich herum vergaß. »Ich begehrte dich mehr denn je, ich wollte dich zur Vernunft bringen – und gleichzeitig mit dir Liebe machen.«

Sie fühlte ihren Orgasmus kommen und hoffte, dass Max gleichzeitig mit ihr kommen würde. Seine Stöße wurden kürzer und hektischer, sein Körper wurde geschüttelt. Sie klammerte sich an ihn.

»Jetzt«, keuchte sie, »jetzt, bitte ...«

Seine Klimax kam mit einer so gewaltigen Erschütterung, und ihre folgte so unmittelbar darauf, dass ihre Körper sich aneinanderklammerten und gemeinsam gerüttelt wurden, und gemeinsam beruhigten sie sich auch wieder. Elise fühlte sich danach vollkommen entspannt, vollkommen glücklich, vollkommen befriedigt. Er lag auf ihr, sie spürte das Gewicht, aber sie wollte nicht, dass er sich von ihr wegbewegte.

»Tu das nie wieder«, sagte er.

»Was?« neckte sie ihn. »Dich lieben?«

»Gib mir nie wieder einen Grund, dir zu misstrauen«, sagte er. »Gut, ich habe überreagiert, als ich das Band angeschaut habe. Ich hätte mit dir reden und deine Erklärung anhören sollen. Aber du weißt nicht, was Jeanette mir angetan hat. Sie hatte immer eine Antwort auf meine zweifelnden Fragen. Sie hat mir Watte über die Augen gezogen. Und zum Schluss habe ich überhaupt nichts mehr geglaubt.«

»Ich werde dich nicht belügen«, sagte sie leise. »Du musst mir vertrauen.«

»Ich bin lernfähig.«

Plötzlich setzte sie sich auf. »Wahnsinn! Max! Was ist mit George Farrow?«

Auch er richtete sich auf. »Was soll mit ihm sein?«

»Ich sollte ihn hier treffen.« Sie sprang auf die Füße und griff nach ihrem Rock. »Wir wälzen uns hier auf seinem Teppich herum! Er hätte uns erwischen können.«

Sie stieg in ihren Rock und bemühte sich, ihre Haare wieder in einem Knoten zu bändigen. »Himmel, Max«, sagte sie aufgeregt, »bring dich in Ordnung.«

Er sah an sich hinunter. »Es ist alles in Ordnung.«

»Deine Haare sehen aus, als hättest du gerade eine Frau auf dem Teppich geliebt, und deine Krawatte hängt schief.«

»Hör auf, dir Sorgen zu machen«, sagte er. »George wird nicht hereinplatzen.«

»Woher willst du das wissen?« Sie überprüfte den Sitz der Strumpfnähte.

»Er hat dich hergebeten, nicht wahr? Und mich auch. Warum, glaubst du wohl, hat er das getan?«

Sie stellte fest, dass sie über diesen scheinbaren Zufall noch nicht nachgedacht hatte. »Keine Ahnung.«

»Ich schätze, dass er von unserem kleinen Streit gehört hat«, sagte Max. »Und er wollte uns eine Gelegenheit geben, die Dinge wieder zurechtzurücken.«

»George Farrow weiß nichts über unser Privatleben«, wandte sie ein. Aber dann dachte sie noch einmal über den Zufall ihrer Begegnung mit Max in Farrows Haus nach. »Oder doch?«, murmelte sie und sah Max fragend an.

»Frage ihn selbst«, sagte er, nahm ihre Hand und führte sie zum Fenster. Draußen stand ihr Mini, daneben ein großer Daimler. »Das ist sein Auto. Eines seiner Autos. Ich bin mit dem Taxi gekommen.«

Sie gingen hinaus. George Farrow stieg gerade aus dem Daimler. »Hallo, meine Liebe«, begrüßte er Elise. »Ich bin entzückt, Sie wieder zu sehen. Und Sie auch, Max.«

»Gratuliere, George«, sagte Max. »Was immer Sie beabsichtigt haben – es hat funktioniert.«

»Es freut mich, das zu hören«, antwortete der ältere Mann. »Wenn Liebende streiten, sind sie schlechte Gesprächs- und Geschäftspartner, deshalb musste ich etwas unternehmen.« Er lächelte Elise zu. »Ich gehe davon aus, dass Sie es sind, die für seinen Stimmungsumschwung verantwortlich ist.«

»Das hoffe ich«, sagte Elise und erwiderte das Lächeln.

»Glücklicher Mann«, sagte George Farrow. Dann wieder zu Elise: »Und Sie haben auch Glück gehabt. Wenn Ihre Freundin Lorna mir nicht gesagt hätte, was zwischen Ihnen geschehen war, würden Sie sich immer noch aus dem Weg gehen. Und das wäre für Sie beide und auch für Shilden nicht gut gewesen.« Er wandte sich an Max. »Miss Chorley-Smythe ist ein Gewinn. Das genaue Gegenteil von Petra Altham.«

»Kann schon sein.« Max Lannsen schien nicht überzeugt zu sein.

»Kommen Sie schon, Max«, sagte George Farrow jovial. »Ich weiß, dass Sie Shilden viel lieber als eleganten Country-Club führen möchten, aber wenn Sie wirklich Geld damit machen wollen, müssen Sie außergewöhnlichen Service bieten. Und Geld wollen wir doch mit Shilden verdienen, oder?« Er klopfte Max gönnerhaft auf die Schulter.

»Da Sie nun wieder mit Ihrer Lady zusammen sind, sollten Sie sich ein paar Tage in London leisten, bevor Sie zurück in den Norden fahren«, sagte er. »Sie können weiterhin Phillips Wohnung benutzen, er hat nichts dagegen, wenn Elise auch dort einzieht. Im Grange gibt es eine Wohltätigkeitsveranstaltung, warum gehen Sie nicht hin? Ich sorge dafür, dass Sie Einladungen erhalten.« Er lächelte Elise zu. »Es wird Ihnen gefallen. Die Veranstaltung findet jedes Jahr statt, sie ist ein großer Jahrmarkt mit allem, was dazu gehört. Künstler und Theaterleute sind da und helfen aus. Vielleicht ergeben sich ein paar nützliche Kontakte für Sie.«

»Wir haben keine Zeit«, wandte Max ein.

»Doch, Max«, widersprach Elise. »Ich möchte gern hin. Hört sich doch nach Spaß an, oder?«

»Gehen Sie mit ihr hin, Max«, sagte George. »Das ist ein Befehl.«

»Dir ist nicht wirklich nach dieser Wohltätigkeitsveranstaltung, nicht wahr?« fragte Elise, während sie Max zuschaute, wie er einen cremefarbenen Polopullover über den Kopf zog. Sie liebte es, ihm beim Anziehen – und besonders beim Ausziehen – zuzuschauen. Dann fügte sie in Gedanken hinzu: Ich liebe es einfach immer, ihn anzuschauen.

»Ich bin kein Partylöwe«, sagte er. »Ich mag nicht dieses belanglose Geschwätz, und die Gerüchte, die auf solchen Partys in Umlauf gesetzt werden, interessieren mich nicht.« Er schaute sie an. »Ich habe von diesen Partys im Grange gehört. Sie können .... nun ja, aus dem Ruder laufen.«

»Du meinst, wir gehen in Wirklichkeit zu einer Orgie?«, fragte sie neckend.

»Würde dich das stören?«

»Oh, Max!« Sie hörte auf, ihre Seidenbluse zuzuknöpfen und ging auf ihn zu. »Ich habe keine Lust, dich mit irgendeiner anderen zu teilen.«

Er fuhr mit einer Hand in ihre Bluse und umfasste eine Brust. Sie spürte, wie sich seine Finger schlossen. »Das ist gut so«, sagte er.

Sie legte ihre Finger auf seine Nippel, die unter dem Baumwollhemd gut sichtbar waren, und spürte, wie sie reagierten. Sie beugte sich vor und schloss ihre Lippen um eine Brustwarze, während ihre Finger die andere umkreisten.

»Geh rauf und zieh dich aus.«

»Max?« Sie hatte erwartet, dass er sie an Ort und Stelle lieben wollte, schnell, hart und spontan. »Wir haben keine Zeit.«

»Bitte ...«

Sie ging hinauf ins Schlafzimmer und schälte sich im Gehen aus ihren Kleidern. Es dauerte nicht lange, denn sie hatte nicht viel am Leib getragen. Sie legte sich auf den Rücken und streckte sich auf dem Bett aus.

»Über was lächelst du?« Er war geräuschlos die Treppe hoch gekommen.

»Es war nichts«, sagte sie. »Noch nicht. Ich übe schon mal, denn ich hoffe, dass du etwas mit mir anstellst, was mich lächeln lässt.«

Sie schaute ihm beim Ausziehen zu, und als er den Slip abstreifte, dachte sie zum wiederholten Male, dass er genauso attraktiv aussah, wie sie es sich in ihren Träumen und Phantasien vorgestellt hatte. Er hatte die Figur eines Läufers, schlank und muskulös, schmale Hüften und lange Beine.

Die schwarze Behaarung auf der Brust und zwischen den Schenkeln unterstrich seine naturdunkle Hautfarbe. Sein Penis war halb versteift und wippte von einer Seite zur anderen, als er zum Bett ging.

Sie drehte sich auf den Bauch, und er kniete sich hinter sie. Seine Hände langten unter ihre Hüften, bis er sie auf die Knie aufgerichtet hatte.

Die Hände glitten über ihren Bauch und umfassten ihre schwingenden Brüste.

Sie spürte seinen steifen Schaft zwischen ihren Backen. Sie spreizte die Beine ein wenig, und er drang in sie ein. Er hielt sie an den Hüften fest und blieb tief in ihr verwurzelt, hielt lange inne, bevor er sich zurückzog, um dann erneut zuzustoßen. Langsam nahm die Geschwindigkeit seiner Stöße zu.

Ihren Orgasmus kündigte sie mit einem lauten Schrei an, der Sekunden später von seinem Aufheulen begleitet wurde.

Als er aus ihr glitt, ließ sie sich flach auf den Bauch fallen. Sie fühlte sich tief befriedigt und schläfrig. Er lag neben ihr, und als sich sein Atem fast normalisiert hatte, strich er ihr liebevoll eine Strähne aus der Stirn.

»Ich hole dir einen Drink«, sagte er.

»Ja, aber nur, wenn du keinen nimmst«, sagte sie. »Du musst fahren, ja?«

»Ach?«

Sie drehte sich auf den Rücken und schaute ihn an. »Ja, du fährst«, entschied sie.

Er stand an der Tür und sah sie lächelnd an. Da begriff sie.

»Max«, sagte sie mit gehobener Stimme, »hast du das getan, um mich von der Party abzulenken?«

»Ich habe es getan, weil es immer wieder großartig ist, mit dir Liebe zu machen«, sagte er. »Aber wenn wir nicht zur Party gehen, kann ich es wiederholen.«

»Du kannst es auch wiederholen, wenn wir zur Party gehen«, sagte sie. »Wenn wir zurück sind.«

The Grange war ein großes Haus in einem Londoner Außenbezirk. Es lag weit von der Straße zurück und war von hohen Bäumen umgeben. Sie bogen von der Straße ab, nahmen die Zufahrt und parkten hinter einem alten, aber gut gepflegten Rolls-Royce. Einige der anderen geparkten Autos waren weniger beeindruckend. Elise sah einen verbeulten Ford Escort und einen alten Mini, die nebeneinander parkten.

Das Haus stand offen, aber die meisten Aktivitäten schienen sich sowieso draußen abzuspielen. Musik scholl ihnen durch das Laubwerk der Bäume entgegen. Überall auf dem Rasen standen bunte Zelte. Schrillgekleidete Männer und Frauen bewegten sich von Gruppe zu Gruppe und boten auf breiten Tabletts Getränke und Speisen an. Ein Jongleur kam Elise und Max entgegen und warf Bälle in die Luft.

»Verpasst nicht den Unglaublichen Antonio«, rief er ihnen fröhlich zu. »Er ist ein außergewöhnlicher Zauberer. Im blauen Zelt.« Er wies auf Max. »Es wird Ihnen gefallen.« Und zu Elise sagte er: »Sie werden es auch mögen. Es ist für jeden etwas da.«

Elise zupfte an Max' Ärmel. »Komm«, sagte sie. »Ich bin versessen auf Magier-Shows.«

Ein paar Minuten später betraten sie das überfüllte Zelt. Der Unglaubliche Antonio in seinem Glitzeranzug und dem spitz zulaufenden Hut hatte seine Vorstellung schon begonnen. Auf dem Podium stand ein Schrank, dessen beiden Türen offen standen und den Blick auf eine attraktive junge Dame im Abendkleid freigaben. Sie lächelte höflich.

»Nichts unter dem Schrank«, sagte Antonio und machte eine ausladende Armbewegung. »Nichts über dem Schrank. Nichts dahinter. Nur ein paar Worte von mir, und die Dame wird verschwinden.« Die Schranktüren schlossen sich. Der Unglaubliche Antonio murmelte etwas und machte wieder seine ausladende Armbewegung.

»Voilà!« rief er. Die Türen sprangen auf. Die Lady stand noch da, aber nicht mehr im Kleid. Sie trug sexy schwarze Unterwäsche und sah verdutzt drein. Die Zuschauer pfiffen und klatschten. Der Unglaubliche Antonio sah ebenso verdutzt drein wie die Lady. Er schlug rasch die Schranktüren zu.

»Das ist mir noch nie passiert«, entschuldigte er sich. »Gestatten Sie mir noch eine zweite Chance, um mich zu rehabilitieren.«Er wiederholte seine gemurmelten Worte und verbeugte sich tief vor dem Schrank. »Diesmal«, versprach er, »wird die Lady verschwunden sein.«

Die Türen sprangen auf. Die Frau im Schrank stieß einen hohen Schrei aus. Sie war jetzt völlig nackt. Sie führte ein paar ungeschickte Versuche aus, ihre Blöße zu bedecken, während die Zuschauer fröhlich applaudierten.

Wieder schlug der Zauberer wütend die Türen zu. »Dieses Mal«, versprach er, wobei er sich imaginären Schweiß von der Stirn wischte, »wird sie verschwinden, ohne jeden Zweifel.«

Er gab sich offenbar mehr Mühe mit seinen Beschwörungen. Er verbeugte sich tiefer, und die Bewegungen beider Arme waren noch ausladender. Die Türen öffneten sich – und gaben den Blick frei auf einen jungen Mann in einem eleganten Abendanzug.

»Nun ja«, sagte der Unglaubliche Antonio, »jedenfalls besser als eine nackte Frau, nehme ich an.« Die Männer unter den Zuschauern widersprachen laut. Antonio lächelte. »Vielleicht habe ich mehr Erfolg, den Herrn verschwinden zu lassen.« Wieder die umständliche Beschwörungsformel, dann öffneten sich die Türen und zeigten den jungen Mann nackt bis auf einen prallen Beutel um sein Geschlecht.

»Ich weiß, worauf die Damen warten«, sagte Antonio und knallte die Türen zu. »Aber ich muss Sie enttäuschen. Jetzt weiß ich wieder, wie es geht. Diesmal wird der Schrank leer sein!«

Sekunden später öffnete er mit übertriebener Geste die Türen. Jetzt zeigte der junge Mann ein charmantes Lächeln und eine erstaunliche Erektion.

Antonio schloss die Türen rasch. »Jetzt bin ich so verblüfft wie Sie«, behauptete er. »Was werden wir wohl als Nächstes zu sehen bekommen?«

Er riss die Türen auf. Die Lady vom Anfang, immer noch nackt, genoss die Aufmerksamkeit des nackten Mannes. Die Zuschauer klatschten und grölten, als der Mann begeistert an den Brustwarzen der Lady saugte. Sie stöhnte laut, fuhr mit den Händen über seinen muskulösen Körper und zog ihn näher zu sich heran.

Antonio bemühte sich, scheinbar beschämt, die Türen zu schließen, hatte aber keinen Erfolg. Das Paar legte jetzt erst richtig los.

Der junge Mann gab vor, sich gegen die Tätigkeit der Lady zu wehren, er versuchte sie wegzudrücken und machte sie auf die vielen Zuschauer aufmerksam, aber sie hielt ihn fest im Griff.

Antonios Bemühungen, die Türen zu schließen, blieben auch erfolglos; erst als die Körper der beiden fest miteinander vereint waren, gaben die klemmenden Türen nach. Das Knallen der Türen und der Orgasmus des Mannes kamen gleichzeitig. Die Menge applaudierte, und der Unglaubliche Antonio verbeugte sich tief.

»Bitte, zeigen Sie mir den Beweis Ihrer Begeisterung,

wenn Sie das Zelt verlassen«, sagte er. »Und ich spreche von Ihrer Begeisterung, die sich in Scheinen auszahlt. Ich brauche keine Dankesbriefe. Es ist alles für einen guten Zweck. Für Wohltätigkeiten in Ihrem Stadtteil. Seien Sie großzügig.«

»Ich möchte mal gern wissen, was die alten Damen im Vorstand des Wohltätigkeitsvereins sagen würden, wenn sie wüssten, auf welche Weise die Spenden erzielt wurden«, sagte Elise, als sie das Zelt verließen. Max grinste. »Vielleicht wünschten sie sich dann, dass sie dabei gewesen wären.«

Sie sah ihn an. »He, du taust ja ein bisschen auf, was?« Er blieb stehen und wandte sich ihr zu. »Ich bin nicht aus Eis, Elise«, sagte er. »Das ist die Hälfte meines verdammten Problems. Wenn ich weniger empfindlich wäre, hätte mich Jeanette nicht derart verletzen können.«

»Ich werde dich nicht verletzen«, sagte sie ernst. »Das musst du mir glauben. Vertraue mir.«

»Das tue ich«, sagte er und lächelte. »Oder – ich sollte besser sagen – ich lerne, dir zu vertrauen.«

»Das genügt mir für den Anfang«, sagte sie. »Komm, wir gehen etwas essen.«

Sie schritten an mehreren Zelten vorbei und widerstanden der Versuchung, die Freuden einer Massage wahrzunehmen, eine exotische Tänzerin zu bestaunen oder eine Reihe von Tableaus von berühmten nachgestellten Szenen aus der Geschichte und Mythologie anzuschauen.

Dann entdeckte Elise ein Zelt, das mit Tarotkarten dekoriert war. Das Plakat, das draußen hing, versprach, dass Madam Khati die uralten und mystischen Tarotkarten legen und das Schicksal befragen würde, wenn sich jemand an einem Scheideweg befand oder frisch oder unglücklich verliebt sei.

»Eine Wahrsagerin!« rief Elise begeistert. »Genau darauf habe ich gewartet!«

»Das brauchst du doch nicht«, sagte Max. »Du bist doch nicht unglücklich verliebt.«

»Ich stehe an einem Scheideweg«, hielt sie ihm entgegen. »Ich könnte einen Rat gebrauchen. Was geschieht mit mir, wenn mein Auftrag auf Shilden beendet ist? Werde ich je eine feste Anstellung am Theater finden?« Sie schaute ihm in die Augen. »Werde ich Glück in der Liebe haben?«

»Das meiste kann ich beantworten«, sagte er.

»Aber du bist voreingenommen«, sagte sie. »Die Tarotkarten sind es nicht. Such dir was zu essen. Ich erkunde meine Zukunft.«

Im Zelt roch es angenehm nach Weihrauch. Madam Khati, die nicht in das übliche Klischee einer alten, hakennasigen Hexe mit goldenen Ohrringen und einem Tuch um den Kopf passte, war eine gut aussehende Frau um die vierzig. Das glatte schwarze Haar fiel ihr auf die Schultern. Haare und das dunkle Makeup ließen sie wie eine Ägypterin aussehen. Um den Hals trug sie ein breites Silberband.

Sie saß hinter einem kleinen Tisch, hinter ihr stand eine Statue von Bast, der ägyptischen Katzengöttin. Die Zeltwände dämpften die Außengeräusche. Madam Khati starrte Elise lange und eindringlich an, dann nahm sie einen Stapel Karten auf, mischte sie und legte sie zugedeckt auf den Tisch.

»Heben Sie die Karten ab.« Ihre Stimme klang dunkel und artikuliert. »Drei Häufchen.«

Elise gehorchte, leicht eingeschüchtert. »Ich möchte wissen ...«, begann sie.

»Die Karten beantworten keine speziellen Fragen«, unterbrach Madam Khati sie und lächelte kurz. »Ich versichere Ihnen, dass Sie nicht die richtigen Losnummern der nächsten Lotterieausspielung erfahren werden. Tarotkarten führen, raten, schlagen vor. Die Karten werden Ihnen sagen, was Sie wissen müssen. Nicht mehr, aber auch nicht weniger. Ich benutze eine moderne Kartenversion. Die uralten Bilder passen nicht recht in die heutige Zeit.« Sie schaute zu Elise hoch. »Sie haben geteilt. Jetzt wählen sie.«

Elise deutete nervös auf ein Häufchen. Madam Khati hob die Karten auf und legte sie mit dem Gesicht nach unten auf den Tisch. Die ersten zwei Karten wurden aufeinander gelegt, die nächsten vier bildeten ein Kreuz, darunter lagen vier Karten, und eine lag für sich allein da.

»Das ist meine eigene Art, die Karten zu verteilen«, sagte Madam Khati. »Bei kurzen Sitzungen wende ich diese Methode an.« Sie schien sich einen Augenblick lang zu konzentrieren, dann begann sie, die Karten umzudrehen. Die Bilder waren modern und farbenfroh, aber nicht grell. Die Karten zeigten neben den Bildern auch Wörter. Madam Khati betrachtete sie lange.

»Interessant«, murmelte sie schließlich. »Diese«, sagte sie und fuhr mit einer Hand über das Kreuz und die vier Karten darunter, die sie in einem Quadrat abgelegt hatte, »zeigen mir Ihre Vergangenheit und Ihre gegenwärtige Situation. Sie werden sehen, dass die Symbole von Erde und Wasser bei diesen Karten überwiegen. Sie repräsentieren die materielle Welt und die Gefühle. In beiden Sphären haben sie in letzter Zeit Veränderungen durchlaufen. Aber dies«, sie tippte auf die Karte, die für sich allein lag und noch nicht umgedreht war, »ist der Schlüssel zu Ihrer unmittelbaren Zukunft.«

Sie drehte die Karte um. Elise sah eine dunkle, gesichtslose Gestalt, über der Flügel und Schlangen schwebten. Die Gestalt trug ein Kreuz, das dem ähnlich war, das Madam Khati um den Hals trug. Das Wort auf der Karte lautete ›Tod‹. Unwillkürlich hielt Elise die Luft an. Aber Madam Khati schien nicht im Geringsten beunruhigt zu sein.

»Interessant«, sagte sie wieder. »Eine Karte aus dem großen Mysterium, die erste, die bisher aufgetaucht ist. Eine andere Entscheidung steht an. Eine Entscheidung, die Ihr Leben verändern könnte.«

»Aber da steht ›Tod‹«, sagte Elise gepresst.

Madam Khati tippte mit einem langen Finger auf die Karte. »Aber da steht auch ›Transformation‹.«

Dieses Wort hatte Elise in ihrer Aufregung gar nicht gesehen. »Transformation?« murmelte sie.

»Im Tarot bedeutet die Karte des Todes nichts anderes als Veränderung.« Ihr Zeigefinger fuhr die Linie einer Schlange entlang. »Eine Schlange schüttelt die Haut ab, sie erneuert sich. Sehen Sie die Sprösslinge auf dem Boden? Wieder das Zeichen für Erneuerung.« Sie schaute Elise an. »Sie müssen eine Entscheidung treffen. Das steht auch in den anderen Karten. Eine Entscheidung, die Ihre Emotionen involvieren – und die Gefühle der Menschen um Sie herum.« Ihre dunklen Augen musterten Elise. »Es wird eine wichtige Entscheidung für Sie sein. Eine, die das Leben von mehreren Menschen beeinflussen wird. Fällen Sie eine kluge Entscheidung.«

Elise steckt Geld in die Spendendose und verließ das Zelt. Max wartete draußen mit einem Essentablett.

»Und?« fragte er. »Hast du deine Zukunft geordnet?«

Sie erzähle ihm, was die Karten gesagt hatten. »Es traf alles zu«, sagte sie, Verblüffung in Augen und Stimme.

Er lachte. »Veränderungen? Eine emotionale Entscheidung? Das hätte auf mich auch zugetroffen. Und auf drei Viertel der englischen Bevölkerung.«

Sie fanden einen Platz, wo sie sich hinsetzen und essen konnten. Eine Baumgruppe schützte sie vor den Blicken der anderen. »Ich war entsetzt, als ich die Karte des Todes sah«, gab sie zu.

»Vergiss es«, sagte er. Er beugte sich zu ihr und schob ihr einen Bissen Obst in den Mund. Sie kaute schweigend. Er betrachtete sie forschend und fragte: »Du wirst doch keine schlechten Träume deswegen haben?«

»Nein, ich glaube nicht.«

»Man braucht keine Tarotkarten, wenn man einer hübschen jungen Frau gegenübersitzt und prophezeit, dass sie bald eine Entscheidung über ihre Gefühle fällen muss«, sagte er. »Und außerdem sollst du solche Dinge nicht allzu ernst nehmen. In diesen Zelten soll Geld für wohltätige Zwecke gesammelt werden, das ist alles.«

»Ich weiß, ich weiß«, murmelte Elise. »Es ist nur, dass ich das Gefühl habe, dass Madam Khati so ernsthaft an die Sache herangegangen ist.«

»Geübte Schauspielerin«, sagte er. »Wenn du genug gegessen hast, gehen wir nach Hause, und dann erfährst du eine spezielle Therapie, die ich bis zur Vollkommenheit ausgearbeitet habe. Sie garantiert, dass du die Tarotkarten und die wahrsagende Zigeunerin vergisst.«

Manchmal dachte Elise, dass alles zu gut und zu schön war, um von Dauer zu sein.

Sie wickelte die Entwürfe für den Striptease im Weltall-Zimmer ab und gab sie dann an Lorna weiter, die mühelos die Aufgaben von Petra Altham übernommen hatte. Jetzt konzentrierte sie sich auf die Arbeiten für die Neugestaltung der Räume des alten Herrn von Shilden. Sie wusste, dass ihr die Arbeit an diesen Zimmern Spaß bereiten würde, obwohl es ihr beinahe körperliche Schmerzen bereitete, die alten Fotos von den Wänden zu nehmen, die Möbel beiseite zu rücken und die Teppiche aufzurollen. Es wurde ihr zunehmend bewusst, dass jemand jahrzehntelang in diesen Zimmern gewohnt hatte, und es kam ihr so vor, als beseitigte sie alle Spuren von ihm.

»Wenn es dir nicht behagt, die alten Sachen wegzuwerfen«, sagte Max, »dann benutze sie in der neuen Dekoration.« Sie hatte ihm gesagt, wie unglücklich sie sich fühlte, die Erinnerungsstücke zu vernichten. »Die Suiten müssen ja nicht wie die Zimmer im Ritz aussehen. Der Stil soll eher einfach sein. Wenn du willst, verwendest du die alte Fotos wieder, und meinetwegen kannst du auch die alten Möbel restaurieren lassen.«

»Aber was ist es, das deine Leute wollen?« fragte sie.

»Du bist die Designerin«, sagte er. »Du gibst ihnen, was *du* haben willst. Lass es ruhig altmodisch sein. Fang den Geist ein, der in diesen Räumen herrscht.«

Er hatte sich seit ihrer Rückkehr, aus London so sehr verändert, dass sie ihm scherzhaft sagte, er sei die Wiedergeburt der Figur von Jekyll und Hyde.

»Eine gespaltene Persönlichkeit?« fragte er. »Kann sein, dass ich das bin – oder zumindest sein könnte. Jekyll ist charmant und tolerant – in anderen Worten – genau wie ich. Aber Hyde mag ein bisschen anspruchsvoller gewesen sein.« Er schaute sie forschend an. »Vielleicht würde dir das besser gefallen?«

»Vielleicht«, sagte sie.

Von diesem Abend an veränderte sich auch ihre sexuelle Beziehung.

Manchmal begnügten sie sich mit sanften, zärtlichen Liebesspielen, die dazu dienten, dass sie die Bedürfnisse ihrer Körper besser kennen lernten. Aber immer öfter schlug er neue Techniken vor oder wollte mit ihr bestimmte Phantasien ausleben, und er entzückte sie durch seinen Erfindungsreichtum.

Sie spürte, dass es viele sexuelle Spiele gab, die er gern mit ihr ausprobiert hätte, die er sich aber nicht vorzuschlagen getraute. Sie wusste bereits, dass es ihm Spaß machte, ihr auf den nackten Hintern zu klatschen, wenn er sie übers Knie gelegt hatte. Sie erwischte sich dabei, dass sie ihn während des Tages absichtlich neckte oder gar verärgerte.

Sie liebte das Gefühl, dass er die Kontrolle über sie hatte, und dieses Gefühl wurde nur noch übertroffen von dem Wissen, dass sie ihn ungeheuer erregen konnte. Manchmal saß er einfach in seinem Sessel und wartete darauf, dass sie ihn mit einem aufreizenden Striptease verführte. Ihre Belohnung bestand darin, dass er sie auf seinen Schoß zog oder aufhob und ins Schlafzimmer trug.

Bei anderen Gelegenheiten wies er sie an, für ihn nackt zu posieren, während sie auf dem Boden oder auf der Couch lag, und dann malte er sie.

Während dieser Sitzungen entwickelte sie ein Spiel, das darauf abzielte, ihn zur Liebe zu verführen, bevor er das Bild beendet hatte. Ihre beste Waffe war, mit ihm zu reden, ihm auszumalen, was sie mit ihm anstellen würde, wenn sie jetzt Gelegenheit dazu hätte. Und was sie sich von ihm wünschte, beschrieb sie ebenfalls in den anzüglichsten Worten.

Manchmal widerstand er ihr, aber oft genug warf er

den Zeichenblock in die Ecke und nahm sie, hastig und ohne Vorspiel.

Er sagte oft, je unbehaglicher und erregter sie sich fühlte, desto besser würden die Bilder, die er von ihr malte oder zeichnete. Wenn sie die fertigen Werke von ihm sah, musste sie ihm glauben. Für sie war es schwer zu begreifen, dass diese verführerisch junge Frau mit den gewagten Posen wirklich sie war.

»Du hast ein so überwältigendes Talent«, sagte sie ihm eines Tages, »dass ich nicht verstehen kann, wie lange du es hast brachliegen lassen.«

»Ich brauche die Inspiration«, sagte er. »Jemanden wie dich, mein Schatz.«

Auch sie fühlte sich inspiriert in ihrer Arbeit, wenn sie wusste, dass er am Ende eines arbeitsreichen Tages auf sie wartete. Er wartete darauf, dass sie gemeinsam speisten und redeten. Und sich liebten.

Als sie die alten Schränke des letzten Herrn von Shilden durchwühlte, fand sie eine Schublade mit alten Einklebebüchern. Die meisten waren mit Fotos und Zeitungsausschnitten über die Erfolge der Kricketmannschaft gefüllt. Der alte Herr Bennett schien wirklich jede Zeile über das Team gesammelt zu haben, ob es nun in Shilden spielte oder auswärts.

Während sie sich eines der Bücher vornahm und Seite für Seite las, sprang ihr Blick auf einen Namen: Blair Devlin. Sie studierte die verschwommenen Gesichter auf der Fotografie und erkannte tatsächlich das Gesicht von Blair. Er mochte damals etwa vierzehn Jahre alt gewesen sein.

Sieh mal einer an, dachte sie vergnügt, er hat tatsächlich Kricket gespielt. Und ich hatte gedacht, er hätte jede freie Minute auf dem Rücken eines Pferdes zugebracht. Sie blätterte das Buch durch und stellte fest, dass Blair fast auf jedem Bild vertreten war.

Sie hätte gern gewusst, ob er gespielt hatte, um seinem Großvater gefällig zu sein, oder ob er das Spiel wirklich mochte. Vielleicht hatte er geglaubt, dass er das Spiel beherrschen musste, wenn er Herr von Shilden werden wollte.

Während sie die Seiten umblätterte, fiel ein Papier auf den Boden. Ein Brief, dachte sie. Sie hob ihn hoch und wollte ihn schon achtlos zur Seite legen, als sie die erste Zeile las.

Ich, Arthur James Edward Bennett, vermache hiermit meinen Haus- und Grundbesitz an …

Sie las die Wörter und konnte sie kaum glauben. Sie wollte sie nicht glauben. Ein ganz gewöhnliches Stück Papier, auf das er seinen letzten Willen geschrieben hatte. Geschrieben, unterschrieben und beglaubigt von …. Vorher las sie noch den Namen des Erben …. *Guy Arthur Blair Devlin. – …*

Ihr erster Gedanke war: Wieso hatte niemand in diesen Büchern nachgeschaut? Gleich darauf gab sie sich die Antwort: Welchen Anlass hätte jemand haben sollen, in diesen alten Sachen zu kramen? Ein verstaubtes Album mit eingeklebten Zeitungsausschnitten und vergilbten Fotos. Und außerdem war jeder davon ausgegangen, dass der alte Herr kein Testament hinterlassen hatte.

Sie starrte auf das Blatt Papier in ihrer Hand und wünschte, sie hätte es nie gesehen. Sie erinnerte sich an Madam Khatis Worte: Sie würde eine Entscheidung treffen müssen, die das Leben vieler verändern würde. Sie hatte geglaubt, dass sich die Prognose günstig für sie und Max auswirken würde. Stattdessen hatte das Schicksal ihr den Schlüssel in die Hand gegeben, mit dem Blair Devlin sich den größten Wunsch seines Lebens erfüllen konnte – Herr von Shilden zu werden. Und das würde gleichzeitig bedeuten, dass sie das Leben des Mannes ruinierte, den sie liebte.

Später an diesem Abend lag Elise auf dem Bett und starrte an die Decke. Auf eine solche Situation hätte ich wirklich verzichten können, dachte sie immer wieder. Warum hatte der alte Herr sein Testament nicht bei einem Notar hinterlegt? Dann wäre sie nicht in ein solches Dilemma geraten. Sie versuchte sich einzureden, dass es sich nicht um ein juristisch präzises Testament handelte, deshalb war es in Ordnung, wenn sie es einfach vernichtete. Aber dann meldete sich ihr schlechtes Gewissen und rief ihr in Erinnerung, dass es handgeschrieben, unterschrieben und beglaubigt und deshalb sehr wohl legal war.

Was sollte sie tun? Sollte sie dafür verantwortlich sein, dass Shilden Castle in Blair Devlins Hände überging? Dann war Max erledigt, seine Investoren würden ihn fallen lassen und vielleicht auch noch mit Schadensersatzansprüchen überziehen. Die beiden Männer, Max und Blair, hassten sich. Blair würde die Möglichkeit auskosten, Max zu vernichten.

Das Telefon klingelte. Sie zuckte nervös zusammen und richtete sich auf, schaute auf die Uhr neben dem Bett. Oh, Gott, schoss es ihr durch den Kopf, ich sollte Max vor einer halben Stunde treffen. Ich kann nicht zu ihm gehen. Nicht jetzt. Das Telefon klingelte unerbittlich weiter. Sie hob den Hörer ab.

»Ach, du bist noch da?« Selbst seine Stimme erregt mich, dachte sie. »Du wolltest zu mir kommen. Was ist passiert?«

»Es tut mir Leid, Max«, improvisierte sie. »Ich habe schreckliche Magenkrämpfe, es geht mir wirklich nicht gut. Ich habe gerade ein paar Schmerztabletten genommen.« Sie wusste, dass es sich nach einer Ausrede anhörte, und sie vermutete, dass er ihr nicht glaubte.

»Du hättest trotzdem kommen können«, sagte er.

»Tut mir Leid«, sagte sie wieder. »Ich bin eingeschlafen. Das muss die Wirkung der Tabletten sein.«

Er schwieg eine Weile, ehe er fragte: »Du willst also nicht kommen?«

»Ja, doch, ich möchte gern«, sagte sie. »Es ist nur so – ich glaube nicht, dass ich im Augenblick eine angenehme Gesellschafterin wäre.«

Diesmal war die Pause noch länger. »Mir würde es schon genügen, wenn ich einfach nur bei dir sitzen könnte«, sagte er, und seine Stimme klang enttäuscht.

Jetzt habe ich ihn beleidigt, weil ich unterstellt habe, dass er immer nur Sex will, dachte sie und fühlte sich elend. »Du verstehst nicht ...«, sagte sie.

»Ich glaube schon«, hielt er dagegen, und im nächsten Augenblick hatte er aufgelegt.

Unter normalen Umständen wäre sie aufgestanden und sofort zu ihm gegangen. Aber sie wusste, dass sie Zeit brauchte, um sich über ihre Entscheidung klar zu werden. Wie hätte sie ihm erklären können, wie sie sich fühlte? Ich kann das Problem nicht einmal mit ihm besprechen, dachte sie, denn ich weiß doch, was er sagen wird. Er wird mich daran erinnern, dass er all sein Geld in Shilden investiert hat. Wenn Blair Devlin das Schloss übernimmt, ist Max finanziell ruiniert.

Und was war mit Blair? Sie erinnerte sich, dass er ihr gesagt hatte, sein Leben wäre völlig anders verlaufen, wenn er Shilden Castle geerbt hätte. Es hätte sein Leben in ganz andere Bahnen gelenkt. In welche Bahnen?

Und was hatte er an seinem jetzigen Leben auszusetzen? Er war wohlhabend genug – oder? Er war Teilhaber einer Reitschule. Bedeutete das alte Schloss und ein ominöser Titel soviel mehr für ihn?

Ja, wusste sie. Und dem alten Herrn von Shilden hätte diese Erbregelung auch eine Menge bedeutet. Obwohl sie ihm nie begegnet war, fühle sie sich ihm sehr nahe, wahrscheinlich deshalb, weil sie sich so lange in seinen Räumen aufgehalten hatte. Dass sie sein Testament gefunden hatte, mochte kein Zufall sein – der alte Herr vertraute ihr. Sollte sie sein Vertrauen missbrauchen? Er wollte, dass Blair der Herr von Shilden wurde. Das konnte und durfte sie nicht ignorieren.

Sie lag gekrümmt auf dem Bett. Ihre Sehnsucht nach Max Lannsen war so stark, dass es fast schmerzte. Sie wollte die Wärme seines Körpers neben ihrem fühlen, wollte seine Hände auf ihrem Körper spüren.

Sie fuhr mit den Händen über ihren Leib, hielt ihre Brüste umfasst. Aber die eigene Berührung erregte sie nicht.

Ihre Gedanken wirbelten zu sehr. Ich werde mit ihm reden, dachte sie. Ich werde alles erklären. Er wird es verstehen. Wir müssen einen Plan ausarbeiten. Morgen.

Aber sie unternahm nichts wegen des Testaments. Sie fuhr mit ihrer Arbeit fort, und der Letzte Wille des letzten Herrn von Shilden blieb in ihrer Schublade. Das Wissen um das Testament und die möglichen Auswirkungen machten sie fertig. Sie konnte nicht entspannen. Sie war in einer fiebrigen Nervosität gefangen, und ihre Beziehung zu Max Lannsen zerbröselte, ohne dass sie etwas dagegen unternehmen konnte.

Wenn sie sich liebten, hoffte sie, dass der körperliche Akt die Qualen in ihrem Kopf auslöschte. Mit verzweifelter Intensität klammerte sie sich an ihm fest. Es konnte aber auch passieren, dass sie seine Umarmungen kaum ertragen konnte, dass jede Berührung sie daran erinnerte, wie nahe sie daran war, einen gemeinen Verrat zu begehen.

Wenn er die Veränderung in ihr bemerkte – und sie wusste nicht, wie er sie nicht bemerken konnte –, dann sagte er nichts. Aber sie spürte, wie er sich allmählich in sich selbst zurückzog und misstrauisch wurde. Er erinnerte sie an eine Katze, die immer auf der Lauer lag und jeden Moment zuschnappen oder fliehen konnte. Wenn sie sich unterhielten, hörte es sich zunehmend gespreizt an. Sie redeten über ihre Arbeit, alle anderen Themen schienen ihnen ausgegangen zu sein.

Dann verebbten ihre abendlichen Begegnungen. Er rief sie nicht mehr an, und sie ging nicht mehr zu ihm. Wenn sie sich tagsüber trafen, sprachen sie nicht darüber. Sie waren höflich zu einander, aber mehr nicht. Es war so, als hätte es ihre körperliche Intimität nie gegeben. Eine Tür war geschlossen worden.

Elise verbrachte die meiste Zeit damit, die Räume des alten Herrn von Shilden neu zu gestalten. Wenn sie einmal Abwechslung brauchte, fuhr sie hinaus in die Landschaft, blieb in ihrem Auto sitzen und hörte Musik.

Sie mied Lorna, die außerdem immer beschäftigt war. Lorna hatte versucht, sie über ihre Beziehung auszufragen, aber Elise hatte sich standhaft geweigert. Sie wusste auch, dass sie mit Lorna nicht über das Testament sprechen konnte, denn es stand fest, was sie sagen würde: Zerreiß es.

Als sie die Entwürfe für die Neugestaltung der Räume des alten Herrn beendet hatte, brachte sie ihre Entwürfe zu Lorna.

»Du solltest sie Max geben«, sagte Lorna. »Ich habe nichts damit zu tun.«

»Es wäre mir lieber, wenn du sie Max gibst«, sagte sie. »Bitte. Aber erst morgen früh.«

Lorna betrachtete sie lange. »Nun gut. Aber ich muss dir sagen, dass du schrecklich aussiehst. Ist dir das bewusst?«

Elise wischte sich eine rote Haarsträhne aus der Stirn und vom Auge. »Es ist wunderbar, wie es dir gelingt, mich immer wieder aufzubauen.«

»Niemand muss dich aufbauen«, sagte Lorna. »Das schaffst du schon allein mit deinem Selbstbewusstsein. Ich glaube eher, dass du mal eine lange Nacht voller Schlaf brauchst.« Sie legte den Kopf schief und sah sie forschend an. »Oder eine Nacht mit einem guten Mann?«

»Beides wäre falsch«, sagte Elise. »Ich weiß genau, was ich dringend brauche.«

Ich muss dringend von Shilden weg, sagte sich Elise, das ist alles. Danach wird es mir wieder gut gehen. Sie hatte begonnen, ihren Koffer zu packen. Ich muss diese ungeheure Last von meinen Schultern abladen. Ich muss an einen Ort gehen, wo ich absolut sicher bin, Max Lannsen nicht zu begegnen. Wenn ich ihn nicht sehe, wird der Schmerz vielleicht vorübergehen. Nach einiger Zeit.

Unterwegs auf der Landstraße bog sie in ein kleines Dorf ab und hielt vor der Post an. Sie warf den Umschlag in den Briefkasten, den sie an Mr Blair Devlin, White Gates, Shilden, adressiert hatte. Dann stieg sie wieder ins Auto.

Am Abend war sie zurück in London.

Achtes Kapitel

«Ich kann es einfach nicht glauben«, sagte Janine. »Du hast ihn ruiniert und bist dann abgehauen? Ist dies meine beste Freundin, die mir alle diese Dinge erzählt? Die Liebe deines Lebens, und du tust ihr so etwas an?«

»Was hätte ich denn sonst tun können?« fragte Elise schwach.

»Also, wirklich!« Janine sprang auf und ging erregt im Zimmer auf und ab. »Du hättest es natürlich mit ihm besprechen müssen!«

»Aber ich wusste doch schon, was er sagen würde!«

»Ja, und zu Recht!«, konterte Janine. »Verbrenne das verdammte Testament!« Sie setzte sich wieder und sah Elise ins Gesicht. »Schau mal, Liebling, ich glaube dir ja, dass Blair Devlin sexy wie die Hölle ist, du ein paar hinreißende Nummern mit ihm geschoben hast und er ganz wild auf den uralten Besitz ist und diesen komischen Titel unbedingt haben will. Aber was soll das schon? Er nagt doch nicht am Hungertuch, oder? Ich habe den Eindruck, dass er ein sorgenfreies Leben führt. Er ist anerkannt in seinem Dorf, und die jungfräulichen Schönen der Umgebung stehen Schlange, um bei ihm Reitstunden zu nehmen.«

Sie atmete geräuschvoll aus, dann legte sie ihre Hand auf Elises. »Was, zum Teufel, ist in dich gefahren, Baby? Mr Devlin wird seinem Glück kaum trauen können, denn nun kann er den Mann vernichten, von dem du sagst, dass du ihn liebst.«

»Ich hatte das Gefühl, dass es für mich keine Alternative gab«, sagte Elise unglücklich.

»Keine Alternative?«, brauste Janine auf. »Etwas Schlimmeres hättest du gar nicht tun können!«

»Nun, dann kann ich mich damit trösten, dass ich mich wenigstens ehrenhaft verhalten habe«, sagte Elise kleinlaut.

»Ehrenhaft?« rief Janine. »Ich kann's kaum fassen! Wer schreibt deine Texte?«

Elise schaute zu Boden. »Eigentlich weiß ich auch nicht, warum ich es getan habe«, murmelte sie. »Ich weiß nur, wenn ich es nicht getan hätte, wäre ich mein ganzes Leben lang darüber unglücklich gewesen.«

»Und jetzt fühlst du dich nicht unglücklich?« bohrte Janine.

»Ich fühle mich miserabel«, sagte Elise. »Ich komme mir leer und verloren vor.«

»Schuldig wäre besser gewesen«, erwiderte Janine unerbittlich. »Deine Schuldgefühle hätten sich bei deinem nächsten Bettgeflüster mit Max gemindert, und beim übernächsten Mal hättest du sie vergessen. Und was hast du jetzt? Du musst allein ins Bett, allein mit deinem Teddy-Schlafanzug und deinem ehrenhaften Verhalten. Hoffentlich hält es dich warm.«

Abgesehen von dem Auto, das sich Elise von dem Geld gekauft hatte, das sie mit ihrer Arbeit auf Shilden verdiente, hatte sie kaum etwas ausgegeben. Aber sie wollte wieder einen Job.

Es war deprimierend, die Zeit in Janines kleiner Wohnung totzuschlagen. Und noch deprimierender war die Erkenntnis, dass die meisten Freunde aus der

Collegezeit arbeitslos waren oder sich in artfremden Berufen verdingten.

»Talent ist nicht genug«, sagte Janine. »Du brauchst Beziehungen, sonst bist du gar nichts wert.« Sie trug ein gewagtes Abendkleid und legte letzte Hand an die aufgetürmten blonden Haare. »Nimm mich zum Beispiel. Ich wäre nie zu dieser Snob-Chose heute Abend eingeladen worden, wenn ich mich nicht einem von Lornas Bekannten aufgedrängt hätte. Lorna kennt wirklich hohe Tiere, und davon profitiere ich jetzt.«

»Nun ja, aber damit kommst du der Bühne auch nicht näher«, wandte Elise spitz ein.

»Aber ich verdiene Geld«, sagte Janine ungerührt. »Bald schon kann ich mir eine schönere Wohnung leisten. Und du könntest auf diesem Gebiet auch Geld verdienen. Du hast das Gesicht und die Figur, die man dazu braucht.«

»Aber nicht die Neigung«, sagte Elise und fügte hinzu: »Hast du was von Lorna gehört?« Sie hoffte, dass es sich wie ein nebensächlicher Gedanke anhörte.

»Wenn du wissen willst, ob ich weiß, wie es auf Shilden läuft oder was mit Max Lannsen geschehen ist, dann lautet die Antwort nein«, sagte Janine, die den Hintergrund von Elises Frage sofort begriffen hatte. »Warum sollte Lorna mich auch anrufen? Deine Handlungsweise hat sie wahrscheinlich den Job gekostet.« Sie sprühte ihre Haare mit einem Lackspray ein. »Steht das Taxi schon draußen?«

Elise schaute aus dem Fenster. »Es wartet.«

Janine ging zur Tür. »Viel Spaß beim Fernsehen«, sagte sie. »Und warte nicht auf mich, meine Liebe. Kann sein, dass es spät wird. Sehr spät.«

Nachdem Elise sich durch die Kanäle gezappt hatte, schaltete sie den Fernseher aus. Sie saß dösend in ihrem

Sessel, als es an der Tür klingelte. Sie zuckte zusammen. Janines Wohnungstür war mit einem Spion ausgestattet, Elise drückte ein Auge dagegen und schaute hinaus.

Draußen standen zwei Männer, Anfang Dreißig, schätzte sie. Die Haare kurz geschnitten, beide in eleganten Mänteln. Könnten Versicherungsvertreter sein, dachte Elise. Oder Missionare von der Kirche der Letzten Tage. Aber irgendwie wusste Elise, dass die beiden Männer keine Hausierer oder Spendensammler waren.

Sie klingelten wieder.

Plötzlich fielen ihr Petras Warnungen ein. Ich werde nicht öffnen, entschied Elise. Sie können mich nicht dazu zwingen. Vielleicht gehen sie bald wieder.

»Miss St. John?« Die Stimme klang angenehm. »Wir wissen, dass Sie da sind. Bitte, öffnen Sie die Tür.«

Sie schwieg.

Die Stimme fuhr fort: »Entweder kommen Sie heraus oder wir kommen hinein und holen Sie.«

»Wenn Sie versuchen, sich gewaltsam Einlass zu verschaffen, rufe ich die Polizei«, drohte sie. Wieso widerfahren mir solche Dinge? fragte sie sich.

»Ist das nicht ein bisschen übertrieben?«, meinte die Stimme. »Ein Freund von Ihnen hat uns geschickt. Ein sehr guter Freund.«

»Ist es nicht auch ein bisschen übertrieben, mir mit Gewalt zu drohen?« erwiderte Elise. »Und ich kenne keine sehr guten Freunde, die zu solchen Aktionen greifen würden.«

Nach einem Schweigen sagte die Stimme: »Würden Sie Ihre Meinung ändern, wenn ich Ihnen sagte, dass es sich bei dem sehr guten Freund um Max Lannsen handelt?«

»Nein«, sagte sie. Sie überlegte kurz, ob es möglich

sein könnte, dass Max die Männer geschickt hatte, aber sie verwarf diesen Gedanken. »Max würde nicht zwei Typen schicken, die mir die Tür eintreten wollen«, sagte sie. »Wenn er mich wirklich sehen wollte, käme er selbst.«

Wieder ein längeres Schweigen. »Gut gekontert«, sagte die Stimme dann. »Es ist eigentlich auch so, dass wir wollen, dass Sie ihn treffen.«

»Ich will ihn aber nicht treffen«, log sie. »Ich will nur, dass Sie gehen.«

»Zu schade.« Der Mann lachte leise. »Denn wenn wir gehen, kommen Sie mit uns, ob Ihnen das gefällt oder nicht.«

Sie hörte, wie etwas im Schloss klickte. Dann dauerte es nur noch wenige Sekunden, ehe sie wie erstarrt zusehen musste, wie die Tür aufschwang.

Die beiden Männer betraten lächelnd die Wohnung. Einer von ihnen schwenkte etwas in der Hand, das wie ein dünner Bleistift aussah. »Die Wunder der modernen Technologie«, sagte er. »Richten Sie Ihrer Freundin Janine aus, dass sie sich ein paar Riegel besorgen soll. Heutzutage laufen zu viele zwielichtige Gestalten durch die Stadt.«

»Ich komme nicht mit Ihnen«, sagte Elise.

»Aber natürlich tun Sie das«, sagte der Mann mit der angenehmen Stimme, immer noch höflich und lächelnd. »Sie wollen Max doch sehen, nicht wahr? Wenn Sie uns Schwierigkeiten bereiten, müssen wir Sie ein bisschen einschläfern, und dann tragen wir Sie hinaus. Aber das möchten wir eigentlich nicht, denn es ist ziemlich unzivilisiert. Es wäre gescheiter, wenn Sie freiwillig kommen. Sie müssen wissen, dass wir Ihre Freunde sind. Wollen Sie sich einen Mantel überziehen?«

»Ja«, sagte sie. Sie drehte sich um und wandte sich

dem Schlafzimmer zu, und dabei schossen ihr wilde Gedanken einer Flucht durchs Fenster durch den Kopf, aber einer der beiden folgte ihr und blieb an der Tür stehen. Er ließ sie nicht aus den Augen, während sie einen Mantel aus dem Kleiderschrank nahm. Sie war sicher, dass er mit wenigen Schritten bei ihr sein und sie packen würde, noch bevor sie das Fenster erreicht hatte, das zudem noch geschlossen war.

Sie warf sich den Mantel über die Schultern. »Also gut«, sagte sie. »Ich bin fertig.«

»Sehr vernünftig«, sagte der Mann. Als sie die Wohnungstür ins Schloss zog, sagte er: »Schließen Sie gut ab. Der vielen Diebe wegen.«

»Abschließen hilft nicht, wenn die Verbrecher so gut ausgerüstet sind«, sagte Elise trocken.

Der Mann lachte. »Ja, die echten würden viel für ein solches Gerät zahlen.«

»Ach? Sie zählen sich nicht zu den echten?« fragte sie schnippisch.

»Wir sind keine Diebe«, sagte er knapp.

Neue Zweifel überfielen Elise, als sie auf einen großen Rover zugeschoben wurde. Aber selbst wenn sie hätte fliehen wollen, wäre sie keine Gegnerin für die beiden Männer gewesen. Trotz ihrer Höflichkeit schienen sie bereit zu sein, ihr Vorhaben mit bedrohlicher Entschlossenheit in die Tat umzusetzen. Genau wie Max, dachte sie plötzlich.

Das Auto fuhr zügig durch dunkle Londoner Straßen. Elise gab auf, die Richtung erkennen zu wollen, die sie einschlugen. Der eine Mann saß neben ihr auf der Rückbank, während der andere hinter dem Lenkrad saß. Als sie schließlich eine breite Straße in einem Vorort erreicht hatten, verlangsamte der Fahrer die Geschwindigkeit, nahm eine Auffahrt und hielt an.

Elise sah ein großes weißes Haus. Hinter einigen Fenstern brannte sanftgelbes Licht. Die Haustür war aus Kunstschmiedeeisen, und es gab einen schweren Türklopfer, aber die beiden Männer drückten die Tür einfach auf.

Ein leichter Druck auf ihrem Arm signalisierte Elise, welche Richtung sie in der großen Eingangshalle nehmen sollte, und im nächsten Moment befand sie sich in einem lang gestreckten Zimmer, dessen dunkle Einrichtung ihr ebenso auffiel wie die orientalischen Teppiche auf dem glänzenden Parkettboden. Eine breite Schiebetür führte in den Garten, davor stand ein schlanker Mann in einem dunklen Anzug.

Sie wusste sofort, dass es Max Lannsen war. Sofort fiel ihr die erste Begegnung mit ihm ein. Auch damals hatte er am Fenster gestanden und ihr den Rücken zugekehrt.

»Besuch für dich, Max«, sagte der Mann, der Elise hereingeführt hatte. Seine Stimme klang fröhlich.

Max drehte sich um. Seine Überraschung war so überwältigend, dass Elise auf Anhieb wusste, dass er nichts mit der Beinahe-Entführung zu tun hatte. Sein erschreckter Blick wandte sich ab von ihr und richtete sich jetzt auf den Mann neben ihr. »Was, zum Teufel, soll das, Peter?«

Peter lächelte. »Das Begleichen einer Schuld«, sagte er. »Du hast mich mal davor bewahrt, mich wegen einer Frau unglücklich zu machen. Erinnerst du dich, Max? Ich war damals noch ein junger und leicht zu beeindruckender Lieutenant. Meine Karriere in der Armee wäre wahrscheinlich schon beendet gewesen, ehe sie richtig begonnen hatte, wenn du mich nicht zur Vernunft gebracht hättest. Und jetzt ergibt sich die Möglichkeit, mich zu revanchieren.«

»Das ist keine Begleichung einer Schuld«, sagte Max wütend. »Du hättest dich um deine eigenen Angelegenheiten kümmern sollen. Miss St. John und ich haben uns nichts zu sagen.« Dann kam ihm noch etwas in den Sinn. »Wer hat dich eigentlich auf diese Idee gebracht?«

»Niemand«, antwortete Peter. »Okay, deine Freundin Lorna hat so nebenbei erwähnt, dass du und deine Geliebte nicht mehr zusammen wärt. Wir begriffen, warum du neulich, als wir dich zu einem Drink eingeladen hatten, so fürchterlich schlecht gelaunt warst. Da wir beide wissen, was für ein halsstarriger Dickschädel du bist, nahmen wir an, dass du stumm leiden würdest – es sei denn, wir unternähmen etwas. Also haben wir uns einen Sonderurlaubstag genommen und diesen Plan ausgeheckt, um euch beide wieder zusammenzubringen.«

»Das hättet ihr euch sparen können«, sagte Max undankbar. »Ich bin sicher, dass Miss St. John nicht mit mir reden will.«

»Ich dachte, du würdest nicht mehr mit mir reden wollen«, warf Elise ein.

»Warum denn nicht?« fragte er. »Du hast mich im Stich gelassen, wenn du dich erinnerst. Bist ohne ein Wort gegangen. Nicht, dass mich das überrascht hätte. Du hast mich deutlich genug spüren lassen, dass du meine Gesellschaft nicht mehr wünschst.« Er stand plötzlich vor ihr. »Warum hast du mir nicht einfach gesagt, dass es vorbei ist? Und was hast du mit deinen Abenden gemacht? Wahrscheinlich hast du sie mit diesem Blair Devlin verbracht, oder?«

Sie bemerkte kaum, wie sich die beiden Männer zurückzogen und die Tür leise hinter sich schlossen.

»Nein, ich habe Blair nicht getroffen.« Ihre Wut half ihr bei der Erklärung. »Seit wir uns getrennt haben, habe ich ihn nicht mehr gesehen. Ich wollte für mich sein – um mit mir ins Reine zu kommen.«

»Warum hast du mich nicht dabei helfen lassen? Bin ich so unnahbar?«

»Wie hätte ich dir gegenübertreten oder gar mit dir reden können?« Sie wandte sich von ihm ab. »Begreifst du denn nicht, wie schrecklich das für mich war? Schließlich wusste ich, dass ich dich in den Ruin treiben würde.«

»Mich in den Ruin treiben?« wiederholte er verständnislos. »Wie, zum Teufel, sollte das denn geschehen?«

»Das Testament«, sagte sie. »Ich habe es gefunden. Der Letzte Wille des Herrn von Shilden. Er hat Blair Devlin das Schloss vermacht.«

Er schwieg eine so lange Zeit, dass sie schon glaubte, er hätte sie nicht gehört. »Du hast das Testament gefunden?« fragte er dann. »Du warst es, die es Devlin geschickt hat?«

Es lag in einem alten Einklebebuch«, erklärte sie. »Ich wusste nicht, wie ich mich verhalten sollte. Ich wusste nicht einmal, ob es echt war. Mein erster Gedanke war, ich sollte es zerreißen, aber das brachte ich nicht fertig.«

»Warum nicht?« Seine Stimme klang kalt. »Wenn es sich als echt herausstellte, würde Blair Devlin das Schloss bekommen – das musste dir bewusst gewesen sein.«

»Ja.«

»Und trotzdem hast du es ihm geschickt.«

»Ich musste es tun«, sagte sie leise.

Er stand wieder vor ihr, sein Gesicht eine bleiche Maske. Sie erkannte, dass seine körperliche Wirkung auf sie nicht nachgelassen hatte. Sie spürte die aufsteigende Erregung in sich, hervorgerufen durch seine Nähe.

»Warum hast du es getan?« fragte er laut. »Weil du immer noch scharf auf Devlin bist?«

»Sei nicht so .... so albern!« Sie hätte lieber ein kräftigeres Wort benutzt, aber ihr fiel keins ein. »Wenn ich ihn haben wollte, scharf auf ihn wäre, wie du dich ausdrückst, warum sollte ich dann Shilden verlassen?« Plötzlich sprudelte es aus ihr heraus. »Es ging nicht darum, was ich wollte, es geht nur um das, was der alte Herr von Shilden wollte. Ich weiß, dass es sich vielleicht lächerlich anhört, aber ich fühlte mich verantwortlich dafür, dass sein Letzter Wille respektiert wurde. Ich habe es getan, weil ich es für das einzig Richtige hielt. Weil .... weil es eine Sache der Ehre war.«

Er starrte sie eine lange Zeit an. »Ehre?«, sagte er dann leise und überraschend sanft. »Ich dachte, dieses Wort existiert gar nicht mehr in unserer Sprache.« Dann lachte er, und das verwirrte sie noch mehr. »Nun, du hast die Katze aus dem Sack gelassen. Devlin hat sich Zeit gelassen, bis er sicher war, dass das Testament echt war, dann erst hat er Kontakt zu mir aufgenommen. Aber Mrs Stokes ist ihm zuvorgekommen. Ich bin sicher, dass es für sie der Höhepunkt ihres Lebens war, als sie mir sagen konnte, der wahre Herr von Shilden würde morgen nach Hause kommen.«

»Aber bist du nicht wütend auf mich?« fragte sie mit zitternder Stimme.

»Wütend auf dich?« wiederholte er. Er dachte einen Augenblick darüber nach. »Eigentlich sollte ich das. Dafür, dass du weggelaufen bist. Dass du mir nicht vertraut hast. Dass du die Sache mit dem Testament nicht mit mir besprochen hast.«

»Ich habe gedacht, du müsstest mich hassen«, sagte

sie. »Du musst doch das Gefühl haben, dass ich dich verraten habe.«

»Soll ich dir sagen, was ich fühle?« Er nahm ihre Hand und führte sie zu seiner pochenden Erektion. »Weißt du es jetzt? Immer, wenn du bei mir bist, ist es das einzige, was ich fühle.« Dann beugte er den Kopf und küsste sie.

»Aber ich habe dein Leben ruiniert«, sagte sie atemlos, als er ihren Mund wieder frei gab.

»Du hast meine Selbstbeherrschung ruiniert«, sagte er.

Seine Finger begannen damit, die Knöpfe ihrer Bluse zu öffnen. Er küsste sie wieder und schob sie rückwärts zur breiten Couch. Sie spürte sein Gewicht, das ihr keine Möglichkeit zum Ausweichen ließ. Er massierte ihre Brüste und nahm abwechselnd die Warzen in den Mund, leckte und saugte und nagte an den steif aufgerichteten Kronen.

Aber er hielt sich nicht lange mit dem Vorspiel auf. Sein Atem kam ruckweise. Er packte den Bund ihrer Hose, riss die Knöpfe auf und zog sie hastig bis zu den Knien, ein weiterer Ruck, und sie lag auf dem Boden. Trotz der hastigen Art, in der er sie nahm, genoss sie die Wärme seines Körpers, der ihren bedeckte. Seine Hände hielten sie fest, als hätte er Angst, dass sie wieder davonlaufen könnte.

Sie spürte das Beben, das seinen Körper schüttelte, als der Höhepunkt einsetzte. Seine Finger gruben sich schmerzhaft in ihre Haut, aber sie spürte den Schmerz nicht, er wurde in der tiefen Befriedigung ertränkt, die Besitz von ihrem Denken und Fühlen ergriffen hatte.

Sie fühlte sich so glücklich, als hätte sie den schönsten Orgasmus ihres Lebens gehabt.

Er lag eine lange Zeit auf ihr, auch noch, als sein Körper wieder zur Ruhe gekommen war, und obwohl ihre Position nicht die bequemste war, fühlte sie Enttäuschung, als er sich von ihr löste.

»Ich erdrücke dich«, murmelte er, während er sich zur Seite rollte.

»Nein, überhaupt nicht.«

»Lügnerin.« Er fuhr mit einer Hand liebevoll über ihre Wange. »Richtig gut kann es für dich nicht gewesen sein.« Er lachte jungenhaft. »Aber für mich war es verdammt gut.«

Sie lagen nebeneinander. »Wessen Haus ist das?« fragte sie. »Ist es dein Haus?«

»Es gehört einem Freund.«

»Hat Blair Devlin dich aus dem Schloss geworfen?«

Er schaute sie einen Moment an, und sie sah Belustigung in seinen Augen. »Nein, das hat er nicht getan. Was hast du nur für eine geringe Meinung von Mr Devlin.«

»Aber ihr wart nicht unbedingt Freunde«, erinnerte sie ihn.

»Jetzt kann er es sich erlauben, großzügig zu sein«, sagte Max. »Er hält alle Trümpfe in der Hand. Meine ganze Habe ist noch im Schloss.«

»Du musst also noch einmal hin?«

»Ja«, sagte er, »und du auch.«

Elise wollte nicht nach Shilden zurückkehren. Sie befürchtete, Blair Devlin könnte die falschen Schlüsse aus ihrer Handlungsweise gezogen haben. Sie hatte Angst, dass er annehmen würde, sie wollte die Beziehung mit ihm fortsetzen. Angst, dass sie ihn noch einmal verletzen müsste.

Während Max' Mercedes die Meilen auf der Autobahn fraß, fragte sie sich, ob Blair sie wohl vorm Schloss erwartete. Aber es war Lorna, die sie begrüßte.

»Herrlich, dich zu sehen!« Lorna umarmte Elise mit echter Freude. »Was warst du für eine Närrin! Einfach wegzulaufen! Blair muss irgendwo in der Nähe sein, er kümmert sich um die Pferde. Er ist jetzt in seinem Element. Aber du wirst ihn später bestimmt noch sehen.«

Max nahm ihren Koffer aus dem Auto und ging vor ihnen die Treppe hoch.

»Er hat immer noch den prächtigsten Hintern, den ich je gesehen habe«, sagte Lorna. »Aber es sieht wohl so aus, als bliebe mir nichts anderes übrig, als von ihm zu träumen.«

»Lorna«, sagte Elise, »bist du nicht sauer auf mich?« Lorna sah sie überrascht an. »Warum sollte ich?«

»Ich habe deinen Job in Gefahr gebracht.«

»Meinen Job hier?« Lorna lächelte. »Also, das kostet mich keine schlaflosen Nächte. Wenn ich weiter in jenem Gewerbe tätig sein wollte, würde ich zurück nach London gehen. Aber ich bleibe hier. Ich habe meinen alten Job wieder – diesmal spiele ich das Mädchen für alles für Blair Devlin.« Sie hakte sich bei Elise ein, und auf dem ersten Treppenabsatz setzten sie sich hin. »Es wird großartig sein. Ich werde Julia auch mit der Reitschule helfen.«

»In White Gates?« fragte Elise, die die Zusammenhänge immer noch nicht begriff.

»Und hier«, sagte Lorna. »Dev wird das Schloss auch als Hotel führen, obwohl ich glaube, dass er den Ostflügel nicht für die Öffentlichkeit öffnen wird.« Sie sah Elise von der Seite an und grinste breit. »Aber es kann sein, dass er dort seine Flitterwochen verbringt – mit Julia.«

»Er heiratet Julia?«

»Im nächsten Jahr«, bestätigte Lorna. »Siehst du, was du alles angerichtet hast? Durch dich sind hier eine Menge Veränderungen eingetreten.«

»Aber ich dachte, Blair sähe in Julia eine Art Ersatzschwester.«

»Das haben wir alle gedacht«, sagte Lorna. »Und du hast wahrscheinlich auch geglaubt, dass Blair ziemlich gut betucht ist, nicht wahr?«

»Ja, sicher«, sagte Elise. »Das muss man doch sein, wenn man einen Reitstall hat.«

»Ihm gehört White Gates nicht«, klärte Lorna sie auf. »White Gates ist der Besitz von Julias stinkreichem Daddy. Blair ist nur Angestellter. Er hat kein eigenes Geld, deshalb hat er sich damit abgefunden, dass Julia außer Reichweite für ihn ist, obwohl er sie immer schon angebetet hat. Nebenbei gesagt, ich glaube nicht, dass Julia oder ihr Daddy etwas an Blairs fehlenden Finanzmitteln auszusetzen gehabt hätten, aber Blair war zu stolz, um es zu versuchen. Aber jetzt spielt er mit ihnen in einer Liga – und das hat er dir zu verdanken.«

»Hat der alte Herr denn auch Geld hinterlassen?«, fragte Elise überrascht. »Max hat immer gesagt, dass kein Geld da wäre.«

»Der alte Herr hatte keinen Penny«, sagte Lorna. »Aber Shilden wird viel Geld abwerfen, nachdem Blair die hochfliegenden Pläne realisiert hat. Die meisten Investoren bleiben, und diejenigen, die nur der fleischlichen Freuden wegen investiert haben, werden keinen öffentlichen Aufstand wagen. Julias Daddy redet davon, eine Pferdebahn anzulegen, und wenn Julia etwas will, dann wird Daddy es verwirklichen. Selbst der liebe George ist begeistert, er will sogar noch mehr Geld beisteuern. Bald wird Shilden Castle ein so ehrenwertes Haus sein, dass er sogar seine Ehefrau mitbringen kann.«

Elise hatte ein angenehmes Gespräch mit Blair Devlin. Sein Verhalten war zunächst ein bisschen förmlich, aber dann wurde deutlich, dass beide ihre kurze Affäre nur noch als schöne Erinnerung betrachteten.

»Ich kann dir gar nicht sagen, wie viel mir das bedeutet, was du für mich getan hast«, sagte er. »Du hast mir meine Selbstachtung zurückgegeben, meinen Platz in der Gesellschaft. Kannst du das begreifen?«

»Ich glaube ja.«

»Ich hoffe, dass du auf Shilden bleibst«, fuhr er fort. »Und Lannsen natürlich auch. Wir könnten seine Fähigkeit gut gebrauchen. Wir müssen einen klugen Geschäftsmann haben, der uns hilft, das Unternehmen so zu führen, damit es auf Dauer Gewinn abwirft.«

»Dann ist Max jetzt dein Freund?« fragte sie spöttisch.

»So weit würde ich nicht gehen«, antwortete Blair. »Sagen wir, dass wir uns gegenseitig respektieren, was vorher nicht der Fall war. Aber ich glaube, dass er jetzt, wo Shilden als normales, wenn auch erstklassiges Hotel geführt wird, glücklicher ist. Shilden braucht nicht die zusätzliche Attraktion eines Bordells, wie ungewöhnlich es auch sein mag. Ich schätze, ihm war dieser Aspekt des Unternehmens nie ganz geheuer. Einige seiner Investoren haben ihn zu dieser Nutzung gezwungen, und er sah keine Möglichkeit, sich ihnen zu widersetzen.«

»Ich kann mich aber auch nicht erinnern, dass du dich widersetzt hättest«, warf sie ein.

Sie war belustigt, als sie feststellte, dass er verlegen wurde und ihren Blick mied.

»Nun, vielleicht nicht«, gab er zu. »Aber das ist jetzt

Geschichte.« Er lächelte. »Wir alle haben den Anspruch darauf, ein paar Irrwege zu gehen. Aber was mich selbst angeht, so hoffe ich, in ein paar Monaten ein verheirateter Mann zu sein.«

»Und der Herr von Shilden«, sagte sie.

»Das habe ich dir zu verdanken.«

Elise fand sich rasch zurecht in ihrem neuen Aufgabengebiet; sie fungierte als Lornas Assistentin. Es war nicht eben das, was sie sich vom Leben erträumt hatte, und manchmal erwischte sie sich dabei, vom Theater und von Bühnenbildern zu träumen, aber dann rief sie sich die wenigen Arbeitsplätze in Erinnerung, die es in der Theaterwelt gab. Sie musste sich glücklich schätzen, dass sie diese Chance hatte – einen Job, eine Wohnung und den Mann, den sie liebte. Sie und Max bewohnten eine großzügige Suite und wurden ebenso großzügig entlohnt.

Sie wusste, dass sie eigentlich wunschlos glücklich sein müsste. Aber sie war es nicht. Mit ihren eigenen nagenden Zweifeln wäre sie vielleicht noch zurechtgekommen, aber ihre Frustration lag viel tiefer.

Ihr war bewusst, dass auch Max mit den Umständen nicht glücklich war. Er arbeitete hart als Manager von Shilden, und nachts schien er erschöpft und innerlich zurückgezogen zu sein. Wenn sie sich liebten, war es immer erfüllend für sie. Meistens erlangten sie gleichzeitig den Höhepunkt, und danach lagen sie sich befriedigt in den Armen.

Aber seine Phantasie schien versiegt zu sein. Er regte keine neuen Positionen oder Rollenspiele mehr an. Manchmal beschlich sie das beängstigende Gefühl, dass er nur noch aus Pflichtbewusstsein mit ihr Liebe machte, und nicht mehr aus der sexuellen Begeisterung, die ihn zu Beginn so entzückt hatte.

Sie ging davon aus, dass es für ihn eine beinahe unmenschliche Umstellung war, für Blair Devlin zu arbeiten. Es musste so sein, dass er darunter viel mehr litt als sie. Wie lange würde er das durchhalten? Und würde ihre Liebe bis zu einer Lösung zerbrochen sein?

Sie lagen nebeneinander im Bett, nachdem sie sich geliebt hatten. Sie schaute ihn von der Seite an. Er wirkte so zurückgezogen und unnahbar wie ganz zu Anfang, als sie ihn in dem Haus in London das erste Mal gesehen hatte. Es wird immer schlimmer, dachte sie. Ich muss etwas unternehmen.

»Max?« Sie richtete sich auf die Ellenbogen auf und schaute hinunter auf sein regloses Gesicht. »Was bedrückt dich?«

»Nichts«, sagte er.

»Das ist eine Lüge«, behauptete sie.

Er brachte ein Lächeln zustande. »Sieht man es mir so deutlich an? Ich konnte mich noch nie gut verstellen.«

»Du hast mich einmal zurechtgewiesen«, sagte sie, »weil ich dir nicht vertraut habe. Dass wir unsere Sorgen für uns behalten haben, hat uns schon zweimal getrennt. Ich könnte ein drittes Mal nicht ertragen.«

Er schaute sie lange an, fast eine Minute lang. »Bist du glücklich hier?«, fragte er dann.

»Nun ja«, sagte sie zögerlich. »Ja.«

»Völlig?«

»Kann man völlig glücklich sein?«

»Winde dich nicht raus«, mahnte er. Er hob die Arme und verschränkte die Hände unter dem Kopf. »Was würde dich völlig glücklich machen?«

»Oh, Max«, rief sie, »was für eine Frage! Gibt es jemanden, der die Antwort darauf kennt?«

»Versuche, eine Antwort darauf zu finden«, sagte er leise.

Sie dachte über seine Frage nach, und dann kam die Antwort beinahe wie von selbst. »Ich wäre völlig glücklich, wenn ich einen überwältigenden Erfolg am Theater hätte. Die Kritiker müssten sich einig sein, dass das Bühnenbild einfach wunderbar und phantasiereich war. Ja, so etwa in diese Richtung.«

Er schwieg so lange, dass sie schon glaubte, er hätte das Thema für sich beendet. »Das habe ich mir gedacht«, sagte er schließlich. Er wandte den Kopf leicht zur Seite. Sein Blick wanderte von ihrem Gesicht zu den Brüsten. Seine Augen schafften es immer wieder, ihre Haut erwartungsvoll prickeln zu lassen, und die Brustwarzen versteiften sich. Aber er berührte sie nicht.

»Du weißt von meinem Treffen morgen mit George«, sagte er. »Aber du weißt nicht, was er mit mir besprechen will. Er wird mir ein Angebot machen.«

»Ich kann es mir denken«, sagte sie. »Er wird dich bitten, die geschäftliche Leitung des Reitsportzentrums einschließlich der geplanten Pferdebahn zu übernehmen. Das wirst du schaffen, Liebling.«

»Das stimmt«, sagte er. »Es wäre keine schwierige Aufgabe.« Er setzte sich plötzlich auf. »Steh auf. Geh im Zimmer herum. Schreite auf und ab.«

Völlig verwirrt folgte sie seinen Anweisungen. Er beobachtete jede ihrer Bewegungen.

»Komm her«, sagte er schließlich. Sie trat ans Bett. »Hierher zu mir.« Als sie sich neben ihm ausstreckte, schlug er die Decke zurück, und wieder einmal konnte sie seinen schlanken, muskulösen Körper bewundern, dessen Sonnenbräune mit den weißen Laken kontrastierte.

Überrascht sah sie, dass sein Penis fast steif war. Sie hatten früher oft mehrmals in der Nacht Liebe gemacht, aber nicht mehr, seit sie nach Shilden zurückgekehrt waren.

Sie fasste ihn an. »Ah, das gefällt mir viel, viel besser«, sagte sie. »Du magst mich noch.«

»Hast du das bezweifelt?«

»Ab und zu.«

Er schob sanft ihre Hand weg. »Knie dich über mich«, raunte er heiser. »Ich möchte dich verwöhnen und dich dabei beobachten. Ich möchte dir ins Gesicht sehen.« Sein Körper versteifte sich, als seine Lust anschwoll. Sie streichelte seine Hoden, nahm sie in eine Hand, drückte sie, erst behutsam, dann fester.

Er begann, tief in ihre Höhle hineinzustoßen. Sie war voller Freude ob ihres Gesprächs und ob seiner neu erwachten Lust. Es war das erste Mal seit Wochen, dass sie wieder die vertraute sexuelle Erregung bei ihm spürte. Es kam ihm plötzlich und unverhofft und mit einem heiseren Aufschrei, und sie hielt ganz still und wartete, bis er sich verströmt hatte.

»Gut?« fragte sie nach einer Weile.

»Ja.« Er lag auf dem Rücken und starrte an die Decke, und dann sagte er abrupt: »Ich mache es nicht.«

»Was machst du nicht?«

»Den Job«, sagte er. »Ich werde nicht Geschäftsführer des Reitsportzentrums. Ich bleibe auch nicht auf Shilden. Nächste Woche reise ich ab.«

»Hattest du Streit mit Blair?« fragte sie.

»Nein«, sagte er. »Devlin ist in allem sehr großzügig. Ich habe mich mit niemandem gestritten. Ich kann es hier nur nicht länger ertragen.«

»Max«, sagte sie, »du musst mir das näher erklären.«

Er richtete sich auf. »Es gibt nicht mehr zu erklären als das, was du eben gesagt hast, als ich dich fragte, was dich völlig glücklich machen würde. Ich hatte gehofft, dass du irgend so etwas sagst, denn es heißt, dass du verstehst, was ich fühle. Es hat was mit Erfüllung zu tun. Ich will kein Geschäftsmann sein, kein Manager. Ich möchte wissen, ob ich wirklich ein guter Maler bin. Ich will es wissen, bevor es zu spät ist. Also gehe ich zurück nach London, um es herauszufinden. Es wird hart werden, aber ich will es tun.«

Er sah sie mit einem Lächeln an, das sie seit langem nicht mehr von ihm gesehen hatte. »Kommst du mit?«

»Aber natürlich!« rief sie.

»Verdammt, Max«, sagte George Farrow. »Sie können doch in Ihrer Freizeit malen!«

»Wenn ich das Reitsportzentrum, das hier entstehen soll, manage, bleibt mir nicht viel Freizeit.«

»Ich besorge Ihnen einen Assistenten«, versprach Georg. Als er darauf keine Antwort erhielt, fragte er lauernd: »Zwei Assistenten?« Max schüttelte den Kopf. »Mehr Geld?« Wieder Kopfschütteln. »Sie sind ein Narr, Max. Künstler leiden Hunger, selbst die besten. Was geschieht, wenn Ihre Ersparnisse aufgebraucht sind?«

»Elise arbeitet«, sagte Max.

»Sie wollen sich von einer Frau aushalten lassen?«

»Gewiss«, sagte Max grinsend. »In der leichtlebigen Künstlerwelt ist das ganz normal.«

George Farrow wandte sich an Elise. »Ich nehme an, dass Sie diesen Unsinn auch noch unterstützen?«

»Ja«, sagte sie, »denn ich kann ihn verstehen. Wir

müssen uns beide beweisen. Je länger wir hier oben bleiben, desto härter wird für uns, einen klaren Schnitt zu ziehen. Und am Ende würden wir es nicht mehr schaffen – wir säßen wie in einer Falle.« Sie lächelte den älteren Mann an. »Ich weiß, dass es Ihnen schwer fällt, Verständnis dafür zu haben, aber wir brauchen die kreative Herausforderung. Wir müssen es versuchen, auch wenn sich herausstellen sollte, dass wir versagt haben.«

»Ihr seid beide völlig wahnsinnig«, sagte George Farrow. »Es hat ganz offensichtlich keinen Zweck, mit euch weiter darüber zu reden.« Plötzlich lächelte er. »Ich halte es mit dem Sprichwort ›Wenn du sie nicht schlagen kannst, stell dich auf die siegreiche Seite‹.« Er wandte sich an Elise. »Erinnern Sie sich, dass ich Ihnen meine Theaterkontakte angeboten habe? Das Versprechen steht immer noch. Ich kann niemanden zwingen, Sie einzustellen, aber wenn ich mir Ihre Arbeiten auf Shilden Castle ansehe, dann habe ich keinen Zweifel an Ihrem Talent und an Ihrer Kreativität. Sie haben den Erfolg verdient. Und was Sie angeht, Max, bin ich bereit, ein Jahr lang Ihr Förderer zu sein. Stellen Sie ein paar Bilder fertig, dann bieten wir sie den Galerien an.«

»Ich will keine Wohltätigkeit«, sagte Max.

»Ich biete keine Almosen an, verdammt«, fuhr George ihn an. »Dies ist ein geschäftlicher Vorgang mit einem entsprechenden Risiko. Wenn Sie Erfolg haben, will ich einen Teil des Kuchens für mich haben. Die Einzelheiten können wir später ausarbeiten.« Er setzte sich zurück und lächelte. »Na, wie hört sich das an?«

»Es hört sich großzügig an«, sagte Elise rasch.

»Sie waren großzügig«, hielt George Farrow dagegen. »Großzügig gegenüber mir und gegenüber Blair Devlin.« Er sah sie forschend an. »Das viktorianische Bad ist noch da«, sagte er. »Würden Sie noch einmal so großzügig sein, um einen alten Mann glücklich zu machen? Nur noch ein einziges Mal eine kleine Show?«

»Nein, das würde sie nicht«, schaltete sich Max ein. Seine dunklen Augen fixierten Elise. »Tut mir Leid, George, aber von nun an wird meine zukünftige Frau nur noch für mich da sein. Und ich für sie.«

ENDE

Lucinda Carrington

Exotik

Erotischer Roman

Ins Deutsche übertragen von
Sandra Green

1. Kapitel

Jacey Muldaire sah Anton auf dem Bett liegen, ein Laken locker um die Knie geschlungen. Sein Glied war jetzt schlaff, aber immer noch von beeindruckender Größe. Sie betrachtete ihn gern, wenn er schlief, es gab ihr einen besonderen Thrill. Nach dem Liebesakt wurde er immer schläfrig.

Sie seufzte, verknotete den schwarzen Seidenkimono und stellte den Kessel auf. Anton O'Rhiann, dachte sie. Französische Mutter, irischer Vater. Eine explosive, wunderbare Mischung. Ein Körper wie ein Athlet. Augen so dunkel, dass sie Stahl zum Schmelzen bringen konnten.

Die meisten Schwestern lechzten nach ihm und beneideten jede Frau, die in seiner Nähe war, und ganz gewiss wurde sie beneidet. Dabei habe ich gar nicht versucht, ihn aufzureißen, dachte sie. Wenn er mich nicht gefragt hätte, wann wir die Runde durch die Stationen machten, wäre er mir gar nicht aufgefallen. Sie lächelte. Nun, das stimmte wohl nicht. Er wäre mir aufgefallen, aber ich hätte ihn nicht ermuntert.

Er war es, der sich in die Sache reingehängt hatte. Und ich habe ihn gewarnt. Ich bin keine für eine Dauerbeziehung. Er hat mir damals nicht geglaubt, und heute glaubt er mir auch nicht. Und sonst glaubt mir auch niemand. Sie verstehen nicht, warum ich ihn nicht mit beiden Händen festhalte, solange ich noch die Gelegenheit dazu habe.

Das Wasser kochte, und der Kessel stellte sich ab. Sie

holte zwei rote Tassen aus dem Schrank und schaute wieder durch die offene Tür. Anton hatte sich bedächtig gedreht und auf die Seite gelegt, zeigte ihr jetzt seine knackigen Backen. Er ist attraktiv im Bett und außerhalb, musste sie sich eingestehen. Er beschert mir die Orgasmen, die ich brauche. Und wenn wir keinen Gesprächsstoff mehr haben, können wir uns immer noch über die Arbeit unterhalten.

Sie wusste, dass sie im Krankenhaus schon als ideales Paar galten. Die Schwestern nahmen wahrscheinlich Wetten an, wann sie ihre Verlobung bekannt gaben, und Antons Freunde überlegten sich bestimmt schon derbe Streiche für die Junggesellenabschiedsparty.

Sie begreifen es nicht, dachte Jacey. Und Anton begreift es auch nicht. Sie wusste, dass es ihn verletzte, wenn sie nichts über eine ständige Beziehung hören wollte.

»Du kannst weiter arbeiten«, hatte er ihr oft genug versichert. »Ich käme nie auf den Gedanken, dass du deine Karriere aufgeben solltest. Ich bin doch stolz auf dich, Dr. Muldaire. Schönheit und Hirn ist eine Kombination, die selten und sehr sexy ist.«

Er sagte ihr oft, wie schön sie sei. Sie schaute wieder zu ihm. Er hatte die Augen geschlossen, und sein Atem ging leicht. Er war vom Dienst zu ihr gekommen. Es schien unsinnig zu sein, ihn nur wegen einer Tasse Kaffee zu wecken. Sie stellte die Tassen auf den Tisch und ging hinüber zum hohen Spiegel. Schönheit und Hirn? Sie hatte sich nie als Schönheit angesehen. Sie mochte ihre prachtvollen dunkelroten Haare, eine Farbe, die keine Tönung der Welt hätte zaubern können. Aber trotz der leicht vorstehenden Wangenknochen, die ihr gefielen, fand sie ihr Gesicht als zu flach, zu platt. Die Lippen waren zu voll, zu auffällig.

Sie hatte die langen Beine einer Tänzerin, und sie bewegte sich auch mit der Anmut einer Tänzerin. Ihre Brüste waren Durchschnitt, beileibe nicht groß, aber wahrnehmbar. Ihr Po hatte ihr nie gefallen, und sie fand, dass ihre Hüften zu schmal waren. In diesem Augenblick hörte sie ein anerkennendes Pfeifen. Sie drehte sich um. Anton hatte sich aufgerichtet.

»Ich dachte, du schläfst«, sagte sie.

»Alle guten Ärzte schlafen mit einem Auge offen«, sagte er grinsend. »Hör auf zu posieren. Du weißt selbst, dass du bezaubernd aussiehst.«

»Weiß ich nicht, tu ich nicht.« Sie verrenkte den Hals und schaute über die Schulter. »Mein Hintern ist zu schmal, er sieht wie ein Männerhintern aus.«

Anton lachte. »Glaube mir, niemand wird dich für einen Mann halten.«

»In der Schule habe ich den Romeo gespielt«, sagte sie. »Ich war sehr überzeugend, und ich habe gute Kritiken erhalten.«

»Wie alt warst du damals?« gab er zurück. »Dreizehn, vierzehn? Pickelig und flachbrüstig? Nein, heute könntest du niemanden täuschen. Du bist ganz Frau.« Er klopfte aufs Bett. »Lege dich zu mir und genieße das Leben.«

Sie stieß ein übertriebenes Keuchen aus. »Schon wieder? Deine Regenerationskräfte müssen sagenhaft sein, Sir.«

»Wenn du da bist, um mich zu inspirieren, könnte ich ein Sechs-Mal-in-einer-Nacht-Mann sein.« Er schaute hinunter auf sein Glied, das dabei war, sich aufzurichten. »Siehst du? Es reicht schon, wenn ich nur daran denke. Dein hübscher Mund könnte die Inspiration noch verstärken.«

Sie schüttelte den Kopf. »Nein, ich habe uns Kaffee gemacht.«

Von der Küche aus sah sie, dass Anton sich wieder ausgestreckt und die Augen geschlossen hatte. Sie lächelte und ging ins Wohnzimmer, wo Antons Kleider verstreut herum lagen. Sie hob seine Jeans auf und stieg in sie hinein, überrascht, dass sie beinahe passten. Seine Bomberjacke aus weichem Leder war viel zu groß, sie versteckte aber ihre Brüste.

Sie strich ihre Haare so streng wie möglich zurück und band sich einen Pferdeschwanz, den sie unter dem Kragen der Jacke verbarg. Dann fand sie eine alte Baseballkappe, die ihr jemand beim Training gegeben hatte, als es zu regnen begonnen hatte. Sie setzte sie auf, ging zurück ins Schlafzimmer und stieß Anton rau an. »Wach auf, großer Junge«, knurrte sie mit tiefer Stimme. »Machste'n Spiel mit?«

Sie sah den verdutzten Ausdruck in seinem Gesicht, als er die Augen öffnete. Er dauerte nur einen Moment, aber dafür hatte sich der Versuch schon gelohnt. »Ich habe dich getäuscht.« Sie drehte eine Pirouette. »Und ich habe nicht mal richtig Ernst gemacht. Stell dir mal vor, wie viel besser ich in einem Herrenanzug aussehe.«

Er grinste. »Ich habe Bilder von Marlene Dietrich in einem Anzug gesehen, sie sah sehr sexy aus. Aber nicht im Entferntesten wie ein Mann. Und du würdest auch nicht mal an einen Mann erinnern.«

Jacey nahm eine maskuline Pose ein, eine Hand in die Hüfte gestützt. »Wie ist es, Mann, willst du mich oder nicht?«

Er packte ihr Handgelenk und zog sie herunter aufs Bett. »Ich weiß nicht«, sagte er, »ich muss zuerst mal inspizieren, was du anzubieten hast.« Er zog den Reißverschluss der Jeans auf, und fuhr mit der Hand hinein. Sie trug kein Höschen. Sie war feucht und erregt. Seine Finger bewegten sich forschend. »Nun, junger Mann«, murmelte er, »da scheint aber was zu fehlen.«

»Da fehlt nichts«, neckte sie ihn. »Es ist alles da. Es ist nur eine Frage der Größe.«

Er fing ihren Kitzler ein und tupfte dagegen. »Du meinst, damit könntest du mich befriedigen?«

Sie lehnte sich auf dem Bett zurück und öffnete die Bomberjacke. Ihre Nippel waren hart und aufgerichtet, und in der kühlen Luft erigierten sie noch stärker. Sie wusste, dass er scharf wurde, wenn er sie in diesem Zustand sah. »Oh, ja, ich kann dich befriedigen«, versprach sie.

Seine Augen betrachteten sie bewundernd. »Du spielst mit falschen Karten«, sagte er. »Und wenn du ein junger Mann wärst, wäre ich auch an deinem Arsch interessiert, nicht an deiner Brust. Dreh dich um.«

Sie drehte sich langsam auf den Bauch, und sie spürte, wie er ihr die Jeans bis auf die Knie zog. »Du wärst bestimmt der maskuline Part, was?«

»Nun, wir haben gerade festgestellt, dass du nicht das hast, was man haben muss«, sagte er. Plötzlich grätschte er über sie und pinnte sie aufs Bett. »Aber ich habe es.« Sie spürte die Wärme und Härte seines Körpers und die wachsende Kraft seines Penis zwischen ihren Backen. »Ich kann dich wie einen Jungen nehmen«, flüsterte er in ihr Ohr. »Würde dir das gefallen?«

Der Vorschlag erregte sie. Sie hatte bisher noch nie Sex auf diese Art gehabt. Sie konnte fühlen, wie sein Körper vor Erwartung zu vibrieren begann, offenbar reizte ihn die Vorstellung ebenfalls.

Sie war überrascht. Sie hatten schon früher über ihre sexuellen Phantasien gesprochen und einige von ihnen auch ausgelebt – Anton sah ihr gern beim Strippen zu, und er hatte eine Schwäche für Oralsex an ungewöhnlichen Orten, einschließlich des Vorratslagers im Krankenhaus – aber dies hier hatte er noch nie erwähnt.

Er zerrte die Jeans ganz von ihrem Körper, und sie tat so, als sträubte sie sich, lachte und trat und wand sich unter ihm. Sie wusste, dass sie ihm leicht hätte entkommen können, aber sie ließ sich aufs Bett drücken.

»Benimm dich«, grollte er, »sonst versohle ich dir erst den Hintern, ehe ich dich aufspieße.«

Sein Hang zum Rollenspiel verblüffte sie, auch das hatte sie ihm nicht zugetraut, und ebenso war sie verblüfft vom Grad der Erregung, die diese neue Spielart bei ihr auslöste. Die Phantasie, ihm ausgeliefert zu sein, war höchst stimulierend. Selbst ein paar Schläge auf den Po hätten sie nicht abgeschreckt. Bisher hatte ihr noch kein Mann den Hintern versohlt.

Er presste sie flach auf den Bauch und spreizte ihre Beine weit. Sie spürte die Gliedspitze am Anus. Sie war nicht sicher, ob sie diese neue Erfahrung mochte, aber sie war so erregt, dass sie es unbedingt wissen wollte. Jetzt und hier. Sie wollte spüren, wie er sich in sie hineinzwängte. Sie wollte ihn kommen spüren, auch wenn sie selbst keinen Höhepunkt haben würde. Dafür würde er später sorgen.

Aber nun, nachdem Anton den unorthodoxen Weg begonnen hatte, zögerte er. Er hielt sie immer noch fest aufs Bett gedrückt, aber er schien unsicher zu sein, ob er sie auf diese Weise penetrieren sollte. Jacey hoffte, ihn anzustacheln, indem sie sich zu sträuben vorgab.

Zu spät bemerkte sie, dass es die falsche Taktik war. Er zog sich sofort zurück. »Keine Sorge«, murmelte er dicht an ihrem Ohr. »Ich würde nichts tun, was dich verletzt. Und nichts, was du nicht magst.«

»Sei nicht albern«, murmelte sie. »Mach's mir endlich.« Sie langte hinter sich und packte sein Glied. Sie hörte ihn aufstöhnen, als sie ihre Hand um den harten Schaft presste und daran zog. »Steck ihn rein. Jetzt.«

»Also gut.« Sie konnte die Erregung in seiner Stimme hören. »Du wolltest es so haben, also wirst du es kriegen.«

Sie war schon sehr nass, und der Schaft glitt in sie hinein und badete sich in ihren reichlich fließenden Sekreten. Er stieß noch einmal zu, zog sich dann zurück und setzte die Spitze an den anderen Eingang an. Er wollte gerade zustoßen, hielt aber mitten in der Bewegung inne.

»Es tut mir Leid«, murmelte er. »Es wird wehtun. Ich kann nicht . . .« Er rollte sich neben sie, auf die Seite, ihr den Rücken zugewandt. Sie wusste, dass er jetzt nicht weiter machen würde, und versuchte auch nicht erst, ihn zu locken. Sie wusste auch, dass er über sein eigenes Verhalten verlegen war. Sie fasste ihn an der Schulter an.

»Es ist okay«, murmelte sie.

»Ich hätte es nicht beginnen sollen.«

»Ich wollte es. Ehrlich.«

»Vielleicht ein anderes Mal«, sagte er.

Aber sie wusste, dass es nicht noch einmal dazu kommen würde. Er würde nichts Unorthodoxes mehr beginnen. Er ist einfach der liebe Kerl. Wie schade, dass ich nicht das liebe Mädchen bin.

Er legte sich auf den Rücken, und sie sah, dass er seine Erektion verloren hatte. Sie griff danach. »Wetten, dass ich dich in zwei Minuten so weit habe?«

Er lächelte unsicher. »Willst du es denn?«

»Oh, Anton«, sagte sie scharf, »hör auf, eine Märtyrerin aus mir zu machen, das steht mir nicht.«

Sie drehte sich auf dem Bett herum und fuhr mit den

Lippen an seinem Körper entlang, leckte nur mit der Zungenspitze.

»Zwei Minuten, bis du kommst. Nimm die Zeit.«

»Ich kann die Uhr nicht sehen.«

»Schade«, sagte sie. »Dann musst du mir einfach glauben.«

Sie umschloss die Gliedspitze mit dem Mund und spürte, wie er zustieß. Sie ging die Bewegungen mit, umfasste den unteren Schaft mit einer Hand und nagte mit den Zähnen leicht am Bändchen unterhalb der Eichel. Sie wusste, dass er das besonders mochte. Sie brachte ihn viel schneller an den Rand des Orgasmus, als sie gedacht hatte.

Anton kam nie in ihrem Mund. Er zog sich aus ihr zurück und ergoss sich in die eigene Hand, während die Wellen seinen Körper schüttelten. Jacey schaute fasziniert zu.

»Ich habe gewonnen«, sagte sie.

»Ich glaube dir. Was muss ich jetzt tun? Was war der Wetteinsatz?«

»Eine Einladung zum Essen?« schlug sie vor.

Er stützte sich auf einen Arm. »Das hätte ich sowieso getan.«

Sie schwang sich vom Bett. »Lügner. Wann?«

»Nächste Woche.«

Sie bewegte sich vom Bett weg und nahm seine Bomberjacke mit.

»Wohin gehst du?«, fragte er.

»Kaffee machen.«

»Das kann ich auch. Warum lässt du mich nie Kaffee aufschütten?«

»Weil ich deinen Kaffee schon probiert habe.«

»So schlecht ist mein Kaffee nicht.«

»Er ist schrecklich.«

Er grinste. »Meine Mutter würde dir zustimmen.«

Dann, nach einer Pause: »Ich bin sicher, du würdest gut mit ihr auskommen.«

Sie blieb stehen und drehte sich um. Sie hatte eine Vorstellung, wohin diese Unterhaltung führen sollte. »Anton, ich habe keine Zeit für Ferien in Frankreich.«

»Brauchst du auch nicht. Mutter kommt her.« Sie starrte ihn an. »Du hast es vergessen«, sagte er anklagend. »Ich habe dir schon gesagt, dass Mutter zu meinem Geburtstag kommt. Meine Schwester kommt aus Leeds. Wir wollen den Geburtstag groß feiern. Mit dir.«

Sie hatte es vergessen. Verdammt, sie hatte seinen Geburtstag vergessen. Wie konnte das geschehen? Leicht, dachte sie, ich vergesse ja auch meinen eigenen. Aber das kann ich ihm nicht sagen.

»Du wirst sehen, was ich für eine nette Familie habe«, sagte er neckend. »Und sie wird sehen, was für eine nette Freundin ich habe. Ich habe viel von dir erzählt.«

Sie fragte sich, ob ihr Gesichtsausdruck ihre Gefühle verriet. Das Letzte, was sie wollte, war eine Begegnung mit Antons Mutter. »Ich bin nicht deine Freundin«, sagte sie.

Sein Gesicht verdunkelte sich. »Was bist du dann? Seit acht Monaten sind wir zusammen. Bedeutet dir das denn nichts?«

»Es bedeutet nicht, dass ich dein Eigentum bin«, fauchte sie, einen Tick schärfer, als sie beabsichtigt hatte.

»Au, verdammt! Wer hat denn gesagt, dass ich das so sehe?« Sein ungewohnter Ausbruch verrauchte so rasch, wie er gekommen war. »Auch wenn wir heiraten, heißt das nicht, dass du mein Eigentum bist. Wir wären Partner.«

»Ich habe es dir gleich am Anfang gesagt«, murmelte sie. »Ich gehöre nicht zur heiratenden Sorte.«

Er legte sich wieder flach auf den Rücken, alle Viere von sich gestreckt, entspannt und lächelnd. »Das sagst du, ja. Aber warte, bis du meine Mutter kennen gelernt hast. Du wirst sie lieben. Und sie wird entschlossen sein, dich als Schwiegertochter zu bekommen.«

Mein Gott, das brauche ich wirklich nicht, dachte Jacey. Wie komme ich aus dieser Nummer wieder raus?

Wie aufs Stichwort klingelte das Telefon. Und als sie den Hörer am Ohr hatte, wusste sie, dass sie die Antwort vielleicht schon gefunden hatte.

Major Fairhaven sah noch genauso aus, wie Jacey ihn in Erinnerung hatte. Jedes Haar an seinem Platz, der tadellose Sitz des Anzugs, das diskrete Abzeichen im Knopfloch, das ihn als Angehöriger der Royal Marines auswies. Dabei konnte Jacey ihn sich als Seemann überhaupt nicht vorstellen. Nun ja, dachte sie, ich kann ihn mir auch nicht als jungen Mann vorstellen. Ich kann ihn mir nur in diesem langweiligen Büro vorstellen, mitten in diesen cremefarbenen Wänden mit dem schlichten Regierungsmobiliar und dem verblichen Druck der Königin an der Wand.

Der Major lächelte sie an. »Schön, dass Sie gekommen sind, Dr. Muldaire.« Er musterte sie. »Ich war mir nicht sicher, ob Sie kommen würden.«

Sie hob die Schultern. »Ich bin neugierig. Warum ich? Es ist zwei Jahre her, dass ich für Sie gearbeitet habe. Und damals habe ich Ihnen gesagt, dass ich mich auf eigene Füße stellen will. Ein ruhigeres Leben, um zurück in meinen Beruf gehen zu können.«

»Ja, das haben Sie gesagt«, bestätigte er, »und ich habe Ihre Entscheidung respektiert.« Er lehnte sich zurück, legte die Finger beider Hände an den Kuppen zusammen und sah Jacey prüfend an. »Und Sie genießen es, im Midland Hospital als unterbezahltes und überarbeitetes Faktotum zu darben?«

»Der Job gibt mir große Zufriedenheit.«

»Oh, da bin ich sicher.« Wieder eine Pause. »Dr. Anton O'Rhiann ist ein gut aussehender Bursche, habe ich mir sagen lassen. Und eine Kombination aus Irland und Frankreich sorgt bestimmt für anregende Abende.«

Sie kannte Major Fairhaven zu gut, um böse zu sein. Stattdessen lachte sie. »Ich bin nicht beeindruckt. Jede Schwesternschülerin hätte Ihnen das sagen können. Nun erzählen Sie mir schon, warum Sie mich nach all der Zeit gerufen haben.«

Er lehnte sich wieder in seinem Stuhl zurück. »Haben Sie schon mal von Techtátuan gehört?«

»Nein.«

»Damit stehen Sie nicht allein. Es liegt in Guachtal in Südamerika.« Er reichte ihr mehrere Blatt Papier. »Lesen Sie das mal.«

Sie las rasch, dann blickte sie auf. »Regenwald, ein paar Dörfer, eine Hauptstadt. Ureinwohner stammen von den Inkas ab. Herrscherklasse spanischen Ursprungs, Nachfahren der Conquistadores. Sie haben ein angesehenes Poloteam, sind Gastgeber eines jährlichen Filmfestivals und toben sich wahrscheinlich täglich auf anderen Gartenpartys aus, wo sie sich mit einheimischen Weinen betrinken.«

Sie überflog das zweite Blatt.

»Die Wirtschaft ist korrupt. Sie wurde mal in Schwung gebracht durch Nazigold, das die Bosse in diese Enklave schafften, als sie merkten, dass ihnen zu Hause die Felle davon schwammen. Heute immer noch eine beliebte Geldwäscheadresse und Hafen für Steuerflüchtlinge.« Sie schaute auf und sah den Major an. »Und natürlich keine freien Wahlen. Wer ist der Boss von Guachtal?«

Der Major schob ihr eine Fotografie über den Schreibtisch zu. Jacey sah einen fassartigen Mann, der eine mit Orden behangene Uniform trug und ein breites Lächeln. Er hielt in Siegerpose beide Arme in die Luft gereckt und wurden von bewaffneten Soldaten flankiert.

»Das ist Generalissimo Hernandez«, sagte der Major.« Er lächelte kurz. »Mit seinen Leibwächtern.«

»Er hat sich in diese Position geboxt?«

»Überraschenderweise«, fuhr Fairhaven fort, »ist Hernandez recht beliebt. Er weiß die Armee hinter sich. Einige der Orden sind echt, wenn er sie sich auch schon als junger Mann verdient hat. Ich schätze, er gehört zu der Art Soldaten, die zu dumm sind, die Gefahren zu erkennen, wenn sie einem ins Gesicht starren. Aber er hat sich damals Respekt verschafft, und viele Leute halten ihn für einen Kriegshelden.«

»Und auch für ein finanztechnisches Genie?«, fragte Jacey skeptisch.

»Nein.« Der Major erlaubte sich wieder ein kurzes Lächeln. »Dafür ist dieser Mann zuständig.« Er tippte auf die Fotografie, und Jacey bemerkte eine Gruppe von Zivilisten hinter Hernandez. »Senor Nicolás Schlemann. Ein sehr cleverer Bursche. Er lässt Hernandez in der ersten Reihe paradieren, aber er hält die Fäden in der Hand. Er hat die wahre Macht in Guachtal.«

Die Gruppe der Zivilisten war unscharf, und auch Schlemanns Gesicht war nicht gut zu erkennen. Jacey konnte schwarze Haare und einen dunklen Anzug ausmachen, das war alles.

»Deutscher?«

»Deutscher Vater, spanische Mutter. Sein Vater traf 1945 in Guachtal ein, und bis 1960 hatte er sein illegales Vermögen, das er mitgebracht hatte, verdoppelt. Nicolás hat es wahrscheinlich inzwischen verdreifacht.«

Jacey schaute wieder auf das verschwommene Gesicht. Wie alt würde dieser Mann sein? Dreißig? Fünfunddreißig? Es ließ sich auf der Schwarzweißfotografie schlecht schätzen. Ein krimineller Hansdampf, der einen kleinen Diktator an der Macht hielt. Sie glaubte nicht, dass sie diesen Senor Nicolás Schlemann mochte.

»Und er weiß auch, wie man das Geld unter die Leute bringt«, fügte der Major hinzu.

»Wein, Weib und Gesang?«

»Weib, Weib, Weib«, stellte der Major klar.

Also ein selbsternannter Frauenheld. Das auch noch. Nicolás Schlemann sank noch ein paar Punkte auf ihrer Beliebtheitsskala. Sie schob dem Major das Foto zurück. Allmählich dämmerte ihr, warum Fairhaven sie angerufen hatte.

Aber will ich damit etwas zu tun haben? Ja, ich will weg, aber ist das die Antwort?

»Wenn ich bisher für Sie gearbeitet habe, dann als Teil eines Teams«, sagte sie. »Dies hier wäre anders. Ich glaube nicht, dass ich die nötige Erfahrung ...«

»Warten Sie einen Augenblick«, unterbrach Major Fairhaven sie. »Dies ist ganz anders als alle bisherigen Aufgaben.« Er lächelte. »Das Hospital von Techtátuan braucht einen Arzt, bevorzugt wird jemand, der Englisch und Spanisch spricht. Es ist alles legal. Sie können sogar Ihren guten Namen einsetzen.« Sein Lächeln wurde wärmer. »Sie nennen ihr Krankenhaus La Primavera, weil es im Frühjahr errichtet wurde, und es soll

Symbol sein für ihr neues Wachstum, für ihre Zuversicht, für einen neuen Anfang. Ich habe gehört, es soll ein gutes Hospital sein, und ich glaube nicht, dass Sie sich überarbeiten werden. Sie hätten genug Zeit, um die Umgebung zu genießen und sich in der Gesellschaft zu bewegen.«

»Jetzt hören Sie schon auf«, sagte sie voller Sarkasmus. »Sie hören sich wie ein Reiseleiter an. Wenn Sie nicht vorhaben, die kriminelle Bande, die Guachtal regiert, zu beseitigen, warum soll ich dann dahin?«

»Zur Zeit brauchen wir Informationen«, sagte Major Fairhaven. »Ein verlässliches Dokument über die Lage. Eine Nahaufnahme. Wir möchten, dass Sie mit den Menschen reden. Dass Sie Gerüchten nachgehen. Und dass Sie uns gelegentlich einen Wetterbericht schicken.«

Sie lächelte. »Das hört sich schon besser an. Sie erwarten Stürme in Guachtal?«

»Sagen wir, dass es uns interessiert, aus welcher Richtung der Wind bläst«, antwortete der Major. »Südamerika öffnet sich den Weltmärkten. Sie schneiden Straßen durch den Urwald. Guachtals Haupteinnahmequelle ist der Regenwald. Noch haben sie nicht viel damit angefangen, aber das könnte sich bald ändern.«

»Sie meinen, sie könnten damit beginnen, ihn zu zerstören?« fragte Jacey.

Der Major lächelte dünn. »Sie sind doch kein Ökokrieger geworden?«

»Es ist nur eine Schande, dass wir alles zerstören, was unwiederbringbar verloren ist.«

Der Major hob die Schultern. »Wenn Ihr Land verschuldet ist und die Menschen verhungern, stellt man sentimentale Gedanken an ein paar Bäume eher zurück. Aber das ist es, was wir herausfinden möchten.

Wie sehen die Menschen in Guachtal ihre Zukunft?« Seine Finger drückten gegeneinander. Er beugte sich vor. »Genauer gesagt: Wie betrachten Hernandez und sein cleverer Freund Schlemann die Situation? Wenn wir das wissen, haben wir die Gelegenheit, unsere eigenen Pläne zu verfolgen.« Er lächelte. »Wir brauchen nur einen gelegentlichen Bericht.«

»Wenn ich ja sage«, murmelte Jacey, »was ist dann mit meinem Job im Midland Hospital? Ich meine, ich kann nicht einfach alles im Stich lassen.«

»Wenn Sie ja sagen«, sagte der Major, »dann werden wir uns um eine Nachfolge im Midland kümmern. Das soll Ihre Sorge nicht sein«

Sie starrte ihn lange an. »Ich wette, Sie haben schon jemanden an der Hand.«

Der Major lachte. »Es ist ein attraktiver Auftrag. Eher wie ein bezahlter Urlaub.«

»Bis wann brauchen Sie meine Entscheidung?«

Er zuckte die Achseln, lächelte immer noch. »Gehen Sie nach Hause und denken Sie nach. Lassen Sie mich Ihre Entscheidung bis Ende der Woche wissen.«

Nachdem Jacey gegangen war, hob Major Fairhaven den Telefonhörer auf und wählte eine interne Nummer. Er lauschte einen Augenblick, dann sagte er: »Ja, natürlich wird sie gehen.« Er lauschte wieder, ehe er antwortete: »Oh, nein, nichts, was sie in Techtátuan tun, könnte Dr. Muldaire schockieren. Sie ist eine sehr freie Person. Die perfekte Wahl für diesen Auftrag. Aber sie weiß natürlich nicht, wie perfekt sie dafür ist.«

Im Flugzeug schämte sich Jacey, dass sie so feige gewesen war. Sie hatte Anton einen Brief geschrieben und ihm gesagt, sie hasse tränenreiche Abschiede. Wenn er den Brief lese, sei sie schon auf dem Weg zu einem neuen Job in Südamerika. Sie erinnerte daran, dass sie nie an einer Heirat interessiert gewesen sei, und ihre Entscheidung, England zu verlassen, erspare ihnen die unvermeidlich schmerzliche Trennung. Sie hoffe, hatte sie geschrieben, dass er sich voller Zuneigung und nicht in Bitterkeit an sie erinnere. Einzelheiten über ihren neuen Aufenthaltsort hatte sie ihm nicht mitgeteilt.

Bei ihrer Ankunft auf dem winzigen Flughafen von Techtátuan wartete ein modernes Auto auf sie. Der Fahrer sah zu jung aus, um in England eine Fahrlizenz zu erhalten.

»Dr. Muldaire? Ich bin Paulo. Man hat mir aufgetragen, Sie zum Krankenhaus zu fahren.« Er lächelte freundlich, und sein dunkel gebräuntes Gesicht sah aus, als hätte man es aus glatt poliertem Holz geschnitzt. Ein ungewöhnliches Gesicht, dachte Jacey, und sehr schön. Sein Spanisch hatte einen bestimmten Akzent, der wahrscheinlich der Akzent dieser Region war. »Keine Sorge«, fügte er an, während er ihr half, das Gepäck zu verstauen, »ich bin ein sicherer Fahrer.«

Sie fand bald heraus, dass das zutraf, wobei es auch half, dass sonst kaum Konkurrenz auf den Straßen war. Die meisten anderen Fahrzeuge waren altersschwache, zerbeulte Lastwagen.

Jacey war überrascht von der Helligkeit und der Sauberkeit der Stadt. Fast alle Gebäude hatten einen weißen Anstrich, und aus Fenster- und Balkonkästen spross es in üppigen Farben. Paulo sagte: »Wir haben eine schöne Stadt. Sie werden glücklich bei uns sein.«

»Sind Sie hier geboren?«

»Nein, ich stamme aus dem Dorf Mata, meine Familie lebt dort seit Generationen.« Nach einem Zögern führte er hinzu: »Lange bevor die Spanier kamen.«

Wand vorbei und hielt vor einem reich verschnörkelten Gittertor an. Paulo hupte. Ein Mann in Uniform öffnete das Tor und schloss es sofort wieder, als der Wagen durchgefahren war.

»Ziemlich viel Sicherheit für ein Krankenhaus«, bemerkte Jacey.

Paulo hob die Schultern. »Es sind einige sehr bedeutende Personen da, nehme ich an. Sie brauchen ihre Abgeschiedenheit. Selbst Generalissimo Hernandez lässt sich hier behandeln.«

»Und Nicolás Schlemann?«

»Kennen Sie Senor Schlemann?« Argwohn klang in Paulos Stimme durch.

»Nein«, sagte sie. »Ich habe von ihm gehört, das ist alles. Er ist so bedeutend wie Hernandez, nicht wahr?«

»Er ist sehr einflussreich«, antwortete Paulo. »Sie werden ihn bestimmt irgendwann kennen lernen.«

»Das kann ich mir nicht vorstellen«, sagte Jacey. »Warum sollte ich ihm über den Weg laufen?«

Das Auto blieb vor einem großen weißen Gebäude stehen. »Weil Senor Schlemann schöne Frauen liebt«, sagte Paulo.

»Ich bin als Ärztin hergekommen«, sagte Jacey, »und nicht als Unterhaltung für Nicolás Schlemann.«

»Senor Schlemann unterstellt, dass alle schönen Frauen zu seiner Unterhaltung da sind.« Jacey war überrascht von dem Mitgefühl, das plötzlich aus Paulo herauszuhören war. »Sie sollten darauf achten, Dr. Muldaire, dass Sie ihn nicht beleidigen. Senor Schlemann ist es gewohnt, das zu bekommen, was er haben will.«

»Ich werde ihn nicht beleidigen, wenn er mich nicht beleidigt«, sagte Jacey knapp.

Nicolás Schlemann war jemand, den sie immer weniger mochte. Ein eingebildeter Pinsel, dachte sie, der seine Position missbraucht, um Frauen zu tyrannisieren und alle, die zu verängstigt sind, um sich zu wehren.

Paulo sah immer noch besorgt aus, deshalb lächelte sie ihn an. »Machen Sie sich keine Gedanken, Paulo.« Aus einem Impuls heraus küsste sie ihre Finger und berührte damit seine Wange. Seine Haut fühlte sich glatt und warm an. »Ich kann schon gut auf mich aufpassen.«

Später an diesem Abend lag Jacey im Bett und rekapitulierte noch einmal die Erlebnisse des Tages. Zu viel hatte sich ereignete, als dass ihr Kopf schon Ruhe gegeben hätte. Ihr Schlafzimmer war groß und ansprechend eingerichtet, und die Klimaanlage sorgte für eine angenehme Kühle.

Die Unterkünfte des Personals waren vom Krankenhaus getrennt und sahen wie ein moderner Apartmentblock aus. Zu ihrer Wohnung gehörten Wohnzimmer, Schlafzimmer, Bad und eine kleine Küche, dazu kam noch ein Balkon, auf dem die Blumen blühten. Eine lächelnde junge Krankenschwester hatte ihr am Abend die Kantine gezeigt, so luxuriös wie ein erstklassiges Restaurant. Ferner gehörten ein Fitness Center und ein Swimmingpool noch zu den Annehmlichkeiten in ihrem neuen Zuhause.

Der Leitende Arzt des Krankenhauses, Doktor Garcia Sanchez, hatte sie offiziell begrüßt. Er war ein charmanter, älterer Spanier und lobte ihre spanische Aussprache. Er sagte ihr, dass er nicht in Guachtal geboren wurde, aber schon seit fünfzig Jahren im Staat lebte. »Es ist ein hübsches Land mit netten Menschen. Sie werden gern hier arbeiten, Dr. Muldaire.«

»Ich freue mich darauf. Kann mir morgen jemand meine Aufgaben erläutern? Ich möchte gern mit der Arbeit beginnen«, sagte sie.

Dr. Sanchez lachte. »Es gibt keinen Grund zur Eile. Es gibt natürlich Notfälle, aber die meisten Patienten kommen zu Routineuntersuchungen und mit kleineren Problemen. Wir bitten Sie nur, den Piepser im Krankenhaus zu tragen und das Handy eingeschaltet zu lassen, wenn sie das Krankenhaus verlassen. Dr. Draven wird Sie in die Einzelheiten einweisen können. Sie werden ihn mögen, er ist ein Landsmann von Ihnen. Und bis dahin ruhen Sie sich aus, erholen Sie sich von der langen Anreise.«

Was ist das für ein Krankenhaus?, dachte sie verwundert, als sie im Halbdunkel ihres Schlafzimmers lag. Es war das erste Mal, dass man ihr beim Antritt einer neuen Stelle gesagt hatte, sie sollte sich ausruhen.

Sie war sicher, dass Major Fairhaven ihr über *La Primavera* nicht die Wahrheit gesagt hatte. Von dem, was sie bisher gesehen hatte, sah die Anlage eher wie ein Kurhaus aus. Und wenn der Major an ›Wetterberichten‹ interessiert war, warum hatte er dann nichts von Loháquin erwähnt?

Sie erinnerte sich an das hagere, fanatische Gesicht auf den Plakaten. Der Mann war offenbar entschlossen, das politische Klima in Guachtal zu verändern. Ich muss mehr über diesen Menschen in Erfahrung bringen. Und Paulo kann mir dabei helfen. Ich bin sicher, er weiß mehr über Loháquin, als er zugegeben hat.

Ihr kam die Wärme von Paulos glatter Haut in den Sinn, als sie seine Wange berührt hatte. Sie sah seinen schlanken Körper, die schlaksigen Bewegungen. Lokker und grazil. Wie alt mochte er wohl sein? Sechzehn? Siebzehn? Ob er noch unschuldig war? Seltsam, sie fand, dass sie an ihn als sexuell attraktiv denken konnte, ohne ihn zu begehren. Er war ein süßer Junge. Süß und unschuldig.

Sie wand sich unruhig im breiten Bett. Vergiss es, sagte sie sich. Aber in ihrem Kopf formten sich schon die ersten Bilder, sie liefen ab wie in einem Film. Und sie schaute zu, obwohl es schmerzte.

Ein Strand. Goldener Sand und Palmen, ein Bilderbuch exotischer Schönheit. Ein Mädchen mit kastanienbraunen Haaren badet in der Sonne, die Augen geschlossen. Urlaub. Ihr erster Urlaub im Ausland, ohne Eltern. Jacey erinnerte sich, dass es eine lange Zeit gebraucht hatte, ehe die Eltern zustimmten, dass sie mit einer Gruppe von Freundinnen verreisen durfte. Und natürlich hatte sie auch die Wahrheit ein wenig verbiegen müssen. Ihr Ziel war ein Feriencamp für Singles, und ihre Freundinnen waren entschlossen, die einheimischen Talente auszuprobieren. Das hatte sie ihren Eltern natürlich nicht gesagt, und für sich hatte sie dafür eine Rechtfertigung gefunden – sie würde sich nicht unmoralisch verhalten.

Sie wollte nur einen Urlaub erleben, in dem sie tun konnte, was sie wollte. Ins Bett gehen, wann es ihr passte, aufstehen, wann ihr danach zumute war. Keine Rücksicht auf irgendjemanden. Den ganzen Tag faulenzen, am Strand liegen und nicht hören müssen, dass Sonne schadet.

Unmoralisch verhalten? Jacey runzelte die Stirn. Ja, mit achtzehn hatte sie in diesen Kategorien gedacht, als sie noch Jungfrau war, als ihre Ideale noch ungerupft waren. Abgesehen von ein paar Tagträumereien über den Hochglanzfotos einiger gut aussehender Filmstars hatte ihr Interesse in Teenagertagen dem Sport gegolten. Je gefährlicher und athletischer, umso besser. Männer waren Begleiter, manchmal Konkurrenten. Sie war eine passionierte Reiterin, betrieb Kampfsportarten und Steilwandklettern. Ihr Vater hatte ihr das Schießen beigebracht. Sie fuhr Go-cart-Rennen und lernte Drachenfliegen.

Später wurde ihr bewusst, wie glücklich sie gewesen war. Als einziges Kind hatten ihre stolzen Eltern sie nach Strich und Faden verwöhnt. Das Leben war ein einziger Spaß. Ihre Eltern waren begeistert, als sie ihnen sagte, sie wollte Medizin studieren. Nach dem College sollte der Urlaub auch eine Belohnung für ihre guten schulischen Leistungen sein.

Sie hatte ihren Freundinnen klar gemacht, dass sie nicht bereit war, auf Männerfang zu gehen. Während sie also genau das taten, vertrieb sie sich die Zeit mit Schwimmen oder Lesen, sie ging einkaufen und legte sich in die Sonne. Und sie genoss jeden Tag. Sieben von zehn Tagen. Und am achten Tag änderte sich alles.

Die Erinnerung war so deutlich, als wäre alles erst gestern geschehen. Sie konnte noch die Sonne spüren, die sie wärmte, als sie in einer geschützten Bucht lag, die sie erst vor ein paar Tagen entdeckt hatte. Sie spürte, wie der Sand nachgab und ahnte, dass jemand vor ihr stand.

Wenn ich die Augen nicht geöffnet hätte, fragte sie sich jetzt, wie wäre dann mein Leben verlaufen?

Aber ich musste ja neugierig sein. Was für eine Närrin ich doch war.

Sie erinnerte sich an den ersten Anblick von Faisal. Er blickte auf sie herab. Er trug eine knallig rote Badehose aus Seide, so knapp bemessen, dass sie eher wie ein Beutel aussah, der nicht im Stande war, seine Geschlechtsteile zu verbergen. Die Beule sah noch gewaltiger aus, weil er die Hüften vorgestreckt hatte und die Beine leicht gespreizt waren. Er war schlank, und die Sonne hatte seine dunkle Haut noch dunkler gebräunt. Seine Haare waren pechschwarz, und seine Augen, die sie intensiv anstarrten, sobald sie ihre geöffnet hatte, waren von einem faszinierenden flüssigen Braun. Sie starrte ihn offenen Mundes an.

»Hallo«, sagte er höflich und fügte in perfektem Englisch hinzu: »Sie haben das schönste Haar, das ich je gesehen habe.«

Heute hätte sie auf ein solches Kompliment etwa mit »Und Sie haben einen bemerkenswert schönen Körper« geantwortet, aber mit achtzehn war ihre Schüchternheit noch zu groß. So dankte sie nur brav. Er kniete sich vor sie, lächelte sie an und zeigte dabei seinen ebenmäßigen weißen Zähne, die zu seiner dunklen Haut einen auffälligen Kontrast bildeten.

Er fragte sie nach ihrem Namen.

»Jacey?«, wiederholte er. »Das ist ein ungewöhnlicher Name.«

»Er ist eine Zusammenfassung von Jane Catherine«, erklärte sie. »Niemand nennt mich Jane.«

»Hört sich vernünftig an. Sie sehen auch nicht wie eine Jane aus.« Er setzte sich neben sie.

Seine Blicke glitten über ihren Körper, und sie fühlte sich geschmeichelt und verwirrt. Seine Nähe war ihr angenehm bewusst, trotz seiner unanständigen Beinahe-Nacktheit. Seine Haut schien völlig unbehaart zu sein, und seine Nippel hoben sich auf der glatten Haut dick hervor, eingebettet in dunklen Aureolen. Warum fühlte sie sich so nervös, wenn sie ihn anschaute? Es gab viele andere junge Männer im Club, viele trugen gewagte Badehosen, manche hatten einen muskulöseren Körper. Einige hatten sie anzusprechen versucht. Ein Mädchen allein in einem Single-Club ist das erklärte Ziel für Einheimische und männliche Touristen. Aber sie hatte sich von keinem angesprochen gefühlt, war eher leicht genervt, bis sie sich zurückgezogen und sie in Ruhe ließen.

Und warum empfand sie bei diesem dunkelhaarigen Jungen so ganz anders? Warum fühlte sie sich verlegen und gleichzeitig erregt?

Er sagte ihr, dass er Araber sei und Faisal hieß, dass er in England aufgewachsen und zur Schule gegangen war. Er kannte London sehr gut und hatte eine Wohnung dort. Er hatte Cambridge vor kurzem abgeschlossen und sollte in der Firma seines Vaters arbeiten.

Das überraschte sie. Sie sagte ihm, sie hätte ihn für achtzehn gehalten, so alt wie sie.

Er lachte. »Ich sehe jung aus, nicht wahr? Das liegt an meinem vorbildlichen Leben. Ich rauche nicht, ich trinke nicht. Überhaupt keine Laster.« Er fing ihren Blick wieder ein. »Und auch keine Freundin.«

Sie erinnerte sich, dass sie wie ein verlegenes Schulmädchen gelacht hatte. Und das war ich auch, ein albernes, unerfahrenes, unschuldiges Schulmädchen, das beim ersten Hauch von körperlicher Lust überquillt. Lust auf diesen schönen, seelenlosen Bastard, nicht wissend, dass sie Lust mit Liebe verwechselte.

»Und was ist mit dir?« fragte er. »Kein Freund?«

»Nein.«

»Das ist unglaublich.«

»Es stimmt.«

»Kann ich dich denn heute Abend einladen? Zum Essen im Gala Hotel?«

Das Gala war das teuerste Hotel der Stadt. Sie hatte die Gäste eintreffen gesehen, die Männer im Smoking, die Frauen im langen Abendkleid. »Das geht nicht«, sagte sie rasch, »ich habe nichts anzuziehen.«

Heute wusste sie, dass sie genauso reagierte, wie er erwartet hatte. Wie hatte sie nur so dumm sein können?

»Das ist kein Problem«, sagte er. »Wir gehen einkaufen.« Er erhob sich, und wieder fiel ihr Blick auf seinen Penis und die Kontur seiner Hoden, die sich unter dem dünnen Stoff deutlich abzeichneten. »Sage mir den Namen deines Hotels, dann hole ich dich ab.«

Es war ein wunderbarer Nachmittag und ein wunderbarer Abend gewesen. Faisal war aufmerksam, lustig und großzügig. Er kaufte ihr ein elegantes weißes Seidenkleid und eine schlichte, geschmackvolle Goldkette. Das Essen war ein Gedicht, aber als es dann an der Zeit war, nach Hause zu gehen, war sie plötzlich nervös.

Jetzt erwartet er seine Bezahlung, dachte sie. Und obwohl der Gedanke sie erregte, hatte sie Angst davor, ihn zu enttäuschen. Auch wenn er keine Freundin hatte, kannte er andere Frauen, vielleicht sogar Professionelle, die ihn mit ihrem Repertoire an exotischen Tricks verwöhnt hatten. Was konnte sie ihm schon bieten? Sie hatte noch nie einen Mann auch nur sexuell berührt.

Aber es geschah nicht so. Cleverer Bastard, dachte sie und drehte sich im Bett auf die andere Seite. Die Bilder waren immer noch klar in ihrem Kopf.

Er brachte sie nach Hause und küsste sie auf die Wange, dankte für einen wunderschönen Abend. Wartete einen Moment, küsste sie dann auf die Lippen. Er behandelte sie wie die romantische Unschuld, die sie war.

Sie erinnerte sich daran, wie sie an dem Abend in ihrem Bett gelegen und den Freundinnen zugehört hatte, die sich offen über ihre Eroberungen austauschten.

»Und dann sagte er, spreiz die Beine, ich will dich mit der Zunge verwöhnen. Und er hat's getan.«

»Wie fühlt es sich an?«

»Jedenfalls besser, als wenn sie ihr Ding reinstecken. Ich bin so schnell gekommen, ich konnte es kaum glauben. Und dann wollte er, dass ich es bei ihm mache.«

»Du meinst, du solltest ihn lutschen?«

»Ja.«

»Igitt! Das könnte ich nicht.« Dann, begieriger: »Ist es ihm gekommen?«

»Darauf kannst du dich verlassen. Ich bin gut.«

»Elende Schlampe. Du wirst noch Geld dafür verlangen.«

»Gute Idee. Werde ich vielleicht mal tun. Damit könnte ich meinen nächsten Urlaub finanzieren.«

Jacey erinnerte sich, dass sie eher Mitleid für die beiden empfand. Bei ihnen hörte sich Sex so billig und verdorben an. Sie hatte etwas Besonderes, etwas, was sie nicht verstehen würden. Ein Mann, der sie als Mensch begehrte und nicht für das, was sie ihm zu geben bereit war.

Trotzdem feuerte der kurze Wortwechsel der Freundinnen ihre eigene Phantasie an. Sie stellte sich Faisais dunklen Kopf zwischen ihren Schenkeln vor, spürte seine wackere Zunge, wie sie ihr Vergnügen verschaffte, das sie bisher nur gelegentlich mit den eigenen Fingern ausgelöst hatte.

Die Phantasie erregte sie, war ihr aber auch peinlich. Oh, wie unschuldig sie doch gewesen war!

Sie erinnerte sich an das erste Mal. Sie hatten den Tag am Strand verbracht, und sie war zurück zu ihrem Apartment gegangen, um sich fürs gemeinsame Abendessen mit ihm umzuziehen. Sie hatte ihm gesagt, dass sie am nächsten Morgen nach London zurückfliegen würde. Er hatte mit entsetztem Gesichtsausdruck darauf reagiert, hatte nach ihrer Hand gegriffen und gefragt: »Werde ich dich in England wieder sehen?«

»Wenn du willst«, sagte sie. Ihr Herz raste. »Ich möchte, dass wir Freunde bleiben.«

Seine Finger hatten ihre gedrückt. Er hatte ihren Arm an sich gezogen, dass sie sich vorbeugen musste. »Ich will mehr als das, aber wir können auch nur Freunde sein, wenn dir das lieber ist.«

Sie erinnerte sich daran, dass sie errötete. Nein, sagte sie, das sei ihr nicht lieber. Auch sie wollte mehr. Sie hatte geglaubt, dass er freudig und dankbar darauf reagierte, aber er lächelte nur und sagte: »Das habe ich mir gedacht. Ich habe ein Zimmer hier. Wir können nachher hinauf gehen, und du kannst so lange bleiben, wie du willst.«

Wenn sie jetzt daran zurückdachte, fiel ihr wieder ein, wie mechanisch er Liebe gemacht hatte. Sie ließ sich benutzen, weil sie es nicht anders wusste, weil sie auch nicht wusste, was sie erwarten sollte. Darauf hatte er wohl spekuliert. Sie verzieh ihm all die Dinge, die sie nicht mochte. Sie redete sich ein, dass er der Geliebte war, den sie haben wollte, und ignorierte die Wahrheit.

Er zog sie aus und ermunterte sie, ihn auszuziehen. Ihre Hände zitterten, als sie seine nackte Haut berührten. Sie wollte verweilen, wollte ihn langsam erforschen, ertasten, kennen lernen. Seine Ohren, Augen, Lippen küssen. Aber er schien daran nicht interessiert zu sein. Er hastete sie weiter, drückte ihre Hände zum Bund seiner Hose.

Er sprach wenig, bis sie beide nackt waren. Ihr fiel auf, dass sein Penis zwar groß, aber nicht steif war. Wegen ihrer Unerfahrenheit glaubte sie, dass er sich absichtlich zurückhielt. Als er sie auf den Rücken drückte, ließ sie es geschehen. Als er sich über sie grätschte und seinen schlaffen Penis in ihren Mund schob, sträubte sie sich kurz.

»Tu es für mich«, sagte er, legte eine Hand unter ihren Kopf und hob ihn leicht an. »Für mich.«

Sie war nicht einmal sicher, was sie tun sollte. Sein Penis füllte ihren Mund. Sie versuchte zu saugen, zu nagen und zu streicheln. Er bewegte die Hüften, und sie spürte, wie er anschwoll. Er begann zu keuchen. »Oh, ja, gut, das, ist gut.«

Sie war glücklich, weil er glücklich war. Als er hart wurde, stöhnte er, zog sich aus dem Mund zurück und drückte ihre Schenkel auseinander. »Bist du bereit für mich?«

Sie spürte seine Hände auf ihrem Geschlecht, und vor Lust lief ein Schauer über sie. Er unternahm nichts, um sie weiter zu erregen, berührte sie nur leicht mit einem Finger. »Ja«, sagte er, »du bist bereit. Jetzt mache ich eine Frau aus dir.«

Er drang schnell in sie ein und stieß mit raschen Stößen zu. Sie empfand nichts als Enttäuschung. Sie wollte gestreichelt und geküsst werden. Sie wollte, dass er ihre geheimen Stellen erforschte. Sie wollte ein langsames Vorspiel, damit sie das Finale genießen konnte.

Stattdessen versprühte er sich mit einem ruckartigen Zucken und einem erleichterten Stöhnen, dann zog er sich sofort aus ihr zurück und ließ sich neben sie auf den Rücken fallen.

Sie empfand nichts. Selbst danach, erinnerte sie sich, gab sie ihm keine Schuld. Sie dachte, so müsste es sein, das erste Mal.

»War es gut?« fragte er.

»Ja«, log sie.

Er wusste ganz genau, dass es nicht gut war, dachte

sie in der Erinnerung. Und als ich dann log, wusste er, dass ich die Seine war. Er hat die Beute mit ein paar Schmeicheleien, ein paar hübschen Geschenken und ein paar Abendessen gelockt und seinen Preis bekommen – einen schwärmenden, sexuell ignoranten Teenager. Genau das, was er wollte.

Dieser Bastard.

Jacey unternahm einen energischen Schritt, den Film in ihrem Kopf abzustellen. Warum denke ich immer noch an die Vergangenheit? Sie wälzte sich ruhelos im Bett herum. Sie wusste warum. Sie gab sich selbst die Schuld für alles, was danach geschehen war, für jede schreckliche Einzelheit. Und nach zehn Jahren schmerzte es noch immer. Besonders bei solchen Gelegenheiten, nachts, in der Dunkelheit, wenn sie allein war. Sie knirschte wütend mit den Zähnen, wenn sie an Faisal dachte. Bastard. Ich wusste nicht, was Hass war, bevor du ihn mir beigebracht hast.

Und doch kann mich ein schöner junger Körper immer wieder erregen, dachte sie, auch nach allem, was Faisal mir angetan hat. Ich muss verrückt sein. Obwohl ich nicht glaube, dass ich mit Paulo etwas anfangen werde. Von nun an halte ich mich an gestandene Männer. Männer, die körperlichen Spaß haben wollen ohne emotionales Gepäck. Männer, die nicht heiraten wollen. Sie streckte sich unter der dünnen Decke. Männer wie Nicolás Schlemann.

Dieser Gedanke ließ sie zusammenzucken. Wieso, zum Teufel, denke ich an ihn? Sie erinnerte sich an Paulos Warnung, und sie hatte keinen Grund, an dem zu zweifeln, was Paulo gesagt hatte. Nicolás Schlemann war clever, gerissen und einflussreich. Er war es gewohnt, das er bekommt, was er sich in den Kopf gesetzt hatte, und in seinen Augen waren schöne

Frauen zu seiner Unterhaltung da. Wahrscheinlich bildete er sich auch noch ein, dass sie sich geehrt fühlten, es ihm zu machen.

War das wirklich der Typ Mann, den sie haben wollte? Nein, entschied sie, ganz sicher nicht.

Es stellte sich heraus, dass Dr. Peter Draven eine angenehme Überraschung war. Aus irgendeinem Grund hatte sie ihn sich als mittelalten, leicht verknöcherten Mann vorgestellt, nicht als charmanten jungen Mann mit einem freundlichen Lächeln, locker in Jeans und mit offen stehendem Hemd bekleidet. Mit seinem Schwall blonder Haare und seiner gebräunten Haut sah er ein bisschen skandinavisch aus, sagte sie ihm.

Er lachte. »Meine Großmutter stammt aus Schweden. Die blonden Haare haben eine Generation ausgesetzt, aber bei mir sind sie wieder da. Meine Mutter hat mir das nie verziehen. Möchten Sie Kaffee haben, bevor ich Sie rumführe?«

Sie saßen im großzügigen, offenen Aufenthaltsraum, von dem man aus in den Garten voller blühender exotischer Sträucher sehen konnte, und erzählten sich Geschichten aus ihrer Studenten- und Assistenzzeit. Als er schließlich zur Führung aufbrach, hatte Jacey das Gefühl, eine Menge über Peter Dravens Hoffnungen und Ambitionen zu wissen. Er hatte keine feste Freundin, und sie erwartete, dass er die erste Chance am Schopf fassen würde, mit ihr ins Bett zu gehen, wenn sie ihm auch nur die geringste Andeutung ihrer Bereitschaft gab.

Nun, warum nicht? dachte sie, als sie ihm durch den breiten, luftigen Korridor folgte. Vielleicht ist es genau das, was ich brauche. Wir haben eine Menge gemeinsam. Er hat einen Sinn für Humor und sieht nicht schlecht aus, sein Lächeln ist freundlich, und seine Augen blicken zahm. Und er hat schöne Hände.

Ja, wir könnten Spaß haben, wenn er nicht an einer exklusiven Beziehung interessiert ist. Sie ließ sich zurückfallen. Und einen knackigen Hintern hat er auch.

Ihre Führung durch *La Primavera* bestätigte ihren Verdacht, dass es sich nicht um ein normales Krankenhaus handelte. Es war unglaublich gut ausgerüstet, und es gab eine Vielzahl von wunderschön ausgestatteten Privatzimmern. Die meisten waren leer, und die Patienten, die sie sah, schienen eher Erholungsgäste zu sein und nicht Kranke. Sie saßen oder lagen in ihren Betten, lasen in Zeitschriften oder schliefen.

Peter Draven führte sie in einen Operationssaal, in dem es derart blinkte, dass Jacey bezweifelte, ob er je benutzt worden war.

»Diese Klinik muss ein Vermögen gekostet haben, und auch der Unterhalt muss Unsummen verschlingen. Woher kommt das Geld?«

Er hob die Schultern. »Wen interessiert das? Offenbar ist genug Geld da.«

»Es ist das Krankenhaus mit der größten Unterbeschäftigung, das ich je gesehen habe«, bemerkte sie. »Dabei ist es phantastisch ausgestattet. Was für eine Verschwendung.«

»Die Patienten, die hier sind, suchen Privatsphäre«, sagte Peter, was sie auch schon von Paulo gehört hatte. »Und dafür zahlen sie kräftig. Wir tun unsere Arbeit und stellen keine Fragen. Und glauben Sie mir, die Einrichtungen und die OPs werden benutzt.«

»Ich habe gehört, dass sich auch Hernandez hier behandeln lässt«, sagte Jacey.

»Viele Leute kommen her«, sagte er ausweichend. Er stand dicht vor ihr, und sie spürte die Ecke des Operationstisches, die gegen ihren Oberschenkel drückte. »Bedeutende Leute.« Sie berührten sich fast. »Wenn Sie Ihre Trümpfe richtig ziehen, können Sie hier eine schöne Zeit erleben.«

»Soll das heißen, wenn ich nett zu den richtigen Leuten bin?« Ihre Stimme klang kühl. »Und meinen Sie Leute wie Hernandez?«

Er lächelte trocken. »Stehen Sie auf ihn? Nun ja, er ist die Numero Uno hier, und es heißt ja, dass Macht ein potentes Aphrodisiakum sei.«

»Ich bräuchte mehr als ein potentes Aphrodisiakum, um einen Mann wie Hernandez zu mögen«, sagte sie. »Außerdem dachte ich, dass Nicolás Schlemann die wahre Macht in diesem Staat ausübt.«

»Oh, Sie mögen den großen dunklen und gut aussehenden Nicolás?« Peter nickte. »Nun, das überrascht mich nicht. Viele Frauen stehen auf ihn.«

Sie legte eine Hand auf seine Brust und stieß ihn zurück. »Nein, ich stehe nicht auf Schlemann, ob er groß und dunkel ist oder nicht.«

»Aber Nicci wird Sie mögen«, sagte Peter. Seine Blicke glitten bewundernd über ihren Körper, kehrten dann zu ihrem Gesicht zurück. »Er hat immer schon einen guten Geschmack gehabt.«

Sie war nicht immun gegen seine Komplimente und auch nicht gegen Peter Dravens Körper, dessen Wärme auf sie übersprang. Je länger sie ihn betrachtete, desto mehr freundete sie sich mit dem Gedanken an, eine unkomplizierte Affäre mit ihm zu beginnen.

»Wenn wir uns schon ein wenig länger kennen würden«, sagte sie, »würde ich das für den Beginn einer Anmache halten.«

Er trat wieder vor. »Sie hätten Recht.« Er band ihren Blick mit seinem. »Sie haben mich gleich von Anfang an haben wollen, geben Sie es zu.«

»Das ist Ihre Diagnose?«

Er legte seine Hände auf ihre Schultern, und von dort ließ er sie langsam über ihre Brüste gleiten. »Meine Meinung, die sich auf Erfahrung stützt«, sagte er. Seine Finger fingen an, ihre Bluse zu öffnen.

»Ich glaube nicht, dass dies der Ort und die Zeit für eine medizinische Untersuchung ist«, wandte sie ein, aber sie traf keine Anstalten, ihn aufzuhalten.

Er lehnte sich ganz dicht an sie. »Im Gegenteil, dies ist genau die richtige Zeit und der richtige Ort.«

Sie spurte seine Hände über ihre Haut streicheln und sah ihn mit Genugtuung lächeln, als er feststellte, dass sie keinen BH trug. »Leichter Zugang«, sagte er. »Das gefällt mir.« Seine Hände wogen ihre Brüste, die Finger spielten mit den Nippeln. Er küsste sie leicht auf den Mund, und als sie sich nicht wehrte, küsste er feuchter, intensiver.

Dann spürte sie seine Hände auf ihren Oberschenkeln. Er zog den Saum ihres Rocks mit einem kurzen Ruck hoch auf die Hüften. Er fasste sie um die Taille, hob sie in eine sitzende Position auf den OP-Tisch und stellte sich zwischen ihre Beine. »Lege dich zurück«, raunte er.

Seine Zunge koste ihr Ohr, seine Finger zupften am winzigen Höschen. Sie versuchte, ihn wegzuschieben. »Nicht hier, zum Teufel. Was ist, wenn jemand kommt?«

»Niemand wird hereinkommen«, murmelte er. Er hatte es geschafft, das Höschen nach unten zu ziehen. Die glatte Oberfläche des OP-Tischs fühlte sich kühl unter ihrem nackten Hintern an.

Sie sah die runden Scheinwerfer über sich und stellte sich vor, dass sie eingeschaltet wären, und dass Studenten im ersten Semester herumstanden und auf sie starrten, darauf wartend, sie beim Liebesakt zu beobachten. Es war eine überraschend erregende Phantasie. Ihr Körper kribbelte vor Verlangen nach Sex.

Peter lag jetzt auf ihr und kämpfte mit seinen Jeans. Seine Erektion war so groß und eifrig, dass er Mühe mit dem Reißverschluss hatte. Fiebrig half sie ihm, aber sie sah, wie er das Gesicht verzog, als die metallenen Zähne seine Haut ratschten. Er stöhnte auf und sagte halb lachend: »He, du hast es aber eilig, was?«

Wuchtig drang er in sie ein. Sie bewegte die Hüften und spannte die Muskeln an, um ihn tiefer hereinzuziehen. Er schloss sich ihrem Rhythmus an.

Die Spannung baute sich kontinuierlich auf, und dann ging ein heftiges Zucken durch seinen Körper, das er nicht mehr kontrollieren konnte.

Er gab einen explosiven Laut von sich, und im nächsten Moment spürte sie sein ganzes Gewicht. Nach einer Weile richtete er sich auf.

»Tut mir Leid«, sagte er. »Wirklich Leid. Aber ich konnte mich einfach nicht beherrschen.«

Sie blieb noch eine Weile auf dem Rücken liegen und fragte sich, ob er Lippen und Finger einsetzte, um ihr Befriedigung zu bringen, aber zu ihrer Enttäuschung rutschte er einfach vom Tisch und zog seine Jeans hoch.

»Das ist mir noch nie passiert.« Er grinste dümmlich. »Du solltest nicht so verdammt sexy sein.«

Soll das vielleicht ein Kompliment sein? fragte sie sich. Oder macht er mich für seine Unzulänglichkeit verantwortlich? Frustrierte sexuelle Spannung ließ sie ein wenig zittern. Sie stand auf und richtete ihre Kleider.

Er sah ihr dabei zu. »Ich habe damit wirklich nicht gerechnet. Das nächste Mal werde ich es wiedergutmachen. Das ist ein Versprechen.«

»Was lässt dich glauben, dass es ein nächstes Mal geben wird?« Ihre Stimme klang frostig.

Er sah sie verlegen an. »Nun komm schon, ich bin auch nur menschlich.«

»Ich auch«, sagte sie. »Und ich will auch meinen Spaß haben wie jeder andere.«

»Tut mir Leid«, jammerte er wieder. Sie wandte sich zur Tür und hörte ihn sagen: »Bist du denn noch nie von der Leidenschaft übermannt worden?«

Sie musste trotz allem lächeln. »Peter, du hörst dich an wie ein schlechter Film.«

»Wie soll ich es denn anders nennen?« fragte er. »Liebe?«

Ihr Lächeln schwand. »Willst du mir jetzt auch noch sagen, dass du dich in mich verliebt hast?«

»Nein«, sagte er. Dann fügte er zögernd hinzu: »Aber man kann nie wissen, was noch geschieht.«

»Ich weiß es«, sagte sie und drehte sich zu ihm um. »Eins sollten wir sofort klären. Sex kann eine Menge Spaß bringen, aber mehr ist nicht drin. Ich habe einfach kein Interesse.«

»Spaß ohne Verpflichtung?« Er lächelte. »Ich habe nichts dagegen. Ich kann mir keinen Mann vorstellen, der da nicht begeistert wäre.« Er streckte seine Hand aus. »Abgemacht«, sagte er ernst. »Unsere Beziehung wird nur reiner Sex sein, sonst nichts. Ich werde nie wieder von Leidenschaft oder gar Liebe reden.«

Sie klopfte leicht auf die hingehaltene Hand und lachte. »Vielleicht«, sagte sie. »Können wir jetzt die Führung fortsetzen?«

»Ich glaube, ich habe dir schon alles gezeigt.«

»Ich weiß noch nicht, wo ich mich morgen zum Arbeitsantritt vorstellen muss.«

Er lachte. »Klar, das Wichtigste habe ich vergessen. Dein Büro. Komm und schaue es dir an.«

Das Büro war mit einem hellen pastellfarbenen Teppich ausgelegt, und Pastelltöne beherrschten auch die Wände. Aus dem großen Fenster schaute sie in den Garten. Peter wies auf den brandneuen Computer auf dem Schreibtisch mit der dicken Glasplatte.

»Dort findest du alle medizinischen Unterlagen und die Krankenhausbibliothek.« Er zeigte ihr das Modem. »Und wenn dir langweilig ist, kannst du im Netz surfen. Wir werden dich noch mit einer E-Mail-Adresse ausstatten.«

»Großartig«, sagte Jacey. Sie setzte sich hinter den Schreibtisch und schaltete den Computer an. »Kann ich jetzt schon eine E-Mail abschicken? Meine Freundin Chris wartet schon auf ein Lebenszeichen.«

»Chris? Könnte auch ein Freund sein.«

»Chris hat drei Kinder und einen liebevollen Mann«, log Jacey. »Ich habe ihr versprochen, von mir hören zu lassen.«

Sie meldete sich an und tippte eine Nachricht ein.

Hallo, Chris,
ich bin angekommen. Das Wetter ist nicht ganz so, wie ich es erwartet habe, aber wenigstens einer der Einheimischen ist sehr freundlich. Blaue Augen und blonde Haare. Ich muss gehen – er wartet auf mich.

Sieh zu, was du daraus machst, Major Fairhaven, dachte sie. Wenn du von dem mysteriösen Lohâquin weißt, ist dir klar, was ich mit dem anderen Wetter meine. Und wenn nicht, dann wirst du so lange im Trüben fischen wie ich.

Am Ende ihres ersten Arbeitstages wusste Jacey schon eine Menge mehr über das, was im *La Primavera* ablief. Den ersten Geschmack erhielt sie schon auf der Morgenvisite. Ein netter Herr im mittleren Alter, Senor Valiente, der zur Beobachtung seiner Bronchienprobleme eingeliefert worden war, diktierte einer verblüffend attraktiven blonden Frau mehrere Briefe.

Die Blondine trug einen sehr kurzen Rock, und sie sah so aus, als gehörte sie eher als exotische Tänzerin auf eine Go-go-Bühne und nicht in ein Sekretariat. Im Krankenzimmer selbst roch es nach dem Rauch teurer Zigarren.

Senor Valiente grinste Jacey an und zeigte mehrere Goldzähne. »Ein bisschen muss ich mich auch hier um die Geschäfte kümmern, Doktor. Das hält die kleinen grauen Zellen wach.«

»Sie haben geraucht«, beschuldigte Jacey ihn.

Die Sekretärin-Darstellerin lachte, schlug die langen Beine übereinander und enthüllte dunkle Strumpfenden und Strapse. »Er ist manchmal ein unanständiger Junge«, sagte sie mit rauchiger Stimme.

Als Jacey die Tür hinter sich schloss, hörte sie die beiden lachen. Das Kichern der Frau wurde abrupt stumm. Jacey war sicher, wenn sie jetzt unter einem Vorwand zurück ins Krankenzimmer ging, würde sie ihren Patienten und seine Sekretärin bei einer anderen Beschäftigung als beim Diktieren vorfinden.

Von nun an beäugte sie den ständigen Strom von Besuchern etwas genauer. Da es nur Privatzimmer gab, konnte jeder zu jeder Zeit Besuch empfangen. Meistens handelte es sich natürlich um Familienmitglieder, oft mit entzückend gekleideten Kindern, die gehorsam im Schlepp liefen. Oder junge Geschäftsleute in maßgeschneiderten dunklen Anzügen.

Aber einige der Damen passten in keine konventionelle Kategorie. Sie waren modisch gekleidet und trafen in chauffierten Limousinen ein. Sie strahlten Sex und Selbstbewusstsein aus und schienen beim ganzen Krankenhauspersonal bekannt zu sein, von den Putzfrauen bis zur Leitung.

An diesem Abend ging Jacey zu Peter Dravens Büro. »Warum hat mir niemand gesagt, dass dieses Krankenhaus auch als Bordell fungiert?«

Peter schaute von einem Bericht auf, den er gerade schrieb. »Wer sagt das denn?«

»Ach, hör doch auf.« Sie setzte sich ihm gegenüber. »Kein Wunder, dass es hier so viele blühend aussehende, gesunde Patienten gibt. Sie melden sich zu irgendeiner überflüssigen Untersuchung an, damit sie in aller Bequemlichkeit vögeln können.«

Er grinste. »Sehr treffend. Aber ihr Geld bezahlt auch dein Gehalt.« Er unterschrieb seinen Bericht und schob ihn zur Seite. »Willst du mir jetzt sagen, dass du schockiert bist?«

»Überrascht«, stellte sie richtig. »Warum gehen die Leute nicht ins nächste Bordell?«

Peter hob die Schultern. »Weil sie Angehörige einer sehr traditionellen Gesellschaft sind. So lange sie sich in der Öffentlichkeit tadellos aufführen, schaut man über ihre heimlichen Schwächen hinweg.«

»Auch die Ehefrauen?«

Peter lehnte sich in seinem Sessel zurück und lächelte. »Was bringt dich auf die Idee, dass die Ehefrauen nicht wissen, was läuft? Sie wissen wahrscheinlich sogar, welche Frau ihren Mann gerade bedient. Die Frauen, die auf diese Weise im Krankenhaus arbeiten, gehören zu den bestbezahlten Huren in Techtátuan. Sie sind diskret und sauber. Wenn du verheiratet wärst, würdest du dir bestimmt wünschen, dein Mann bediente sich einer solchen Frau, als ins Bordell zu gehen, wo man nie weiß, was man sich einfängt und an welche man gerät.«

»Und dadurch soll es hinnehmbar sein?« gab sie kühl zurück. »Ich betrüge dich, meine Liebe, aber keine Sorge, ich fange mir nichts ein.«

Er lachte. »Glaubst du, es ist alles nur einseitig? Ist dir schon der elegante junge Mann aufgefallen, der Senora Atriega besucht? Sie stellt ihn als ihren Neffen vor.«

Jacey nickte. »Ich habe ihn auf dem Flur getroffen.« Senoras Neffe hatte sie mit einem sinnlichen Blick bedacht, als sie vorbeigegangen war. »Ich hatte das Gefühl, er wollte mit mir flirten.«

»Dafür lege ich meine Hand ins Feuer«, sagte Peter. »Dich als Kundin zu haben, würde für ihn bedeuten, Geschäft mit Vergnügen zu verbinden.«

»Er macht es professionell?« Jacey war ehrlich verblüfft.

»Ja, natürlich. Er soll einer der Besten sein.«

Sie lachte. »Also gut, das ist vielleicht auch eine Art von Gleichheit.« Sie warf Peter einen zwinkernden Blick zu. »Er war nett. Vielleicht werde ich ihn mal ausprobieren.«

»Du wirst ihn dir kaum erlauben können«, antwortete Peter. Er beugte sich mit verschwörerischer Miene vor. »Im Vertrauen, ich habe ihn einige Male untersucht, was die Länge angeht, gibt es kaum einen Unterschied zu mir.«

Sie grinste. »Vielleicht hat er sich besser unter Kontrolle.«

»Au. Das hatte ich wohl verdient, was?«

»Ja. Oder etwa nicht?«

»Kann schon sein. Bekomme ich eine Chance zur Wiedergutmachung?«

Sie hob die Schultern. »Nun, ich könnte vielleicht dazu überredet werden.«

»Heute Abend?« schlug er vor. »Ich lade dich zum Essen ein. Abgemacht?«

»Abgemacht«, sagte sie. »Wann holst du mich ab?«

»Um acht.«

2. Kapitel

Jacey hatte sich bald in eine angenehme, anspruchslose Routine gefunden, und nach zwei Wochen empfand sie nichts als Langeweile. Sie arbeitete in einer Atmosphäre, die ihre Kollegen und Freunde im Midland Hospital grün vor Neid hätte werden lassen, aber sie fühlte eine wachsende Frustration.

Sie wusste, dass es viele Menschen in Techtátuan gab, denen sie mit ihrem ärztlichen Wissen hätte helfen können, Menschen, die sich *La Primavera* nicht erlauben konnten. Das waren die Menschen, zu denen sie gehen sollte. Bei denen würde sie wahrscheinlich auch eher etwas über Loháquin erfahren. Die reichen so genannten Patienten im Krankenhaus würden ihr jedenfalls nichts erzählen.

Warum hatte Major Fairhaven sie in dieses Krankenhaus geschickt? Hier konnte sie keine ›Wetterberichte‹ von Wert erstellen.

Ihre Frustration führte dazu, dass sie sich die meiste Zeit gereizt fühlte. Sie war eine zu professionelle Ärztin, um ihren Gemütszustand auf ihre Arbeit abfärben zu lassen, aber sie fand es zunehmend schwierig, mit Leuten wie Senor Valiente und seiner fast ständig anwesenden ›Sekretärin‹ oder mit Senora Atriega unbefangen zu reden.

Als sie am Morgen während der Visite auf dem Korridor von einem jungen Mann angesprochen wurde, der sie fragte, wo er die Senora finden könnte, konnte sie ihre Verärgerung kaum verheimlichen. Noch ein Neffe, dachte sie wütend.

Er sah attraktiv aus, das musste sie zugeben. Er, hatte große braune Augen und dunkelbraune Haare, in denen es golden schimmerte, und dazu besaß er noch ein wunderschönes Lächeln. Fast zu vollkommen.

Sie mochte eine kleine Ungleichmäßigkeit im Gesicht eines Mannes, etwas, das zu einem individuellen Gesicht beitrug. Dieser Junge hier sah aus, als hätte er einen Schönheitschirurgen beauftragt, ihn in einen Bilderbuch-Gigolo zu verwandeln. Er war kleiner als Durchschnitt, aber die Proportionen waren perfekt, und er bewegte sich mit der Geschmeidigkeit eines Tänzers.

Ich wette, er hat jede anmutende Bewegung vor dem Spiegel studiert, dachte Jacey ungehalten. Posieren, studieren und kalkulieren, welche Wirkung es auf die Frauen hat. Nun, auf mich hat es keine Wirkung.

Sie bedachte ihn mit einem frostigen Lächeln. »Senora Atriega liegt in Zimmer vierzehn«, sagte sie. »Aber diese Information sollten Sie sich schon beim Empfang abholen.«

Er sah sie überrascht an. »Ich bin gerade erst aus London angekommen und gleich ins Krankenhaus gefahren, um die arme Julia zu sehen. Ich will sie mit einer Menge Klatsch und Tratsch auf andere Gedanken bringen. Sie hat doch keine Schmerzen?«

»Kaum«, sagte Jacey kühl. »Sie ist eher schrecklich gelangweilt.«

»Ich werde sie aufmuntern.« Sein Lächeln war entwaffnend. »Dafür sind Freunde doch da.«

Jacey ärgerte sich über sein Täuschungsmanöver. Gerade aus London eingeflogen? Erwartete er, dass sie eine solche Geschichte glaubte? »Nun, ›Freund‹ ist ein neues Wort dafür«, bemerkte sie ätzend. »Aber es ist wahrscheinlich ehrlicher, als sich als Neffe der Senora auszugeben.«

Er sah sie einen Augenblick verdutzt an, dann wurde sein Lächeln breiter. »Das sagen sie alle, was? Neffe oder Cousin. Aber ich bin nicht wie die anderen.«

»Sie sehen aber genauso aus.«

»Wirklich?« Er trat einen Schritt zurück, und seine Augen betrachteten ihren Körper. Es waren sexuelle Blicke, die sie musterten, und Jacey war froh, dass sie den glatt geschnittenen weißen Kittel trug. »Nun, Sie sehen ganz bestimmt nicht wie alle Ärztinnen aus.« Er nahm eine Pose ein, eine Hand auf der Hüfte. »Können Sie mich untersuchen? Mal gründlich durchchecken? Ich bin sicher, wir hätten beide unseren Spaß dabei.«

Wie würde es sein, mit einem Profi Liebe zu machen? fragte sie sich. Ein Mann, der dafür bezahlt wurde, ihr Vergnügen zu bescheren. Würde sie das erregen? Oder würde sie sich billig und auch ein wenig lächerlich vorkommen?

Sie hatte gelesen, dass weibliche Prostituierte bei der Arbeit ihre Gefühle abschalten. Für sie war der Akt nur der mechanische Vorgang: Rauf, rein, raus aus der Tür. Konnten männliche Prostituierte ebenso gefühllos sein? Er musste doch Gefühle entwickeln, um überhaupt funktionstüchtig zu sein. Besonders, wenn seine Kundin nicht sonderlich attraktiv war.

»Nun, wollen Sie einen Termin buchen?«

Sie wurde mit einem Ruck aus ihren Gedanken gerissen. Er lächelte sie immer noch an.

»Ich bin sauber, sehr diskret und sehr einfallsreich«, pries er sich an.

»Und ohne Zweifel auch sehr teuer«, sagte sie und war neugierig, wie er darauf reagierte.

Er zögerte einen Moment lang. »Tausend Dollar«, sagte er. »Natürlich amerikanische Dollar.« Sie starrte ihn an, dann lachte sie ihm ins Gesicht.

»Sind Sie verrückt? Kein Mann auf dieser Welt ist tausend Dollar wert, und ganz gewiss kein Gebrauchtmann wie Sie.«

»Es ist für die ganze Nacht.« Er klang ein wenig pikiert.

»Ich würde die Summe nicht für die ganze Woche zahlen«, blaffte sie zurück.

Er hob die Schultern. »Dann werde ich jetzt gehen und nett zu Julia sein.«

Sie ist noch närrischer, als ich gedacht habe, dachte Jacey, wenn sie so viel Geld dafür bezahlt. Sie sah ihm nach, wie er den Flur entlangging. Er hat einen hübschen Hintern, dachte sie, dann tadelte sie sich dafür, überhaupt darauf geachtet zu haben.

Aber sie empfand eine gewisse Sympathie für ihn und andere, die wie er lebten. Selbst in ihrer kurzen Zeit in Guachtal hatte sie erkennen müssen, dass die Mehrheit der Bevölkerung sehr arm war, und für die meisten gab es kein Entrinnen aus der Armut, es sei denn, man verkaufte seinen Körper. Konnte sie es einem schönen jungen Mann verübeln, aus seinem Körper Kapital zu schlagen?

Was würde ich getan haben, überlegte sie, wenn ich hier geboren wäre? Hätte ich geheiratet und Kinder bekommen, um mit dreißig schon verbraucht zu sein? Oder hätte ich mich an den höchsten Bieter verkauft? Benutzen Männer die Frauen nicht schon seit Anbeginn der Menschheit? Warum sollten wir nicht die Männer benutzen?

Dieser Gedanke rief eine Erinnerung wach, die sie nicht hatte wecken wollen. Aber sie kam immer dann, wann sie am wenigsten damit rechnete.

Ein Mann in einem maßgeschneiderten Anzug, ein Mann, der unglaublich gut und sexy aussah. Und ein großäugiges Mädchen neben ihm, in einem weißen Kleid, die kastanienbraunen Haare hochgesteckt und von einer Krone aus kleinen weißen Blumen gehalten.

Mein Hochzeitstag, dachte sie, sollte der glücklichste Tag im Leben einer Frau sein. Was für ein sentimentaler Quatsch.

Obwohl sie nur auf dem Standesamt heirateten, hatte sie darauf bestanden, ein weißes Kleid anzuziehen. Faisal hatte eine religiöse Hochzeit versprochen, wenn sie mit ihm nach Hause fuhr. Sie stellte nicht die Frage, warum er die standesamtliche Ehe vorher in London haben wollte. Ihre Eltern waren dabei gewesen, sie sahen unglücklich aus, weil sie mit Faisal nicht einverstanden waren und weil er am Abend mit ihr nach Arabien fliegen würde.

Es ist ein Urlaub, hatte sie ihnen gesagt. Flitterwochen. Ich muss schließlich seine Familie kennen lernen. Sie wiederholte all die Lügen, die Faisal ihr aufgetischt hatte. Bald kommen wir nach London zurück. Faisal übernimmt das Büro seines Vaters in der Stadt. Ich werde mich an der Londoner Universität für mein Medizinstudium eintragen.

Faisal hatte sich um das Unbehagen der Schwiegereltern wenig gekümmert. Ist doch ganz natürlich, sie haben das Gefühl, ihre einzige Tochter zu verlieren. Wenn er zurück nach London käme, würde er sich bemühen, ihre Zuneigung und ihren Respekt zu gewinnen.

Und ich habe ihm geglaubt, erinnerte sie sich. Ich habe ihm all seine Lügen geglaubt.

Die Zeit zwischen der Hochzeit und ihrer Ankunft in Faisals Heimat war immer schemenhaft in ihrer Erinnerung geblieben, ein Durcheinander von Bruchstücken; der überfüllte Flughafen, die Langeweile des Flugs (Faisal schlief die ganze Zeit), und die glutofenheiße Luft, die sie empfing, als sie aus dem Flugzeug stiegen. Faisals Vater war in Amerika, seine Mutter, eine auffallend elegante Frau in einem weißen Designerleinenkostüm, begrüßte Faisal mit einem theatralischen Gefühlsausbruch und hatte für Jacey eine schlanke Hand und ein frostiges Lächeln übrig. Danach wurde sie von der Frau ignoriert. Die folgenden drei Tage verbrachte Jacey allein, in einer luxuriös eingerichteten Wohnung, umgeben von Dienstpersonal, aber völlig isoliert, weil sie kein Arabisch sprach. Sie konnte nicht einmal fragen, wo ihr Ehemann war.

Als Faisal schließlich auftauchte, entschuldigte er sich wenigstens. Es war, erinnerte sie sich, das letzte Mal, dass er das tat. Er sei verpflichtet gewesen, eine Reihe von Verwandten zu besuchen. Diese Dinge wurden von ihm erwartet, er hatte eine große Familie. Er setzte sich neben sie auf das Sofa. Es war das erste Mal, dass sie seit ihrer Heirat allein waren.

Wie kann ich beschreiben, was danach geschah? dachte Jacey. In jenen Tagen konnte ich mir noch einreden, dass wir Liebe machten. Heute wusste sie, dass Faisals Aktionen mit Liebe nichts zu tun hatten. Es schmerzte, weil sie nicht bereit und nicht erregt war. Er wollte ihren Mund benutzen, aber sie wollte ihn umarmen und küssen. Sie erinnerte sich an seine Verärgerung, als er seinen Hosenstall öffnete und ihren

Kopf nach unten drückte, zwischen seine Beine. »Mach ihn hart«, befahl er.

»Ich will nicht.« Sie spürte jetzt noch die Kraft seiner Hände auf ihrem Hinterkopf. »Nein, lass uns reden.«

»Reden?« Er schüttelte den Kopf. »Du bist meine Frau. Verhalte dich wie eine Ehefrau.« Er drückte den Kopf auf seinen Penis. Er war nicht mal halb steif. »Tu deine Pflicht«, knirschte er. »Bediene mich.«

Sie hatte zu weinen begonnen, und er ließ sie los, murmelte irgendetwas in seiner arabischen Sprache. Er masturbierte. Es war das erste Mal, dass sie einem Mann dabei zusah. Er erzielte rasch eine Erektion und wandte sich wieder an sie. »Öffne die Beine. Du willst mich doch, oder?«

Sie hatte ihn gewollt, erinnerte sie sich, aber mit Liebe und Zärtlichkeit, nicht mit der kruden Hast eines räudigen Hundes. Als er sich befriedigt hatte, wälzte er sich von ihr und fügte eine letzte Beleidigung hinzu. Er stand auf, zog den Reißverschluss hoch und ging.

Und ich habe ihm vergeben, rief sie sich verbittert in Erinnerung. Diese ersten Male habe ich ihm vergeben. Ich hielt mich sogar für nobel, weil ich so viel Verständnis für ihn hatte. Und ich glaubte, wenn wir uns erst einmal aneinander gewöhnt hätten, würde sich alles zum Besseren wenden.

Was für eine kleine Närrin ich doch war. Was für ein rehäugiges dummes Mädchen. Ich hatte es nicht anders verdient. Nein, dachte sie, das stimmt nicht. Niemand hat das verdient, was mir widerfahren ist.

Warum erinnere ich mich daran? fragte sie sich. Das Geschehen lag zwölf Jahre zurück. Aus und vorbei. Aber sie wusste, dass sie es nie vergessen würde. Es hat das aus mir gemacht, was ich heute bin. Wie ich heute bin.

Ein Ex-Freund hatte sie einmal hart genannt, weil sie ihre Beziehung abgebrochen hatte, nachdem er immer wieder vom Heiraten angefangen hatte. Hart? Sie zog das Wort ›stark‹ vor. Stark genug, männlichen Schmeicheleien und Versprechen zu widerstehen. Stark genug, einen Mann in die Wüste zu schicken, wenn er mehr forderte, als sie zu geben bereit war.

Entschlossen ging sie den Flur hinunter zu Peters Büro. Sie mochte Peter Draven, und der Abend nach der Einladung zum Essen hatte tatsächlich gezeigt, dass seine Schnellfeuernummer eine Ausnahme gewesen war. Sie hatten sich inzwischen mehrere Male getroffen. Sie mochte seine Gesellschaft und das, was er im Bett mit ihr anstellte.

Peter aktualisierte seine Computerdaten, als sie sein Büro betrat. Er warf einen Blick auf ihre Krankenblätter, die sie auf dem Arm trug. »Die kannst du mir schon geben, dann tippe ich sie ein«, sagte er.

»Dann kannst du auch die letzten Blätter kopieren«, sagte sie. »Es hat sich nichts verändert.«

Er grinste. »Das ist aber doch ein gutes Zeichen. Du willst doch nicht, dass es deinen Patienten schlechter geht?«

Sie hob die Schultern und schaffte ein leises Lächeln. »Ich komme mir so unnütz vor«, sagte sie leise. »Ich gehe von einem Zimmer ins andere und verteile Vitamintabletten und wünsche Sexualprotzen wie Senor Valiente einen guten Morgen.«

Peter rückte seinen Stuhl in ihre Richtung und sah ihr in die Augen. »Vermisst du wirklich die Zeit als Assistenzärztin? Die unsäglich vielen Stunden, die nächtlichen Anrufe, die nervenden Besprechungen, bei denen die Oberärzte und Chefärzte dich wie einen Idioten behandeln, und dann die Patienten, die das Gegenteil von dem tun, was du willst – nämlich sterben? Vermisst du den Geruch von Blut und Eingeweiden, von Desinfektionsmittel und Exkrementen und …«

»Ja«, unterbrach sie ihn. »Es hört sich dumm und kaum glaubhaft an, aber ich vermisse all das. Das Blut und die Eingeweide und die Exkremente, und das wunderbare Gefühl, wenn man einem Patienten sagen kann, dass die Operation erfolgreich verlaufen ist, dass es ihm bald wieder besser geht und er nach Hause kommt.«

»Ja, und der kleine Johnny kann bald wieder Violine spielen.« Peter lächelte. »Ich weiß. Unser Job hält ein paar Erfolgserlebnisse für uns parat. Na gut – willst du den Charme und die Erregung eines richtigen Arztberufs für ein paar Tage die Woche noch einmal einfangen?«

Sie blickte ihn neugierig an. »Erzähl mir mehr.«

»Ich arbeite unten in der Stadt als freiwilliger Helfer. In einem Krankenhaus, von dem du noch nichts gehört hast. *El Invierno*«, fügte er hinzu.

»Das Winter-Krankenhaus?« übersetzte Jacey. »Seltsamer Name.«

»Aber jeder nennt es so«, antwortete Peter. »Als Gegenpol zum *Primavera* gedacht. *El Invierno* hat kein Geld und keine Leute, die Ausstattung ist uralt und primitiv, und weil sie nicht genug Betten haben, müssen Patienten oft eine Matratze mitbringen und sich auf den Boden legen. Das Geld fließt ins *Primavera*, und für das Personal und die Patienten im *Invierno* bleiben nur Brosamen übrig. Aber es wird deinen Hang nach dem lieblichen Geruch von Blut, Urin und Desinfektionsmitteln befriedigen.«

Sein Lächeln schwand. »Es ist alles, was die armen Schweine von Techtátuan haben, wenn sie krank werden. Der Leitende Arzt heißt Filipe Rodriguez. Er ist gerade mal eins sechzig groß, jähzornig und ein brillanter Arzt. Vielleicht ist er auch ein Heiliger. Die Einheimischen halten ihn jedenfalls für einen. Du wirst ihn mögen, und er dich auch.«

»Hört sich gut an«, sagte sie und meinte es so. Das war nicht nur eine Gelegenheit, ihre ärztlichen Fähigkeiten unter Beweis zu stellen, sondern sie fand in dieser Umgebung auch vielleicht etwas mehr über Loháquin heraus. »Bekomme ich denn Erlaubnis für ein paar freie Tage die Woche?«

»Natürlich«, sagte Peter. »Überlass das mir, ich regele das für dich.« Er grinste. »Ich habe ein paar Freunde in hohen Positionen. Da wir gerade von Freunden sprechen – ich habe eine Einladung zu einer Party. Hast du schon mal von Carlos Márquez gehört?«

Der Name kam ihr bekannt vor, sie hatte ihn in Major Fairhavens Unterlagen gelesen. Die Familie Márquez war immens wohlhabend und mit Generalissimo Hernandez und Nicolás Schlemann befreundet.

»Ist Márquez nicht der Name einer Anwaltskanzlei?« fragte sie beiläufig.

»Die größte und beste in Techtátuan«, antwortete Peter. »Was bedeutet, dass es die beste und größte im ganzen Land ist. Sie haben Geld und Einfluss. Alfonso Márquez begann mit nichts und hat es zum Millionär gebracht. Er ist vor ein paar Jahren an einem Herzinfarkt gestorben. Seine drei Söhne haben das Geschäft übernommen.«

»Sie sind alle Anwälte?«

Peter lachte. »Carlos praktiziert, Raoul ist ausgebildet, hat sich aber noch nicht entschieden, ob er Juristerei oder das Polospiel betreiben oder Schauspieler werden will. Und Leonardo liegt noch in den Windeln.« Er sah Jaceys fragendes Gesicht und lachte. »Nun ja, nicht wörtlich zu nehmen. Er ist das Baby der Familie.«

»Und wer gibt die Party?«

»Carlos natürlich. Es beginnt mit einer ganz konventionellen Party, dann werden Carlos und seine Frau und die eher der Tradition verhafteten Gäste nach Hause gehen. Das ist der Beginn der heißeren Phase.« Er sah sie forschend an. »Ziemlich heiß. Aber wir können ja gehen, bevor das geschieht.«

»Du willst mir mitteilen, dass aus der Party eine Orgie wird?«

Wieder dieser forschende Blick. »Würde dich das interessieren?«

»Nein, überhaupt nicht«, entgegnete sie scharf. »Ich möchte schon wissen, mit wem ich zusammen bin. Gruppensex ist nicht mein Ding.«

Er lächelte. »Keine Sorge, wir gehen, bevor die Hosen fallen, und wenn dich ein geiler Bock bedrängt, werde ich dich retten.« Er hob sein Klemmbrett mit den Patientenkarten auf. »Ich muss mich noch um ein paar Leute kümmern, dann können wir zusammen einen Kaffee nehmen. Wartest du hier, bis ich zurück bin?«

Sie saß in einem bequemen Drehstuhl und kreiste ein wenig. Du willst mich beschützen? Grinsend dachte sie, dass sie wohl besser dran wäre, wenn sie ihren eigenen Schutz selbst übernähme. Sie erinnerte sich an ihre Schultage und an das erste Buch, das sie über Judo gelesen hatte. Wenn einer der Jungs ihre Schultasche greifen wollte, hatte sie zu einem Hebel angesetzt, der ihn aus dem Gleichgewicht brachte, seinen Fuß gepackt und ihn ausgehebelt. Sie sah immer noch die Überraschung auf den Gesichtern der Jungs. Erst danach hatte sie Judounterricht genommen und es bis zum schwarzen Gürtel geschafft, und das in kürzester Zeit.

Sie hatte auch noch den zweiten Dan machen wollen, aber dann standen ihre Zensuren im Vordergrund, und sie hatte keine Zeit mehr.

Die Erinnerung an ihren Collegeabschluss rief auch wieder das Bild von Faisal wach. Wenn ich nicht so gut abgeschlossen hätte, wäre ich gar nicht in Urlaub gefahren. Ich hätte ihn nicht kennen gelernt. Mein Leben wäre völlig anders verlaufen.

Faisal, der ihr Leben aus der Bahn geworfen hatte, der ihren Verstand mit ein paar Lügen und einem wunderschönen Lächeln lahm gelegt hatte. Die mächtigste Waffe der Welt. Sexuelle Anziehung, die als Liebe daherkommt. Mich jedenfalls hat sie zu einem ängstlichen Opfer gemacht.

Nein, den Judosport hatte sie nicht weiter verfolgen können, aber als sie später zu Major Fairhaven stieß, wurden ihr gemeinere Kampfsportarten beigebracht, mit denen sie auf der Straße besser bestehen konnte.

Das Telefon auf Peters Schreibtisch schlug an und rief sie in die Gegenwart zurück. Sie nahm den Hörer auf und vernahm schon eine sehr autoritäre, männliche Stimme, die sie nicht erkannte. »Wir lange wollen Sie mich noch warten lassen, Draven?«

»Dr. Draven ist nicht in seinem Büro«, antwortete sie kühl. »Hier spricht Dr. Muldaire, kann ich Ihnen helfen?«

»Muldaire? Sie sind die neue Frau, nicht wahr?« Kleine Pause. »Sind Sie eine richtige Ärztin?«

Jacey verschluckte eine patzige Bemerkung. »Ja.«

»Kommen Sie auf Zimmer sechs. Jetzt.« Das letzte Wort war ein Befehl, der in einem Ton herausgestoßen war, der verletzen sollte. Bevor sie reagieren konnte, war die Leitung tot. Jacey zögerte einen Moment, dann stand sie auf. Offensichtlich handelte es sich um einen der Patienten, um die sich Peter hatte kümmern wollen. Sie war zwar versucht, sich dem Befehl zu widersetzen, aber die Stimme hatte etwas an sich gehabt, was sie neugierig auf den Mann machte. Sie wollte ihm ihre Meinung sagen.

Sie hatte ihre Verärgerung im Griff, als sie den Flur hinunter schritt, Zimmer sechs entgegen. Sie wusste, dass es sich um ein kleines Untersuchungszimmer im Unfalltrakt des Krankenhauses handelte. Aber der Mann am Telefon hatte sich nicht so angehört, als leide er unter Schmerzen – eher an einem Mangel guter Manieren.

Als sie die Tür öffnete, sah sie ihren Patienten am Fenster stehen. Er blickte hinaus. Er drehte sich um, als sie eintrat, lächelte charmant, ging ihr entgegen und streckte seine Hand aus. »Dr. Muldaire? Ich bin Nicolás Schlemann. Ich bin entzückt, Sie endlich kennen zu lernen.«

Jacey war nicht oft um Worte verlegen, aber dieser groß gewachsene Mann in seinem tadellos geschnittenen Anzug beeindruckte und verwirrte sie. Sie reichte ihm die Hand, ohne nachzudenken. Er hatte einen warmen, festen Griff. Seine dunklen Augen musterten sie. »Ich fürchte, ich war am Telefon ein bisschen abrupt.«

Seine deutsche Abstammung konnte man in seinem schmalen Gesicht sehen, das kantig geschnitten war. Seine spanische Mutter hatte ihm eine natürliche Bräune mitgegeben und das glatte schwarze Haar mit den langen Koteletten.

Sie bemerkte, dass sie noch seine Hand hielt. Verärgert über sich selbst zog sie sie zurück. »Ja«, sagte sie, »Sie waren recht unhöflich.«

»Ich bin in Eile.« Er zog sein Jackett aus. »Ich muss zu einem Treffen mit Generalissimo Hernandez.« Er knöpfte sein Hemd auf, und sie sah, dass er um die Rippen einen Verband trug. Sie bemerkte auch, dass er den Körper eines Athleten hatte und sich mit der Anmut eines Tänzers bewegte. »Der Verband irritiert mich immer mehr«, sagte er. »Kann ich ihn jetzt nicht weglassen?«

»Was ist geschehen?«

»Ich bin vom Pferd gefallen«, erklärte er. Wieder das charmante Lächeln. »Es war meine eigene Dummheit. Ich habe das Tier zu sehr getreten. Dabei habe ich mir zwei Rippen gebrochen.«

»Setzen Sie sich«, sagte sie. Sie wickelte den Verband ab und übte leichten Druck auf seine Rippen aus. »Tut das weh?«

Er verzog leicht das Gesicht. »Nein.«

»Senor Schlemann«, sagte sie, »ich glaube Ihnen nicht.«

»Es tut nicht .... sehr weh«, stellte er klar. »Und der Verband ist verdammt unbequem.«

Er spannte die Arme und Schultern, und sie sah das Spiel seiner Muskeln. Es erinnerte sie an das Muskelspiel einer zum Sprung ansetzenden Raubkatze. Er schien sich dieser Wirkung bewusst zu sein.

Welcher Wirkung? fragte sie sich schuldbewusst. Dies ist ein Mann, den ich nicht mag. Ein Frauen verachtender Krimineller. Hat er etwas, was mir gefällt? Ja, schon, räumte sie ein, aber das ist nur was Physisches. Eine rein biologische Reaktion. Er sieht gut aus. Wie schade, dass sein Charakter nicht zu seinem Aussehen passt.

»Bitte, halten Sie still«, sagte sie und untersuchte seine Rippen. Seine Haut fühlte sich glatt und warm unter ihren Fingern an. Sie drückte ein wenig härter, als erforderlich gewesen wäre, aber dieses Mal zuckte er nicht. Sie trat zurück. »Es scheint gut verheilt zu sein. Ja, Sie können den Verband wegwerfen, sie brauchen keinen neuen mehr.«

»Ich danke Ihnen.« Er stand auf, zog sein Hemd wieder an und knöpfte es zu. Sie war sicher, dass er sich mehr Zeit dafür ließ, als nötig gewesen wäre. Er öffnete den Hosenbund, um die Hemdschöße zu verstauen, und er wartete lange genug, bis sie seinen flachen Bauch hatte bewundern können. »Sind Sie glücklich mit Ihrer Arbeit hier, Dr. Muldaire?«

»Ja«, sagte sie nur.

Er band seine Krawatte und legte sein Jackett um. Sie schaute ihm schweigend zu. »Ich kann mir denken, dass Sie bei den Patienten sehr beliebt sind.«

»Wenn jemand krank ist, dann mag man denjenigen, der einem hilft«, antwortete sie.

Er lächelte. »Und wenn diese Person so hübsch ist, hat man einen zusätzlichen Bonus.« Er streckte die Arme aus. »Bei bestimmten Bewegungen tut es noch weh«, sagte er.

Trocken gab sie zurück: »Ich bin sicher, Sie werden lernen, mit den Schmerzen zu leben.«

Er ging zur Tür, öffnete sie und drehte sich um. »Wenn sie schlimmer werden, die Schmerzen, komme ich zurück, damit Sie mich behandeln können.« Sein Lächeln war eine Einladung. »Ich bin sicher, dass Sie mir helfen werden.«

Sie trat an ihm vorbei.

»Sie sind Dr. Dravens Patient«, sagte sie. »Auch er ist ein richtiger Arzt.«

»Nun, der berüchtigte Senor Nicolás hat nicht viel Zeit vergehen lassen, ehe er dich in Augenschein genommen hat«, meinte Peter. Er lag quer über dem Bett. Die Sonne flutete durch die Jalousien und fächerte seinen nackten Körper in Licht und Schatten. »Was hältst du von ihm?«

»Er ist eingebildet«, antwortete Jacey. Sie stellte den Kessel auf und suchte in Peters Schrank nach dem Kaffeeglas. »Ein Sexist.« Sie lächelte. »Ein typischer Mann. Ein Tier.«

Peter schaute ihr behäbig zu. »Und du fühlst dich gar nicht zu ihm hingezogen?«

Sie wandte sich abrupt zu ihm um. »Was willst du damit andeuten?«

Peter setzte sich auf. »Komm schon«, sagte er, »du weißt genau, was ich meine. Nicci sieht nicht schlecht aus, wenn man schlanke Typen mit glatten schwarzen Haaren mag. Und ich habe dir gesagt, dass er sehr charmant sein kann, wenn er will. Erregt dich der Gedanke, mit ihm Sex zu haben?«

Jacey lächelte. »Was für eine komische Frage. Erregt dich der Gedanke, dass ich Sex mit ihm habe?«

Peter hob die Schultern. »Vielleicht. Das kann schon scharf sein, wenn ich zusehen könnte, wie er dich heiß macht, dir Stück für Stück die Sachen auszieht, wie er die entblößten Stellen küsst, wie er dich leckt. Ja, ich möchte gern sehen, wie du ins Keuchen gerätst und deine Kontrolle verlierst, wie du zuckst und dich windest und räkelst, bis du den Orgasmus erlebst, auf den du gewartet hast.«

»Oh, ein heimlicher Voyeur.«

Peter zuckte. »Das sind die meisten Männer.«

Sie hatte plötzlich einen Verdacht. »Schlemann hat nicht etwa mit dir über ein solches Szenario gesprochen?«

Peter lachte. »Nein. Aber ich wette, er würde mitmachen, wenn du der Star in der Vorstellung wärst.«

»Keine Chance«, sagte Jacey entschieden. »Ich bin keine Exhibitionistin, und ich habe auch nicht vor, in Senor Nicolás' Bett zu springen.«

Aber entsprach das auch der Wahrheit? fragte sich Jacey, während sie überlegte, was sie zur Party der Márquez tragen sollte. Ungebetene Gedanken an Nicolás Schlemann lenkten sie ab. Sie war nicht eitel, aber sie war sicher, dass Peter mit seinen Vermutungen über Schlemanns Absichten richtig lag. Wenn er alle schönen Frauen als Kandidatinnen für sein Bett sah, dann plante er wahrscheinlich, sie der langen Liste seiner Eroberungen hinzuzufügen.

Wenn sie zurück an ihr Treffen dachte, musste sie sich eingestehen, dass er geschickt vorgegangen war. Eine Variante des Spiels böser Junge, guter Junge. Am Telefon der Widerling, später beim persönlichen Treffen der Charmeur. Er machte sie wütend, und dann entwaffnete er sie dadurch, dass er sich als das Gegenteil erwies von dem, was sie erwartet hatte.

Cleverer Bastard, dachte sie. Ich war entschlossen, ihn nicht zu mögen, und nun hat er mich fast gezwungen, meine Meinung zu ändern. Dabei räumte sie ein, dass er von Anfang an einige Vorteile auf seiner Seite hatte. Sie hatte immer schon eine Schwäche für groß gewachsene, schlanke, schwarzhaarige Männer gehabt. Aber dass du mir gefällst, Senor Schlemann, heißt noch lange nicht, dass ich mit dir ins Bett hüpfe.

Sie hielt ihr geliebtes kleines Schwarze gegen ihren nackten Körper und betrachtete ihr Spiegelbild. Zu kurz? Zu sexy? Zu den Alternativen gehörte ein silbergraues Kleid, am Ausschnitt mit Perlen abgesetzt und mit einem tiefen Rückenausschnitt, eher für einen Nachtklub geeignet als für eine Party, sowie ein Ballkleid, das ihre Figur provozierend umschmiegte, aber das schien ihr für die Art Party, die Peter beschrieben hatte, zu formell zu sein.

Es muss das kleine Schwarze sein, entschied sie. Sie hatte es schon längere Zeit nicht mehr getragen. Sie schlüpfte hinein und stellte befriedigt fest, dass es noch passte. Der Saum endete kurz oberhalb der Knie. Sie drehte sich um. Der Rock bedeckte hübsch den Po und lag genau richtig an, nicht zu eng und nicht zu weit. Das Oberteil stützte und hielt ihre Brüste, sodass sie keinen BH benötigte.

Das war's, dachte sie. Sexy, aber hübsch. Sie war sicher, dass Peter mit ihrer Wahl einverstanden war. Ob Schlemann auch auf der Party sein würde? Irgendwie glaubte sie schon. Sie betrachtete sich noch einmal im Spiegel. Sie hatte nicht mehr viel Ähnlichkeit mit der Ärztin im weißen Kittel, die er kennen gelernt hatte. Sie hob die Arme und löste ihre Haare, die ihr locker auf die Schultern fielen.

Weil sie das Kleid noch nicht geschlossen hatte, hob die Bewegung ihre Brüste hoch, und für einen Moment waren ihre Nippel sichtbar. Sie lächelte, richtete den Ausschnitt und dachte: Senor Schlemann, wenn du auf der Party bist, kriegst du nicht mehr zu sehen.

Einen Tag vor der Party ging Jacey das erste Mal zum *El Invierno*. Einige Kollegen im *Primavera* waren überrascht gewesen, dass sie das Krankenhaus überhaupt besuchen wollte, als sie dann hörten, dass sie dort auch freiwillig arbeiten würde, schluckten sie schwer.

Paulo holte sie ab, und er war begeistert. »Wohin wir jetzt gehen, Dr. Muldaire, werden Sie gebraucht. Nicht so wie bei den Patienten hier.«

»Einige der Patienten hier sind auch krank, Paulo«, sagte sie.

»Im *El Invierno* sind alle ernsthaft krank«, hielt er dagegen.

Sie fand bald heraus, dass er Recht hatte. Sie war auf überfüllte Räume und antiquiertes Gerät vorbereitet gewesen, aber die Wirklichkeit im *El Invierno* entsetzte sie. Peter hatte nicht übertrieben, als er gesagt hatte, die Patienten müssten ihre eigenen Matratzen mitbringen und auf dem Boden schlafen. Sie musste sich ihren Weg über herumliegende Kranke und Familien bahnen, die neben ihren Angehörigen ein Lager aufgeschlagen hatten.

Dr. Rodriguez säuberte gerade die Armwunde eines Jungen. Der Arzt sah heiß und verschwitzt und müde aus.

»Dr. Muldaire?« Seine Blicke maßen sie ohne Willkommen und ohne Begeisterung. »Sind Sie bereit, sich die Hände schmutzig zu machen?«

»Ich bin Ärztin«, sagte sie steif. Und fügte mit einem Lächeln hinzu: »Mediziner wie Sie.«

Sie erhielt kein Lächeln zurück. »Nicht wie ich. Sie erhalten ein lächerlich hohes Gehalt im *Primavera*, und ich schätze, dafür brauchen Sie wenig zu tun.« Er warf ihr einen Tupfer zu. »Hier, machen Sie weiter. Beeilen Sie sich. Draußen stehen sie Schlange, und alle brauchen Hilfe.« Er warf einen Blick auf ihre weiße Bluse und den hellen Leinenrock. »Ich hoffe, Sie haben einen Overall in Ihrer exklusiven Tasche dabei. Ihre Designerklamotten werden mit Blut nicht mehr so gut aussehen.«

Sie weigerte sich, ihm etwas übel zu nehmen. »Ich habe einen Overall«, sagte sie. »Und ich habe auch Antibiotika mitgebracht.« Sie sah keine Veränderung seines Gesichtsausdrucks und fügte hastig hinzu: »Ich habe sie nicht gestohlen. Sie sind ein Geschenk von Dr. Draven und dem Personal im *Primavera*.«

»Mir wäre es völlig gleichgültig, wenn Sie die Medikamente gestohlen hätten«, sagte er. Einen Augenblick lang glaubte sie, er hätte ein Lächeln zu Stande gebracht. Dann wandte er sich ab. »Sagen Sie Peter und den anderen Dank.«

Sie kümmerte sich um ihren ersten Patienten. Zwei traurige braune Augen schauten sie an. Sie nahm einen neuen Tupfer und verarztete die Wunde. Die Mutter des Jungen schaute mit versteinertem Gesicht zu.

»Fertig«, sagte Jacey, als sie die Wunde gesäubert und mit einer Salbe bestrichen hatte. »Sie ist tief, deshalb wird sie noch eine Weile schmerzen.« Sie wandte sich an die Mutter. »Wie ist es passiert?«

»Sie geben keine Antwort.«

Jacey wandte sich um und sah eine füllige junge Frau in einem weißen Overall hinter sich. »Ich bin Paloma«, sagte die Frau. »Ihre Helferin.«

»Sind Sie Krankenschwester?«

Paloma lächelte. »Nein, ich bin überhaupt nicht qualifiziert, aber seit ich hier arbeite, habe ich viel gelernt.« Sie wandte sich an den Jungen und die Mutter und unterhielt sich mit ihnen in einer gutturalen Sprache, die Jacey nicht kannte. Die Mutter lächelte, wandte sich ab und ging.

»Was war das für eine Sprache?«, fragte Jacey.

»Chachté«, antwortete Paloma. »Eine der alten Sprachen, wissen Sie, die unsere Leute gesprochen haben, ehe die Spanier kamen.«

»Und Sie sprechen sie auch?«

Paloma hob die Schultern. »Ich habe einiges gelernt. Viele Indios wollen nicht spanisch reden. Sie glauben, es bringt ihnen Unglück. Und wenn man hört, wie die frühen Eindringlinge sie behandelt haben, kann man es ihnen nicht verübeln. Ich meine, ich bin spanischer Abstammung, aber viele Dinge, die meine Vorfahren hier angerichtet haben, treiben mir heute noch die Schamesröte ins Gesicht.«

Jacey wusste bald, dass Paloma endlos redete. Während sie die nächsten Patienten behandelte, erfuhr sie eine Menge über die Situation in Techtátuan, viel mehr, als sie in Major Fairhavens Unterlagen hatte lesen können.

»Das war's«, sagte Paloma schließlich. Sie schaute auf die Uhr. »Zeit für einen schnellen Kaffee.«

Sie führte Jacey in den kleinen Aufenthaltsraum des Personals. Ein schiefer Deckenventilator verrührte heiße Luft. An den Wänden hingen Reiseplakate, um das triste Dekor aufzufrischen.

Paloma schloss einen Schrank auf. »Man darf keine Wertsachen herumliegen lassen«, warnte sie Jacey. »Dazu gehören auch Kaffee und Tassen. Die Leute sind arm, sie stehlen alles.« Wieder fügte sie hinzu: »Ich kann es ihnen nicht verübeln. Sie würden das auch tun, wenn Sie arm wären.«

»Ja.«

An der Innenseite von Palomas Schranktür hing ein kleines Bild. Es war das Bleistiftporträt eines jungen Mannes mit einem gestutzten Vollbart und einer Militärmütze. Seine großen Augen strahlten seelenvolle Inbrunst aus. Ein dünner Kreis hinter seinem Kopf deutete wohl einen Heiligenschein an.

»Wer ist das?«, fragte Jacey. Aber sie kannte die Antwort schon.

Paloma zögerte einen Augenblick lang. »Ach, eigentlich niemand«, sagte sie verlegen. »Jemand hat mir das Bild gegeben.« Sie lächelte. »Er sieht gut aus, nicht wahr? Deshalb habe ich ihn an die Tür geklebt.«

Jacey versuchte einen Schuss ins Blaue. »Auf den Steckbriefplakaten draußen sieht er nicht so gut aus.«

»Ach?« Paloma sah sie nachdenklich an. »Sie haben schon von Loháquin gehört?«

»Nein, eigentlich nicht. Nur Gerüchte. Ich möchte gern die Wahrheit hören.«

»Nun, von einem einfachen Mädchen wie Paloma werden Sie die Wahrheit nicht hören.« Bei Dr. Rodriguez' Stimme zuckte Jacey zusammen. Er starrte Paloma an. »Ich habe dich gewarnt, das Bild aufzubewahren. Du machst aus einem Terroristen einen Heiligen.«

»Sie halten Loháquin für einen Terroristen?« fragte Jacey.

Rodriguez wandte sich ihr zu. »Wie würden Sie einen Mann nennen, von dem es heißt, dass er eine Armee im Regenwald versteckt hält und die Macht im Land übernehmen will?«

»Ich würde ihn einen Optimisten nennen«, sagte Jacey. Sie zögerte. »Oder einen Helden.«

Rodriguez stieß ein Schnaufen aus. »Dann sind Sie so töricht wie Paloma. Ich hoffe, Sie bringen diese Ansicht nicht unter die Leute, sonst bekommen Sie Schwierigkeiten.« Er sah sie aus zusammengekniffenen Augen an. »Und wenn Sie glauben, dass Ihr kostbarer britischer Pass Sie rettet, dann verstehen Sie nichts von Männern wie Nicolás Schlemann.«

»Ich dachte, er wäre eher ein Finanzier«, sagte Jacey. »Und kein Polizist.«

»Er ist alles«, sagte Rodriguez. »Er hat zu viel Macht,

und er ist gefährlich. Vergessen Sie das nicht, wenn Sie mit ihm zu tun haben.«

»Alles, was ich mit ihm zu tun haben werde, läuft streng professionell ab.«

»Dann halten Sie sich daran, wenn Sie ihn morgen auf der Party treffen«, sagte Rodriguez trocken.

Woher wusste er etwas von ihren gesellschaftlichen Plänen? Sie überspielte ihre Überraschung. »Ich wusste gar nicht, dass er da sein wird.«

»Nicolás würde nie im Leben eine der berühmten Extravaganzen der Márquez verpassen.« Die Stimme des Arztes klang verbittert. »Wissen Sie, dass man für das Geld, das eine solche Party verschlingt, dieses Krankenhaus einen Monat lang betreiben könnte?«

Sie wollte etwas sagen, aber er fuhr rasch fort: »Lassen Sie sich von mir keine Schuldgefühle einreden. Gehen Sie hin und amüsieren Sie sich. Es macht keinen Unterschied, zu Hause zu sitzen und die Martyrerin zu spielen. Aber denken Sie daran – nur, weil Leute Sie anlächeln, sind sie noch keine Freunde. Ganz besonders Leute wie Nicolás Schlemann.«

»Sehr interessant«, sagte Peter. »Aber unanständig.«

Jacey drehte sich zu ihm um und lächelte. Sie trug nur ihre Strümpfe, winzige Strapse und ein zungenbreites Nichts als Slip. »Beklagst du dich, oder soll das ein Kompliment sein?«

»Ein bisschen von beidem«, sagte er. »Ich beklage mich, weil ich nicht die Zeit habe, davon Gebrauch zu machen.«

»Meinst du, du würdest ins Gefängnis geworfen, wenn du dich zur berühmten Márquez-Party verspätest?«

»Damit könnte ich leben«, sagte er und ging auf sie zu. »Aber wenn ich jetzt was mit dir anfange, habe ich keine Lust mehr, überhaupt noch hinzugehen.«

Sie hob die Schultern und drehte sich zu ihm, bedeckte in gespielter Scheu ihre Brüste. »Wir können hier bleiben, mir ist es egal.«

Sie sah ihm an, dass er überlegte. Um ihn noch stärker zu reizen, drehte sie sich wieder um, streckte die Arme über den Kopf, spannte die Pobacken an und wusste, dass das Bändchen jetzt in der Kerbe verschwand. Sie fuhr mit den Handflächen über ihren Hintern.

»Ich kann mich ausziehen«, sagte sie. »Es dauert nur ein paar Sekunden. Und ich habe noch eine Flasche Wein im Kühlschrank.«

Er rieb sich den Schritt und brachte seine Erektion in eine passendere Lage. »Nein«, sagte er mit belegter Stimme. »Paulo wird in fünf Minuten hier sein.«

Sie ging auf ihn zu und sah, wie sein gieriger Blick von den Brüsten zu dem winzigen V zwischen den Schenkeln glitt. Den dichten Busch rötlicher Haare konnte das bisschen Stoff nicht bändigen. »Na und? Können wir Paulo nicht sagen, dass er wieder gehen soll?«

»Nein. Zieh dich an. Wir gehen zur Party.«

Sie zuckte leicht über seine bestimmende Art, und irgendwo in ihrem Hinterkopf klang eine Alarmsirene.

Peter hatte sich bisher noch nie gesträubt, und sie wusste auch jetzt, dass es ihm schwer fiel, standhaft zu bleiben, aber er war nervös.

Die Situation erinnerte sie ein wenig an die erste Begegnung, als sie sich im OP geliebt hatten. Sie hatte das Gefühl, dass er nicht ganz ehrlich zu ihr war, und das ärgerte sie. Was war denn schon so besonders an der Party?

Sie ging auf ihren Schrank zu, in dem das kleine Schwarze hing, warf es sich über den Kopf und sah die Erleichterung in seinem Blick. »Ist das besser?« fragte sie, als sie sich im Kleid präsentierte. »Bist du jetzt glücklich?«

»Ich fühle mich ganz und gar nicht glücklich, und das weißt du«, knurrte er.

»Nun, du hattest deine Chance, etwas dagegen zu tun«, sagte sie mitleidlos.

Sie wollte ihn fragen, was mit ihm los war. Stattdessen überprüfte sie ihr Aussehen im Spiegel. Ihre geöffneten Haare fielen wie ein glatter roter Vorhang auf ihre Schultern. Sie schaute auf die harten Spitzen ihrer Nippel, die sich gegen den seidigen Kleiderstoff drängten. Der versuchte Verführungsakt hatte sie nicht weniger erregt als Peter.

Vielleicht sollte ich doch einen BH tragen, dachte sie. Dann hörte sie die Hupe; jetzt war es zu spät. Sie erwischte Peters starren, intensiven Blick, als sie sich abrupt zu ihm umwandte. Sie drehte eine Pirouette vor ihm. »Bin ich für deine Party angemessen gekleidet?«

»Du sieht gut aus«, sagte er. »Sehr sexy.«

»Aber nicht sexy genug, um dich zu Hause zu halten«, erwiderte sie schmollend.

Er wirkte plötzlich schuldbewusst. »Das Krankenhaus bekommt viel Geld von Carlos Márquez«, erklärte er. »Deshalb müssen wir uns dort zeigen.«

Die Alarmsignale flammten wieder auf. Sie sagte nichts, aber sie glaubte ihm nicht.

Wollte er ihr wirklich erzählen, dass die Márquez-Familie ihre Unterstützung für *La Primavera* reduzieren könnte, wenn zwei der Ärzte nicht an der Party teilnähmen?

Nein, da war etwas anderes im Spiel. Peter verbarg etwas vor ihr, und je länger sie darüber nachdachte, desto wütender wurde sie auf ihn. Sie nahm sich vor, die Wahrheit herauszufinden, noch ehe der Abend vorbei war.

3. Kapitel

Die Márquez-Villa lag am Stadtrand von Techtátuan. Nach einer Fahrt von zwanzig Minuten hielt Paulo vor einem massiven Doppeltor an. Er drückte auf die Hupe, das Tor schwang auf und ließ zwei bullige Typen durch. Sie trugen Anzüge, die ihnen zu klein schienen, und flankierten das Auto.

Paulo drehte die Scheibe hinunter. Der Mann bückte sich und schob seinen Kopf durchs Fenster. Kalte Schlangenaugen blickten Jacey an. Sie schüttelte sich. Sie kannte diesen Typ, Major Fairhaven hatte dafür gesorgt, dass sie solche Typen kennen gelernt hatte. Bereit zum Killen, wenn der Auftraggeber mit den Fingern schnipste.

»Sie haben eine Einladung, Sir?« Die Frage, an Peter gerichtet, klang nur mühsam höflich.

Jacey ärgerte sich, dass sie ignoriert wurde. »Wir haben beide Einladungen«, sagte sie steif.

Die kalten Killeraugen blickten sie wieder an. Der Mann sagte nichts, sondern streckte nur die Hand aus und nahm die Karte, die Peter ihm hinhielt. Ein kurzer Blick, dann gab er die Karte zurück. »Ist das Ihre Begleiterin, Sir?«

»Ja«, sagte Peter.

Der Mann nickte, zog den Kopf aus dem Wageninneren und trat zurück. Ein anderes Gesicht trat an Paulos offenes Fenster. »Häng nicht herum, Indio. Du lädst deine Fahrgäste ab und kommst sofort wieder heraus. Wir warten auf dich.«

»Natürlich, Senor«, sagte Paulo unterwürfig. Er fuhr an und murmelte etwas in einer Sprache, die Jacey als Chachté erkannte. Darin konnte er sich abreagieren.

Sie wandte sich wütend an Peter. »Das ist also alles, was ich bin, was? Deine Begleitung?«

Peter hob die Schultern. »Was hätte ich denn sonst sagen sollen?«

»Du hättest ihnen sagen sollen, sie sollen ihre Manieren suchen gehen, diese fetten sexistischen Schweine.«

»Solche Dinge sagt man nicht zu Schlemanns Bullen.«

Sie starrte ihn an. »Ich dachte, dieses Haus gehört Carlos Márquez?«

Peter zuckte nur. »Tut es auch. Aber die Sicherheitsleute werden von Schlemann gestellt. Er gibt die Befehle, und sie gehorchen. Warum glaubst du, dass alle so große Angst vor ihm haben?«

»Hat Hernandez nichts dagegen?«

»Natürlich nicht.« Peter lächelte humorlos. »Der Generalissimo braucht Schlemann. Woher sonst sollte er das Geld erhalten, um diese schmucken Uniformen zu kaufen?«

Der Wagen fuhr um einen Hain hoher Bäume. Jacey hatte sich die Villa als ein beeindruckendes Anwesen vorgestellt, aber trotzdem wurde die Ärztin von den Ausmaßen überwältigt. Der Eingang bestand aus einem langen Säulengang, die zu einem riesigen Portal führte. Das ganze Anwesen wurde von Lichtern angestrahlt, die die weißen Mauern in blaue, grüne und pinkfarbene Schattierungen badeten.

»Ich kann es nicht glauben!« rief Jacey aus.

»Disneyland trifft Grand Hotel!«

»Ich glaube, Senora Márquez hatte ihre Hand bei der

Planung im Spiel«, sagte Peter beim Aussteigen. »Sie hatte ziemlich verwegene Ideen.«

»Hatte?« fragte Jacey neugierig. »Ist sie tot?« Peter zögerte. »Man hält sie für tot. Sie ist sechs Monate nach dem Tod ihres Mannes verschwunden. Sie hat keinen Brief hinterlassen und hat auch nichts mitgenommen. Sie war immer mit ihrem exklusiven Schmuck behangen, aber sie hat weder Geld noch Kleider mitgenommen. Sie ist zu einem Spaziergang aufgebrochen und nicht mehr zurückgekehrt.«

»Entführt?«

»Niemand hat je eine Lösegeldforderung gestellt.«

»Selbstmord?«

»Wegen der Trauer um ihren Mann, meinst du?« Peter lächelte kurz. »Sehr zweifelhaft.«

Jacey stieg aus dem Auto und hauchte Paulo ein »Danke« zu. Paulo grinste, setzte den Wagen zurück und fuhr davon. »Ermordet?«

»Man hat keine Leiche gefunden«, teilte Peter mit. »Niemand ist verhaftet worden, obwohl die Familie alles getan hat, um Informationen zu erlangen. Sie haben hohe Belohnungen geboten, aber niemand hat sie in Anspruch genommen.«

»Sehr geheimnisvoll«, murmelte Jacey, dann meinte sie halb im Scherz: »Vielleicht haben die Jungs sie kaltgemacht, um an das Familienvermögen heranzukommen.«

»Unnötig«, sagte Peter. »Juanita Márquez hat ihre Söhne verehrt und sie entsetzlich verwöhnt, und ihnen gehörten schon riesige Beteiligungen am Vermögen.«

Sie erreichten den Säulengang und schritten auf dicken roten Teppichen. Durch die offenen Türen hörte Jacey fröhliches Lachen und südamerikanische Musik.

»Glaubst du, dass Nicolás Schlemann was damit zu tun haben könnte?«

Peter hob die Schultern. »Ich glaube nicht. Schlemann und die Márquez waren immer dicke Freunde. Carlos und Nicolás treffen sich regelmäßig zum Essen, und auch ihre Väter haben sich ausgezeichnet verstanden.«

»Das kann ich mir denken«, murmelte Jacey. »Der aufstrebende junge Anwalt und der Ex-Nazi mit einem Haufen illegaler Gelder. Sie waren füreinander bestimmt.«

Sie gingen hinein, und einen Moment lang war Jacey wie geblendet von dem zentralen Kandelaber, auf dem Hunderte flackernde Kerzen brannten.

»Wunderschön, nicht wahr?«

Jacey wandte sich um und sah eine stattliche ältere Dame, die sie freundlich anlächelte.

»Eine der kleinen Extravaganzen der lieben Juanita. Sie hat den Kandelaber selbst entworfen und in Europa herstellen lassen. Sehr teuer.«

»Senora Collados.« Peter nahm die ausgestreckte Hand und beugte sich zum Kuss darüber, womit er Jacey überraschte. »Wie zauberhaft, Sie wiederzusehen. Erlauben Sie mir, Ihnen meine neue Kollegin im *La Primavera* vorzustellen – Dr. Jacey Muldaire.«

»Ich weiß doch, wer sie ist, dummer Junge«, sagte die alte Dame. »Jeder spricht von der schönen neuen Ärztin mit den außergewöhnlichen Haaren.« Sie lächelte Jacey an. »Bitte, Sie müssen mich Ana nennen.« Sie drückte Jaceys Hand. »Sie kennen hier natürlich niemanden, deshalb werde ich Sie den bestaussehenden Männern vorstellen.«

»Oh, Sie wollen mir meine Partnerin stehlen, Senora Collados?« fragte Peter.

Die Frage sollte lustig klingen, aber Jacey entdeckte einen Anflug von Verärgerung dahinter. Ana Collados lächelte ihn an. Jacey sah, dass sie in ihrer Jugend eine sehr attraktive Frau gewesen sein musste. Ihre dunklen Augen funkelten immer noch, und ihr Mund war breit und sinnlich. »Sie müssen Sie mir eine Zeitlang überlassen, damit wir quasseln können, Peter. Ich werde sie Ihnen rechtzeitig wiederbringen.«

Sie schob sie von Peter weg. »Er ist ein lieber Junge«, sagte Ana zu Jacey, »aber englische Männer können so kühl sein, nicht wahr?« Sie schaute zu ihr auf. »Schlafen Sie mit ihm?«

Jacey zuckte und sagte kühl: »Ich glaube, das ist doch meine Angelegenheit.«

Ana nickte. »Also ja. Nun, wenn Sie meinen. Aber vielleicht finden Sie ja heute Abend einen Mann, dessen Temperament Ihrem feurigen Haar entspricht, eh? Doch nun kommen Sie, lernen Sie zunächst meine Neffen kennen. Carlos ist verheiratet und sehr langweilig, aber er ist unser Gastgeber, deshalb sollten wir zuerst mit ihm sprechen.«

»Mir war nicht bewusst, dass Sie zur Márquez Familie gehören«, sagte Jacey.

»Ich bin Juanitas Tante.«

Einen Augenblick lang fühlte sich Jacey unbehaglich. »Oh. Peter hat mir von ihr erzählt und gesagt ...«

»... dass sie tot sei?« Ana lachte. »Nun ja, ich kann mir denken, dass er die Geschichte glaubt. Viele Leute sagen das. Aber das ist natürlich Unsinn.«

»Sie glauben, dass sie lebt?« Jacey war überrascht.

»Natürlich lebt sie.« Anas Augen strahlten und blickten verschwörerisch. Eine hagere Hand tätschelte Jaceys Arm. »Sie müssen wissen, dass die liebe Juanita eine sehr leidenschaftliche Frau war. Ob es darum ging, dieses Haus zu einem spektakulären Ereignis werden zu lassen, ob es um eine Liebesaffäre ging oder jede Sache, die ihr wichtig war, immer gab sie sich ganz hin. Und natürlich waren ihr Konventionen egal. Sie hielt es für richtig, hier wegzugehen, also ist sie gegangen. Sie verfolgt einen ihrer Träume. Glauben Sie mir, ich weiß es.«

Jacey sah die alte Dame an und lächelte. »Ich hoffe, Sie haben Recht.«

»Sie halten mich für eine alte Närrin, was?« fragte Ana geradeheraus. »Aber Juanita ist wirklich nicht tot. Ich würde es wissen, wenn es so wäre.«

Jacey bemerkte, dass sie durch eine dichte Menge geführt wurde, die sich vor ihr teilte. Plötzlich stand sie einem untersetzten Mann mit dichten schwarzen Haaren gegenüber. Er trug einen tadellos sitzenden Smoking. Neben dem Mann stand eine schlanke Frau, an der zu viele Juwelen glitzerten.

»Carlos«, sagte Ana, »das ist Dr. Muldaire.«

Carlos lächelte und streckte seine Hand aus. Jacey fiel die goldene Rolex auf. »Entzückt, Sie endlich kennen zu lernen, Dr. Muldaire. Ich freue mich, dass Sie kommen konnten.«

Sie tauschten Artigkeiten. Carlos Márquez gab den professionellen Charme von sich, von dem Jacey wusste, dass er nach Bedarf ein- und ausgeschaltet werden konnte, und seine Juwelen behangene Gattin gab ihr, ein frigides Lächeln und einen schlaffen Händedruck.

»Carlos kommt ganz auf den Vater«, sagte Ana, als sie Jacey weiter führte. »Alfonso Márquez war ein sehr langweiliger Mann. Reich natürlich, deshalb hat Juanita ihn geheiratet, aber sonst .... Raoul und Leonardo sind Gott sei Dank ganz anders.«

»Kommen sie denn auf die Mutter?«

»Oh, nein. Auch sie kommen auf ihre Väter.« Ana lächelte Jacey an. »Raouls Vater war ein Franzose. Ein Charmeur, ein schöner Mann. Leonardos Vater war Italiener, groß und hager und scheu. Über ein Jahr lang war Juanita wie verrückt nach ihm.«

»Sie hat die Namen ihrer Kinder nach der Nationalität ihrer Geliebten ausgewählt?« Jacey war verblüfft. »Was hat ihr Ehemann denn dazu gesagt? Ich dachte immer, spanische Männer seien besonders eifersüchtig.«

Ana hob die Schultern. »Alfonso war zu sehr damit beschäftigt, Geld zu machen und krumme Dinge mit diesem entsetzlichen Nazi zu drehen, Heinrich Schlemann. Und Juanita hatte ihm gegenüber ihre Pflicht getan, oder nicht? Sie hatte ihm Carlos gegeben. Das war es, was er wollte – einen Sohn. Über Carlos' Vaterschaft besteht kein Zweifel. Er sieht genau wie Alfonso aus.« Plötzlich streckte sie eine Hand aus. »Da ist der liebe Raoul. Kommen Sie. Sie werden ihn mögen. Alle Frauen mögen ihn.«

Jacey sah einen jungen Mann in einem Kreis lachender Gäste, und als Ana sie vorwärts drängte, wurde der Ärztin plötzlich bewusst, dass der Mann ihr irgendwie bekannt vorkam. Sie hatte diese großen braunen Augen schon mal gesehen, das vollkommene ovale Gesicht, die dichten braunen Haare, in denen es golden glitzerte. Sie spürte, wie ihre Wangen vor Verlegenheit zu glühen begannen.

»Raoul, mein Lieber.« Ana schob Jacey vor. »Ich möchte dir unsere neue Ärztin vorstellen. Dies ist Doktor Jacey Muldaire.«

Der junge Mann drehte sich halb herum, wieder mit dieser Anmut eines Tänzers, die Jacey schon an ihm bewundert hatte, und lächelte. Und an dieses Lächeln erinnerte sich Jacey auch.

»Wir kennen uns schon«, sagte er.

»Oh?« Ana schien enttäuscht und wandte sich fast vorwurfsvoll an Jacey. »Davon haben Sie mir ja gar nichts gesagt.«

»Tante Ana«, sagte Raoul, »ich bin sicher, dass du der armen Lady kaum eine Gelegenheit gegeben hast, ein Wort einzuwerfen.« Er streckte seine Hand aus. »Ich bin froh, dass Sie kommen konnten, Dr. Muldaire.« Er hielt ihre Hand und zog Jacey näher an sich heran. »Bitte, Sie müssen mit mir kommen, damit wir reden können. Ich möchte mein Englisch verbessern.«

Der Kreis um sie herum öffnete sich, und Raoul führte Jacey auf eine Terrassentür zu. Auf einem breiten, langen Balkon hielten sich schon einige andere Paare auf, aber sie verschwanden sofort im Haus, als Raoul sich blicken ließ.

In der Zwischenzeit hatte sich Jaceys Verlegenheit in Wut gewandelt. »Im Krankenhaus haben Sie mich zum Narren gehalten«, warf sie ihm vor. »Warum haben Sie mir nicht gesagt, wer Sie sind?«

Er legte beide Hände auf ihre Schultern und blieb dicht vor ihr stehen. Wieder fiel ihr auf, wie vollkommen er aussah, aber dieses makellose Gesicht ließ ihn eher androgyn erscheinen. Ihn anzusehen gab ihr die Art Vergnügen, die sie auch empfand, wenn sie ein schönes Bild betrachtete. Aber er erregte sie nicht.

»Bitte«, sagte er in Englisch, »Sie müssen mir verzeihen.«

Auch sie verfiel in ihre Muttersprache. »Sie müssen mir erklären, warum Sie mich belogen haben.«

Er lachte. »Weil es so lustig war, für einen Gigolo

gehalten zu werden. Und dann noch für einen von Julias Gigolos. Julia fand es zum Schreien komisch. Aber sie findet auch, dass eine Liebesnacht tausend Dollar wert ist. Ich war untröstlich, dass Sie mein Angebot nicht wahrgenommen haben.«

»Es ist ein lächerlicher Preis«, sagte sie. »Und wieso haben Sie mit Senora Atriega darüber gesprochen? Was wird sie jetzt von mir denken?«

Er hob die Schultern. »Nichts Schlechtes. Wie könnte sie auch? Sie hat mir oft genug gesagt, ich sei so begehrenswert, dass ich mit meinem Aussehen ein Vermögen machen könnte.« Er zog ein trauriges Gesicht. »Und dann kommen Sie und wollen mich nicht kaufen. Ich bin immer noch ganz verzweifelt.«

»Nein, das sind Sie nicht. Ich bin sicher, dieses Haus ist voller junger Frauen, die nur zu glücklich wären, mit Ihnen eine Liebesnacht zu verbringen.«

»Da haben Sie Recht«, sagte er mit entwaffnender Ehrlichkeit. »Aber die anderen will ich nicht. Ich will Sie.« Er berührte ihre Hüften. »Unsere Körper würden sich wie Musik miteinander verbinden«, sagte er mit Seele im Blick.

Es hörte sich so verquast an, dass sie beinahe gelacht hätte. Sie musste ihn abweisen. »Ich lebe bereits in einer Beziehung«, sagte sie.

»Mit Peter Draven? Ich kann Ihnen viel mehr geben als er.« Seine braunen Augen erforschten ihr Gesicht so intensiv, dass sie meinte, ihre Haut würde gestreichelt. »Viel, viel mehr«, murmelte er. »Was wissen Engländer schon von der Liebe? Sie sind immer in Eile.« Sein Blick wanderte zu ihrem Ausschnitt und blieb an den Nippeln haften, die sich gegen die Seide drängten. Er schürzte die Lippen leicht und lächelte.

»Ich würde Sie mit meinem Mund erregen«, raunte er. »Mit Lippen und Zunge. Ich würde Sie küssen, bis sie keinen Atem mehr haben, und dann würde ich über Ihren ganzen Körper wandern, ganz, ganz langsam. Stellen Sie sich vor, wie meine Zungenspitze Sie erforscht. Jeden Teil von Ihnen.« Er schmiegte sich näher, und sie spürte die Wärme seines Atems auf ihrer Wange. »Denken Sie darüber nach. Stellen Sie sich meine Lippen auf Ihrer Haut vor. Ich quäle Sie mit Lust.«

Es hörte sich wie eine Verführungsszene aus einem schlechten Film an, dachte sie, lächerlich theatralisch. Und doch war es auch seltsam stimulierend. Sie liebte die Erregung, die ein Mund bei ihr auslösen konnte, aber nur wenige Partner hatten ihr diese Freuden beschert und sie eher frustriert und enttäuscht zurückgelassen. Sie hatte das Gefühl, Raoul könnte einer der wenigen Männer sein, die sich die Mühe machten, so lange zu forschen, bis sie wussten, was die Partnerin haben wollte, was ihr gut tat.

»Am liebsten würde ich bei Ihrem wunderschönen Hals beginnen, nachdem ich Sie atemlos geküsst habe«, fuhr er mit seiner leisen, hypnotischen Stimme fort. »Würde Ihnen das gefallen? Und dann Ihre Schultern. Und die Kehle. Und hinunter zu Ihren Brüsten. Ich glaube, Sie würden Ihr Kleid für mich rutschen lassen, Sie würden es ausziehen und mich ermuntern, weiter zu machen.«

Sein Mund war nur noch ein Hauch von ihrem entfernt. Obwohl seine Worte sie erregten, wurde ihr schlagartig bewusst, dass sie vor ihrem geistigen Auge einen anderen Mann sah. Größer, härter, männlicher. Das Gegenteil von diesem schönen Raoul. Der Mann, den sie sah, war eher von der Gestalt des Nicolás Schlemann. Je stärker sie versuchte, das Bild zu verdrängen, desto mehr brannte es sich ihr ein.

Sie erinnerte sich an seine dunklen, nichts verratenden Augen, an den festen Griff seiner Hand, an den asymmetrischen Schnitt seiner dunklen Haare, an das gefährlich blickende Gesicht. Sie erinnerte sich an das Spiel seiner Muskeln unter der gebräunten Haut, als er das Hemd ausgezogen hatte.

Ja, räumte sie ein, Nicolás Schlemann ist körperlich attraktiv, und er war ausgesucht höflich zu mir. Wie ein Kater, der mit der Maus spielt? Das Bild drängte sich ganz plötzlich auf. Wie würde er im Bett sein? Er würde sich bestimmt die ganze Zeit unter Kontrolle haben. Er würde sagen, was sie zu tun hatte, was er von ihr erwartete.

Faisal. Die brutale Benutzung ihres Körpers und ihrer Gefühle. Sie hörte seine Stimme, die nach all den Jahren noch so deutlich klang: Bediene mich!

Aber das war etwas anderes, dachte sie. Er handelte nicht aus Liebe, nicht einmal aus sexuellem Verlangen. Er benutzte sie für seine erbärmlichen Ziele. Der Bastard, der die Frauen in Wirklichkeit hasste.

Sie erinnerte sich an das erste Mal, dass sie Faisal mit einem seiner Freunde gesehen hatte. Sie hielten sich an der Hand und küssten sich. Faisal hatte den Kopf gewandt und mit bekommen, wie sie ihn angestarrt hatte, den Mund vor Entsetzen weit aufgerissen. Er hatte langsam und absichtlich in den Schritt seines Freundes gegriffen und die Erektion gestreichelt, dann hatte er den Reißverschluss der Jeans geöffnet und sie bis auf die Knie gezogen.

Der Freund hatte keine Unterwäsche an. Sein Penis

federte heraus, Faisal kniete sich hin, packte die Backen des jungen Mannes und knetete sie, während sein Mund gierig leckte.

Jacey erinnerte sich an den lauten Orgasmus des Jungen, wie sein Körper von wilden Zuckungen geschüttelt wurde und wie Faisal sich wieder ihr zugewandt und triumphierend gegrinst hatte.

Erst jetzt hatte sie begriffen, warum er sie in diese Ehe gelockt hatte. Seine Familie hatte von ihm erwartet, dass er sich an Konventionen hielt. Sie musste der Familie wie ein Geschenk des Himmels vorgekommen sein, zu jung, zu unerfahren und zu unschuldig, um die Wahrheit zu ahnen. Eine Ausländerin, die quasi eine Gefangene in seinem Land war, isoliert ohne Kenntnis der Sprache und der Gesetze.

Sie hatte tagelang geweint und geschluchzt. Sie war entschlossen, irgendwie ihre Eltern von diesem Verrat zu informieren. Aber wie würde sie je wieder nach Hause kommen? Langsam war ihr gedämmert, dass der wahre Schrecken erst noch beginnen würde.

Sie verscheuchte ihre Erinnerungen. Es war ihr klar, dass Nicolás Schlemann ein Frauenheld war, aber wenn sie eine Affäre mit ihm begann, würde sie die Kontrolle haben. Sie konnte jederzeit ihrer Wege gehen.

Du machst dir was vor, warnte eine innere Stimme. Gerade du solltest wissen, dass Äußerlichkeiten täuschen können. Und außerdem war Nicolás Schlemann wahrscheinlich ein selbstsüchtiger, hastiger Liebhaber.

Raoul legte seine Hände um ihre Hüften und rieb sie auf und ab. »Ich glaube, jetzt würden Sie am liebsten meine Zunge auf Ihren Nippeln spüren«, flüsterte er.

»Sie stehen schon, ich kann es sehen. Sie warten darauf, dass ich sie noch mehr errege und reize.«

Sie überlegte nach einer höflichen Art, ihn zurückzuweisen, denn sie wollte seine Gefühle nicht verletzen.

Seine Stimme wurde dringlicher, lauter. »Kommen Sie mit mir nach oben. Da gibt es einen wunderschönen Raum, in dem wir allein sind.«

Sie drückte ihre Hände gegen seine Brust und schob ihn leicht zurück. »Sie sind sehr lieb, Raoul, aber ich .... ich bin zu alt für Sie.«

Er lachte. »Das sind Sie nicht. Ich bin einundzwanzig und Sie .... vielleicht sechs Jahre älter?« Sie berichtigte ihn nicht. »Das ist doch kein Unterschied. Mir wäre es auch egal, wenn Sie vierzig wären. Ich habe schon mit vielen älteren Frauen Liebe gemacht, ich bete ältere Frauen an. Sie sind kundig und auf Abenteuer aus. Nein, ich verehre alle Frauen.« Er schmiegte sich wieder an sie. »Ich bete Sie an.«

Sie wich wieder zurück. »Ich bin mit Peter hier«, sagte sie.

Er fing ihre Hand ein und küsste sie. Sein Mund fühlte sich warm an auf ihrer Haut. »Ich sehe keinen Ring an Ihrem Finger.«

»Wir sind trotzdem zusammen.«

Raoul sah sie mit seinen schmelzenden braunen Augen an. Seine Stimme senkte sich zu einem verführerischen Flüstern. »Peter wird nichts dagegen haben. Er hat Sie doch hergebracht, oder?«

Sie versteifte sich. »Was soll das denn heißen?« fragte sie eine Spur schärfer, als sie beabsichtigt hatte.

»Wir sind sehr aufgeschlossen bei uns.« Seine Lippen strichen über ihr Ohr. »Verstehen Sie, was ich meine? Und Peter weiß das.« Seine Hände umfassten ihre Taille. »Ich will Sie, Jacey. Ich wollte Sie schon, als ich

Sie auf dem Flur im Krankenhaus gesehen habe.« Er wollte noch etwas hinzufügen, aber dann näherte sich Nicolás Schlemann, und Raoul zog sich rasch zurück.

Schlemann strahlte sie an. »Was für eine schöne Blume in diesem prächtigen Garten. Ich hoffe, es gefällt Ihnen?«

Jacey sah ihn düster an. »Nun, abgesehen davon, dass Ihr Wachhund am Eingang mich beleidigt hat, gefällt es mir.«

»Beleidigt? Was hat er denn gesagt?«

»Nichts«, gab sie zurück. »Das war ja die Beleidigung. Er hat mich ignoriert. Er hat Peter gefragt, ob ich seine Begleitung sei.«

»Oh«, sagte Nicolás grinsend. »Politisch unkorrekt, nicht wahr?«

»Verstärken Sie die Beleidigung noch, indem Sie mich auslachen«, fauchte sie. »Wenn Sie Ihre Lieblingsterrier schon auf die Öffentlichkeit loslassen, bringen Sie ihnen wenigstens Manieren bei.«

»Marco ist nützlich«, sagte Nicolás, »aber vielleicht noch nicht geschliffen.« Er richtete sich auf und streckte sich, und sie wurde wieder an seine geschmeidige Lauerhaltung erinnert. »Ich kann verstehen, dass Sie nicht Peter Dravens Besitz sein wollen.« Ein Schritt, und er stand wieder dicht vor ihr. »Aber was ist mit mir? Würden Sie Einwände haben, mir zu gehören?«

»Das Wort ›gehören‹ gefällt mir nicht«, sagte sie. »Ich bin eine unabhängige Frau, und ich glaube an Gleichheit.«

»Bei der Arbeit vielleicht«, sagte er. »Damit habe ich keine Probleme. Aber an eine solche Beziehung habe ich nicht gedacht.«

Sie wusste, dass sie besser einen Rückzieher machen sollte, aber sie wollte auch eine Hand ausstrecken und ihn berühren. Mit einem Finger über sein Gesicht streicheln, das kantige Kinn abtasten. Sie fragte sich, wie sein Mund schmeckte, wie er sich auf ihrem anfühlte. Oder wie er reagierte, wenn sie seinen Körper erregte.

»Ich weiß nicht genau, wovon Sie sprechen«, log sie.

»Doch, das wissen Sie«, sagte er. »Ich rede von Sex. Und Sie denken auch daran.«

Sie spürte, wie sie errötete. War sie so einfach zu durchschauen?

»Sagen Sie mir nicht, dass ich Sie in Verlegenheit gebracht habe, Dr. Muldaire.« Er grinste schief. »Eine unabhängige Frau wie Sie? Sie wussten, dass wir zusammen kommen würden, nicht wahr? Schon das erste Mal, als wir uns im Krankenhaus begegnet sind.«

Nein, dachte sie, das habe ich nicht gewusst. Als ich dich das erste Mal gesehen habe, hast du mich an Faisal erinnert. Und ich habe diesen plötzlichen gefährlichen, unzweifelhaft physischen Thrill gespürt.

»Gehen Sie immer davon aus, dass jede Frau, die Sie treffen, bei Ihnen schwach wird, Senor Schlemann?«

»Diejenigen, von denen ich es wirklich wünsche, tun es meistens«, sagte er. Er legte seine Hände leicht auf ihre Schultern und begann ihre Haut sanft zu massieren. »Und von Ihnen wünsche ich es auch, Dr. Muldaire.«

»Nehmen Sie mich nicht für selbstverständlich«, warnte sie.

Sie spürte, wie sich seine Griffe verstärkten. »Aber Sie mögen es, dominiert zu werden, nicht wahr?« Seine Finger gruben sich in ihre Haut. »Sie mögen starke Männer, und Macht törnt Sie an. Sobald sich die Schlafzimmertür schließt, sind Sie glücklich damit, keine Befehle mehr erteilen zu müssen, sondern sind bereit, sie entgegenzunehmen. Herr und Diener, Meister und Sklave?«

Sie schwankte leicht unter seinen massierenden Bewegungen auf den Schultern.

»Der Gedanke erregt Sie, nicht wahr?« Seine Stimme wurde leise und verführerisch. »Zum Glück ist das genau das Spiel, das ich liebe. Wir werden ein ideales Paar. Es wird mir riesiges Vergnügen bringen, genau herauszufinden, bis wohin Sie gehen wollen. Wie weit ich Sie bringen kann. Und was genau Sie tun werden, um mir Lust zu verschaffen.«

»Sie können nichts unterstellen«, sagte sie verunsichert, »denn Sie wissen nichts von mir.«

»Ich weiß genug«, sagte er. »Sie wollen mich ebenso, wie ich Sie will. Mehr noch, ich kann es beweisen.« Er ließ die Hände sinken und trat zurück, sah sie mit diesem schiefen, selbstsicheren Lächeln an. »Gehen Sie weg, Dr. Muldaire. Gehen Sie, und ich verspreche Ihnen, ich werde Sie nie wieder belästigen.« Kurze Pause, dann: »Selbst wenn Sie Ihre Meinung ändern sollten und mich anflehen würden. Also, gehen Sie.«

Sie hätte ihn beim Wort nehmen sollen. Du bist nur eine Trophäe für diesen Mann, sagte sie sich. Ein weiterer Sieg, eine neue Kerbe auf seinem Stab. Er weiß, dass du dich von ihm angezogen fühlst, und das gibt ihm Macht über dich. Er wird diese Macht ruchlos einsetzen, um das zu erhalten, was er will.

Genau wie Faisal, dachte sie plötzlich.

Aber dies hier ist anders. Meine Augen sind jetzt weit geöffnet. Es geht nicht um eine Romanze, bei ihm nicht, und bei mir erst recht nicht. Es ist fast wie eine geschäftliche Übereinkunft. Nicolás Schlemann will, was ich will: Eine zu nichts verpflichtende Affäre. Wie eine Kurtisane mit ihrem Freier. Der Gedanke begann sie zu erregen. Zusätzlich auch noch die Möglichkeit, das herauszufinden, welche Spiele er bevorzugte.

»Ich flehe nicht«, sagte sie.

Er hob eine Augenbraue. »Das ist eine überhastete Behauptung, Dr. Muldaire.« Sein Lächeln sah gefährlich aus, es war das Lächeln eines Beutejägers, der seiner Beute sicher war. »Ich werde das überprüfen müssen.«

Er streckte seine Hand aus. »Kommen Sie mit.«

Er hakte ihren Arm unter, und gemeinsam schritten sie durch die Terrassentür ins Innere, an den plaudernden Gästen vorbei. Sie bemerkte, wie gewandt die Leute auswichen, um ihnen aus dem Weg zu gehen. Als wenn er der König wäre, dachte sie. Wenn er stehen blieb, um mit jemandem ein Wort zu wechseln, begegnete man ihm mit ausgesuchter, aufgesetzter Höflichkeit. Das Lächeln sah gezwungen aus, und Jacey hatte den Eindruck, dass jeder erleichtert war, als Nicolás Schlemann weiter gegangen war.

Aber er schien entschlossen, das Verweilen auszudehnen. Er legte besitzergreifend einen Arm um ihre Schultern, während er redete, und obwohl er sie nur ein- oder zweimal in die Unterhaltung einbezog, wurden auch ihr Lächeln und Höflichkeit zuteil. Aber die Menschen schauten eher argwöhnisch, meinte Jacey. Sie wussten wohl, dass Nicolás' strahlende Freundlichkeit ebenso heuchlerisch war wie die eigene.

Als sie endlich an der Tür standen, murmelte sie voller Ironie: »Sie scheinen eine Menge Freunde zu haben.«

»Nicht wahr?« murmelte er, ebenso ironisch. »Gibt es jemanden, den Sie kennen lernen möchten?«

»Den berühmten Generalissimo Hernandez?« fragte sie.

Er sah sie verdutzt an. »Was bringt Sie auf die Idee, er könnte hier sein?«

Sie hob die Schultern. »Peter hat mir erzählt, dass es

zum Schluss auf diesen Partys hoch her geht. Und selbst Diktatoren wollen sich doch mal entspannen, oder?«

Nicolás lachte. »Hernandez würde es nicht gern hören, dass Sie ihn einen Diktator nennen. Und er nimmt an solchen Partys nicht teil. Seine Frau würde das nicht zulassen.«

Dieses Mal stimmte sie in sein Lachen ein. »Sie machen Witze.«

»Nein«, sagte Nicolás. »Pilar Hernandez ist eine großartige Frau. Der Generalissimo verehrt sie und respektiert ihre Meinungen.«

»Die Macht hinter dem Thron?«

»Nicht so oft, wie sie glaubt«, antwortete Nicolás. »Aber im Falle dieser Partybesuche schließe ich mich ihrer Meinung an. Sie würden dem öffentlichen Bild des Generalissimo schaden.«

Jacey fragte verwundert: »Warum sollte er sich um das Bild scheren, das er in der Öffentlichkeit abgibt? Er hat doch die Macht hinter sich.«

»Mir ist es lieber, wenn er diese Macht nicht einsetzen muss«, sagte Nicolás. »Waffen sind teuer, und die Liebe des Volkes ist billig.«

»Aber die Leute mögen ihn doch nicht, oder?« Sie war fest entschlossen, Nicolás aus der Reserve zu locken.

Sie verließen jetzt den überfüllten Raum, und Nicolás führte Jacey auf eine weit geschwungene Treppe zu.

»Was bringt Sie zu dieser Ansicht?«

»Ist es nicht so, dass viele Leute eine andere Führung im Land wollen?«

Er blieb abrupt stehen und starrte sie an, drückte sie gegen das Treppengeländer. »Wirklich?« Seine Stimme klang kalt. »Wer hat Ihnen das gesagt?«

»Niemand«, antwortete sie. »Aber ich bin sicher,

dass Loháquin meine Einschätzung bestätigen würde, wenn ich ihn fragen könnte.«

Sie sah den Zorn in seinen Augen, dann entspannte er sich und lachte, aber in seinem dunklen Blick gab es keinen Humor. »Er ist nichts als ein Clown«, zischte er. »Wer hat mit Ihnen über ihn gesprochen?«

»Niemand, an den ich mich erinnern könnte.« Sie war fasziniert von seinen raschen Stimmungswechseln. »Ich habe die Plakate mit seinem Steckbrief gesehen.« Listig fügte sie hinzu: »Es gibt Gerüchte, dass Sie eine hohe Belohnung für seine Festnahme ausgesetzt haben. Er muss sehr gefährlich sein, wenn Sie so großen Wert darauf legen, ihn zu verhaften.«

»Er ist nicht gefährlich«, blaffte er. »Er ist ein nörgelnder Unruhestifter, der ein paar Indios aufstachelt, indem er ihnen sagt, sie könnten das Land besser regieren als wir. Er haust im Regenwald und erzählt den Leuten, dass er irgendein geheimnisvoller Retter sei. Ein paar Indiojungen kann er mit diesem Gefasel über einen Wechsel in Guachtal für sich einnehmen, aber das war's dann auch schon.«

»Es gibt also keine Belohnung für Hinweise, die zu seiner Verhaftung führen?«

Nicolás hob die Schultern. »Wir würden unsere Anerkennung zeigen, falls jemand uns hilft, ihn zu fassen, nehme ich an.« Er lächelte dünn. »Warum? Wollen Sie Ihr Gehalt aufbessern, indem Sie uns helfen, Loháquin festzunehmen?«

»Ich wüsste nicht, wo ich mit der Suche beginnen sollte«, sagte sie voller Unschuld.

»Belassen Sie es dabei«, riet er.

Seine Stimme klang locker, aber sie war sicher, dass er die Drohung ernst meinte, und was er dann noch sagte, unterstrich ihre Vermutung. »Mischen Sie sich nicht in unsere Politik, Dr. Muldaire. Bleiben Sie bei den

Dingen, von denen Sie was verstehen.« Er lächelte, um der Warnung die Härte zu nehmen.

Auch seine Stimme veränderte sich wieder. »Sie verstehen was davon, dass Menschen sich gut fühlen«, schmeichelte er. »Dass Männer sich gut fühlen. Sie werden bald dafür sorgen, dass ich mich gut fühle, nicht wahr, Doktor? In diesen Sachen sind Sie doch Expertin, glaube ich.«

»Sie reden von mir wie von einer Hure«, sagte sie missbilligend.

»Alle Frauen sind im Grunde ihres Herzens Huren«, sagte er. Seine Hände schlüpften unter ihre Arme, und seine Daumen berührten die Unterseiten ihrer Brüste, glitten höher und rieben über ihre Nippel. Sie trug keinen BH, und wegen der Sanftheit war die Berührung intensiv erregend. Ihre Nippel zogen sich zusammen und reckten sich.

»Keine Unterwäsche?« Er grinste. »Wie entzückend.« Er rieb wieder mit beiden Daumen über die Nippel, dann fing er die Brüste ein und drückte sie hoch, bis sie über den Ausschnitt lugten. Er bückte sich und küsste die Kerbe zwischen den Hügeln mit unerwarteter Zärtlichkeit. Seine Zunge hinterließ ein feuchtes Muster auf ihrer nackten Haut.

Seine Arme glitten hinter sie und hinunter zu ihrem Po. Plötzlich, als sie spürte, wie seine Finger an ihrem Kleid zurrten, war ihr bewusst, wo sie waren. »Himmel, doch nicht hier.« Sie versuchte, sich von ihm loszureißen. »Nein, nicht hier.«

»Sie sind doch nicht verlegen, Dr. Muldaire?« fragte er lachend. »Ich versichere Ihnen, was wir hier tun, ist völlig harmlos gegen das, was hier schon sehr bald geschehen wird.«

»So lange ich nicht daran teilnehmen muss, ist es mir egal«, sagte sie.

»Sie sind in Sicherheit«, sagte er. »Niemand würde es wagen, meinen Besitz anzurühren.«

Sie begriff, warum er sie so ausgiebig durch die Menge der Gäste geführt hatte; er hatte allen zu verstehen gegeben, dass sie ihm gehörte. Sie wusste nicht, ob sie wütend oder amüsiert sein sollte.

»Sie werden es Peter sagen müssen, dass ich Ihr Besitz bin«, sagte sie, um ihn zu testen.

Er warf ihr einen merkwürdigen Blick zu. »Das können Sie ihm selbst sagen, wenn Sie ihn das nächste Mal sehen.« Er trat zurück und wandte sich abrupt ab. »Warten Sie hier auf mich«, sagte er dann. »Ich muss etwas in die Wege leiten.«

Bevor sie etwas sagen konnte, war er schon weg. Sie stand am Fuß der Treppe. Gäste schritten gruppenweise vorbei und nickten und lächelten.

Plötzlich stand Ana Collados neben ihr. »Sie sollten es nicht tun. Es ist wirklich töricht.«

Jacey lächelte höflich. »Sie meinen, es sei töricht, mit Nicolás Schlemann befreundet zu sein?«

Ana nickte. »Ich gehe davon aus, dass Sie ihn attraktiv finden, die meisten Frauen tun es. Aber die Indios haben ihn dem *lohá* geopfert. Er wird ihn zerstören. Und Sie auch, wenn Sie bei ihm sind.«

»Zerstören?« wiederholte Jacey. »Aber wie?«

»Der *lohá* wird zuschlagen, wann er es am wenigsten erwartet«, sagte Ana. »Er ist sehr mächtig. Mächtig und grausam. Er wird Sie nicht verschonen, weil Sie unschuldig sind.« Sie musterte Jacey, offenbar besorgt. »Ich möchte Sie gern jemandem vorstellen, der nicht so gefährlich ist.«

Jacey lächelte höflich. »Keine Sorge«, sagte sie. »Ich kann auf mich selbst aufpassen.«

»Sie verstehen nicht«, sagte Ana. »Es gibt keinen Schutz gegen den *lohá*.«

»Was genau ist der *lohá*?«, fragte Jacey. »Hat er etwas mit Loháquin zu tun?«

Ana nickte. »Er ist Teil Loháquins. Der *lohá* lebt im Raum zwischen den Welten, so sagen es jedenfalls die Indios.« Sie blickte über Jaceys Schulter, und plötzlich änderte sich ihr Gesichtsausdruck. Sie lächelte strahlend und tätschelte Jaceys Hand. »Denken Sie dran, was ich Ihnen gesagt habe«, mahnte sie und schritt rasch davon.

Jacey drehte sich um und sah Nicolás kommen. »Was hat die alte Närrin diesmal gewollt?«

»Sie hat mir von *lohá* erzählt«, antwortete Jacey. »Wer auch immer das ist.«

»Es ist ein idiotischer Aberglaube der Eingeborenen«, sagte er. »Irgendsoein Geist.«

»Nun, offenbar wartet er auf Sie«, sagte Jacey grinsend.

Nicolás lächelte irritiert. »Ana und Juanita gaben ein gutes Paar ab. Sie waren beide fasziniert von dem ganzen Quatsch der Indios.«

»Der *lohá* ist offenbar darauf aus, Sie zu zerstören«, sagte Jacey. »Er ist grausam und mächtig. Sie sollten besorgt sein.«

»Es braucht schon etwas mehr als ein paar Eingeborene, die im Busch tanzen und Beschwörungen murmeln, um mich zu zerstören«, erwiderte Nicolás. Er griff ihre Hand und zog sie die Treppe hoch. »Kommen Sie mit. Ich habe etwas für Sie arrangiert. Ich glaube, es wird Ihnen gefallen.«

Er lief mit ihr die breite Treppe hoch und einen Flur entlang. Als er ihr eine Tür aufhielt, erwartete sie, in ein Schlafzimmer zu treten oder in sonst irgendein Zimmer, das zum amourösen Verhalten einlud, aber es handelte sich um ein ganz normales Arbeitszimmer.

Ein großer Schreibtisch stand am Fenster, ein gepolsterter Drehsessel dahinter. An den Wänden standen Regale und Glasvitrinen mit Büchern, dazwischen hingen Fotos von Polospielern. Nicolás trat hinter den Schreibtisch, setzte sich und nahm den Telefonhörer ab. »Komm jetzt rein«, befahl er.

Fast sofort öffnete sich die Tür, und Marco trat ein. Seine kalten Schlangenaugen blickten kurz zu Jacey, aber offenbar erkannte er sie nicht. Dann wandte er Nicolás seine Aufmerksamkeit zu.

»Marco«, sagte Nicolás. »Du hast meine Freundin Dr. Muldaire beleidigt.«

Marcos Blick wechselte wieder zu Jacey, ehe er Nicolás anschaute und sagte: »Das war mir nicht bewusst, Sir.«

Nicolás lächelte. »Willst du mich einen Lügner nennen, Marco?«

»Nein, Sir«, antwortete Marco hastig. »Ganz gewiss nicht, Sir.«

»Gut.« Nicolás stieß den Sessel nach hinten, damit er die Beine ausstrecken und auf die Schreibtischplatte legen konnte. »Entschuldige dich bei Dr. Muldaire, Marco.«

Marco schaute zu Jacey, die Augen dunkel und eisig. »Es tut mir Leid, wenn ich Sie beleidigt habe, Dr. Muldaire«, sagte er dumpf.

»Das ist nicht gut genug.« Nicolás' Stimme klang wie ein Peitschenhieb. »Ich will, dass Dr. Muldaire absolut sicher ist, wie sehr du dein ungehobeltes Verhalten bedauerst.«. Seine Füße schwangen auf den Boden, den Oberkörper beugte er weit vor. »Knie dich auf den Boden, Marco, und bitte Dr. Muldaire um Verzeihung.«

Jacey wollte protestieren, dass diese Form der Entschuldigung nun wirklich übertrieben war, aber Marco gehorchte sofort. Er kniete sich, und als er aufblickte, schaute sie wieder in seine eiskalten Augen.

»Es tut mir sehr Leid, dass ich Sie beleidigt habe, Dr. Muldaire«, sagte er, seine Stimme so dumpf wie sein Ausdruck. »Ich entschuldige mich.«

»Ich entschuldige mich in aller Demut«, gab Nicolás vor.

»Ich entschuldige mich in aller Demut«, wiederholte Marco.

»Jetzt küsst du ihre Füße«, wies Nicolás ihn an.

»Nein, nicht«, rief Jacey. Marco zögerte.

»Mach schon!« rief Nicolás.

Marco bückte sich noch tiefer, und Jacey spürte die kurze Berührung seines Mundes auf ihren Schuhen.

»Steh auf«, sagte Nicolás, dann lächelte er. »In Zukunft wirst du höflich sein zu Dr. Muldaire, nicht wahr, Marco?« Dann fügte er noch hinzu: »So lange sie eine Freundin von mir ist, wirst du ausgesucht höflich zu ihr sein.«

»Ja, Sir«, sagte Marco.

Als sich die Tür hinter ihm schloss, sagte Jacey: »Sie sind wirklich ein Bastard, nicht wahr?«

Nicolás hatte es sich wieder im Schreibtischsessel gemütlich gemacht. »Ist das der ganze Dank, den ich von Ihnen erhalte? Das Schauspiel hat Ihnen doch gefallen.«

»Nein.« Aber sie wusste, dass das eine Lüge war. Es hatte ihr keine Befriedigung gebracht, Marco erniedrigt zu sehen, aber sie bezog schon eine gewisse Genugtuung daraus, dass er sich unfreiwillig für sein Verhalten hatte entschuldigen müssen. »Und ich habe jetzt einen Feind mehr.«

Nicolás stand auf und stellte sich vor den Schreibtisch. Er streckte die Arme aus und legte seine Hände um ihren Hals. Sie spürte, wie seine Finger zudrückten, dann fuhr eine Hand zu ihrem Hinterkopf, die andere streichelte über ihr Kinn. Er verstärkte den Druck seiner Hände und zwang ihren Kopf nach hinten.

»So lange Sie meine Frau sind, haben Sie nichts zu befürchten«, sagte er.

Er zog sie an sich heran. Sie wollte von ihm geküsst werden, und gleichzeitig wollte sie sich ihm widersetzen, wollte, dass er sie zwang. Kaum merklich zog sie sich von ihm zurück, und sofort spürte sie, wie sein Griff härter wurde. Wie aus Eisen. Warum fand sie diese Situation so erregend?

Seine Lippen berührten ihre. Fest geschlossen lagen sie leicht auf ihrem Mund. Sie fühlte die Wärme seiner Haut und die harte Kraft seines Körpers, der sich leicht gegen ihren rieb. Dann, langsam, begann seine Zunge, ihre Lippen zu öffnen.

Dann schlug das Telefon an. Nicolás zog sich abrupt von ihr zurück und sagte etwas Heftiges in deutscher Sprache. Das Gespräch war kurz. »Ja, ihr habt das richtig gemacht, ich bin in zehn Minuten da.«

Er wandte sich wieder an Jacey und lächelte. »Die Polizei hat gerade zwei junge Leute geschnappt, und sie halten es für gescheit, wenn ich sie vernehme. Tut mir Leid, aber ich muss gehen.«

»Ein Verhör?« fragte sie.

»Ein paar Fragen, wie bei einem Interview«, sagte er. »Wir sind zivilisiert. Ich hoffe, Sie glauben nicht, dass wir unsere Befragungen mit Totschlägern durchführen.«

Sie hätte gern gewusst, wie viel Verführungsgabe sie aufbringen müsste, um ihn zum Bleiben zu veranlassen. »Hat das keine Zeit?« murmelte sie mit lockendem Augenaufschlag. »Ich meine, ein paar Jungs können doch nicht so wichtig sein.«

»Das kommt darauf an, für wen sie arbeiten«, sagte er. »Es sind Indios. Wenn sie für sich selbst stehlen, ist es nicht so tragisch, aber wenn sie für Loháquin stehlen, sind sie dumm.«

Sie schmiegte sich enger an. »Und dazu müssen Sie jetzt wirklich gehen?«

Er legte die Hände um ihre Taille und hielt sie fest umschlungen. »Festgenommene sagen schneller die Wahrheit, wenn sie verwirrt und verängstigt sind. Gibt es im Englischen nicht das Sprichwort, dass man ein Eisen schmieden muss, solange es heiß ist?«

Sie stand nahe genug, um seine Erektion zu fühlen, die gegen ihren Bauch drückte. Sie glitt mit einer Hand zwischen ihre Körper und fing den zuckenden Schaft mit zärtlich tastenden Fingern ein. »Wie schade, dass das nur für Festgenommene gilt«, murmelte sie.

»Es gilt nicht nur für sie.«

Er hob sie plötzlich an und setzte sie auf den Schreibtisch. Er trat rasch zwischen ihre gespreizten Beine, bevor Jacey sie schließen konnte.

Sie rutschte hin und her und gab vor, sich zu sträuben, aber dabei rutschte ihr Rock nur noch höher, die Schenkel hoch. Er schob ihn bis zur Hüfte und entblößte den Hauch von Seidenslip und den winzigen Gürtel.

Er drückte ihren Oberkörper hinunter und betrachtete sie lange. »Sehr schön«, murmelte er. »Sehr sexy.« Seine Finger glitten über das gespannte glänzende Dreieck, das kaum ihre Schamhaare bedeckte. »So etwas müssen Sie noch einmal für mich anziehen. Ich liebe es, Frauenkörper in Seide, Spitze oder Juwelen zu sehen.«

Sie spürte, wie seine Fingernägel über den dünnen Stoff kratzten. Ihre Klitoris war schon geschwollen, und die leichten Berührungen erregten sie noch mehr.

»Aber für meine unmittelbaren Bedürfnisse sind Sie zu sehr bekleidet.«

Er langte in seine Tasche, und Jacey sah etwas Kleines, Blinkendes in seiner Hand. Im nächsten Augenblick erkannte sie eine dünne Klinge. Mit einem kurzen Schnitt hatte er das Bändchen durchtrennt, das ihren Slip hielt. Er zog den Stofffetzen weg und warf ihn auf den Boden. »So gefällt es mir besser.«

Er ließ die Klinge wieder im Griff verschwinden, zog Jacey an den Hüften heran und spreizte ihre Schenkel noch weiter. Bevor sie wusste, was geschah, hatte er sich entblößt und drang mit einem fast brutalen Stoß in sie ein.

Alles, was an diesem Abend geschehen war, hatte sie auf die eine oder andere Weise erregt, einbezogen Nicolás Schlemanns unkonventionelle Verführungstechnik. Und jetzt, als sie ihn tief in sich spürte, war sie unfähig, ihre Lust zurückzuhalten.

Seine Hände glitten unter ihren Po und hoben sie leicht an, zogen sie näher heran. Nach der ersten Hast schien er jetzt darauf aus zu sein, den Akt in die Länge zu ziehen, obwohl Jacey entdeckte, dass sie seine rohe Dominanz erregend und erotisch fand. Um ihn zu provozieren, gab sie vor, sich zu sträuben. Er fing ihre Handgelenke ein und zwang die Arme über ihren Kopf.

»Sie wollen fliehen?« Sie spürte, wie sich der Druck seiner Hände verstärkte. Sie wand sich unter ihm. »Mich können Sie nicht täuschen, Doktor. Sie mögen es hart und schnell, nicht wahr?« Sein Atem kam in gehechelten Stößen. Sie konnte spüren, wie er die Kontrolle verlor. »Sie begehren mich ebenso, wie ich Sie begehre ...«

Sein Höhepunkt kam schnell, und sie spürte seine

Zuckungen der Lust, die durch seinen Körper liefen. Obwohl sie selbst keinen Orgasmus erreichte, spürte sie ein erotisches Glühen, das ihren ganzen Körper erfasste.

»Nun«, sagte er, als er seinen Reißverschluss hochzog, »so hatte ich es zwar nicht geplant, aber es war trotzdem erfrischend.« Er zog sie an den Händen in eine sitzende Position. »Ich muss jetzt gehen. Sie können natürlich bleiben. Ein Wagen wartet auf Sie, wenn Sie nach Hause wollen.«

»Werden Sie zurückkommen?«

»Nein.« Er ging zur Tür und fügte hinzu: »Ich habe das Ziel meines Abends erreicht.«

Sie stand auf und zog ihr Kleid glatt. Blasierter Bastard, dachte sie ohne Groll. Ich sah, eroberte und kam. Haha. »Machen Sie sich nicht die Mühe mit dem Wagen«, sagte sie. »Ich werde Raoul bitten, mich nach Hause zu fahren.«

Nicolás wandte sich noch einmal um. »Wenn Sie versuchen, mich eifersüchtig zu machen, ist das nicht der richtige Weg. Raoul ist nicht Manns genug, Sie zu befriedigen, und außerdem wollen Sie ihn auch gar nicht. Sie haben jetzt, was Sie wollen und was Sie brauchen.« Er zeigte wieder sein schiefes Grinsen. »Ich rufe Sie an, wenn ich Sie sehen will. Gute Nacht, Dr. Muldaire.«

Er zog die Tür hinter sich zu, bevor Jacey eine Gelegenheit zur Replik hatte. Sie setzte sich auf die Schreibtischkante. Stimmt das eigentlich? fragte sie sich. Ist er, was ich wirklich haben will? Im Augenblick ist er es, und ich schäme mich nicht, es zuzugeben.

Warum sollte ich keine zwanglose Affäre mit diesem eingebildeten, aber zweifellos attraktiven Mann haben? Ich bin nach Guachtal geschickt worden, um das politische Klima auszuloten, und Nicolás Schlemann scheint das entscheidende Sagen in diesem Land zu haben. Also ist er alles, was ich brauche, oder? Schon gut, dass er nicht ahnt, wie richtig er mit seiner Behauptung liegt.

Sie hatte keine Gewissensbisse wegen Peter Draven. Die Beziehung war beendet. Ohne es zu wissen, hatte Peter ihr geholfen, den Job zu erfüllen, den sie in Guachtal zu erledigen hatte. Trotzdem war sie enttäuscht von ihm. Und von Raoul Márquez. Peter hatte sich wie ein Zuhälter benommen, und Raoul hatte das dumme Spiel eingefädelt.

Sie zupfte noch einmal an ihrem Kleid und warf einen letzten Blick auf den Fetzen Seide, der einmal ihr Slip gewesen war. Die Putzfrau würde morgen was zu erzählen haben.

Aber als sie hinaus auf den Flur trat, wurde ihr klar, dass ihr abgelegtes Wäschestück im Vergleich zu anderen Dingen, die man morgen finden würde, kaum auffallen konnte. Die Partyatmosphäre hatte sich drastisch gewandelt. Es gab auch neue Gäste von der Sorte, die Carlos und seine Gattin wohl nicht gutgeheißen hätte.

Jacey ging auf die Treppe zu und begegnete einer statuenhaften Blondine in einem atemraubenden, knöchellangen Silberkleid. Der hüftumschmiegende Rock war hinten von der Taille bis zum Fuß geschlitzt, und bei jeder Bewegung der Frau entblößte sich der nackte Po.

»Dr. Muldaire?«

Jacey sah der blonden Frau ins Gesicht und erkannte Carmen, Senor Valientes ›Sekretärin‹. »Was tun Sie denn hier?«

»Dasselbe wir Sie, nehme ich an«, antwortete Jacey.

Carmen lachte. »Ich hoffe nicht. Ich arbeite.« Sie drehte eine Pirouette und enthüllte noch mehr nackte Haut. »Wie Sie sehen.«

Jacey lächelte. Sie hatte sich in den vergangenen Wochen an Carmen und ihre offene Art gewöhnt. »Ich hoffe, dass Senor Valiente nichts dagegen hat?«

»Er ist nicht hier«, sagte Carmen grinsend. »Er würde sich nicht trauen, eine solche Party zu besuchen. Seine Frau könnte es herausfinden. Eigentlich schade, denn er ist genügsamer als die Kerle, mit denen ich es später noch zu tun haben werde. Und er zahlt prompt.«

»Und die Kerle hier tun das nicht?«

»Carlos zahlt uns«, sagte Carmen. »Irgendwann. Aber man muss ihm das Geld wirklich aus der Nase ziehen. Die Mädchen sind nett zu Gästen, denen er einen Gefallen schuldet oder von denen er etwas will, und wenn wir Glück haben, erhalten wir unser Geld in sechs Monaten.«

Jacey schüttelte den Kopf.

»Der gute alte Carlos«, fuhr Carmen fort, Verachtung in der Stimme. »Verklagen können wir ihn nicht.« Sie hob die Schultern. »Aber warum sind Sie hier? Wissen Sie nicht, was auf Carlos' Partys läuft, nachdem er und sein Frauchen gegangen sind?«

»Man hat mir gesagt, dass es ein bisschen wild werden könnte«, gab Jacey zu.

»Wild?« Carmen lachte. »Dieses ehrenwerte Haus wird zu einem Bordell. Hat Ihnen das niemand gesagt? Und die Ehefrauen einiger Gäste sind die schlimmsten. Ich will Sie ja nicht bevormunden, aber ich kann mir nicht vorstellen, dass dieses Gelage etwas für Sie ist, Doktor.«

»Sie haben Recht«, sagte Jacey. »Aber Peter hat mich eingeladen und ...«

»Peter Draven? Dr. Draven?« Carmen schien wirklich entsetzt zu sein. »Das ist nicht Ihr Ernst? Also, einige der jungen Ärzte haben schon ihren Spaß mit uns im *Primavera* gehabt, sogar im OP, aber nicht Dr. Draven. Er war immer so anständig. Und er hat Sie zu dieser Party eingeladen? Also, das ist wirklich ein Hammer.«

»Er hat versprochen, mich nach Hause zu bringen, ehe es zu wild wird«, erklärte Jacey lahm.

»Und warum hat er das nicht getan?« fragte Carmen. »Wo ist er überhaupt?«

»Er ist gegangen«, sagte Jacey. Sie wusste, dass Carmen bald erfahren würde, dass sie mit Nicolás Schlemann zusammen war, deshalb wollte sie es ihr selbst sagen. »Ich bin jetzt mit Nicolás zusammen.«

Carmen sah sie mit einem Blick an, der fast so etwas wie Mitgefühl enthielt. »Nun denn«, murmelte sie, »unser Nicci verliert nicht viel Zeit, was?«

»Ich muss zugeben, dass ich mich nicht gerade gewehrt habe«, sagte Jacey.

Carmen seufzte. »Warum fallen so viele anständige Frauen auf diesen Bastard herein? Männer wie Nicolás sollten immer für Sex bezahlen. Huren wie mich kann er nicht verletzen. Aber Sie sind eine gebildete Frau. Wissen Sie nicht, dass er abartige Spielchen treibt? Und wenn er Ihrer überdrüssig ist, lässt er Sie fallen. Das dauert gewöhnlich vier Wochen. Länger als sechs hat es noch nie gedauert.«

Carmen sah Jacey mit echter Besorgnis an. »Es gibt ihm einen zusätzlichen Kick, die Frau abzuservieren, besonders dann, wenn sie noch etwas für ihn empfindet. Ich hoffe, dass Ihnen das nicht geschieht.«

»Das wird es auch nicht«, sagte Jacey, »glauben Sie mir. Ich weiß alles über Männer wie Nicolás Schlemann.« Spontan griff sie Carmens Hand. »Und sprechen Sie nicht so gering von sich. Es gibt keinen großen Unterschied zwischen uns. Wir beide wollen, dass es den Menschen besser geht.«

Carmen lächelte. »Nun, Sie haben wenigstens die Sicherheit, dass niemand Sie anrührt auf dieser Party. Außer Raoul vielleicht, und mit dem werden Sie fertig.«

»Raoul und Nicolás sind zwei von einer Sorte, oder?«

Carmen sah sie überrascht an. »Nein, das sind sie nicht. Haben Sie Raoul noch nicht kennen gelernt? Er ist ein Süßer, ein Romantiker. Er hat nur das Problem, zu viele amerikanische Filme gesehen zu haben.«

Die beiden Frauen gingen zusammen die breite Treppe hinunter. Die lateinamerikanische Band hatte ihre Instrumente eingepackt. Laute Rockmusik erfüllte den großen Salon, aber niemand tanzte.

Jacey sah, wie eine Frau von zwei Frauen verführt wurde. Sie zogen sie gemeinsam aus und betatschten alle Stellen ihres Körpers. Kichernd versuchte sich die Frau zu wehren, aber ernsthaft waren diese Versuche nicht. Schließlich hoben die Männer sie in die Luft und trugen sie die Treppe hoch, wobei die Frau vor Vergnügen quietschte.

Carmen hatte angewidert zugeschaut. »Sie ist eine der Frauen, die mich nicht mal mit dem Hintern ansehen würde. Die Gattin eines Beraters des Generalissimo.«

»Wo ist ihr Mann?«

»Treibt es wahrscheinlich mit seinem jüngsten Freund.«

Jacey sah sich im Salon um, wo es wirklich drunter

und drüber ging. »Haben diese Leute keine Angst vor Erpressung?«

Carmen lachte trocken auf. »Wer soll sie denn erpressen? Nicolás? Wenn er jemanden vernichten will, braucht er keine Erpressung.«

Zwei Männer und zwei Frauen stritten sich über zwei junge Indios.

»Verurteilen Sie die Indios nicht«, sagte Carmen, als sie bemerkte, wie Jacey das Geschehen in einer Ecke des Salons verfolgte. »Es ist schwer für sie, in Techtátuan Arbeit zu finden. Entweder sie huren, oder sie klauen. Den größten Teil des Geldes bringen sie ihren Familien. Und die Familien sind gezwungen, die überteuerten Preise für die Waren zu zahlen, die unsere Regierung in die Reservate schickt.«

»Es gibt Reservate für Indios?«

»Einige. Aber sie sind dabei, sie wieder zu verlegen, weil die jetzigen Reservate im Abholzgebiet liegen.« Sie seufzte. »Ich kann gut verstehen, dass die Indios dieses Land verändern wollen.«

»Indem sie Loháquin unterstützen?«

»Das weiß ich nicht«, sagte Carmen rasch. »Ich kümmere mich nicht um Politik.« Sie sah Jacey streng an. »Und reden Sie bei Nicolás bloß nicht über Loháquin, damit machen Sie sich nicht beliebt.«

»Ich werde mit Nicolás schon fertig.«

»Das haben all die anderen Frauen auch gesagt«, meinte Carmen warnend.

Vielleicht, dachte Jacey. Aber ich glaube, ich bin den anderen gegenüber im Vorteil: Sie wurden von Nicolás Schlemann benutzt. Ich aber benutze ihn. Ich nutze seinen Körper, und ich nutze sein Wissen. Und ich werde jede Minute genießen.

4. Kapitel

Jacey wachte auf, schaute auf die Uhr und drehte sich faul auf die andere Seite. Ihr Dienst begann erst um elf, und sie freute sich auf ein ausgedehntes Frühstück auf dem Balkon, bevor sie eine Nachricht an Major Fairhaven schicken würde. Dieses Mal, dachte sie, hatte sie einige interessante klimatische Beobachtungen zu melden. Während Nicolás Schlemann und Hernandez das Land ausbeuten wollten, hatten Loháquin und seine Anhänger eindeutig andere Pläne. Ob sie auch die Macht hatten, eine ernsthafte Opposition zu bilden, stand noch nicht fest. Vielleicht war dieser Loháquin nur ein Träumer oder ein Mann, der zwar Träume wecken, aber nicht regieren kann.

Ich muss mehr über diesen Loháquin erfahren, beschloss Jacey. Ich muss ihn kennen lernen, um ihn richtig einschätzen zu können.

Ihr Mittelsmann konnte Paulo sein. Er war Indio, und Jacey war sicher, dass er mehr über Loháquin wusste, als er bisher zugegeben hatte. Aber würde Paulo ihr trauen, wenn er erfuhr, dass sie Schlemanns neue Frau war?

Darin liegt auch eine Chance, dachte Jacey. Sie erinnerte sich an das, was Carmen gesagt hatte: Schlemann ließ seine Frauen nach vier bis sechs Wochen fallen.

Wenn er mich abserviert, kann ich durchblicken lassen, dass ich mich rächen will, überlegte Jacey. Je mieser er mich behandelt, desto größer wird das Mitgefühl mit mir sein – jedenfalls von Loháquins Anhängern.

Sie lächelte über ihren Optimismus. Ihr verwegener Plan hatte etwas von poetischer Gerechtigkeit, aber tief in ihrem Herzen war ihr bewusst, dass Revolutionäre nur selten Mitgefühl mit den Mätressen der Diktatoren haben.

Sie ging in die Küche, um Kaffee zu brauen und ein paar Scheiben des schmackhaften Brots in den Toaster zu schieben, das der Küchenchef des Krankenhauses täglich backte. Während sie unter der Dusche stand, dachte sie über die Verschlüsselungen nach, die sie Major Fairhaven durchgeben wollte. Vielleicht warte ich noch, bis ich mehr als nur Spekulationen habe. Ich möchte ihm gern mitteilen, dass ich den geheimnisvollen Schlemann kennen gelernt habe.

Eine halbe Stunde trödelte sie noch herum, weil sie ein Treffen mit Peter vermeiden wollte. Dann ging sie an seinem Büro vorbei und bemerkte, dass die Tür einen Spalt weit offen stand.

Bringen wir es hinter uns, sagte sie sich, und ging hinein.

Das Büro war leer und sah ungewöhnlich aufgeräumt aus. Überrascht ging sie in ihr eigenes Büro und bereitete sich zur Visite vor. Sie brachte sie zu Ende, ohne Peter gesehen zu haben.

Auf dem Flur traf sie Dr. Sanchez. »Ah, Dr. Muldaire.« Der Spanier lächelte sie an. »Ich habe Sie schon gesucht. Kommen Sie allein zurecht?«

Jacey starrte ihn überrascht an. »Wo ist Dr. Draven?«

Jetzt war es Sanchez, der überrascht schaute. »Hat er keinen Kontakt mehr mit Ihnen aufgenommen, bevor er gegangen ist? Er hat gestern Abend einen Anruf aus England erhalten. Ein Tod in der Familie, ich glaube, es war ein Verkehrsunfall. Er musste mit dem ersten Flieger zurück.«

»Er hat mir nichts gesagt.« Jacey wusste nicht, ob sie erleichtert oder wütend sein sollte.

Sanchez sah sie besorgt an. »Vielleicht wollte er Sie nicht beunruhigen. Und er war sehr in Eile. Er meinte, Sie würden es auch ohne ihn schaffen.«

»Natürlich«, sagte Jacey.

Sanchez tätschelte ihren Arm. »Es wird nicht für lange sein. Ich bin sicher, dass Dr. Draven bald zurückkommt.«

Jacey hatte das Gefühl, dass Peters Rückkehr nach England zu einem denkbar günstigen Zeitpunkt erfolgte. Vielleicht schämt er sich, dachte sie. Zumindest sollte er sich schämen, wenn es sein Plan war, mich wie eine Trophäe an seine Freunde in hohen Positionen weiter zu reichen.

Nach ein paar Tagen argwöhnte sie, dass Peter nicht die Absicht hatte, nach Guachtal zurückzukehren. Ihr Misstrauen wurde bestätigt, als sie auch nach einer Woche nichts von ihm gehört hatte. Nicht einmal eine E-Mail hatte er geschickt. Ob Dr. Sanchez erwartete, dass sie Peters Patienten für immer übernahm? Es war leicht zu schaffen, aber die zusätzlichen Stunden im *Primavera* gingen von ihrer Zeit im *Invierno* ab, wo sie wirklich gebraucht wurde.

Am anderen Morgen, als sie vor der Visite in Peters Büro trat, blieb sie an der Tür stehen, als sie eine blonde Frau hinter dem Schreibtisch sitzen sah.

»Sie müssen Dr. Muldaire sein«, sagte die Frau mit verführerisch tiefer Stimme. »Es freut mich sehr, Sie kennen zu lernen.« Die Blondine hatte einen Akzent, den Jacey nicht auf Anhieb einordnen konnte. »Vielleicht können Sie mir helfen? Einige der Patienten werden mit einem Kürzel geführt. Was bedeuten diese Kürzel?«

Jacey hasste es, im Dunkeln gelassen zu werden. »Wo ist Dr. Draven?« fragte sie abrupt und machte sich erst gar nicht die Mühe, ihre Verärgerung zu verbergen.

Die Frau sah sie erstaunt an. »Er ist nach England zurückgegangen. Ich dachte, Sie wüssten das.«

»Ich habe ihn längst zurück erwartet.«

»Aber er kommt nicht zurück«, sagte die Frau. »Er hat gekündigt. Dr. Sanchez war nicht gerade glücklich darüber. Ich bin Dr. Dravens Nachfolgerin. Ingrid Gustaffsen.« Sie sah Jacey betroffen an. »Hat man Ihnen nichts davon gesagt? Wirklich, die Leute arbeiten unzulänglich auf allen Gebieten.« Sie erhob sich und streckte ihre Hand aus.

Jacey bemerkte, dass die Kollegin einen sehr kurzen Rock trug und lange, schlanke Beine hatte.

»Ich hoffe, wir werden uns gut verstehen, Dr. Muldaire.«

»Da bin ich mir sicher«, sagte Jacey kühl.

Ingrids Lächeln wich nicht aus ihrem Gesicht. »Wenn ich Dr. Dravens Arbeit übernehmen soll, können Sie mir ein paar Informationen über die Patienten geben? Bei der Durchsicht der Krankenblätter ist mir schon klar geworden, dass viele von ihnen nicht ernsthaft krank sind. Aber was heißt die Abkürzung ›U‹ auf den Krankenblättern?«

»Ernsthaft krank ist niemand«, sagte Jacey. »Und ›U‹ steht für Urlaub.«

Ingrid runzelte die Stirn.

»Aber sie sind noch hier. Wann werden diese Urlauber denn entlassen?«

»Das ›U‹ war Peters persönliche Art, sich die Patienten zu merken, denen absolut nichts fehlt«, erklärte

Jacey. »Sie sind hier, weil sie der Nähe ihrer Frau entkommen wollen und weil sie sich ungestört mit einer Freundin einlassen können.« Sie lächelte kurz. »*La Primavera* ist so etwas wie ein Luxushotel mit ärztlicher Betreuung. Falls Sie hier medizinische Praxis erfahren wollten, werden Sie enttäuscht sein.«

Ingrid schüttelte fröhlich den Kopf. »Nein, ich brauche keine medizinische Praxis mehr. Nach meiner Assistenzzeit an einem schwedischen Krankenhaus bin ich fünf Jahre in den Staaten gewesen. Gute Bezahlung, harte Arbeit. Ich kann also eine Ruhepause gut gebrauchen.« Sie senkte die Stimme, »Ich bin auf der Suche nach anderen Erfahrungen, wenn Sie verstehen, was ich meine.«

»Ich fürchte nein«, sagte Jacey frostig.

»Oh, ihr Engländer!« Ingrid trat um den Schreibtisch herum und blieb vor Jacey stehen. »Sie wissen genau, was ich meine. Sie gehen mit diesem scharfen Jungen ins Bett, Schlemann, nicht wahr?« Sie tippte mit einem makellos manikürten Finger gegen Jaceys Brust. »Streiten Sie es nicht ab. Ich selbst würde mich auch nicht dagegen sträuben. Ich habe gehört, dass er ein sexistisches Schwein ist, na und? Ich würde ihn ja nicht heiraten wollen. Sie doch auch nicht, oder?«

»Nein«, sagte Jacey, »ich auch nicht.«

Ingrid fuhr fort: »Sagen Sie mir schon, wie ist er denn so? Hat er Ausdauer? Also, ich habe Männer satt, die nicht durchhalten. Davon habe ich einige Exemplare in den USA genießen dürfen. Ein bisschen Schieben und Stöhnen, dann ein geächztes ›Ah, Baby, großartig‹ und fertig.« Sie lachte. »Ich will ihn lange in mir spüren, voll des pulsierenden Lebens. Er kann mich kräftig durchrütteln. Ich bin fit, habe Muskeln vom Hanteltraining.« Sie streckte ihren Arm aus. »Hier, fühlen Sie mal.«

Obwohl ihr nicht danach zumute war, befühlte Jacey die Bizeps der Kollegin. Sie waren steinhart.

»Na?« fragte Ingrid. »Was sagen Sie dazu?« Sie nahm eine Bodybuildingpose ein. »Soll ich bei der Wahl zu Miss Universum mitmachen?«

Jacey lachte. Ingrids großer, schlanker Körper gehörte eher auf den Laufsteg als auf einen Bodybuildingwettbewerb. »Ich glaube, Sie sollten mit Ihrer Visite beginnen«, sagte sie.

»Mögen Sie starke Frauen?« Ingrid war plötzlich ernst. »Würde es Sie aufregen, mit einer Frau Liebe zu machen, die Muskeln wie ein Mann hat?«

»Nein.«

»Haben Sie auch noch nie daran gedacht, es mit einer Frau zu tun?« hakte Ingrid nach. »Viele Frauen haben diese Phantasie, auch wenn sie keine Gelegenheit haben, sie auszuleben. Sie haben noch nie eine Frau angesehen und sich gefragt, wie es wäre, wenn sie mit ihr Liebe machen?«

»Nein«, sagte Jacey.

»Es kann sehr befriedigend sein«, sagte Ingrid. »Natürlich sind Männer interessante Geschöpfe; ich mag ihre harten Körper, und es gibt Zeiten, da will ich das spüren, was bei ihnen am härtesten ist. Aber zur sinnlichen Lust geht nichts über eine Frau. Frauen verstehen sich. Männer verstehen nichts von der Klitoris, sie wissen nicht, was sie mit ihr tun sollen. Ein paar Mal mit der Zunge rüber oder sie saugen so hart, dass es schmerzt. Und dann glauben sie, sie hätten dich erregt.« Sie stieß ein schnaufendes Lachen aus. »Ein paar Minuten später wollen sie rein, und dann ist es auch schon vorbei. Frauen lassen sich Zeit.« Sie lächelte Jacey einladend an. »Um wirklich eine gute Zeit zu erleben, brauchst du eine Frau, die an dir runter steigt. Warum besuchen Sie mich nicht heute Abend? Ich möchte Ihnen gern zeigen, was Sie bisher verpasst haben.«

Jacey war amüsiert. »Ist es Ihre Art, Leuten nach fünf Minuten derartige Angebote zu machen?«

»Wenn ich glaube, dass sie interessiert sind«, gab Ingrid fröhlich zu, »ja, natürlich. Viele Frauen lassen sich darauf ein. Sie würden überrascht sein.«

»Was bringt Sie auf die Idee, ich könnte interessiert sein?« wollte Jacey wissen.

Ingrid lächelte. »Ich sehe es in Ihren Augen. Sie sind eine sinnliche Frau und neugierig. Ich glaube, Sie möchten gern experimentieren.«

»Ich glaube, Sie machen sich was vor«, entgegnete Jacey. Sie schaute auf ihre Uhr. »Wir müssen mit der Visite beginnen. Auch wenn unsere Patienten dem Tod nicht nahe sind, wollen sie uns doch jeden Morgen sehen.«

Später am Tag, als Jacey sich in ihrem Wohnzimmer ausruhte, dachte sie über die Unterhaltung mit Ingrid nach. Hatte sie wirklich Interesse gezeigt? Oder rührte das mögliche Funkeln in ihren Augen eher von Gedanken an ihre nächste Begegnung mit Nicolás?

Nein, wenn sie sich eine Zunge vorstellte, sollte es nicht Ingrids Zunge sein. Ich hatte noch nie eine lesbische Neigung, wurde ihr jetzt erst bewusst. Selbst als Faisal sich als Scheusal entpuppte, hat sie das nicht gegen Männer aufgebracht. Gegen Liebe und Romantik ja, aber nicht gegen Männer. Es ist das emotionale Gepäck, das Frauen so verletzlich macht.

Sie ließ sich weit in den Sessel zurücksinken und überlegte, wie Ingrid wohl nackt aussah. Offensichtlich austrainiert, die Beine beneidenswert lang. Die Brüste kaum ausgeprägt wie bei diesen hageren Laufstegmodellen. Jacey stellte sich vor, wie Ingrid nackt über den Laufsteg schritt, die Rippen sichtbar, ein Hüftknochen vorgereckt. Nein, der Anblick erregte Jacey nicht.

Sie schloss die Augen und stellte sich Nicolás Schlemann vor. Das ist viel besser, dachte sie. Sie hatte ihn bisher noch nicht völlig nackt gesehen, aber von den Teilen, die sie in Erinnerung hatte, konnte sie ein Ganzbild zusammenstellen. Harter, gestählter, gebräunter Körper. Muskulöse Schenkel. Ein beeindruckender Schaft.

Das Telefon klingelte. Sie griff nach dem Hörer.

»Dr. Muldaire?« Die Stimme am anderen Ende klang ein wenig spöttisch. »Ich hoffe, Sie sind nicht zu beschäftigt und können mit mir reden?«

»Nun, Sie sind es, der offenbar sehr beschäftigt ist«, gab sie zurück. »Wollten Sie mich nicht anrufen?«

»Ich rufe Sie jetzt an«, sagte Nicolás. »Ich möchte morgen Abend Ihre Gesellschaft haben.«

»Doch nicht wieder eine Party bei den Márquez?«

»Wäre das so unangenehm? Hat Ihnen die letzte Party nicht gefallen?« Er hörte sich belustigt an. »Mir hat sie gefallen. Besonders die letzten zehn Minuten.«

»Sie haben mich allein zurückgelassen«, erinnerte sie ihn. »Nach einem Quickie auf dem Schreibtisch. Und seither haben Sie nichts mehr von sich hören lassen. Von einem Mann Ihrer Reputation habe ich mir mehr versprochen, Senor Schlemann.«

»Was haben Sie erwartet? Ein Dutzend rote Rosen und ein Dankesschreiben?« Er lachte. »Dann haben Sie den falschen Mann, Dr. Muldaire. Außerdem trifft es nicht zu, dass ich Sie allein zurückgelassen habe. Ich wurde in einer dienstlichen Sache gerufen.«

»Oh, ja, Sie mussten einen Verdächtigten vernehmen«, sagte sie kühl mit einer Spur von Sarkasmus. »Das ist schließlich Ihr Job.«

»Es gehört dazu«, antwortete er. »Ich schicke Ihnen um acht einen Wagen.«

»Ich habe noch nicht zugesagt. Wird es wieder eine halb offizielle Orgie sein?«

»Es ist ein formeller Ball«, antwortete er. »Politiker und Militärs nehmen daran teil, sogar Hernandez und seine Gattin. Sie werden sich alle von der besten Seite zeigen und sich freuen, Sie kennen zu lernen.«

»Ich fühle mich geschmeichelt«, sagte sie. »Ich ahnte nicht, dass sie überhaupt etwas von meiner Existenz wissen.«

»Aber natürlich tun sie das«, sagte Nicolás. »Die neue schöne Ärztin mit den flammroten Haaren, die sich nicht zu schade ist, ihre Finger im *El Invierno* schmutzig zu machen? Jeder spricht über Sie.«

»Auch die Gattin des Generalissimo?«

»Besonders die Gattin des Generalissimo«, bekräftigte er. »Sie will Sie unbedingt kennen lernen. Aber ich werde es sein, der danach zarte Momente mit Ihnen erlebt, und das wissen Sie auch. Seien Sie bereit, wenn der Wagen vorfährt. Ich hasse es, wenn man mich warten lässt.«

Er brach das Gespräch abrupt ab, und Jacey legte den Hörer auf. Was für ein Charmeur Sie doch sein können, Senor Schlemann. Sie lächelte. Und wie nützlich Sie sind. Ich habe die Gelegenheit, mehr über den Generalissimo und seine Gattin sowie über die anderen hohen Tiere aus Guachtal zu erfahren. Aus erster Hand. Da sie wusste, wie der Abend enden würde, fiel Jacey die Entscheidung nicht schwer, was sie tragen sollte. Sie öffnete den Kleiderschrank und ließ ihre Hände kurz über das hoch geschlossene Kleid mit den Silberperlen und dem weit offenen Rücken gleiten. Es umschmiegte ihre Figur so sehr, dass man die kleinen Erhebungen ihrer Nippel sehen würde.

Schade, dass es zu unanständig für den Anlass war. Sie griff nach dem Designerkleid, das auch ihre Figur umschmiegte, aber längst nicht so viel enthüllte.

Es war aus schwerer, dunkelgrüner Seide. Sie konnte es hoch geschlossen und auch schulterfrei tragen, wozu sie sich an diesem Abend entschied. Die Damen von Guachtal würden ganz sicher die Gelegenheit nutzen, ihre Preziosen zu zeigen, und sie wollte das Kontrastprogramm bieten. Auffällig allein würden ihre roten Haare sein. Wenn die Gäste erwarteten, dass Schlemanns Frau glitzerte, würden sie eine Überraschung erleben.

Dafür wollte sie seiner Schwäche für raffinierte Dessous nachgeben. Das Kleid verlangte keinen BH, das eingebaute Mieder hob ihre Brüste an und schuf ein volles Decolleté. Der Seidenslip – Farbe und Stoff wie das Kleid – passte ihr wie eine zweite Haut, er spannte sich über ihre Pobacken und über den Venusberg. Sie verzichtete auf Strapse und trug dunkelgraue Strümpfe ohne Naht, dazu schwarze Sandalen mit halb hohen Absätzen und schmalen schwarzen Lederstreifen.

Am liebsten hätte sie ihre Haare offen und schwingend getragen. Sie wusste, dass es umwerfend aussehen konnte; sie wäre die einzige Rothaarige im Ballsaal. Aber sie wollte nicht übertreiben. Sie fasste die Haare zu einem Zopf zusammen und steckte ihn mit Nadeln auf dem Kopf fest. Sie war bereit, als der Wagen vorfuhr. Er wurde von einem von Nicolás' kaltäugigen Gorillas gefahren, verdunkelte Scheiben, wahrscheinlich kugelsicheres Glas und ein offizieller Stander mitten auf der Kühlerhaube. Der Chauffeur hielt ihr wortlos die Tür auf und sprach auch während der Fahrt nicht.

Wegen der dunklen Scheiben fiel es Jacey schwer, die Gegend zu erkennen, durch die sie fuhren, aber als sie vor dem breiten Tor des Palastes standen, in dem der Generalissimo regierte, wusste sie Bescheid: Der Palast wurde von gleißenden Scheinwerfern angestrahlt.

Am Tor schaute ein uniformierter Wächter ins Wageninnere. Er schaute auf Jacey, und zu ihrer Überraschung wich er zurück und salutierte. Der Wagen fuhr langsam weiter, bis er vor dem Palastportal anhielt. Eine breite, weiße Treppe führte hinauf. Der Chauffeur hielt die Fondtür auf, und Jacey hörte leise Musik, Stimmen und Lachen.

Der Wagen fuhr davon, und Jacey blieb verunsichert vor der Treppe stehen. Was sollte sie tun? Auf Nicolás warten? Oder hineingehen und ihn suchen? Der Nachtwind spielte mit ihren Haaren. Ein anderes Auto fuhr vor, und ein älterer Mann und eine deutlich jüngere Frau stiegen aus, warfen einen kurzen Blick auf Jacey und gingen die Treppe hoch.

Jaceys Geduld war erschöpft. Sie nahm rasch die Stufen und überlegte sich ein paar beißende Sätze, die sie Nicolás zur Begrüßung sagen würde.

Das Paar, das vor ihr die Treppe hochgegangen war, stand vor einem Sicherheitsmann, der die Einladungen mit übertriebener Langsamkeit überprüfte. Der ältere Mann war sichtlich verärgert, aber er sagte nichts. Jacey wartete in der hohen Marmorhalle und bewunderte einen gewaltigen Kronleuchter, der von der leicht gewölbten Decke hing.

Das Paar war abgefertigt worden, und der Sicherheitsmann starrte zu Jacey hinüber. Sie hielt seinem Blick stand und wappnete sich mit spitzen Antworten, falls er ihr dumm kommen würde.

»Guten Abend, Dr. Muldaire.« Sie wandte sich um und sah Nicolás, der sich ihr mit gemessenen Schritten näherte. Er trug einen eleganten schwarzen Smoking. Das strahlende Weiß seines Hemds unterstrich seine gebräunte Haut. Als er sie anlächelte, war sie irritiert: Sie war nicht nur froh, ihn zu sehen, sondern sie spürte auch eine Welle sexueller Erregung. Er hielt ihr seinen Arm hin. »Wie entzückend Sie aussehen. Nicht, dass mich das überrascht. Sie strahlen immer Klasse aus.«

Sie hakte sich bei ihm unter. »Für einen Mann, der nicht gern wartet«, sagte sie kühl, »sind Sie nicht sehr pünktlich.«

»Ich habe nie gesagt, dass ich pünktlich bin«, sagte er und verstärkte sein Lächeln noch. »Ganz besonders bei Frauen bin ich es nicht.« Er beugte den Kopf, und sie spürte seine Lippen dicht an ihrem Ohr. »Es steigert die Vorfreude noch ein bisschen mehr. Sagen Sie nur, Sie hätten sich nicht gefreut, mich endlich zu sehen.«

»Nur weil ich es müde war, hier sinnlos herumzustehen«, gab sie patzig zurück.

Er lachte. »Sie sind doch gerade erst angekommen.« Sie wollte den Mund öffnen, um zu widersprechen, aber sie spürte den Druck seiner Hand auf ihrem Arm. »Nicht abstreiten. Ich weiß genau, wann der Wagen bei Ihnen war und wann er hier vorgefahren ist.«

Sie schritten durch die Halle an dem Paar vorbei,

das sie auf der Treppe gesehen hatte. Die Augen des älteren Mannes blinzelten von ihr zu Nicolás und zurück zu ihr. Sein Ausdruck veränderte sich von Überraschung zu einem schmeichlerischen Lächeln. Seine Begleitung lächelte auch und legte dabei große Zähne bloß.

Jacey murmelte: »So haben sie mich nicht begrüßt, als sie an mir vorbeigerauscht sind. Ich war einfach Luft für sie.«

»Nun, jetzt wissen sie, dass Sie zu mir gehören«, sagte Nicolás. »Das sichert Ihnen die Höflichkeit aller.« Er wies auf den Alten. »Er ist ein Geschäftsmann aus der Stadt, kein großer Fisch, aber er hat mit dem Generalissimo seine Armeejahre verbracht, deshalb wird er ab und zu noch eingeladen. Das hässliche Mädchen an seiner Seite ist seine Tochter. Natürlich unverheiratet. Können Sie sich vorstellen, dass jemand verzweifelt genug ist, sie zu heiraten?«

»Schönheit ist nicht alles«, sagte Jacey.

»In den Augen eines Mannes schon«, antwortete Nicolás.

Sie betraten den Ballsaal, und für ein paar Momente war Jacey überwältigt von den glitzernden Lichtern der Kronleuchter und dem strahlenden Weiß des Marmorbodens. Eine Kapelle spielte eine langsame spanische Melodie. Einige der Gäste trugen dekorative Militäruniformen, aber die meisten trugen Smoking oder Frack, während sich fast alle Frauen – vom Mittelalter aufwärts – in schwere, weite Abendkleider spanischen Stils gezwängt hatten, die langen Röcke üppig verziert und mit vielen Rüschen abgesetzt. Einige Frauen unterstrichen das spanische Thema des Abends noch mit Spitzenmantillas und kunstvollen Fächern.

Als Nicolás den Ballsaal betrat, wandten sich die Gäste, die ihn bemerkten, zu ihm um, verbeugten sich oder nickten, und die Frauen lächelten. Nicolás erwiderte das Nicken ein- oder zweimal, sehr von oben herab, dachte Jacey.

Plötzlich sah sie ein Gesicht, das sie kannte, einer ihrer ›Patienten‹ aus *La Primavera*. Er war, erinnerte sich, während seines Aufenthalts von einer Reihe gut aussehenden jungen Männern besucht worden. Er nickte ihr knapp zu, ebenso die blasierte Frau, die neben ihm stand.

»Sie haben einen Bekannten gesehen?« fragte Nicolás.

»Ja.«

»Senor Controssna und seine Frau?« Nicholas grinste. »Sie denken wahrscheinlich gerade an ihre Freunde. Es gab eine Zeit, da haben sie sich einen geteilt. Nun ja, sie haben ihn sich mit vielen geteilt. Bis er zu habgierig wurde und den falschen Kunden zu erpressen versuchte.«

»Was ist mit ihm geschehen?« fragte Jacey. Sie hatte Mühe, sich Senor Controssna und seine verbissen aussehende Frau in einer *ménage à trois* vorzustellen.

Nicolás hob die Schultern.

»Er ist verschwunden. Ich bezweifle, dass ihm jemand eine Träne nachgeweint hat, außer vielleicht die Clowns im Regenwald. Man hörte, er unterstützte Loháquin mit dem Geld, das er in der Stadt verdiente.«

»Sie haben ihn töten lassen?«

»Es war politisch erforderlich, ihn zu entfernen«, erklärte Nicolás. »Das passiert mit allen, die Rebellen unterstützen.« Seine Finger gruben sich in ihren Arm. »Vergessen Sie das nicht.«

»Ich bin sicher, dass Sie dafür sorgen, dass ich es nicht vergesse.«

»Es ist zu Ihrem eigenen Besten.« Er führte sie weiter durch den Saal. »Frauen lassen sich so leicht von romantischen Ideen blenden und schwärmen für Freiheitskämpfer und Revolutionäre. Tatsache ist, dass Loháquin ein ungewaschener Analphabet ist, und das trifft auch auf seine Anhänger zu. Er könnte Guachtal nicht regieren, selbst wenn er eine Chance dazu bekäme.«

Genau das möchte ich gern selbst herausfinden, dachte Jacey. Nicolás führte sie auf eine Gruppe von Uniformierten zu, die abseits von den anderen stand und von einem Kreis von Sicherheitsleuten abgeschirmt wurde.

Die Ärztin erkannte Generalissimo Hernandez. Aus der Nähe sah der kleine runde Mann in seiner mit Litzen besetzten und mit Orden behangenen Uniform noch weniger wie ein Diktator aus als auf dem Bild, das Major Fairhaven ihr gezeigt hatte.

Jacey war viel mehr beeindruckt von der gebieterischen Frau, die ein Kopf größer war und hinter ihm stand. Dies musste die großartige Pilar sein. Im Gegensatz zu ihrem Mann sah sie aus, als wäre sie durchaus in der Lage, ein Land zu regieren und es mit jedem aufzunehmen, der ihr das absprechen wollte. Kein Wunder, dass Nicolás sie nicht mochte.

»Generalissimo«, sagte Nicolás, »darf ich Ihnen Dr. Jacey Muldaire vorstellen?«

Jacey spürte, wie eine warme Hand ihre umfasste. »Dr. Muldaire.« Er schien wirklich erfreut zu sein, sie kennen zu lernen. »Liebe Dame, willkommen in meinem Haus, willkommen in meinem Land. Wir haben schon viel von Ihnen gehört.« Er schaute zu seiner Frau. »Nicht wahr, meine Liebe?«

Pilar bedachte Jacey mit einem frostigen Lächeln. »Ich habe von Ihrer Arbeit im *Primavera* gehört, Dr. Muldaire.«

»Ein wunderbares Krankenhaus, nicht wahr?« rief Hernandez begeistert und tätschelte Jaceys Hand. »Haben Sie so etwas auch in England?«

»Nein, eigentlich nicht«, gab Jacey zu.

»Nicolás hat geholfen, den größten Teil des Geldes aufzutreiben«, sagte Hernandez. »Private Spenden. Die Menschen waren sehr großzügig.«

»Ich habe gehört, dass Sie auch im *El Invierno* arbeiten, Dr. Muldaire«, warf Pilar Hernandez ein.

»Eh .... ja.«

»*El Invierno* wird vom Finanzministerium unterstützt«, sagte Pilar, »was den Unterschied in der Ausstattung erklärt.« Ihre dunklen Augen fixierten sich auf Jacey. »Mein Gatte versucht, die Nöte des Volkes zu verstehen und ihnen abzuhelfen.« Sie warf einen flüchtigen Blick auf Nicolás, ehe sie wieder Jacey ansah. »Wann immer er kann.«

Es entstand ein unangenehmes Schweigen, bis Hernandez in ein gezwungenes Lachen ausbrach, Jaceys Hand losließ und zu seiner Frau sagte: »Meine Liebe, keine Politik heute Abend. Keine Politik.«

Das, dachte Jacey, gibt die Situation am zutreffendsten wieder. Der Generalissimo liebt die Paraden, gesellschaftliche Auftritte und das Bad in der Menge. Nicolás gewährt ihm das alles, und im Gegenzug erhält er freie Hand in der Wirtschaftspolitik. Ein hübsches Arrangement. Hübsch für Senor Schlemann.

Jacey bemerkte, dass Nicolás sie von der Gruppe rund um den Generalissimo wegschob, dem Tanzboden entgegen. Die Kapelle spielte einen langsamen

Walzer, und Nicolás drehte sie zu sich und führte sie im Takt der Musik.

»Senora Hernandez schien mir Ihnen gegenüber recht frostig zu sein«, sagte sie. »Haben Sie gegen den Bau des *El Invierno* gestimmt?«

»Nein«, sagte er knapp. »Ich habe mich nur gegen die Summen gewandt, die dafür eingesetzt werden sollten. Lassen Sie uns über was Spannendes reden. Sagen Sie mir, was Sie unter diesem kostbaren Kleid tragen?«

»Aber nein«, antwortete sie lachend. »Das müssen Sie schon selbst herausfinden.«

Seine Hand strich über ihren Rücken. »Kein BH«, stellte er fest. Ein älteres Paar tanzte an ihnen vorbei, und Nicolás zeigte sein strahlendstes Lächeln, während seine Hand hinunter auf Jaceys Pobacken glitt. Jacey verfolgte den Blick des älteren Paars, das rasch wegschaute. »Kein Höschen?«

»Falsch«, sagte sie.

Seine Hand strich wieder über ihren Rücken. »Wir bleiben noch genau eine Stunde hier, dann bringe ich Sie zu meinem Apartment.«

»Wird der Generalissimo das nicht für ziemlich unhöflich halten?« fragte sie. »Ich meine, wir sind eben erst angekommen.«

»Ich habe meinen Teil unserer Abmachung erfüllt«, sagte er. »Hernandez wollte Sie kennen lernen. Jetzt kennt er Sie.«

»Und alle, auf die es ankommt, wissen nun, dass die englische Ärztin die letzte Eintragung auf der Liste Ihrer Eroberungen ist«, fügte sie hinzu. »Ich gratuliere Ihnen.«

»Ich habe Ihnen einen Gefallen erwiesen«, sagte er. »Sie werden die Türen nun weit geöffnet finden. Sie werden zu den besten Partys eingeladen, zu den exklusivsten Essen. Sie werden eine gute Zeit bei uns erleben.«

Bis du mich abservierst, dachte Jacey. Dann werden mich die kleinen Kriecher wieder ignorieren und ihr Lächeln für deine nächste Trophäe aufsparen. Vielleicht Ingrid Gustaffsen? Jacey konnte sich nicht vorstellen, dass die schwedische Ärztin ein Typ war, der Nicolás zusagte. Sie war zu energisch und zu maskulin für jemanden wie Nicolás.

Die Stunde verging schnell. Nach dem ersten Tanz schien Nicolás bereit zu sein, Jacey auf eigene Faust kreisen zu lassen. Es war, als trüge sie ein Brandzeichen, das ihm die Gewähr bot, dass niemand seinen Besitz anrührte. Während er hauptsächlich mit männlichen Gästen sprach, absolvierte sie zwei Tänze mit uniformierten Militärberatern des Generalissimo, deren Unterhaltung sich auf Belanglosigkeiten beschränkte. Sie übersah den verstohlenen Blick, die ihrem Ausschnitt galten. Jacey erkannte Carlos Márquez und seine Frau am Rand der Tanzfläche. Sie nickten einander zu und lächelten kühl. Von Raoul war nichts zu sehen.

Nach genau einer Stunde schlenderte Nicolás ihr entgegen. »Zeit zu gehen.«

Er führte sie vom Tanzboden weg, und Jacey spürte die Blicke der Gäste auf sich. Sie nahm an, dass er gewartet hatte, bis sie mit ihrem Partner am hintersten Ende der Tanzfläche angelangt war, damit jeder auch wirklich sehen konnte, dass sie zu ihm gehörte. Er ist wie ein kleiner Schuljunge, dachte sie. Schauen könnt ihr, aber nicht anfassen!

Obwohl er gesagt hatte, er wollte sie zu seinem Apartment bringen, hatte sie erwartet, sich in irgendeiner palastähnlichen Villa am Stadtrand wieder zu finden.

Aber die Autofahrt war überraschend kurz und endete vor einem offiziell und nach ›Zutritt verboten‹ aussehenden Gebäude mit einer Fassade aus blinden Fenstern und einer großen Nationalflagge am Mast.

Nicolás stieg aus dem Auto und öffnete Jaceys Tür. Sie stieg aus und sah Nicolás mit großen Augen an. »Hier wohnen Sie? Es sieht wie ein Gefängnis aus.«

»Ist es auch«, sagte er. »Und das Polizeihauptquartier.« Er führte sie zur fensterlosen, mit Eisenteilen verstärkten Tür. »Ich wohne hier, wenn ich mich in Techtátuan aufhalte.« Er grinste. »Bei mir ist noch nie eingebrochen worden.«

Er schob eine Karte in das Sicherheitsschloss neben der Tür und wartete. Als nach wenigen Sekunden die Tür aufschwang, roch Jacey Poliermittel und nahm das schwache Ätzen von Desinfektionsmittel wahr. Ihre Schritte klackten laut auf den nackten Steinfliesen, als Nicolás sie über einen Flur, eine Treppe hoch und durch eine weitere Tür führte.

Dahinter lag eine andere Welt. Der Boden war mit dicken Teppichen ausgelegt, an den Wänden hing eine warme Seidentapete in dunklem Orange.

Die Tür fiel hinter Jacey mit einem lauten Klick ins Schloss. Sie zuckte zusammen und drehte sich um.

Nicolás grinste. »Ja, sie ist verriegelt. Aber auch wenn sie nicht verriegelt wäre, kämen Sie ohne mich nicht weit. Meine Karte hat ein internes Alarmsystem aktiviert, und seither werden wir von Kameras erfasst.«

Er öffnete eine weitere Tür und ließ sie in ein großes Zimmer eintreten. Schwere Polstermöbel, dunkle, verschnörkelte Schränke. Holzpaneele an den Wänden, mehrere Porträts auf den Paneelen. Nicolás lehnte sich gegen einen Schrank und beobachtete Jacey, wie sie das Zimmer mit den Blicken abtastete.

Über dem breiten Marmorkamin – er war bestimmt noch nie benutzt worden – hing ein großes Ölgemälde, das einen schlanken Mann in schwarzem Anzug und Hemd zeigte. Man sah ihm an, dass er Europäer war, die blassen Haare glatt zurückgekämmt, einen Ausdruck von Arroganz im Gesicht. Die schwarze Kluft sah wie eine SS-Uniform aus, dachte Jacey. Sie hatte im Gefühl, wer dieser Mann war.

Nicolás bestätigte ihre Vermutung. »Mein Vater Heinrich Schlemann«, sagte er.

»Ich sehe eine gewisse Ähnlichkeit. Und wo ist Ihre Mutter?«

Er wies auf ein kleineres Porträt auf der anderen Seite des Zimmers. Ein zierliches spanisches Mädchen im traditionellen Kostüm sah Jacey ernst an. Senora Schlemann war zumindest zur Zeit des Porträts deutlich jünger gewesen als ihr Mann.

»Sie ist eine wunderschöne Frau«, murmelte Jacey.

»Man hat mir gesagt, sie sei einer der schönsten Frauen von Techtátuan gewesen«, sagte Nicolás. »Offenbar war sie gerade entschlossen, einen armen Spanier zu heiraten. Mein Vater hat ihre Eltern überreden können, dass er der bessere Schwiegersohn wäre.«

Jacey blickte wieder zu dem spanischen Mädchen. Was hatte sie gefühlt, als sie zur Heirat mit dem kalten, arroganten Fremden gezwungen worden war? Hatte sie ihrem armen Geliebten nachgeweint? War sie in ihrer Ehe je glücklich gewesen?

»Was für eine Frau war Ihre Mutter?«

Nicolás hob die Schultern. »Ich habe keine Ahnung. Sie ist bei meiner Geburt gestorben. Man hat mir gesagt, dass mein Vater die Wahl hatte, entweder sie zu retten oder das Kind.«

Jacey schaute zu Heinrich Schlemann auf. Ich wette,

du hast dir nicht mal Gewissensbisse gemacht, dachte sie. Du hattest, was du wolltest. Einen männlichen Erben für den Erhalt des Familiennamens.

Nicolás drehte sich zum Schrank um und öffnete eine Tür. Er nahm eine Flasche und zwei Gläser heraus.

»Wein, Dr. Muldaire?«

»Es ist an der Zeit, mich Jacey zu nennen«, sagte sie. »Und ja, gern einen Wein.« Er füllte ein Glas und reichte es ihr. »Fühlen Sie sich als Deutscher oder als Spanier?« fragte sie. »Ich meine, Sie sind hier geboren. Fühlen Sie sich den Wurzeln Ihrer Mutter mehr verbunden?«

Er starrte sie einen Moment an, dann brach er in Lachen aus. »Wurzeln?« Er schüttelte ungläubig den Kopf. »Ich habe mein Credo von meinem Vater gelernt: Kümmere dich um dich selbst. Er wusste, dass Deutschland den Krieg verlieren würde und verließ das sinkende Schiff, bevor es zu spät war. Hätte er an den Unsinn von Heimat und Vaterland geglaubt, wäre er geblieben und jung gestorben.«

»Und wenn Guachtal zu sinken beginnt?« fragte sie. »Werden Sie dann auch das Schiff verlassen?«

Sein Lachen klang diesmal gönnerhaft. »Guachtal wird nicht sinken«, sagte er. »Nicht, so lange ich über die Staatskasse wache.« Er ging hinüber zu einem wuchtigen Ledersessel. »Das ist auch etwas, was mein Vater mir beigebracht hat. Einen gesunden Respekt für Geld. Denn Geld sorgt dafür, dass die Menschen einen gesunden Respekt vor dir haben.« Er setzte sich und hob das Glas. »Und er hat mir beigebracht, wie man Frauen behandelt. Eine sehr wertvolle Lektion.«

Sie hob ebenfalls ihr Glas und lächelte. »War Ihr Vater auch ein gefürchteter Frauenheld?«

»Man hat mir erzählt, dass es ihm nie an weiblicher Gesellschaft mangelte«, antwortete Nicolás. »Weder vor dem Tod meiner Mutter noch danach.« Er lehnte sich im Sessel zurück. »Mein Vater hat sich seine Frauen mit großer Umsicht ausgesucht. Er war ein Frauenkenner. Er hat sie immer hierhin gebracht, in dieses Zimmer.«

Waren die Frauen immer freiwillig gekommen? fragte sie sich. Hat er sie verführt, oder hat er sie bezahlt? Bedroht oder erpresst? Heinrich Schlemann war wahrscheinlich ein sexistischer Bastard gewesen, aber nach seinem Porträt zu urteilen, war er auch ein gut aussehender Mann gewesen. Manchmal konnte es erregend sein, von einem Partner, den man attraktiv findet, zu etwas gezwungen zu werden. Es nahm einem die Verantwortung für die eigene Hingabe.

Jacey wusste, dass sie gelegentlich eine Schwäche für diese Variante hatte.

»Ich hatte mein erstes Erlebnis mit einer Frau auch in diesem Zimmer«, sagte Nicolás.

»Wie alt waren Sie?«

»Fast sechzehn.« Er streckte die Beine aus. »Ich wurde von Privatlehrern unterrichtet. Da drüben am Fenster stand mein Schreibtisch, und Punkt acht Uhr musste ich am Schreibtisch sitzen. Wie in einer richtigen Schule.«

»Das kann aber nicht lustig gewesen sein«, warf Jacey ein. »So ganz allein.«

Er grinste. »Es hatte seine Vorteile. Unter den Lehrern befand sich eine Frau, gerade mal in den Zwanzigern. Sie trug ein teures Parfüm, das herrlich duftete. Hätte ich damals schon Verstand gehabt, müsste ich mich gefragt haben, wie sie sich das exklusive Wasser erlauben konnte. Anfangs kleidete sie sich noch konventionell, Jacke und langer Rock, aber schon nach ein paar Tagen kam sie mit diesen typischen Bauernblusen. Wissen Sie, welche ich meine? Man kann durch ein Bändchen den Halsausschnitt variieren.«

Jacey nickte, und Nicolás fuhr fort: »Sie beugte sich über mich, wenn sie meine Arbeit korrigierte, und ich konnte das Tal zwischen ihren Brüsten sehen. Ich wusste, dass sie nichts unter der Bluse trug. Das Bändchen wurde lockerer, der Ausschnitt rutschte tiefer, und meine Einblicke auch. Sie glättete den Stoff und zog ihn straff, als wollte sie mir zeigen, dass ihre Nippel erigiert waren. Ich wusste genug, um zu begreifen, dass sie sich selbst erregte, indem sie mich reizte.«

Nicolás seufzte. »Mir wurde die Hose schon eng, wenn ich nur an sie dachte. Ich stellte mir vor, wie sie bis zu den Hüften entblößt vor mir stand, die Hände auf ihren Rücken gebunden, sodass ich sie überall berühren konnte, wo ich wollte. Ich hörte sie protestieren, aber gleichzeitig sah ich, dass es ihr gefiel. Ich stellte sie mir nackt vor und mit gespreizten Beinen. Während sie mir Arithmetik beibrachte, träumte ich davon, es mit ihr zu treiben. Und dabei musste ich höllisch aufpassen, dass sie den Ständer in meiner Hose nicht bemerkte.«

»Armer Junge«, sagte Jacey neckend. »Das muss sehr unbequem für Sie gewesen sein.«

»War es auch. Aber nicht sehr lange. Wenn das ein Katz-und-Maus-Spiel ist, dachte ich, will ich lieber die Katze sein. Als sie sich das nächste Mal über mich beugte, um einen Fehler zu korrigieren, griff ich mit beiden Händen nach der Bluse und riss sie auf.« Er atmete tief durch. »Das war einer der erotischsten Momente in meinem Leben. Sie stieß einen verdutzen Halbschrei aus. Der Stoff zerriss, und ich konnte alles sehen. Die vollen runden Brüste, die harten Nippel und ihren entsetzten Ausdruck, als sie versuchte, sich wieder zu bedecken.«

Er legte eine kleine Pause ein, als erlebte er den Augenblick in Gedanken noch einmal. »Es war großartig. Ich fühlte mich mächtig – und verdammt unbehaglich. Jetzt, da ich alles gesehen hatte, wollte ich auch alles haben. Wir endeten auf dem Teppich und wälzten uns herum.« Er lachte leise. »Bis ganz zum Schluss dachte ich ehrlich, sie sträubte sich und wollte mich abwehren. Ich dachte, sie hätte Angst, weil sie zu weit gegangen war und nun die Kontrolle verloren hatte. Die hatte ich jetzt, und sie wusste, sie würde von nun an die Spiele mitmachen müssen, die ich mir ausdachte.«

»Hat sie Ihnen nicht Leid getan?«

Er lachte. »Ich war noch keine sechzehn. Ich wollte es tun, und damals war es die erste Gelegenheit, die sich mir bot.« Er hob die Schultern. »Und es war gut. Wahrscheinlich einer der besten Orgasmen, die ich je gehabt habe. Gewiss aber derjenige, an den ich mich am besten erinnere.«

»Sie haben sie vergewaltigt«, sagte Jacey. »Und ich nehme mal an, dass Sie ungestraft davongekommen sind.«

Er sah Jacey einen Moment lang verdutzt an, dann brach er in Gelächter aus. »Ich habe sie nicht vergewaltigt. Ich sagte doch, sie wollte es haben.«

»Sie hat Sie geneckt, was sie sicherlich nicht verantworten konnte. Aber das gibt Ihnen nicht das Recht, sie gegen ihren Willen zu nehmen.«

Nicolás hörte auf zu lachen. »Sie verstehen es nicht. Also gut – sie wurde dafür bezahlt.« Er lehnte sich wieder bequem im Sessel zurück. »Sie war eine Hure. Mein

Vater hat sie bezahlt, damit sie einen Mann aus mir machte. Oder um zu erfahren, ob ich mich wie einer verhalte. Nachdem ich das bewiesen hatte, hat er mich in alle Bordelle der Stadt gehen lassen. Er wollte, dass ich erfahre, wie Frauen sind.«

»Und haben Sie es erfahren?«

»Ich habe erfahren, dass Frauen dir geben, was du willst, wenn du sie bezahlst«, antwortete er. »Und sie haben immer ihre eigene Währung.«

»Bin ich da eingeschlossen?«

»Natürlich.« Seine Stimme klang plötzlich kalt. »Warum sonst haben Sie mit Peter Draven gebrochen und sind zu mir übergelaufen?«

Einen entsetzen Augenblick lang fürchtete Jacey, dass Nicolás genau wusste, warum sie nach Guachtal gekommen war. Und auch, dass sie ihn ebenso benutzen wollte wie er sie.

Sie hatte ihre Gesichtszüge im Griff, deshalb sagte sie ruhig: »Ich wollte herausfinden, ob Sie wirklich so ein guter Liebhaber sind, wie viele behaupten.«

»Sie wissen, dass es stimmt. Mächtige Männer sind ein Quell der Erregung für Sie. Trotz aller Intelligenz und Ihrem qualifizierten Job verhalten Sie sich wie eine Hure. Sie wollen als Hure behandelt werden.« Er grinste kühl. »Peter Draven hatte Sie nach einer Woche gelangweilt. Deshalb haben Sie ihn bereitwillig gegen mich eingetauscht. Ich bin genau der richtige Mann für Sie. Sagen Sie mir, dass ich Unrecht habe, Dr. Muldaire.«

»Würden Sie mir glauben, wenn ich es sagte?«

»Nein. Ich kenne Sie besser als Sie sich selbst. Ziehen Sie jetzt Ihr Kleid aus.«

Sie lächelte. »Sie warten schon den ganzen Abend darauf, dass Sie diesen Satz sagen können, nicht wahr?«

»Ich habe mich den ganzen Abend darauf gefreut, Ihnen zuzusehen, wie Sie es ausziehen«, stimmte er zu. »Ich hatte keine Gelegenheit, Sie bei unserem kleinen tête-à-tête auf der Party genau in Augenschein zu nehmen. Jetzt habe ich keine anderen Verpflichtungen.«

Jacey stellte ihr Weinglas ab, langte auf ihren Rücken und zog den Reißverschluss auf. Sie ließ sich Zeit dabei und drehte sich langsam, bis sie Nicolás den Rücken zuwandte. Das Kleid glitt von ihren Schultern über die Brüste und auf die Hüften. Sie drehte sich wieder, tauchte die Hände unter die schwere grüne Seide des Rocks und zog ihn nach unten. Sie beugte den Oberkörper, sodass ihre Brüste verlockend schwangen. Der Rock raschelte, als er ihre Knie erreichte, dann noch einmal zu ihren Füßen.

Sie war erleichtert, dass die halterlosen Strümpfe nicht verrutscht waren, trat aus dem Kleid, hob es hoch und legte es über einen Stuhlrücken.

»Keine Strapse?« fragte er und hörte sich enttäuscht an. »Wie halten die Strümpfe?«

»Elastik«, sagte sie, ging auf ihn zu und grätschte über seine ausgestreckten Beine. Langsam hob sie einen Fuß und stellte ihn auf die Sitzfläche des Sessels. Sie fuhr mit einem Finger über den Saum des Strumpfs, glitt darunter und zog ihn vom Bein weg. »Einfach, nicht wahr?«

»Genial«, sagte er, aber er schaute nicht auf ihre Strümpfe. Der Blick war auf die klamme grüne Seide gerichtet, die sich um die geschwollenen Lippen schmiegte und ihre Erregung verriet. Er drückte seine Fingerspitzen gegen ihren Bauch und schob sie zurück.

»Ausziehen«, befahl er abrupt.

»Die Strümpfe?«

Er stand auf und griff mit beiden Händen nach dem Seidenhöschen. »Nicht die Strümpfe.« Ein kurzer Ruck, und das Höschen lag auf dem Boden. Er setzte sich wieder hin. »Die Strümpfe sind nicht im Weg.«

Er legte die Hände auf ihre Hüften und zog sie zu sich, sodass sie wieder über seine Beine grätschte. Dann glitten seine Hände um sie herum, griffen ihre Backen und zogen Jacey noch näher heran. Seine Lippen berührten ihren Bauch, und sie spürte, wie seine Zunge den Nabel umkreiste, langsam, genießerisch, ehe sie in den roten Busch zwischen ihren Schenkel tauchte.

»Öffne deine Beine weiter«, raunte er. Sie spürte die Wärme seines Atems und versuchte, was er verlangte, aber ihre Füße rutschten weg.

»Ich kann nicht«, rief sie, »ich falle ...«

Er drückte sie plötzlich zurück, und im nächsten Augenblick fanden sie sich auf dem Boden wieder. »Knie dich über mich«, wies er sie an.

Sie gehorchte, die Knie auf der Höhe seiner Schultern. »Der Anzug wird schmutzig ...«

»Zum Teufel mit dem Anzug.« Er grinste. »Ich will Sie tanzen sehen, Dr. Muldaire.« Seine Hände griffen wieder nach ihren Hüften und zog sie so weit herunter, bis ihre Schenkel über seinem Gesicht lagen. »Tiefer«, sagte er. »Ich will dich schmecken.«

Sie spürte seine forschende Zunge. Seine Hände glitten an ihrem Leib entlang, bis die Finger ihre Nippel gefunden hatten, die er mit Drücken und Quetschen zu noch härteren Spitzen manipulierte.

Sie war überrascht. Sie hatte damit gerechnet, dass er sich hinlegen und ihr die Arbeit überlassen würde. Aber seine Zunge verwöhnte sie gekonnt, sie umkreiste den Kitzler und zog sich dann zurück, was sie veranlasste, ungeduldig das Becken zu heben und zu senken.

Sie wollte ihn wieder an dieser Stelle spüren, die ihr die größte Lust brachte.

Sie hob die Hüften an und ließ sie ungeduldig kreisen. Sie hörte im Unterbewusstsein, dass er etwas sagte, aber sie verstand ihn nicht, ihre Sinne waren ausschließlich auf eine bevorstehende Erleichterung gerichtet.

Er packte ihre Handgelenke und brachte Jacey mit einer geschickten Drehung in die Rückenlage. Er zog den Reißverschluss seiner Hose mit einer Hand auf, dann spürte sie, wie seine Knie ihre Schenkel weiter spreizten. Sein Mund saugte an ihren Brüsten, und seine Wildheit verriet, dass er sich nicht mehr ganz unter Kontrolle hatte.

Ein animalischer Schrei drang tief aus seiner Kehle; es wurde deutlich, dass ihm jetzt seine eigene Lust näher war als ihre. Aber sie war so nass und erregt, dass der erste Stoß tief in sie eindrang und sie ausfüllte. Ihr ruckartig ausgestoßener Atem nahm seinen Rhythmus auf.

Im nächsten Augenblick zog er sich zurück. Sie stöhnte frustriert auf. Nicolás drehte sie erneut, diesmal auf Hände und Knie. Seine Erektion federte, als er sie zwischen ihre Backen schob. Eine Hand glitt unter sie und spielte mit ihren Brüsten, während die andere ihren Kitzler reizte. Sie spürte, wie sich die lustvollen Gefühle in ihr wieder aufbauten. Als er in sie eindrang und zwischen ihre Backen stieß, hörte sie, wie sie jeden Stoß mit einem Stöhnen begleitete.

»Gefällt es dir, Jacey?« Seine Lippen nagten in ihrem Nacken. »Magst du es auch auf diese Weise?«

Sie presste stöhnend ihre Zustimmung heraus, überrascht darüber, wie heftig dieser Mann sie erregen konnte. Wieder zog er sich zurück, und wieder drehte er sie. Ihr Körper war mit einem dicken Schweißfilm überzogen, und sie fühlte sich so erschöpft, als hätte sie einen Marathon hinter sich.

Durch halb geschlossene Lider konnte sie sein Gesicht sehen. Er lächelte, und zum ersten Mal sah sie, dass seine Haare zerzaust waren.

»Willst du kommen, Jacey?« Seine Lippen waren dicht an ihrem Ohr. »Bitte mich nett darum. Du bist erschöpft, nicht wahr? Ich bringe dir deinen Orgasmus, aber du musst mich darum bitten.« Wieder drang er in sie ein. »Wenn nicht – ich halte das eine sehr lange Zeit durch.«

»Ich habe es dir schon mal gesagt«, stieß sie keuchend hervor, »ich bitte nicht.«

Sie hörte ihn lachen und versuchte, ihre Muskeln zusammen zu ziehen, damit er tiefer eindringen musste. Ob sie es schaffen würde, ihm einen Orgasmus gegen seinen Willen zu beschaffen? Sie bezweifelte es. Er frustrierte sie, indem er kleine, kurze Stöße ausführte. Sie kämpften noch eine Weile um die Vorherrschaft, bis Jacey plötzlich einen überwältigenden Drang verspürte, dem sie nicht länger widerstehen konnte, auch wenn es bedeutete, dass sie sich geschlagen gab.

»Ja«, stöhnte sie, »ja, bitte, jetzt.«

Sein Rhythmus wechselte sofort und passte sich ihrem an, statt sich ihm wie bisher zu widersetzen. Sie schloss die Augen und spürte, wie er mit den Fingern die Labien entlang fuhr und oben die geschwollene Knospe der Klitoris drückte. Die plötzliche Intensität des Orgasmus ließ ihr schwarz vor Augen werden. Sie spürte noch, dass er mit ihr gekommen war.

Sie fühlte sich glücklich erschöpft, auch wenn sie den Verdacht hatte, dass er dem eigenen Orgasmus viel näher gewesen war, als er ihr glauben machte wollte.

Er half ihr zu einem Sessel und richtete seine Kleidung wieder her. Sie lag ausgestreckt da, die Augen geschlossen. Sie hörte, wie er den Barschrank wieder öffnete, hörte das Klingen der Flaschen, und dann spürte sie, wie er ein Glas in ihre Hand drückte.

Sie nippte mit immer noch geschlossenen Augen am Wein und seufzte. Dies ist wirklich die entspannendste und befriedigendste Art, sich zu erschöpfen, dachte sie. Jetzt müsste es nur noch jemanden geben, der sie in ein breites Bett hob. Sie würde sofort einschlafen.

»Der Wagen wird in fünf Minuten hier sein«, sagte Nicolás. »Zieh dich wieder an.«

Der abrupte Befehl brachte sie zurück in die Wirklichkeit. Sie schlug die Augen auf. »Das war's also?«

Er lächelte zynisch. »Was soll denn sonst noch sein, Jacey? Ich habe dir gesagt, du sollst nichts Romantisches erwarten. Romantik gibt es in dieser Beziehung nicht. Du wolltest Sex, und ich wollte Sex. Hat es dir nicht gefallen?«

»Doch.«

Er schenkte sich ein Glas Wein ein, während sie in ihr Kleid stieg. Die Seide blieb an ihrer verschwitzten Haut haften.

»Das sagen alle meine Frauen«, sagte er.

»Nicht schon wieder eine aufregende Einladung?« Ingrid setzte sich mit einer Backe auf Jaceys Schreibtisch und sah zu, wie die Kollegin ihre Morgenpost öffnete.

»Ja, wieder eine Einladung zu einer langweiligen Angelegenheit«, murmelte Jacey.

»Es ist erstaunlich, welche Auswirkungen Sex mit

dem richtigen Mann auf dein gesellschaftliches Leben hat«, bemerkte Ingrid. »Ich hoffe, du beeilst dich mit Nicolás Schlemann und übergibst ihn dann an mich.«

Jacey lachte. »Ich weiß nicht, ob Nicolás zustimmen würde, wenn ich ihn als Geschenk weiterreiche«, sagte sie. Zu ihrer Überraschung fand sie es unmöglich, Ingrid Gustaffsen nicht zu mögen. Die Schwedin hatte schon kurze Affären mit Patienten im *Primavera* gehabt, männlich und weiblich. Daneben war sie auch eine gute Ärztin, und Jacey versuchte sie zu überzeugen, einen Teil ihrer Freizeit im *El Invierno* zu verbringen.

»Wenn ich ihm guten Sex biete, wird Nicolás nichts dagegen haben. Und ich biete immer guten Sex.« Ingrid schlug die langen Beine übereinander. »Was mag er besonders? Du musst es mir sagen, bitte. Wenn es etwas ist, was ich noch nie getan habe, werde ich es lernen.«

»Aus dem, was ich bisher von dir gehört habe, muss ich schließen, dass es nichts gibt, was du noch nicht getan hast«, bemerkte Jacey trocken.

»Oh, du kannst einem so wunderschön schmeicheln.« Ingrid lachte. »Aber solche Komplimente machst du mir nur, weil du mich mit in dein kleines verlottertes Krankenhaus zerren willst. Es hat was mit Schuldgefühlen zu tun, weißt du das? Du klatschst ein paar Salben auf Wunden und legst Verbände an, um dein schlechtes Gewissen zu unterdrücken, dass du hier so viel Geld verdienst.«

Sie sah mit Entsetzen, wie Jacey eine weitere Einladung in den Papierkorb warf. »Gibt es denn überhaupt keine Einladung, die du annimmst?« Dann fügte sie rasch hinzu: »Und zu der du mich mitnehmen kannst?«

Jacey lachte. »Also gut«, sagte sie und hielt Ingrid eine Einladung auf handgeschöpftem Büttenpapier hin. »Ein Polospiel. Ein hübscher Nachmittag in der frischen Luft.«

»Hört sich fabelhaft an. Viele wohlhabende junge Männer in engen weißen Hosen. Wird Nicolás auch da sein?«

»In engen weißen Hosen?« Jacey grinste. »Vielleicht.«

»Und du wirst mich ihm vorstellen?«

»Vielleicht.«

Jacey wusste nicht einmal, wo das Polofeld lag, aber Ingrid hatte alle erforderlichen Einzelheiten herausgefunden und eine Limousine bestellt. Sie war sauer, als Jacey darauf bestand, Paulo als Chauffeur zu nehmen.

»Sein Auto ist eine Rostlaube«, murrte Ingrid.

»Es fährt und ist sauber«, widersprach Jacey. »Und Paulo braucht das Geld.«

»Du bist ein einziger Wohltätigkeitsverein«, knurrte Ingrid. »Er wird trotzdem ein dickes Trinkgeld erwarten.«

Paulo schien erfreut, Jacey wieder zu sehen, aber sie spürte, dass dies eher eine geschäftsmäßige Höflichkeit war. Ganz offensichtlich hatte er von ihrer Beziehung zu Schlemann gehört, und wie sie erwartet hatte, veränderte es ihr ursprünglich lockeres, offenes Verhältnis. Paulo war jetzt wachsam und misstrauisch. Obwohl sie im *El Invierno* arbeitete, war sie ins Lager des Feindes übergelaufen.

Aber nicht für immer, dachte Jacey. In ein paar Wochen wird wieder alles anders sein. Dann werde ich nicht mehr Nicolás Schlemanns Frau sein, und dann brauche ich Leute wie den lieben Paulo, um Rache zu nehmen.

Als sie den Polo-Club erreichten, amüsierte es Jacey zu sehen, wie Ingrid zu Paulo ans Fenster trat und ihm ein paar Scheine in die Hand drückte.

»Ich bezweifle, dass Paulo so viel erwartet hat«, sagte Jacey lachend, als Ingrid zu ihr aufgeschlossen hatte.

»Ich wollte nur sicher gehen, dass er hier ist, um dich nach Hause zu bringen«, sagte Ingrid.

»Du meinst, uns nach Hause zu bringen.«

»Ich habe die Absicht, mit was Aufregendem nach Hause zu gehen«, verkündete Ingrid. »Ich würde mir am liebsten einen hübschen, drahtigen Polospieler angeln.«

Wenn sie diesen Ehrgeiz hatte, wunderte sich Jacey darüber, dass Ingrid sich nicht fraulicher gekleidet hatte. Sie trug einen blassen Leinenanzug, streng und maskulin geschnitten, und dazu einen breitrandigen Hut, ebenfalls aus Leinen. Jacey hatte sich für ein Sommerkleid in einem klein gemusterten Seidenstoff entschieden. Der weite Rock wurde vom Wind gegen Hüften und Schenkel gedrückt. Sie hatte die Haare herunter gelassen und trug einen schlichten Strohhut, um ihr Gesicht vor der Sonne zu schützen.

Sie hatte schon befürchtet, dass sie nicht standesgemäß gekleidet sein könnte, aber als sie das Clubgelände betrat, erkannte sie, eine kluge Wahl getroffen zu haben. Die meisten anderen Frauen trugen luftige Sommerkleider, nur ein paar ältere sahen aus, als wollten sie an einem Festessen teilnehmen.

»Dr. Muldaire.« Ein lächelnder Mann mittleren Alters kam ihr entgegen. »Ich bin Enrico d'Osolo. Wir haben uns auf dem Ball des Generalissimo kennen gelernt. Erinnern Sie sich? Sie waren so liebenswürdig, mit mir zu tanzen.«

»Natürlich erinnere ich mich«, sagte Jacey. »Es war sehr freundlich, mich zu diesem Spiel einzuladen.« Sie sah, wie d'Osolos Blick zu Ingrid huschte. »Das ist Dr. Ingrid Gustaffsen«, sagte sie. »Sie arbeitet auch im *Primavera*, und sie interessiert sich sehr für Polo.«

»Wirklich?« Senor d'Osolo betrachtete sie skeptisch. »Spielen Sie selbst, Dr. Gustaffsen?«

»Nein«, antwortete Ingrid fröhlich, »ich finde es nur schrecklich aufregend, all diese Männer in Stiefeln zu sehen. Und dann haben sie auch noch Peitschen. Oh, macht das Spaß.«

Senor d'Osolo musste schlucken und wandte sich wieder an Jacey. »Senor Schlemann wird natürlich spielen. Sein Team ist der Favorit.«

»Wenn Senor Schlemann spielt, kann ich mir das gut vorstellen.« Nachdem d'Osolo ihnen ein Glas Champagner gereicht hatte, entschuldigte er sich und ging weiter. Jacey wandte sich an Ingrid, halb verärgert, halb amüsiert. »Schäm dich, du hast den armen Mann in Verlegenheit gebracht.«

»Unsinn«, sagte Ingrid. »Ihm ist bestimmt die Hose zu eng geworden. Hast du nicht gesehen, wie breitbeinig er von uns gegangen ist? Wann immer er jetzt einen Polospieler sieht, erinnert er sich an das, was ich gesagt habe, und dann stellt er sich vor, dass ich von einem sexy Spieler in Stiefeln ausgepeitscht werde.« Sie dachte nach. »Oder vielleicht stellt er sich vor, dass ich ihn auspeitsche.«

»Es wird ihn eher daran erinnern, dir Platzverbot zu erteilen«, sagte Jacey. Sie schaute sich um und sah zwei große, bullige Männer vor der Tür zum Clubraum stehen. Nicolás' schwere Jungs. »Sieh dir mal die beiden Typen da drüben an«, murmelte sie, »wenn du dich nicht benimmst, lasse ich dich von denen rauswerfen.«

»Wirklich?« Ingrid schaute über Jaceys Schulter und musterte die Männer. »Du meinst diese Affen in Anzügen? Wer sind sie?«

»Sicherheit«, erklärte Jacey. »Sie arbeiten für Nicolás.«

»Sie haben so etwas wie einen primitiven Charme«, sagte Ingrid. »Kannst du dir vorstellen, wie sie im Bett sind?«

»Dr. Muldaire«, hörte sie hinter sich eine vertraute Stimme in englischer Sprache, »bitte, sagen Sie mir, dass Sie mir vergeben haben.«

Jacey drehte sich um und stand Raoul Márquez gegenüber. Er trug schon die Polokluft, und Jacey musste zugeben, dass er äußerst attraktiv aussah. Aus den Augenwinkeln sah sie an Ingrids Lächeln, dass die schwedische Ärztin sich ihrer Meinung anschloss.

»Warum sollte Jacey Ihnen vergeben?« fragte Ingrid neugierig.

Raoul bedachte sie mit seinem charmantesten Lächeln. »Ich habe die Ärztin beleidigt. Sie hat mich derart überwältigt, dass ich mich ihr geradezu aufgedrängt habe.«

»Und das hat sie beleidigt?« Ingrid verdrehte die Augen. »Wie sonderbar.«

Raoul lächelte, aber bevor Ingrid weitere Fragen stellen konnte, ging Jacey rasch dazwischen. »Ich habe Ihnen vergeben, Raoul. Es war alles nur ein Missverständnis.« Sie lächelte strahlend. »Dies ist meine Kollegin Dr. Ingrid Gustaffsen. Sie arbeitet auch im *Primavera*.«

Raoul streckte seine Hand aus. »Ich habe von Ihnen

gehört. Die schöne Ärztin mit Haaren wie gesponnenes Gold.« Er hielt ihre Hand fest und sah sie mit ergebenem Hundeblick an. »Wenn ich heute verletzt werde, pflegen Sie mich dann?«

»Selbst wenn Sie sich nicht verletzen, werde ich Sie pflegen«, bot Ingrid an. »Ich bin auch eine gute Krankenschwester.«

Raoul lächelte. »Sie sind eine sehr freie Senorita«, sagte er. »Aber ich bin ein Romantiker. Ich möchte in einem großen Himmelbett Liebe machen, die Fenster müssen weit offen stehen, und das Mondlicht soll hereinstrahlen.«

»Ja, das könnte mir auch gefallen«, meinte Ingrid. »Auch wenn es was Neues wäre.«

Jacey drückte ihr leeres Glas in Ingrids Hand. »Sei so lieb und besorge mir noch einen Drink.«

Ingrid begriff und schlenderte davon. Jacey wandte sich wieder an Raoul.

»Hören Sie, es stimmt, dass ich auf der Party wütend auf Sie war, aber das ist Vergangenheit. Wissen Sie, dass Peter zurück nach England geflogen ist und ich mit Nicolás zusammen bin?«

»Jeder weiß, dass Sie mit Nicolás zusammen sind«, sagte Raoul bedauernd. »Ich kann mir nicht vorstellen, warum. Sie hätten mich haben können. Warum waren Sie so wütend auf mich?«

»Ich mag es nicht, wenn ich manipuliert werde.«

Er sah sie überrascht an. »Ich wollte mit Ihnen Liebe machen. Ist das Manipulation?«

»Peter wollte, dass ich mit ihm zur Party gehe«, sagte Jacey. »Er wollte mich zu Ihnen ins Bett schieben. Und Sie haben ihm wahrscheinlich den Auftrag dazu gegeben. Das ist Manipulation.«

»Ich weiß nichts von Peters Motiven«, sagte Raoul.

»Ich kenne nur meine eigenen.« Er sah sie wieder an. »Ich würde Sie nicht auf diese Weise beleidigen, und es schmerzt mich, dass Sie das von mir glauben.«

Jacey starrte ihn verdutzt an. Sie hatte das Gefühl, dass er die Wahrheit sprach. Sie erinnerte sich, dass Carmen ihn in höchsten Tönen gepriesen hatte. Süß und romantisch hatte sie ihn genannt. Er hätte nur das Problem, zu viele Filme gesehen zu haben, denn jetzt glaubte er, die Welt sei eine Schlacht zwischen den guten und den bösen Buben.

»Vielleicht habe ich Ihnen Unrecht getan«, räumte Jacey ein.

»Das haben Sie«, sagte er, »wenn Sie das von mir gedacht haben. Aber Missverständnisse kann man verzeihen. Vielleicht können wir gute Freunde sein?«

»Nur gute Freunde?« neckte sie.

»Natürlich«, sagte er. »Ich glaube an Freundschaften zwischen Männern und Frauen. Ich würde Sie gern zum Abendessen einladen, aber ich bin sicher, das würde Nicolás nicht gefallen.«

»Sie sind nicht befreundet, nicht wahr?«

»Wir sind Todfeinde«, antwortete Raoul dramatisch. »Heute streiten wir uns auf dem Polofeld. In der Zukunft – wer weiß? Regierungen sind nicht unzerstörbar.«

»Sie wollen sich doch nicht gegen Hernandez stellen?« fragte Jacey.

»Hernandez ist ein Narr«, sagte Raoul. »Ein schwacher Narr. Aber er ist nicht schlecht, nicht böse. Nicolás Schlemann ist ein ganz anderer Fall.«

»Er hat viel Macht.«

»Die Familie Márquez ist viel länger in Guachtal als er.« Raouls Stimme klang kalt. »Und sie wird noch hier sein, wenn er längst verschwunden ist, glauben Sie mir.«

»Ist das kein Risiko für Sie, mir das alles zu erzählen?« fragte Jacey. »Ich könnte es weitersagen.«

Raoul lachte, und die Stimmung zwischen ihnen hellte sich auf. »Das würden Sie nicht tun. Sie sind zu schön, um verräterisch zu sein.« Er hob die Schultern. »Und Sie würden Nicolás nichts sagen, was er nicht schon wüsste.«

»Sie würden also Loháquin unterstützen?« fragte sie lauernd. »Sie würden auf der Seite der Revolution stehen?«

Raoul lachte wieder. »Ich unterstütze mein Land. Ich bin Patriot.« Er schaute auf die Uhr. »Und ich bin auch der Captain meines Teams. Ich muss gehen.« Er nahm ihre Hand und küsste ihre Finger. »Werden Sie mir verzeihen, wenn mein Team gegen Ihren Geliebten gewinnt?«

»Mir hat man gesagt, dass Nicolás gewinnen wird.«

Raoul grinste. »Wenn der beste Mann gewinnt, wie Sie in England sagen, dann muss ich der Sieger sein. Nun, wir werden sehen.«

Ingrid kehrte zu Jacey zurück. »Was für ein hübscher Junge«, sagte sie. »Nur schade, dass er spricht wie jemand aus einem schlechten Liebesroman. Und ist das, was ich da als Beule in seiner Hose gesehen habe, alles echt?«

»Ich habe keine Ahnung.«

»Aber du warst doch mit ihm im Bett?« Ingrid schüttelte verwirrt den Kopf. »Hat er nicht gesagt, er hätte sich dir aufgedrängt?«

»Er hat es versucht«, sagte Jacey. »Aber ich habe nein gesagt.«

»Bist du verrückt?« Ingrid starrte die Kollegin entsetzt an. »Er ist schön. Stell dir vor, welchen Spaß du mit ihm haben könntest, wenn du ihn als Frau kleidest.«

Jetzt war es an Jacey, verdutzt zu schauen. »Und das soll Spaß bringen?«

»Oh, ja.« Ingrid hatte ein neues Thema gefunden. »Es ist sexy. Hast du nie das Spiel gespielt? Männer lieben es. Ich hatte mal einen Mann in den Staaten, der wurde schon hart, wenn ich ihm erzählte, wie ich ihm Seidenstrümpfe und Strapse anziehe, wie ich ihn schminke und ...«

»Ich glaube, ich müsste laut lachen«, unterbrach Jacey.

»Na und? Es braucht im Bett doch nicht immer ernst zuzugehen. Glaube mir, es törnt ungeheuer an, es mit einem Mann in Frauenunterwäsche zu treiben. Sie lesen einem jeden Wunsch von den Augen ab, es ist, als hätte man einen Sklaven. Und dein Freund wäre ideal dafür, er ist viel zu schön für einen Mann.«

Sie hörten Beifall und gingen hinüber zum breiten Fenster. Die beiden Teams waren schon auf dem Feld. Es war schwierig, aus dieser Entfernung die Gesichter zu erkennen, aber Jacey glaubte, Nicolás ausgemacht zu haben.

»Lass uns hinausgehen«, sagte sie.

Sie fanden einen Tisch im Schatten eines breiten Sonnenschirms. Ein Kellner trat mit einem Tablett voller Getränke zu ihnen und verbeugte sich ehrerbietig. »Mit besten Wünschen von Senor d'Osolo. Erfrischungen für Dr. Muldaire und Dr. Gustaffsen.«

»Puh«, sagte Ingrid, als sie ihre langen Beine unter den Tisch gestreckt hatte, »so stelle ich mir das Leben vor.« Sie schaute aufs Feld und sah den preschenden Pferden zu. »Verstehst du, um was es bei dem Spiel geht?«

»Nicht wirklich«, gab Jacey zu. »Sie spielen eine bestimmte Anzahl von Chukker und versuchen, Tore zu erzielen.«

»Wie Fußball, nur zu Pferde?« Ingrid hob die Schultern. »Na gut, ist bestimmt aufregend. Lass uns über etwas Interessanteres reden. Zum Beispiel über deinen hübschen Freund. Deinen hübschen, reichen Freund.« Es gab wieder Beifall von der Menge. »Da hat jemand ein Tor geschossen«, nahm Ingrid an. »Bravo. Dein Freund ist doch reich?«

»Ich glaube ja«, sagte Jacey. »Aber ich weiß nicht, ob ich Raoul meinen Freund nennen würde.«

Noch nicht, dachte sie. Aber bald wird er es sein. Wenn Loháquin auch in der Oberschicht seine Anhänger findet und Raoul etwas über ihn weiß, dann muss ich die Freundschaft zu ihm pflegen.

Ingrid sagte: »Die Pferde rennen nicht mehr. Glaubst du, es hat sich jemand verletzt?«

»Es ist das Ende des ersten Chukkers, Senorita.« Der Kellner hatte Ingrids Frage gehört und klärte auf. »Die Spieler machen eine Rast von drei Minuten, dann beginnt die zweite Spielzeit, die wieder sieben Minuten dauert.«

»Du brauchst also noch nicht aufs Feld zu laufen, um dein Geschick als Ärztin zu beweisen«, murmelte Jacey, nachdem der Kellner außer Hörweite war.

Die beiden Frauen vertrieben sich die Langeweile, indem sie sich gegenseitig über ihre Studien- und Assistenzzeiten erzählten. Dabei verging die Zeit wie im Fluge. Am lauten Beifall hörten sie, dass das Spiel zu Ende war.

Senor d'Osolo näherte sich Jacey und reichte ihr einen Zettel. »Von Senor Schlemann, Dr. Muldaire.« Er lächelte kriecherisch. »Ich glaube, er möchte Ihnen eine Gelegenheit geben, ihm zu gratulieren.«

»Hat sein Team gewonnen?« fragte Ingrid.

»Natürlich.«

Ingrid wandte sich an Jacey. »Glaubst du, dass dein hübscher Freund ihn hat gewinnen lassen?«

»Das würde Raoul niemals tun«, sagte Jacey. »Nein, das wäre ausgeschlossen.«

»Dein Nicolás scheint wirklich alles zu bekommen, was er will«, meinte Ingrid. »Jacey, soll ich auf dich warten?«

»Natürlich.« Sie warf einen Blick auf den Zettel. »Nicolás ist in der Spielerbar. Ich werde ihm nur sagen, wie wunderbar er war, dann komme ich zurück.«

»Na, na«, neckte Ingrid. »Das ist keine Art, über den Herrn und Meister zu sprechen.«

»Da er es nicht einmal für nötig gehalten hat, mich zu diesem Spiel einzuladen, ist es fast eine Unverschämtheit, dass er nun auf Befehl meine Gratulation entgegennehmen will.«

In der Spielerbar ging es hoch her. Einige Spieler saßen mit Frau und Kindern an einem langen Tisch und diskutierten das Spiel, andere standen mit ihren Freundinnen oder auch allein an der Theke. Der Geräuschpegel war hoch, als Jacey eintrat, aber dann brach er abrupt ab.

»Ich suche Nicolás«, sagte sie.

»Das habe ich mir gedacht.« Einer der Spieler grinste herablassend, und sie hasste ihn dafür. Er wies auf eine Tür. »Dahinter, Dr. Muldaire.«

Sie fand sich in einem schmalen Flur wieder, dessen Wände mit dunklen Holzpaneelen verkleidet waren. Direkt gegenüber gab es eine weitere Tür. Jacey öffnete sie und stand im Umkleideraum, die Paneele so dunkel wie im Flur, unterbrochen nur durch gerahmte Bilder von Polospielern und Spielszenen.

Nicolás lehnte gegen einem der Spinde aus poliertem Holz. Sein Polohemd war feucht vom Schweiß, und seine kniehohen Stiefel waren mit Dreck bespritzt. Trotz seines zerzausten Aussehens empfand Jacey bei seinem Anblick einen sexuellen Kick. Seine engen weißen Breeches schmiegten sich wie eine zweite Haut um die schlanken Schenkel und die deutlich sichtbare Beule im Schritt.

Jacey schaute absichtlich in sein Gesicht. »Man hat mir gesagt, dass ich gratulieren soll.«

»Ich nehme Gratulationen an«, sagte er. »Wir haben gewonnen. Aber deshalb habe ich dich nicht zu mir bestellt.« Er lehnte sich mit dem Rücken zum Spind und zog langsam den Reißverschluss seiner Breeches auf. Während sie zuschaute, befreite er sich vom Suspensorium, das er beim Spiel zu seinem Schutz trug, dann legte er Penis und Hoden frei. Er war halb steif.

»Komm her«, sagte er.

Unwillkürlich trat sie einen Schritt vor. »Nein, nicht«, sagte sie. »Die Tür ist nicht abgeschlossen. Jemand könnte hereinkommen.«

Er lächelte kurz. »Niemand wird kommen. Sie wissen, dass ich hier bin, und sie wissen, dass du hier bist. Und sie wissen warum.« Er fuhr mit seiner Hand am Glied entlang. »Wie wär's mit deinem Mund, Doktor?«

Jacey trat näher. Sie sagte sich, es gehörte mit zu dem Plan, an dessen Ende sie die Siegerin sein würde, aber sie wusste auch, dass sie die Szene genießen würde. Sie roch Leder und den würzigen, männlichen Geruch seines Schweißes. Seine überwältigende Männlichkeit war ein extrem potentes Aphrodisiakum.

Sie kniete sich vor ihn und nahm ihn in den Mund.

Sie spürte, wie ein Schauer durch seinen Körper lief. Er spreizte die Beine und krümmte den Rücken. Sie bewegte die Lippen und koste ihn mit der Zunge.

»So ist es richtig«, murmelte er. »Hübsch langsam. Es soll lange dauern, Jacey.« Sie versuchte, diesem Wunsch nachzukommen, aber seine Erregung klomm viel rascher, als sie erwartet hatte. Plötzlich waren seine Hände auf ihrem Kopf, während seine Hüften vor und zurück stießen. Er füllte ihren Mund und ihre Kehle, und für einen Moment glaubte sie zu ersticken. Sie hörte seine herausgestoßenen Seufzer der Erleichterung.

Er brauchte eine Weile, bis er sich erholt hatte. Er brachte seine Kleider in Ordnung und grinste sie an. »Der Nektar des Siegers«, sagte er.

»Das ist in Ordnung, so lange du nicht erwartest, dass ich alle Sieger auf diese Weise belohne.«

Er legte die Hände auf ihre Schultern, und sie spürte, wie sich seine Finger in ihre Haut bohrten. »Hättest du was dagegen?« Sie sah das Glitzern in seinen Augen.

»Ich entscheide, mit wem ich Sex habe.«

»Aber du hast es schon mehrmals mit einem Mann getrieben, den du eben erst kennen gelernt hast«, sagte er. »Deshalb bist du nicht anders als eine Hure.«

»Eine Hure tut es für Geld«, sagte Jacey. »Für sie ist es Arbeit. Wenn ich es mit einem Mann treibe, den ich eben erst kennen gelernt habe, dann wegen der Lust. Weil ich ihn mag. Es ist meine eigene Entscheidung.«

Sie trat aus seinem Griff heraus. »Mein Körper, meine Entscheidung.« Plötzlich setzte ihre geschulte Erinnerung ein. »Du hast mir das schon mal vorgeworfen«, sagte sie. »Denkst du an eine bestimmte Szene?«

»Du hast es verdammt rasch mit Peter Draven getrieben«, sagte er. »Im OP von *La Primavera*.«

»Du hast uns beobachtet?« Sie spürte, wie ihr Zorn anschwoll. »Was für ein mieser kleiner Trick.«

Er hob die Schultern und lachte. »Ich bin ein viel beschäftigter Mann. Ich kann es mir nicht leisten, Zeit mit einer Frau zu verschwenden, bei der es sich nicht lohnt. Deshalb sehe ich meine Frauen gern in Aktion, ehe ich sie selbst ausprobiere.«

Sie schlug ihn ohne nachzudenken ins Gesicht. Der Schlag war härter, als sie wollte, er klatschte wie ein Pistolenschuss, und sein Kopf ruckte in den Nacken. Sie bereute ihre Impulsivität sofort. Was, wenn er zurückschlug? Dass er dazu fähig war, traute sie ihm durchaus zu.

Sollte sie für diesen Fall ihre Kampfsportkniffe einsetzen, um sich zu verteidigen? Vielleicht würde Widerstand ihn noch mehr reizen, und sie war nicht einmal sicher, ob ihre Tricks gegen ihn ausreichten.

In diesem kurzen Augenblick, als sie vor ihm stand und sah, wie er überrascht eine Hand zum Gesicht hob und sich über die Wange fuhr, erkannte sie, wie wehrlos sie war. Hier in Guachtal war Nicolás Schlemann das Gesetz. Er hätte sie wahrscheinlich ungestraft ermorden können.

Er war in der Lage, alle diplomatischen Ermittlungen zu blockieren. Sicher, man würde eine Vermisstenakte eröffnen, aber nach Monaten der ergebnislosen Nachforschungen würde man sie schließen und in den Keller bringen, wo sie neben anderen ungelösten Fällen vermodern würde.

Nicolás lächelte, aber die Augen blickten ernst. »Das habe ich nicht verdient. Peter Draven war nur allzu bereit zu der kleinen Schau für mich. Und er hat sich auch stark gemacht, dich zur Party der Márquez mitzubringen.«

»Und wenn ich mich für Raoul entschieden hätte?«

Jetzt lächelte er auch mit den Augen. »Davor hatte ich keine Angst, Dr. Muldaire. Raoul würde dich langweilen. Du brauchst einen Mann wie mich. Du kommst gelaufen, wenn ich dich rufe, weil dir das gefällt.«

Er öffnete den Spind. »Jetzt muss ich mich umziehen. In einer Stunde habe ich ein Treffen mit Hernandez.«

»Wie wär's mit einem Treffen mit mir? Von meinem Standpunkt aus war dies hier nicht sehr befriedigend.«

Er grinste überlegen. »Ich rufe dich an. Wenn ich Zeit habe.« Er warf ein Badetuch über seine Schulter. »Halt dich zur Verfügung. Ich mag es nicht, wenn Frauen mich warten lassen. Besonders nicht, wenn ich Sex will.«

5. Kapitel

Jaceys Zorn hielt noch die nächsten Tage an. Es schmerzte, dass ihr Verdacht bestätigt worden war und Peter Draven sie – aus welchen Gründen auch immer – benutzt hatte. Es gab keine Entschuldigung. Ich habe ihm vertraut, und er hat mich benutzt. Wie Faisal, dachte sie.

Sie wollte sich nicht an Faisal erinnern, aber sie konnte ihn jetzt, da er sich in ihr Gedächtnis geschlichen hatte, nicht verbannen. Bei ihrem letzten Treffen hatte er zwischen seiner eisig schönen Mutter und seinem Vater gesessen. Faisal hörte stumm zu, als seine Eltern das Urteil über sie fällten. Er hat ganz gelassen da gesessen, als sie ihr mitteilten, wie sie ihr Leben ruinieren würden. Damals hatte sie ihn zu hassen begonnen. Und sich gefragt, wie sie ihn jemals attraktiv finden konnte. Und warum sie je geglaubt hatte, in ihn verliebt zu sein.

Sie erinnerte sich an den kalten, harten Knoten der Wut in ihrem Bauch, als sie begriff, wie hilflos sie war. Faisals Familie konnte mit ihr anstellen, was sie wollte. Jacey befand sich in einem fremden Land. Nackt, hilflos, frustriert und voller Wut. Sie gelobte sich, nie wieder in eine solche Situation zu geraten. In Zukunft würde sie ihr eigenes Leben beherrschen.

Und sie hatte sich gelobt, sich nie wieder zu verlieben. In den ersten Jahren war es einfach gewesen, sich daran zu halten; sie hatte ihr Studium wieder aufgenommen, schloss es erfolgreich ab und wurde eine der vielen überarbeiteten Assistenzärzte im Krankenhaus.

Während dieser Periode gab es keine Zeit für Romantik, selbst wenn sie gewollt hätte. Die knapp bemessene Freizeit verbrachte sie hauptsächlich mit Schlaf. Es gab den einen oder anderen One-Night-Stand mit anderen Ärzten, aber sie bedeuteten ihr nichts. Anton war die erste längere Beziehung gewesen.

Sie lehnte sich auf ihrem Stuhl zurück und seufzte. Anton hatte ihr nie geglaubt, dass sie nicht an einer langfristigen Beziehung und erst recht nicht an einer Heirat interessiert war. Sein Problem war, dass er viel zu nett war. Wenn ich mit ihm verheiratet wäre, würde ich in ein paar Monaten zu Tode gelangweilt sein. Vielleicht hat Nicolás Recht, dachte Jacey, ich brauche das Unerwartete, eine Aufregung nach der nächsten. Für Sex brauche ich einen dominanten Mann, und im Alltag brauche ich meine Freiheit.

Als wollte sie einen Teil ihrer Frustration loswerden, knallte sie eine Krankenkarte auf den Tisch. In diesem Augenblick kam Ingrid durch die Tür.

»Oh, je«, sagte Ingrid, »ist das ein Zeichen von prämenstrueller Anspannung?«

»Damit habe ich nichts zu tun.«

»Dann ist es Frust.« Ingrid hockte sich mit einer Backe auf die Kante von Jaceys Schreibtisch. »Du vermisst deinen sexy Freund, nicht wahr? Du siehst verspannt und nervös aus. Vergiss Nicolás. Geh heute Abend mit mir aus. Ich kenne einen hübschen kleinen Club. Wir können was essen und tanzen.«

»Ja, vielleicht.«

»Okay, also gegen acht.« Ingrid ging zur Tür. »Und wir nehmen natürlich deinen kleinen Paulo als Fahrer, damit wir dein soziales Gewissen besänftigen.«

Erst am Nachmittag dachte Jacey wieder an Ingrids Vorschlag. Ja, es stimmte, sie fühlte sich nervös. Sie hatte viel zu oft an die Vergangenheit gedacht. Sie ist wie eine Wunde, die sich nur allzu bereitwillig wieder öffnet. Wird sie mich mein ganzes Leben begleiten?

Vielleicht war ein Abend mit Ingrid die richtige Medizin für ihren Zustand. Obwohl Jacey insgeheim befürchtete, dass die Kollegin sie in eine lesbische Kneipe oder in ein bisexuelles S&M-Verlies entführen wollte.

Später an diesem Abend leistete sie Ingrid im Stillen Abbitte. Sie befanden sich in einem diskreten Club, in dem eine einheimische Band Balladen aus den Sechziger und Siebziger Jahren spielte. Die Paare, die sich auf der Tanzfläche drehten, waren jung und gut angezogen. Der erfolgreiche Mittelstand von Techtátuan, dachte Jacey. Das Essen, eine Anzahl einheimischer Spezialitäten, war köstlich.

»Nun, was hältst du vom Club?« fragte Ingrid, während sie in eine Schüssel mit verschiedenen Gemüsen griff, mit aromatischen Soßen gewürzt. »Es schmeckt wunderbar, nicht wahr? Die besten vegetarischen Gerichte der Stadt.«

»Es ist sehr gut.« Jacey hatte sich für ein Omelette entschieden, und sie konnte sich kaum erinnern, schon mal ein so aufregend gewürztes Omelette gegessen zu haben.

»Mir gefällt dieser Club«, sagte Ingrid, »weil er mich an meine Schulzeit erinnert.«

»Ja, mir gefällt er auch, aber es ist nicht das, was ich erwartet habe«, gestand Jacey.

»Was hast du erwartet?« Ingrid schenkte ihnen Wein nach.

»Etwas .... etwas weniger Orthodoxes«, sagte Jacey, ein wenig verlegen.

»Oh? Du meinst Lesbierinnen mit umgeschnallten Dildos?« Ingrid grinste. »Glaubst du denn, ich hätte nichts als Sex im Kopf?«

»Nun, man könnte den Eindruck haben.«

»Um ehrlich zu sein«, sagte Ingrid, »ich wüsste nicht, wo ich einen lesbischen Club in dieser Stadt finden soll. Ich glaube auch nicht, dass ich das will. Im *Primavera* bin ich voll ausgelastet, was Sex angeht.«

Am nächsten Morgen brachte Ingrid einen Umschlag aus schwerem Pergament zu Jacey, der Inhalt war die Einladung zu einer Gartenparty bei Carlos Márquez.

»Eine Gartenparty?« Jacey las die Einladung und schaute dann verblüfft zu Ingrid auf. »Warum lädt Carlos Márquez mich zu seiner Gartenparty ein? Ich hatte eher den Eindruck, dass er mich nicht mag.«

»Kann sein«, sagte Ingrid. »Aber Raoul mag dich, und die Einladung kommt von ihm. Mich hat er auch eingeladen.« Sie lächelte. »Du solltest dich geschmeichelt fühlen. Normalerweise kostet dich eine solche Einladung ein oder zwei Monatsgehälter. Es ist eine Wohltätigkeitsveranstaltung. Mit dem Erlös schickt man Esspakete an die Indios im Regenwald.«

»Und das geht von Carlos aus?« fragte Jacey verdutzt.

»Es ist eine Tradition«, erläuterte Ingrid, »die von seiner Mutter begonnen wurde. Sie muss eine interessante Person gewesen sein. Eine Schande, dass sie tot ist. Ich hätte sie gern kennen gelernt.«

»Ich kenne ihre Tante«, sagte Jacey. »Sie behauptet, dass Juanita noch lebt.«

»Vielleicht stimmt das. Schließlich hat man ihre Leiche nie gefunden, nicht wahr?«

»Nun, es muss leicht sein, im Regenwald eine Leiche zu verlieren«, sagte Jacey.

»Ja«, sagte Ingrid. »Nicolás Schlemann könnte das gewiss arrangieren.«

»Warum sollte er?« fragte Jacey.

»Er mag keine Opposition«, antwortete Ingrid, »erst recht nicht von Frauen. Man hat mir gesagt, dass Juanita die Anhänger Loháquins nach dem Tod ihres Mannes finanziell unterstützt hat. Und mutig, wie sie war oder ist, hat sie daraus kein Geheimnis gemacht.«

Jacey war sofort interessiert. »Das ist wirklich mutig. Aber vielleicht sind das nur Gerüchte.«

»Nun, die Wohltätigkeitsparty für die Esspakete sind kein Gerücht«, sagte Ingrid. »Für mich steht fest, dass Juanita den Indios helfen wollte.«

Jacey fächerte sich mit der Einladungskarte Luft zu, während sie überlegte. Wenn Juanita Márquez wirklich etwas mit Loháquin zu tun hatte, dann würde Raoul mehr über den geheimnisvollen Regenwaldrebellen wissen, als er bisher zugegeben hatte. Vielleicht sollte ich beginnen, die Freundschaft zu ihm zu kultivieren, dachte sie. Und wenn Nicolás mich abserviert, habe ich eine bereitwillige Schulter, an der ich mich ausweinen kann – und vielleicht eine Spur zu Loháquin.

In einem riesigen Zelt, üppig mit Blumen und Girlanden geschmückt, waren Büffet und Bar aufgebaut.

Unter einem gestreiften Baldachin spielte eine Kapelle. Über einem Rasenstück war ein Tanzboden ausgelegt, begrenzt von Ketten mit Tausenden kleinen Lichtern.

Jacey hatte versucht, von Paulo etwas über die Essenspakete zu erfahren, aber er schien nicht sehr beeindruckt zu sein.

»Ja, es ist eine hübsche Idee«, räumte er ein. »Senora Márquez war eine freundliche Dame. Aber die Indios leiden nur deshalb Hunger, weil sie gezwungen werden, in Reservaten zu leben. Sie sind Menschen des Regenwaldes, und wenn sie dort leben dürften, würden sie keinen Hunger leiden.«

»Warum wurden sie aus dem Regenwald weggeschafft?« fragte Ingrid.

»Weil sie im Wege sind«, sagte Paulo. »Es laufen Gerüchte, dass man den Wald abholzen will.«

»Aber das ist bisher nicht geschehen«, wandte Jacey ein. »Es hat in ganz Guachtal bisher kein Abholzen gegeben. Man könnte die Indios also zurückgehen lassen.«

Sie sah, wie sich Paulos Hände um das Lenkrad verkrampften. Es gab ein kurzes Schweigen, ehe er antwortete: »Es wird geschehen. Es ist nur noch eine Frage der Zeit. Zuerst werden Straßen gebaut, dann werden sie mit dem Abholzen beginnen. Der Profit ist zu groß, dem können sie nicht widerstehen. Auch mein Dorf wird zerstört, und bald wird es keinen Regenwald mehr geben.«

»Und Loháquin wehrt sich dagegen?« fragte Ingrid.

»Viele Menschen wehren sich dagegen«, sagte Paulo. »Nicht nur Loháquin, nicht nur Indios. Viele Menschen.«

»Aber das ganze Land wird davon profitieren«, meinte Ingrid.

»Einige bestimmte Leute werden davon profitieren«, stellte Paulo klar.

»Zum Beispiel Nicolás Schlemann?« wollte Ingrid wissen.

»Bestimmte Leute«, wiederholte Paulo. »Aber nicht die Armen, nicht die Indios.«

Ingrid und Jacey hatten weitere Fragen gestellt, aber Paulo schüttelte nur den Kopf. Er wollte das Thema beenden. Jacey fing im Innenspiegel einige Male seinen Blick auf. Sie sah, dass ihre Gegenwart ihn verlegen machte. Das hast du davon, dass du Nicolás Schlemanns Freundin bist, dachte sie.

Später, als sie sich unter die anderen Partygäste begaben, fragte Ingrid: »Glaubst du, dass die Hilfe wirklich bei den Indios ankommt?«

»Wenn Raoul was damit zu tun hat, dann erhalten sie ihre Esspakete«, sagte Jacey. »Aber es ist schrecklich, dass man sie aus ihrer Welt vertrieben hat.«

»Dein guter Freund Nicolás würde diesem Einwand wahrscheinlich entgegenhalten, dass dies etwas mit Fortschritt zu tun hat«, sagte Ingrid.

»Es ist Vandalismus«, gab Jacey zurück. »Es muss einen besseren Weg geben, die Wirtschaft anzukurbeln, als etwas Unwiederbringbares zu zerstören.«

»Lass das bloß nicht Nicolás hören. Ich bin sicher, dass er einen fetten Anteil von den Straßenbauern und Holzverwertern einsteckt.«

Jacey ahnte, dass es so war. Dann bohrte sich ein anderer Gedanke in ihr fest. Was war mit der britischen Regierung? Warum wollte Major Fairhaven eigentlich Informationen über die politische Situation in Guachtal? Weil er die Regierung in der Frage beraten sollte, ob das Land wirtschaftlich gesund war. Wenn ja, konnte man Investitionen empfehlen, wenn nein, ließen britische Firmen besser die Finger davon.

Wir sind alle gleich schlecht, dachte Jacey und verfiel in eine depressive Stimmung. Eine Bande von Heuchlern. Jetzt weiß ich, wie Loháquin fühlen muss.

»Oh, die beiden Damen haben Zeit gefunden, unsere Party zu besuchen.«

Jacey wandte sich um und sah Raoul Márquez vor sich stehen. Er trug einen eleganten hellen Leinenanzug und ein am Hals offenes Hemd. Er küsste Jaceys Hand und drehte sich zu Ingrid um. »Machen Sie heute einen glücklichen Mann aus mir? Verbringen sie die Nacht mit mir?«

»Sie wollen keine verruchte Frau wie mich«, sagte Ingrid lachend. »Ich würde Sie nur verderben.«

»Aber das würde ich genießen«, sagte Raoul ernst.

Jacey blickte über Raouls Schulter und sah einen schlanken jungen Mann, der auf sie zukam. Sein Körper bewegte sich locker und sprunghaft unter dem hellen Leinenanzug, aber im Gegensatz zu Raoul hatte man bei ihm den Eindruck, dass er sich hastig gekleidet hatte und sich in seiner Haut nicht wohl fühlte. Seine Haare waren dicht und schwarz und streng nach hinten gekämmt, und sein Gesicht verbreitete eine Verletzlichkeit, die Jacey zu ihrer Überraschung ansprach.

Raoul folgte Jaceys Blick. »Wo warst du denn so lange?« fragte er den jungen Mann auf Spanisch. »Carlos hat dich gesucht.«

»Nun, jetzt bin ich hier.«

»Ich möchte Ihnen meinen kleinen unschuldigen Bruder vorstellen«, fuhr Raoul fort. »Das ist Leonardo, der Geselligkeit hasst und das auch jeden spüren lässt.«

»Ich habe nichts gegen Geselligkeit«, widersprach

Leonardo. Er starrte Jacey an. »Es kommt nur darauf an, in wessen Gesellschaft ich bin.«

»Begrüße Dr. Muldaire«, sagte Raoul.

Leonardo streckte eine schmale Hand aus. »Ich freue mich, Sie zu sehen, Dr. Muldaire.«

»Sie sind ein schlechter Lügner«, gab sie lächelnd zurück. »Womit habe ich Sie verärgert?«

Sie fragte sich, warum sie seinen Mund so anziehend fand. Sie hatte noch nie etwas für jüngere Männer empfunden. Aber seine fein gezogenen Augenbrauen, die glatte Bräune und die fast zierlichen Hände waren schon recht verführerisch. Er sah unberührt, unverdorben und gereizt aus. Am liebsten hätte sie ihn durchgerüttelt. Oder, dachte sie, ich sollte ihm die Kleider vom Leib reißen und ihm den Hintern versohlen.

»Er ist ein Idealist«, sagte Raoul. »Sie wissen ja, wie es ist, wenn man jung ist.«

Jacey lächelte Raoul an. »Ich habe auch Sie für einen Idealisten gehalten.«

Raoul blickte plötzlich ernst. »Bin ich auch.« Er wich ihrem Blick nicht aus. »Aber ich bin vernünftig genug, um zu wissen, wer meine wahren Feinde sind. Das hat Leonardo bisher noch nicht gelernt.«

Leonardo hatte inzwischen Ingrids Hand geschüttelt und bedachte sie mit einem dünnen Lächeln. »Musst du mich immer als einen Idioten darstellen?«

»Wenn du Dr. Muldaire nicht magst, weil dir einige ihrer Freunde nicht gefallen«, sagte Raoul, »dann bist du ein Idiot.« Er lächelte plötzlich und gab seinem Bruder einen Klaps auf den Rücken. »Gehe zu Carlos, und dann kümmere dich bitte um Tante Ana. Und hör auf, so ein griesgrämiges Gesicht zu machen.«

Nachdem er gegangen war, sagte Raoul zu den beiden Frauen: »Er kann einem manchmal ganz schön auf den Geist gehen, mein kleiner Bruder.«

»So klein ist er auch wieder nicht«, stellte Ingrid fest. »Und er ist richtig süß. Ist er wirklich noch unschuldig? Vielleicht sollte ich ihm was beibringen.«

»Dr. Gustaffsen«, sagte Raoul, »es wäre viel schöner, wenn Sie mir etwas beibringen.«

»Bei Ihnen ist das nicht mehr nötig.«

»Steht Leonardo auch auf der Seite Loháquins? Wie Ihre Mutter?« fragte Jacey.

Raoul hob die Schultern. »Leonardo unterstützt alles, was er für originell und ungewöhnlich hält. Und alles, von dem er glaubt, dass es Carlos und Schlemann ärgert. Auf diesem Gebiet ist er ganz gewiss wie meine verstorbene Mutter.«

Er könnte mich zu Loháquin führen, dachte sie. Aber dafür müsste er mir vertrauen, und das wird er nicht tun, so lange ich mit Nicolás zusammen bin.

Nachdem Raoul gegangen war, um sich anderen Gästen zu widmen, und Ingrid von einer drallen, dunkelhaarigen Frau am Ärmel weggezogen wurde, schlenderte Jacey durch den Garten und hoffte, Leonardo zu sehen. Ein paar Mal sah sie ihn aus der Ferne.

Irgendwann drehte sie sich um und sah, wie er sie aus zehn Schritt Entfernung anstarrte. Er wandte rasch den Blick, aber für einen Moment hatten sie sich in die Augen geschaut. Sein Ausdruck war immer noch ablehnend, aber sie erkannte auch einen Anflug von Neugier. Er hasst mich nicht so sehr, wie er vorgibt, dachte Jacey.

Sie beschloss, ihm zu folgen, bis sie eine Gelegenheit hatte, ihn zu stellen. Sie lächelte. Natürlich würde sie den Spieß umdrehen und ihm vorwerfen, sie zu verfolgen. Das würde ihn zwar ärgern, aber es war wenigstens der Beginn einer Unterhaltung.

Sie versuchte sich einzureden, dass sie diesen Plan nur deshalb entwickelte, um Informationen aus Leonardo herauszuholen, aber ihr war auch bewusst, dass es ihr Spaß machen würde. Keine Frage, dass Leonardos Brüder und seine Tante Ana (und seine Mutter zu Lebzeiten) ihn über alle Maßen verwöhnt hatten. Jetzt musste ihm jemand beibringen, wie man sich als Erwachsener benahm. Sie würde ihm beweisen, wie falsch es war, Menschen zu hastig zu verurteilen.

Als Leonardo sich von der Gruppe wegbewegte, wollte Jacey ihm folgen, aber in diesem Augenblick klingelte ihr Handy. Im ersten Moment wusste sie nicht, woher das sanfte Klingeln kam. Es war das erste Mal, seit sie im *Primavera* arbeitete, dass jemand sie übers Handy erreichen wollte.

Sofort waren ihre Gedanken bei der Arbeit und nicht mehr beim Spaß, den sie mit Leonardo haben würde. Sie war sicher, dass es sich um einen Notruf handelte, und ging die Reihe ihrer Patienten durch. Keiner von ihnen litt an einer lebensbedrohenden Krankheit. Sie hielt das Handy ans Ohr.

Eine vertraute Stimme sagte: »Guten Tag, Dr. Muldaire.«

»Nicolás?« Sie war verdutzt, dann wütend. »Diese Nummer ist nur für Notfälle. Was willst du?«

»Dich natürlich.«

»Ich bin auf einer Gartenparty.«

»Ich weiß, wo du bist«, sagte er. »Ich weiß immer, wo du bist. Und ich weiß auch, wo du in zwanzig Minuten sein wirst.«

»Immer noch hier«, sagte sie.

»In meinem Apartment«, erwiderte er. »Ich habe

etwas für dich. Ein Wagen wird dich in etwa fünf Minuten abholen.«

Sie wollte etwas einwenden, kam aber nicht weit – die Leitung war unterbrochen. Jacey überlegte kurz, was wohl passieren würde, wenn sie sich weigerte.

Sie schaute sich um. Leonardo war verschwunden. Es würde noch viele Gelegenheiten geben, seine Spur weiter zu verfolgen. Nicolás hatte ihre Neugier angestachelt. Was konnte er für sie haben? Ein Geschenk? Das glaubte sie nicht. Geschenke gehörten nicht zu der Art von Beziehung, die er haben wollte.

Sie schaute sich um und entdeckte Ingrid, der sie kurz zuwinkte. Dann wollte sie noch einen letzten Blick auf Leonardo werfen, aber in diesem Moment sah sie schon einen der Sicherheitsleute, der ihr schnurstracks entgegen kam.

»Sie verlassen uns, Dr. Muldaire?« Carlos Márquez sprach sie an, als sie sich bis zum äußersten Rand der Gäste durchgekämpft hatte.

»Ich habe noch einen anderen Termin«, antwortete Jacey.

Sie sah, wie Carlos einen Blick auf den Sicherheitsmann warf, dann schaute er sie mit einem frostigen Lächeln an. »Natürlich.« Nach einem kurzen Zögern fügte er hinzu: »Sie haben meinen Bruder Leonardo kennen gelernt, nicht wahr?«

»Sehr kurz nur«, antwortete Jacey und lächelte. »Ich glaube, er hat was gegen mich.«

»Er ist jung«, sagte Carlos. »Die Jungen hängen oft albernen Ideen nach.«

Deshalb hast du dich also herabgelassen, mit mir zu reden, dachte Jacey. Du bist besorgt, dein kleiner Bruder könnte ein bisschen zu indiskret gewesen sein. Sie lächelte immer noch. »Wir haben nicht über seine Ideen gesprochen«, sagte sie, »seien es alberne oder andere.«

»Gut«, sagte Carlos und trat einen Schritt zur Seite. »Guten Abend, Dr. Muldaire. Ich hoffe, Ihr nächster Termin wird ein vergnüglicher.«

»Oh, da bin ich mir sicher.«

Im Polizeihauptquartier benutzte der Fahrer seine eigene Karte, um die Eisentür zu öffnen, dann ging er die Korridore voraus, bis sie den Eingang zu Nicolás' Apartment erreicht hatten. Dort ließ er sie allein.

Jacey ging den mit Teppichen ausgelegten Flur entlang und öffnete die Tür zum Wohnzimmer. Nicolás hatte es sich in einem Ledersessel gemütlich gemacht. Er trug einen dunklen Anzug, ein weißes Hemd und eine dezent gestreifte Krawatte. Als ob er zu einem wichtigen Termin wollte.

Er blickte auf seine Uhr. »Ich gratuliere«, sagte er. »Du musst sofort aufgebrochen sein.«

»Hatte ich eine andere Wahl?«

»Natürlich«, sagte er. »Du bist gekommen, weil du kommen wolltest.«

»Ich bin gekommen, weil du gesagt hast, du hättest was für mich.«

Er lächelte. Auf dem kleinen Tisch neben ihm lag eine verpackte Schachtel. Er tippte mit einem Finger darauf. »Nimm sie mit ins Nebenzimmer. Wenn du sie öffnest, wirst du wissen, was zu tun ist. Dann kommst du zurück zu mir. Aber lass nicht zu lange auf dich warten.«

Sie nahm die Schachtel ohne ein Wort und trat hinaus auf den Flur. Eine Tür stand halb offen. Sie trat durch die Tür und befand sich in einem altmodischen Badezimmer. Es gab eine Badewanne mit gewaltigen Ausmaßen, sie stand auf Füßen, die wie Raubtiertatzen aussahen. Messingrohre liefen die Wände entlang. Der Boden war mit schwarzen und weißen Fliesen ausgelegt, und auf einer Wand befand sich ein mannshoher Spiegel.

Sie öffnete die Schachtel. Als erstes nahm Jacey eine rote Bluse in einem glänzenden Material heraus. Sie hatte einen tiefen runden Ausschnitt und war reichlich mit Rüschen geschmückt. Jacey hielt die Bluse gegen ihren Körper und wusste nicht, ob sie lachen oder verärgert sein sollte.

Das nächste Stück war ein sehr kurzer Rock aus Kunstleder. Er wurde vorn geknöpft. Dann fand sie ein Paar schwarze Seidenstrümpfe mit verzierten Nähten, einen Strumpfgürtel aus lederähnlichem Material sowie offene schwarze Schuhe mit lächerlich hohen Stiletto-Absätzen und schmalen Riemchen.

Sie brauchte keine Anweisung, um zu wissen, dass sie die Sachen tragen sollte. Sie schaute sich im Badezimmer um und fragte sich, ob es irgendwo Gucklöcher gab. Beobachtete er sie? Kaum, dachte sie. Er würde sie bald ohnehin ausgiebig von oben bis unten betrachten können.

Sie zog ihr Kleid aus und zögerte, den BH abzulegen. Ein kurzer Blick auf die Bluse sagte ihr, dass sie nicht für Unterwäsche entworfen war. Sie nahm den Strumpfgürtel und schaute in den Spiegel. Ihr schlichtes Baumwollhöschen sah absurd aus. Sie streifte es ab, rollte die Strümpfe hoch und brauchte eine Weile, ehe sie die Nähte gerichtet hatte. Sie stieg in den engen, kurzen Rock, schnallte die Riemchen der Schuhe und bemerkte, dass sie genau passten.

Sie übte, mit den Schuhen zu gehen – sie waren höher als alles, was sie bisher getragen hatte –, und blieb vor dem Spiegel stehen. Ihre Haare waren noch zusammengefasst, jetzt löste sie das Band und ließ die Haare auf die Schultern fallen. Fast ohne nachzudenken richtete sie die Bluse so, dass der größte Teil ihrer Brüste entblößt blieb.

Sie posierte vor dem Spiegel und spreizte die Beine, bis der unterste Knopf des Rocks aufsprang.

Du siehst wie eine Hure aus, dachte sie, amüsiert über das unvertraute Bild, das sie abgab. Sie wusste, dass Nicolás genau das beabsichtigte. Es war ein anderer Weg, Kontrolle auszuüben. Er hatte aus ihr eine Frau gemacht, in deren Gegenwart er sich wohl fühlte. Eine Frau, die sich gegen Geld anbot. Eine Frau, die tun würde, was man ihr sagte. Sex ohne Verpflichtung.

Und ist das nicht genau das, was auch ich will? Spaß ohne Emotion .... Sie drehte sich vor dem Spiegel und betrachtete sich von allen Seiten. Ich spiele die Hure für Nicolás, wenn es das ist, was er will, dachte sie. Mal sehen, ob ihm die Frau gefällt, die er geschaffen hat.

Sie schritt zurück in das Zimmer mit den dunklen Holzpaneelen. Jetzt war es noch dunkler, weil draußen die Dämmerung begonnen hatte. Nicolás saß noch in seinem Sessel. Neben sich auf dem Tisch standen Whiskyflasche und Glas. Sie stellte sich vor ihn und nahm die Pose ein, die sie vor dem Spiegel im Badezimmer geübt hatte.

»Sollen diese Kleidungsstücke ein Geschenk für mich sein?« fragte sie mit süßer Stimme. »Oder sind sie eher ein Geschenk für dich?«

Er ließ sich Zeit, sie zu betrachten. Schließlich sagte er: »Für uns beide. Komm her.«

Sie schritt auf ihn zu. Die Stilettos ließen sie kleine Schritte machen, und bei jedem Schritt schwangen ihre Hüften. Er stand auf und packte den Bund des engen

Rocks. »Du trägst ihn falsch herum«, sagte er. »Dreh dich um.«

Sie gehorchte, und er zupfte so lange am Bund, bis die Knöpfe hinten waren. Sie spürte, wie er sie öffnete und wusste, dass sie Kerbe zwischen den Backen entblößt waren.

»Spreize die Beine«, befahl er.

Sie gehorchte wieder. Er folgte der Kerbe vom Ende des Rückgrats bis zu den Schenkeln. »Gefällt es dir, dich aufreizend zu kleiden?« fragte er mit sanfter Stimme. »Den meisten Frauen gefällt es.« Er zog sie näher an sich heran, bis sie auf seinem Schoß saß. »Es gibt einem ein Gefühl von Freiheit, nicht wahr?« Er beugte sich vor und strich über ihre Brüste, suchte unter der roten Bluse nach ihren Nippeln. »Die Freiheit, eine andere zu sein«, murmelte er.

Sie spürte, wie sich beide Warzen aufrichteten, als er mit ihnen spielte, zuerst sanft und leicht, dann härter. Die andere Hand forschte zwischen ihren Schenkeln. Sie hielt zischend die Luft an, als seine Finger über den feuchten Kitzler rieben und immer stärkeren Druck ausübten.

Sie spürte die vertrauten Gefühle, die ihren Körper erfassten, diese entzückende Spannung, die der Erleichterung vorangeht. Ungeduldig rutschte sie auf seinem Schoß herum.

Sein Atem kam schneller, als er ihre rasche Reaktion sah und fühlte. »Es braucht nicht viel, um dich heiß zu machen, was?«, murmelte er.

»Nicht, wenn du das tust«, raunte sie.

Er lachte und stand auf. Irgendwie gelang es ihm, sie zum nächsten Sessel zu schieben, ohne die Hand zwischen den Schenkeln wegzunehmen. Er drückte ihren Kopf auf den Ledersitz, hob ihren Torso über die Lehne und hatte sie nun in der Position, in der er sie haben wollte. Ihr Po ragte hoch in die Luft.

Seine Finger kehrten zu der feuchten Wärme zwischen den Schenkeln zurück. Er spielte noch eine Weile mit ihr, ehe er seinen Reißverschluss aufzog und locker in sie hineinstieß. Sie war völlig entspannt und nass.

Sein Gewicht drückte sie gegen den Sessel; sie fühlte sich gefangen und hilflos. Es überraschte sie, wie sehr sie dieses Gefühl genoss, sie konnte sich seiner Kraft unterwerfen und hatte seine völlige körperliche Aufmerksamkeit. Er zog sich kurz zurück, um dann mit kräftigeren Stößen zu beginnen, die seinen eigenen Orgasmus einläuteten, und Jacey hörte ihr eigenes abgehacktes Keuchen, das den Rhythmus seines gehechelten Atmens aufnahm.

Seine Finger gruben sich in ihre Hüften. Als seine Erregung wuchs, spannte sie ihre inneren Muskeln an und quetschte ihn bei jeder Rückwärtsbewegung. Gleichzeitig langte sie zwischen ihre Schenkel und rieb über ihre Klitoris, entschlossen, diesmal mit ihm zusammen einen Höhepunkt zu erleben.

Sie hörte ihn einmal kurz, aber laut aufstöhnen, dann begann sein Körper zu zucken. Gleichzeitig wurde sie vorm eigenen Orgasmus gepackt, und sie mahlte ihre Hüften gegen ihn. Einen kurzen Augenblick lang spürte sie sein volles Gewicht, das sie fast erdrückte. Die Luft wich geräuschvoll aus ihren Lungen und befreite sich in einem Schrei der Erlösung.

Jacey spürte kaum, wie er sich erhob und sie umdrehte, damit sie im Sessel sitzen konnte. Sie bemerkte, dass sie keuchte, als hätte sie einen anstrengenden Lauf hinter sich. Ihre Haare waren klamm vom Schweiß. Sie schloss die Augen und nahm ein paar tiefe Atemzüge.

Allmählich entspannte sich ihr Körper. Ein Glas wurde in ihre Hand gedrückt. Ohne nachzudenken, nahm sie einen tiefen Schluck und begann zu husten und zu würgen, als die brennende Flüssigkeit durch ihre Kehle lief. Sie hörte Nicolás lachen. »Was für eine Verschwendung guten schottischen Whiskys!«

Sie schaute hoch zu ihm. Eine glänzende Schweißschicht stand auf seiner Stirn, seine Haare waren zerzaust. »Ich dachte, es wäre Wein«, sagte sie.

Er setzte sich ihr gegenüber und lächelte. »Das war ein sehr befriedigendes Treffen«, sagte er und nahm wieder einen Schluck Whisky. »Das Bild der Hure füllst du wirklich gut aus. Sehr befriedigend.«

»Warum nimmst du dir nicht die richtigen? Dann hast du immer ein Original.«

»Warum zahlen, wenn ich es auch so bekommen kann?« Seine Blicke hielten ihre gefangen. »Und wo würde ich eine Hure finden, die so gut aussieht wie du?« Er schaute auf seine Uhr. »Du ziehst dich besser wieder um. Der Wagen wird in fünf Minuten hier sein.«

»Du hast die Zeit im Voraus abgesprochen?« Sie konnte es nicht verhindern, dass ihr ganzer Ärger in der Stimme durchklang.

Er sah sie überrascht an. »Natürlich. Ich weiß doch, wie lange es bei mir dauert.«

Sie stand auf. »Ziemlich kaltblütig, was?«

Er sah sie noch einen Moment an, dann hob er die Schultern. »Hast du erwartet, dass wir noch eine Weile sitzen bleiben und Händchen halten?«

»Ich habe etwas mehr erwartet als ›Rein-raus, danke, Frau‹«, sagte sie.

Er grinste. »Ich erinnere mich, dass ich dich gewarnt habe, keine Romantik zu erwarten.«

»Nun, zehn Minuten Reden machen aus unserer Affäre noch keine romantische Angelegenheit.«

Er sah sie spöttisch an. »Worüber sollen wir denn sprechen, Dr. Muldaire? Glauben Sie wirklich, dass wir irgendwas gemeinsam haben?«

»Vielleicht«, sagte sie süffisant, »könnten wir ja versuchen, das herauszufinden.«

Er lachte ausgelassen. »Warum wollt ihr Frauen immer die Illusion einer Beziehung?« Sein Lächeln wirkte plötzlich kalt und gefährlich. »Mach das Beste aus dem, was du hast. Du kannst nie sicher sein, wie lange es währt.«

»Warum lässt du das mit dir machen?«, fragte Ingrid. »Ich verstehe dich nicht.«

Jacey hob die Schultern. »Er ist ein sehr attraktiver Mann, das hast du selbst gesagt. Und er bringt mir einen guten Orgasmus.«

»Sein Körper ist attraktiv«, stellte Ingrid fest, »aber sein Charakter ist es nicht. Zum Vögeln bestellt und dann nach Hause geschickt zu werden ist erniedrigend. Du lässt zu, dass er die Kontrolle ausübt. Willst du das wirklich?«

»Er hat keine Kontrolle über mich«, sagte Jacey. »Es ist nur ein Fantasy-Spiel.«

»Nicolás Schlemann gibt sich nicht mit Spielen ab«, entgegnete Ingrid. »Schick ihn in die Wüste. Da draußen laufen noch eine Menge attraktive Männer herum. Und wenn sie nicht so gut im Bett sind, kannst du es ihnen beibringen.«

»Ich mag Nicolás«, sagte Jacey leise. »Ich will keinen anderen.«

Aber das war nur die halbe Wahrheit, doch das wollte sie Ingrid gegenüber nicht zugeben. Sie genoss den Sex mit ihm, und sie würde bei ihm bleiben, bis er ihrer überdrüssig geworden war und sie die verlassene Frau spielen konnte.

Es war nur die halbe Wahrheit, weil sie in Zeiten der Muße an Leonardo Márquez denken musste. Noch nie hatte sie sich zu einem jüngeren Mann hingezogen gefühlt, und Leonardo war bestimmt zehn Jahre jünger als sie. Außerdem strahlte er etwas Unschuldiges aus, und unerfahrene Männer waren noch nie ihr Ding gewesen. Warum also Leonardo Márquez?

Nachdem Ingrid gegangen war, bereitete sich Jacey auf die Visite vor. Sie wollte gerade aufstehen, als das Telefon läutete.

»Dr. Muldaire? Jacey?«

Im ersten Augenblick erkannte sie die Stimme nicht.

»Ich hoffe, ich störe Sie nicht.«

»Raoul?« Sie verbannte alle Gedanken an Leonardo. »Ich wollte gerade zur Visite aufbrechen. Ist es wichtig?«

»Für mich ist es wichtig. Ich komme ins *Primavera*, um einen Freund zu besuchen. Ich möchte Sie um einen persönlichen Gefallen bitten.« Als ob er ihre Zurückweisung ahnte, fügte er rasch hinzu: »Nicht für mich. Es geht um Leonardo.«

Später, als Raoul in ihrem Büro saß, mochte Jacey kaum glauben, was sie hörte.

»Aber Ihr Bruder mag mich nicht einmal«, wandte sie ein. »Er wird von mir keinen Englischunterricht haben wollen.«

»Doch, er will«, sagte Raoul. »Er liest schon ganz gut, aber er hat kaum Gelegenheit zur Konversation. Sie bräuchten sich nur mit ihm zu unterhalten.« Er lächelte. »Dabei würden sich vielleicht auch seine Manieren verbessern.«

»Ihr Englisch ist ausgezeichnet«, sagte Jacey. »Warum können Sie sich nicht mit Ihrem Bruder unterhalten?«

»Ich habe nicht die Zeit dazu«, sagte Raoul. Er beugte sich vor. »Jacey, mein kleiner Bruder würde mich umbringen, wenn er erfährt, dass ich es Ihnen gesagt habe, aber er hat mich sogar darum gebeten, Sie zu fragen. Er ist heimlich fasziniert von Ihnen.«

Jacey verbarg ihre Überraschung. »Ich verstehe«, neckte sie. »Sie versuchen sich als Kuppler.«

Raoul lächelte. »Ich bin sicher, Leonardo wäre schockiert. Er ist noch so unschuldig. Ich glaube, er weiß gar nicht, was er mit einer richtigen Frau anstellen sollte.«

Aber ich weiß, was ich gern mit ihm anstellen würde, dachte Jacey, nachdem sie sich mit Raoul auf einen ersten Termin für Leonardos Nachhilfe geeinigt hatte. Sie wollte nicht in die Márquez-Villa gehen und zog es vor, dass Leonardo ins *Primavera* kam. »Das erspart mir Zeit und lässt erst gar keine Gerüchte aufkommen. Leonardo kann sagen, dass er Freunde besucht.«

»Wenn Sie sich sorgen, dass Nicci davon erfahren könnte«, sagte Raoul, »er wird es in jedem Fall erfahren.«

Jacey hob die Schultern. »Nicolás wird auf Leonardo nicht eifersüchtig sein.«

Er wird hundertprozentig sicher sein, dass ich einen Jungen wie Leonardo nicht sexuell attraktiv finde, dachte sie. Und bisher hätte er damit auch Recht gehabt.

Obwohl sie Leonardo körperlich ansprechend fand, empfand sie den Gedanken, ihn auf Armeslänge zu halten, ausgesprochen verführerisch. Sie würde ihm deutlich genug zeigen, was sie anzubieten hatte, aber sie würde ihn nicht ermuntern, davon Gebrauch zu machen. Sie wusste genau, dass er sich nicht aufdrängen würde. Er würde da sitzen und leiden. Sie würde ihn necken und reizen und zusehen, wie ihm immer unbehaglicher wurde. Nie zuvor hatte sie eine derartige sexuelle Kontrolle über jemanden.

Sie begann sich auf die erste Unterrichtsstunde mit Leonardo zu freuen, und sie fragte sich, ob auch Leonardo der Begegnung ähnlich entgegenfieberte.

Als er dann eintraf, sah er eher verärgert als eifrig aus. Er trug einen hellen, leichten Anzug, Hemd und Krawatte, und hielt eine schmale Ledertasche mit Reißverschluss in der Hand.

Er fragte auf Spanisch, ob er sein Jackett ausziehen dürfte, und als Jacey nickte, zog er es langsam aus.

Wieder bewunderte sie seinen lockeren Körper. Seine Taille war so schmal, dass Jacey glaubte, sie mit beiden Händen umspannen zu können. Er sah wie ein gesundes Fohlen aus. Seine Hose war weit geschnitten, deshalb konnte sie unter dem Stoff nichts von dem sehen, was sie später in natura zu begutachten hoffte.

Er ließ sich Zeit damit, das Jackett über die Stuhllehne zu hängen, und als er sich endlich setzte, hielt er die Ledermappe wie einen Schild vor seinen Körper. Er musterte Jacey mit einem abweisenden Blick. »Das war die Idee meines Bruders«, sagte er auf Spanisch.

»Sprechen Sie Englisch«, forderte sie ihn auf. »Und legen Sie die Mappe auf den Boden.«

»Ich habe einen Block mitgebracht«, sagte er auf Englisch. »Vielleicht will ich Notizen machen.«

»Sie brauchen keine Notizen«, sagte sie. »Legen Sie die Mappe auf den Boden.«

Er zögerte, legte sie dann hin. Ohne den Schild sah er plötzlich verwundbar aus.

»Jetzt können Sie anfangen zu reden.«

Sie sah, wie sich seine Lippen aufeinander pressten, und wieder fragte sich Jacey, warum sie seinen Mund so verführerisch fand.

»Worüber soll ich reden?«, fragte er, und es hörte sich wie eine trotzige Herausforderung an.

»Du lieber Himmel«, rief sie. »Reden Sie über alles, was Sie interessant finden. Filme, Bücher, Essen. Irgendetwas.« Sie hätte fast noch Politik hinzugefügt, aber das würde sie sich für später aufbewahren, wenn er ihr vertraute. »Reden Sie über Frauen, wenn Sie wollen. Erzählen Sie mir von Ihrer Freundin.«

Er rutschte auf seinem Stuhl unruhig hin und her. »Ich habe keine Freundin.«

Sie lächelte und zog ihren Stuhl näher an seinen heran, dass sich ihre Knie fast berührten. Einen Moment lang sahen sie sich in die Augen. »Heißt das, Ihr Bruder hat mir die Wahrheit erzählt?« fragte sie leise. »Sie sind wirklich noch unschuldig?«

Sie sah, wie sich sein Körper versteifte. Er wich ihrem Blick aus. »Mein Bruder redet eine Menge Unsinn.«

»Sie sind also keine Jungfrau mehr?«

»Ich glaube nicht, dass dies ein angemessenes Thema für eine Unterhaltung ist«, sagte er frostig.

»Oh, weh«, sagte sie spöttisch. »Habe ich Sie jetzt in Verlegenheit gebracht?«

»Nein.«

Sie lehnte sich zurück und streckte ihre Beine aus. Sie sah, wie sein Blick zu ihren Knien huschte, dann hielt er ihn auf einen Punkt oberhalb ihrer Schulter gerichtet. »Dann wählen Sie ein Thema aus«, schlug sie vor.

Er druckste noch ein wenig herum, dann begann er zögernd von den Filmen zu erzählen, die ihm gut gefallen hatten. Allmählich entspannte er sich, und Augen und Sprache wurden lebhaft. Jacey stellte Fragen, korrigierte ab und zu seine Grammatik und lobte seine Aussprache. Nach einer halben Stunde lächelte er sie an.

»Nun«, sagte sie, nachdem er ausführlich erklärt hatte, warum er Clint Eastwood bewunderte, »das war doch nicht zu schwierig, oder?«

Sein Lächeln schwand. Er sah sie argwöhnisch an. »Was war nicht schwierig?«

»Mit der Geliebten von Nicolás Schlemann zu reden.«

»Ich kümmere mich nicht um das Privatleben anderer Menschen«, sagte er.

»Und warum waren Sie dann so unhöflich zu mir auf der Wohltätigkeitsparty?«

Er verdrehte seine langen Finger. »Es war mir nicht bewusst, dass ich unhöflich war.«

»Das wissen Sie ganz genau«, widersprach sie. »Die Politik des Nicolás Schlemann geht mich nichts an, ich habe nichts damit zu tun.«

Er erhob sich. »Natürlich nicht«, sagte er, und sie bemerkte den unterdrückten Zorn in seiner Stimme. »Sie sind eine Ausländerin. Eine Besucherin unseres Landes. Sie sind wegen eines Jobs gekommen und werden gut bezahlt. Warum sollten Sie sich um unsere Politik kümmern?«

Jacey wusste, dass das Verständnis, das sich zwischen ihnen in der knappen Stunde, in der sie über Filme gesprochen hatten, längst aufgehoben war.

Er griff nach seiner Ledermappe. »Danke für Ihre Hilfe, Dr. Muldaire.« Er wandte sich zur Tür.

»Vielleicht können wir uns das nächste Mal über die Bücher unterhalten, die Ihnen besonders gut gefallen haben?«

Er blieb an der Tür stehen und zögerte. Dies war der

entscheidende Augenblick. Wenn er sexuell an ihr interessiert war, würde er wiederkommen wollen. Wenn nicht, waren die Chancen, mit ihm eine Beziehung aufzubauen – und von ihm über Loháquin zu erfahren – verloren.

»Vielleicht morgen Abend?« schlug sie vor.

Es schien eine lange Pause zu sein, ehe er antwortete: »Das passt mir sehr gut, Dr. Muldaire.«

Jacey war dabei, einen Bericht an Major Fairhaven zu schicken. Was sie bisher geschrieben hatte, klang optimistischer, als sie sich fühlte. Sie war davon überzeugt, dass Leonardo ihr die Spur zu Loháquin weisen würde, aber es konnte lange dauern, bis sie das Vertrauen des jüngsten Márquez errungen hatte, so lange sie Nicolás' Geliebte war.

Und Nicolás zeigte keine Anzeichen, die Beziehung bald beenden zu wollen. Es war eher so, dass er sich noch besitzgieriger gab. In dieser Woche war sein Wagen dreimal vorgefahren, jeweils nach kurzer Vorwarnung. Jedes Mal hatte er ihr einen Drink angeboten, hatte seinen Reißverschluss geöffnet und sie angewiesen, sich an die Arbeit zu begeben. Er hatte seinen Orgasmus so lange wie möglich hinausgezögert und sie gezwungen, mit allen möglichen Techniken zu experimentieren. Später, als er sie befriedigte, hatte sie versucht, ihren eigenen Höhepunkt auch weit hinauszuschieben, um ihm zu beweisen, dass sie eine ebenso eisenharte Disziplin hatte wie er. Aber die Nähe seines Körpers hatte sie zu sehr erregt, und jedes Mal hatte sie die Kontrolle früher verloren, als sie wollte.

Als er triumphierend festgestellt hatte: »Du kannst

mir nicht lange widerstehen, was?«, hatte sogar die leichte Berührung seiner Lippen an ihrem Ohr einen Schauer der Erregung durch ihren Körper gejagt.

Wie er aussah und was er tat, war eine Garantie für ihren Orgasmus. Und sie gestand sich ein, dass das Wissen um seine Macht und seine Gefährlichkeit zusätzliche Würze in ihre Treffen legte.

Gott helfe der Frau, die sich in ihn verliebt, dachte Jacey. Sie konnte sich vorstellen, dass er eine solche Schwäche voll ausnutzte. Er würde wahrscheinlich eine grandiose Hochzeit arrangieren, die höchste Gesellschaft von Guachtal einladen und die Braut allein vor dem Altar stehen lassen.

Ganz gewiss hatte er einen Hang zum Sadistischen. Einmal in dieser Woche hatte er sie eine Stunde lang warten lassen, und als er eingetreten war, hatte er sie roh und ohne jede Vorbereitung genommen. Er hatte ihr die Kleider vom Leib gerissen, während er sie zur Schlafzimmertür schob.

Aber ich hatte einen großartigen Orgasmus, erinnerte sich Jacey. Danach, als sie keuchend auf dem Bett gelegen hatte, hatte sie ihm seine Verspätung vorgehalten, er hatte sie nur angeschaut und schief angelächelt. »Das war's aber doch wert, nicht wahr?« Ja, räumte sie ein.

Sie starrte auf den Bildschirm und ging noch einmal ihren Bericht durch. Wenn Nicolás entschied, dass er von ihr genug hatte, würde sie dem Major wahrscheinlich bessere Informationen schicken können. Informationen über Loháquin, über die Anzahl seiner Anhänger und vielleicht sogar Erkenntnisse aus erster Hand, wenn sie ihn im Regenwald besuchen konnte.

Aber was, wenn sich Loháquin als schmuddeliger Nörgler erwies, wie Nicolás ihn einmal bezeichnet hatte, ohne wirkliche Anhängerschaft, ein Mann, der sich auf ein Spiel eingelassen hatte, das er nicht gewinnen konnte? Der Gedanke bedrückte sie. Sie war nicht gegen wirtschaftlichen Fortschritt, aber ohne Unterstützung würde der Regenwald von Guachtal von den Straßenbauern und den Holzfällern zerstört. Loháquin schien die einzige Hoffnung des Landes gegen politische Hasardeure wie Nicolás Schlemann zu sein.

Sie gab die verschiedenen Codes ein, schickte ihren Bericht ab und stieß den Drehstuhl vom Schreibtisch zurück. Jacey Muldaire, sagte sie sich, du verstrickst dich zu sehr in diese Dinge.

Leonardo wäre bestimmt überrascht gewesen, wenn er wüsste, welche Aufgabe sie in Wirklichkeit in Guachtal übernommen hatte. Wenn du genug Informationen gesammelt hast, sagte sie sich, kannst du nach Hause gehen. Und dann wird Guachtal mit all seinen Problemen schon bald Vergangenheit sein und in der Erinnerung verblassen. Sei vernünftig. Sei professionell. Du kannst die Welt nicht im Alleingang richten.

Jaceys nächstes Treffen mit Leonardo begann ebenso förmlich und steif wie das erste. Er trug seinen üblichen leichten, hellen Anzug, das volle schwarze Haar sorgfältig gekämmt. Er setzte sich vor sie hin und begann eine trockene, akademische Diskussion über die Bücher, die er gelesen hatte. Er hörte sich an, als hätte er vorbereitete schriftliche Inhaltsangaben auswendig gelernt.

Als er sein drittes Buch über politische Theorien analysiert hatte, fragte Jacey: »Lesen Sie auch etwas Leichtes, Unterhaltendes, Leonardo?«

Seine dunklen Augen musterten sie tadelnd. »Ich lese, um mich zu bilden, Dr. Muldaire.«

»Schön und gut«, sagte sie. »Haben Sie denn das Kama Sutra gelesen?«

Sie musste innerlich grinsen, als sie sah, wie er auf seinem Stuhl unruhig hin und her rutschte. »Gewiss nicht.«

»Aber es trägt zur Bildung bei«, neckte sie ihn.

»Ich bin nicht so lasterhaft wie mein Bruder Raoul«, sagte er aufgeblasen.

»Also, wirklich, Leonardo«, schimpfte sie. »Hören Sie auf, sich über andere zu erheben, das beeindruckt mich überhaupt nicht. Ihr Bruder ist ein ganz normaler Mann. Er ist an Frauen interessiert. Und an Sex.« Sie beugte sich vor. Auf seiner Unterlippe bemerkte sie einen dünnen Schweißfilm. Sie hatte mit Bedacht eine durchgeknöpfte Bluse mit einem tiefen V-Ausschnitt angezogen, und das Tal zwischen ihren Brüsten war jetzt deutlich zu sehen. »Ein ganz normaler Mann«, wiederholte sie leise. »Wie Sie.«

»Ich habe mit meinem Bruder nichts gemeinsam«, antwortete er steif.

»Aber Sie möchten trotzdem ein bisschen so sein wie er, nicht wahr?« Sie sah ihn unter gesenkten Lidern an. »Nicht viele Frauen würden Raoul einen Korb geben.«

»Sie haben es getan«, sagte er. »Sie haben ihm Nicolás Schlemann vorgezogen.« Wie er den Namen aussprach, hörte es sich wie eine Beleidigung an.

Sie lächelte und lehnte sich wieder entspannt auf dem Stuhl zurück. »Nun, er ist sehr sexy«, sagte sie. »Und sehr einflussreich. Das ist eine potente Mischung, Leonardo.«

»Er ist ein Bastard«, sagte Leonardo wütend. »Er beutet unser Land aus. Er hat seinen Reichtum aus der

Armut anderer bezogen. Wir wären ohne ihn besser dran.« Er starrte sie trotzig an. »Und wenn Sie wollen, können Sie ihm das ausrichten.«

Jacey dachte, wie attraktiv er wirkte, wenn er wütend war. Beinahe hätte sie gelächelt. »Nicolás und ich sprechen nicht über Politik«, sagte sie und fragte nach einer kurzen Pause: »Wenn er nicht mehr da wäre, wer würde ihn ersetzen?« Wieder eine Pause. »Lohá-quin?«

Leonardo hatte seine Emotionen wieder unter Kontrolle. »Loháquin trägt die Interessen Guachtals in seinem Herzen«, sagte er. »Und auch das können Sie Schlemann sagen.«

»Hören Sie auf, mich zu beleidigen, Leonardo«, sagte sie in scharfem Befehlston.

Er sah sie verdutzt an. »Ich beleidige Sie nicht. Dr. Muldaire.«

»Doch«, widersprach sie. »Sie unterstellen mir, dass ich eine Art Spitzel bin. Nichts, was Sie hier sagen, wird dieses Zimmer je verlassen.« Sie hielt seinem Blick stand. »Ich habe meinen Spaß mit Nicolás Schlemanns Körper, aber das heißt nicht, dass er meine Gedanken kontrolliert.«

Leonardo sah verlegen aus. »Sie müssen Gefühle für ihn empfinden«, sagte er. »Sie sind keine Frau von der Straße. Und Frauen sind nicht wie Männer; Männer können Sex in einer rein mechanischen Weise angehen, aber Frauen brauchen Liebe und Romantik und das alles.«

Er hörte sich so ernst an, dass Jacey lachen musste. »Hat Raoul Ihnen das gesagt?« fragte sie. Er nickte. Sie beugte sich wieder vor, ihm entgegen. »Nun, es mag Ihnen eine Überraschung sein, Leonardo, aber auch Frauen können mit einem Mann ins Bett, ohne Gefühle zu investieren. Genau wie Männer.« Sie hatte ihn schockieren wollen, und sie sah, dass es ihr gelungen war. Er errötete sogar. »Oh, mein Lieber, Sie müssen noch eine Menge lernen.«

Leonardo rutschte unruhig auf dem Stuhl herum.

»Mir ist bewusst, dass ich Frauen nicht verstehe. Aber ich möchte gern lernen.« Er blickte auf, und sie glaubte, ein Funkeln der Erregung in seinen dunklen Augen gesehen zu haben. »Ich bewundere Frauen. Besonders intelligente Frauen. Starke Frauen mit eigenem Willen.« Er senkte den Blick rasch, schaute sie dann kurz an. »Frauen, auf die das alles zutrifft, sind meistens älter als ich, aber ich finde sie sehr attraktiv.«

Jacey war sicher, dass darin eine Einladung an sie lag, den nächsten Schritt zu gehen. Er sah entzückend verletzlich aus, wie er so steif auf dem Stuhl saß, die Hände zusammengelegt. Ich könnte alles mit ihm machen, was mir gerade einfällt, dachte sie. Und er würde es genießen.

»Ich bin sicher, dass es viele Frauen gibt, die Ihnen das gern beibringen«, sagte sie und fügte mit süßlicher Stimme hinzu: »Vielleicht könnten Sie Raoul dazu bringen, Sie mit einer seiner Freundinnen bekannt zu machen.«

Er blickte zur Seite.

»Die interessieren mich nicht. Sie sind meist jung und dumm.«

»Sie sind aber auch sehr wählerisch«, tadelte sie ihn. »Was lässt Sie glauben, warum eine intelligente Frau sich zu Ihnen hingezogen fühlen könnte?«

Er sah sie von der Seite an. »Ich weiß es nicht.« Dann senkte er den Kopf. »Ich hoffe nur, dass ich eines Tages eine entsprechende Frau finde.«

Sie erhob sich brüsk. »Ich bin sicher, es wird Ihnen

gelingen«, sagte sie gönnerhaft. »Wenn Sie lange genug warten.«

Sie sah die Enttäuschung auf seinem Gesicht. Wenn du glaubst, es ginge so einfach, junger Mann, dann hast du dich in die Finger geschnitten. Du willst etwas von mir, aber ich will auch etwas von dir. Sex mit dir kann eine köstliche Erfahrung sein, aber bedeutet es auch, dass du mir vertraust? Dass du mir genug vertraust, um mich zu Loháquin zu führen? Ich fürchte, wir werden beide die Kleider anbehalten, bis ich die Antwort auf diese Frage gefunden habe.

»Wir sehen uns in zwei Tagen«, sagte sie. »Dann diskutieren wir über Kunst.«

Das Geräusch des Handys verdutzte Jacey nicht mehr. Bevor sie sich meldete, wusste sie ziemlich sicher, dass es sich nicht um einen Notruf handelte. Als das Mobiltelefon jetzt klingelte, erwartete sie, Nicolás' kühle befehlsgewohnte Stimme zu hören, die ihr mitteilte, dass ein Wagen unterwegs war, um sie abzuholen. Er wusste immer genau, wo sie sich gerade aufhielt, und die Anrufe kamen immer, wenn sie Bereitschaftsdienst im *Primavera* hatte und sich die Zeit in der Wohnung oder im Pool des Hospitals vertrieb.

Obwohl sie sicher war, dass Nicolás wusste, wie sehr sie sich in der Freizeit im *El Invierno* einbrachte, hatte er nie etwas darüber gesagt, und er hatte sie auch noch nie angerufen, während sie dort beschäftigt war.

Trotz ihres Verhältnisses mit Nicolás blieb die Beziehung mit dem Personal vom *El Invierno* freundlich. Sie wusste, es war sinnlos, mit ihnen ein Gespräch über Politik oder Loháquin zu beginnen, deshalb achtete sie darauf, dass sie nur über unverfängliche Dinge sprach.

Dr. Rodriguez war der einzige, der Nicolás erwähnte. Er kritisierte ihn immer wieder und fragte Jacey, was sie in ihm sah, aber das zeigte ihr, dass er ihr traute: Sie würde seine Kritik nicht weitergeben.

»Er ist sexy«, sagte sie, während sie Rodriguez bei einer kleinen Operation assistierte.

»Er ist ein Verbrecher«, knurrte Rodriguez. »Ein Dieb. Das könnte mir ja noch egal sein, aber das Geld, das er stiehlt, gehört den Steuerzahlern.«

Paloma blickte hinter ihrer Maske missbilligend auf, um den Arzt zu warnen.

»Du brauchst gar nicht so zu gucken, Mädchen«, sagte Rodriguez. »In Wirklichkeit stimmst du mir zu.«

Wenn sie allein waren, hatte Jacey ein paar Male versucht, Rodriguez zu Äußerungen über Loháquin zu locken. Einmal hatte sie tatsächlich Glück. Der Arzt sagte, er sei davon überzeugt, dass Loháquin nie die Kontrolle über Guachtal erringe, und dass er das auch nicht verdient hätte.

»Er hätte längst seine nächsten Schritte gehen müssen«, sagte Rodriguez. »Aber was macht er statt dessen? Er schmollt im Regenwald, während Ihr Freund seine Macht in Guachtal festigt.« Er fixierte Jacey mit starrem Blick. »Fangen Sie nicht auch noch damit an, Loháquin zu verherrlichen. Überlassen Sie das albernen Mädchen wie Paloma. Loháquin ist ein Versager, wer auch immer er ist.«

»Nicolás hält ihn für bedeutend genug, um eine Belohnung für seine Festnahme auszuloben«, hielt Jacey dagegen.

Rodriguez lächelte dünn. »Wahrscheinlich weiß er, dass er sie nie zahlen muss. Loháquin achtet darauf, sich nirgendwo sehen zu lassen. Ich habe noch keinen kennen gelernt, der behauptet, ihm begegnet zu sein.«

Seit Dr. Rodriguez ihr auch medizinisch vertraute, überließ der überlastete Arzt immer mehr Fälle für Jacey. Einmal, als sie gerade bei einer komplizierten Naht war, meldete sich ihr Handy. Paloma war die OP-Schwester.

»Gehst du mal ran?« bat Jacey, ohne aufzuschauen. »Es könnte jemand aus dem *Primavera* sein.«

Als Paloma sich vor sie stellte und das Telefon hin und her schwenkte, wusste sie, dass es niemand aus dem *Primavera* war.

»Nicolás?«

Paloma nickte. Im ersten Moment war Jacey versucht, Paloma zu bitten, die Leitung zu unterbrechen oder Nicolás zu bitten, später noch einmal anzurufen, aber sie wusste, dass er keine Ruhe geben würde. Sie gab Paloma zu verstehen, das Telefon an ihr Ohr zu drücken und hörte, wie Nicolás die üblichen Anweisungen gab.

Sie unterbrach ihn abrupter, als sie beabsichtigt hatte. »Ich kann nicht kommen, ich bin mitten in einer Operation.«

Kurze Pause. »Ein anderer kann das übernehmen.«

»Nein.«

»Bist du der einzige Arzt im *El Invierno*?«

Sie hörte seinen Ärger. Sie rief sich in Erinnerung, dass dies das erste Mal war, dass sie sich seinen Befehlen widersetzte.

»Ich bin mitten in einer komplizierten Operation«, sagte sie. »Ich muss an den Patienten denken. Ich kann jetzt nicht kommen, tut mir Leid. Ruf mich später an.«

Sie gab Paloma ein Zeichen, die Leitung zu unterbrechen. Paloma sah Jacey nervös an. »Vielleicht sollte ich Dr. Ramez rufen? Ich glaube, er ist noch da.«

»Du bleibst hier«, sagte Jacey scharf. »Nicolás muss

lernen, dass ich zuerst Ärztin bin, dann erst seine Freundin.«

»Ich glaube nicht, dass er darüber sehr glücklich ist«, murmelte Paloma.

»Sein Pech«, sagte Jacey brüsk und wandte sich wieder ihrem Patienten zu.

Sie war immer noch beschäftigt, als eine aufgelöste Krankenschwester in der Tür des OPs erschien und gestenreich Paloma zu sich rief. Nach einer kurzen aufgeregten Unterhaltung lief Paloma zu Jacey. »Draußen steht ein Auto«, sagte sie. »Es wartet auf Sie.«

Jacey spürte, wie der Zorn in ihr aufstieg. »Sag dem Fahrer, er soll verschwinden. Ich bin hier noch nicht fertig, und selbst, wenn ich fertig wäre – ich habe keine Lust mehr, mich auch noch auf Nicolás einzulassen.«

Paloma sah sie mit schreckgeweiteten Augen an. »Das wird niemand sagen«, stammelte sie. »Draußen steht einer von Senor Schlemanns Männern.«

»Dann lass ihn warten«, sagte Jacey, »nachher sage ich es ihm selbst. Wenn ich hier fertig bin.«

Sie ließ sich Zeit mit den abschließenden Arbeiten, und als sie schließlich hinausging, erwartete sie, dass der Wagen abgefahren war. Aber er stand noch da, der Fahrer im dunklen Anzug hinter dem Lenkrad.

»Sagen Sie Senor Schlemann, dass ich nicht komme«, teilte sie ihm mit. »Ich habe noch zu tun.«

Der Mann starrte sie eine volle Minute lang an, und Jacey starrte zurück. Dann öffnete er seine Tür, stieg aus und öffnete die Fondtür. Mit einer Geste bedeutete er ihr, einzusteigen.

Die Tatsache, dass er ihre Aussage völlig ignorierte und unterstellte, dass sie trotzdem mit ihm fuhr, erzürnte sie. Sie hatte nicht damit gerechnet, dass der Bruch mit Nicolás so schnell kommen würde, aber sie hatte das Gefühl, dies könnte eine gute Gelegenheit sein, ihn einzuleiten.

»Du scheinst nicht nur taub zu sein, sondern auch dumm«, fuhr sie den Fahrer an. »Ich habe gesagt, dass ich nicht mitkomme. Ich bleibe hier. Und du verschwindest jetzt. Auf der Stelle.«

Als Jacey zurück zum *Primavera* ging, war sie fast davon überzeugt, den Wagen dort zu finden. Dann lächelte sie. Nicolás würde sich diese Blöße nicht geben, er würde ihr nicht wie ein liebeskranker Verehrer durch die ganze Stadt folgen. Das war nicht sein Stil.

Sie ging in ihre Wohnung und ließ sich ein heißes Bad ein. Sie gab duftende Öle dazu und fläzte sich eine halbe Stunde lang in der parfümierten Wärme. Als sie sich kurz darauf einen Seidenkimono überwarf und ein Glas Wein einschenkte, fühlte sie sich viel entspannter und in bester Stimmung.

Während sie in ihrem Sessel döste, hörte sie das Geräusch eines hastig bremsenden Wagens, dann knallten die Türen, und irgendjemand blaffte ein paar Befehle. Jacey nahm das nur im Unterbewusstsein wahr, erst als die Geräusche sich näherten, begleitet vom Klacken von Stiefeln, wurde sie hellhörig. Im nächsten Augenblick klopfte es an ihre Tür.

Sie hielt den Kimono über der Brust fest, öffnete die Tür und sah drei uniformierte Männer dort stehen. Sie sahen wie Soldaten aus, aber sie wusste, dass es Polizisten waren. Ihre Gesichter lagen im Schatten der militärähnlichen Kappen, und sie trugen leichte Maschinengewehre.

»Sie sind Dr. Muldaire?« Der am höchsten aufgeschossene Polizist trat vor. Er hatte drei horizontale

Streifen auf dem Ärmel. Der Lauf seiner Waffe war auf Jacey gerichtet.

»Ich bin Dr. Muldaire«, bestätigte sie und bemerkte, dass Dr. Sanchez hinter den Polizisten stand. Er sah entsetzt und besorgt aus. Jacey fügte in ihrer autoritärsten Stimme hinzu: »Ich hoffe, Sie haben einen guten Grund für Ihr Benehmen, Sergeant.«

Der Sergeant grinste. »Sie kommen mit«, sagte er, dann schwand sein Grinsen. »Sie stehen unter Arrest.«

»Arrest?« wiederholte Jacey. Es dauerte ein paar Sekunden, ehe sie den Sinn des Wortes begriff. »Warum?«

»Keine Fragen.« Er richtete den Lauf seiner Waffe auf ihren Kopf. »Sie können sich ein paar Sachen anziehen. Aber beeilen Sie sich.«

»Sie brauchen keinen Grund, um jemanden zu verhaften.« Dr. Sanchez streckte flehend seine Hände nach ihr aus. »Tun Sie alles, was man Ihnen sagt. Ich bin sicher, das ist ein Missverständnis. Ich meine, Sie haben doch einflussreiche Freunde.«

Ein Verdacht stieg in Jacey auf. »Ja«, murmelte sie grimmig. »Die müssten mir eigentlich helfen, oder?«

Sie ging ins Schlafzimmer und zog eine lange Hose und ein gerafftes Sweatshirt an. Als sie heraus kam, flankierten zwei Polizisten sie. Jacey lächelte Dr. Sanchez ermutigend zu. »Keine Sorge«, sagte sie, »ich werde bald wieder hier sein.«

Draußen wurde sie in einen fensterlosen Polizei-Van gesetzt. Die Polizisten sprachen nicht mit ihr. Es war eine unbequeme Fahrt, und sie war froh, als der Van endlich anhielt. Als sie ausstieg, sah sie nicht die Eisentür, die zu Nicolás' Wohnung führte, sondern den Säulengang zum Hauptportal des Polizeihauptquartiers.

Drinnen wurde sie rau den Flur entlang geführt. An

den Wänden brannten nackte Glühbirnen. Vor einer geschlossenen Tür wurde sie angehalten. Der Sergeant drückte die Tür auf. »Hinein«, blaffte er sie an. Er folgte ihr nicht.

Jacey trat in ein Zimmer, das von einem riesigen, altmodischen Büroschreibtisch beherrscht wurde. Nicolás saß hinter dem Schreibtisch. Er trug einen dunklen Anzug und ein schwarzes Hemd. Sie wurde an das Porträt seines Vaters erinnert. Sie ging auf ihn zu, ignorierte aber den Stuhl vor dem Schreibtisch.

»Nun«, sagte er mit einem kurzen, kühlen Lächeln, »ich wusste, dass ich Sie irgendwann zu sehen bekomme, Dr. Muldaire. Die Frage, die Sie sich jetzt stellen sollten, lautet: Lasse ich Sie wieder gehen?«

6. Kapitel

»Wenn das deine Vorstellung eines Witzes ist«, sagte Jacey kalt, »dann tust du mir Leid.«

Nicolás schob seinen Stuhl zurück und streckte seine langen Beine unter dem Schreibtisch aus.

»Ich mache keine Witze«, sagte er. »Hast du es für einen Witz gehalten, als ich dir heute den Wagen schickte?«

»Du weißt, dass ich einen Patienten hatte.«

»Du hättest ihn an einen anderen übergeben können.«

»Ich war mitten in einer Operation. Mein Patient hätte sterben können.«

Er hob die Schultern. »Ich will nicht unvernünftig sein, Jacey«, sagte er. »Ich würde dich nicht aus dem OP wegrufen, auch wenn du nur an einem Indio herumflickst.« Er stieß einen Seufzer aus. »Aber mein Fahrer wartete, und du hast ihn fortgeschickt.«

»Ich brauchte Ruhe«, erklärte sie. »Das ist doch wohl zu verstehen, oder? Ich hatte einen langen Tag im Krankenhaus.« Sie lächelte. »Ich wäre zu kaum was zu gebrauchen gewesen.«

Sein Ausdruck veränderte sich. »Das lässt du gefälligst mich entscheiden. Du kommst, wenn ich rufe. So lange wir zusammen sind, ist das die Regel. Und du hältst dich daran.«

Sie öffnete den Mund, um zu protestieren, aber er hob eine Hand. »Ich sage dir warum, Jacey. In diesem Gebäude kann ich alle Spiele spielen, die mir einfallen.

In diesem Gebäude hast du überhaupt keine Rechte. Und jetzt habe ich dir gezeigt, wie leicht es für mich ist, dich herzubringen.«

»Ich bin also deine Gefangene, ja? Wirst du mich in Ketten legen wie in einem Verlies?«

»Ein interessanter Vorschlag.« Seine Blicke glitten langsam über ihren Körper. »Vielleicht würde es dir sogar Spaß machen.« Plötzlich richtete er sich auf seinem Stuhl auf und beugte sich vor. »Oder ich kann Marco rufen und dich an ihn übergeben. Er würde über dich herfallen, gleich hier, auf dem Boden. Erinnerst du dich an Marco? Gewiss erinnert er sich an dich. Und nicht mit den besten Gedanken. Das würde dir vielleicht weniger Spaß machen.« Er grinste grausam. »Glaube bloß nicht, dass ich dazu nicht fähig wäre, Jacey. Wenn ich es wollte, könnte es auch so arrangiert werden, dass du .... einfach verschwindest.«

»Warum sagst du nicht einfach, dass du mich töten lassen könntest?« fragte sie herausfordernd.

»Ich könnte dich töten lassen«, bestätigte er. »Oder zweifelst du daran?«

»Nein.«

Sie wusste, dass dies die Antwort war, die er hören wollte. Sie wusste auch, dass es leicht sein musste, ihren Körper im Regenwald zu entsorgen, wo Ameisen sie an einem Tag bis aufs Skelett abnagen würden.

Ihr kam ein anderer Gedanke. Wer würde sich um ihr Verschwinden kümmern? Sie hatte keine nahe Familie mehr; ihre Eltern waren kurz nacheinander gestorben. Major Fairhaven würde misstrauisch sein, es würden einige Briefe zwischen England und Guachtal gewechselt, aber Major Fairhaven würde den Vorgang nicht allzu hoch hängen. Plötzlich begriff Jacey, wie verletzlich sie war.

Aber würde Nicolás sie wirklich umbringen lassen? Und würde er sie wirklich an Marco übergeben? Das glaubte sie nicht. Sie schätzte, dass Nicolás eine bestimmte Befriedigung aus seinen Drohungen zog. Sie glaubte, die Leute fürchteten ihn wegen der Dinge, die er ihnen antun könnte und weniger wegen der Dinge, die er wirklich tat.

Sie wollte ihn herausfordern. »Du überlegst also, mich umbringen zu lassen, nur weil ich nicht gekommen bin, als du nach mir gerufen hast?« fragte sie, scheinbar unbeschwert. »Ist das nicht ein bisschen extrem?«

»Ich genieße den Sex mit dir, Jacey«, sagte er. »Aber glaube nicht, dass dich das rettet, wenn du dich gegen mich stellst. Ich lasse nicht zu, zum Narren gemacht zu werden. So lange wir zusammen sind, wirst du tun, was ich dir sage. Nur so gefällt es mir.« Er lächelte. »Und dir auch, nicht wahr?«

»Mir gefällt es nicht, von deinen Polizeigorillas aus dem Bett gezerrt zu werden«, sagte sie.

Er lachte und lehnte sich auf dem Stuhl zurück. Sie starrten sich eine lange Zeit an, und sie spürte, wie sie erregt wurde – trotz seiner Drohungen. Sie hasste sich selbst dafür, dass sie ihn immer noch überwältigend sexy fand.

»Komm her«, sagte er. Sie ging um den Schreibtisch herum, und er schob seinen Stuhl zurück, die Beine weit gespreizt und von sich gestreckt. »Zieh deine wenig schmeichelhafte Hose aus«, sagte er.

Es war eine weite, lockere Sporthose, die von schmalen Schnüren gehalten wurde. Sie öffnete die Schnüre, und die Hose fiel zu Boden. Sie hatte nicht genug Zeit gehabt, Unterwäsche anzuziehen, deshalb stand sie nur noch in ihrem Sweatshirt vor ihm. Er betrachtete sie ausgiebig und griff dann nach dem roten Busch ihres Schamhaars.

»Du hast nicht die ganze Prozedur gehasst, nicht wahr?« fragte er leise. Seine Finger erforschten sie kundig und fanden rasch heraus, dass sie feucht und erregt war.

»Niemand hat es gern, wenn die Polizei an seine Tür klopft«, sagte sie.

Er spielte behutsam mit ihr. »Ein bisschen Angst«, murmelte er, »kann ein starkes Aphrodisiakum sein.«

Er zog sie an sich, bis sie gespreizt auf seinem Schoß saß. Er ließ einen Finger über ihren Kitzler gleiten und wandte genau so viel Druck an, dass sie es voll genießen konnte. Schauer auf Schauer durchlief ihren Körper, und sie sah, wie seine Erektion gegen den Hosenstoff drückte.

Sie griff nach unten, öffnete den Reißverschluss und nahm den pochenden Penis in die Hand. Sie drückte ihn kräftig, Revanche für die Art und Weise, wie er sie behandelt hatte, aber er stöhnte nur lustvoll und bewegte die eigene Hand schneller. Er schob erst einen, dann einen zweiten Finger in ihre feuchte Tiefe.

Sie massierte ihn, aber es war schwierig, sich zu konzentrieren, wenn ihr eigener Körper so heftig auf seine geschickte Behandlung reagierte. Sie wiegte sich vor und zurück, gefangen im Rhythmus der Verlangens, und gewahrte kaum, dass sie ihn immer noch im Griff hatte und immer stärker erregte. Sie hatte die Augen geschlossen, und als der Orgasmus sie erfasste, hörte sie einen harschen Schrei – aber es dauerte mehrere Sekunden, ehe sie ihre eigene Stimme erkannte.

Ihr Körper schwang hin und her, aber schließlich sackte sie auf seinem Schoß zusammen und fiel gegen seine Brust.

Sie lag zusammengekauert da, orientierungslos von den körperlichen Wellen der sexuellen Euphorie, die sie geschüttelt hatten.

»Du kannst mich jetzt los lassen«, sagte Nicolás leise.

Erst jetzt wurde ihr bewusst, dass sie immer noch seinen Penis fest in der Hand hielt. Eingelullt von der Schläfrigkeit, die oft gutem Sex folgt, fühlte sie sich glücklich und zufrieden, und für einen Moment vergaß sie, wo sie war und wie sie hergekommen war. Nicolás' Körper fühlte sich warm und angenehm unter ihr an. Sie konnte seinen Herzschlag hören.

Einen kurzen Augenblick lang hätte man sie für Liebende halten können, die sich von einem Akt gegenseitiger Leidenschaft erholten.

Aber nur für einen kurzen Augenblick. Ihr eigener Herzschlag normalisierte sich, und ihre Gedanken kehrten in die Gegenwart zurück. Die kalten, nackten Wände des Zimmers holten sie mit einem Ruck in die Wirklichkeit und erinnerten sie an ihr Verhältnis mit Nicolás, das alles andere als romantisch war. Er behandelte sie wie sein Eigentum, und er würde es wieder tun, wann immer es ihm genehm war.

Sie löste stich von ihm, rutschte von seinen Knien und stand auf. Nicolás zog den Reißverschluss hoch, und sie bückte sich nach der Sporthose.

»Nein«, sagte er, »noch nicht.« Er ließ sich wieder auf dem Stuhl zurückfallen. »Geh zur Wand.« Sie wusste nicht, was er diesmal wollte, aber sie gehorchte. »Dreh dich um«, wies er sie an, »und komm zurück.« Sie spürte seine Blicke auf ihrem Dreieck, als sie zu ihm ging. »Stopp«, sagte er. »Und jetzt zieh dein Sweatshirt hoch.«

Sie tat, wie geheißen, und hob das Hemd, bis ihre Brüste entblößt waren. Ihre vorangegangene sexuelle

Erregung hatte die Nippel zu kleinen harten Knospen zusammengezogen, und jetzt sorgte die kühle Büroluft für eine zusätzliche Verhärtung.

Nicolás starrte sie lange an. Jacey erwartete, dass er sie noch näher haben wollte, aber dann sagte er nur: »Sehr hübsch. Jetzt kannst du dich anziehen.«

Er sah ihr zu, als sie die Sporthose anzog. »Schläfst du in diesem Outfit?«

»Ich schlafe in meiner Haut«, sagte sie. »Dieses Outfit benutze ich nur, wenn ich von der Polizei aus dem Bett geholt werde.«

Er lachte. »Das wird nicht wieder geschehen, es sei denn, du widersetzt dich mir erneut. Aber das wird es nicht mehr geben, nicht wahr?«

»Das liegt an dir«, antwortete sie. »Vergiss nicht, dass ich einen Job habe. Ich bin Ärztin, und meine Patienten kommen immer zuerst dran.«

»Das ist in Ordnung«, sagte er. »Aber ich komme dicht dahinter. Sehr dicht. Vergiss das nicht, Dr. Muldaire.«

»Ich kann nicht glauben, dass er dir das angetan hat«, sagte Ingrid zornig, nachdem Jacey die Vorkommnisse der vergangenen Nacht bestätigt hatte. »Der arme Dr. Sanchez war überzeugt davon, dass wir dich nie wiedersehen werden.« Sie lehnte sich über Jaceys Schreibtisch, das Gesicht ernst. »Du musst darauf achten, Nicolás nicht zu verärgern. Dr. Sanchez ist sicher, dass dein Nicolás für den Tod der Juanita Márquez verantwortlich ist. Er ist ein Psycho! Und ist es nicht zu gefährlich, deiner kleinen Jungfrau Leonardo Englischunterricht zu erteilen? Wird das Nicolás nicht eifersüchtig machen?«

Jacey lachte. »Nicolás würde in Leonardo keine Gefahr sehen. Außerdem mag Leonardo mich nicht.

Du hast doch gesehen, wie er mich auf der Wohltätigkeitsparty behandelt hat.«

»Man nimmt keine Privatstunden bei jemandem, den man nicht mag«, stellte Ingrid fest.

»Doch, das tut man, wenn es einem der große Bruder gesagt hat«, gab Jacey zurück. Erklärend fügte sie hinzu: »Der Unterricht war Raouls Idee, nicht Leonardos.«

»Bitte.« Ingrid nahm Jaceys Hand und drückte sie. »Versprich mir, dass du dem Jungen nur Englisch beibringst.«

»Er will nichts anderes von mir lernen«, murmelte Jacey.,

Aber sie wusste, dass das eine Lüge war.

Sie spielte inzwischen ein merkwürdiges Spiel mit Leonardo. Während jeder Stunde gab er mindestens einen Kommentar ab, den sie als Einladung auslegen konnte, das Thema in Richtung Sex zu lenken. Er hoffte ganz offensichtlich, dass die Dinge nicht beim Plaudern blieben, aber er selbst war zu schüchtern oder zu unerfahren, um den nächsten Schritt zu gehen.

Jacey bezog Befriedigung daraus, ihn zu necken. Manchmal stellte sie sich schwerfällig an, als verstünde sie seine Anspielungen nicht, ein anderes Mal tadelte sie ihn wegen seiner Keckheit.

Als sie sich das nächste Mal trafen, ließ Jacey ihren Schüler fast eine Stunde lang über die Musik erzählen, die er am liebsten hörte. Als er schließlich seinen Diskurs beendet hatte – er gestand seine Vorliebe für Tanzmusik aus den Dreißigern und Vierzigern –, begann

Jacey, ihn intensiv anzustarren. Es verwirrte ihn, wie sie erwartet hatte. Er errötete und begann zu stammeln.

»Bi .... bitte, hören Sie auf, mich so anzustarren. Es ... es macht mich nervös.«

Sie bewegte ihren Blick nicht. »Warum sagen Sie mir nicht die Wahrheit, Leonardo?« fragte sie. Und dann, ohne den lockeren Ton zu wechseln, fragte sie: »Sie wollen mir sagen, dass es Sie sexy macht, nicht wahr?«

Er zuckte zusammen. Die Röte in seinem Gesicht vertiefte sich. »Nein«, antwortete er.

»Aber Sie haben einen Steifen, nicht wahr?«

»Nein«, presste er hervor.

»Stehen Sie auf.«

Er zögerte einen Augenblick, dann erhob er sich langsam, und Jacey wusste, dass sie gewonnen hatte. Auch sie stand auf und trat dicht vor ihn.

»Wenn er Ihnen nicht hart wird«, sagte sie, »müsste ich verdammt verärgert sein.«

»Wieso?« flüsterte er.

Sein Gesicht war nur eine Handbreit von ihrem entfernt. Sie bewunderte seine glatte, gebräunte Haut und den eleganten Schwung seiner Augenbrauen. Schweißperlen hatten sich auf seiner Oberlippe gebildet.

»Weil es eine Beleidigung für mich ist«, antwortete sie. »Bei jedem Treffen lassen Sie mich wissen, dass Sie intelligente Frauen mögen, starke Frauen, ältere Frauen. Diese drei Eigenschaften treffen auf mich zu. Und jetzt teilen Sie mir mit, dass ich bei Ihnen nichts bewege? Das ist eine Beleidigung, Leonardo.«

»Ich kann nicht ...«, murmelte er. »Ich meine, Sie sind Nicolás' Frau ...«

»Und warum sind Sie dann zu mir gekommen? Warum versuchen Sie, mich anzumachen?«

»Das habe ich nicht ...«

»Doch.« Sie schaute an ihm hinunter, aber der lockere Fall seiner weiten Hose versteckte die körperliche Reaktion, von der Jacey überzeugt war. »Schade, dass die Hose nicht enger ist«, sagte sie. »Sonst könnte ich genau erkennen, was Sie empfinden. Aber ich will es wissen. Ich will sehen, ob Sie mich mögen, Leonardo.« Sie trat einen Schritt zurück. »Ziehen Sie Ihre Hose aus.«

»Aus?« wiederholte er ungläubig. Auch er trat einen Schritt zurück. »Nein, ganz sicher nicht.«

Sie hörte einen Hauch von Erregung in seiner Stimme. »Bringt Sie das in Verlegenheit?« Lacey lächelte. »Ich bin Ärztin. Ich habe schon Tausende Männer nackt gesehen. Mit allem, was sie zu bieten haben.« Grinsend fügte sie hinzu: »Vielleicht sollte ich Sie selbst ausziehen. Wäre Ihnen das lieber?«

Sie sah, wie es um seine Mundwinkel nervös zuckte, aber seine Augen funkelten vor Erwartung. »Nein«, antwortete er.

Sie packte sein Handgelenk und drehte seinen Arm, bis Leonardo mit dem Rücken zu ihr stand. Sie spürte die Wärme seines Körpers an ihren Brüsten, die sie absichtlich gegen seinen Rücken drückte.

»Also gut«, sagte sie. »Fangen Sie an.«

»Bitte, lassen Sie mich los.« Es hörte sich nicht sehr überzeugend an.

Ihr Mund war dicht an seinem Ohr, und sie raunte ihm zu: »Zieh deine Hose aus, Leonardo. Ich will sehen, ob ich dir gefalle.« Sie verstärkte den Druck gegen seinen Arm. »Ich wäre sehr verärgert, wenn du immer noch keine Erektion hast.«

Sie schaute über seine Schulter, als er an seinen Hosenstall griff und an den Knöpfen fummelte. Seine Hand zitterte, und dann spürte sie, wie sein ganzer Körper zu zittern begann. Wenn er bisher noch keine

Erektion hatte, dachte Jacey, dann bekommt er jetzt eine.

»Beeile dich«, befahl sie. »Du willst die Sache doch nicht in die Länge ziehen?« Sie spürte, wie ein Zucken durch seinen Körper fuhr, als hätte er einen elektrischen Schlag bekommen. »Komm schon«, sagte sie ungeduldig. »Zeige mir, was für ein Mann du bist, Leonardo.«

Sie genoss das Winden und Schlängeln seines Körpers, während er die Knöpfe öffnete, und schließlich glitt die Hose zu Boden. Sie schob ihn einen Schritt vor, damit er aus der Hose heraustreten konnte.

Er hatte lange, schlanke Beine, die kaum behaart waren; die Hemdschöße bedeckten einen Teil seiner Oberschenkel.

Jacey griff mit einer Hand an seine Pobacken, worauf Leonardo wieder zu zittern begann. Seine Backen waren klein und fest und erregten Jacey, aber sie widerstand der Versuchung, weiter nachzuforschen. Stattdessen fuhr sie mit einem Finger über den Bund seiner engen Unterhose.

»Die ist als nächstes dran«, befahl sie.

Er versuchte, den schmalen Slip nach unten zu schieben, aber Leonardo hatte Mühe, ihn über die Erektion zu heben. Sein Körper wand sich gegen Jaceys wie in einem ungeschickten, unbeabsichtigten Tanz. Jacey wollte über seine Schulter blicken, um zu sehen, was Leonardos Ausziehaktion aufhielt, aber dann rutschte der Slip endlich die Beine hinunter.

Jacey ließ ihn los und stellte sich vor ihn, um ihn aus der Nähe zu mustern. Leonardo war so vollkommen, wie sie es sich vorgestellt hatte: Schlank, jung und begehrenswert.

»Heb dein Hemd hoch.«

Langsam hob er die Hemdschöße und entblößte eine

Erektion, die beeindruckend hoch stand und überraschend groß war. Auch die Hoden waren größer, als sie vermutet hatte, voll und schwer. Die Größe wurde noch unterstrichen durch die schmale Taille und die schlanken Oberschenkel.

Ja, Leonardo bot einen verführerischen Anblick. Er stand da und sah Jacey mit einem Ausdruck an, der Eifer, Unsicherheit und Vorfreude verriet.

»Binde die Hemdschöße zusammen«, wies sie ihn an, und als er das getan hatte, fügte sie hinzu: »Jetzt gehst du ins Schlafzimmer.«

Sie genoss den Anblick seiner auf und ab federnden Erektion, als er an ihr vorbei ging. Als er vor dem Bett stand, drehte er sich nach Jacey um. Sein schlanker, gebräunter Körper und die vollen dunklen Haare erinnerten sie plötzlich an Faisal. Er war größer als Faisal, und sein Körper war etwas schlanker, aber trotzdem war die Ähnlichkeit so groß, dass sie plötzlich Zorn empfand.

Sie wusste, dass Leonardo unschuldig an ihrem Empfinden war, aber als sie sein Lächeln sah und den Anflug von Triumph in seinen Augen, begriff sie, dass er genau wusste, was er wollte – und auch wusste, welche Wirkung er auf sie hatte.

Jacey empfand eine Mischung aus Lust und Wut. Sie war mit wenigen Schritten bei ihm, packte ihn am Handgelenk, wirbelte ihn herum und warf ihn bäuchlings aufs Bett. Leonardo stieß einen Knurrlaut der Überraschung aus und wollte sich zur Wehr setzen, aber sie verstärkte nur den Druck gegen den Arm, den sie ihm auf den Rücken gedreht hatte.

Mit der anderen Hand holte sie kurz aus und ließ sie auf seinen Hintern klatschen. Es hörte sich wie ein Pistolenschuss an. Leonardos Aufschrei wurde vom Kissen gedämpft. Er wandte den Kopf zur Seite. Sie schlug wieder zu, zwei-, dreimal hintereinander. Ihr war, als züchtigte sie Faisal, als könnte sie ihn für seinen entsetzlichen Verrat abstrafen.

Dann wurde ihr bewusst, dass es Leonardo war, auf dessen Hintern sie klatschte, und einen Augenblick lang fühlte sie sich schuldbewusst. Sie schaute in Leonardos Gesicht. Sein schwarzes Haar breitete sich auf dem weißen Kissen aus, und sein Ausdruck war so verzerrt wie ein Mann in den Fängen des Orgasmus. Oh, er liebte jede Sekunde dieser schmerzvollen Demütigung.

»Wage nur nicht zu kommen, bevor ich bereit bin«, sagte sie und begleitete jedes Wort mit einem Klatschen, aber diesmal waren es leichtere Schläge.

»Dann beeile dich«, murmelte er zwischen zusammen gepressten Zähnen, »denn ich kann nicht mehr lange durchhalten.«

Sie ließ ihn los und drehte ihn auf den Rücken. Mit wenigen Handgriffen entledigte sie sich ihres Rocks und des Slips. Dies war nicht das, was sie geplant hatte, aber dann rollten sie und Leonardo quer übers Bett. Schließlich lag er unter ihr, und sie grätschte über ihn, griff seine Erektion und ließ sich langsam hinab. Sie war nass und bereit für ihn und mahlte mit dem Becken, bis sie ihn ganz aufgenommen hatte.

Sie hörte ihn aufstöhnen, eine Mischung aus Gier und Erleichterung. Sie setzte ihr Gewicht ein, um ihn zu kontrollieren, und begann mit langsamen Bewegungen. Aber sein Zucken und Schütteln verriet ihr, dass er nicht mehr lange zur Verfügung stehen würde, deshalb ließ sie ihn zustoßen.

Sie hatte Recht. Sein Orgasmus rüttelte ihn durch, sein Körper bäumte sich unter ihr auf, und seine frenetischen Schreie kündeten von seiner Lust. Obwohl sie selbst noch keine Erfüllung gefunden hatte, ließ sie ihn die explosiven Gefühle auskosten, und erst als sich sein Atem normalisiert hatte, rollte sie von ihm und legte sich neben ihn.

»Nun«, sagte sie, »das war fürs erste Mal keine schlechte Vorstellung.«

»Ist es immer so gut?« fragte er schläfrig.

»Manchmal ist es noch besser«, antwortete sie. »Und manchmal auch nicht so gut. Aber das gehört mit zum Spiel.«

Er wandte ihr das Gesicht zu und grinste anzüglich. »Dir hat es Spaß gemacht, mich zu klatschen, was?«

»Nicht weniger als dir«, sagte sie und erwiderte sein Grinsen.

»Hast du das schon oft getan?«

»Noch nie«, gestand sie.

»Hat ein Mann dir schon mal den Hintern versohlt?«

Sie sah ihn stirnrunzelnd an. »Man stellt keine frechen Fragen, junger Mann. Und bilde dir bloß keine Schwachheiten ein.«

»Oh«, sagte er, seine Stimme plötzlich leise und verführerisch. »Du bringst mich auf eine Menge Ideen, und die möchte ich alle mit dir ausprobieren.«

»Mit der ersten kannst du gleich beginnen«, sagte sie trocken. »Du kannst lernen, wie du mir einen Höhepunkt besorgst.«

»Du meinst, ich habe dir nicht .... Du hast nicht ...?« Er schien wirklich überrascht zu sein.

»Nein, hast du nicht. Und ich habe nicht«, antwortete sie. »Aber lass dir darüber keine grauen Haare wachsen. Dieses Mal verzeihe ich dir noch.«

»Ich erhalte also noch eine Chance?«

Er hörte sich so ängstlich an, dass sie laut lachen

musste. Sie streckte einen Arm aus und streichelte über seine klammen Haare. »Das weißt du doch. Noch viele Chancen. Aber Leonardo« – sie wandte sich ihm jetzt zu und sah ihn mit ernstem Ausdruck an – »dies müssen wir geheim halten. Nicolás kann sehr eifersüchtig sein. Und sehr gefährlich. Erst kürzlich habe ich feststellen müssen, wir gefährlich er sein kann. Sage auch nichts zu Raoul.«

»Nein, niemals«, antwortete Leonardo. »Er mag es vielleicht erahnen, aber er würde nichts tun, was dich in Gefahr bringen könnte. Und ich natürlich auch nicht. Und ich weiß auch, dass Nicolás Schlemann ein sehr gefährlicher Mann ist.« Er stützte sich auf einen Ellenbogen auf und starrte sie ernst an. »Tatsache ist, dass ich jetzt schon die ersten Schuldgefühle spüre. Ich hätte das nicht geschehen lassen dürfen.«

»Du hast es nicht geschehen lassen«, stellte Jacey klar. »Wir haben es beide geschehen lassen.« Jetzt, dachte sie, war der richtige Augenblick, um seine Männlichkeit herauszufordern. Seinen Beschützerinstinkt. »Um ehrlich zu sein«, sagte sie, »möchte ich die Beziehung mit Nicolás beenden, aber ich fürchte mich vor seiner Reaktion. Die Entscheidung muss von ihm kommen, nicht von mir. Hast du gehört, dass er mich ins Polizeihauptquartier hat abführen lassen, weil ich ihn verärgert hatte?«

»Ja.« Leonardo nickte. »Ich habe davon gehört, aber ich hielt es für eine Übertreibung.«

»Nein«, sagte sie, »es stimmt wirklich. Er hat mir auch gedroht. Er hat gesagt, er könnte mich umbringen lassen.« Sie zögerte und überlegte, wie verängstigt sie sich geben sollte. »Ich glaube ihm, Leonardo. Ich halte ihn fähig, mich umbringen zu lassen.« Wieder eine Pause. »Ich habe von dem Gerücht gehört, dass er für den Tod deiner Mutter verantwortlich sein soll.«

Leonardo mied ihren Blick. »Nun …, das glaube ich nicht. Obwohl ich sicher bin, dass er sich über das Verschwinden meiner Mutter gefreut hat.«

»Deine Tante Ana scheint auch nicht zu glauben, dass deine Mutter tot ist.«

»Ich habe nicht gesagt, dass sie noch lebt«, sagte Leonardo rasch. »Aber wie du weißt, wurde ihre Leiche bis heute nicht gefunden.«

»Glaubst du, dass sie zu Loháquin gegangen ist?« Mit dieser Frage düpierte sie Leonardo. Sie sah das nervöse Zucken seiner Mundwinkel.

»Natürlich nicht«, sagte er rasch.

»Aber es gibt Menschen, die in den Regenwald gehen, um sich den Rebellen anzuschließen, nicht wahr?«

Er wand sich auf dem Bett. »Ich weiß es nicht. Ja, kann sein.«

»Bist du Loháquin schon mal begegnet, Leonardo?«

»Nein.«

Sie glaubte ihm. »Kennst du jemanden, der ihn schon mal gesehen hat?«

Er wand sich wieder. »Nein.«

»Du traust mir nicht, nicht wahr, Leonardo?«

»Doch«, sagte er. »Ich glaube jetzt, dass du ein gutes Herz hast. Du kümmerst dich um Menschen. Du arbeitest im *El Invierno*. Dr. Rodriguez mag dich. Ich verstehe nicht, warum du Nicolás Schlemanns Frau geworden bist, aber ich verstehe dich jetzt ein bisschen besser. Man kann dir nicht verübeln, dass du ihn für attraktiv hältst. Das tun viele Frauen. Bis sie schließlich erkennen, was für ein Typ Mann er ist.« Er blickte sie ernst an. »Nicolás Schlemann hat zu viel Macht. Aber vielleicht ändern sich die Verhältnisse. Das hoffen jedenfalls viele Menschen.«

»Ich hoffe es auch«, sagte Jacey.

Später an diesem Abend fand Jacey, dass es mit Leonardo Márquez einen guten Anfang genommen hatte. Er begehrte sie, und er war bereit, sie zu schützen. Ich habe das Gefühl, dass Leonardo genau der Mann ist, den ich brauche. Auf die eine und auf die andere Weise, dachte sie zufrieden.

»Du meinst, Mister Bin-ich-nicht-wunderbar Curtis Telford hat noch nicht gefragt, ob du mit ihm ins Bett willst?« Ingrid hockte wieder auf Jaceys Schreibtischkante. »Das wundert mich. Er hat jede andere gefragt. Vielleicht hat Nicolás ihn vorgewarnt.«

Jacey hob die Schultern. »Ich weiß nur, dass er ein amerikanischer Freund Nicolás' ist. Wir haben uns etwa zwei Minuten lang gesehen. Er wollte irgendwas gegen seine Müdigkeit nach der Zeitverschiebung.«

»Man sollte ihm die Finger amputieren«, sagte Ingrid. »Nicht alle Krankenschwestern stehen darauf, dass man ihnen in den Po kneift.«

Curtis Telford war mit Nicolás ins Krankenhaus gekommen. Er war ein großer, blonder Mann, gebaut wie einer der Chippendale Boys, aber nicht so schön. Er hatte kurz geschorene Haare und eine tiefe kalifornische Bräune. Jacey schätzte ihn auf etwa Vierzig. Er hatte sie kurz angelächelt. Sein Blick blieb etwa eine Sekunde auf ihr Gesicht gerichtet, ehe er sich zu ihren Brüsten senkte.

Er wandte sich an Nicolás. »Du hast mir nicht gesagt, dass deine kleine Freundin so hübsch ist.«

Nicolás hob die Schultern. »Alle meine Frauen sind hübsch.«

Als Telford ging, drehte er sich noch einmal zu Jacey um und zwinkerte ihr zu. Sie zeigte ein dünnes Lächeln. Ihre Gedanken kreisten um den Anlass seines Besuches in Guachtal.

Es stand fest, dass Nicolás bemüht war, seinem Besucher zu imponieren. Ihm war ein Auto samt Chauffeur zur Verfügung gestellt worden. Er tauchte unangemeldet im Krankenhaus auf und schäkerte mit Carmen und den anderen Mädchen.

Carmen hatte Jacey erzählt, dass der Amerikaner einen bizarren Geschmack hatte, was Sex anging, und dass er nicht bereit war, auch nur einen cento zu zahlen.

»Wieso nicht?« hatte Jacey gefragt. Achselzuckend hatte Carmen geantwortet: »Man hat uns aufgetragen, nichts von ihm zu verlangen.«

Jacey ersparte sich die Frage, wer diese Anweisung gegeben hatte.

Jacey ersparte sich auch, Nicolás nach Telford auszufragen, aber sie war überrascht, dass Leonard behauptete, so gut wie nichts über den Amerikaner zu wissen. Sie wartete, bis sie nach einem stürmischen Nachmittag bequem nebeneinander im Bett lagen.

»Wer ist Curtis Telford?«

Er sah sie düpiert an. »Ich weiß es nicht. Ich wollte dich schon fragen. Ich weiß nur, dass mein Bruder Carlos wütend über die Ankunft des Amerikaners ist. Carlos hat Nicolás in der Vergangenheit geholfen, Geld zu verdienen, und jetzt fürchtet Carlos, dass Nicolás ohne ihn Geld verdienen will, dass Nicolás ihn ausschließt und den Profit allein einsteckt.«

Ja, dachte Jacey, das hört sich überzeugend an. Aber welche Pläne hatte Nicolás? Es hat was mit dem Regenwald zu tun, dachte Jacey. Vielleicht geht es um den Vertrag mit der Holzfällerfirma? Was auch immer es sei, sie war wild entschlossen, es herauszufinden.

Für Jacey brachte der Aufenthalt von Curtis Telford auch Vorteile: Nicolás' Anforderungen übers Handy hörten auf. Sie wusste von Carmen und Ingrid, dass der Amerikaner einen unersättlichen Appetit hatte, was sexuelle Experimente anging, und Nicolás hatte wahrscheinlich alle Hände voll zu tun, die Gelegenheiten dafür zu arrangieren.

Wegen ihrer zusätzlich gewonnenen Freizeit konnte Jacey häufiger im *El Invierno* arbeiten. Während sie mit Paloma in der Ambulanz arbeitete, fiel ihr auf, dass viele Indios, Männer und Frauen, Amulette trugen. Einige hatte auch Zeichen in roter Farbe auf der Stirn.

»Sie glauben, dass ihnen das hilft«, erklärte Paloma auf Jaceys Frage.

»Und trotzdem kommen sie in die Klink?«

Paloma lachte. »Die Indios sind praktisch veranlagt. Warum sollen sie nicht alle Möglichkeiten wahrnehmen?«

Jacey nickte. »Ich bin sicher, dass einige der traditionellen Methoden helfen«, sagte sie. »Damit meine ich nicht die Amulette und die magischen Zeichen, sondern Medizin, die aus den Pflanzen des Regenwalds gewonnen wird.«

»Oh, ja, sie hilft«, sagte Paloma eifrig. »Meine Mutter ist von einer *mochtó* geheilt worden. Nach ihrem ersten Baby hatte sie starke Blutungen, und damals gab es noch keine Krankenhäuser wie *El Invierno*. Sie ging zu einer *mochtó*, wurde unter einen Zauberspruch gestellt und erhielt einen Saft zum Trinken. Sie ist gesund geworden.«

»Ein Zauberspruch?« fragte Jacey amüsiert. »Paloma, ich dachte, du stammst aus einer katholischen Familie.«

»Ja, natürlich.«

»Und deine Mutter ist trotzdem zu einer Medizinfrau gegangen?«

»Eine *mochtó* ist keine Medizinfrau«, erklärte Paloma. »Sie ist eine Heilerin.«

»Was macht sie?« Jacey konnte dem Thema noch nicht mit dem nötigen Ernst begegnen. »Opfert sie ein Huhn?«

»Aber nein. Die *mochtó* hat Respekt vor dem Leben. Nichts wird während der Zeremonie getötet. Das wäre ja auch ein Widerspruch, nicht wahr? Man kann das Leben nicht mit dem Tod erkaufen.«

»Du scheinst sehr viel darüber zu wissen«, stellte Jacey fest.

Paloma hob die Schultern. »Ich habe mich mit einigen Indiofrauen angefreundet, und eine hat mich zu einer Heilung eingeladen. Es war sehr interessant.« Sie fügte leise hinzu: »Es gab viele Heilungen.«

»Nur durch Zaubersprüche?« fragte Jacey. »Oder auch durch Medizin?«

»Beides.«

»Ich möchte an einer solchen Zeremonie teilnehmen«, sagte Jacey. »Ist das möglich?«

»Ja, ich glaube schon. Ich meine, Sie sind schließlich auch eine Heilerin. Wenn Sie möchten, erkundige ich mich.«

Der Raum war klein, voll besetzt und dunkel, und schwerer Kräuterduft hing in der Luft. Paloma schob Jacey weiter nach vorn, auf eine kleine Frau zu, die mit gekreuzten Beinen in einem Kreis saß, der mit Büschen getrockneten Grases und Blumen abgesteckt war.

Die Frau blickte hoch und sah Jacey mit kleinen, hellen Augen an und sagte etwas in ihrer Indiosprache.

»Die *mochtó* heißt Sie willkommen«, übersetzte Paloma. »Sie möchte wissen, ob Sie eine Heilung brauchen.«

Jacey starrte in die freundlichen, weisen Augen der Heilerin. Die Ärztin war versucht, »Ja« zu sagen. Heilen Sie mich von meinen Erinnerungen, von meinen schlechten Träumen. Heilen Sie mich von den Erinnerungen, was Faisal mir angetan hat.

Die *mochtó* wiegte sich langsam vor und zurück und nickte Jacey aufmunternd zu.

»Nein«, sagte Jacey zu Paloma. »Danke ihr und sage, dass es mir gut geht.«

Die *mochtó* nickte wieder, und Jacey hatte das unbehagliche Gefühl, dass die alte Frau trotzdem über sie Bescheid wusste. Sei nicht albern, schalt sie sich. Niemand kann Gedanken lesen. Die Dunkelheit und der schwere Kräuterduft benebeln dich. Sie folgte Paloma zum hinteren Teil des Raums. Als die Zeremonie begann, übersetzte Paloma.

Die *mochtó* fiel in einen monotonen Singsang und wedelte mit einem brennenden Kräuterbund durch die Luft.

»Um die Geister zu beschwichtigen«, flüsterte Paloma.

Dann traten mehrere Menschen aus dem Rund und setzten sich vor die alte Frau. Sie unterhielten sich in einem leisen Raunen. Manchmal legte die *mochtó* nur ihre Hand auf den Kopf des Hilfesuchenden, oder sie malte mit einem kleinen Stock, den sie in einen Topf mit dunkler Flüssigkeit tunkte, ein bestimmtes Muster auf die Stirn.

»Die Geister werden ihn heilen«, murmelte Paloma.

Später brachten Helferinnen kleine Gläser und reichten sie der Heilerin. Sie öffnete jedes Glas, roch daran und nickte, ehe sie die Medizin an die Hilfesuchenden weitergab. Diese Art Hilfe konnte Jacey begreifen.

»Was ist in den Gläsern?« fragte sie Paloma. »Ob sie mir das verraten wird?«

Paloma schüttelte den Kopf. »Das ist ein Geheimnis. Indiozauber. Niemand wird es verraten.«

Es sind eher Indiokräuter, dachte Jacey. Sie fragte sich, wie viele neue Medikamente die westliche Medizin finden würde, wenn sie die Geheimnisse der Indios aus dem Regenwald erforschten. Das wäre segensreicher, statt den Regenwald zu vernichten.

Nachdem alle, die gekommen waren, um mit der *mochtó* zu reden, das auch getan hatten, half man der alten Frau auf die Füße. Öllampen wurden angezündet, und zwei Helferinnen setzten die Heilerin auf einen bequemen Stuhl. Die Menschen drängten sich um sie, lachten und erzählten sich Geschichten, aber auch jetzt sah Jacey, dass alle Besucher eine hohe Achtung vor der alten Frau hatten.

»Jetzt tauschen sie Klatsch und Tratsch aus«, erklärte Paloma. »Und sie trinken Tee. Den kann ich Ihnen nicht empfehlen, er schmeckt sehr bitter.«

Jacey hatte nicht gesehen, dass irgendjemand Geld gezahlt hatte. »Muss man nicht für die Beratung oder die Medikamente bezahlen?«, fragte sie.

»Nur wenn sie helfen«, antwortete Paloma. »Dann zahlt man, was man sich erlauben kann. Wenn man geheilt ist, kommt man hierhin zurück und bringt der *mochtó* ein Geschenk.«

»Sie vertraut den Menschen?«

Paloma lächelte. »Wer versucht, sie zu hintergehen, läuft Gefahr, die Geister gegen sich aufzubringen, und das will niemand.«

»Geister wie *lohá*?« fragte Jacey. »Derjenige, der auf Nicolás warten soll?«

Paloma sah sich unbehaglich um und wich Jaceys Blick aus. »Ja, so heißt es. Der *lohá* ist ein sehr böser Geist. Aber ich bin Katholikin und glaube nicht an solche Dinge.«

Jacey lächelte. »Nicolás auch nicht.« Sie blickte sich in der Menge um und bemerkte, dass nicht alle Besucher Indios waren. Es waren viel mehr spanisch stämmige Menschen hier, als Jacey zunächst wahrgenommen hatte. »Es sieht so aus, als schienen viele Spanier den Geistern der *mochtó* zu trauen.«

»Diese Menschen können sich keinen Arzt erlauben«, erklärte Paloma.

In diesem Augenblick sah Jacey ein Gesicht, das weder Indio noch spanisch war. Der Mann unterhielt sich gerade mit einem Indio. Er war groß und hager, trug ein weißes Hemd und verwaschene Jeans.

Jacey stieß Paloma an und deutete auf den Mann. »Wer ist das?«

»Felix Connaught«, sagte Paloma. »Er ist Amerikaner. Möchten Sie ihn kennen lernen?«

»Ja, natürlich. Ist er Arzt?«

»Nein«, antwortete Paloma. »Er ist nur seltsam.« Sie hob eine Hand und winkte und erlangte damit die Aufmerksamkeit des Amerikaners. Er winkte zurück, dann drängte er sich durch die Menge und kam auf sie zu.

Als er sich näherte, bemerkte Jacey, dass er älter war,

als sie auf den ersten Blick gedacht hatte. Eher vierzig als dreißig, dachte sie, obwohl es schwerfiel, sich genau festzulegen. Er hatte das verwegene gute Aussehen der Männer, die keine ebenmäßigen Gesichtszüge brauchten. Seine dichten braunen Haare standen wirr vom Kopf ab. Er trug keine Uhr, dafür ein gehämmertes Metallband um ein Handgelenk und ein Amulett an einem Lederband um den Hals.

Er lächelte sie an. Es war jenes offene, freundliche Lächeln, denn man nur schwer widerstehen konnte. Er streckte seine Hand aus. »Und Sie sind Dr. Jacey Muldaire von *El Primavera* und *El Invierno*.«

»Hallo«, sagte Jacey. »Ich weiß über Sie nur, dass Sie Amerikaner sind und merkwürdig.«

»Ich meinte nett merkwürdig«, stellte Paloma klar.

Felix lachte. »Du hast Recht, Paloma. Ich bin merkwürdig. Um es zu beweisen, bitte ich dich, mir eine Tasse Tee zu besorgen.« Er wandte sich an Jacey. »Sie wollen nicht auch eine Tasse, nicht wahr?«

»Paloma hat mich davor gewarnt.«

»Recht so.« Er nickte eifrig. »Man braucht etwa zwanzig Jahre, um sich daran zu gewöhnen.«

»Sie sind seit zwanzig Jahren hier?«

»Länger«, antwortete er. »Ich kam her, als ich drei Jahre alt war. Ich war ein paar Male weg, aber ich bin immer zurückgekehrt.«

»Wie kommt es, dass ich Sie bisher noch nie gesehen habe?« fragte Jacey.

»Auf einer der Márquez-Parties oder beim Polospiel?« Er hob die Schultern. »Zu solchen Anlässen lädt man mich nicht ein. Die Elite von Techtátuan mag mich nicht. Nicht, dass mich das stören würde.«

»Was haben Sie getan, dass man Sie ausschließt?«

Er lachte. »Ich bin das bemitleidenswerte Geschöpf,

das zurück zur Natur will. Tatsächlich ziehe ich den Regenwald und die Indios der Stadt und Männern wie Carlos Márquez vor. Und ganz besonders Männern wie Nicolás Schlemann.« Er zögerte. »Kann ich so etwas in Ihrer Gegenwart sagen?«

»Nun, Sie scheinen eine Menge über mich zu wissen«, sagte Jacey. »Deshalb überrascht es mich nicht, dass Sie von meinem Verhältnis mit Nicolás im Bilde sind.«

»Fast jede schöne Frau, die nach Techtátuan gekommen ist, hat sich mit Nicolás in dieser Situation gefunden«, sagte Felix. »Wenn er das vermarkten könnte, was die Frauen zu ihm hinzieht, müsste er Multimillionär sein.« Er sah sie fragend an. »Vielleicht auch nicht. Ich habe gehört, dass die Betörung sich rasch auflöst.«

Sie hielt seinem forschenden Blick voller Unschuld stand. »Was bringt Sie auf die Idee?«

»Wenn die schöne Frau sich woanders umschaut«, sagte er achselzuckend, »dann kann man doch annehmen, dass sie sich langweilt. Oder sogar Angst hat?«

»Es kann auch sein, dass sie mehrere Geliebte haben möchte«, parierte Jacey.

»Kann sein«, räumte Felix ein. »Aber in diesem Fall glaube ich das nicht.«

Paloma drängte sich durch die Menge und hielt eine kleine Tasse in einer Hand.

»Ich muss mit Ihnen reden, Dr. Muldaire«, sagte Felix. »Wir haben vieles gemeinsam.«

»Wirklich?« fragte sie. »Ich bewege mich in einer Gesellschaft, die Sie nicht mögen. Ich schlafe mit einem Mann, den Sie hassen. Also, ich finde eher, dass wir überhaupt nichts gemeinsam haben.«

»Ich glaube, wir könnten einander helfen.«

»Was bringt Sie auf den Gedanken, ich könnte Hilfe benötigen, Mr Connaught?« fragte sie kühl.

»Felix«, berichtigte er. »Sie wollen den Menschen in Guachtal helfen. Ich auch. Ich weiß eine Menge über Sie, Dr. Muldaire. Wir haben gemeinsame Freunde. Aber hier können wir nicht reden. Besuchen Sie mich zu Hause?«

»Ich weiß nicht, wo Sie wohnen.« Sie war voller Neugier.

»Paulo weiß es«, sagte er. »Paulo wird Sie morgen Abend abholen. Wenn Sie nicht beschäftigt sind, wird er Sie zu mir bringen. Wenn Sie beschäftigt sind, machen wir einen neuen Termin aus. Wir brauchen einander.«

Jacey saß neben Leonardo auf dem Bett. Sie hatte ihm gerade befohlen, sich auszuziehen, und jetzt lag er nackt da und wartete auf weitere Instruktionen. Einfach nur Befehle von ihr entgegen zu nehmen, verschaffte ihm eine Erektion. Er hatte sich die Kleider ganz, ganz langsam ausgezogen, um die Lust der Unterwerfung hinaus zu zögern, aber Jacey war dabei fast verrückt vor Frust geworden.

Sie fand ihn körperlich immer noch äußerst begehrenswert. Sein gebräunter Körper, seine delikaten Gesichtszüge, die fein geschwungenen Augenbrauen und die glänzenden schwarzen Haare erregten sie noch wie am ersten Tag. Als sie sein halb geöffnetes Hemd gesehen hatte, wollte sie die restlichen Knöpfe aufreißen und einen Nippel zwischen die Lippen nehmen und den anderen mit den Fingern quälen.

Jetzt fuhr sie mit einer Hand über seinen Leib, vom Brustkorb über den flachen Bauch bis hinunter in das dunkle Gewirr seiner Schamhaare. Sie umfasste seinen senkrecht stehenden Penis mit der Hand, fuhr langsam mit der Hand auf und ab, beugte sich über ihn und nahm ihn tief in den Mund.

Nach ein paar Minuten ließ sie ihn frei. »Wie hat sich das angefühlt?«

Er keuchte, und seine Hüften ruckten rhythmisch hoch. Er murmelte etwas, was sie nicht verstehen konnte. Seine Augen waren geschlossen, und sein Gesicht war verzerrt.

»Hör nicht auf? Oder hast du gesagt: Bitte, hör auf?«

»Hör nicht auf«, stieß er hervor.

»Hör nicht auf, bitte.«

»Bitte.« Er legte seine Hände auf ihren Kopf und versuchte, ihn wieder nach unten zu drücken. Aber sie wich ihm aus, und dann bewegte sie sich mit einer Geschwindigkeit, die ihn verblüffte, und im nächsten Augenblick fand er sich auf dem Bauch wieder. Sie grätschte über ihn, griff zwischen seine Beine und drückte grob seine Hoden. Er stieß einen unterdrückten Schrei aus.

»Leonardo«, sagte sie dicht an seinem Ohr. »Du hast Dinge über mich erzählt.«

»Habe ich nicht.«

Sie verstärkte den Druck. »Kennst du einen Amerikaner namens Felix Connaught?«

Er zögerte, und sie schüttelte ihn, bis er wieder aufschrie. »Ja«, gab er zu.

»Was hast du ihm über mich erzählt?«

»Nichts.«

Sie griff stärker in die Hoden. »Lüge mich nicht an. Ich habe ihn gestern Abend kennen gelernt.«

»Ich habe ihm nicht viel erzählt«, keuchte Leonardo. »Nur, dass du Verständnis für die Indios hast. Dass du ein netter Mensch bist. Er ist mein Freund, und er möchte auch gern dein Freund sein.«

Sie behielt den Griff bei. »Vielleicht ziehe ich es vor, meine Freunde selbst auszusuchen, Leonardo.«

»Er kann dir von Loháquin erzählen.« Leonardo bäumte sich auf und ruckte hin und her, und Jacey hatte Mühe, ihn im Griff zu behalten. Sie hatte ihn so sehr erregt, dass er rasch die Kontrolle verlor. Sie empfand plötzlich Mitleid mit ihm und griff mit der anderen Hand nach seinem Penis. Das reichte schon. Er begleitete seinen Höhepunkt mit einem lang gezogenen Schrei des Entzückens. Nachdem sich sein Körper beruhigt hatte, gestattete sie ihm, sich auf den Rücken zu legen.

»Felix Connaught ist Loháquin, nicht wahr?«

Sie hatte gehofft, ihn mit der Frage zu überraschen, aber er sah sie nur verdutzt an und lächelte dann. »Nein, nein«, sagte er, »das ist er ganz gewiss nicht.«

»Woher willst du das wissen? Du hast mir einmal gesagt, dass du Loháquin noch nie gesehen hast.«

»Felix ist nicht Loháquin«, wiederholte er. »Das weiß ich mit Gewissheit.«

»Hat Felix ihn schon mal gesehen?«

Leonardo hob die Schultern. »Warum fragst du ihn das nicht selbst?« Er lächelte. Ziemlich selbstgefällig, dachte sie. »Bei deinem nächsten Besuch«, fügte er hinzu.

Jacey wusste sofort, als Paulo sie überschwänglich begrüßte, dass er ihr wieder traute. Im Auto plauderte er die ganze Zeit. Er brachte sie zum Stadtrand von Techtátuan und von dort auf eine nicht ausgebaute Straße, die in den Regenwald führte. Schließlich ging es auf eine Spur voller Schlaglöcher, und Jacey fürchtete um die Achsen des Autos.

Felix Connaught lebte in einem überwucherten Flachbau aus natürlichen Materialien. Es gab eine breite, überdachte Veranda. Das Haus wurde von hohen Bäumen umgeben, und dichtes Buschwerk schützte vor unwillkommenen Blicken. Ganz in der Nähe floss' ein kleiner Bach. Connaught hatte einen kleinen Nutzgarten direkt am Haus angelegt.

Er begrüßte sie in seinen verwaschenen Jeans und im offen stehenden Hemd. Das Metallarmband glitzerte in der späten Sonne. Er reichte ihr einen kühlen Drink in einem hohen, schmalen Glas.

»Willkommen bei mir zu Hause, Dr. Muldaire.«

»Jacey«, sagte sie und nahm das Glas.

Paulo verabschiedete sich; er wollte einen kurzen Besuch in seinem Dorf machen, was ganz in der Nähe lag. Felix führte Jacey zur Veranda, wo zwei Stühle standen. Jacey nippte am Glas, es war ein Getränk mit Zitrusgeschmack.

»Mein eigenes Rezept«, sagte er, als sie den Geschmack des Drinks lobte. »Der Regenwald liefert die Zutaten, und der Bach hält es kühl.«

»Kaufen Sie irgendetwas in Techtátuan?«

»Sehr wenig«, antwortete er. »Wenn ich es nicht schon habe und der Regenwald es nicht liefert, dann brauche ich es auch nicht.« Er lächelte sie an. »Was bedeutet, dass ich die meisten Dinge habe, die ich wirklich benötige.«

»Haben Sie das Haus gebaut?«

Er schüttelte den Kopf. »Das haben meine Eltern getan. Sie sind vor sechsunddreißig Jahren nach Guachtal gekommen, als ich drei Jahre alt war. Mein Vater war Ingenieur, der aus der Tretmühle heraus wollte, und meine Mutter war Ärztin. Sie wollte Menschen helfen. Ich weiß nicht, warum sie sich für Guachtal entschieden haben, aber ich weiß, als sie einmal hier waren, gab es für sie kein Zurück mehr. Sie haben alles verkauft und trafen hier mit dem Schaukelstuhl der Familie ein – ich besitze ihn noch. Sie hatten viele Bücher mitgebracht, ein bisschen Geschirr und Besteck. Sie liebten die Indios und ihre Kultur und bewunderten, wie der Regenwald ihnen alles lieferte. Meine Mutter fand heraus, dass die Indios ihre westliche Medizin nicht brauchten, sie hatten ihre eigene. Sie hat Jahre damit verbracht, die Zusammensetzung zu studieren. Mein Vater hat seine Ingenieurkenntnisse einbringen können, um Bewässerungssysteme anzulegen; er erwies sich schließlich als brauchbarer Bauer. Jedenfalls hat er uns am Leben gehalten.«

»Und Sie interessieren sich auch für Medizin?«

»Weil ich bei der Heilungszeremonie dabei war?« Er grinste sie an. »Ich muss ein Geständnis ablegen. Ich bin hingegangen, weil ich Sie kennen lernen wollte. Ich hatte das mit Paloma abgesprochen.«

»Ich habe das Gefühl, dass ich von allen manipuliert werde«, sagte sie verärgert.

»Nicht aufregen«, sagte er. »Ich wollte die *mochtó* wirklich noch einmal sehen. Wir sind alte Freunde.« Er sah ihr intensiv in die Augen. »Ich wollte Sie von Angesicht zu Angesicht sehen. Das brauche ich, bevor ich jemandem völlig vertrauen kann.«

»Und das können Sie jetzt?«

Er nickte ernst. »Ja.« Er lächelte wieder. Ein attraktives Lächeln, dachte sie. Freundlich und sexy zugleich. »Ich habe mich zuerst bei einigen Leuten nach Ihnen erkundigt«, sagte er. »Bei Leuten, deren Urteil ich respektiere. So halte ich es gewöhnlich, und bisher bin ich damit gut gefahren.« Er erhob sich und betrat das Haus. Als er zurückkam, stellte er eine große Tondose auf den Tisch. »Selbstgemachte Kekse«, sagte er. »Greifen Sie zu. Sie sind gesund, und sie werden Ihnen schmecken.«

Jacey nahm ein Plätzchen. Es war dick und uneben und schmeckte nach Nüssen und Gewürzen.

»Was interessiert Sie so an Loháquin?« fragte Felix plötzlich.

»Bin ich so sehr an ihm interessiert?« fragte Jacey zurück.

»Ja.«

»Er ist so rätselhaft, so geheimnisvoll«, sagte sie leichthin. »Ein Ökokrieger, der gleichzeitig ein Geist ist und im Regenwald lebt. Das klingt doch interessant.«

Felix schaute sie forschend an. »Ich habe Sie für überzeugender gehalten, Dr. Muldaire.«

»Also gut«, sagte sie. »Wie ist es damit? In Guachtal scheint es viel Ungleichheit zu geben. Wenn eine Rebellenarmee in Techtátuan einmarschierte, könnte sie die Dinge vielleicht ins rechte Lot bringen.«

»Sie glauben also, dass Loháquin ein Rebellenanführer mit einer geheimen Armee ist?« Felix klang amüsiert.

»Ist er das nicht?« fragte sie und zermahlte ein Plätzchen. »Sie schmecken wirklich hervorragend.«

»Essen Sie mehr davon. Sie sind besonders gut für die Verdauung.« Er lehnte sich auf seinem Stuhl zurück und streckte die Beine aus. Lange Beine, dachte sie. »Ich kann Ihnen sagen, Jacey, dass es keine geheime Armee gibt, und Loháquin ist auch kein Che Guevara des Regenwalds. Es ist eine romantische Vorstellung, und Loháquin ist ihr nicht entgegengetreten, weil sie den Armen und Unterprivilegierten von Techtátuan etwas gibt, woran sie sich festklammern können. Aber er plant keine bewaffnete Rebellion. Sie wäre auch ein entsetzliches Unglück für Guachtal.«

»Weil Hernandez dagegen halten würde?« fragte Jacey. »Weil es einen Bürgerkrieg geben würde?«

»Ja, sicher, das auch«, stimmte Felix zu. »Aber die wirkliche Tragödie liegt darin, dass sich nichts ändern würde, wenn Loháquin gewänne. Nachdem sich der Staub gelegt hätte, wäre kein Geld mehr auf den Banken und in der Regierungskasse. Beim ersten Anzeichen von Unruhe würden die Reichen wegrennen und ihr Geld mitnehmen. Dazu gehören auch Nicolás Schlemann und Carlos Márquez. Diese beiden haben ihre Schäfchen im Trockenen.«

»Was ist mit Raoul?« fragte Jacey. »Er würde nicht weglaufen.«

Felix lachte. »Sie haben eine Schwäche für den idealistischen Raoul? Nein, ich schätze, Raoul würde bleiben und kämpfen wie ein Held. Und Leonardo auch. Aber Carlos kontrolliert das Geld, er ist der Ältere der Brüder.«

»Die Gewinner würden also die Verlierer sein?« Jacey schüttelte den Kopf. »Guachtal wäre völlig verarmt.«

»Richtig.« Felix nickte. »Ein Land unterhalb der Armutsgrenze und total überschuldet. Nicht auszudenken, wer in das Machtvakuum stößt und verlockende Angebote macht. Wahrscheinlich sind es diejenigen, die Schneisen durch den Regenwald schlagen wollen, um rechts und links die Bäume fällen zu können.«

»Aber ich dachte, dass Loháquin das nicht zulässt«, wandte Jacey ein.

»Wie lange, glauben Sie, würde sein Widerstand dauern?« fragte Felix. »Idealistische Umweltgedanken machen keine Babys satt. Ich glaube, wir wissen beide, was geschieht, wenn es um die nackte Existenz geht.«

»Wenn Loháquin das alles weiß«, sagte Jacey, »warum versteckt er sich dann im Regenwald und lässt Gerüchte zu, dass er eine Armee um sich geschart hat?«

»Nun, die Geschichte mit der Armee war ein Selbstläufer«, sagte Felix. »Und wie ich schon sagte, sie gibt den Leuten Hoffnung. Aber Gewalt ist nicht die einzige Möglichkeit, Dinge zu verändern. Man muss von innen an die Dinge heran.«

»Nun, dazu muss Loháquin aus dem Dschungel kommen.«

Felix lächelte. »Vielleicht wird er das. Und vielleicht können Sie helfen.«

»Sie sind in Wirklichkeit Loháquin, nicht wahr?«

»Falsch«, sagte er. »Sind Sie bereit, mir zu helfen?«

»Was soll ich tun?« fragte sie vorsichtig.

»Sie müssen nicht so besorgt ausschauen«, sagte er grinsend. »Erzählen Sie mir nur, was Sie über Curtis Telford wissen.«

Jacey sah Felix überrascht an. »Er ist Amerikaner und sexverrückt. Nicolás ist sehr bemüht um ihn, und das gefällt Carlos Márquez überhaupt nicht.«

»Warum nicht?«

Jacey hob die Schultern. »Gerüchteweise habe ich gehört, dass Carlos Márquez fürchtet, Nicolás könnte Geschäfte mit Telford abschließen, ohne ihn zu beteiligen.«

Felix stand auf. »Einen Augenblick, bitte.« Jacey griff nach einem weiteren Plätzchen. Als Felix zurückkam, reichte er Jacey eine verblichene Farbfotografie. »Schauen Sie sich das Foto an«, sagte er. »Ist Curtis Telford auf dem Bild?«

Jacey betrachtete das Bild, das eine Gruppe von fünf

Männern in Anzügen zeigte. Offenbar Freunde, die sich zu einer Gartenparty getroffen hatten. Im Hintergrund sah man einen großen Swimmingpool. Die Männer schauten nicht in die Kamera. Das Problem bestand darin, dass keiner so aussah wie der blonde, gebräunte Curtis Telford. Bei drei Männern war Jacey sicher, dass die Gesichtsform nicht passte. Bei den beiden anderen ließ sie ihre Fantasie spielen – andere Haarfarbe, andere Frisur ...

»Dieser ist es«, entschied sie dann. »Er hat jetzt die Haare blond gefärbt und ganz kurz geschnitten, aber ich bin sicher, dass er Curtis Telford ist.«

Felix nickte. »Das habe ich mir gedacht.«

»Das hilft Ihnen?«

»Sehr sogar«, antwortete Felix. »Mehr, als Sie sich vorstellen können.«

»Ist er ein Gauner?«, fragte Jacey.

Felix lachte. »Das kommt darauf an, was Sie unter Gauner verstehen. Einige Menschen bezeichnen jeden Geschäftsmann als Gauner. Und die Leute, die den Geschäftsmännern den Weg ebnen.« Er hob die Schultern. »Es wäre wichtig, Jacey, wenn Sie mich weiter informieren könnten. Ich möchte vor allem wissen, wann Telford zurück in die Staaten fliegt.«

»Wie soll ich es Ihnen sagen?« fragte sie. »Sie haben bestimmt kein Telefon.«

»Sie könnten mich wieder besuchen«, schlug er vor. »Paulo würde Sie wieder zu mir bringen. Das bietet ihm die Möglichkeit, seine Familie zu besuchen.« Er sah sie an. »Wäre das ein Problem für Sie?«

»Ich glaube nicht.«

»Sie klingen noch nicht überzeugt«, sagte er. »Wenn Sie wollen, können Sie Paulo auch eine Nachricht zukommen lassen. Oder auch Leonardo.«

»Es ist so, dass Nicolás mich manchmal von einer Minute zur nächsten ruft«, erklärte sie. »Ich weiß nicht, wie er reagiert, wenn ich ein weiteres Mal hier draußen bin.«

Felix erhob sich, und sie gewahrte zum ersten Mal, wie kräftig und gesund er aussah. »Fühlen Sie sich eingeschüchtert von Nicolás?«

»Nein«, sagte sie. »Ich wusste, worauf ich mich einließ, als ich die Affäre begann. Nicolás hat mich nicht unter Druck gesetzt, es war meine eigene Entscheidung.« Sie schaute zu Felix hoch. »Ich möchte nur nicht, dass Sie in Schwierigkeiten geraten. Er kann sehr eifersüchtig sein.«

Die Atmosphäre änderte sich zwischen ihnen. Felix erwiderte ihren Blick. »Aber er hat doch keinen Grund zur Eifersucht«, sagte er leise. »Oder?«

»Nein«, sagte sie. »Aber das spielt keine Rolle.«

Felix lachte. »Machen Sie sich um mich keine Sorgen. Ich habe schon zwanzig Jahre überlebt, und ich werde noch einmal zwanzig Jahre überleben. Ich habe meinen amerikanischen Pass und viele Freunde in den Staaten.«

»Gehen Sie oft nach Hause?« fragte sie. Sie wollte mehr über diesen Mann erfahren.

»Dies ist mein Zuhause«, sagte er. »Aber von Zeit zu Zeit fliege ich mal hin. Ich bin in den Staaten in die Schule gegangen, denn meine Eltern wollten, dass ich später einmal entscheide, in welcher Welt ich leben will.«

»Und Sie haben sich für Guachtal entschieden.«

»Für den Regenwald«, sagte er. Er griff ihre Hände und drückte sie. »Es ist eine wunderbare Welt«, sagte er weich. »Eine Welt von einer unvorstellbaren Vielfalt. Und es gibt noch so viele Geheimnisse, die darauf warten, entdeckt zu werden. Es lohnt sich, den Regenwald zu beschützen. Das glauben Sie doch auch, oder?«

»Ja.«

»Das habe ich mir gedacht. Ich glaube, wir sind eines Geistes, Sie und ich. Wir haben noch ein wenig Zeit, ehe Paulo Sie abholen kommt. Erzählen Sie mir von sich.«

Sie skizzierte ihm rasch ihr Leben, aber viele entscheidende Phasen ließ sie aus. Sie erwähnte Faisal nicht, und auch Major Fairhaven kam in ihrer Schilderung nicht vor.

Seine Lebensgeschichte erzählte er nicht minder dürr. Seine Eltern waren bei einem Flugzeugunglück ums Leben gekommen. In den Staaten hatte er Computerwissenschaft studiert und eine Zeitlang auch dort gearbeitet, aber dann hatte er gespürt, dass er nicht länger vom Regenwald fernbleiben konnte. Liebesbeziehungen erwähnte er nicht.

Auf dem Nachhauseweg dachte Jacey an Felix Connaught. Er mochte sie und vertraute ihr. Und wenn ich die Zeichen richtig lese, dachte sie, möchte er mehr, als nur mit mir befreundet zu sein. Und sie? Sie war sich nicht sicher.

Felix war intelligent, er hatte Humor und war körperlich attraktiv. Sie schienen einige Interessen zu haben, die sie verbanden. Warum fühlte sie dann dieses Unbehagen? Lag es daran, dass sie glaubte, er wäre an einer flüchtigen Affäre nicht interessiert? Dass er etwas auf Dauer suchte?

Sie schüttelte den Kopf, als wollte sie ihre Gedanken durchschütteln. Was ist los mit dir, Jacey Muldaire? Warum gibst du dich mit Felix Connaught ab? Du hast, was du willst. Du weißt, dass Loháquin keinen Aufstand in Guachtal anzetteln wird. Du kannst Major

Fairhaven sagen, wer beim Abholzen des Regenwaldes dabei sein will, kann unbesorgt investieren. Niemand wird sich ihm in den Weg stellen.

Sie blickte zu den Bäumen hoch, die den Weg säumten. Das wollten Sie doch hören, Major Fairhaven, nicht wahr? Gratuliere, Dr. Muldaire, Sie haben Ihren Auftrag erledigt.

Aber Freude wollte in ihr nicht aufkommen.

7. Kapitel

Nicolás streckte seine Beine aus und lächelte Jacey über den Schreibtisch hinweg an. »Wirst du mir sagen, was du die ganze Woche getan hast, oder soll ich es dir sagen?«

Jacey lächelte süßlich zurück. »Sage du es mir.«

»Du hast Baby Leonardo Englischunterricht gegeben, und dann hast du den verrückten Amerikaner, diesen Felix Connaught, besucht.«

»Verrückt?« wiederholte Jacey. »Ich würde Felix Connaught eher intelligent und interessant nennen.«

»Ich nehme an, er hat dir gesagt, die Indios könnten die Probleme der Welt mit ein paar Pflanzen und ein bisschen Schlamm lösen.« Nicolás verzog höhnisch das Gesicht. »Und die Geister des Regenwalds würden Techtátuan vernichten, wenn die Bäume abgeholzt werden.«

»Ja, so ungefähr.«

»Du bist eine Akademikerin, Jacey«, sagte er. »Findest du es nicht auch bedauerlich, wenn ein Mann aus der zivilisierten Welt sich diesem unsinnigen Aberglauben verschreibt? Wenn Connaught krank wird, kaut er lieber auf ein paar Blättern aus dem Urwald herum, als zu dir zu kommen. Hört sich das intelligent an?«

»Nun, wenn er die richtigen Blätter kaut, dann helfen sie ihm vielleicht besser als meine Medizin«, antwortete sie.

»Ich bezweifle es«, sagte Nicolás. »Es ist nichts Besonderes an der Medizin der Indios. Wenn du mir einen Indio zeigen könntest, der fünfhundert Jahre alt geworden ist, weil er irgendein Gebräu zu sich genommen hat, dann wäre ich beeindruckt. Aber Indios werden krank und sterben, genau wie wir alle.«

»Man kann die Schätze des Regenwalds erst beurteilen, wenn man sie untersucht hat«, meinte Jacey.

Nicolás lachte. »Ich weiß, was ich im Regenwald finde. Bäume. Und Bäume bringen Geld.«

»Und das willst du ausbeuten«, sagte sie anklagend. »Du und Curtis Telford. Du vernichtest den Regenwald, und du vernichtest die Indios.«

»Meine liebe Jacey«, sagte er gönnerhaft. »Man muss oftmals etwas opfern, um etwas zu gewinnen. Wir werden die Indios nicht vernichten, wir werden ihnen neuen Lebensraum geben.«

»Und wenn sie keinen neuen Lebensraum haben wollen?«

Er lächelte zynisch. »Dann haben sie Pech. Sie hatten lange genug Zeit, sich unserer Kultur anzupassen, aber die meisten von ihnen wollen nicht einmal Spanisch lernen. Der Regenwald ist eine Rohstoffquelle, und ich werde dafür sorgen, dass ganz Guachtal davon profitiert.«

»Er gehört nicht dir, und du kannst damit nicht anstellen, was dir gerade in den Sinn kommt.«

»Ich nehme an, du willst mir sagen, das der Regenwald allen gehört, ja?« Nicolás grinste verächtlich. »Dass wir alle in einem globalen Dorf wohnen. Ist das der Unsinn, den Felix Connaught predigt?«

»Der Regenwald ist ein Schatz«, sagte Jacey. »Er ist das Zuhause der Indios. Und er ist unersetzlich. Wir sollten pfleglich mit ihm umgehen.«

Nicolás lachte. »Sei nicht naiv, Jacey. Wir leben in der realen Welt. Dümmlicher spiritistischer Idealismus zahlt nicht die Schulden des Staates.« Er musterte sie abschätzig. »Du überraschst mich. Ich hätte nicht gedacht, dass dir ein paar Bäume so sehr am Herzen liegen.«

»Bevor ich hierhin kam, war es auch so.«

»Und jetzt hat Mr Connaughts Propaganda dich zu einem Ökokrieger gemacht?« Er lächelte, aber es war ein kaltes Lächeln. »Nun, höre auf einen guten Rat, Jacey. Laufe nicht zu Loháquin und seinen Anhängern, wo immer sie sich auch verstecken, denn sie werden sich nicht mehr lange auf den Schutz des Regenwalds verlassen können. Wenn die Holzfäller beginnen, werden sie alle weggekehrt, und niemand wird etwas dagegen ausrichten können.«

»Das ist ja entsetzlich«, sagte sie.

»Das ist Fortschritt«, sagte er.

Später fragte sich Jacey, warum Nicolás ihr Büro verlassen hatte, ohne auf einer sexuellen Dienstleistung zu bestehen. Eigentlich war es die Art Situation, die ihm Spaß machte: Sie hätte die Bürotür abschließen können, und er hätte sie auf dem Schreibtisch genommen. Oder sich von ihr oral befriedigen lassen, während er sich genüsslich in ihrem Sessel ausstreckte.

Vielleicht wird er meiner schon überdrüssig, dachte sie, und zu ihrer Verwunderung empfand sie keine Enttäuschung. Auch für sie war die Neulust abgeklungen.

Das traf übrigens auch auf ihr Verhältnis mit Leonardo zu. Ihre Sexspiele waren keine spontanen Erkundungsfahrten mehr. Beim nächsten Besuch brachte er einen nicht sofort zu identifizierenden Gegenstand mit, der hauptsächlich aus dünnen, schwarzen Lederbändchen bestand.

»Schau dir das an«, sagte Leonardo stolz. »Ich habe ihn selbst gefertigt.«

»Was ist es?« fragte sie ohne Begeisterung. Leder war nie ihr Ding gewesen.

»Das ist für mich«, sagte er. »Es soll mich im Zaum halten.« Er reichte ihr das Gebilde. »Gib mir die Anweisung, mich auszuziehen, dann kann ich es anlegen.«

Sie nahm das Ledergeflecht, dessen Sinn ihr immer noch nicht klar war. Die Spiele mit Leonardo erregten sie nicht mehr. Sie hatten Spaß gemacht, so lange er ein unbedarfter Junge gewesen war und nicht wusste, was als nächstes kommen würde. Seine Anspannung und Erwartung zu spüren hatte ihr ein Gefühl erotischer Macht gegeben. Jetzt war sie nicht mehr die Lehrerin, sondern die Begleiterin seiner Spiele.

Er fummelte mit den Knöpfen seines Hemds. »Hemd zuerst?« fragte er. »Oder die Hose? Du musst es mir sagen.«

»Leonardo«, sagte sie scharf, »du kannst mir nicht befehlen, was ich dir befehlen soll.«

»Aber ich will dieses Ding benutzen«, wandte er ein, »und dafür muss ich mich zuerst ausziehen.« Ungeduld schwang in seiner Stimme mit.

»Vielleicht will ich nicht, dass du das Ding anlegst.«

»Aber es wird dir gefallen«, beharrte er. »Bitte. Ich möchte, dass du es dir anschaust.«

»Also gut«, sagte sie, aber überzeugt war sie nicht.

Sie gab die üblichen Befehle und sah zu, wie er sich auszog. Obwohl er eine Erektion hatte – wie gewöhnlich, wenn er sich vor ihr auszog –, empfand Jacey nichts als Unbehagen. Wenigstens einer von uns, der seinen Spaß hat, dachte sie trocken.

Er nahm ihr die Lederkonstruktion aus der Hand. »Schau zu«, sagte er. »Das geht um meine Hüfte, und das zwischen meine Beine. Dann gibt es diese vier Bänder, die man anziehen kann.« Seine Augen glühten. »Man muss sie so fest wie möglich anziehen.«

Sie fragte sich, warum sie den Mechanismus nicht früher durchschaut hatte. Die langen Bänder befestigten das Ding an seinem Körper, die kurzen gingen um seinen Penis und hielten ihn flach gegen den Bauch gedrückt. Wenn seine Erektion wuchs, würden die Lederbänder ins Fleisch schneiden und beträchtliche Schmerzen auslösen.

Er hatte das Stück selbst entworfen und hergestellt. Wenn er Sex dieser Art mochte, wollte sie ihn dabei nicht unterstützen. Es schockierte sie nicht, sie wusste nur, dass sie keine Lust daraus bezog. Ein wenig spielerische Dominanz, auch ein paar Klatsche auf den Po, weiter ging ihr Interesse an S&M nicht.

Leonardo hatte ein langes Band schon um seine Hüfte befestigt und versuchte nun ungeschickt, das Ende durch eine Schnalle zu ziehen. Seine Hände zitterten vor Erregung. Er schaute bettelnd hoch. »Bitte, hilf mir. Ich will, dass du die Bänder ganz fest anziehst.«

»Nein«, sagte sie.

Er sah sie verdutzt an. »Warum denn nicht?« Dann änderte sich sein Ausdruck. »Hast du eine bessere Idee?« fragte er voller Hoffnung.

»Nein«, sagte sie wieder. »Ich habe keine anderen Ideen, und ich mache auch bei deiner Idee nicht mit.« Sie sah die Verwirrung in seinem Blick. »Für mich hat das nichts mit Spaß zu tun, Leonardo«, sagte sie. »Ich habe genossen, was wir bisher miteinander gemacht haben, aber wenn du einen anderen Weg gehen willst, musst du dir eine andere Begleiterin suchen.«

Die Verwirrung wich einer Verärgerung. »Ich wusste gar nicht, dass du so spießig bist.«

»Spießig? Nur weil ich mit Fesselungen und Schmerzen nichts zu tun haben will?« Er wollte etwas sagen, aber sie fuhr rasch fort: »Doch, dahin führt dieser Weg, Leonardo. Wenn er dir gefällt – viel Spaß. Es gibt viele Frauen, die ihren Kick dabei erleben, wenn sie dich festbinden und auspeitschen können. Aber ich gehöre nicht dazu.«

Er sah verloren aus und so jung, dachte sie traurig. Sie hoffte, dass er eine vertrauenswürdige Partnerin finden würde.

»Es tut mir Leid«, sagte sie, »aber ich mag dich nicht anlügen.«

»Es ist vorbei, nicht wahr?«

»Ja.«

Er befreite sich von seinem Lederkonstrukt. »Ich habe mehr erwartet«, murmelte er, ein Anflug von Trotz in der Stimme.

»Sei dankbar für das, was wir gehabt haben.«

Er zog sich schweigend an, und sie schaute ihm dabei zu, immer noch mit einem Gefühl des Bedauerns. Bedauerte sie das Ende ihrer Affäre oder den Verlust des verletzlichen sexuellen Charmes, von dem sie sich so angezogen gefühlt hatte?

Er warf sich das leichte Jackett über »Es tut mir sehr Leid, dich in Verlegenheit gebracht zu haben«, sagte er steif.

»Nun hör aber auf«, rief sie. »So schlimm war es wirklich nicht.«

»Ich glaube, es ist am besten, wenn wir uns nicht mehr sehen«, fügte er, immer noch sehr steif und formell, hinzu.

»Ja, wenn du es so willst.«

Er ging zur Tür und drehte sich dort noch einmal um. »Danke für den Unterricht«, sagte er. »Er hat mir viel Spaß gemacht.«

Sie lächelte. »Ja, und ich hoffe, dass die Englischstunden auch Spaß gemacht haben.«

Sie hoffte, er würde noch einmal lächeln und sich etwas entspannen, aber er ging hinaus, ohne sich noch einmal umzudrehen.

Am nächsten Tag traf ein großer Blumenstrauß in Jaceys Wohnung ein. Auf der beiliegenden Karte stand, handgeschrieben in Englisch: »Ich habe viel in all den Lektionen gelernt, und natürlich würde ich mich freuen, wenn wir uns wiedersehen könnten. Immer Ihr Freund – Leonardo.«

Sie lächelte und nahm die Blumen mit in ihr Büro. Sie arrangierte sie gerade in einer Vase, als Curtis Telford in ihr Büro schlenderte.

»Sehr hübsch«, sagte er.

»Sie sind von einem Verehrer«, sagte sie lächelnd.

»Oh, Sie sprechen von den Blumen?« Das Papier mit der Karte lag noch auf dem Schreibtisch. Curtis hob die Karte auf. »Immer Ihr Freund Leonardo«, las er. »Der kleine Leonardo, eh? Welche Lektionen haben Sie ihm denn erteilt?«

»Englisch.«

Er setzte sich auf die Schreibtischkante. »Ich hätte auch nichts gegen ein paar Lektionen von Ihnen einzuwenden, Dr. Muldaire. Ich bin sicher, ich könnte noch eine Menge lernen. Was möchten Sie mir beibringen?«

»Benehmen«, sagte sie.

»Sie meinen, es macht sich besser, wenn ich sage: Bitte, können wir zusammen schlafen?« Er grinste sie an.

»Ich meine, jemand hätte Ihnen beibringen sollen, dass man zuerst an die Tür klopft, ehe man ein Zimmer betritt.« Sie nahm die Karte aus seiner Hand und warf das Papier in den Abfallkorb. »Und dass man nicht die Post anderer Menschen liest.«

»Auch keine Karte?« Er lachte. »Ich meine, ich habe schließlich keinen Briefumschlag geöffnet.«

»Das traue ich Ihnen auch zu«, sagte sie, »wenn Sie sich was davon versprechen.«

»He«, rief er, »jetzt verstehe ich. Sie sind eine von den Baumfanatikern, was? Sie glauben, diese Affenmenschen im Dschungel sollten die Welt regieren.«

»Ich glaube nur, dass Sie den Regenwald in Ruhe lassen sollen«, stellte sie klar.

Er hob die Schultern. »Dieses hinterwäldlerische Land braucht Kohle, Lady. Ich kann helfen, die richtigen Verträge zu schließen. Ich kann Türen öffnen, nicht nur in den Vereinigten Staaten. Und solche Verbindungen schätzt Ihr Freund.«

»Nicolás Schlemann ist nicht mein Freund«, sagte sie. »Und wenn Sie mich jetzt bitte vorbeilassen, ich muss meine Visite beginnen.«

Curtis Telford folgte ihr in den Flur. »Ich habe die falschen Worte benutzt. Nick ist Ihr Boss, Ihr Herr oder wie immer ich es nennen soll. Seltsam, ich hätte Sie nicht zu den unterwürfigen Typen gerechnet. Ich stelle Sie mir eher in Leder und mit Peitsche vor.« Er grinste. »Ich hätte nichts dagegen. Vielleicht kann ich Sie zu einer Veränderung überreden?«

Sie ignorierte ihn, öffnete die Tür des ersten Zimmers und ging hinein. Sie hoffte, dass Telford verschwunden war, wenn sie herauskam.

Er war nicht verschwunden. Er blieb die ganze Visite über bei ihr, belästigte sie mit seinen sexuellen Phantasien und war immer noch hinter ihr, als sie wieder ihr Büro betrat.

»Also, wie wäre es mit uns?« Er setzte sich wieder auf ihren Schreibtisch. »Sie und ich und ein bisschen Dominanz? Oder Sie und die Eisjungfer legen eine Show für mich hin? Süße Erinnerungen, die ich mit nach Hause nehmen könnte.«

»Ach? Sie gehen bald nach Hause?« fragte sie. »Das ist eine gute Nachricht. Wann denn?«

»Bald«, sagte er. »In ein paar Tagen.« Er stand auf und kam um den Schreibtisch herum. »Vorher muss ich noch ein paar Dinge erledigen.«

»Dann schlage ich Ihnen vor, keine weitere Zeit zu verlieren«, sagte sie. »Und ich könnte mit meiner Arbeit beginnen.«

»Ein Teil der unerledigten Dinge betrifft Sie«, sagte er. Er legte seine Hände auf ihre Schultern. »Wir müssen noch zusammen ins Bett, Lady. Sie und die Eisjungfer sind die Einzigen, die ich haben will und noch nicht gehabt habe. Ich bin bereit, die Schwedin zu vergessen, sie ist sowieso eine Lesbe. Aber Sie werde ich nicht vergessen.«

»Selbst wenn ich Sie mögen würde, Mr Telford, was nicht zutrifft«, sagte Jacey kühl, »würde ich es nicht einmal erwägen. Außerdem gehört Nicolás Schlemann zu den eifersüchtigen Typen.«

Telford wedelte mit einem Finger unter ihrer Nase.

»Sie müssen sich schon was Besseres einfallen lassen. Nick hat mir schon gesagt, dass Sie eine heiße Nummer sind, und er hat nichts dagegen.« Er grinste. »Wenn Sie mir nicht glauben, können Sie ihn ja fragen.«

Er trat dichter an sie heran, und sie spürte, wie sich die Hände auf ihren Schultern ins Fleisch bohrten. »Warum nicht in Ruhe genießen? Sie haben die Genehmigung vom Boss. Zeigen Sie mir zuerst ihre Mundfertigkeit.«

Jacey versuchte, ihm auszuweichen, aber er hatte sie am Schreibtisch eingekeilt.

»Geben Sie sich nicht schockiert, Lady, denn ich weiß, dass Sie gern wie eine Hure auftreten. Und das ist ideal, denn ich mag Huren. Ich mag es, wie sie ihrem Geschäft nachgehen und wie sie tun, was man ihnen sagt.« Er zog den Reißverschluss seiner Hose auf, während er sprach. »Also, an die Arbeit. Du weißt, dass du es willst. Fang an.«

Sein Glied hing halb steif aus der Hosenöffnung. Jacey hob ein Knie und rammte es zwischen seine Schenkel. Sie wandte nicht viel Kraft auf, aber sie hatte genau gezielt, und Telford klappte zusammen wie ein Taschenmesser. Er stieß einen Schrei aus, drückte beide Hände gegen den Unterleib und keuchte schwer. Es dauerte fast zwei Minuten, ehe er sich erholt hatte.

»Verdammtes Luder«, sagte er. »Warum hast du das getan?«

»Das ist die blödeste Frage, die ich je gehört habe«, antwortete sie kühl. »Mir ist es völlig egal, was Nicolás Schlemann Ihnen gesagt hat, aber ich suche mir meine Partner selbst aus. Und Sie tauchen nicht einmal unter ›ferner liefen‹ auf.« Sie ging zur Tür und öffnete sie. »Und jetzt raus hier. Ich habe zu arbeiten.«

Er ging, das Gesicht rot vor Wut. Es freute Jacey zu sehen, dass er Schwierigkeiten beim Gehen hatte. Ihr Zorn auf Nicolás, der mit einem anderen Mann über ihre sexuellen Präferenzen gesprochen hatte, wurde ein wenig gemildert durch die Tatsache, dass Curtis Telford ihr genau das gesagt hatte, was sie hatte erfahren wollen.

Paulo war froh, dass er Jacey wieder zu Felix Connaught fahren durfte. »Wenn alle so wären wie Senor Connaught«, sagte er, »wäre dies ein wunderbares Land für Indios. Senor Connaught kümmert sich um uns, er versteht uns. Das ist sehr ungewöhnlich für einen Mann aus dem Westen.«

»Haben Sie seine Eltern gekannt?«

Paulo schüttelte den Kopf. »Sie sind ums Leben gekommen, bevor ich geboren wurde. Aber meine Eltern haben sie gekannt. Es waren gute Menschen. Senora Connaught hat von einer *mochtó* die Heilkraft der Indios gelernt.«

»Und die *mochtó* hat sich darauf eingelassen?« fragte Jacey überrascht. »Ich dachte, dieses Wissen sei ein großes Geheimnis.«

»Ist es auch«, stimmte Paulo zu. »Aber Senora Connaught war schon viele Jahre hier. Die *mochtó* hat ihr vertraut und sie als Helferin akzeptiert.«

»Würde eine *mochtó* mir auch vertrauen?« fragte Jacey.

»Vielleicht«, antwortete Paulo. »Wenn Sie viele Jahre bei uns leben.« Er lächelte sie an. »Das wäre doch ein Grund, lange bei uns zu bleiben, nicht wahr?«

»Vielleicht werde ich das«, sagte sie.

Aber sie wusste, dass es eine Lüge war. Sie trug sich mit dem Gedanken, nach England zurückzukehren. Sie hatte alle Informationen, die Major Fairhaven benötigte. Sie war froh, dass Leonardo wollte, dass sie Freunde blieben, aber die Affäre mit ihm war endgültig vorbei.

Sie dachte an ihre Beziehung zu Nicolás, die eher eine Art Sucht war. Wenn sie ihn sah, begehrte sie ihn, aber wenn sie in England war, würde sie kaum einen Gedanken an ihn verschwenden. In Guachtal habe ich nichts mehr zu tun, sagte sie sich. Ich muss bei Felix Connaught nur noch mein Versprechen einlösen.

Als sie vor seinem Haus anhielten, stand Felix schon da und begrüßte Jacey wie eine alte Freundin. Er führte sie zu dem Stuhl auf der Veranda und bot ihr ein kühles Getränk an.

»Telfords kleine Dienstreise hat sich also als erfolgreich erwiesen«, murmelte Felix, nachdem Jacey ihm die Neuigkeiten berichtet hatte. »Gut.«

»Was ist daran gut?« fragte sie. »Er ist sich mit Nicolás handelseinig, dass mit dem Baumfällen begonnen wird.«

»Noch nicht ganz«, sagte Felix. »Curtis Telford ist ein Mittelsmann. Er stellt sicher, dass die Geschäftsleute willkommen sind, er räumt die Opposition aus dem Weg. Und er streicht eine deftige Provision für seine Bemühungen ein.«

»Nun, er ist in Guachtal kaum auf Opposition gestoßen«, sagte Jacey.

»Weniger, als er erwartet hat. Ich bin sicher, dass Schlemann sich von der besten Seite gezeigt hat.«

»Aber es steht fest, dass jetzt Straßen gebaut werden, damit die Holzfäller nachrücken können«, sagte Jacey wütend. »Niemand kann sie aufhalten. Loháquin wird sich im Regenwald verstecken und nichts tun.«

Felix starrte sie einen Augenblick verblüfft an, dann lachte er. »Der Regenwald liegt Ihnen wirklich am Herzen.«

»Natürlich. Und es macht mich wütend, wenn ich daran denke, dass Nicolás und Telford gewonnen haben.«

»Sie haben noch nicht gewonnen«, sagte Felix leise. »Vertrauen Sie mir.«

»Warum sollte ich Ihnen vertrauen?« fauchte sie. »Ich habe das Gefühl, dass Sie mir nicht trauen.«

»Ich möchte es gerne, das können Sie mir glauben.«

»Hat meine Beziehung mit Nicolás etwas damit zu tun?« fragte sie. »Wenn es das ist, kann ich Ihnen sagen, dass ich glaube, sie ist vorbei.« Sie hob die Schultern. »Es war sowieso nie etwas Ernsthaftes.«

»Natürlich hat die Beziehung etwas damit zu tun«, räumte Felix ein. »Aber nur aus einem Grund: Ich kann nicht verstehen, wieso eine Frau wie Sie sich mit einem solchen Mann einlassen kann.«

»Eine Frau wie ich?« wiederholte sie neckend. »Wie soll ich das verstehen?«

»Eine Frau, die sich kümmert«, sagte er leise. »Eine intelligente Frau.« Er lehnte sich vor und drückte ihre Hände. »Ich weiß, dass man Schlemann für einen gut aussehenden Mann hält, aber ich kann mir nicht vorstellen, dass Sie nicht tiefer blicken.«

»Nun, da irren Sie«, sagte Jacey. »Nicolás war genau das, was ich haben wollte. Ein Mann mit einem guten Körper, der mir guten Sex geben konnte. Nicolás war perfekt.«

Felix sah sie offenen Mundes an, und Jacey spürte plötzlich einen fast perversen Drang, ihn zu verletzen. Welches Recht hatte er, sie zu verurteilen? Zu entscheiden, welche Art Frau sie war, welche Bedürfnisse sie hatte?

»Nicolás hat mich wie eine Hure behandelt«, sagte sie, »und es hat mir gefallen. Schockiert Sie das, Mr Connaught?«

»Nein«, sagte er leise. »Es stimmt mich traurig.«

»Ich sehe nicht warum«, sagte sie flippig.

»Weil es mir zeigt, dass Sie unglücklich sind«, antwortete er.

»Ich hoffe, dieses Gespräch wird keine Therapiestunde«, sagte sie, immer noch unernst.

Er nahm ihre Hände wieder in seine, und Jacey spürte die Wärme seiner Finger. »Warum hassen Sie sich so, Jacey?« fragte er leise. »Was ist Ihnen widerfahren?«

Sie schaute in seine Augen und sah eine ernsthafte Sorge, die sie selten bei einem fast fremden Menschen gesehen hatte. Plötzlich schwand ihr Ärger, und zum ersten Mal in ihrem Leben wollte sie reden. Vielleicht hilft es mir, dachte sie. Er ist ein freundlicher Mensch, ein besorgter Mann. Und bald werde ich dieses Land vergessen und Felix Connaught nie wiedersehen.

»Vor langer Zeit habe ich mich verliebt«, sagte sie. »Oder besser: Ich dachte, ich hätte mich verliebt.«

»Er hat sie sitzen lassen?«

»Er hat mich geheiratet«, sagte sie. Die Erinnerungen strömten zurück. »Ich habe ihn geheiratet, und wir bekamen ein Baby.« Es überraschte sie, wie leicht das über ihre Lippen ging. »Einen Sohn.« Sie schaute an Felix vorbei. »Er muss jetzt zehn Jahre alt sein.«

»Er starb?«

»Nein«, sagte sie. »Ich bin sicher, dass er noch lebt.«

Hier in der Abgeschiedenheit, im Hintergrund die gedämpften Geräusche des Regenwalds, sprudelten die Worte nur so aus ihr heraus. Es war, als sei ein Damm gebrochen. Die aufgestaute Wut und der eingefressene Schmerz wollten heraus.

»Ich war noch sehr jung, als ich einen jungen Araber heiratete. Ich bin mit ihm in sein Land gegangen. Als mein Sohn geboren wurde, nahmen seine Eltern das Baby und sagten mir, wenn ich mich nicht exakt an das halte, was sie mir sagen, würde ich ihn nie wieder sehen.«

»Und Ihr Mann war damit einverstanden?« Man sah Felix an, dass er entsetzt war.

»Meinem Mann war alles egal«, antwortete Jacey. »Er war schwul, und seine Familie hatte ihm befohlen, für einen Erben zu sorgen. Das hat er getan, und damit war für ihn der Auftrag erledigt. Was aus mir wurde, interessierte ihn nicht.«

»Aber Sie haben Ihr Kind wieder gesehen?«

»Ich habe meinen Sohn nie wieder gesehen«, murmelte Jacey leise. »Sie nahm ihn mir am Tag seiner Geburt weg. Sie sagten mir, ich sollte mich von meinem Mann scheiden lassen und nach England zurückgehen. Sie drohten, wenn ich ihnen Ärger bereitete, würden sie mich ausweisen lassen. Wenn ich mich aber an ihre Regeln hielt, dürfte ich von Zeit zu Zeit meinen Sohn sehen. Es waren alles Lügen. Sie hatten nie vor, mich mit meinem Sohn noch einmal zusammen zu bringen. Aber ich habe ihnen geglaubt; ich war jung, ängstlich und allein. Was blieb mir anderes übrig, als ihnen zu glauben?«

Sie seufzte und schwieg eine Weile, ehe sie fortfuhr: »Später habe ich versucht, Kontakt zu der Familie aufzunehmen, aber das war unmöglich. Meine Briefe kamen ungeöffnet zurück. Ich habe Hilfe gesucht, um meinen Sohn zu bekommen, aber ich hatte in England aus freien Stücken geheiratet und war ebenfalls aus freien Stücken in das Land meines Mannes gegangen. Niemand interessierte sich für meinen Fall. Ich hatte den Eindruck, dass die Leute glaubten, ich hätte das bekommen, was ich verdient hätte. Vielleicht glaubten sie auch, meinem Sohn ginge es ohne seine dümmliche Mutter besser. Und einige Jahre habe ich insgeheim gedacht, dass diese Leute Recht hatten. Dass alles meine Schuld war.«

Sie atmete tief durch und schaute hoch. »Das ist schon alles. Was sagen Sie nun, Mister Therapeut?«

»Sie haben entschieden, nie wieder einem Mann zu trauen«, sagte Felix. »Und ich muss sagen, ich kann Sie verstehen.« Er hielt immer noch ihre Hände. »Aber wir sind nicht alle so, Jacey, glauben Sie mir.«

»Ich brauche Ihnen nicht Leid zu tun«, sagte sie. »Es tut mir gut, ohne Verpflichtung durch die Welt zu gehen.«

Er sah sie ernst an. »Und Sie hatten nie das Bedürfnis, sesshaft zu werden?«

»Nie«, antwortete sie und lächelte ihn strahlend an. »Vielleicht hat mein Ex-Ehemann mir einen Gefallen erwiesen. Ich führe ein gutes Leben ohne emotionale Bindungen und ohne emotionale Verantwortung.«

»Und ist das wirklich gut?« fragte Felix. »Fühlen Sie nicht manchmal, dass Ihnen irgendwas fehlt?« Bevor sie antworten konnte, ließ er ihre Hände los und erhob sich. »Kommen Sie mit ins Haus, Jacey. Ich möchte Ihnen etwas zeigen.«

Im Inneren des Hauses war es angenehm kühl. Vor den Fenstern hingen Jalousien aus Bambus. Einige der Möbelstücke waren westlicher Machart; wahrscheinlich hatte Felix sie in Techtátuan gekauft, aber die meisten Stücke waren aus einheimischem Holz gefertigt.

Felix führte Jacey in ein kleines Zimmer, in dem die Regale vom Boden bis zur Decke reichten. Die Regale waren vollgestopft mit Akten, Papieren, Büchern und allen möglichen Bündeln. Auf einem großen Tisch lagen Ordner und Hefter, und mitten in diesem Chaos stand ein Topf mit frischen Blumen.

»Das Arbeitszimmer meiner Mutter«, sagte Felix. Er bemerkte ihren Blick zu den Blumen und lächelte.

»Meiner Mutter musste überall Blumen haben. Ich halte die Tradition aufrecht.«

Jacey berührte einen der dicken Ordner. »Darf ich mal reinschauen?«

»Natürlich, deshalb habe ich Sie hergebracht.«

Der Ordner war voller botanischer Zeichnungen und akkurater Beschreibungen der jeweiligen Pflanzen.

»Das ist ein Schatz«, murmelte Felix, »für jemanden, der sich damit auskennt. Das alles ist das Ergebnis jahrelanger Forschungen. Meine Mutter hat von den Indios gelernt, von den Heilern und Heilerinnen. Ich glaube, bisher hat kaum jemand eine solche Gelegenheit gehabt, gewiss nicht eine westliche Ärztin.«

Er sah, wie Jacey sich neugierig im Zimmer umsah. »Hier liegt ein Vermögen an Wissen. Ich selbst kann nicht viel damit anfangen, ich kenne mich nur mit Computern aus.« Er trat näher an sie heran. »Aber wenn ich eine sympathische Hilfe fände, jemand, der bereit ist, sich einer aufregenden Entdeckungsreise zu verschreiben, dann wären die neuen Erkenntnisse ein Segen für die Menschheit.«

»Wollen Sie mir einen Job anbieten?«

»Und wenn, würden Sie annehmen?«

»Es würde ein Leben lang dauern, sich durch all diese Unterlagen zu arbeiten.«

»Sie haben das Leben noch vor sich.«

Sie wusste, dass er sie küssen würde, und als er es tat, fragte sie sich, warum sie es zuließ. Obwohl sie ihn attraktiv fand, spürte sie nicht jenen sexuellen Kick, den sie empfand, wenn sie Nicolás anschaute. Aber sie empfand Verlangen, als er sie an sich drückte.

Dass sie ihm ihre Vergangenheit erzählt hatte, wirkte jetzt als eine Art Befreiung. Sie fühlte sich beschwingt und sorgenfrei. Seine Lippen huschten über ihr Gesicht und zu ihrem Hals, und sie schmiegte sich an ihn. Sie ahnte, dass er lieb und behutsam sein würde, und das war es, was sie jetzt brauchte. Sie wollte, dass er Liebe mit ihr machte. Sie selbst wollte gar nichts tun, sie wollte es nur geschehen lassen.

Und er schien bereit dazu. Seine Küsse wurden leidenschaftlicher, und sie spürte seine Hände auf ihren Brüsten. Er umfing sie, rieb mit den Daumen leicht über die Nippel, und sie ließ schnurrende, wohlige Geräusche tief aus der Kehle hören. Er drückte ihre Nippel härter und massierte die empfindlichen Spitzen zu kleinen harten Knospen.

Sie trug ein weites, ärmelloses Top ohne Knöpfe. Er zupfte daran, und sie half ihm, indem sie die Arme hob. Er zog das Top über ihren Kopf und öffnete ihren BH, streifte ihn ab. Sie spürte seine wachsende Erregung.

Sein Mund schloss sich um eine erigierte Brustwarze, und seine Finger spielten mit der anderen. Er konzentrierte sich so lange auf ihre Nippel, dass Jacey schließlich ungeduldig wurde. Sie lockerte den Bund ihres Rocks, der langsam zu Boden rutschte. Überrascht beendete er seine Liebkosungen und trat einen Schritt zurück.

»Oh, ich habe dich schockiert«, sagte sie lachend.

»Nein«, sagte er. »Ich habe das nur nicht erwartet .... ich meine, ich wollte dich nicht unter Druck setzen.«

»Nein?« Sie schlang ihre Hände um seinen Nacken, zog seinen Kopf herunter und küsste Felix auf den Mund. »Gibt es ein Bett in diesem Dschungelhaus? Ein weiches, bequemes Bett?«

»Es gibt ein Bett«, murmelte er, sein Mund noch mit ihrem beschäftigt.

»Dann bring mich hin und liebe mich«, sagte sie. »Ganz sanft und zärtlich. Bitte.«

Er hob sie auf seine Arme, was ihm nicht die geringste Mühe zu bereiten schien, und warnte: »So weich ist das Bett aber nicht.«

»Mir egal.«

Im Schlafzimmer war es kühl. Er setzte sie sanft aufs Bett, schnallte den Gürtel auf und öffnete den Reißverschluss seiner Jeans. Jacey schlängelte sich aus ihrem Höschen und wartete darauf, dass Felix ausgezogen war. Aber als er sich neben ihr ausstreckte, wurde ihr bewusst, dass sie sich nicht besonders sexy fühlte, eher schläfrig und angenehm entspannt.

Er küsste wieder ihr Gesicht, hielt sich dort aber nicht lange auf und wandte sich dann ihren Brüsten zu, dem flachen Bauch und dann den Schenkeln. Seine Hände schob er unter ihre Pobacken, die er ein wenig anhob. Jacey öffnete die Beine und spürte im nächsten Augenblick seinen Mund.

Er ging so behutsam vor, um sie wirklich zu erregen, aber es störte sie nicht. Sie war zufrieden, entspannt auf dem Bett zu liegen und seine Liebkosungen zu spüren. Als er schließlich in sie eindrang, erwiderte sie seine Stöße eher aus Höflichkeit denn aus Leidenschaft. Sein Körper fühlte sich gut an, und seine Kraft und Wärme trugen zu ihrem Wohlbehagen bei.

Danach blieben sie noch eine lange Zeit nebeneinander liegen und redeten. Er erzählte ihr von verschiedenen Liebschaften, die aber alle daran gescheitert waren, dass die Frauen nicht in Guachtal bleiben wollten. Einige Frauen hatte er auch in den Staaten gehabt, aber auch sie hatten sich nicht vorstellen können, die USA zu verlassen und in Guachtal zu leben.

»Eine ist mal im Urlaub hier gewesen«, sagte er und lachte in der Erinnerung. »Als sie entdeckte, dass ich kein elektrisches Licht habe und kein Klo mit Wasserspülung, hat sie das nächste Flugzeug zurück in die Staaten genommen.« Er rollte sich auf die Seite und strich eine Haarsträhne aus Jaceys Gesicht. »Solche Dinge würden dich nicht stören, nicht wahr?«

»Nein«, antwortete sie. »Ich habe schon unter schlimmeren Bedingungen gelebt.«

Aber sie sagte nicht wo. Sie teilte nur die eigene Vergangenheit mit ihm. Viel später, als sie sich wieder angekleidet hatte und gehen wollte, legte Felix seine Arme um sie.

»Kommst du wieder? Bald?«

»Ja.«

Sie spürte ihr Schuldbewusstsein wie einen kleinen Stich, denn es war eine Lüge. Sie empfand eine starke Sympathie für ihn, denn er war der erste Mann, dem sie vertraut hatte, ohne genau zu wissen warum. Aber er war nicht ihr Typ, er war zu lieb. Er würde sie nicht im Stich lassen, er würde loyal an ihrer Seite stehen. Und sie? Da war sie nicht so sicher. Und sie wollte nicht die Enttäuschung in seinen Augen sehen, wenn sie ihm sagte, dass sie ihm nicht die längerfristige Beziehung bieten konnte, die er suchte.

Es war leichter zu lügen. Leichter zu lügen, als ihm zu sagen, dass sie das Flugticket nach England schon gebucht hatte.

Sie sagte Ingrid und Dr. Sanchez, dass eine Verwandte heiratete, und sie wollte die Gelegenheit zu einem Urlaub nutzen. Sie log auch ihre Kollegen an und ließ sie im Glauben, spätestens in zwei Wochen wieder zurück zu sein.

Sie verabschiedete sich weder von Raoul noch von Leonardo, und sie sah auch Nicolás nicht mehr.

Zwei Tage nach ihrem Besuch in Felix Connaughts Urwaldhaus war sie zurück in London.

8. Kapitel

Jacey war überrascht, wie grau und farblos London war im Kontrast zum farbenprächtigen Techtátuan, obwohl die Sonne schien. Ihr war auch kalt, deshalb akzeptierte sie gern die Tasse Tee, die Major Fairhaven ihr anbot.

»Sie haben gute Arbeit geleistet«, sagte er, nachdem sie ihre Schlussfolgerungen über die Situation in Guachtal gezogen hatte. »Sie sind zwar nicht dem von mir erwarteten Pfad gefolgt, aber Sie haben ein gutes Ergebnis erzielt.«

»Was war der erwartete Pfad?«

Der Major sah sie verlegen an. »Nun«, sagte er zögernd, »wir .... eh .... dachten, dass Sie und Nicolás Schlemann zueinander finden würden, und er könnte sich Ihnen vielleicht anvertrauen.«

»Wie süß von Ihnen«, sagte Jacey kalt, obwohl sie innerlich kochte. »Sie haben mich als Köder hingeschickt. Wie geht es Ihnen, Senor Schlemann? Hier ist eine hübsche Lady für Sie, derer Sie sich bedienen dürfen. Wir hoffen, dass sich Ihre Zunge lockert, wenn Sie mit ihr im Bett liegen.«

Sie sah, wie der Major das Gesicht verzog. »Bitte«, sagte er, »so war es natürlich nicht. Glauben Sie, wir könnten so kaltblütig sein?«

»Ja«, sagte sie. »Wie schade, dass Sie nicht vorab recherchiert haben. Dabei hätten Sie nämlich herausgefunden, dass Nicolás nicht zu den Typen gehört, die sich in der Euphorie des postkoitalen Zustands über Staatsgeheimnisse aushorchen lassen.«

»An so etwas haben wir natürlich nie gedacht«, sagte der Major steif. »Wir haben es nur als eine Möglichkeit gesehen. Immerhin sind Sie« – er knipste ein Lächeln an, das seinen Charme zeigen sollte, aber sie starrte ihn nur dumpf an – »eine sehr attraktive Frau, und Schlemann steht in einem gewissen Ruf. Ja, es war eine Möglichkeit, an die wir gedacht haben. Aber es gab auch andere.« Er lächelte immer noch. »Und eine davon haben Sie für sich entdeckt, nicht wahr? Ende gut, alles gut.«

»Für Sie«, stellte Jacey klar, »und für die Geschäftsleute. Aber nicht für den Regenwald.«

»Mein liebes Mädchen«, sagte er, und sie hörte eine Irritation in seiner Stimme, »Sie sind doch nicht diesem grünen Unsinn erlegen? Die Gefahren für den Regenwald sind grässlich übertrieben dargestellt, und außerdem braucht ein Land Einnahmen und keine Hippie-Ideale.«

Jacey erhob sich. »Wissen Sie«, sagte sie mit süßlicher Stimme, »Sie hören sich genau so an wie dieser Kriminelle Nicolás Schlemann. Ist das nicht merkwürdig?« Sie wandte sich zum Gehen, blieb aber noch einmal stehen und lächelte. »Vielleicht ist es auch gar nicht so merkwürdig.«

Das erste vertraute Gesicht, das Jacey sah, als sie zum Midland Hospital zurückkehrte, war Anton O'Rhiann. Er sah gehetzt aus, hatte ein Bündel Papiere unter dem Arm und hastete den Flur entlang. Wenn Jacey ihn nicht angesprochen hätte, wäre er vorbei gegangen, ohne sie zu erkennen.

»Jacey?« Es dauerte einige Augenblicke, ehe er realisiert hatte, wer vor ihm stand. Er sah sehr müde aus.

»Was tust du denn hier?«

»Ich bin zu Besuch.«

»Aha.« Er starrte ihr ins Gesicht. »Danke für den Brief.«

Im ersten Moment wusste sie nicht, wovon er sprach, dann erinnerte sie sich, dass sie ihm einen Brief geschrieben hatte, in dem sie ihm sagte, dass sie nach Südamerika flog und ihre Affäre vorbei war. »Ich hatte nicht den Mut, dir ins Gesicht zu sehen, um mich zu verabschieden«, gab sie zu.

»Das habe ich mir gedacht.«

Es entstand ein längeres Schweigen, und sie fragte sich, ob er sich ebenso unbehaglich fühlte wie sie. »Du bist schwer beschäftigt«, sagte sie. »Vielleicht können wir uns später sehen?«

»Wozu?« Seine Stimme klang verbittert. »Damit du mir sagen kannst, wie schön es in Südamerika war? Wie sind die Männer da, Jacey? Nur Sex und keine Verpflichtungen? Hattest du eine Menge hübscher, leerer Beziehungen?«

Sie fing an, sich schuldig zu fühlen. Sie hatte ihn schlecht behandelt, dabei war es sein Drängen gewesen, ihre Beziehung zu legalisieren, die sie schließlich dazu gebracht hatte, Major Fairhavens Angebot anzunehmen. Sie wusste, dass ihre Affäre mit Anton vorbei war, und ein klarer Bruch schien damals das einzig Richtige zu sein.

»Ich bin zum Arbeiten nach Guachtal geflogen«, sagte sie.

»Oh, das glaube ich gern. Und wie lange vorher hattest du es geplant? Es war doch keine Entscheidung von heute auf morgen? Du musst es Wochen vorher gewusst haben. Und es ist dir wohl nie eingefallen, mir etwas zu sagen?«

»Nein, so war es nicht«, widersprach sie. »Es ergab sich wirklich sehr schnell.«

Sie wusste, dass er ihr nicht glaube, und sie konnte es ihm nicht einmal verübeln. Doch die Wahrheit konnte sie ihm auch nicht sagen.

»Das hat am meisten geschmerzt«, sagte er. »Du wusstest, du würdest mich verlassen, und selbst, als wir Liebe gemacht haben, hast du nichts gesagt.« Sie sahen sich schweigend an. Dann sagte er: »Ich muss gehen. Ich bin sehr beschäftigt.«

»Ja, ich weiß, wie die Ärzte hier schuften müssen«, sagte sie.

»Ach, du erinnerst dich daran?« fragte er spöttisch. »Ich hoffe, du wirst dich nicht wieder um einen Job im Midland bewerben.« Er wandte sich ab und ging weiter den Korridor entlang. »Denn wenn du das tust, werde ich gehen.«

Jacey saß in der Halle ihres kleinen Londoner Hotels und blätterte im British Medical Journal, als sie spürte, dass jemand sie beobachtete. Sie blickte auf und sah einen lächelnden Peter Draven schräg vor sich stehen.

»Suchst du einen Job?« fragte er.

»Ja«, gab sie gelassen zurück und versuchte, ihre Verblüffung nicht zu zeigen. »Warum? Hast du eine Empfehlung für mich?«

Er grinste. »Sehr gut. Nicht der Anflug von Überraschung. Ein guter Arzt muss unter allen Umständen seine wahren Gefühle verstecken. Sehr hilfreich, wenn man einem Patienten zu sagen hat, dass er sterben muss.«

Er setzte sich ihr gegenüber in einen Sessel. »Darf ich dir Gesellschaft leisten?«

»Nur, wenn du mir sagst, was du hier tust.«

»Ich bin schon seit einiger Zeit zurück.«

»Ich meine hier.«

»Glaubst du mir, wenn ich ›Zufall‹ sage?«

Sie schüttelte den Kopf. »Nein.«

»Damit liegst du richtig. Ich wusste, dass du zurückgekommen bist. Es war nicht schwierig zu erfahren, wo du wohnst.« Er grinste sie an. »Jeder gute Geheimagent schafft das.«

»Aber du bist Arzt.«

»Du auch«, gab er zurück.

Sie starrte ihn an. »Sage mir, dass das, was ich denke, völliger Unsinn ist.«

»Wenn du denkst, dass auch ich für Major Fairhaven arbeite, ist es kein Unsinn«, sagte Peter Draven.

»Dann sage mir auch noch, was du im *La Primavera* zu tun hattest.«

»Mehr oder weniger das, was auch deine Aufgabe war.« Er hob die Schultern. »Aber mit weniger Erfolg. Ich bin nicht in den engen Kreis der Freunde von Nicolás Schlemann eingedrungen, wahrscheinlich deshalb nicht, weil es diesen Kreis gar nicht gibt. Ich glaube nicht, dass er irgendjemandem vertraut.« Er grinste. »Nicht einmal mitten in der größten Leidenschaft, habe ich Recht?«

»Absolut«, antwortete sie kühl.

»Dann war es also eine Zeitverschwendung, dich an Nicci zu geben«, sagte Peter. »Ich hätte mich meinen Befehlen widersetzen und dich für mich behalten können.«

»Befehle?« fragte Jacey verdutzt. »Du bist beauftragt worden, mich an Nicolás zu geben?«

Peter Draven nickte. »Glaubst du, ich wäre sonst so verrückt gewesen, das zu tun? Dafür war es zu schön mit uns. Unsere gemeinsamen Bosse waren ziemlich sicher, dass du Nicolás Schlemann ins Auge fallen würdest, aber sie wollten nichts dem Zufall überlassen. Ich hatte sicher zu stellen, dass ihr beide euch findet. Und gleich danach erhielt ich den Befehl, nach Hause zu fliegen und dir alles Weitere zu überlassen. Ich kann dir sagen, das ist mir nicht leicht gefallen. Aber du weißt, wie das ist. Befehl ist Befehl.«

Sie nickte. »Und was machst du jetzt, Dr. Draven? Du verfolgst mich? Sollst du dem Major berichten, wo ich mich gerade aufhalte für den Fall, dass er mich wieder bei einem aufregenden Auftrag einsetzen will? Vielleicht werde ich demnächst irgendeinem Scheich als Köder hingehalten.«

»Nun, ich warte darauf, nach Amerika geschickt zu werden«, sagte Peter, der leicht rot geworden war. »Als ich erfuhr, dass du zurück und in London bist, wollte ich dich sehen.«

»Warum?« fragte Jacey.

Er sah sie mit steigendem Unbehagen an. »Ich dachte, wir könnten ein paar Tage zusammen verbringen.«

»Der alten Zeiten wegen?« fragte sie fröhlich. »Oder weil es billiger ist, als zu einer Hure zu gehen?«

Er zuckte zusammen, als hätte sie ihn geschlagen. »Das ist unfair. Wir hatten eine gute Beziehung. Habe ich jedenfalls so empfunden.«

»Hatten wir auch«, bestätigte Jacey. »Aber ich habe die kleine Inszenierung im OP noch nicht vergessen. Damit sich Nicolás ein besseres Bild von mir machen konnte.«

»Das war seine Idee.«

»Das weiß ich selbst«, gab sie zurück. »Aber du hättest dich weigern können. Oder du hättest mir eine

Andeutung machen können.« Er wollte etwas sagen, aber sie brachte ihn zum Schweigen. »Sage jetzt bloß nicht, dass es sich wieder um einen Befehl handelte.«

»Was sonst kann ich sagen?« Er hob die Schultern. »Du kennst die Regeln. Wenn es dir ein Trost ist, muss ich sagen, dass es mir überhaupt nicht gefallen hat, ein doppeltes Spiel mit dir zu treiben.«

»Das ist kein Trost für mich«, sagte sie. »Aber weißt du, was noch schlimmer ist? Ich sitze hier und weiß, dass ich manipuliert und benutzt worden bin, wie eine Hure behandelt, und ich spüre nicht einmal mehr Wut. Ich fühle mich nur benommen, als wäre eine große Taubheit über mich gekommen. Das hat man davon, wenn man für Leute wie Major Fairhaven arbeitet. Und deshalb bin ich jetzt endgültig fertig mit ihm. Ich werde ein ganz normales Leben führen und mir einen netten, unkomplizierten Freund suchen.«

»Viel Glück«, sagte Peter Draven.

Jacey wusste nicht genau, ob es der Regen war, der sie ins Reisebüro trieb, um ein Ticket nach Guachtal zu kaufen oder ob es an ihren Tagträumereien über Felix Connaught lag. Bisher hatte sie nie lange über das britische Wetter nachgedacht, aber jetzt weckte jeder graue Morgen die Erinnerung an die knalligen Farben von Techtátuan.

Und sie hatte auch noch nie von einem Mann geträumt, der so wenig aufregend im Bett war, aber sie erinnerte sich an Felix Connaughts Lächeln, an seine Stimme, an die langen Beine in den verwaschenen Jeans, an das Glitzern des schmalen Armbands. Sie konnte den Amerikaner nicht aus ihren Gedanken vertreiben. Wie wäre es, mit ihm zu leben, bei ihm zu arbeiten, mit ihm ihr Leben zu teilen? Je länger sie darüber nachdachte, desto mehr wollte sie es herausfinden.

Vielleicht können wir beide etwas gegen Nicolás Schlemanns Pläne unternehmen, dachte sie. Vielleicht gelingt es uns, Loháquin aus seinem Versteck zu holen, damit mehr aus ihm wird als nur ein Symbol für die Revolution. Die Möglichkeiten waren da, jemand musste sie nur bündeln. Vielleicht, dachte sie, wird mir das gelingen.

Was das Personal vom *Primavera* anging, hatte nie jemand Zweifel an Jaceys Rückkehr gehabt.

Ingrid erzählte ihr, dass Curtis Telford zurück in die Staaten geflogen war. »Und ich bin nicht mit ihm ins Bett gegangen«, sagte sie mit hörbarer Genugtuung. »Nicht einmal. Glaubst du, ich werde doch noch ein braves Mädchen?«

»Ich glaube, du mochtest ihn einfach nicht«, sagte Jacey. »Und das kann ich gut verstehen.« Grinsend fügte sie hinzu: »Habe ich dir gesagt, dass ich ihm mein Knie in die Weichteile gerammt habe?«

Ingrid brach in lautes Gelächter aus. »Nein, das hast du mir noch nicht gesagt. Erzähle!«

Jacey gab einen kurzen Bericht, und Ingrid stieß mehrmals beide Fäuste in die Luft. »Ja, wunderbar! Genau das hatte er verdient! Warum bin ich nicht selbst auf die Idee gekommen?«

»Weil du eine wohlerzogene Eisjungfer bist«, sagte Jacey.

Als Ingrid gegangen war, blätterte Jacey die Krankenkarten durch. Es hatte sich nichts geändert: Auch die aktuellen Patienten hatten keine ernsthaften Erkrankungen. Sie ging durch die einzelnen Zimmer, ehe sie sich in ihre Wohnung zurückzog.

Sie schloss die Tür auf und sah Nicolás, der es sich in ihrem Sessel gemütlich gemacht hatte. Er trug wie immer einen dunklen Anzug, aber er hatte das Jackett aufgeknöpft und den Hemdkragen gelockert.

»Willkommen zu Hause«, sagte er höflich. »Danke.«

»Es wäre nett gewesen, im Voraus von deinem Urlaub zu erfahren.«

»Ich dachte, du wüsstest immer alles über mich«, gab sie zurück. »Du weißt sogar, wie du in meine Wohnung gelangst.«

»Die Putzfrau hat mir den Generalschlüssel gegeben«, erklärte er. »Ich habe gehört, du warst auf einer Hochzeit?«

»Ja.« Sie knöpfte den weißen Kittel auf und warf ihn über einen Stuhl.

»Ich hatte gedacht, du wärst nach Amerika gegangen«, sagte er. »Zusammen mit Felix Connaught.« Sie konnte ihre Überraschung nicht verhehlen, und Nicolás fuhr fort: »Du wusstest nichts davon? Wie rücksichtslos von Mr Connaught. Ich dachte, er hätte es dir gesagt.«

»Warum sollte er?« Sie lockerte ihre Haare, die sie im Dienst im Nacken zusammenband. »Es geht mich nichts an, wann er wohin geht.«

»Ich wäre nicht sehr erfreut gewesen, wenn du mit Mr Connaught gegangen wärst«, sagte Nicolás leise.

»Nein?« Sie blieb kühl. »Aber es geht dich doch auch nichts an, wohin ich mit wem gehe, oder?«

»Doch«, sagte er. Jetzt lächelte er nicht mehr. »Ich mag meine Frauen nicht teilen.«

Jacey wusste, dass sie es nicht mehr nötig hatte, Nicolás' sexuelle Kontrolle zu testen, aber als sie ihn jetzt anschaute, die langen Beine ausgestreckt und leicht gespreizt, spürte sie ein plötzliches Verlangen. Was, zum Teufel, ist mit mir los? dachte sie verärgert. Ich dachte, unsere Affäre wäre vorbei; während ich in England war, habe ich keinen Augenblick an ihn gedacht. Und jetzt brauche ich ihn nur anzuschauen, und schon will ich ihm die Kleider vom Leib reißen. Oder er soll sie mir vom Leib reißen. Oder ich knie mich vor ihn hin und …

Nicolás unterbrach ihre Gedanken. »Ich hoffe, du hast mich vermisst, während du in England warst.« Er grinste zynisch. »Ich hoffe, du hast besonders an mich gedacht, wenn du ins Bett gegangen bist.«

»Nein«, sagte sie wahrheitsgemäß. Und fügte hinzu: »Warum sollte ich? Wir sind doch nie zusammen ins Bett gegangen.«

»Mit wie vielen Männern bist du in England ins Bett gegangen?« fragte er.

»Mit keinem«, antwortete sie und fragte sich, ob er ihr glaubte. »Und mit wie vielen Frauen warst du in dieser Zeit zusammen?«

Er hob die Schultern. »Mit einigen wenigen. Hauptsächlich wegen Curtis Telford. Er steht auf solchen Sachen.«

»War es denn so wichtig, Curtis Telford zu gefallen?«

Er nickte. »Finanzpolitisch wichtig.« Wieder dieses zynische Lächeln um die Mundwinkel. »Aber keine der Huren war so gut wie du.«

»Oh«, sagte sie, »wie schmeichelhaft. Wenn ich jemals meinen Beruf aufgebe, weiß ich, dass es noch eine Beschäftigung gibt, für die ich geeignet bin.«

»Richtig«, sagte er. »Geh ins Schlafzimmer und zieh deine Kleider aus.«

Sie lächelte. »Warum variieren wir nicht ein wenig?

Wir gehen beide ins Schlafzimmer, und ich ziehe dich aus.«

Sie war überrascht, als er aufstand. »Was für eine gute Idee«, sagte er.

Er ging ins Schlafzimmer voran. Sie ging zum Fenster und stellte die Jalousien quer, sodass das Zimmer mit Schatten gesprenkelt war.

Nicolás stand am Bett. »Nun? Machst du einen Anfang?«

Sie setzte sich aufs Bett. »Eine kleine Planänderung«, sagte sie. »Weißt du eigentlich, dass ich dich noch nie ganz nackt gesehen habe?«

Er hob die Schultern. »Und? Warum tust du nichts was dagegen?«

»Nein«, sagte sie. »Du tust was dagegen. Zieh dich aus.«

Er sah sie einen Moment lang an, dann streifte er langsam das Jackett aus. Er zog sein Hemd aus und drehte sich einmal um die eigene Achse, sodass sie seine Muskulatur bewundern konnte. Er streifte die Schuhe ab und öffnete den Reißverschluss seiner Hose. Er ließ sich Zeit und sah zu, wie die Hose langsam zu Boden glitt. Er setzte sich in seinem schmalen, dunklen Slip aufs Bett und streifte die Socken ab. Dann erhob er sich und lächelte Jacey zu.

»Ich glaube, du bist noch nicht ganz fertig«, sagte sie.

Immer noch lächelnd, grub er die Daumen unter den Bund des Slips und schob ihn über seine Erektion, wobei er Jacey den Rücken zuwandte.

»Sehr hübsch«, sagte sie. »Du könntest dein Geld auch als Stripper verdienen.«

»Ich denke, die machen es bei Musik.«

Sie lachte. »Das nächste Mal lege ich eine CD auf. Aber du musst auch noch lernen, dem zahlenden Publikum nichts vorzuenthalten. Dreh dich um.«

Er gehorchte und zeigte sich ohne jede Scheu. Sein Glied ragte fast senkrecht hoch. Jacey fühlte sich ein wenig an Leonardo erinnert. Nicolás hatte die gleichen langen Oberschenkel, die gleiche schmale Taille, aber Nicolás' Statur war zweifellos männlicher, reifer. Er hatte auch eine stärkere Körperbehaarung. Und seine Muskeln traten prägnanter hervor. Er hat die Muskeln eines Tänzers, dachte Jacey, biegsam und geschmeidig, aber nicht so überentwickelt wie bei einem Bodybuilder. Sie war schon vom ersten Augenblick an von diesem Körper begeistert gewesen, damals, als sie seinen Brustkorb untersucht hatte. Jetzt, da sie den ganzen Körper sah, war ihre Begeisterung noch größer. Er schien kein Gramm Fett zu viel zu haben.

»Lege dich aufs Bett«, ordnete sie an. Es war eine erregende Abwechslung, ihn gehorchen zu sehen. Noch ein paar Sekunden ließ sie ihre Blicke über seinen Körper schweifen, dann setzte sie sich neben ihn. Sie streckte eine Hand aus und rieb mit der flachen Hand über seinen Brustkorb.

Als ihre Finger über seine Nippel strichen, spürte sie, wie er die Luft anhielt. Jetzt fuhr sie mit der anderen Hand über den zweiten Nippel und beschrieb zarte kleine Kreise. Seine Erregung wuchs. Sie verstärkte den Druck ihrer Hände und nahm jeden Nippel zwischen Daumen und Zeigefinger. Sie zupfte leicht, dann kräftiger.

Nicolás ließ es ein paar Minuten bei geschlossenen Augen über sich ergehen, dann langte er hoch, griff ihren Kopf und zog ihn hinunter auf seine Erektion.

Sie nahm ihn im Mund auf, rauer, als sie beabsichtigt hatte, und hörte ihn stöhnen. Sie wollte seinen Orgasmus so lange wie möglich hinauszögern, bis er sie um Erlösung bat und anflehte, aber er hielt ihren Kopf unten und stieß in ihren Mund. Er füllte sie aus, es war unbequem, aber auch erregend. Dann spürte sie das Nahen seines Höhepunkts am unkontrollierten Rucken seiner Schenkel und am wilden Hieven des Beckens.

Es dauerte eine Weile, bis er wieder zu Atem gekommen war. Er lag auf dem Rücken, das Gesicht schweißnass. Nach ein paar Minuten sagte er: »Das war wirklich gut.«

»Besser als sonst?« fragte sie.

»Das Beste seit langem.«

»Manchmal macht es Spaß, wenn man die Rollen tauscht«, murmelte sie.

Er lächelte schläfrig. »Sieht so aus.« Er zupfte an ihrer Bluse. »Warum ziehst du die nicht aus?«

»Warum ziehst du mich nicht aus?« fragte sie.

Er hob die Arme und verschränkte sie hinter seinem Kopf. »Weil ich so bequem liege und mich nicht bewegen will.«

Sie stand auf und entledigte sich ihrer Kleider, aber ohne Versuch, ihn damit zu reizen. Als sie nackt war, legte sie sich neben ihn. Er legte sich auf die Seite, um ihr ins Gesicht sehen zu können, dann richtete er sich auf einen Ellenbogen auf. Mit einer Hand erforschte er ihren Körper. Es begann als wanderndes Kosen, als eine Entdeckungsreise, und ihr war bewusst, dass er das zum ersten Mal bei ihr machte.

Allmählich forschte die Hand zielgerichteter, sie suchte nach erogenen Zonen, um die er sich bisher nicht gekümmert hatte, streichelte sie und schätzte an ihrer Reaktion ab, wie lange er dort verharren sollte. Dösend fragte sie sich, ob er jemals eine Frau derart rücksichtsvoll behandelt hatte. Dann spürte sie, wie sich sein Körper bewegte. Plötzlich befand sich sein Kopf zwischen ihren Füßen.

»Du musst dich für mich öffnen«, raunte er.

Sie spreizte die Beine und spürte, wie er dazwischen hoch kroch. Sie schloss die Augen, und der Gedanke an das, was jetzt geschehen würde, ließ sie genau an der Stelle zucken, an der sie sich im nächsten Augenblick seine Zunge wünschte. Er spreizte die Oberschenkel mit den Händen, und als sein Mund sie berührte, begann ihr Körper vor Lust zu zucken. Seine Zunge war kräftig und beharrlich.

Ihr einziges Bedauern war nur, dass sie diese Lust nicht sehr lange aushalten würde, denn sie spürte bereits, wie sie die Kontrolle verlor.

Als ihr Orgasmus kam, bäumte sich ihr Körper so vehement auf, dass Nicolás sie an den Hüften packen musste, um sie festzuhalten. Es dauerte einige Minuten, ehe sie wieder die Kontrolle über ihren Körper hatte, erst dann nahm sie wahr, dass Nicolás wieder neben ihr lag und sie mit einem befriedigenden Lächeln betrachtete.

»Das hat dir gefallen, was?« fragte er.

»Ja.«

»So sind wir beide befriedigt«, sagte er. »Hast du einen Wein da?«

»Im Kühlschrank«, sagte sie.

Sie war überrascht, als er aufstand und in die Küche ging, und noch mehr überrascht, als er ein Tablett brachte, auf dem die Weinflasche und zwei Gläser standen.

»Ich dachte, die Zigarette ist das traditionelle Ding danach«, murmelte sie.

»Schlechte Angewohnheit.« Er schenkte ein und reichte ihr ein Glas. »Das ist viel gesünder für dich.«

Während sie nackt zusammen lagen und Wein tranken, dachte Jacey, dass auch das eine Premiere war.

Noch nie zuvor war er nach dem Sex so lange bei ihr geblieben. Er blieb neben ihr liegen, bis er den Wein getrunken hatte, und auch dann schien er nicht in großer Eile zu sein.

Als er sich schließlich erhob, lächelte er sie an und fragte leise, als wollte er sie nicht stören, ob er ihre Dusche benutzen dürfte. Sie lag auf dem Bett und hörte dem Rauschen des Wassers zu und stellte sich seinen schlanken, muskulösen Körper unter den prasselnden Strahlen vor. Sie sah ihm beim Ankleiden zu und fand das fast so erregend wie das Ausziehen.

Er schaute auf die Uhr. »Der Wagen wartet schon«, sagte er. Es hörte sich fast bedauernd an.

»Du wirst mich wieder anrufen, wenn du mich sehen willst«, sagte sie.

»Ja.« Selbst dann zögerte er noch, und sie sah ihm an, dass er nur ungern ging. Er zeigte ihr sein vertrautes schiefes Lächeln. »Es war sehr nett«, sagte er. »Du wirst schon bald von mir hören.«

Jacey lag im Bett und dachte an Nicolás und an sein verändertes Verhalten. Wenn ich ihn nicht so gut kennen würde, dachte sie, müsste ich fast glauben, dass er mich vermisst hat und froh war, mich wieder zu sehen. Plötzlich scheine ich mehr für ihn zu sein als nur eine Trophäe.

Aber ich kenne ihn nicht wirklich. Mein Urteil, das ich über ihn verhänge, basiert auf dem, was andere mir über ihn gesagt haben. Obwohl wir so intim sind, wie man intimer kaum sein kann, ist er mir fremd. Wir haben kaum Gemeinsamkeiten, wir wissen nichts voneinander.

Bisher hat mich das nicht gestört, dachte sie. Wenn

ich bei ihm bin, fühle ich mich sexy wie bei kaum einem anderen Mann, und wenn ich nicht bei ihm bin, denke ich kaum an ihn.

In England hatte sie nicht an Nicolás Schlemann, sondern an Felix Connaught gedacht, was sie selbst überrascht hatte. Weniger an seine Leistungen im Bett, sondern an seine Ideen und Hoffnungen für Guachtal. Es machte sie glücklich zu wissen, dass es jemanden gab, der sich über die Zukunft des Regenwalds sorgte. Und er war der erste Mann, mit dem sie über ihr gestohlenes Baby hatte sprechen können. Es hatte ihr gut getan, darüber zu reden. Seither hatten die schrecklichen Erinnerungen sie nicht mehr heimgesucht.

Sogar der Gedanke an ihren Sohn schmerzte nicht mehr. Er wuchs in einer wohlhabenden Familie auf, die ihn unbedingt haben wollte und die ihn wahrscheinlich hoffnungslos verwöhnte.

Sie lächelte schläfrig. Ich bin dabei, halbwegs zu akzeptieren, was mir damals widerfahren ist, und das habe ich Felix zu verdanken. Er war der richtige Mann am richtigen Ort zur richtigen Zeit. Er ist anständig und vertrauenswürdig, und ich mag ihn. Ich mag ihn sehr.

Sie fragte sich, ob sie mit einem Mann wie Felix zusammen leben könnte. Obwohl sie Peter Draven gesagt hatte, sie wollte ein normales, bürgerliches Leben führen, war sie nicht sicher, ob es das war, was sie wirklich suchte. Das Wissen, ihr Leben jetzt unter eigener Kontrolle zu haben und auf niemanden Rücksicht nehmen zu müssen, war sehr attraktiv.

Jacey Muldaire, mahnte sie sich, wenn du wirklich in Guachtal bleiben willst, musst du eine Entscheidung treffen, mit welchem Mann du leben willst. Du weißt, was Felix von dir hält, du weißt, was er von dir will.

Am nächsten Tag rief sie Leonardo an und lud ihn zu sich ein. Schon beim Eintritt in ihr Büro bemerkte sie, dass er sich in den Wochen ihrer Abwesenheit völlig verändert hatte. Er hatte den Ausdruck der Unschuld und Verletzlichkeit verloren, der sie so zu ihm hingezogen hatte. Der verlegene Junge war verschwunden, an seiner Stelle stand ein eleganter, selbstbewusster Mann.

Jacey streckte die Hand aus, und er ergriff und drückte sie. »Leonardo«, sagte sie, »du siehst gut und zufrieden aus. Ich nehme an, du hast eine neue Freundin.«

Er nickte. »Die wunderbarste Frau der Welt«, sagte er, dann fügte er hastig hinzu: »Nach dir, natürlich, meine liebe Jacey.«

»Mach mir nichts vor«, sagte sie lächelnd. »Ich habe dich enttäuscht.«

»Im Gegenteil«, sagte er. »Du warst meine Lehrerin. Ich schulde dir alles. Ich hätte nie das Zutrauen gehabt, mich Margaretté zu nähern, wenn ich von dir nicht so viel über Frauen gelernt hätte.«

»Wie ist sie denn?«, fragte Jacey.

»Sie hat eine große Ähnlichkeit mit dir«, sagte er diplomatisch. »Sie ist schön und intelligent und ein bisschen älter als ich.« Er legte eine Pause ein und fuhr dann fort: »Nun, sie ist ziemlich viel älter als ich. Wir lieben dieselbe Musik und dieselben Bücher.«

»Und beim Sex?«

Sein Lächeln wurde breiter. »Wir haben einige Geräte gemeinsam entwickelt. Margaretté ist einfallsreich, sie hat eine lebhafte Phantasie. Du würdest nicht glauben, mit welchen Ideen sie ankommt. Und sie ist sehr streng. Manchmal kann ich tagelang nicht sitzen, wenn ich einen Abend bei ihr war.«

»Hört sich an, als wäre sie genau das, was du brauchst«, sagte Jacey.

»Das glaube ich auch.« Er starrte sie an. »Aber in meinem Leben ist immer noch Platz für eine andere Frau.«

»Leonardo«, sagte sie lächelnd, »du wirst deinem Bruder immer ähnlicher. Ich habe dich nicht zu mir gebeten, um eine neue Beziehung zu beginnen. Ich muss mit Felix sprechen. Wann kommt er aus den Staaten zurück?«

»Bald«, antwortete Leonardo. »Felix war sehr unglücklich darüber, dass du ihm nichts über deine Reise nach England wegen der Hochzeit gesagt hast.«

»Ich bin nicht wegen einer Hochzeit nach England geflogen«, gestand sie. »Ich brauchte Luft, um meine Gefühle zu klären und Antworten auf meine Fragen zu finden. Ich wusste nicht, wie ich mich entscheiden würde. Ich war nicht einmal sicher, ob ich nach Guachtal zurückkehren würde.«

»Aber jetzt bist du hier«, sagte Leonardo, »und ich bin froh darüber.« Nach einer kurzen Pause: »Und Felix wird auch froh darüber sein.«

»Das hoffe ich«, sagte Jacey. »Glaubst du, dass er Kontakt mit mir aufnehmen wird, sobald er zurück ist?«

»Da bin ich sicher«, sagte Leonardo. »Und ich glaube, er wird etwas sehr Interessantes zu erzählen haben.«

Es dauerte noch eine Woche, ehe Paulo mit einer Nachricht von Felix und dem Vorschlag eines Treffens zu Jacey kam. Als sie neben dem jungen Indio im Auto saß, hatte sie das Gefühl, dass er ihr etwas vorenthielt. Er schien besonders gut aufgelegt zu sein und deutete an, dass es eine Überraschung für Jacey gäbe. Aber als sie ihn drängte, ihr mehr darüber zu erzählen, gab er sich plötzlich unschuldig und unwissend.

Felix begrüßte sie vor dem Haus. Eine kleine Ewigkeit hielt er Jaceys Hände. »Ich bin froh, dass du zurückgekommen bist«, sagte er.

»Hast du daran gezweifelt?« neckte sie ihn.

»Nun, ich war nicht sicher, nachdem du gegangen bist, ohne dich von mir zu verabschieden.«

»Ich war zu feige«, gab sie zu. »Aber ich brauchte Zeit zum Nachdenken.«

»Ich werde dich nicht fragen, ob du für immer gekommen bist«, sagte er. »Aber versprich mir wenigstens, dass du mir Bescheid sagst, wenn du wieder gehst.«

»Ich verspreche es«, sagte sie und lächelte. »Wie war es in den Staaten?«

»Schrecklich, die vielen Menschen, die hinter dem Geld herlaufen«, sagte er. »Aber sehr nützlich.« Er streckte eine Hand aus. »Lust auf einen Spaziergang? Ich habe ein paar Überraschungen für dich. Die erste befindet sich im Regenwald.«

Paulo stand noch beim Auto. Felix warf ihm einen Blick zu und nickte. Paulo stieg ins Auto und fuhr davon.

»Keine Sorge«, sagte Felix zu Jacey. »Er kommt zurück. Dies ist kein Entführungsversuch.«

Er führte sie in den Regenwald. Es war das erste Mal, dass sie unter dem riesigen Dach aus Laub spazierte. Die Luft roch warm und würzig, und eine Fülle von verschiedenartigen Geräuschen begleitete sie.

»Wohin gehen wir?« fragte sie.

»Nach Matá«, antwortete Felix. »Das ist Paulos Dorf. Da gibt es jemanden, dem ich dich gern vorstellen würde.«

Das Dorf war größer, als Jacey erwartet hatte. Rundhütten standen auf einer großen freien Fläche, umgeben von gerodetem Land, auf dem verschiedene Gemüse angebaut wurden. Eine Kindergruppe lief Felix entgegen, und als sie Jacey sahen, hielten sie sich eingeschüchtert zurück.

Felix sprach mit ihnen im gutturalen Chachté, und Jacey verstand das Wort *mochtó*. Die Kinder starrten Jacey offenen Mundes an.

»Was hast du ihnen gesagt?«, fragte sie Felix.

»Die Wahrheit. Dass du eine mächtige Heilerin bist.«

Er führte sie zu einer Hütte am Rand des Dorfes; dicht dahinter begann der Regenwald.

»*Holé tachta!*«, rief Felix.

Jacey erwartete, die ältere *mochtó* von der Heilungszeremonie zu treffen. Sie war völlig unvorbereitet, eine groß gewachsene Frau in den Kleidern der Eingeborenen zu sehen. Ihre schwarzen Haare fielen lang über den Rücken, und ihre Haut war braun gebrannt. Trotzdem sah man ihr an, dass sie keine Indio war.

Die Frau lächelte, streckte die rechte Hand aus und sagte in perfektem Spanisch: »Willkommen, Dr. Muldaire. Ich bin Juanita Márquez. Ich freue mich, Sie endlich kennen zu lernen. Felix hat mir viel von Ihnen erzählt. Kommen Sie, trinken Sie einen *toltoc* mit mir.«

Jacey setzte sich mit Felix auf den Boden. Sie fühlte sich erleichtert und freudig erregt, dass Juanita noch lebte. Ein junges Indiomädchen trat aus der Hütte und brachte zwei Kürbisgefäße, die mit einer würzig riechenden Flüssigkeit gefüllt waren.

»Das ist ein traditioneller Willkommenstrunk«, erklärte Felix. »Völlig harmlos, denn er wird aus Früchten gewonnen. Trink einen Schluck, dann können wir reden.«

»Ich beantworte alle Fragen«, sagte Juanita. »Ich bin sicher, dass Sie eine Menge Fragen haben.«

»Die erste, die mir auf der Zunge liegt: Was ist das für ein Gefühl, tot zu sein?« fragte Jacey.

Juanita lachte. »Die Berichte über meinen Tod sind aufgebauscht worden. Ist das nicht das Zitat eines berühmten Mannes?«

»Aber die meisten Menschen glauben an solche Berichte«, meinte Jacey.

Juanita beugte sich vor. »Nun, auf eine Art stimmen sie ja auch. Ich bin nicht das habgierige Mädchen, das Alfonso des Geldes wegen geheiratet hat. Ich bereue meine leidenschaftlichen Affären nicht, und ich liebe meine Söhne. Aber die Frau, die all das getan hat, ist wirklich tot.«

»Und wer sind Sie jetzt?« fragte Jacey.

»Eine Frau im Regenwald«, antwortete Juanita. »Ich bin wiedergeboren worden.« Sie machte eine allumfassende Geste mit beiden Armen. »Alles, was ich brauche, habe ich hier. Ich kann auf die Stadt verzichten. Für mich gibt es dort nichts mehr.«

»Weiß sonst noch jemand, dass Sie hier sind?«, fragte Jacey weiter. »Ich meine, abgesehen von Felix und Paulo und den Dorfbewohnern?«

»Leonardo weiß es«, antwortete Juanita. »Aber es ist gefährlich für ihn, so oft herzukommen. Irgendwann wird jemand Verdacht schöpfen. Deshalb habe ich Raoul nichts gesagt. Er ist ein lieber Junge, aber so impulsiv. Er hätte die ganze Zeit nachsehen wollen, ob ich alles habe, was ich brauche, ob ich gesund und in Sicherheit bin, was wirklich überflüssig ist. Hier ist der sicherste Platz auf der ganzen Welt. Und wenn jemand kommt, den ich nicht sehen will, verstecke ich mich in der Hütte, bis er verschwunden ist.« Sie lächelte. »Aber ich bin nicht isoliert. Ich weiß genau, was in Techtátuan passiert.«

»Dann wissen Sie auch, dass Nicolás plant, die Holzfäller in den Regenwald zu lassen?« fragte Jacey.

Juanita nickte. »Ich weiß alles über Nicolás Schlemann.«

»Wissen Sie auch alles über Loháquin?«

Juanita zuckte zusammen, und Felix lachte. »Jacey ist wild entschlossen, unseren berühmten Ökokrieger kennen zu lernen«, sagte er.

Juanita sah ihn tadelnd an. »Weiß sie es denn nicht? Hast du es ihr nicht gesagt?«

Jacey wandte sich an Felix. »Was hast du mir nicht gesagt?« fragte sie scharf. »Was ist das Geheimnis an Loháquin?«

»Es gibt keins«, sagte Felix. Er lächelte. »Es gibt kein Geheimnis, weil es auch keinen Loháquin gibt. Es hat ihn nie gegeben. Ich habe das Gerücht selbst in die Welt gesetzt, in erster Linie deshalb, um eine Opposition gegen Nicolás zu setzen. Das Gerücht verbreitete sich, und jeder entwickelte eigene Vorstellungen von Loháquin.« Er lachte. »Ich muss gestehen, ich habe lachen müssen, als ich sein Porträt auf den Steckbriefen sah. Ich hatte keine Ahnung, dass ich so einen abgerissenen Typen erschaffen hatte.«

»Paloma hat ein Bild von ihm, das viel schöner ist«, sagte Jacey. »Aber hattest du nicht die Befürchtung, falsche Hoffnungen zu erwecken? Du hast einen Geist geschaffen, aber Geister können niemandem helfen.«

»Doch«, widersprach Felix. »Die Menschen haben mir Geld gebracht, das ich an Loháquin weitergeben soll, und ich habe es benutzt, um den Indios zu helfen.«

»Und was ist mit den Holzfällern?«, fragte Jacey. »Ein Geist kann nicht gegen sie kämpfen.«

Felix stand auf und lächelte. »Vielleicht nicht. Aber ich.« Er nahm Jaceys Hand und zog sie hoch. »Komm, ich stelle dir einige Freunde aus dem Dorf vor. Danach gehen wir nach Hause – dort wird der zweite Teil meiner Überraschung auf uns warten.«

Jacey genoss den Rundgang durchs Dorf. Die Menschen waren freundlich und aufgeschlossen. In bester Stimmung kehrten sie zu Felix' Haus zurück. Paulos Auto stand davor.

»Gut«, sagte Felix. »Unser Gast ist eingetroffen.«

Jacey wusste nicht, wen sie erwarten sollte, aber gewiss erwartete sie nicht den großen, hageren Mann im dunklen Anzug, der sie wütend anstarrte, als sie das Haus betraten.

Nicolás Schlemann starrte Felix an, dann Jacey, dann wieder zurück zu Felix. »Was, zum Teufel, geht hier vor?« fragte er zähneknirschend.

Jacey wandte sich an Felix. »Das ist die Überraschung, die du mir versprochen hast?«

»Ein Teil davon.«

»Sie haben mich unter Vorspielung falscher Tatsachen her bringen lassen, Connaught«, sagte Schlemann scharf. »Es hieß, Sie hätten mir ein Geschäft vorzuschlagen, aber wenn es Dr. Muldaire betrifft, habe ich kein Interesse, mit den Verhandlungen auch nur zu beginnen. Ich teile meine Frauen nicht.« Er grinste Jacey an. »Aber manchmal gebe ich sie weg.«

»Lassen Sie Jacey aus dem Spiel«, sagte Felix gepresst. »Sie wusste nicht, dass Sie hier sein würden. Mein Angebot an Sie ist ernst gemeint. Ich habe etwas für Sie. Etwas, was Sie dringend brauchen.«

»Sie haben nichts, was ich brauche«, fauchte Nicolás. Er ging zur Tür, blieb dort stehen und blickte sich mit einem höhnischen Blick im Zimmer um, ehe sein Blick auf Jacey haften blieb. »Sie scheinen überhaupt nichts zu haben, was von Wert ist.«

»Ich biete Ihnen eine Chance zur Flucht«, sagte Felix. »Eine Chance, dem Gefängnis zu entkommen.«

»Ihr Leben bei den Indios hat Ihren Verstand zermürbt, Connaught«, sagte Nicolás spöttisch. »Sie sind so verrückt wie sie. Was bringt Sie auf den Gedanken, ich könnte im Gefängnis landen?«

»Sie werden dort landen«, behauptete Felix, »wenn Hernandez erfährt, dass sie hohe Summen aus dem Schatzamt auf ein europäisches Konto transferiert haben. Und was ist, wenn Curtis Telford erfährt, dass die Summe, die er für die Rodungsrechte in Guachtal gezahlt hat, auch schon auf Ihrem persönlichen Konto liegt?«

Einen Augenblick sah Nicolás eher amüsiert drein. »Sie haben zu viel Dschungelsäfte getrunken, Connaught. Ihr Gehirn ist weich geworden. Ich habe kein Geld, aus dem Schatzamt angerührt, und Telfords Geld auch nicht. Und ich besitze kein Konto in Europa. Warum sollte ich eins brauchen?«

»Weil Sie planen, Guachtal zu verlassen«, sagte Felix. »Sie planen es schon seit Jahren. Warum sollen Sie den Rest des Lebens hier verbringen, wenn Sie sich als Multimillionär Ihre neue Heimat aussuchen können?«

»Sie sind krank«, sagte Nicolás verächtlich. »Ich habe nicht die Absicht, Guachtal zu verlassen.«

Felix lächelte. »Ich weiß das«, sagte er leise. »Aber sonst weiß es niemand.« Während Nicolás ihn anstarrte, fuhr Felix fort: »Die Beweise sind vernichtend für Sie. Das Geld ist transferiert worden, es liegt auf einem Nummernkonto, und es wird eine leichte Aufgabe für mich sein, den Beweis zu erbringen, dass

Sie der Inhaber des Nummernkontos sind. Das Schatzamt ist so gut wie leer geräumt.«

Zum ersten Mal wirkte Nicolás nervös. »Das ist unmöglich«, sagte er. »Niemand außer mir hat Zugang zu den Konten des Schatzamtes.«

»Falsch«, widersprach Felix. »Ich habe Freunde in den Staaten, die sich Zugang zur Bank of England, zum Weißen Haus und zum Pentagon verschaffen. Oder zu jeder geheimen Akte, die sie reizt. Manchmal tun sie es nur, um zu beweisen, dass sie es können. Oder sie tun es, um Freunden wie mir zu helfen.«

Es dauerte eine Weile, ehe Nicolás seine Gedanken geordnet hatte. »Was erhoffen Sie sich von diesem falschen Spiel?« fragte er schließlich. »Wenn ich erkläre, was da in Wirklichkeit abgelaufen ist, sind Sie es, der ins Gefängnis geht.«

Felix' Lächeln blieb konstant. »Sie übersehen einen wichtigen Punkt, Mr Schlemann. Sie sind nicht der populärste Mensch in Guachtal. Die Menschen akzeptieren Hernandez, weil er relativ harmlos ist. Aber niemand mag Sie. Sie haben zu viel Macht. Wenn die Leute eine Chance sehen, Sie zu vernichten, werden sie diese Chance mit beiden Händen ergreifen. Und sie werden mir dafür danken.«

»Ich werde kämpfen«, sagte Nicolás, die Stimme belegt von der unterdrückten Wut.

»Sie werden verlieren«, behauptete Felix. »Denken Sie darüber nach. Wer wird Sie unterstützen? Hernandez nicht, denn seine Frau wird es ihm untersagen. Carlos Márquez auch nicht, weil Sie den Holzfällerhandel ohne ihn durchgezogen haben, und er war sowieso nie ein Freund von Ihnen. Er hat Sie benutzt, wie Sie ihn benutzt haben.«

Jacey sah, wie Nicolás die Fäuste ballte, und einen

Augenblick lang befürchtete sie, er würde sich auf Felix stürzen.

»Nehmen Sie, was ich Ihnen anbiete, Schlemann«, sagte Felix leise. »Ich lasse Ihnen Zeit zur Flucht. Südamerika ist groß, irgendwo wird ein kluger Mann wie Sie eine Nische finden. Ich überweise sogar etwas Geld auf Ihr Konto, damit Sie die erste Zeit überstehen.«

»Warum tun Sie das?« fragte Nicolás misstrauisch. »Was haben Sie davon?«

»Sie werden es nicht glauben«, sagte Felix, »aber ich bin Ihnen dankbar. Sie haben dieses Land finanziell stabil gehalten, wenn auch auf Ihre krumme Tour. Sie hinterlassen uns eine gute Basis, auf der wir für die Zukunft bauen können. Deshalb gebe ich Ihnen die Chance zur Flucht. Aber kommen Sie nie wieder nach Guachtal zurück.« Er lächelte. »Flucht ist besser als Gefängnis, Nicci.«

»Habe ich Bedenkzeit?«

»Bis heute Abend. Wenn Sie so lange brauchen. Ich glaube, wir beide wissen, wie Sie sich entscheiden.«

Nicolás sah Jacey an. »Ich habe dich vermisst«, sagte er. »Als du zurück nach England geflogen bist, habe ich dich vermisst, und ich habe mich wahnsinnig gefreut, dass du zurückgekommen bist. Es ist das erste Mal, dass ich bei einer Frau so etwas empfunden habe.« Dann ging er hinaus und ließ sie verdutzt und atemlos zurück.

»Und?« fragte Felix. »Was hast du zu meiner kleinen Überraschung zu sagen?«

»Heil dir Retter des Regenwalds«, sagte sie.

»Ich hoffe, dass du erfreut bist?«

»Wegen der Bäume? Natürlich.«

»Und wegen Nicolás?« hakte Felix nach. »Guachtal wird ohne ihn besser dran sein.«

»Das hoffe ich«, sagte sie. »Hoffen wir, dass der neue

Mann im Schatzministerium die Arbeit so gut erledigt wie er.«

»Ich hoffe, dass ich dieser Mann sein werde«, sagte Felix. »Ich habe schon einige Ideen. Hast du schon mal von INBio gehört?«

Sie nickte. »Das ist die Organisation in Costa Rica, die eine Bestandaufnahme aller Urwaldtiere, der Pflanzen und der Mikro-Organismen erstellt.«

»Und die diese Informationen an die Pharma-Industrie verkauft.« Felix nickte. »Sie haben schon mehrere Millionen Dollar eingenommen. Wir könnten uns dieser Organisation anschließen.« Er lächelte Jacey an. »Die Forschungen meiner Mutter würden also doch noch von Nutzen sein.«

»Ist dir eigentlich bewusst«, sagte Jacey, »dass der lohá es doch war, der Nicolás vernichtet hat?«

»Du meinst den Geist des Regenwalds?«

Jacey nickte. »Ana Collados hat mir erzählt, dass die Indios Nicolás ihrem *lohá* angeboten haben. Er lebt im Raum zwischen den Welten, und er schlägt zu, wann man es am wenigsten erwartet.«

»Sehr seltsam«, murmelte Felix. »Die liebe alte Ana Collados ist so verrückt wie Juanita, wenn es um die Geister der Indios geht.«

»Sie sagte, es wäre ein grausamer Geist«, fuhr Jacey fort, »und auch damit hatte sie Recht.«

»Du glaubst, was ich mit Nicolás durchziehe, sei grausam?« fragte Felix. »Es hätte viel grausamer für ihn kommen können. Wie lange, glaubst du, hätte es im Gefängnis gedauert, bevor ihn jemand mit dem Messer ersticht? Ich habe ihm die Chance gegeben, woanders ein neues Leben zu beginnen.« Er griff nach ihren Händen und drückte sie. »Sage mir, dass dir Nicolás' Schicksal nicht nahe geht, Jacey.«

Jacey lächelte. »Ich empfinde nichts für Nicolás«, sagte sie und erwiderte den Druck seiner Hände. »Aber du bedeutest mir was, Felix.«

War es die Wahrheit? Später an diesem Abend, als sie neben Felix im Bett lag und der unablässigen Sinfonie der Geräusche des Regenwalds lauschte, fragte sich Jacey, was wohl geschehen wäre, wenn Felix es nicht geschafft hätte, Nicolás zu vernichten. Hätte sie die Affäre mit Nicolás fortgesetzt? Hätten sie irgendwann herausgefunden, dass sie mehr teilen konnten als nur Sex? Sie würde es nie erfahren. Wenn sie in Guachtal blieb, würde sie ihn nie Wiedersehen.

Würde sie bleiben? Sie schaute zu Felix, der nach ihrem kurzen Liebesakt tief und zufrieden schlief. Er hatte ihr einen Orgasmus gegeben, hatte sie geküsst und gemurmelt, dass sie wunderbar war, ehe er eingeschlafen war. Aber sie empfand keine Erfüllung. Dabei ist dies der Mann, mit dem ich den Rest meines Lebens verbringen will.

Mache ich wieder einen Fehler?

Es dauerte sechs Monate, bis Jacey ihre Zweifel bestätigt erhielt. Es waren hektische sechs Monate. Sie erlebte, wie *La Primavera* ein offenes Krankenhaus für alle wurde; Dr. Rodriguez erhielt den Titel des Chefarztes, und Ingrid Gustaffsen wurde seine Assistentin. Dr. Sanchez wurde Chef der Aus- und Weiterbildung. Jacey war dabei, als profitable Verträge mit pharmazeutischen Firmen abgeschlossen wurden, und sie hörte enthusiastische Pläne für den Öko-Tourismus. Sie sah, wie die Indios in den Regenwald zurückkehrten und ihre Dörfer wieder aufbauten.

Und sie sah, wie Felix Connaught sich veränderte. Er

war immer noch besorgt um die Ökologie und den Regenwald, aber er war jetzt die rechte Hand von Generalissimo Hernandez. Leichte, helle Anzüge ersetzten die verwaschenen Jeans, seine Haare waren kurz geschnitten, und statt des metallenen Armbands trug er eine Uhr.

Jacey sah ihn immer seltener, und wenn sie sich trafen, war er oft zu müde für die Liebe. Sie begriff, dass ihn die Arbeit mehr interessierte als die Liebe. Ihre Affäre geriet zu einem Zusammenleben wie Bruder und Schwester.

Sie wusste, dass sie Guachtal verlassen musste. Sie hielt ihr Versprechen und sagte ihm, dass sie ging. Er bat sie um eine Telefonnummer, die er in die Tasche steckte, ehe er zu einer Konferenz mit Hernandez aufbrach.

Ingrid und Paulo begleiteten sie zum Flughafen. »Benimm dich gut«, sagte Ingrid zum Abschied. »Und vergiss uns nicht.«

»Ganz bestimmt nicht«, murmelte Jacey. »Wenn ich einen Job gefunden habe, spare ich eisern und besuche euch.«

»Benimm dich auch auf dem Flug«, mahnte Ingrid. »Oder willst du Mitglied des ›Über-den-Wolken-Clubs‹ werden?«

Jacey musste lachen. »Ich würde mir die Gelegenheit nicht entgehen lassen.«

Sie fand ihren Platz im Flugzeug und schaute zu den Sitzen auf der anderen Gangseite. Dort saß ein gut aussehender Mann, der in ein Buch vertieft war. Lange Beine, dachte Jacey. Und elegante feingliedrige Finger.

Er spürte, dass er beobachtet wurde, und bewegte die Hand, die das Buch hielt. Jetzt konnte Jacey den Titel lesen. ›Sex im einundzwanzigsten Jahrhundert‹

stand da. Er bewegte die Hand wieder, und jetzt wurde der Autorenname lesbar: Gregory Ballantine.

Eine Stewardess schritt den Gang entlang und blieb in Höhe ihrer Sitzreihe stehen. Sie wandte sich an den Mann. »Es tut mir Leid, dass wir Ihnen einen anderen Platz zuweisen mussten, Mr Ballantine. Haben Sie es bequem hier?«

»Ja, alles bestens«, sagte er, und als die Stewardess weiter gegangen war, schaute er lächelnd zu Jacey. Sie lächelte zurück.

Das könnte ein interessanter Flug werden, dachte sie.

ENDE